LE MONUMENT

Comme toutes les communes de France, Lagleygeolle, en Corrèze, terre natale de Claude Duneton, a perdu nombre de ses fils lors de la grande tuerie de 14-18. Sur le monument aux morts du village, vingt-sept noms sont gravés dont bien peu de gens se souviennent aujourd'hui. Un vingt-huitième a même été oublié…

Claude Duneton a choisi de retrouver et de faire revivre, un à un, ces garçons perdus dont les traces sur la stèle l'accompagnent depuis son enfance. Paysans – certains ne parlaient que le patois de la paroisse –, ils étaient partis sans finir les moissons, dans l'espoir de revenir assez tôt pour les vendanges. Il en fut autrement. Duneton s'est laissé guider par eux, autant que par son propre père, un survivant plein d'amertume, jusqu'au fond des tranchées boueuses, au cœur des orages d'acier qui les ont broyés.

Un fabuleux roman qui tisse la vie quotidienne d'un monde écartelé entre le village et le champ de bataille, nourri de faits avérés et de cette intuition romanesque qui nous montre, une fois encore, que la littérature est toujours corroborée par les faits.

Claude Duneton, écrivain, à la fois romancier et historien, a publié une quinzaine d'ouvrages. Depuis 1976 – Je suis comme une truie qui doute *qui marqua son renoncement au métier d'enseignant – il a publié de nombreux livres sur la langue française qui font date :* Parler croquant, La Puce à l'oreille, Anti-manuel de français, À hurler le soir au fond des collèges, Le Bouquet des expressions imagées, *ouvrage magistral d'usage et de référence,* Le Guide du français familier.

Que ce soit sous les couleurs de l'Histoire, avec Petit Louis dit XIV, *de la poésie fantastique* (L'Ouilla), *du romanesque pur* (Rire d'homme entre deux pluies), *Claude Duneton puise son inspiration dans le fascinant mystère de « ces petits détails que l'Histoire néglige »* et *comme le dit Béranger « c'est lui rendre service que d'en conserver même d'insignifiants en apparence. Elle peut y trouver l'expression de la pensée de la foule ». C'est l'œuvre de Duneton d'avoir fait resurgir avec éclat ces mouvements de la vie même dans l'*Histoire de la chanson française des origines à 1860.

Claude Duneton

LE MONUMENT

roman vrai

Éditions Balland

TEXTE INTÉGRAL

ISBN 2-02-068017-3
(ISBN 2-7158-1476-3, 1re publication)

www.seuil.com

Remerciements

Je remercie tous les gens de Lagleygeolle qui m'ont fourni des indices sur les personnages réels de cette histoire, en particulier les descendants des victimes qui m'ont aimablement confié des bribes de souvenirs, sur leur oncle, grand-oncle, beau-père, ou grand-père, qu'ils n'ont évidemment connus que par la tradition familiale : Antoine Rigot, Marc Germane, Jacqueline Lefaucheur, Nadine Bourgès, Marie-Louise Chastanet, Jean Brunie, Germaine Lissajoux, Pierre Soulié, Annick Manimont.

Quelques personnes m'ont communiqué des documents familiaux inédits sur la période de la guerre : Catherine Thérouenne, Geneviève Chambers, Paul Rousseau…

Je remercie également Martine Monteil, Évelyne Desbois et Chantal Sobieniak pour leur aide, ainsi que Monique Baile pour sa saisie-critique du manuscrit.

Enfin ma gratitude va au Conseil général du Nord pour son soutien, sous forme d'une résidence à la Villa Mont-Noir, où j'ai rédigé une grande partie de ce livre.

Sur le monument aux morts, il épela les noms de quelques amis d'enfance, mais leur souvenir ne vivait pas là. L'égoïsme, l'appétit de vivre avaient solidement bouché les vides. Le village n'était pas solidaire de ses morts, il n'avait pas besoin d'eux.

Marcel Aymé, *Aller-retour*, 1927

I

Le jour où il a eu quatre-vingts ans mon père a piqué une crise. C'était le 11 novembre 1964. Nous étions rassemblés devant le monument aux morts du village, comme tous les ans, et pendant la minute de silence, après la lecture des noms gravés sur la pierre grise, il a hurlé :

– Ah nom de Dieu ! Oui, elle était belle la guerre !

Ça l'a pris d'un coup : il faisait des gestes désordonnés, tout rouge ; j'ai cru qu'il pétait les plombs pour son anniversaire.

– Ah vous pouvez en faire des simagrées, oui ! Ça vous va bien !…

C'était un hoquet de vieille angoisse, d'âcres souvenirs qui lui remontaient. Mon père était né un 11 novembre – ça faisait un pesant symbole pour un ancien poilu de 14. La cérémonie du souvenir lui apparaissait de plus en plus comme un trait d'humour noir. La célébration des héros, « l'honneur des braves », morts pour la Patrie, lui faisait l'effet d'une fête de la boucherie, avec chaque année un maillon supplémentaire qui se détachait de sa vie.

En tout cas il avait fini par voir d'un sale œil ce retour officiel et menaçant qui l'éloignait toujours davantage de l'Armistice de 1918 – ce jour-là d'automne qui avait rendu sa date de naissance date historique. Bien sûr, il avait apprécié sur le moment, là-bas, du côté de Mourmelon, de Sainte-Menehould… Un cadeau pourtant quelque peu baroque après ces quatre années de massacre et d'horreur comme jamais on n'en avait vu sur la Terre. Il avait participé, lui personnellement, à cette fantastique tuerie d'innocents sans une once d'entrain, ni même de patriotisme. Il avait simplement vécu quatre ans de peur intense, d'une terreur sourde ponctuée d'accès terribles qui lui comprimaient l'estomac.

Il faut dire aussi que quatre-vingts ans, lorsqu'on y arrive, c'est un fameux tournant pour un homme – la fin des fanfreluches d'espoir. La « vie devant soi » devient terriblement aléatoire... On entame carrément sa propre veillée funèbre – du moins si l'on possède encore un doigt de sens commun. Une borne fatidique, quatre-vingts balais : ceux qui ont la veine d'y atteindre en bon état commencent à « numéroter leurs abattis », comme on disait aux tranchées. Même rieur, insouciant de nature, tout nouvel octogénaire sait bien qu'il contemple sa dernière ligne droite.

Aussi le matin de ce 11 novembre dont je parle, mon papa me disait :

– Quatre-vingts piges, tu te rends compte !

Il hochait la tête, il n'en revenait pas... Il angoissait dur – ce doit être pour ça qu'il a craqué devant le monument. Nous étions peu nombreux sur le terrain herbu, une trentaine de personnes à peine. C'était l'ancien emplacement, celui d'origine. La stèle était entourée d'une grille peinte en gris en ce temps-là, qui ménageait à l'intérieur un carré « sacré », empreint du respect que l'on manifeste aux vraies tombes. On y déposait la gerbe ficelée d'un bandeau tricolore, et les enfants n'avaient pas le droit d'enjamber la grille pour aller jouer dans l'enclos.

Le monument aux morts avait été planté sur ce carré de pelouse vacante – « érigé » est le terme – dans la ferveur des premiers temps de l'après-guerre. On l'avait mis en place aussitôt qu'on avait pu, guidé par la mode du temps, lorsque tous les morts de la « Der des ders » avaient enfin été reconnus, officiellement estampillés « Morts pour la France » par les autorités civiles. Surtout les incertains, ceux qui avaient disparu sans laisser aucune trace dans le charnier des champs de bataille... Le tribunal décida finalement de leur sort, à Brive, entre 1920 et 1922 au plus tard, quand on eut tout rangé, classé, au moment du règlement des comptes, lorsqu'il n'y avait plus aucune chance de les voir réapparaître en pleine lumière. Les disparus des tranchées de 1915, ou de 16, dont on n'avait jamais retrouvé les corps, étaient alors définitivement inscrits sur le registre des défunts pour le bénéfice des familles. Le tribunal choisissait comme date du décès le dernier jour où on les avait aperçus vivants – et il faut rendre hommage à la sagacité de ces juges, qu'aucun fantôme n'est venu depuis contredire leurs jugements.

Cependant les plaies d'amour restaient vives, les douleurs des familles «éprouvées» des vingt-sept victimes inscrites sur la stèle étaient encore fraîches à l'époque, à peine engourdies par quatre ou cinq printemps à vide. Aussi était-on en grande hâte de souvenir... On sentait très bien que tout échappe, toujours. Comme le disait en exergue le *Journal des marches et opérations du 63ᵉ Régiment d'Infanterie de Limoges*, dans une pensée d'époque beaucoup trop optimiste: «Tout meurt: une seule chose ne meurt pas, c'est le jugement que l'on porte sur les morts.» Bref, on exigeait pour ces martyrs de la République indivisible une mémoire éternelle. Éternelle reconnaissance!... On les disait tombés au «Champ d'Honneur», n'est-ce pas, avec des majuscules parlées qui jetaient un baume léger dans le cœur des veuves et des mères – des fiancées et des sœurs. Ces nobles paroles, en français héroïque, tombaient comme des oracles sur les âmes patoisantes de ces femmes, et y répandaient un zeste de fierté. Leurs morts chéris prenaient une teinte d'utilité publique qui ajoutait au deuil la dignité d'un sacrifice. Parlant des rescapés, Clemenceau avait déclaré: «Ils ont des droits sur nous.»

Mon père, cette phrase le rendait furieux:

– Des droits! Les pauvres diables qui se sont fait casser la gueule... Des droits, tu te rends compte!

Très tôt il m'a pris à témoin, mon papa. À sept ans il me faisait profiter de ses diatribes:

– Et les macchabées, ça leur fait une belle jambe, hein? Ils ont des droits sans doute, aussi!...

Il haïssait ces farces compensatoires, les momeries qui sentaient l'officiel, le faux-semblant qui les avait tenus, eux, dans l'enfer si longtemps. Il éprouvait des élans farouchement libertaires, détestant le ton honoré, le sur mesure du sentiment qu'il qualifiait de mascarade.

Pourtant les autres années il s'était contenu ; mais en 1964, son nouvel âge le taraudant, je pense, il a éclaté tout à coup – j'ai dit en pleine minute de silence :

– Vous pouvez en faire des chichis, merde oui ! Vous y étiez pas là-bas, nom de Dieu ! Vous y étiez pas, vous, à Verdun !

Ça sonnait terriblement inconvenant... Par hasard, il se trouvait le seul ancien combattant présent – je ne sais pas où étaient les quatre ou cinq autres de la commune qui survivaient encore. Du coup la révolte de mon papa prenait l'allure d'une protestation collective. Il avait l'air de « la voix des morts ». Des vingt-sept noms à la dorure incertaine alignés sur la pierre salie. Il devenait soudainement leur râle d'agonie, le cri de reproche de ceux qui n'avaient pas eu de vie... Ça faisait comme si le monument poussait un hurlement de colère – un cri perdu qui serait venu flottant sur les nuages des vieux champs de bataille, loin dans le Nord.

– Oh vous pouvez en faire des grimaces ! Si vous saviez la saloperie que c'était la guerre ! Ah nom de Dieu de nom de Dieu !

Il jurait atroce, ça la foutait mal. J'étais horriblement gêné. Je regardais par en dessous l'effet que l'algarade produisait sur notre maire... J'éprouvais la même sorte d'embarras qu'autrefois, quand j'étais petit, que mon père se fâchait sur la place du village, sous le tilleul devant le mur du cimetière vieux. Il s'emportait constamment alors sur la politique qui était bien agitée ces années-là à cause de la situation, Vichy, tout ça... Une époque qui était pour moi l'aurore, l'aube de tout, le joli temps où nous avions peur d'Hitler... L'Occupation annulait tous les sacrifices, rendait totalement vains leurs souffrances et leurs pieds gelés ! Devant la forge, ou sur la terrasse du bistrot-épicerie de la Cécile – qu'on appelait « chez la Sicile » – mon père proférait de lourdes malédictions contre les Boches – les nouveaux Boches, bien sûr, ceux d'à présent, les enfants des autres salauds de 14 ! Il fulminait contre les copains qui obéissaient à Pétain. Les collabos !... C'était sa bête noire à lui, Pétain. L'instigateur du « retour à la terre ». Tout rouge, tout emporté, il les traitait en face de cagoulards !... De toute façon j'étais mort de honte chaque fois que mon père se montait de la sorte, devenait véhément. J'aurais tant aimé un père discret, incolore, militant de rien, qui rase les murs sans commentaire, qui se fonde dans le paysage – un père sans angle et sans voix. Surtout sans voix.

Pourtant, ce matin-là de novembre le scandale fut bref. Il avait vieilli, et l'assistance se faisait plus maigre que jamais à la sortie de la messe. De plus je me sentais tout de même devenu un grand garçon : j'allais avoir trente ans aux cerises, déjà plus aussi envieux des trous de souris... En fait, j'avais très précisément l'âge où mon papa avait commencé, lui, sa guerre de 14, je pouvais apprécier...

Et puis la minute de silence a eu vite passé. Les gens se sont dispersés, ont vaqué à leurs affaires... Mon père s'était tu ; il ruminait sa rancœur. En même temps, il était embêté de l'esclandre, à cause de moi. Il ne voulait pas me mouiller dans ses frasques, à présent que j'étais un homme, et un fonctionnaire !...

Il allait s'excuser, mais je l'ai devancé :

– Mais non, Papa, tu as dit ce que tu voulais dire, tu as bien fait.

Ça lui a fait plaisir... Il tremblotait encore d'une agitation fébrile – il m'a répété que : « Ah la guerre ! Tu peux pas savoir !... »

En effet, je ne pouvais pas savoir, ni moi ni personne au fond. Pourtant ce n'était pas faute de m'avoir instruit pendant toute mon enfance, de m'avoir entraîné à croupir sous les obus dans la boue des tranchées... Devant notre feu maigrichon, en pelant les châtaignes dans l'attente des couchers d'hiver, la conversation glissait souvent sur les sentiers de la guerre folle. À cause des avions qui passaient le soir au-dessus de la maison en grondant. Un ronron d'abord lointain, qui s'enflait terrible de menace dans le vroum ! vroum ! des quadrimoteurs, à la manière des frelons – les bombardiers anglais de la guerre que nous vivions, nous : la Seconde mondiale. Les Français alors « parlaient aux Français » dans le poste, à la nuit tombée – cela à partir du printemps de 1943, quand mon père a acheté une TSF d'occasion.

L'escadrille s'éloignait au fond de la nuit, et mon père nous emmenait là-bas, ma mère et moi, en des contrées d'épouvante qui s'appelaient Le Chemin des Dames, ou ce sacré Verdun qu'il n'avait jamais digéré... Il me parlait des morts atroces, des blessés, des gémissants... Du sang, de l'affreux carnage des obus sifflants, des concerts de ferraille volante. Il parlait du froid, des pieds gelés, de l'enfer puant de la peur qui paralyse. Il décrivait des scènes – un cuirassier sur son cheval qui avait été mis en bouillie sous ses yeux par une marmite. Le bourrin en pièces, l'homme volatilisé... Il leur était retombé un bras presque sur la figure, à cinquante mètres de l'impact, avec la main toute vivante qui serrait un bout de bride. Ça lui avait filé un coup de poing à l'estomac ce membre indépendant :

– Si tu avais vu cette main !...

Il me montrait avec la sienne ; il posait le couteau avec lequel il pelait les châtaignes et mimait la main volante crispée sur son morceau de cuir, avec la manche déchirée remontée sur l'avant-bras qui dégageait tout le poignet... J'avais huit ans, j'imaginais.

– Ah nom de Dieu ! disait mon papa. Le type avait une bague à un doigt dis donc ! Une grosse bague en or, comme ça, je me rappelle, carrée... Mais personne n'a osé la prendre, mon vieux.

– C'était bien affreux cette guerre ! faisait ma mère en hochant la tête.

Elle répétait chaque fois cette même phrase en soupirant. Mais l'horreur n'était pas partageable, ni descriptible avec des mots. Les tapis de cadavres étaient trop hallucinants à imaginer. Même s'il nous parlait des mouches – des grosses mouches bleues qui grouillaient sur les visages noircis, pendant plusieurs jours… À Verdun en particulier. Une fois, il avait rampé sur cent mètres au moins sans toucher terre, à Verdun, tellement le sol était uniformément recouvert d'une couche de morts. Il se traînait sur les capotes des refroidis, dont certains râlaient encore… Forcément, ils étaient jeunes, vigoureux, ils avaient de la peine à mourir.

À l'époque où il me racontait ces choses, à moi son enfant – « Tu peux pas comprendre ! » –, ses souvenirs se trouvaient encore tout frais. Pour moi, ça paraissait, comme ça, au déluge – figurez-vous Ulysse au coin du feu, pelant des châtaignes !… Mais au fond cela faisait quoi, Verdun, en vrai ? Le Chemin des Dames ? – Vingt-deux… vingt-cinq ans… C'est rien ! Pour la France, à l'heure actuelle, ce serait… avant-hier ! Alors mon père, la mort toute proche lui revenait forcément, en direct, sous la forme de cauchemars effroyables qui le faisaient hurler dans son sommeil. Surtout s'il avait mangé lourd, des fayots, ou des choses grasses… Ses cris réveillaient toute la maisonnée, ma mère et moi. La chienne aussi aboyait. Ma mère protestait qu'avec tout ce travail qu'ils avaient, s'ils ne pouvaient plus dormir la nuit, alors merde !…

J'ai été secoué par l'écho des obus dans le corps de mon père – il m'a transmis ces sortes de gènes de l'éclatement. Je me suis trouvé bombardé en relais, de seconde main – mais tout de même, j'ai connu la peur des balles, des marmites qui creusent la terre toutes ensemble en soulevant des gerbes de boue hautes comme les vagues de la mer en furie. Et après ça, si des hommes étaient encore debout, ce ne pouvait être que par une très spéciale protection divine – ou diabolique ! Beaucoup appelaient leur mère, une fois le ventre ouvert – et c'est vrai qu'elle n'était pas loin, pour quelques-uns, leur petite enfance. Tous ces jeunes gars, boyaux coulant sur la capote grise, ils avaient de la force, le poumon puissant : « Maman !… » Ça leur montait profond de la tripe aux derniers spasmes. Ça s'effilochait vers les ciels de là-bas, vides, dans l'odeur de la poudre brûlée.

Et alors pour mon père tout ça datait de peu – quelques années qui avaient filé comme des semaines. Des fois il en pleurait – ça lui venait aux yeux, un léger bain de larmes, comme un renvoi de pourriture fraîche.

En somme, j'ai connu le cri des poilus, moi qui suis né dix-sept ans après l'Armistice – même seize ans et demi. C'est quoi seize ans d'ici ? Qui donc était Premier ministre ?… Mais comme disait François Villon, qui se souvient des Premiers ministres ?

Par contre, il faut bien reconnaître qu'en 1964 beaucoup d'eau avait coulé sous les ponts de la Somme, de la Marne, de la Meuse, de l'Aisne, de la Lys, de la Vesle, de la Suippe, de la Semois, de toutes ces rivières qui depuis les Huns ont vu l'herbe repousser inlassablement sur leurs rives. La plupart des noms sur le monument ne disaient plus grand-chose à la plupart des gens. Certaines familles se sont vidées de leurs surgeons, au point qu'elles se sont éteintes dans l'aventure. Elles ont disparu sans laisser de trace. Les Rouchon, par exemple – ils étaient deux frères, Pierre et Léon. Leur « race » ne survit que par des femmes qui ont changé de patronyme, puis émigré en ville pour gagner leur pain. Il semblait qu'on n'eût jamais connu de Bazin dans la commune, et sûrement pas de Giscard… Qui étaient ces héros involontaires ?… Les Dumond – ils étaient deux frères aussi, Antoine et Joseph – il avait donc existé jadis une famille Dumond à Lagleygeolle ?…

Le temps faisait son œuvre, comme on dit. Et avec le temps tout s'en va, c'est bien vrai : les rires, les larmes, Pétain, les Boches, Joffre, de Gaulle, même Mitterrand et Chirac… Que mon père ait craqué devant la stèle n'était plus d'aucune conséquence. Seulement voilà : 1964 était l'année du cinquantenaire ! La télévision, toute nouvelle en nos contrées boisées, diffusait massivement les documents du conflit – la première bataille de la Marne… On avait vu les jours précédents des files de taxis bizarrement sautillants sur les images des vieilles actualités Pathé. Cette sorte de révision générale ne faisait que donner un recul extraordinaire à ces événements qui prenaient de ce fait une énorme distance historique. Le lointain de la guerre était commenté par des historiens graves et bien informés, mais qui n'avaient pas eu mal eux-mêmes, ni au cœur ni aux pieds. Les bougres parlaient d'abondance, donnaient des noms et des chiffres clairs, sans jamais prendre ce regard mal assuré, ces arrêts sur fantômes avec des silences chargés de frissons qu'avaient eus les vieux à moustaches, dans le temps, lorsqu'ils causaient de la guerre.

Mon père avait regardé ces programmes sur son poste à l'écran bombé, bordé d'un cadre en plastique beige. Ça lui rafraîchissait les souvenirs, balançant entre l'émotion et la dérision que provoquaient les trous d'obus documentaires. Pour ne pas blesser le regard des spectateurs, on ne montrait pas les champs de cadavres épanouis sur la neige… D'ailleurs ils n'avaient pas été filmés à l'époque, afin de ne pas démoraliser les civils dans les salles du cinématographe.

Maintenant que j'y pense, c'est pour ça que mon père a bondi ce matin-là: on lui avait cuisiné les douleurs toute la semaine. Il était gavé d'images plus ou moins triomphantes, avec la notion implicite que tout ça c'était de l'héroïsme, du don de soi ! Il en avait attrapé le hoquet, en quelque sorte… Car pendant toutes ces saisons mortelles sur le front, il n'avait pas cru lui, personnellement, à la gloire patriotique. Pas une seconde, m'expliquait-il – pas même à la « France éternelle »… Au fond, il s'en tapait très vilainement de la Patrie et tout ça. L'Alsace et la Lorraine… elles étaient très bien en Allemagne, à son avis. Il aurait volontiers accepté de devenir allemand lui-même si au moins ça pouvait arrêter cette épouvantable danse macabre ! Uniquement préoccupé de sauver sa peau, chaque jour et chaque nuit que le Diable mitonnait pour eux, les griftons. Il aurait déserté avec joie si cet enfer avait été désertable – mais va te faire foutre ! Les pelotons d'exécution, en cas de tentative, étaient encore moins évitables que les éclats d'obus boches.

Il m'avait raconté plusieurs fois, au cours de nos veillées à la châtaigne, comment il songeait à se mutiler pour se tirer de ce pétrin. Ses récits, il les faisait du temps où la fenêtre de notre cuisine était peinte en bleu, calfeutrée chaque soir de vieux rideaux pour respecter les ordres de la défense passive qui exigeait le noir absolu sur la surface de la France, afin de ne pas fournir de repères aux avions alliés. Que les bombardiers alliés n'aillent pas voir filtrer un rayon de lumière au milieu des bois !... Vers 43, 44, par là, mon papa me confiait comment, en dépit de l'envie, il n'avait pas osé se blesser lui-même pour être évacué du front. Il y songeait, voulait s'arracher un orteil, par exemple, quelque chose de pas trop essentiel à sa personne, mais de suffisant pour être renvoyé à l'arrière, dans un hôpital. Cela à partir de 16, ou 17, dans les abominables cataclysmes de Verdun... Il avait pu goûter aux joies de l'arrière une seule fois, pendant trois précieux mois, peut-être salvateurs, à l'automne de 1915, où il avait eu la typhoïde – bien dangereuse aussi, mais moins épouvantable que les marmites et les shrapnels. Il avait été soigné par des sœurs – ces douces dames lui avaient coulé du baume dans le cœur...

Ce qui avait détourné mon papa de l'automutilation, c'était moins la crainte de la douleur – pas aussi redoutable que la peur des torpilles – que celle d'être découvert et fusillé. Car si le médecin-major qui examinait les blessés s'apercevait que la blessure était volontaire, qu'elle n'avait pas été provoquée par un tir ennemi, au lieu d'être évacué le bonhomme passait illico au peloton d'exécution – « Ça rigolait pas, tu sais ! »... Ce qui trahissait l'arnaque, selon lui, c'étaient les traces de poudre. Pour se traverser le pied d'une balle – tout seul – on était obligé de se la tirer presque à bout portant. La déflagration provoquait une brûlure sur la peau – une sorte de noir de fumée s'incrustait dans la chair de la plaie. Le médecin se rendait parfaitement compte que le coup n'avait pas été tiré à cent mètres : alors zou ! C'était le conseil de guerre assuré, et les douze balles dans la peau pour montrer l'exemple.

Une fois il avait passé à deux doigts de ce genre de vacherie – ce devait être durant l'été de 1915, alors qu'il se trouvait au Train des équipages. Pour couper à une corvée, il s'était caché dans une meule de foin et s'y était endormi. Mais un sergent teigneux l'avait découvert, et alors pardon ! Les menaces, le rapport... De la désertion de poste ! La peine de mort planait sur le site... Les officiers s'étaient arrangés : comme ils cherchaient à se débarrasser de quatre ou cinq mauvais soldats dans son genre qui donnaient un exemple déplorable à la troupe, ils avaient organisé le soir même une mission suicide dont aucun des loustics ne devait normalement revenir. La combine plus expéditive et moins dramatique que le tribunal de campagne : le front ayant reculé les jours précédents dans ce secteur-là (qui devait être dans l'Argonne), la mission consistait à aller récupérer un dépôt de munitions abandonné dans ce qui était à présent les lignes allemandes – derrière leurs avant-postes. Ni plus ni moins !

Évidemment personne n'aurait parié un bouton de culotte sur le succès de cette mission ouvertement suicidaire. On leur avait donné une bonne lampée de gnôle – genre adieu au goût de l'existence... Par bonheur la nuit était noire comme dans un four ; le petit convoi de chariots s'était dirigé par un chemin tortueux entre deux haies vives, avec des précautions de Sioux, vers le dépôt d'obus. Pas commode d'éviter les guetteurs dans la campagne, avec cinq voitures cahotantes, sans compter le pas des chevaux. Cependant, à force de calme, ils étaient parvenus jusqu'à leur objectif sans éveiller l'ennemi... Les chariots avaient été chargés à bas bruit. Seulement, alors qu'ils reprenaient en douce le chemin du retour, les Boches les avaient repérés. Ça s'était mis à péter dans leur direction, un peu à l'aveuglette, heureusement.

Toute prudence aux orties les cinq hommes avaient alors lancé leurs chevaux à coups de fouet, tandis que les obus se mettaient à exploser de part et d'autre du chemin creux... « Ah mon vieux !, disait mon père (à cinq ans il me disait « mon vieux »), si tu avais vu ça ! Les chevaux faisaient de ces bonds ! »… Enfin, tant bien que mal, les cinq chevaux étaient parvenus à traverser ce rideau de mitraille. Un miracle qu'il n'avait pas cherché à élucider. L'un des attelages n'avait plus qu'un seul brancard à l'arrivée, le cheval d'un autre perdait ses tripes en courant, et l'un des tringlots pissait le sang d'une blessure d'éclat d'obus à la tête – mais leur cargaison n'avait pas explosé, ce qui aurait réglé la question en un seul élan. Ils étaient saufs !

Le capitaine n'avait pas caché sa surprise à l'annonce de leur retour ; leur exploit, salué par les copains ébahis, ne leur avait valu aucun compliment officiel de la hiérarchie ! Sans parler d'une citation à l'ordre du régiment !

– C'était une belle crapulerie, tu sais, cette guerre. Ah les vaches !

Dans ces cas-là ma mère, qui savait comment mécontenter son mari, glissait sa remarque favorite en plantant la pointe de son couteau dans la peau de la châtaigne :

– C'est le bon Dieu qui vous a protégés.

– Ah oui, le bon Dieu !

Mon père sursautait :

– Tu parles ! Il était là, tiens, le bon Dieu !

Notre Seigneur était un sujet de querelle entre eux. Mon père se moquait des croyances – son désespoir était entier. Il se fâchait très vite à propos des curés, des dévots – fort éloigné de la théorie d'Alphonse Allais selon laquelle : « Un homme qui sait se rendre heureux avec une simple illusion est infiniment plus malin que celui qui se désespère avec la réalité. » Si réalité il y a – ça reste une question d'appréciation…

À un moment, sur le front, le bruit avait couru que des soldats avaient vu la Sainte Vierge dans le ciel. C'était en 18, quand les Allemands reculaient enfin… Des types juraient que la Vierge était apparue dans les nuages – elle faisait de grands gestes aux Boches : « Allez-vous-en, reculez ! Reculez !… » Ils l'affirmaient : la mère de Dieu indiquait clairement la direction de l'Allemagne… Mon père ricanait de ces rumeurs ; ma mère soupirait :

– Il ne croit en rien.

– Qu'est-ce que tu veux croire, pauvre bourrique ! Que la Vierge faisait partir les Allemands ?

– Pourquoi pas ?

Elle s'entêtait, ça le rendait fou. Du moins elle faisait semblant, pour le titiller, pour allumer la discorde. Elle était comme ça, chacun ses guerres... Ma mère n'était à ses pièces que lorsque le torchon brûlait. En tout cas, lui, il s'ulcérait vite à la pensée d'une intervention divine dans les charniers :

– Pauvre imbécile ! On voit que t'as rien vu... On voit bien que t'as aucune idée de la saloperie que c'était !

Il lançait une châtaigne avec violence dans le panier :

– Alors, et maintenant, hein ? Elle a qu'à les faire partir maintenant, les Boches, la Vierge, si elle est si forte ! Pourquoi elle leur fait pas signe ?

Il parlait des Boches d'à présent, ceux d'Hitler qui étaient revenus et que nous avions sur le dos pour de bon. En 42, comme cadeau de Noël, les Allemands avaient franchi la ligne de démarcation et envahi la zone sud, la nôtre. Ils étaient à Brive, partout... La France entière frémissait sous leur botte.

– Qu'est-ce qu'elle attend, dis donc, pour les renvoyer chez eux ?

La présence des Allemands tout proches rendait les récits de la Grande Guerre encore plus vrais, plus tangibles, et plus affligeants. Bien la peine d'en avoir tant bavé, d'avoir tué tant de monde pour arriver à ce résultat ! Tout ce gigantesque massacre pour rien. « Peau de zébi ! »

– Ah elle est belle la France ! Ils peuvent s'en barbouiller de la Patrie, c'est moi qui te le dis !...

La Der des ders qu'ils avaient annoncée. Parlons-en !

– Pas mal, merci !

C'était du propre : le marché noir, les tickets, la misère... Et un million de pauvres types prisonniers au diable vauvert-de-gris ! Pétain, ce coup-ci, qui faisait ami-ami avec les Chleus ! Qu'est-ce qu'ils en disaient les cadavres de s'être fait bousiller la gueule pour que dalle ?

– Nib de nib !

Il parlait l'argot des tranchées, mon père, en plus de

l'occitan local et du français commun. Trilingue ! Il possédait un langage véhément appris à l'orée du siècle XX, à Paris où il était allé travailler avant son service militaire. Il avait continué ses classes ensuite au régiment disciplinaire d'Afrique où il avait été envoyé pour ne pas avoir répondu à la convocation du Conseil de révision. Bizerte, Tataouine – deux ans de désert en compagnie des têtes brûlées de la capitale qui dévidaient le jar, vers Gobi comme à Montmartre ou à Belleville !

Tous ces voyages avaient fini par lui faire perdre la foi de son enfance – la religion de sa pieuse mère, de son père respectueux des cultes. Plus tard encore, il avait travaillé en usine, après guerre, de retour à Paris – et là on lui avait parlé des « prolétaires », du « capital », d'un dénommé Karl Marx qui avait écrit une sorte de nouvelle bible. Avec les années il était devenu agnostique, et même assez insolent à l'égard de Dieu :

– Vierge Marie, Vierge Marie !... Qu'est-ce que tu nous jaspines ? Les pauvres types qui sont sur le monument, là-haut, va leur demander ce qu'ils en pensent de la Sainte Vierge ! Les macchabées, hein ? Ils se sont fait crever la paillasse pour le roi de Prusse. Demande à Manimont où ils sont maintenant ? Et Brunie du Peuch qui a été gazé ?

Il parlait de ses anciens voisins, les plus proches de chez son père, ses compagnons de jeunesse.

– C'était un rude pourtant, Manimont... Il la voit la Vierge, tu crois ? Et le petit Arfeuil, le fils du forgeron qui devait être instituteur. Demande à sa mère, tiens ! Tu la vois souvent sa mère quand tu vas à la messe, c'est pas compliqué, cause-lui-en ! Et à sa sœur... Elles te diront s'il est bien avec le bon Dieu, le môme.

Quand il était lancé, le diable ne l'aurait pas arrêté ! Il s'échauffait tout seul sur ce terrain métaphysique. Ma mère lui parlait patois à ce moment-là, pour humilier son ironie. Elle le ramenait de force dans le terre à terre, le monde quotidien du ras les pâquerettes. Elle avait une façon de scier ses effets en faisant sentir que ce n'était pas la peine de tant crâner, de faire le beau philosophe en langue française :

– *Sabes mas dire de las bestiors*[1]*!* (Tu ne sais dire que des bêtises.)

Mon père jetait dans le panier la châtaigne jaune pâle au tanin vineux qu'il était en train d'éplucher. Il grognait un de ses jurons préféré : « Ah ! la putain de sa mère !… »

Nous jetions dans le feu les mauvaises châtaignes, celles qui étaient bleues en dedans à la coupure. Un feu maigre, fait de quatre tisons qui noircissaient à toutes petites flammes. Nous étions sans bûches épaisses qui font le riant des âtres, les belles flammes dansantes des gravures. Car mon père était trop âgé pour fendre seul les troncs d'arbre, il se contentait des ramures qu'il élaguait sur les chênes et les châtaigniers de notre bois. Nous ramenions à la maison des cargaisons de branches avec la charrette à vaches, à la fin de septembre – et puisque nous n'avions jamais de provision d'avance le bois n'était pas sec, il brûlait mal, avec beaucoup de fumée. Comme notre cheminée, mal bâtie, ne tirait pas du tout, la fumée se répandait dans la cuisine, seule pièce de séjour, surtout s'il y avait du vent d'ouest, le vent dominant de la pluie.

Le dernier hiver de la guerre – la nôtre – nous ne pouvions même pas aérer en ouvrant la porte en grand, ou la fenêtre, à cause de la défense passive qui n'autorisait pas le moindre rayon dans la nuit. Nous étions obligés de réduire le feu encore davantage, ça devenait un feu symbolique qui ne chauffait pas à trente centimètres, et qui piquait violemment les yeux. Nous avions froid. Le dos gelé, je me pelotonnais le plus bas possible auprès des braises. De temps en temps mon père les attisait – il se penchait pour mettre ses mains en coque au-dessus des flammes courtes, prendre « une poignée de feu »… Il disait :

– Ça pince ce soir, mon vieux !

Ça lui rappelait des choses, lui si frileux… Nos guerres ont eu des hivers rigoureux.

Ma mère disait :

1. Voir notes sur la langue locale, p. 527.

– Tu ferais mieux d'aller chercher une brassée de petit bois au lieu de raconter tes conneries.

J'ai vécu la guerre de 14 dans une fumée bleue qui prenait à la gorge. Elle faisait pleurer les yeux.

II

Le siècle est passé par-dessus, les gens sont morts. Mon père, il « gît sous lame », et ma mère n'est pas restée… Sentant venir son tour de voyage, quatorze mois après la scène du monument, il a encore parlé de Verdun, de la guerre, du grand néant. Il criait dans la chambre : « Pourquoi ils m'ont pas tué à Verdun ! J'aurais pas besoin de crever maintenant… » Il criait en français, pour mieux se raccrocher à la vie, aux belles choses, aux espoirs de maintenant, scientifiques. Et Dieu sait si les espérances étaient solides alors, et vastes ! L'air était pur, la route large de découvertes, de richesses et d'amour à venir… Cinq ans plus tôt le Russe Gagarine s'était envolé dans la stratosphère ; il avait dansé en orbite autour de la Terre dans son spoutnik, comme pour l'annonce d'un nouveau messie…

C'était dur d'aller aux fleurs avec la télévision qui chantait des lendemains encore plus excitants que ceux de la veille. Mon papa est parti rejoindre les engloutis, et nous lui avons mis son costume marron, d'une teinte un peu brique – un vêtement peut-être un peu gai pour la circonstance. Il aurait mieux valu du foncé, du bleu marine pour recevoir les derniers adieux, du gris sombre… Seulement c'était le seul qu'il avait ; il n'était plus l'heure d'en acheter un autre. Nous l'avons habillé en dimanche ordinaire. Je lui ai donné ma cravate beige, neuve qui avait servi à mon mariage ; et tout de même, parce que ça se faisait – tant pis pour Gagarine – j'ai placé entre ses doigts définitivement gelés le chapelet de ma première communion. Un chapelet aux grains blanc nacré, je me souviens –

un chapelet de vierge. C'était l'hiver, j'ai beaucoup pleuré…

Sur le corbillard de la commune, tiré par le gros cheval d'un voisin, on avait étendu le drapeau à franges des Anciens Combattants, à même le cercueil verni. Le dernier lien avec l'histoire, l'ultime hommage… Je ne sais pas s'il aurait aimé. Il y avait un petit vent aigre de janvier – et un grand silence, comme souvent sur nos collines.

Les gens sont morts et le monde a tourné, très fort, très vite… La guerre mondiale numéro 1 est devenue aussi lointaine que les campagnes de Napoléon Ier – un autre grand pourvoyeur de squelettes. À part des gares de chemin de fer de chaque côté de l'eau, Austerlitz et Waterloo sont des mots du même ordre ancien que Verdun, Douaumont, le Chemin des Dames. Tout se rejoint dans le gouffre des douleurs passées, des atrocités superflues. Le monde s'est transformé si totalement qu'il ne reste rien des temps relativement immobiles qu'ils laissaient derrière eux, ces combattants de l'inutile.

Il reste les prés, la rondeur de nos collines… Les croix de pierre devant lesquelles ils se signaient en passant, dans leur prime jeunesse – et que l'on ne regarde plus. Des croix taillées on ne sait quand, posées avec ferveur, toutes différentes, qui ont fait l'objet de processions fleuries aux fêtes de printemps. La nôtre, celle du hameau, porte un petit bénitier creusé dans la masse. La pierre brute devait présenter une bosse à cet endroit, ce qui a donné au tailleur l'idée de cette excroissance. Il a dû se plaire à sculpter cette espèce de gros coquetier dans lequel on ne peut placer au mieux qu'un bouquet de violettes ou de primevères. Il ne saurait y avoir d'eau bénite dans un creux en plein vent, battu par les pluies.

Nos croix ont des taches brunes et des taches claires comme la peau des vieillards. Elles se dressent, sèches et nues devant les champs, en sentinelles des civilisations mortes.

Ils ne reconnaîtraient rien ceux du monument, ni leurs maisons qui ont grandi, ou qui ont été rasées, ni les routes qui y conduisaient et que l'on a chargées de goudron, parfois déplacées, ou retracées, et toujours élargies. Ils auraient de la peine à se situer dans notre bourg, qui fut le leur, où l'on a transformé en place vide le vieux cimetière où dormaient leurs parents. On a poussé au bulldozer les restes humains accumulés depuis mille ans autour de la petite église. Ils se retrouveraient sous le porche du clocher qu'ils ont vu bâtir parmi les disputes ; le clocher était neuf à leur époque. Ils pousseraient la porte cintrée et verraient leur bénitier à droite, au pied de l'escalier qui monte à la tribune des hommes. Mais ni le vitrail du chœur détruit par négligence ni la chaire de bois ôtée par incurie ne sont là… ni le plafond, au dôme peint en bleu comme un ciel.

Ils ne reconnaîtraient pas leurs champs sous nos cieux immuables, car les terres ne sont plus cultivées. Les sols sont devenus des pâturages, et eux qui ne pouvaient tenir que deux ou trois bêtes à la fois – cinq ou six dans les meilleurs cas – ils seraient confondus par les immenses troupeaux roux qui déambulent en toutes saisons au flanc des collines. Ce qui reste de travail ne s'exécute plus de la même façon – plus d'attelages : tout passe par des machines énormes, peintes en rouge ou en jaune vif, qui les laisseraient pantois, tout frissonnants du bruit. Totalement émerveillés, sans aucun doute, par la puissance de nos tracteurs…

Mais ils se sentiraient tellement étrangers ! Bien plus encore que dans les contrées fécondes où ils ont fini leurs jours. Seuls et désolés revenants… Les gens d'ici ne parlent plus leur langue, devenue morte ou peu s'en faut. Nous ne nous habillons plus pareil, des pieds à la tête, nous ne marchons plus du même pas ample et lent qu'ils ont quitté si tôt. Nous avons des autos d'extraterrestres qui les rempliraient d'épouvante… Les gens d'ici ont entièrement changé leur nourriture à présent – on ne pèle plus les châtaignes qui constituaient le menu de base, chaque automne. On en pèle quelques poignées, par pur souvenir, par une sorte d'allégeance folklorique.

Il reste quelques granges inquiètes, à l'écart, de vieux débris d'arbres qu'un siècle n'a pas trop changés – quelques vestiges d'eux, méconnaissables… La famille des frères Rouchon s'est éteinte par leur absence. Leur petite maison au bord du chemin – longtemps appelée *Chas Rouchou* – s'est écroulée sous la poussée des arbres, du vent, sous la poussée du temps. Il ne subsiste, avec le puits, qu'un pan de mur : le pignon nord de la demeure, avec une fenêtre en haut, où ne passe plus un regard. À voir l'amoncellement des cailloux on pourrait croire que les canons allemands ont atteint ces murs, à très longue distance. Et dans un certain sens c'est exact – il y a là une authentique ruine de guerre, à laquelle un volet pend, tout de guingois. Un placard de bois blanchi, rongé par un siècle d'orages, de soleil et de pluies. La seule trace matérielle que les Rouchon avaient pu toucher de leurs mains.

Si ! – il reste une chose, dans le bourg : la forge… La forge que le vieil Arfeuil avait bâtie à cet endroit, avec sa grange, en 1906. La forge avec la grosse enclume à peine tannée que cet artisan d'élite (disait mon père) était allé fondre et tremper lui-même à Aubazine-gare, en la jetant dans la rivière. C'était le récit que l'on faisait de la naissance de ce meuble essentiel, absolument central pour toute l'activité agricole d'autrefois – une création façon Vulcain.

Elle est toujours au même endroit – elle a usé deux forgerons, presque trois. C'est la seule chose qui leur serait vraiment familière aux fantômes, ce tintement clair de l'enclume, cette musique concrète d'accompagnement des vieux jours – avec peut-être, à la belle saison, quelques chants d'oiseaux.

III

J'ai retrouvé les Dumond – Joseph, et son frère Antoine que l'on appelait Antonin. J'y ai mis du cœur, il faut dire, beaucoup d'entêtement. J'ai dû remonter les courants, un peu à la nage, forer des passages d'immobilité compacte, fouiller bien minutieusement les poches du temps éteint… J'ai eu du mal – mais je m'étais promis de faire la nique à l'oubli, de mon vivant. Il m'a fallu creuser profond les couches de silence.

Au bout du compte, je suis retombé dans ma cour ! En fait, les Dumond, c'étaient mes voisins – oui, surprise ! Ils restaient dans la petite maison vide au-dessous de la mienne – cette maisonnette basse couverte en lauzes, inhabitée, où d'autres font couver les poules, et rangent leurs pommes de terre. Ils étaient là, quatre enfants qui avaient grandi sous les yeux de ma grand-mère – les deux grands, plus Louis, dit Louinot, le plus jeune, de santé fragile ; avec la petite sœur, Maria. Ma grand-mère Julia, une femme de très douce réputation, les avait forcément cajolés dans leur berceau lorsqu'elle était jeune fille… Elle leur avait donné des biscuits aux jours de fête, comme cela se faisait aux petits enfants qui baissaient la tête avec obstination, et ne voulaient d'abord rien accepter.

Julia tendait sa main qu'elle avait petite, aux doigts si fins (je le sais puisque j'ai sa bague). Elle invitait Joseph avec insistance :

– *Prens lo, pauròt… Anes ! Jazè, fastieï pas lo bestiasso !* (Prends-le mon petit.)

Il fallait attendre que sa mère l'autorise :

– *E be prins lo, anes, pisque zo te dònnont.* (Prends-le puisqu'on te le donne.)

Alors seulement l'enfant avançait doucement sa menotte pour saisir le gâteau qu'on lui tendait. C'était la règle : se laisser couvider* longtemps. Il ne fallait pas paraître courgniole* – surtout si on crevait d'envie de la friandise. Par-dessus tout si on était un enfant de pauvre – ne pas montrer que l'on pouvait avoir faim.

– *Brav'éfònt*, disait ma grand-mère. *Faï-mé'n potos...* (Fais-moi un bisou.)

Elle tendait sa joue de dix-sept ans, et le petit lui faisait la bise, tout radieux.

Joseph avait douze ans lors de la naissance de ma mère. Il a dû entrer ici souvent, tout petit, dans ce qui est à présent ma maison, mon domicile fixe. Sans aucun doute il s'est assis sur le banc au coin de mon feu pour des veillées, avec sa mère, la Marie Georges femme Dumond, comme cela se faisait entre voisins. Il a monté cet escalier, sans aucun doute ; il est venu, à quatre ou cinq ans, dans cette chambre haute qui me sert de bureau ; il a vu ces murs, ces fenêtres devant lesquelles j'écris ceci. Son regard a parcouru les poutres de mon plafond qui n'ont pas changé depuis plus de cent ans, les mêmes. Il a porté ses yeux noirs timides sur mon plancher... Et je ne le savais pas !

Leur petite sœur, Maria, avait juste deux ans de plus que ma mère – elles ont joué ensemble et je n'en savais rien. Bien qu'elle ait fait allusion quelquefois à la Maria Dumond... Elles sont allées à l'école ensemble – du moins si la gamine a eu le temps d'aller à l'école, ce qui n'avait pas été le cas de ses frères. Le petit Joseph – il n'était pas grand : 1,58 m à vingt ans, sous la toise du Conseil de révision (mais l'époque était aux hommes de courte taille) – le petit Joseph n'avait guère mis les pieds chez M. Bordas, l'instituteur, dans les classes toutes neuves. À partir de six, sept ans, il allait se rendre utile chez l'un ou l'autre

* Les mots suivis d'un astérisque sont expliqués dans le *glossaire* à la fin du livre.

de ses voisins qui l'employait à garder les vaches – ceux qui avaient du bien, et entretenaient des troupeaux. Dans les maisons où l'on mangeait toujours à sa faim : les Breuil, les Chassaing – un peu plus tard chez Battut…

Il rentrait dormir chez lui le soir, bien sûr, mais au moins il était nourri dans la journée – une bouche de moins pour les parents Dumond qui n'étaient pas riches, tant s'en fallait. Le père Dumond avait même emprunté quelques sous à Pierre Chassaing, qui possédait une grosse propriété pour l'époque, une année où il avait dû faire réparer son toit qui fuyait. Selon la coutume du temps, le prêteur ne prenait pas d'intérêts ; on rendait l'argent quand on pouvait – mais en contrepartie l'enfant était tenu de venir donner un coup de main gratuitement, plusieurs jours par semaine, tant que durait la dette.

Quelquefois, si Pierre Chassaing se sentait en veine de largesse, il payait une paire de sabots à Joseph ou à son frère Antonin. Mais dès le retour de la belle saison, par souci d'économie, les deux gaillards « marchaient sur la France » comme disait leur oncle, Étienne Georges – un original qui vivait de petits travaux.

Au printemps les enfants profitaient de leurs séjours forcés dans les prés pour chercher les nids dans les haies vives. Ils surveillaient secrètement, en garçons avertis, la bonne venue des oisillons et savaient saisir le moment où ils devaient faire main basse sur la nichée criarde avant qu'elle s'envole – ni trop tôt, ni trop tard, une question de coup d'œil et d'expérience. Ils rapportaient leur butin chez eux, et la Marie faisait rôtir les oiseaux dans la poêle. Pour des garçons habitués à se partager un œuf, ces oiselets tendres amélioraient l'ordinaire autrement dépourvu de viande.

Tout ça n'avait pas laissé beaucoup de temps à Joseph pour se rendre au bourg, à l'école neuve, dont on disait qu'elle était obligatoire avec la République. Mais la République n'avait pas prêté des sous à son père !… Joseph n'avait jamais appris à lire, ni vraiment à compter ; le registre militaire porte la marque des illettrés complets : « Instruction 0. » Dès qu'il eut douze ans, au lieu d'aller à la journée ici et là, il se loua régulièrement comme valet de ferme dans la commune. À dix-sept ans, le recensement de 1906 en fait foi, il était domestique au Peuch, chez Antoine Lissajoux.

Cette pratique assidue de l'école buissonnière eut pour effet secondaire que Joseph n'avait pour ainsi dire jamais entendu parler français avant de faire l'armée. La langue nationale n'était d'aucun usage dans nos hameaux avant la guerre de 1914, hors l'école elle-même. Le vieux curé Goudriat, qui venait d'Ussel et avait un accent de montagne, faisait la plupart du temps ses sermons et ses confessions en patois, par respect pour les vieilles femmes. Joseph fut incorporé au 7e Régiment d'Infanterie à Cahors, à partir du mois de novembre de 1911 – dans une garnison en plein pays occitan tout le monde alors, ou presque, heureusement, parlait la langue locale. Les échanges ordinaires de la caserne, en dehors des ordres et de l'instruction, se faisaient en *oc* – sauf pour les bourgeois, ceux qui avaient été dans les écoles, et les rares conscrits qui atterrissaient là venant d'une province du Nord. Joseph ne se trouvait pas trop dépaysé – encore qu'à Cahors ils avaient leurs façons à eux : ils roulaient dur les « r ». Ces jeunes du Sud avaient un parler sec, et plein de mots qui n'étaient pas pareils qu'à Lagleygeolle – mais on se comprenait, c'était l'essentiel. C'était moins pire que pour son frère Antonin qui avait fait son service au loin, à Montauban, trois ans auparavant.

Oh ! Naturellement Joseph connaissait quelques mots de français courant : « Oui, non, bonjour, bonsoir. » Facile ! Et puis ce n'était pas très compliqué de glisser d'expressions simples comme *lo buré* à « le beurre », *lo vi à* « le vin », *la chambra*, « la chambre » ainsi de suite – il suffisait d'un brin d'attention, et Joseph avait bonne mémoire. Après les classes, les « en avant, marche », les « présentez armes » et tout le fourbi n'avaient plus de secret pour lui, ni pour personne. Ah ! Il avait passé du bon temps là-bas, à Cahors – des vacances de prince ! Sans vache à soigner, sans vigne à piocher, sans bois à fendre… Plein de temps de repos, pendant lesquels il avait appris à jouer à la manille. Avec une nourriture abondante et variée. Il avait grossi !

Les frères Dumond avaient une particularité étonnante qui paraîtrait ravissante aujourd'hui : ils étaient nés – à deux ans d'écart – tous les deux le même jour, à savoir le 21 décembre. La Marie Dumond avait fait preuve d'une belle suite dans les idées pour ses délivrances – elle ratait chaque fois de peu la Nativité. Ses poupons auraient été parfaits pour figurer dans la crèche !... Cependant ils n'eurent jamais l'occasion de mettre en avant leur *happy birthday*, car l'époque accordait peu d'intérêt aux anniversaires. On ne fêtait pas encore le jour de la naissance – du moins dans le peuple. À peine si l'on remarquait son retour : le jour des compliments, des embrassades, et aussi des menus cadeaux était la fête du saint patron – en l'occurrence la saint Joseph le 19 mars, et le 5 juillet pour son frère Antonin.

Antonin Dumond lui aussi avait été domestique chez les autres, le sort commun des enfants nécessiteux. Seulement il avait fait plus tard un beau mariage – oh ! pas pour la question de la richesse... Mais un mariage intéressant, par lequel il mettait un toit sur sa tête, avec la plus jeune fille des Rouchon, à Merlette. C'était un robuste, l'Antonin ; pas bien grand non plus, mais bien attrapé des reins et des épaules. Il le fallait dans ces pentes de Merlette où aucun lopin de terre n'aurait fait tenir une chaise debout ! On ne pouvait y labourer qu'à sillon perdu, en tournant la terre vers le haut – ça en faisait des va-et-vient, et des pas pour rien, avec deux vaches maigres au joug.

La propriété n'était certes pas très grande : l'Antoine Rouchon, le beau-père, et sa femme l'Antoinette avaient acheté ces pendailles en 1890, en brûlant leurs économies, histoire de se mettre chez eux... Antoinette sortait d'une bonne maison de Ligneyrac, les Mandégou ; elle avait fréquenté l'école des sœurs, et en plus de posséder un bon français, elle savait lire et écrire couramment, ce qui pour une fille était plutôt exceptionnel dans nos collines. Seulement le jeune Antoine Rouchon, un beau gars, était venu domestique chez son père, et ma foi elle en était tombée amoureuse, follement. Scandale ! Ses parents avaient d'autres vues pour elle, plus intéressantes que ce va-nu-pieds de valet qui, comble de vergogne, n'avait pas de père connu ! Un enfant naturel, de mère pécheresse, c'était trop !... Mais Antoinette s'était entêtée ; elle avait exigé le mariage. Le père Mandégou les avait mis à la porte, sa fille et le galant !

Le couple avait été métayer à Meyssac, au village de Barrot – puis ils avaient voulu se mettre dans leurs meubles, et c'est là qu'ils avaient choisi cette bicoque pas chère dans les bois, sur les hauteurs. À force de volonté – l'Antoinette n'en manquait pas, elle savait secouer sa maisonnée – ils s'étaient fait leur modeste pelote, à l'économie serrée, et avaient élevé leurs quatre enfants : deux filles, Julienne et Angéline, et deux garçons, Pierre et Léon, prenant soin d'envoyer tout ce monde à l'école du village, en particulier l'hiver. Leur mère leur avait même parlé français dès leur plus jeune âge, afin de les avancer dans la vie... Aussi filles et garçons savaient-ils lire et écrire convenablement au moment de quitter l'école, à l'âge de douze ans.

L'hiver de 1900, les deux aînés – Pierre qui venait d'avoir dix-huit ans, et Julienne qui en avait seize – décidèrent hardiment d'aller tenter leur chance parmi les Français dont parlait le livre d'école[1]... Par l'intermédiaire d'un restaurateur d'Aurillac, ami d'un cousin de la famille, Pierre avait pris des contacts avec le monde de la brasserie auvergnate à Paris. C'était l'époque où les bougnats enrichis géraient une sorte de monopole limonadier dans la capitale, et recrutaient par cooptation la jeunesse ambitieuse de nos contrées. Par la même filière, Julienne se vit proposer une place de bonne à tout faire dans une famille qui habitait non loin de la gare du Nord, rue de l'Aqueduc ; ces gens logèrent d'ailleurs le frère et la sœur pendant leurs débuts dans la ville prodigieuse de tous les possibles.

Tout, à Paris, éblouissait les jeunes gens ; ils vivaient un conte de fées ; la dureté du travail continu, aussi bien les

1. *Le Tour de France par deux enfants*, livre unique de lecture.

tâches domestiques pour Julienne qui ne quittait son service que le temps d'une courte messe le dimanche matin, que les corvées du grouillot de brasserie levé chaque jour à 5 heures, ne pouvait les rebuter. Il leur suffisait de penser au crève corps permanent que représentait la vie aux champs pentus de Merlette pour se sentir insouciants et légers. Le siècle naissant leur appartenait... De fait, Pierre Rouchon et sa sœur amorçaient dans notre commune le long mouvement d'exode vers Paris, devenu la capitale des cœurs depuis l'alphabétisation massive. Mon père, qui avait exactement le même âge que Julienne, leur emboîta le pas l'année suivante ; dans la limonade lui aussi. D'autres suivirent : Louis Fontourcy de l'Estrade, plus tard Michel Manimont, Pierre Rigaud du Poujol, beaucoup de jeunes courageux des communes avoisinantes auxquels les grands travaux publics, comme la construction du tramway et du métro, offraient de l'emploi. Sans la guerre de 14-18 notre région allait déverser tout le trop-plein de ses dégourdis sur les bords de la Seine !

Les lettres pleines de ravissement que les Rouchon envoyaient au pays faisaient trépigner d'impatience Léon ; lui aussi se lassait des travaux champêtres et ne pensait qu'à rejoindre son grand frère Pierre dans le monde fascinant des limonadiers. Il n'avait que quatorze ans et demi, et une silhouette bien frêle, lorsqu'à la fin de novembre 1902, Pierre l'appela pour le remplacer durant son service militaire qu'il allait faire dans un régiment de zouaves en Tunisie. L'aîné des Rouchon faisait venir le petit frère sans doute pour garder un pied dans la place, mais aussi pour ne pas laisser Julienne seule à dix-huit ans la proie d'éventuels prédateurs dans la fantastique métropole. La plus jeune des quatre enfants Rouchon, Angeline, qui avait atteint ses dix ans, resta seule à Merlette avec les parents...

La vie suivit son cours ; des hommes audacieux inventèrent l'aviation, d'autres firent rouler des automobiles de plus en plus rigolotes et rapides... Cependant les fatigues d'une propriété mal commode avaient usé le père, Antoine Rouchon. Il tomba frappé de mort subite en faisant les foins, le 7 juillet 1912, pendant que Pierre, à Paris, roulait à bicyclette. La petite Angéline avait alors vingt ans, Léon se trouvait à son tour au régiment, à Bellac. Il obtint une permission pour venir enterrer le père et finir les foins…

Les hommes étant partis, la place était libre à Merlette ; cela faisait d'autant mieux l'affaire d'un garçon courageux comme l'Antonin Dumond, formé de petit âge aux rudesses du travail à bras. L'Angéline était belle fille aussi, ce qui ne gâtait rien… Ils s'étaient mariés sitôt sortis du deuil paternel, et avaient eu une petite fille appelée Julienne comme sa tante de Paris qui devenait sa marraine.

La situation sociale de cette marraine parisienne, qui revenait chaque année passer quelques journées bucoliques au berceau de ses jours, avait du reste grandement évolué depuis tout ce temps. Ses premiers patrons de la rue de l'Aqueduc avaient pris leur retraite assez vite après sa venue, et s'étaient retirés en province. Non sans avoir recommandé leur jeune domestique – une perle de Corrèze ! – à de bons amis, des boulangers d'Enghien-les-Bains, dans la banlieue nord de la capitale, qui avaient besoin d'une personne de confiance pour servir à la boutique en même temps qu'elle s'occuperait des enfants. Julienne s'était avantageusement retrouvée à Enghien serveuse en boulangerie.

Nous parlons d'un temps d'avant 1914 où tous les commerçants livraient leurs produits à domicile, et employaient pour cela des garçons délurés. Le livreur de la boulangerie venait, lui, de Touraine ; il avait son certificat d'études assorti d'une belle écriture qui le recommandait auprès de la clientèle aisée. Il fit bientôt les yeux doux à la nurse corrézienne qui vendait gentiment le boulot, la baguette et le bâtard – Julienne repoussa d'abord les propositions honnêtes du jeune homme, qui s'appelait Dominique Verrier ; jusqu'au jour où ce dernier, par un heureux coup du sort qui ne se rencontrait plus que dans les romans de bonne facture, décrocha le pompon de la promotion sociale, et devint du jour au lendemain caissier au casino d'Enghien ! Une situation merveilleusement lucrative, surtout pour un garçon prudent et économe, qui autorisait tous les espoirs – comme dans une féerie bien moulée, Dominique épousa la boulangère… Les noces eurent lieu au mois de novembre 1909, la naissance de leur premier garçon en juillet 1911. Julienne, qui avait quitté sa place, se consacra désormais à son ménage et à l'éducation de son bébé prénommé Pierre, comme son oncle et parrain Rouchon !

Quant à Léon Rouchon, à la fin de son service militaire, il était remonté dare-dare à Paris, début octobre 1912. Il habitait à présent 47 rue Vivienne, au-dessous de la Bourse, en plein cœur de tout. Son frère Pierre résidait tout près, au 18 rue Saint-Fiacre, et vivait en concubinage avec une jeune femme accorte et élancée nommée Félicie. Léon avait acquis toute l'allure du vrai Parisien ; il s'était appliqué de bonne heure à corriger son accent rustique pour prendre, à l'oreille, les intonations élégantes qui donnaient tellement d'allant et d'insouciance aux Parigots. Il disait d'une chose qu'elle était « chouette ! » ou bien il disait : « C'est épatant ! » Il parlait de « bosser » pour travailler, ou de « turbiner », et cent autres expressions joyeuses parfaitement inconnues sur les collines.

Ah ! la Ville lumière, c'était autre chose que Merlette ! On y voyait partout des illuminations électriques, des monuments à vous couper le souffle de grandeur – l'Opéra, la Madeleine ! Sur les Grands Boulevards se dressaient des brasseries étincelantes ; Léon y livrait parfois des fûts de bière… Les cafés-concerts propageaient des chansons ravissantes à propos de la caissière du *Grand Café*, non loin de la rue Vivienne, et d'un tourlourou natif d'Arras qui faisaient le régal de Léon. À Paris tout était gai : les femmes y portaient leurs cheveux sans coiffe, en hauteur, dans une masse arrondie à l'arrière par un chignon placé haut sur la nuque, ce qui leur dégageait le cou – adorablement.

À Merlette, il faut bien le dire, en dehors des merles, pardi, les concerts étaient donnés surtout par des corbeaux et des pies ! On voyait aussi des blaireaux, et de grandes hardes de sangliers. Chaque mois de septembre, au moment des récoltes de maïs, de la vendange, la famille se livrait à une occupation qui aurait paru bien étrange aux passants, si quiconque avait pu « passer » dans un patelin pareil, aussi à l'écart de tout... Le soir, lorsque la nuit était tombée, on sortait les casseroles devant la maison, les bassines, tout ce qui pouvait faire quelque bruit – y compris un gros peïrol* de cuivre qui résonnait comme un gong. Puis, chacun, muni d'un bâton, tapait à qui mieux mieux sur les ustensiles pour produire un vacarme indescriptible. Les enfants s'en donnaient à cœur joie ; ils poussaient des hululements stridents de sauvages appelant la pluie... Ce concert insolite durait une demi-heure environ, ce qui était suffisant, mais indispensable, pour jeter l'épouvante dans les familles de sangliers qui s'apprêtaient à faire des ravages dans les champs cultivés. Cette clameur vociférante les éloignait provisoirement de la zone de leurs délices... Le blaireau lui aussi s'enfuyait jusqu'au lendemain – on parvenait ainsi à préserver quelques récoltes.

À Paris, dans l'hiver de 1914, Léon Rouchon avait vu arriver son copain d'école Michel Manimont, de Crumière. Les deux garçons étaient du même âge à un mois près, de même taille – ils mesuraient tous deux 1,60 m – avec des yeux pareillement bleus, et avaient peiné ensemble pendant leur courte enfance sur le même banc de l'école neuve, sous la férule de M. Bordas. Ils avaient conservé de ces labeurs complices une chaude camaraderie qui se manifestait chaque fois que Léon revenait au pays, dans les fêtes, les bals et les réjouissances du temps. Le jour du Conseil de révision, ils s'étaient retrouvés les deux seuls conscrits de la commune de la classe 8, et avaient terminé la journée par une cuite bien affinée... De sorte que lorsque Manimont s'était marié au mois de janvier 14, avec la Louise Pauliac, du Pescher, il avait invité à ses noces son vieux compagnon, le « Parisien Rouchon ».

Les deux hommes avaient longuement bavardé : Léon, émigré depuis presque douze ans, ne tarissait pas d'éloges sur l'existence citadine, sur le bien-être et l'argent gagné à des tâches tout de même infiniment moins suppliciantes que l'ordinaire des travaux locaux, dans le froid, l'hiver, la chaleur cuisante l'été. Son beau costume, ses manières élégantes plaidaient pour sa cause avec une éloquence qui se passait de commentaire. À Paris, on voyageait sous terre à présent ! Mais oui, à toute vitesse encore ! Dans une sorte de tramway souterrain tiré par la seule force électrique. Un mode de transport révolutionnaire, épigone du progrès, que l'on appelait le Métropolitain – les longs tunnels passaient sous les rues, sous les maisons, et même sous le fleuve, la Seine…

Louise écoutait ces récits les yeux brillants et le souffle coupé, elle en avait des frissons :

– C'est pas dangereux de se noyer ?…

– Penses-tu ! disait Léon en riant. On ne s'aperçoit de rien…

La vie à Paris était inimaginable – les jeunes mariés en avaient l'eau à la bouche et des fourmis aux pieds… Voir, voir, une heure seulement !… La tour immense, toute en fer croisé, si haute que son sommet disparaissait dans les nuages ! – Mon père, qui allait se marier lui aussi un mois plus tard avec la fille du bistrot du bourg, les avait encouragés à se rendre compte par eux-mêmes : une lune de miel n'a jamais tué personne, surtout dans la cité des rêves. Il regrettait un peu de ne pas y être retourné lui-même, après son service militaire en Afrique… Il leur parlait de son état de serveur dans un café de la rue Saint-André-des-Arts, au Quartier latin, non loin de Montparnasse. La belle rigolade que c'était, ce Paris, quand on était jeune ! On s'y amusait que le diable !… La Louise en avait le feu aux joues : son village, à la Geneste, c'était bien comme partout, ça n'était pas d'une gaieté délirante. À entendre décrire les Grands Boulevards, larges comme des champs d'avoine, où dix charrettes auraient pu circuler de front sans se gêner, la jeune épousée avait des visions de splendeurs byzantines. Chacun pouvait se promener librement le long de ces rues merveilleuses, qui n'avaient même pas de droit d'entrée !

Le temps de plier quelques bagages, le couple avait foncé vers la capitale. Michel était énergique et audacieux, le travail, comme on dit, ne lui faisait pas peur… Il était en plus d'une résistance physique peu ordinaire ; entraîné à courir les pentes de Crumière et du Pescher, à grimper au bourg d'un galop soutenu, les sabots aux pieds ; ses cuisses musculeuses, ses épaules carrées, ses bras courts et noueux lui permettaient de déplacer, non pas des montagnes, mais des charges qui en auraient fait reculer plus d'un. Dans les battages, il était réputé pour sa façon de jeter d'un seul coup de reins les sacs de grains les plus lourds sur son épaule, et les porter comme des ballots de laine dans les greniers les plus escarpés. Léon, qui hébergea les tourtereaux pendant les premières semaines dans son deux-pièces-cuisine de la rue Vivienne, n'eut aucun mal à lui trouver du travail dans une laiterie tenue par un Corrézien. Il « dégota » également pour Louise un emploi de serveuse et plongeuse dans un bar de la rue Sainte-Anne, chez des gens qui étaient amis des anciens patrons de Julienne. Celle-ci venait d'avoir son deuxième enfant prénommé Jacques.

Un dimanche de printemps la petite équipe se transporta à Enghien pour voir l'enfant, saisissant l'occasion de se promener autour du lac… Ils avaient convié à la balade un autre Lagleygeollais fraîchement débarqué à Paris : Pierre Rigaud, du Poujol. Plus jeune qu'eux d'un an et demi, Rigaud était un bleu de la classe 10 qui avait terminé son service militaire peu avant Noël ; il cherchait, lui aussi, une orientation dans la vie. Seulement ce Pierre-là possédait un avantage majeur pour l'époque, il avait de l'instruction. Il avait fait toutes ses études au séminaire, à Servière-le-Château – il était d'abord convenu qu'il serait prêtre, selon son souhait ; mais au moment décisif de prononcer ses vœux, le séminariste avait éprouvé une panne de vocation… Mais s'il avait abandonné *in extremis* la carrière ecclésiastique, il en conservait le bagage intellectuel, ce qui le plaçait nettement au-dessus de la multitude. Du reste, au cours de son temps sous les drapeaux, au 108e Régiment de Ligne de Bergerac, il avait été promu caporal dix mois à peine après avoir terminé ses classes.

De taille moyenne – 1,63 m pour la précision, ce qui lui donnait une allure presque élancée pour son temps –, châtain aux yeux bleus, le visage ovale, les traits réguliers et la carrure bien prise, le jeune Rigaud ne manquait ni d'allant ni de charme. Il avait une bonne amie déclarée, avec laquelle il échangeait une correspondance respectueuse bien sûr, mais très suivie et empreinte de doux sentiments. Cette intrigue avait dû peser dans sa décision de refuser la prêtrise – ce qui n'était pas allé sans beaucoup de tourments, de douloureux états d'âme.

En tout cas l'ancien séminariste ne se destinait pas non plus au travail de la ferme, une activité qu'il valait mieux ne pas avoir quittée à l'âge de douze ans... Profitant du fait qu'il parlait français avec élégance, et même avec ce brin d'onction que procure l'intimité des choses de la foi, Pierre Rigaud avait résolu de tenter sa chance chez les Français véritables, les citoyens de la capitale ; il pouvait prétendre obtenir sans peine un emploi dans les écritures. Il était venu à l'essai chez un notaire de la périphérie parisienne où il caressait l'espoir de devenir un jour clerc à part entière, et il résidait dans la banlieue toute proche, à Malakoff, au 9 rue Raspail. C'est de là qu'il devait partir aux premiers jours d'août pour rejoindre son régiment à Bergerac.

IV

Oui, j'ai eu du mal à avancer, comme un sapeur, dans les couches molles de l'oubli, au milieu de ces morts qui n'existent plus. Il m'a fallu rallumer la flamme, la vie ; j'ai dû frotter entre elles des pierres de silence, de sorte à faire jaillir quelques étincelles parcimonieuses d'éternité. Or à mesure que l'on avance il est prudent d'étayer la sape si l'on ne veut pas se laisser engluer, enfouir – c'est un gros effort…

Une chose que je savais sur mon village, avant de me mettre en devoir d'arracher du temps au temps, c'est que les Chassaing étaient riches. Oh ! d'une manière toute relative, certes, à l'aune très médiocre de notre commune composée de bouts de terrains épars, ingrats, pentus, encadrés de bois de châtaigniers nourriciers. Disons que la famille pouvait passer pour riche. Par exemple, leur propriété permettait de tenir six ou sept vaches propres à l'attelage, ce qui, à Antignac, signifiait l'aisance, du moins l'abri du besoin.

Les Chassaing habitaient une maison haute, munie d'un perron, située juste en face de chez moi ; une maison que j'ai vue debout dans ma vie, de l'autre côté de la toute petite place dont le centre était occupé par une mare où barbotaient des canards. Ça, je le savais : ma mère m'avait parlé d'Auguste Chassaing – Jean-Baptiste à l'état civil, mais personne ne l'a jamais appelé Jean-Baptiste… C'était un blond aux yeux gris, au visage rond et clair – très beau garçon, disait ma mère. Grand, costaud – grand pour l'époque : 1,69 m sur sa fiche. Et surtout il était très gentil… Pour dire, il avait un chien, une chienne exactement, qu'il appelait « Lèbre ». Ce nom, qui veut dire « lièvre », venait d'une histoire que racontaient les vieux du temps : un homme avait coutume d'aller chasser la nuit sous les beaux clairs de lune. Un soir qu'il était à *l'espèra* au coin d'un bois, adossé à un gros châtaignier, il vit sortir d'un amas de fougères un levreau, suivi d'un autre levreau, suivi d'un troisième, suivi d'un autre encore – il lui en passa au moins dix devant lui qui marchaient tout tranquillement à la queue leu leu... L'homme avait épaulé son fusil ; il guettait le moment où il sortirait quelque chose d'un peu plus digne de sa poudre qu'il ne voulait pas gaspiller aux levreaux.

Ça n'a pas manqué : derrière le dernier levreau venait la mère lièvre, grosse et belle, le poil frais... L'homme l'ajuste, et pan ! il lui aligne une de ces pétarades à l'étendre net sur la mousse à la lisière du bois. Au lieu de ça, qu'est-ce qu'il voit ? – il voit *la lèbre* se redresser sur son derrière, mettre le nez au vent, se frotter les oreilles avec ses pattes de devant et dire tout fort : « *Las moschas sont bé meschantes ujan !* » (Les mouches sont rudement mauvaises cette année)... – Et mon homme entend ça ! Une lièvre qui parle ! Qui prend les plombs du fusil pour des piqûres de mouches !... Alors mon ami, le type attrape le galop, et court que je te cours sans s'arrêter jusque chez lui. Il arrive à bout d'haleine, tout tremblant, les cheveux hérissés sur sa tête, et il crie à sa femme qui était en train de peler les châtaignes devant le feu : « *Fenna aï vi lo Diable qué permenava sons diablétons !* » (J'ai vu le Diable qui promenait ses petits)...

Cette histoire faisait rire Auguste ; il avait appelé la chienne Lèbre – une bête magnifique au poil cendré, aux yeux câlins qui ne mordit jamais personne. Au contraire, elle faisait fête aux enfants... Auguste avait un caractère différent des autres garçons du village ; la plupart étaient querelleurs et même brutaux – il fallait s'en méfier car ils étaient moqueurs et ne cherchaient qu'à faire du chagrin aux filles, expliquait ma mère. Lui ne se moquait jamais ; et il élevait des abeilles... Il prenait un soin méticuleux de ses deux ruches qu'il avait installées derrière sa grange, face au soleil levant parce que les abeilles aiment à être levées tôt, comme les mouches… C'étaient des calabornes* de châtaigniers qu'il avait ramenées tout seul du fond des crozes*, et qui s'appelaient des *bournats*.

Il se plaisait de montrer ses abeilles aux enfants ; il leur racontait comment elles font leur miel. Les petites bêtes le connaissaient, elles ne le piquaient jamais. Il avait montré à ma mère, qui s'en souvenait, la manière dont il faut rester immobile en présence de ces ouvrières, ne pas s'inquiéter, ni s'agiter surtout. Il procédait avec des gestes lents lui-même, calmes – les bestioles venaient se poser sur ses mains, sur son visage, sans le piquer. Il leur parlait, les appelait comme on fait avec des poulets : « Tsi, tsi, tsi… » C'était fascinant, disait ma mère, et elle ajoutait : « Il fallait qu'il ait bon cœur tout de même, pour que les abeilles l'aiment. »

Auguste n'avait que six ans de plus qu'elle – ce qui lui donnait dix-huit ans lorsqu'elle en avait douze. Cela explique pourquoi elle m'avait parlé de lui très souvent, alors qu'elle ne m'avait rien dit des Dumond qui habitaient tout aussi près de notre maison – quoique, à bien réfléchir, elle m'avait signalé la Maria Dumond, sa copine, c'est moi qui ne faisais pas suffisamment attention. On n'écoute pas bien lorsqu'on est enfant ; et puis les parents s'en vont et l'on n'a plus personne pour raconter… D'ailleurs les fils Dumond s'étaient loués dès leur plus jeune âge, elle n'avait sans doute pas eu l'occasion de les côtoyer beaucoup ; sans compter qu'ils étaient nettement plus âgés que ma mère. En tout cas elle prenait un ton nostalgique chaque fois qu'elle faisait mention d'Auguste Chassaing, si gentil et attentionné. Il n'était pas revenu de la guerre, elle avait pleuré sa mort.

Je comprends aussi que la jeune fille avait dû rêver à ce grand blond fils unique, presque de l'âge de son grand frère à elle. Elle ne me l'a pas dit bien sûr, elle l'avait probablement oublié, mais elle avait rêvé secrètement de l'épouser un jour, quand elle serait tout à fait grande… La belle situation que ce serait, porte à porte ! Elle n'aurait pas à quitter ses parents, jamais ! Son frère Antoine deviendrait chef de leur petite propriété à eux, moins étendue mais honorable. Les enfants de cette époque-là pensaient à ces choses concrètes... Elle imaginait les deux beaux-frères s'entraidant pour les gros travaux ; ils élèveraient leurs enfants ensemble ; ils partageraient le doux miel des abeilles et la beauté de la vie. Un avenir enviable pour une jeune fille de quinze ans.

Mais voilà : rien ne s'est passé selon ses envies ; la guerre a changé le cours naturel des rêves : la « Grande Guerre », comme on disait. Celle justement qui a mis la terre et le ciel à feu et à sang, et tordu le cou au destin des petites gens tranquilles. La guerre absolue, majuscule, terrible... Que notre conflit, à l'époque où ma mère me racontait Auguste, allait sans canons, minuscule, sans rien d'éclatant – juste un peu de bruit gênant dans le poste de TSF qui gémissait comme un moulin à café, et quelques bombardiers qui passaient la nuit. Notre guerre de 40, c'était de la gnognotte à côté de l'autre... Lorsque maman me parlait d'Auguste, d'une voix qui devenait douce et triste, il y avait vingt-cinq ans qu'il avait disparu.

Aujourd'hui l'emplacement de la maison des Chassaing est un triangle vide ; il y pousse des herbes sauvages, quelques ronces et un arbuste qui grandit au milieu. Je vois ce désert, sous ma fenêtre, avec, un peu plus bas, le vaste fronton d'un hangar en parpaings bruts qui abrite du foin et des machines agricoles. Les gros tracteurs rugissants vont et viennent, leur énorme fourche en avant, chargés de boules toutes rondes, compactes, qui contiennent la matière d'une meule entière d'autrefois... Pourtant je me souviens, en faisant un effort ; je revois le perron et l'escalier de pierre qui existaient là, au lointain de mon enfance, du temps où je n'habitais pas encore ce village. Je ne faisais qu'y passer... Il y avait le *gode* – la mare – devant, plein d'eau sale qui gelait l'hiver. J'ai vu mes copains patiner en sabots, tenant dans leurs bras des paniers à tourtes emplis de pâte levée qu'ils portaient cuire au four commun, tout contre. Leur aisance, leur agilité sur la glace m'impressionnaient beaucoup – moi, j'avais peur.

L'Auguste avait dû y faire lui aussi, probablement, sur cette eau prise – Joseph Dumond pareil, et sans doute son frère Antonin. Car s'ils allaient pieds nus l'été, l'hiver ils portaient des sabots de bois cloutés, avec ce bruit si caractéristique sur les pierres des chemins. Ce fracas rythmé, qui ne ressemble à rien d'autre sous le soleil, est parfaitement oublié depuis longtemps, depuis les bottes en caoutchouc. J'en possède une paire à présent ; ce sont des sabots en noyer de « dans le temps », légers aux pieds. Je les ai conservés neufs durant une quarantaine d'années sans les chausser, comme s'ils étaient des sabots en image. Mais aujourd'hui je les mets de temps en temps pour m'amuser… Non, pas seulement m'amuser : je veux retrouver le pas singulier que donne la position du pied qui ne plie pas comme dans une chaussure. Je porte mes sabots cloutés dans la maison, pour écouter leur bruit fracassant sur les grosses dalles de la cuisine ; alors le passé me saute à la tête. Dans la maison de mon grand-père, et toute une lignée de « grands » avant lui, la musique des clous remonte tout à coup du fond des âges : tran, tran, tran, à chaque pas… Ça m'aide à fouiller ma mémoire, à y sentir les souffles d'antan – mon enfance m'inonde les oreilles dans un concert cahotant de fantômes que je m'efforce de faire comparaître. J'ai le pas des vieux assurément, tran, tran, tran, de mes grands-oncles ; je fais le bruit qui doit leur plaire pour la vie, en les priant de me guider dans mes plongées au creux des silences, où gisent les aînés de ma famille évanouie. Je marche seul dans ma cuisine des vieux, je les invite à venir s'asseoir au coin de notre feu, sur le banc que j'ai replacé là pour eux, pour moi, que nous appelons la « lite ». Je marche comme on remue la cendre pour rallumer le feu : tran, tran… Ce sont des instruments de musique mes sabots, des percussions de pied ; je refais le bruit du jeune Auguste s'approchant du *cantou** de ma grand-mère avant de s'en aller Dieu sait où… J'attise mon feu de grosses bûches avec les gestes de Julia, et je réapprends à cracher dans les braises.

Il ne me manque que les châtaignes. On ne peut pas tout avoir.

V

En débarquant du train à Cahors, le mercredi 5 août dans la matinée, Joseph Dumond fut abasourdi par la cohue qui régnait à la gare. Déjà le trajet depuis Brive avait été agité, plein de cris, d'appels fébriles ; mais là, sur le quai, dans le hall et sur la place devant l'entrée, l'excitation et le brouhaha intense lui faisaient perdre son bon sens ! Des gars de son âge, des plus jeunes et des plus vieux aussi, des hommes de trente-cinq ans ou davantage s'interpellaient à voix sonores, se secouaient les bras, se bourraient les épaules avec une frénésie forcée, une exagération dans la joie qui le mettaient mal à son aise. Tous les types autour de lui parlaient vite, dans un patois rocailleux, et se saluaient par un cri étrange et répété : « Aperlin ! Aperlin ! » dont Joseph ne parvenait pas à saisir le sens.

Heureusement il reconnut tout de suite en sortant, dans la foule, un garçon de sa classe, un nommé Borie qui avait fait le service avec lui au 7e de Ligne un an auparavant, et avec lequel il était devenu très copain. Cyprien Borie était paysan comme lui, originaire de Chasteaux en Corrèze ; un type calme et honnête qui riait tranquillement des blagues des autres mais qui ne parlait pas beaucoup, et surtout jamais pour ne rien dire. Avec ça, serviable, toujours d'accord pour donner un coup de main – c'était lui qui l'avait aidé, en particulier, pendant les deux ans qu'ils étaient restés sous les drapeaux, à donner des nouvelles à sa famille. Borie savait lire et écrire et il rédigeait complaisamment les lettres de son camarade, tous les deux mois à peu près, comme cela se faisait, à l'intention de ses parents à Antignac. Joseph faisait savoir qu'il se portait bien, ou bien il leur annonçait une permission – le courant des choses... Il ajoutait toujours un mot supplémentaire pour sa jeune sœur, Maria. Ces courtes lettres étaient rédigées avec les formules appropriées – « Chers parents », etc. – que Cyprien connaissait par cœur.

Même s'il n'y avait aucun secret dans cette correspondance, il fallait avoir une entière confiance dans la personne qui écrivait pour vous. On ne pouvait pas confier le soin de ces messages personnels aux premiers copains de régiment venus ; ils vous auraient joué des mauvais tours pour s'amuser. Certains, d'ailleurs, se proposaient volontiers les jours d'écriture ; ils s'avançaient, l'air charmant et dévoué, le sourire en coin, roulant des « r » enjôleurs : « *Té vous escrire ta lettra, se vòles.* » (Je vais t'écrire ta lettre si tu veux.) – Oui, merci ! Et puis ils t'auraient marqué des conneries à mode de te rendre service. Ça arrivait à des garçons naïfs, fraîchement débarqués de leur campagne – l'un d'eux avait fait écrire une carte à sa bonne amie par un de ces aigrefins ; au lieu de mettre « Je t'embrasse bien fort », le roublard avait marqué : « Le cul me démange. » Quelle horreur !... *Lo tiol me prut...* Ça la foutait bien pour la fille qui recevait le message ! D'autant que la garce était obligée, elle aussi, de faire lire la carte par une voisine savante – quelle honte ! Des racontars à faire rater un mariage...

Avec Borie, Joseph n'avait pas à craindre ces mésaventures. Cyprien lui avait même appris à signer son nom ; patiemment, il lui avait montré le dessin des lettres, et lui faisait recopier des dizaines de fois de suite « Dumond », et plus tard « Dumond Joseph ». Ils utilisaient du papier d'emballage qu'ils se procuraient à la cuisine grâce à l'obligeance d'un « cuistot » qui était de Chasteaux. Cet exercice avait passionné Joseph ; il s'exécutait en tirant la langue, avec tant d'application qu'au début il trouait le papier avec la plume. Mais il s'était senti un autre homme lorsqu'il avait été capable de tracer sa marque personnelle au bas d'un écrit – et très vite Borie l'avait encouragé à signer lui-même les lettres qu'il lui composait pour ses parents. L'élève en éprouvait tant de fierté qu'il s'était offert le luxe d'envoyer une carte postale à ma grand-mère, huit mois après son départ, pour la remercier de la pièce de cent sous qu'elle lui avait donnée… Oui, Borie, on pouvait compter sur lui pour tout – entre eux c'était comme « à la vie à la mort ». Et puis ils faisaient équipe à la manille.

Là, devant la gare encombrée, au milieu des tourbillons de la foule des appelés, les deux hommes se retrouvèrent avec des effusions sincères ; ils se secouèrent les mains pendant plusieurs minutes, en répétant : « *Quò vaï ? – Et tu, quò vaï ?* »… Mais toujours le cri agaçant éclatait à leurs oreilles, repris par cent bouches : « Aperlin ! Aperlin ! »…

Joseph demanda à son camarade :

– *Qué crèdont eital ?*… (Qu'est-ce qu'ils crient ?)

Cyprien, qui aimait bien l'instruire, lui expliqua que « Berlin » était une grande ville d'Allemagne, peut-être même la capitale, où habitait le roi des Allemands qui avait déclaré la guerre. On allait s'y rendre bientôt, d'après ce qui se disait… Une fois avoir étrillé les oreilles aux Alboches, ils iraient à Berlin, probable.

Ils prirent le chemin de la caserne, portés par le mouvement des autres mobilisés, serrant les mains çà et là de gaillards à l'œil vif qu'ils reconnaissaient au détour d'un groupe. Devant la grille familière ils eurent une émotion, le même éclair de plaisir, comme si les grandes vacances allaient recommencer… Ils allaient retrouver la chambrée bien propre – il y avait jusqu'à des crachoirs près des lits !… Ils remangeraient de la « tambouille », le fameux « rata » à la viande qui séduisait Joseph. Ces ragoûts le changeaient agréablement de la vieille soupe trois fois par jour et des pommes de terre rôties !

Quand ils eurent pénétré dans l'immense cour de la caserne, montrant leur fascicule de mobilisation au planton, une autre surprise les fit tressaillir : dans un coin, là-bas, sous l'auvent des cuisines, des joueurs de trompette s'entraînaient à jouer la musique de leur régiment – le 7e de Ligne. La mélodie qu'ils avaient entendue pendant deux ans au cours des parades leur causa par tout le corps une sorte de commotion, un frémissement des pieds à la tête.

– *Aquesté còp y sems, mon òmme*, remarqua le camarade Borie pour masquer son émotion. (Cette fois, mon vieux, nous y sommes.)

Le temps pressait... À l'habillement, où un sergent prit leur fascicule, ils rencontrèrent d'autres tourlourous de leur classe qui récupéraient leur « barda ». On leur distribua la veste, la capote bleue de drap épais, le calot et les pantalons rouge vif. – Tous ignoraient qu'un débat avait eu lieu récemment à Paris, au gouvernement, sur le bien-fondé de cette couleur outrageusement voyante pour des fantassins. Mais le ministre de la Guerre de l'époque avait imposé la continuation de la teinte garance, parce qu'une autre couleur aurait diminué, disait-il, la valeur agressive de nos soldats ! En réalité, il s'agissait pour lui de préserver les intérêts des producteurs du Midi qui cultivaient la plante : des républicains bon teint, excellents électeurs anticléricaux dont il ne voulait pas diminuer les revenus.

Les griftons du Causse n'étaient pas mécontents d'être de retour à Cahors : ils se réjouissaient bruyamment, avec l'espoir d'une fameuse rigolade d'anciens. Du moins c'était l'impression qu'ils donnaient d'eux-mêmes ; Joseph et son camarade furent accueillis par des bourrades enthousiastes, avec des claques sur la nuque et des torsions de bras qui constituaient des sortes d'embrassades viriles, et la manifestation d'une chaude estime.

Malgré tout, leur espoir commun de vacances à la caserne fut rapidement déçu : ils devaient repartir l'après-midi même ; il fallait libérer la place pour d'autres régiments que l'on attendait, et ils embarquèrent dans des trains spéciaux, bondés d'hommes jusqu'aux fenêtres, qui quittèrent Cahors à partir de 4 heures et demie.

Entre-temps, la foule s'était enrichie de femmes en coiffes et en chapeaux, d'enfants hagards aux yeux étonnés que l'on tirait par la main. Des mères, des jeunes filles étaient accourues pour embrasser leur gars, ou leur promis, leur homme ou leur frère, au pied des wagons de bois qui sentaient le vernis et la graisse des essieux. Les soldats, engoncés dans leur uniforme, empêtrés de bidons, de sacs et de fusils, dégoulinaient de sueur dans la chaleur torride qui avait fait son apparition ces derniers jours, d'autant plus suffocante après les pluies du mois de juillet. Le soleil brûlait les pierres, et cet inconfort ajoutait de la nervosité à l'hystérie régnante ; tout le monde embrassait tout le monde, on avait du mal à avancer sur le quai.

Une jeune fille rousse, qui avait le visage inondé de larmes et les cheveux défaits, se jeta brutalement au cou de Joseph – elle lui colla un baiser à pleine bouche sur le haut de la joue, presque sous l'œil, avec une sorte de fureur. Il sentit le brûlant de ses lèvres sur sa pommette humide – il n'osa pas s'essuyer. La fille disparut aussi vite qu'elle avait surgi, happée par un autre groupe... Du reste beaucoup de femmes pleuraient, les jeunes en silence, les plus âgées en poussant des petits cris plaintifs, des soupirs hachés de lamentations tragiques... Par contraste, des chansons éclataient dans les wagons chargés, débordants – elles déraillaient par vagues, s'effilochaient le long du convoi. Et toujours des « Aperlin ! » ou « Aberlin ! » gueulés à pleins poumons.

Le colonel Hélo en grand uniforme de parade supervisait lui-même le transit du haut de son cheval qui lui servait d'observatoire. Le train qui transportait le 2e Bataillon, auquel étaient versés Joseph et Borie, même compagnie, s'ébranla peu avant 8 heures du soir – les voitures couvertes en tôle avaient chauffé toute la journée dans la fournaise lotoise, les gars manquaient de tourner de l'œil de suffocation. Le mouvement leur donna un peu d'air... Où allaient-ils ? Ils n'en savaient rien : direction le Nord, ou l'Est, quelque part. Même les gradés ignoraient tout du voyage. Le capitaine Pidant – que les hommes surnommaient « Trépidant » – se trouvait avec eux, ainsi que le sous-lieutenant d'active René Fusil qui portait, disaient les copains, un nom prédestiné pour aller à la guerre.

En passant à Brive, vers 10 heures du soir, ils virent la gare illuminée. Des sections du 126e, du 95e Territorial, du 100e qui venaient de Tulle, tous en tenue de route avec le sac et le fusil, grouillaient sur les quais. Joseph se dit que son frère Antonin se trouvait peut-être parmi ces uniformes – mais comment reconnaître quelqu'un dans la cohue ?... Comme le train marquait une halte – les officiers lancèrent l'interdiction absolue de descendre de voiture – Joseph se glissa jusqu'à la portière pour tâcher de reconnaître un visage. Il crut apercevoir, en effet, Malbouyssou, de Meyssac, et Antoine Briat, du Pescher, appuyés contre un poteau à l'écart d'un groupe – mais il n'était pas sûr ; malgré les ampoules électriques, la gare était envahie de zones d'ombre. En tout cas il ne voyait personne de Lagleygeolle...

À moins que... Mais oui ! Là, au bord du quai, tout à coup – comme le train s'était remis en marche et sortait lentement de la verrière dans un nuage de fumée âcre, il distingua nettement le petit Giscard... Il appela : « Julot ! » mais sa voix se perdit dans le brouhaha. – Giscard, le domestique de ses voisins d'Antignac, les Breuil ! Il parlait avec un jeune type dont le visage lui était connu, un garçon de Beynat qui servait chez Sol, au bistrot... On ne pouvait guère se tromper : avec sa petite taille (il avait failli être réformé à cause de son mètre cinquante et un), sa silhouette d'enfant qui flottait dans des effets beaucoup trop grands pour lui. Du reste Jules Giscard était parfaitement reconnaissable à sa figure étroite sous le calot qui le faisait paraître encore plus menu.

Joseph cria de nouveau, à pleins poumons :

– Julot ! Julot !...

L'autre releva la tête – il parut entendre son nom, et chercher du regard d'où venait l'appel.

– *Atsi !* Julot !..., hurla Joseph en agitant les deux bras hors de la portière. *Agatchas eïci !* (Regarde ici.)

Mais la locomotive siffla un long jet de vapeur – Jules persistait à regarder ailleurs, fixant le wagon suivant où d'autres bras s'agitaient frénétiquement ; tout un magma de corps se penchait par les fenêtres. Quelques-uns chantaient à perdre haleine... Le train prenait de la vitesse dans un fracas ferrailleur de roues, de butoirs, de ressorts. Jules Giscard resta un point sombre qui s'éloigna doucement sur le quai, glissant pour de bon dans un inconnu sidéral et définitif.

À quitter ainsi la rive connue pour la direction du Nord qu'il n'avait jamais prise, Joseph Dumond sentit sa poitrine se serrer. La brise empuantie de charbon que provoquait la course du train l'inquiétait en même temps qu'elle lui rafraîchissait le visage. Bientôt il distingua la masse sombre des collines au-dessus de Brive qui ondoyait sous la lune… Où l'emmenait-on au juste ? En Allemagne ? Lui qui ne savait déjà pas parler le français ! – Ils allaient à la guerre, mais comment ça se faisait, la guerre, en vrai ?… Comme les manœuvres, probablement – à part qu'on s'y tuait. Et si les Allemands qu'on allait rencontrer ne s'enfuyaient pas tout de suite comme on le répétait depuis le matin, que se passerait-il ?… Ils se battraient, à coups de fusil ? Avec ces putes de baïonnettes, comme on leur avait montré à le faire ?

Il eut peur tout à coup. S'il allait ne pas revenir ? Jamais ? Ne plus voir Antignac ? Sa mère, son père, le Louinot son frère qui, bien que de la classe 12, ne partait pas parce qu'on l'avait réformé l'année précédente à cause d'une double pleurésie attrapée au 126e à Brive. Louis avait pris un coup de froid alors qu'il était en sueur lors d'une marche forcée, en faisant ses classes – un an plus tard il n'en était pas encore bien remis… Il pensa à sa petite sœur, Maria, qui avait quatorze ans. Il pensa aux voisins – à ma grand-mère qui lui avait donné une autre pièce de cent sous pour aller à la guerre… Aux Chassaing, avec Auguste qui n'avait pas fait son service et ne serait donc pas mobilisable. À Mathurin Bourdet qui n'avait pas reçu sa feuille de route le mardi soir – de toute manière Mathurin était dans le génie ; il devait rejoindre au diable vert, à Avignon qui était une ville chaude, on ne sait où.

Et toujours le train roulait, roulait ; haletant dans son vacarme de fer secoué, comme en transpiration dans la nuit tiède, avec cette fumée et son odeur de brûlé qui entrait par les portières et baignait les corps des soldats maintenant endormis. Borie s'était calé contre son sac, par terre entre deux banquettes, et avait sombré dans le sommeil. Joseph se sentait tendu, nerveux ; il ne pouvait pas fermer l'œil...

Il repensa à Giscard, ce bout d'homme à qui on aurait donné l'âge de sa sœur pour un peu – alors qu'il n'avait guère que six mois de moins que lui. Le garçon était de Beynat, un parent de chez Auriat. Il était venu domestique assez récemment, dans la famille de Louis Breuil, l'ancien maire. Le jour du 14 juillet, ils s'étaient trouvés de boire une chopine ensemble, tous les deux, chez Laguillaumie. Jules – il disait s'appeler Jean à l'état civil, mais les gens qui l'avaient élevé l'avaient rebaptisé Jules – était arrivé chez les Breuil aussitôt libéré du service militaire, quelques semaines avant Noël dernier. Il avait fait son temps au 126e d'Infanterie de Brive. On leur en faisait baver au 126e ! Évidemment le régiment avait été formé, sept ans auparavant, du 17e dissous pour s'être révolté dans le Languedoc, quand les gars avaient refusé de tirer sur les vignerons du Midi... L'armée c'était comme ça, il fallait pas rigoler avec les ordres...

Bien entendu, Giscard, avec son petit gabarit, ne pouvait pas abattre autant de travail qu'un grand costaud – ni même s'attaquer à des tâches trop dures, comme défoncer la vigne ou monter le foin sur la jouque* au bout de la fourche ; mais pour le courant il était rapide et malin, de bon commandement. Pour soigner le bétail ou passer devant les vaches il en valait un autre, pardi ! Sans parler des travaux qui nécessitaient de l'habileté dans les mains : il était capable de fabriquer un râteau, par exemple, ou un panier – un *sesto* – en tissant l'écorce des ronces. Il était très adroit, le Jules – il savait même greffer. Breuil l'avait engagé pour un petit prix, plus quelque habillement de travail et une paire de sabots de bois – avec le vivre évidemment, car le garçon mangeait tout autant qu'un plus grand.

Julot était venu à Lagleygeolle de bon cœur : il valait mieux descendre que monter, disait-il... En fait il n'avait pas trop le choix, il fallait bien qu'il aille quelque part, avec un toit sur sa tête et une écuelle de soupe dans son ventre – une soupe qui, même si elle n'était pas trop grasse, serait accompagnée d'un *chabrot**, si possible avec un bout de *farcidure** les jours de fête. Il avait l'habitude de la frugalité ; il était orphelin de père et de mère, et travaillait chez les autres depuis l'âge de cinq ans !... Joseph et lui avaient du reste un point commun : Julot n'avait jamais mis les pieds dans une école, et il ne connaissait pas dix mots de français.

Joseph aurait pu prendre la place chez Breuil – tout à côté de chez lui, ça lui aurait bien allé ; d'ailleurs le père Breuil le lui avait proposé. Mais depuis sa dernière période à l'armée, en septembre dernier, il n'avait pas cherché à se replacer. Il travaillait un peu avec son père, puis il donnait un coup de main à son frère, à Merlette, qui en avait bien besoin. Surtout cette année où c'était le diable pour faire les foins avec la pluie presque tous les jours. Antonin ne pouvait pas compter sur ses beaux-frères, tous deux partis faire les messieurs à la ville ; c'était moins pénible sûrement ce qu'ils faisaient à Paris que de faucher à la faux dans les pentes, et de rentrer le foin à dos d'homme, avec le balain*.

Vers minuit le convoi s'arrêta un long moment en gare de Limoges où régnait un vacarme pire qu'à Brive. Les gars purent descendre pisser sur la voie – encore que beaucoup s'étaient soulagés par les portières des wagons en marche, le train n'allait pas si vite... À Limoges, ils croisèrent des trains de soldats qui venaient de Périgueux, de Bergerac, et formaient avec Brive et Tulle l'effectif de la 24e Brigade du 12e Corps d'Armée. Les types du 108e et du 50e faisaient les availlons* parce qu'ils sortaient d'une région cossue – ils fanfaronnaient et lançaient des invectives aux « culs pelés » du Causse qu'ils traitaient de poules mouillées et d'autres qualificatifs peu reluisants. Les Caussenards se rebiffaient, insultaient les Périgourdins – des groupes s'affrontaient sur le quai, et dans l'euphorie générale de ce joyeux départ à la guerre, les soldats menaçaient d'en venir aux mains. Il fallut que les gradés s'en mêlent, obligeant tout le monde à remonter dans les wagons. Cela truffé de chants poussés à plein gosier, ponctués des éternels « À Berlin ! », lardés de grosses Marseillaises de l'école primaire, rauques à n'en plus finir dans leur désir féroce d'abreuver les sillons d'un sanguin pur…

À un moment, la gare tout entière se galvanisa, un frisson courut dans la troupe… D'un wagon ouvert, sur le premier quai, sortit un chant grave et lent qui monta en gerbe et fit chavirer tous les autres. Le vieil air ancestral des contrées occitanes saisit tous ces hommes jeunes, les pénétra jusqu'à la moelle, les contraignit au silence :

Dejos ma fenestra
Y ò un òzello,
Tota la nuech canta,
Canta pas per yo…

Alors, d'un seul élan, tous les autres pioupious gonflèrent leur poitrine – trois mille, cinq mille voix peut-être, reprirent ensemble le cantique solennel du Sud, la vieille plainte médiévale de l'amant prisonnier. Le chant montait tout à coup des siècles anciens et s'élevait des quais vers le toit de la gare. Le refrain emplit tout l'espace de cette nuit d'août, vibrant comme en une cathédrale :

Se canta, que canta,
Canta pas per ièo,
Canta per ma mia
Qu'es tan long de yo…

Lorsque l'air s'arrêta, il y eut un long silence surpris, l'impression d'un recueillement de messe pendant plusieurs secondes. Des larmes coulaient çà et là sur les pommettes rougies, roulaient au bord des moustaches brunes, puisées dans ce chant qu'ils éprouvaient comme un adieu, avec le regret de la *mia* lointaine déjà ; leur Jeannette, ils l'avaient laissée le matin sur les terres chaudes, et beaucoup, beaucoup ne la reverraient plus jamais.

Cyprien Borie s'était réveillé ; il observait cette animation sans émoi. Le sourire calme, il refusait de se laisser emporter par l'ambiance. Il se roula tranquillement une cigarette qu'il lécha en conscience, puis il dit à Joseph :

– *Adies pas pòu, din quinze jors farems pas tant de monadas.* (N'aie crainte, dans quinze jours nous ne ferons pas autant de simagrées.)

Vers 3 heures du matin, un peu avant le jour, leur train s'arrêta en plein champ, dans une plaine. La lune était couchée. Joseph s'endormit sur la banquette de bois, calé entre deux compagnons dont le sac lui entrait dans les côtes… Il rêva qu'il se trouvait dans une forêt, dans une pente qui aboutissait à un ruisseau. Il était en train de fendre un arbre avec une masse et des coins. Tout autour de lui des oiseaux chantaient, un peu bizarrement pour des oiseaux champêtres – avec des piaillements étrangement aigus… Il se demandait quels oiseaux ce pouvait être ? Soudain le tronc de l'arbre lui coinça le pied qu'il avait imprudemment placé dans la fente. Il ne pouvait plus bouger sa jambe. Il avait très mal, son pied s'écrasait, s'aplatissait entre les mâchoires du bois… Il se disait : « Il faut que je me réveille, sans quoi mon pied sera foutu ! », mais il continua à dormir et se mit doucement à geindre dans son sommeil.

VI

Ce 14 juillet 1914 il avait plu toute la sainte journée. Du reste le mois entier fut sujet à des trombes d'eau qui roulaient dans les chemins et ravinaient les sols. L'eau charriait de la boue rouge, épaisse, qui bouchait les fossés ; elle faisait s'ébouler les talus des routes mal empierrées dans lesquelles se creusaient des sillons et d'affreux nids-de-poule... Les gens avaient du mal à faire les foins ; beaucoup avaient laissé pourrir l'herbe, fauchée à la hâte et jamais séchée. D'autres attendaient en vain le beau temps, de sorte que les conséquences de la mobilisation en furent sérieusement aggravées : début août, quand les hommes partirent, avec la moisson en plus, tout restait à faire.

Mais enfin la pluie avait fait gonfler les raisins ; comme il fit beau et chaud en août, la vendange fut belle, plus abondante qu'à l'ordinaire. Les soldats-paysans qui n'étaient pas morts en octobre en reçurent au front de fort encourageantes nouvelles.

À Lagleygeolle, le petit bal en plein air, dont la tradition commençait à prendre racine le jour de la fête nationale républicaine, avait dû être annulé par la force des gouttes. Le café de Laguillaumie, ainsi favorisé par le déluge, n'avait pas désempli de tout le jour. Mon père habitait là depuis son mariage avec Léa, la fille, au mois de février. C'est lui qui avait servi la chopine de vin blanc aux deux gars d'Antignac, Dumond et Giscard ; il leur avait fait la plaisanterie de dire que la guerre allait venir, que ça leur donnerait des vacances « aux frais de la princesse » – mais l'expression narquoise ne passait pas bien dans la langue locale. Mon père pratiquait l'humour entre deux idiomes, ce qui ne faisait rire que lui… Il servait à l'auberge en l'absence de son beau-père, pour aider la Clotilde et Léa ; pourtant son rôle officiel ici consistait à vendre du tabac : des paquets de tabac à fumer, à priser, et aussi à chiquer. Le débit était installé dans la partie épicerie, une petite pièce en façade qui donnait directement sur le devant.

Il ne m'a jamais parlé de cet épisode de sa vie, mais à force d'éplucher, parfois on trouve… Cette annonce, par exemple, dans le journal hebdomadaire *La Croix de la Corrèze* en date du 14 juin : « M. Jacques Duneton, gendre Laguillaumie, est devenu depuis peu tenancier du bureau de tabac. » Ça lui allait comme un gant ! Ce négoce d'État réclamait une instruction élémentaire de bon aloi, car le buraliste était chargé, occasionnellement, d'établir les acquis pour le transport des vins et des spiritueux. Or, mon papa avait son certificat d'études préparé chez les Frères à Meyssac ; il devait être le seul de sa génération communale en 1900. Sans aucun doute son beau-père lui avait concédé cette charge afin de lui procurer un petit revenu personnel, tout en lui donnant une place définie dans le commerce de la famille.

Peut-être buvait-il un peu aussi, à cette époque ? – Il avait pris le pli, en rentrant d'Afrique, de taquiner l'absinthe… Ma mère, plus tard, prétendait qu'il était le meilleur client du bar ! Exagérait-elle ? Probablement un peu – c'était sa tendance à elle d'exagérer en ce qui concernait son mari ; mais la fumée, comme on dit, ne vient pas sans feu.

Ce qui est sûr en tout cas, c'est qu'il jouait beaucoup aux cartes – surtout au poker. Il s'était entraîné à ce jeu de grandes villes avec les petites frappes de son régiment, le 16e Escadron du Train des Équipages. Les « affranchis » de Tataouine et de Gabès lui avaient enseigné les combines, aussi il gagnait souvent – il se faisait ainsi son argent de poche… Les gens d'alors étaient des enragés du carton ; ils jouaient à petites mises évidemment – mais un proverbe ancien nous enseigne que « Petit gain est bel quand il vient souvent ».

Avec cela mon père à venir avait le côté joli causeur d'un homme encore jeune, et qui a pas mal bourlingué. Il avait goûté, bourlinguant, des plaisirs peu accessibles aux hommes de la campagne. La génération demeurait figée dans une existence laborieuse, enfermée dans des conventions de vie et de mœurs qui, sans être d'une pureté angélique – loin de là ! – restaient commandées de façon diffuse par la crainte de Dieu. Lui avait « fait la vie », à Paris, entre dix-sept et vingt-deux ans – le bel âge pour fréquenter des endroits incertains et des maisons closes. Au régiment, chez les « joyeux » de robuste mémoire, il avait eu accès aux filles à soldats, en Afrique, et attrapé ses chaudes-pisses tout comme un autre, en évitant le pire…

Avec tout ça il avait lu des livres, il épluchait le journal, discutait les rumeurs politiques ; il commentait les actions du gouvernement, comme les assassinats célèbres, ou les cambriolages de banques en automobile, une façon toute nouvelle pratiquée par une bande de malfaiteurs dont les attaques donnaient le frisson à la capitale… De plus, mon père savait pimenter ses propos de mots d'argot inconnus au village, qui lui donnaient un air « à la page » ; il usait aussi à bon escient d'expressions égrillardes dans un français canaille qui plaisait aux filles de nos bois.

Bref, à vingt-neuf ans, le garçon était « sorti » comme on disait : c'était un homme moderne. Ces qualités, et surtout son goût marqué pour la bamboche entre copains, irritaient terriblement sa mère, une pieuse femme, attentive et rangée, dont j'ai appris merveille bien que je ne l'aie pas connue. Elle lui faisait des scènes : je sais de source sûre qu'un lundi matin où il était rentré à l'aube pour s'écrouler d'épuisement sur son lit, ma grand-mère Anna, en colère, avait jeté ses beaux habits du dimanche par la fenêtre, dans la cour… Un geste d'autant plus compréhensible qu'elle en avait trois comme ça, des gaillards, à la maison, trois presque du même âge ! Ses fils allaient ensemble faire les gandins dans les fêtes d'alentour ; ils rentraient éméchés peu avant le jour – parfois au soleil levant, en chantant… Elle accusait Jacques, le dévergondé de l'armée d'Afrique, de dévoyer ses frères – et sans doute n'avait-elle pas tout à fait tort.

Ces mêmes travers de mon papa futur avaient dû séduire la jeune fille Léa, qui avait dix-neuf ans à peine. Elle le côtoyait souvent, forcément, à l'auberge... Certainement elle avait été éblouie par ce beau garçon mûr, élégant, à la langue bien pendue, qui était brusquement réapparu au village alors qu'elle allait sur ses quatorze ans... Amoureuse, oui. Elle aurait logiquement dû devenir ma maman, et moi quelqu'un d'autre. Mais elle est morte – et je crois qu'il l'aimait. Il avait appris sa mort aux tranchées, en mai 1915, dix mois après son départ. Des gars qui se trouvaient avec lui quand il reçut la nouvelle ont raconté qu'il était devenu comme fou. Il allait et venait sans but, il s'agitait dans un mutisme opaque à la manière de quelqu'un à qui la douleur porte à la tête... Peut-être ce chagrin l'avait-il fragilisé ? Peut-être cette secousse affective a-t-elle été à l'origine de sa fièvre typhoïde à la fin de l'été 1915 ? Sait-on jamais ? Nous sommes si vulnérables.

En tout cas, ce 14 juillet d'avant-guerre, on n'avait pas dansé la bourrée sur la place, selon les meilleurs usages bucoliques, sous le tilleul contre le cimetière. La faute en fut au mauvais temps qu'il faisait. Par manière de compensation, l'accordéoniste – que je ne connais pas – s'était installé dans la plus spacieuse des salles du café, à l'arrière, pour y jouer des airs et mettre de l'ambiance en échange de quelques coups à boire. Il y avait la fleur des hommes de la commune, les jeunes et les moins jeunes, d'autant mieux que l'on ne pouvait rien faire dehors. Une bonne journée pour le bistrot donc ; la Clotilde Laguillaumie s'activait à préparer le quatre-heures de ceux qui voulaient manger un morceau. De son côté Léa s'empressait à servir, toute souriante.

Mais la jeune femme rebutait les indiscrets qui désiraient savoir si elle avait des espérances – au bout de cinq mois de mariage c'était humainement possible :

– *Que n'en dises, Leato ? lo fas levar lo davantal ?* (Tu fais lever le tablier.)

Les plus effrontés demandaient en montrant sa taille qu'elle avait souple et dégagée :

– *Y a quauqu'un atsi, dronletta ?* (Y a quelqu'un là-dedans.)

« Léatou » lançait des rebuffades à l'encontre des vieux malotrus, aux moustaches tombantes et lasses, qui se laissaient aller à lui effleurer l'abdomen parce qu'ils avaient un coup dans le nez. Un facétieux lançait à la cantonade pour faire le drille :

– *Tsal t'en òcupar, pauròta, quò creï pas tot sol !* (Ça ne pousse pas tout seul.)

Là-dessus l'accordéoniste tirait de son diatonique la vieille valse gauloise qui, dans les circonstances, faisait crouler de bonheur la salle avinée :

Presta-lo me,
Ton cause, ton cause,
Presta-lo me,
Lo te tornaraï be !

Grivoiserie tout le temps !... Les jours de fête ! Du moins la bonne humeur d'un jour férié – non pas précisément à cause de la prise de la Bastille, l'événement demeurait ignoré de la majorité de la population âgée. La commémoration du jour célèbre n'avait été mise en usage qu'assez récemment par les Radicaux, à peu près en même temps que l'on bâtissait notre clocher, dans la décennie 1880. La propagande sans-culotte n'avait pas encore eu le temps d'agir sur les gens mûrs, ceux qui n'avaient pas connu l'école, républicaine et très fraîchement laïque...

Non, le 14 juillet, avec son chômage obligé, faisait plutôt figure de grand saint imposé par le culte nouveau. Un saint de la République depuis le schisme qui venait de déchirer la France en deux, et en profondeur, par les lois séparatrices de l'Église et de l'État du ministère Combes. Aussi une grande guerre unificatrice, un fort élan patriotique seraient les bienvenus pour recoudre les morceaux, et cicatriser dans la gloriole cette plaie nationale. On pouvait rêver, par exemple, d'une jolie campagne victorieuse jusqu'à Berlin, qui aiderait magnifiquement à panser la blessure.

Or, justement, la guerre, on en parlait beaucoup !... Les commentaires des journaux se faisaient de semaine en semaine plus alarmants, ou plus réjouis selon la coloration qu'ils donnaient à cette perspective. Ceux qui lisaient la presse répandaient la rumeur – mon père tout le premier. Encore que lui-même fût plutôt tiède sur ces questions politiques en ce temps-là, pas du tout le prosélyte à soviets qu'il devint plus tard, juste en me faisant...

Quoiqu'au fond, la guerre, au village, on n'y croyait pas vraiment... Ou alors on pensait qu'elle serait si brève qu'on n'aurait pas le temps de la voir passer. L'optimisme prévalait, comme toujours au seuil des grandes catastrophes. On peut imaginer que tout Pompéi saluait gaiement son volcan chéri quelques minutes avant l'éruption ; c'est pourquoi on a retrouvé les buveurs le verre en l'air ! Et puis, en juillet 1914, le dernier conflit, humiliant certes, commençait à dater – quarante-quatre ans éteignent bien des rancœurs. Sans l'immense battage scolaire en cours – à croire que l'école n'avait été fondée que pour fomenter la revanche ! – le deuil de 1870 aurait été à peu près accompli. Pour les garçons de moins de trente ans, qui avaient appris à la fois la lecture et le français dans *Le Tour de France par deux enfants*, l'école avait entretenu le flambeau de la haine nationale. Ce livre culte racontait dans une langue insipide les tribulations de deux frères alsaciens chassés de leur chère patrie par les odieux envahisseurs. La conscription obligatoire en avait avivé la flamme dans l'horreur du Teuton.

Donc, il était monté beaucoup de monde au bourg, autant à cause du désœuvrement créé par la pluie que par le désir de venir aux nouvelles. De plus, les répartiteurs désignés avaient choisi ce matin-là pour se réunir à la mairie ; c'étaient des gens rassis, pondérés de réputation, chargés d'évaluer hameau par hameau les habitations et les terrains de la commune afin de répartir le montant des taxes et des impôts fonciers. Presque tous avaient ensuite dîné à midi chez Laguillaumie. Il y avait Jean Briat pour

Antignac (qui fut plus tard mon grand-père), Léon Claval de Crumière, Jean Dufour au Bouix, Jean Chaumeil au Bos, Béral des Crèbes, Antoine Cheyssial à Vic, Isidore Delbos à Flomont, Antoine Chèze de Laubas, ainsi que Martin Brousse, Pierre Bourgès au Bouix, Simbille des Granges et Jean Brunie de Pouch – les deux derniers villages enclavés, en faveur desquels la commune avait voté, au mois de janvier, la construction d'un chemin, retardée par les intempéries.

Après avoir cassé la croûte, tout ce monde éprouvait une certaine chaleur dans la crête, ce qui faisait monter l'intensité sonore du lieu. Les gens de cette époque, aux poumons de plein air, au larynx d'acier, conduisaient les moindres conversations avec des voix de stentor. On ne percevait pas même le bruit de la bourrasque dehors, tandis que l'orage cinglait par rafales les vitres embuées de l'auberge.

Les jeunes aussi étaient attroupés au «chef-lieu» – on disait ce mot par ironie. Il y avait Jean Feix, qui avait épousé la sœur de Rigaud, la Mélanie du Poujol; il faisait les battages de ferme en ferme avec une grosse batteuse tirée le long des chemins défoncés par une paire de bœufs héroïques, et actionnée par une machine à vapeur. Ce jour-là on avait salué Jean Feix par des remarques sceptiques sur l'avenir de la moisson, si le mauvais temps persistait:

– *Ujan, auras lèu escodu si 'quò contunha.* (Les battages seront vite faits si ça dure.)

Il y avait Mathurin Teillard, de Fonfrège, dont la voix éraillée aurait fait trembler les vitres; Léon Theillol, un homme de belle prestance, tous les deux de la classe 1900; Jacques Rigot, qui habitait le bourg derrière le presbytère. Et puis les célibataires: Pierre Simbille, neveu du forgeron, Louis Bourgès du Bouix, un bon camarade de mon père, le jeune Bouyx de la Brauge, Alfred, qui était du même âge que Léa et s'apprêtait à partir pour l'armée avec le contingent de septembre-octobre. Jean-Baptiste Bazin, le scieur de long de Pouch, venu en permission; il arborait avec fierté son uniforme de fantassin au 55e de Ligne.

Il y avait les deux fils Serre de Laubas-Haut revenus ensemble au pays pour voir leur mère : Baptiste qui était parti vivre à Lyon après son service militaire – on ne l'avait pas vu à Laubas depuis au moins trois ans – accompagné de son frère Victor, lui aussi émigré à l'autre bout de la France. Victor, de la classe 2, avait la bougeotte – il avait travaillé successivement à Clermont-Ferrand, chez Michelin, à Lyon, puis dans la région parisienne, aux ateliers de Levallois-Perret, à Courbevoie, avant de revenir quelques années au pays. Depuis le printemps dernier il habitait Marseille… Pour rigoler, on accusait les deux voyageurs d'être revenus uniquement pour contempler l'horloge de l'église :

– *Y auvès coquins ! Sè tornas per veïre lo relòge, pas vraï ?…*

Cette année-là, en effet, l'horloge faisait l'attraction de notre commune ; elle avait été installée au fronton du clocher dans les derniers jours du mois de mars, et flattait l'orgueil des habitants. Loin dans les champs, ils écoutaient s'égrener les heures avec un sentiment de victoire et de modernité. En avaient-ils d'aussi belles à Lyon ? À Marseille ?

D'autres gars encore se pressaient le long des tables de Laguillaumie. Tassés sur les chaises et les bancs, ils riaient des blagues, des joyeusetés salées qui circulaient, souvent appuyées de claques sur la nuque du voisin immédiat, des secousses à assommer un bélier… Par exemple, aucune femme ne pointait son museau dans l'estaminet ! Elles auraient eu trop honte. Ce n'était pas la place des femmes, encore moins des filles, ce nid de mâles mal embouchés… à part, bien sûr, la tenancière et sa fille – elles, ce n'était pas pareil, elles étaient blindées par leur profession.

Mais la figure la plus éminente de cette assemblée, l'homme tutélaire de tout village paysan bien organisé – qui à bien des égards appartenait aux temps anciens les plus reculés – restait notre forgeron, Arfeuil. On le désignait simplement par sa raison d'être : *lo faure*. Toute communauté produit son chef religieux, chez nous le curé

Gaudriat, son administrateur civil, le maire, Laurent Claval, réélu depuis 1908, assisté pour la tenue des registres par l'instituteur-secrétaire de mairie. Et, en troisième instance, le maître outilleur, celui sans lequel l'économie de la paroisse n'aurait pas pu fonctionner : *lo faure*.

Le forgeron fabriquait les socs des charrues, forgeait les houes et les hoyaux, façonnait des pioches, des pics, des serpes et des haches dont il savait mieux que d'autres doser la trempe ; cet acte essentiel du travail du fer conditionne l'efficacité et la solidité de l'outil. Il confectionnait à la demande, sur mesure, des crochets de porte et des gonds, des anneaux à sceller dans les murs pour attacher les ânes, et cent babioles de fer de la vie triviale : les pinces et les pelles à feu, avec les trépieds à marmites que nous appelons *indrillous*.

De lui dépendait également la traction animale, indispensable à tous travaux et charriages : il ferrait les vaches et les bœufs des attelages, les ânes nombreux, avec les trois ou quatre chevaux que possédait la commune. L'homme était du reste officiellement maréchal-ferrant, justement admiré à la ronde pour cet art du façonnement des fers, et leur pose délicate qui s'effectuait en brûlant la corne des sabots pour un meilleur ajustage. Fils de forgeron, nourri devant le soufflet de son père qui habitait alors Antignac en face de chez ma grand-mère, Jean avait pratiqué et perfectionné son art durant le service militaire qu'il avait fait, non pas dans une caserne subalterne au pourtour d'une ville sans mérite, non ! *Lo faure – nòstre faure !* – avait accompli son temps en qualité de « maréchal » dans un régiment de Cavalerie à Saumur. C'était là une référence à valeur de diplôme supérieur : les officiers de Saumur n'acceptaient pour le service de leurs chevaux que le gratin de la ferronnerie cavalière. Ce séjour au fameux Cadre Noir, vers 1886-89, conférait à Jean Arfeuil un prestige énorme, une réputation qu'il avait su justifier par son adresse à forger des instruments que d'autres artisans auraient refusé tout net d'entreprendre.

La petite forge installée au centre du bourg, à mi-distance à peu près entre les escaliers de l'église et les marches du cabaret, constituait ainsi la plate-forme de diffusion des nouvelles de par chez nous. Il venait s'y fondre également les nouvelles du monde, et c'était le lieu des discussions, des débats d'opinions, comme le creuset des cancans de la commune. Jean Arfeuil était un homme de puissante stature, aux muscles noueux comme il convenait à un forgeron d'être, avec le regard pénétrant et la parole forte. En plus – la chaleur du brasier de charbon oblige – c'était un bon client de Laguillaumie ; cela du moins avant que les malheurs n'arrivent, et qu'il ne mette plus les pieds chez son voisin, préférant, après la guerre, le café excentré de Feix au Poujol... En somme, Arfeuil était un homme de fer et de soif, capable de fort belles et mémorables bitures, de colères homériques, et de tout ce qui fait dans les bons livres un homme « haut en couleur ». Il savait aussi inventer des histoires et l'on colportait ordinairement ses sorties et ses bons mots.

Lo faure aimait bien mon grand-père, un homme doux pourtant, peu exubérant. Tous les deux s'étaient mariés au printemps de 1894, à deux mois d'intervalle – les familles étant proches, ils avaient chacun participé à la noce de l'autre ; Jean avait servi de témoin à ma grand-mère. Et puis, quelques années plus tard, mon grand-père lui avait rendu un service assez touchant. Un soir, alors que le malheureux forgeron, fortement pris de boisson, avait été abandonné de tous... Arfeuil s'était rendu à Brive pour chercher de la matière première avec le cheval et la voiture à quatre roues qu'il empruntait à son neveu Chassaing, d'Antignac, le gendre de sa sœur. Il rentra tard dans la nuit, à son accoutumée, chargé non seulement de barres de fer et autres marchandises qu'il ramenait pour la forge, mais des verres qu'il avait bus en route ; il laissait reposer la bête devant tous les cabarets qu'il croisait ; à ce train, il lui arrivait de ne rentrer que le lendemain...

Ce soir-là Arfeuil était tellement ivre – ainsi va la légende à moi transmise directement par son petit-fils – qu'au bas de la côte qui mène au bourg, il ne s'aperçut pas que le cheval avait pris la direction opposée, celle du village d'Antignac – l'animal rentrait de lui-même, faute d'instruction contraire. *Lo faure* endormi s'éveilla une fois arrivé au hameau, hébété par l'obscurité, ne sachant plus du tout où il se trouvait. Il se mit à brailler des appels de détresse dans la nuit noire – mais les habitants, reconnaissant sa puissante voix, et craignant sans doute d'avoir à passer le reste de la nuit en sa compagnie, éteignirent vite toutes les loupiotes à huile qui éclairaient faiblement leurs fenêtres, faisant unanimement semblant de n'avoir rien entendu.

Seul mon grand-père sortit de notre maison pour lui venir en aide. Il le rassura, le réconforta – lui offrit, selon toute évidence, le cordial d'une bonne goutte de marc pour lui éclaircir l'esprit, avant de le remettre sur le droit chemin. Il l'accompagna probablement jusqu'au bas de la côte pour sortir le cheval de l'ornière... Arfeuil lui fut reconnaissant toute sa vie de ce soutien moral, tout comme il garda un chien de sa chienne à ceux qui l'avaient trop ostensiblement laissé choir en cette difficile soirée...

Et puis, le forgeron avait vu récemment le prestige de sa famille croître dans de belles proportions grâce aux exploits académiques de son fils Antoine. L'année précédente, ce fils savant avait été reçu à l'École normale d'instituteurs du département à Tulle. Pourquoi ce jeune homme, son seul garçon, avait-il fait des études ? Eh bien d'abord parce qu'il avait été un nourrisson chétif. À sa naissance, sa mère, la Marie, exerçait le métier de modiste. Elle travaillait à domicile, dans la chambre unique où le couple logeait alors, au printemps de 1896, au-dessus de la petite épicerie tenue par le beau-père Martial Monteil. La pièce servait également à faire la cuisine, à manger, à dormir, à tous les gestes de la vie ordinaire. Ce n'était pas la nursery idéale pour un nouveau-né, d'autant plus que la mise en forme soigneuse des coiffes, avec leurs rabats, leurs tuyaux, leurs ailettes, nécessitait la chauffe de petits fers sur des brûlots à fumée et à gaz carbonique, dont les hygiénistes, actifs en cette fin de siècle, dénonçaient les dangers jusque dans les campagnes. Alertée par l'existence de cette atmosphère peu recommandable pour des bronches débutantes, la Marie avait confié son bébé en nourrice à une voisine, par souci d'hygiène. Toutefois l'enfant dépérissait et on dut, pendant quelques mois, aller chaque jour lui chercher du lait d'ânesse à Laubas pour le requinquer.

Le gamin avait acquis de ces débuts difficiles dans l'espèce humaine une réputation de faiblesse chronique. Lorsqu'il grandit, on le trouva malingre – ce que ne justifient pas tout à fait les photographies que l'on a conservées de lui, jeune homme, parmi ses copains. Toujours est-il qu'à douze ans, au moment d'entrer dans la vie active par le biais de l'apprentissage, son père jugea qu'il ne serait jamais assez robuste pour faire un forgeron digne de son enclume. En revanche, le garçon se montrait exceptionnellement doué pour l'école. L'instituteur, qui voyait déjà en lui un disciple possible, intervint auprès de la mère, et ensuite du père, pour conseiller de mettre Antoine « dans les écoles ». M. Bordas insista... Si bien que malgré l'absence d'antécédent dans la commune, Jean Arfeuil consentit à faire instruire son fils, puisque c'était là son penchant.

Bien sûr il avait fallu que la mère, Marie, déployât de gros efforts pour convaincre le chef de famille : c'est qu'elle voulait arracher son enfant aux redoutables colères de ce père qui pétrissait l'acier ; elle évitait à son rejeton un apprentissage à la forge qu'elle pressentait terriblement houleux.

Dès lors, Antoine se retrouva sur les bancs d'un collège public. Non pas au lycée de Brive, pourtant le plus proche – le pensionnat était sans doute trop onéreux, outre les frais supplémentaires occasionnés par le port de l'uniforme dans un milieu essentiellement bourgeois. À l'École primaire supérieure – dite EPS en abrégé – la pension coûtait moins cher et la population était plus artisanalement modeste... Malgré l'éloignement, ce fut l'EPS d'Uzerche qui fut choisie, aisément accessible par le chemin de fer. Antoine y demeura trois ans au cours desquels il fit éclore des qualités intellectuelles exceptionnelles, tout spécialement en mathématiques, une matière où il passait pour un prodige auprès de ses professeurs.

À Uzerche, Antoine Arfeuil s'était lié avec un élève qui venait de Saint-Aulaire, un brillant sujet lui aussi, appelé Louis Berthy. Ils avaient le même âge à un mois près, montraient des goûts semblables pour les études et une commune volonté de réussir. Leur amitié devint légendaire au collège. Antoine était désormais un garçon assez grand, un peu fluet peut-être, à la physionomie agréable et ouverte, dont les yeux clairs, profonds et intenses comme ceux de son père, se fixaient avec franchise sur ses interlocuteurs. Son front bombé, large et lisse, accentuait son air songeur de jeune homme aimable, au maintien plutôt distingué. Ses oreilles petites, placées en conques légèrement décollées, ajoutaient une touche d'originalité à son visage régulier.

Le village de Saint-Aulaire étant beaucoup plus près d'Uzerche que de Lagleygeolle, Louis Berthy invitait parfois son camarade à passer une « sortie générale » chez ses parents qui tenaient un petit commerce dans le bourg situé, comme le nôtre, sur un promontoire. Une ou deux fois par trimestre, les pensionnaires étaient autorisés à quitter le collège du samedi soir au lundi matin. Ces sorties étaient une fête ; Louis avait une cousine, Marie, qui se montra particulièrement touchée à la fois par la bonne mine d'Antoine, son maintien de garçon rêveur, et sa réputation de penseur. Les soirs où le temps était clair, les deux jeunes gens aimaient à se retrouver sur un banc qui dominait la plaine ; le regard fixé sur les lointains bleutés de la basse Corrèze, ils échangeaient dans la douceur du crépuscule des idées générales sur la vie et sa complexité.

Soit que les professeurs le leur conseillèrent, soit que l'idée leur en soit venue par d'autres courants, Antoine et Louis envisagèrent en 1912, après le brevet élémentaire, de préparer un examen très difficile, ouvert seulement aux meilleurs élèves d'un département, le concours d'entrée à l'École normale d'instituteurs – cet établissement formait les enseignants de l'école publique, à la manière rigoureuse et strictement sectaire imitée des séminaires religieux préparant au sacerdoce. On appelait du reste ces

Écoles normales (EN en abrégé) des « séminaires laïcs »… Dans cette ambition honorable, les amis devaient entreprendre une année spéciale de préparation au concours. Certains collèges avaient acquis, au fil des années, une meilleure réputation que d'autres, et Antoine et Louis portèrent leur choix sur Excideuil en Dordogne, petite ville peu éloignée de Saint-Aulaire dont le collège faisait merveille dans la préparation du concours.

Au début de juillet 1913, au terme d'une année de bachotage intense au sein de ce nouveau pensionnat, les deux inséparables se présentèrent à Tulle, en Corrèze, et, miracle de l'amitié, furent reçus tous les deux. Le plus émouvant est qu'Antoine, champion en mathématiques, poussa la vaillance jusqu'à être reçu premier au concours, honneur qui lui valut le titre glorieux et familier de « major » de sa promotion.

Cet exploit – on pourrait dire ce triomphe particulier que confèrent chez les gens modestes les réussites éclatantes aux examens – déclencha les félicitations enthousiastes de Marie Berthy ; elle pouvait se réjouir à la fois de la prouesse de l'ami, et du bonheur de sa famille grâce au succès de son cousin germain. Désormais elle écrivait à Antoine des lettres emplies d'émotion, adressées à « Mon cher grand ami », ce qui, au temps dont nous parlons, supposait une affinité de cœur proche du transport des sens.

Ainsi les deux complices entrèrent comme « élèves-maîtres » à l'EN de Tulle, à la mode ancienne le 1er octobre 1913. L'événement avait produit quelque sensation dans notre commune. Même si les commentaires divergeaient selon les tendances et le degré de religion que s'accordaient les familles, le fils du forgeron faisait grand honneur à notre engeance de mangeurs de châtaignes ; les gens du bas pays, mieux lotis par la nature des sols, nous nommaient alors avec mépris les *pulichous* – du nom de la châtaigne bouillie dans sa peau. La *puliche* au goût sucré, que l'on presse entre les dents pour extraire la chair farineuse, constitue un des aliments des plus rudimentaires, d'une ancienneté sans limites.

Ah oui ! Le forgeron pouvait être fier de sa progéniture – avec le regret, toutefois, de ne pouvoir l'emmener avec lui à l'auberge lorsque le jeune homme venait en vacances. En effet, Antoine ne mettait plus les pieds chez Laguillaumie pour des raisons d'éthique – ou alors seulement à la dérobée, en rasant les murs, pour aller dire bonjour à son copain Rémi, tout à fait en catimini, et bien sûr sans rien consommer… Le sérieux, ou plutôt l'austérité laïque toute nouvelle dont l'École normale imprégnait ses émules, se trouvait justement calquée sur la rigueur qui prévalait dans les séminaires religieux. Or, ce rigorisme imposait deux choses aux normaliens : l'abstention totale et définitive d'église, et le renoncement absolu au cabaret – deux lieux de perdition également incompatibles avec la dignité de l'enseignant moderne, ouvert sur le Progrès.

Je l'ai dit, la séparation de l'Église et de l'État, toute fraîche émoulue, en était encore à sa période tranchante – elle créait un ordre social nouveau, qu'il vaudrait mieux appeler un ordre de combat… Un instituteur public devait montrer en toutes circonstances l'exemple d'une pureté rigide dans sa vie privée totalement engagée, par son métier, dans une laïcité militante. Un élève-maître surpris à la messe aurait été sévèrement sanctionné par son directeur ! Et il y a toujours, partout, des délateurs emplis du désir de nuire… En cas de récidive le garçon aurait encouru l'exclusion pure et simple de l'école, évidemment sous un prétexte quelconque et fallacieux. En foi de quoi, le fils du *faure* évitait autant qu'il le pouvait de s'entretenir avec le curé Goudriat, ce qui nécessitait de sa part beaucoup d'astuce et de volonté, car le vieux prêtre fatigué, qui l'avait élevé dans le respect des croyances depuis son baptême, vivait à présent ses dernières années sur terre, et le presbytère se trouvait la maison la plus proche de celle de ses parents !

Lorsque Manévie, le marguillier, invitait au son des cloches les fidèles à entrer à l'église pour l'office du dimanche, Antoine se terrait frileusement dans un coin de l'épicerie tenue à présent par sa mère. Puis, au sortir de la messe, alors que les paroissiennes entraient en vagues jacassantes se ravitailler, il s'esquivait la tête basse le long de la venelle en pente pour se réfugier chez un cousin, ou se sauver dans les bois. Il occupa la journée du 14 juillet à lire un grand livre qu'il avait emprunté à la bibliothèque de l'École normale : *Histoire de la Révolution française*, par Jules Michelet.

Mon père, ce jour-là, passa son temps entre la vente des paquets de tabac et les coups de main aux femmes de la maison pour le service de la débordante clientèle. Car le père Laguillaumie avait profité du relais offert par son gendre pour rester l'après-midi en compagnie de ses amis de la clique harmonique, dans laquelle il jouait de la clarinette. Les autres années, après le défilé du matin, il rentrait bien vite pour s'occuper de la bonne marche du café-restaurant ; mais puisqu'à présent il avait quelqu'un pour le remplacer, Eugène s'était décidé à prendre du bon temps pour lui-même – ce qui lui permettait peut-être aussi de mettre à l'épreuve la nouvelle recrue…

Clotilde, la mère, cuisinait dans la cheminée, cela se faisait partout, sous le nez des consommateurs habitués à voir leur femme, leur mère, leur grand-mère et leur bru *toupiner** de même. La pluie, lorsqu'elle tombait droit et dru, dégoulinait dans le conduit ; il fallait veiller à ce que les gouttes d'eau noire de suie n'atterrissent pas dans les casseroles que la cuisinière devait tenir couvertes en permanence. De plus la cheminée, comme à peu près toutes les autres cheminées de chez nous, fumait beaucoup par mauvais temps ; seuls les vieux endurcis, boucanés à longueur d'hiver devant les grands âtres par un demi-siècle de fumée âcre, parvenaient à respirer encore en tapant le carton sur les tables graisseuses.

Ces vastes *cantous* corréziens, construits sur le même modèle depuis des siècles, ont toujours été pénibles pour les habitants. La cheminée de Clotilde n'était en rien différente de celle que décrivait un médecin, le docteur Vidalin, quatre-vingts ans plus tôt, dans un discours à la société d'Agriculture de Tulle. En 1827, le docteur présentait les choses ainsi : « Dans son habitation, le campagnard de la Corrèze est misérable et souverainement à plaindre ; ces habitations présentent la triple image de l'insalubrité, de la saleté et de la misère. La fumée de leur foyer, ne trouvant pas d'issue par des cheminées vicieusement disposées, se condense dans l'appartement ; l'air, saturé de cette vapeur irritante, va affecter péniblement l'œil ; des ophtalmies rebelles s'ensuivent, et *la cécité souvent.* »

Le compatissant docteur exagérait peut-être en ce qui concerne cette dernière remarque, qu'il soulignait dans son discours, mais il avait bien saisi, en hygiéniste de terrain, des conditions toujours plus ou moins d'actualité. Ça n'avait pas beaucoup changé chez nous depuis le temps des rois, et il existait encore en 1914 des bicoques reculées à l'écart des chemins où vivaient des vieilles perdues, enduites par des années de solitude et de crasse, comme celles que décrivait Vidalin : « Ajoutez à ce récit pénible – continuait l'homme de l'art – le voisinage très immédiat et souvent la cohabitation d'un animal sale et dégoûtant, le cochon, et vous aurez une idée assez exacte du malheur de l'habitant des campagnes retiré sous son toit. » Sauf que chez nous, ça aurait plutôt été deux ou trois chèvres… C'est mignon les chèvres.

En tout cas, dès qu'une accalmie se fit sentir dans le service, mon père s'attabla à son tour dans la première pièce, face à Mathurin Teillard, pour une partie de poker… De quatre ans plus âgé, Mathurin n'avait rien à lui apprendre quant aux ruses de ce jeu de cartes, mais rien à découvrir non plus : lui aussi avait « fait les colonies ». À dix-neuf ans, il s'était engagé sur un coup de tête, un jour de foire à Brive, pour fuir une fiancée que son père voulait lui imposer. Ce « brave » avait passé quatre années en Algérie dans le 1er Régiment de Chasseurs à cheval, entre 1899 et 1903 – la fleur de sa jeunesse. Il en découlait une complicité de briscards entre mon père et lui ; ils partageaient le souvenir de paysages blonds bordés d'arbres velus aux palmes alanguies ; ils se rappelaient les oueds caillouteux aux franges du désert, où le sirocco soulevait des tempêtes de sable et plaquait les toiles bises et brunes sur les cuisses des mystérieuses fatmas…

Les deux hommes parlaient français ensemble ; assis en vis-à-vis, tenant leur jeu avarement replié dans la main, ils usaient d'un langage émaillé de tournures sibyllines, qui leur venait des oasis couchées et des minarets blancs, dont la sonorité leur faisait encore chaud à la nuque. Ils parlaient de *casbah* et de *bled*, de *marabouts* et de *muezzins* – là, ils constatèrent avec un sourire entendu qu'il y avait du *zef* dehors… Le zef les faisait rire ; sur un mauvais jeu où il n'y avait rien à faire, ils disaient *macache bono* ! Un médecin était un *toubib*, et lorsqu'il abattait un jeu sans réplique, une quinte floche ou un carré d'as, Teillard lançait joyeusement ces paroles impérieuses en se claquant la cuisse :

– Chouette papa, maman est pleine !

Il riait fort et raflait la mise en claironnant :

– Y aura des petits cochons cette année !

À propos de « toubib », Mathurin avait confié à mon père certains inconvénients spécifiques du troupier qu'il avait dû subir dans les contrées torrides. Le cavalier Teillard n'avait pas mauvaise tournure avec ses cheveux blonds et ses yeux bleus, mais il n'y avait guère d'autre moyen d'assouvir ses ardeurs amoureuses que les petites maisons de fortune tenues entre quatre planches par de médiocres aventuriers. Il avait raconté ses soirées chaudes dans les villes de garnison, dont certaines au grand Sud, à Laghouat où le bordel regorgeait de filles italiennes à la chair ample et dorée qu'on pouvait avoir pour une poignée de dattes. Mais il avait dû se faire soigner ensuite pour un chancre tenace qui lui dévorait l'organe intime – ce « chagrin d'amour » l'avait mis à plat pendant quelque temps. On l'avait bien traité, disait-il, il ne se ressentait de rien.

Vers le milieu de l'après-midi, ils virent entrer dans la salle le grand Fontourcy de l'Estrade, accompagné de Jean Lajoinie, des Orteils. Les deux avaient profité d'une éclaircie pour venir aux nouvelles dans le bourg. Louis Fontourcy, de la classe 99, était lui aussi un « Africain » – quoique moins aguerri sans doute : il n'avait passé que sept mois en Algérie, en 1901, avec le 108e de Marche de Bergerac. Il avait même croisé là-bas Mathurin, dans une petite ville de l'Oranais couverte d'oliviers, un jour mémorable de printemps dont ils rameutaient des échos émus à chacune de leurs rencontres. Retrouver un copain de Lagleygeolle à Saïda ! Quelle aventure insensée ! Ce jour-là, Mathurin était justement au repos, il portait la barbe fournie des chasseurs qui protégeaient ainsi leur visage de la cuisson du soleil, et, en plus, il s'était affublé d'une djellaba. Louis ne l'avait pas reconnu !... Treize ans plus tard, ils riaient encore de cet épisode, avec dans le regard l'éclat de leurs vingt ans.

Demeuré célibataire, Fontourcy avait vécu trois ans pleins à Paris après la fin du service militaire ; il s'occupait de travaux divers. Au début, il s'était employé chez le grossiste limonadier où travaillait Pierre Rouchon qui l'avait aiguillé vers la place avant de partir à son tour sous les drapeaux coloniaux. S'étant fâché avec le patron, il avait ensuite travaillé un temps comme terrassier à la construction du métropolitain. En somme, Louis était un garçon « à la coule » – pourtant il avait fini par s'ennuyer là-bas ; après une période accomplie à l'armée aux mois de novembre-décembre 1906, il avait résolument quitté son logement de la rue du Pont-Neuf pour rentrer, tel Ulysse, vivre entre ses parents ce qu'il croyait devoir être, comme dans la récitation de M. Bordas, « le reste de son âge »...

On fit de la place aux nouveaux venus. Dehors un rayon de soleil filtrait à travers les nuages et illuminait la terrasse toute ruisselante d'eau après l'orage. Mais la journée était trop avancée pour être « rattrapable ».

Teillard et mon père terminèrent leur partie sous l'œil des deux autres ; puis, tandis que 5 heures sonnaient à la belle horloge du clocher, on décida de taper une belote à quatre. Lajoinie ne savait pas jouer au poker, et Louis qui était près de ses sous n'avait pas l'intention de se faire plumer par les deux lascars.

Mon père dut quitter sa place plusieurs fois pour donner du tabac. L'accordéon avait cessé de jouer dans la salle derrière ; des gens partaient, profitant de l'éclaircie, songeant au bétail que les femmes et les enfants étaient allés garder… Ce soir il faudrait traire. Ils faisaient provision de papier à cigarettes Job, et de caporal ordinaire pour le restant de la semaine. Quelques-uns ajoutaient un paquet de *petun* – du tabac à priser – à l'intention des vieilles femmes de leur entourage qui aimaient à renifler une prise entre deux quintes de toux. Cela leur dégageait le cerveau des mauvaises vapeurs du rhume, disaient-elles, tandis que leur pendait au nez en permanence une goutte brunâtre et visqueuse qu'elles essuyaient d'un revers de la main.

Jean Lajoinie faisait équipe avec mon père, laissant les deux compagnons de Saïda ensemble, qui s'entre-clignaient de l'œil pour se signaler les atouts. En abattant les cartes, ils avaient tous une manière de frapper la table avec le gras du poing qui était destinée à lancer des messages au partenaire – à condition que celui-ci sache déchiffrer la nature de l'appel, et surtout « suivre »…

Lajoinie était un brun aux yeux noirs, d'aspect un peu farouche ; d'un an de moins que mon père, il n'avait jamais fait de service militaire. On l'avait exempté lors du Conseil de révision, à son grand regret d'ailleurs, à cause d'un air maladif, héritage d'une jaunisse mal soignée. On ne connaissait aucune aventure galante à ce garçon de vingt-huit ans, ni l'ombre d'une bonne amie. Le fait de ne pas avoir « été soldat » lui donnait une timidité chronique, voire un complexe qu'accentuait la vie solitaire dans un hameau isolé au milieu des bois. Le slogan masculin « Bon pour le service » s'accompagnait alors de façon explicite du corollaire « Bon pour les filles ». Les « réformés » devaient endurer les brocards des conscrits triomphants, prolongés par le persiflage des filles qui n'aimaient pas beaucoup l'idée d'être courtisées par un garçon trop peu solide pour faire un soldat. Pas bon pour l'armée, pas bon pour elles !…

D'ailleurs Jean parlait peu et s'exprimait exclusivement en patois, quoiqu'il eût appris à lire assez correctement à l'école du maître Bordas. Il n'avait pas connu ses parents :

son père, un couvreur, avait glissé d'un toit quelques semaines avant sa naissance – il était mort le troisième jour à l'aube, dans des souffrances épouvantables, le dos fracassé. Restée seule avec deux enfants en bas âge – une fillette, Marie, en plus du nourrisson – sa mère était morte au bout de quelques années, de privations et d'épuisement… L'oncle, Jean Vialard des Orteils, parrain de Jean, lui-même sans enfants, avait recueilli et élevé les deux petits de sa sœur. Lorsque Marie était venue en âge, elle avait épousé Victor Breuil, de la Châtie, et Vialard la fit héritière de tous ses biens comme si elle était sa propre fille.

Mathurin Teillard s'impatientait du manège de mon père qui s'efforçait de faire comprendre à Lajoinie qu'il fallait couper :

– *Que bolégués ?* (Qu'as-tu à t'agiter.) T'as la danse de Saint-Guy ?…

La porte de la terrasse s'ouvrit en grand et un homme de courte taille entra, agitant les mains devant son visage pour dissiper la fumée qui le prenait à la gorge. C'était le sabotier, Eugène Souliet, installé dans le bourg depuis quelque temps avec sa femme Marguerite et leurs deux filles encore bébés. Une cicatrice lui barrait le front, souvenir d'un accident d'enfance, qui le faisait surnommer par certains *lo nafra* – « le balafré ». De plus il avait eu de la malchance ces dernières années : en travaillant, il avait perdu l'œil gauche à cause d'un éclat de noyer qui lui avait déchiré la cornée.

Comme il hésitait à refermer la porte par crainte de suffoquer, la Clotilde lui cria :

– *Laissàs drobert, quò farò del aïre !* (Laissez ouvert, ça allégera l'atmosphère.)

Eugène serra des mains ; il s'approcha des joueurs de belote et leur lança en français d'un ton enjoué :

– Alors la classe ! Les carottes sont cuites ?

Mathurin répondit de sa voix de casserole émaillée :

– *E la goja, vòs ? La majintès coma tsal la goja ?* (Et la gouge alors ? Tu la tripotes adroitement.)

La question portait évidemment une équivoque grivoise

– il y a gouge, et gouge… Le sabotier voulait simplement parler de la guerre que l'on sentait venir. Il réfléchissait beaucoup en travaillant, et venait échanger ses impressions avec ces compagnons qui avaient vu le vaste monde, et lisaient le journal.

– Hein, qu'est-ce que vous en dites ? Vous croyez pas que ça va péter ?

De fait *La Croix* de la semaine indiquait que les sphères dirigeantes du pays étaient prêtes à l'éventualité d'un conflit avec l'Allemagne. Ce serait pour la France une vraie délivrance, car il n'était pas possible – toujours selon les propos officiels rapportés par la presse – de supporter plus longtemps le traité de Francfort, qui avait mis fin à la guerre de 1870. Mon père fit remarquer qu'on le subissait sans grande gêne depuis plus de quarante ans, le traité de Francfort… Pourquoi soudain tant d'impatience ? De toute façon les plans de notre état-major avaient été fignolés avec une telle intelligence, expliquait le journal, notre armement se trouvait tellement supérieur à celui de l'Allemagne, que la victoire ne pouvait être qu'instantanée, ou presque. Nous n'avions plus qu'à attendre placidement cet heureux moment qui ne devait plus beaucoup tarder.

Il semblait même que ce serait un tel honneur pour les militaires qui auraient l'infortune – mais en réalité mieux valait dire « la chance » – de mourir au combat, qu'il fallait presque aspirer à ce sacrifice suprême. Mourir pour la Patrie, les poètes le répétaient depuis l'Antiquité, n'était-il pas « le sort le plus beau » ?

Un cri rauque et violent vint interrompre cette discussion des camarades. Le brouhaha redoubla tout à coup dans la grande salle sur l'arrière, avec des « ho ! ho ! » lancés par des hommes excités. On entendit des jurements sonores, des *milla dièu, te, tròc de puta !* Exclamations chargées de menace, mêlées à des claquements de bois entrechoqué.

Léa se précipita dans la cuisine en criant :

– Jacques ! Jacques ! Ils se battent !

Les quatre hommes et le sabotier se levèrent d'un bloc,

abandonnant rois, valets et commentaires de presse… On se battait en effet dans la salle du fond – quand mon père réussit à se frayer un passage parmi les curieux des autres pièces qui s'étaient agglutinés à la porte pour regarder la scène, le Victor Serre tenait la tête de Jean Soustre coincée sous son bras gauche, tandis qu'il le frappait par en dessous de son gros poing !

– *Arrèstas, Vitòr ! Arrèstas grand pòrc !* hurlaient des témoins excités par la lutte.

Mais Victor continuait à martyriser sa victime en lui criant d'un ton joyeux :

– *La te vou fretar la codina, adies pas pou !* (Je vais te frotter le lard, n'aie crainte.)

Tout à coup Soustre s'arracha à l'étreinte d'un soubresaut puissant de tout son corps, qui le rejeta en arrière et envoya valdinguer la table la plus proche les quatre pieds en l'air, dans un fracas de verres et de bouteilles brisés. Dans l'élan il jeta un coup de pied dans l'estomac du Victor qui se plia en deux, recula en écrasant deux chaises, pour s'écrouler à moitié sur le groupe qui se tenait derrière lui contre la fenêtre.

La Clotilde glapissait près de la porte, les deux mains crispées sur la coiffe :

– *Oh la ièu, la ièu, ièu ! Zo me vòu tot ebolhar !* (Ils vont tout m'écraser.)

Les deux hommes, s'étant redressés, s'avancèrent de nouveau l'un vers l'autre, malgré les camarades qui faisaient mine de s'accrocher à eux pour les retenir… Mais les assistants avaient conscience qu'en dehors des coups qu'ils risquaient de recevoir à tâcher de les séparer, il s'agissait d'une affaire privée. Les deux adversaires s'étaient plusieurs fois empoignés dans le passé, c'était même une grande imprudence de les avoir laissés dans une même pièce avec un coup dans le nez ! La querelle entre eux prenait racine, croyait-on, dans une histoire de chasse au sanglier vieille de plusieurs années.

De toute façon, Victor Serre était connu pour son amour du pugilat. Son plus vif plaisir, on le savait, consistait à donner des coups de poing – le motif importait peu.

Lorsqu'il était plus jeune, avant d'aller vivre ailleurs, il n'était pas un bal, une fête, voire un simple battage, où il ne soit mêlé à quelque bagarre. À la moindre anicroche, surtout s'il avait un verre de trop, au plus petit éclat de voix, on le voyait s'approcher en se frottant les mains, les yeux brillants, le visage illuminé de contentement : « *Veïre, veïre belèu !...* » (Voyons donc.) Il versait si bien de l'huile sur le feu que le ton montait au quart de tour, et qu'au bout de cinq minutes les coups partaient.

Clotilde, rouge, s'étranglait d'indignation :

– *Defòra !* (Dehors.) *Anas defòra !*

Les deux escogriffes ne s'occupaient pas d'elle : ils s'empoignèrent de nouveau dans un bond brutal l'un vers l'autre, chacun tâchant de déséquilibrer l'adversaire par une secousse à renverser une vache. Ils se tenaient serrés étroitement, à s'enfoncer mutuellement les côtes.

Et Laguillaumie qui n'était pas là pour rétablir l'ordre !

– *Aquel òmme, aquel òmme, per accò de per accò !* se lamentait Clotilde. *Onte's passat ?* (Où est-il passé.)

Le patron avait l'habitude d'écourter les affrontements – une sorte d'autorité naturelle en imposait aux bagarreurs, nombreux. Même le Victor rabaissait son caquet devant l'Eugène qui l'avait plusieurs fois remis à sa place. Aujourd'hui, il profitait de son absence...

Mon père ne savait que faire. C'était à lui, logiquement, le gendre, de prendre l'affaire en main avec le flambeau du médiateur. Il ne se sentait pas de taille à intervenir, risquant d'y perdre la face... Non pas qu'il fût plus gringalet qu'un autre – il était même un peu plus grand que les deux actuels combattants. Et il s'était battu lui aussi, là-bas, en Afrique – ça arrivait fréquemment. Et contre des Arabes encore, au couteau ! C'était le temps de Tataouine, son côté un peu légionnaire...

Là pourtant la situation était différente ; Victor avait l'âge de son frère aîné, et Jean presque celui de son frère cadet – ils étaient à l'école ensemble. Son beau-père, au contraire, jouissait de l'ascendant indubitable de l'homme qui vous a connu enfant... Décidément, il ne faisait pas le poids.

Mais Léa s'était faufilée jusqu'à lui, elle lui serra le bras avec insistance :

– Empêche-les, Jacques, fais quelque chose !

Devant sa jeune épouse au beau visage rosi par la crainte, il ne pouvait pas avoir l'air d'un capon. Les autres se secouaient de plus belle, soufflant comme des taureaux furieux, bousculant de leur masse le reste du mobilier – alors il eut une inspiration subite. Il allait leur parler, et tant pis, en français canaille… Il s'avança les mains dans les poches, l'air pas du tout impressionné, espérant que le langage des « Joyeux » et des marlous de Paris lui donnerait le prestige nécessaire.

Au lieu de pousser le coup de gueule qui n'aurait servi qu'à envenimer le débat, mon père s'approcha des lutteurs et prit un ton bas, doucereux, très complice pour dire :

– Vous déconnez, les mecs ! Faut pas faire ça dans la carrée, c'est pas poli pour les gonzesses !

Le mot « gonzesse » créa déjà une sorte de stupeur. Une gêne s'empara des deux gars qui suspendirent un peu leur étreinte.

– Vous voulez vous chicorer la gueule, très bien ! reprit mon père d'un ton enjoué. Mais pas ici, les aminches : faut sortir pour discuter le bout de gras.

Ces paroles venues d'ailleurs, qui tombaient dans le silence de la pièce, désarmèrent brusquement les pugilistes. Le grand Victor, qui avait voyagé, frappé par l'incongruité de ce langage qui lui faisait retrouver l'ambiance de Levallois-Perret, fut saisi d'un rire énorme ! Il repoussa Jean Soustre à bout de bras, et se recula de trois pas pour mieux rigoler à son aise…

– Sacré Jacques !

Il s'étranglait de gaieté tout d'un coup, encore assez soûl – il hoquetait :

– Ah sacré Jacques ! Sacré nom de Dieu de Jacques !

Le rire se communiqua tellement bien que toute la salle se tordait de le voir si content ! Des tournées s'offrirent à grands cris, on éloigna le Jean, à tout hasard, jusque dans la cour, et il fallut se remettre à servir des bouteilles de rouge à la mousse rose dans le goulot, après avoir tout rangé.

Léa jetait un regard à la fois étonné, fier, et vaguement inquiet sur son homme qui avait su arrêter si habilement le combat. Elle ne l'avait jamais vu prendre cette attitude d'un autre lieu – ce ton crapule qui supposait un passé chargé d'aventures qu'elle ne connaîtrait jamais. Ah ! Il avait dû en voir des « gonzesses », comme il disait ! Cela expliquait peut-être pour elle certains détails de leurs moments intimes.

Laguillaumie se rendit seulement à la nuit tombante ; on avait sonné l'angélus depuis longtemps lorsqu'il se présenta sur la terrasse, le pas nonchalant, la crête un peu rougie… C'était la première fois, en plus de vingt ans, que le maître de maison abandonnait ainsi son café un jour de fête ! La Clotilde avait fini par être rongée d'inquiétude, elle éclata en reproches devant les clients avinés qui terminaient leur manille. Les avoir lâchés ainsi, avec tout le travail sur les bras ! Il n'avait pas honte ?

– *Lo bon Dièu me perdonia! Deyòt esser brava la musica, vòs!* (Elle devait être jolie la musique.)

Eugène souriait sous sa moustache droite dont les pointes finement recourbées vers le haut tiraient vers le poivre et sel. Il ôta de son cou la musette de toile bleue dans laquelle il transportait précautionneusement sa clarinette, et répondit que lui, c'était la première fois qu'il avait un gendre pour le remplacer ! C'était un homme au visage frais, aux épaules carrées, assez trapu, d'une taille moyenne pour ce temps-là – 1,65 m selon les tablettes – qui venait tout juste d'atteindre sa cinquantième année. Se libérant de son chapeau, il glissa sa main sur son crâne entièrement chauve sur le sommet ; en homme porté sur la gaudriole il avait l'habitude de dire que cette tête-là était plus lisse que l'autre…

Violoneux dans son jeune temps, grand animateur des bals dans la commune voisine, à Noailhac où il était né, Eugène Laguillaumie avait appris sérieusement la musique au régiment, entre 1885 et 1889. Il marquait ostensiblement la mesure avec le talon lorsqu'il défilait avec les cinq autres membres de la petite clique baptisée l'Harmonie de Nardy. Cette activité musicale valait à notre aubergiste le respect de sa clientèle, et lui conférait un certain prestige de ménestrel. Il était capable de jouer non seulement des marches militaires, des sonneries de circonstances diverses que la clique exécutait durant les aubades des conscrits, la veille et le matin de la fête patronale (*la vote*), mais aussi d'accompagner la messe aux jours de Pâques, au 15 août, ou en toute autre occasion solennelle. Pour Noël, à minuit, sa clarinette célébrant les bergers – *Reveillas vos pastorels !* – était du plus bel effet dans l'église.

Mais surtout il savait jouer la bourrée comme personne. Sa clarinette prenait alors des accents de cabrette ou de cornemuse pour guider la fougue des danseurs aux coups de talons meurtriers que réclamait cette danse aux élans si lointainement et si violemment archaïques. Les filles tournaient sans fin sur elles-mêmes et autour de l'espace arrondi du plancher, en poussant des *you! you!* aigus qui répondaient au cri strident, déchirant, de leurs cavaliers : *hiiii... hou hou!* Ce *récoucou* puissant qui descendait chez nous du fond des âges, lancé à pleins poumons par des garçons solides, traversait les murs et les cloisons pour se répandre dans les nuits de liesse.

Enquera n'es pas jorn
Qu'òï la luna que ralha,
Enquera n'es pas jorn
Qu'òï la luna d'amor...
Que ralha, que ralha, que ralha toutjorn,
Que ralha, que ralha, que ralha toutjorn!

Léa raconta à son père, en peu de mots, la manière habile dont son Jacques avait maîtrisé une situation périlleuse, et calmé le Victor Serre qui avait encore déclenché la bagarre. L'Eugène écoutait sa fille en approuvant de la tête ; ses yeux gris-bleu brillaient de contentement, comme ceux d'un homme qui a le sentiment d'avoir bien choisi son successeur.

VII

Cela faisait des jours qu'ils marchaient. Oh des journées entières ! Plus d'une quinzaine… Ils en avaient vu du pays ! Des bosses et des plaines, du vilain et du beau, et des vallons comme chez nous. À certains endroits ça ressemblait pas mal à la Corrèze en effet – du moins la Corrèze du haut pays, du côté d'Argentat où Joseph était rarement allé, une fois ou deux seulement, pour des foires. Il rapportait les régions, qu'ils traversaient maintenant en colonnes, à des coins qu'il connaissait. Il comparait : là c'était un peu comme à Crumière, ou à Sérilhac – pour les endroits plats, il disait à Borie : « Ça ressemble aux Quatre-Routes. » Sauf que de temps en temps, à force de changer de place, Joseph n'avait plus de référence ; le paysage ne ressemblait à rien. Alors il s'inquiétait. Il ne disait plus un mot. Il sentait qu'il allait vraiment à la guerre – à Berlin sans doute, on ne le leur disait pas où… Il s'en était parlé pourtant de ce Berlin !

En tout cas ils marchaient depuis tellement longtemps que Joseph en avait perdu le compte des jours, lui qui ne savait compter que jusqu'à douze (en ajoutant à trois fois trois, trois de plus ça faisait douze). Il savait ça depuis qu'il était tout petit – son oncle Étienne le lui avait appris ; Tienne George qui portait toute la barbe et allait garder ses quatre brebis sur les talus et dans les prés des autres, la nuit…

Le train avait déposé le régiment en un endroit appelé Valmy, dans l'après-midi du vendredi – même qu'ils en avaient marre de se trimballer dans ces cages à poules puantes qui finissaient par vous casser les oreilles avec le boum-boum des roues, continuellement boum-boum ! Le premier jour, et même le deuxième, ils étaient heureux de se dégourdir les jambes. Le deuxième jour ils avaient démarré de bonne heure, putain ! Et vas-y que je te trotte, avec le sac, le fusil, les cartouchières, le quart pour boire qui était en fer ! Enfin tout le « barda du grifton », comme disaient les copains. Le grifton !... Certains soldats faisaient les malins, ils employaient des termes bizarres que Joseph repérait à l'oreille, et que Cyprien lui expliquait parfois – ce qu'il en comprenait.

Leur bataillon était arrivé à un petit bourg appelé Bouconville vers les 10 heures ; après, ils avaient eu repos jusqu'au lendemain, ce qui n'était pas mal. On les avait fait coucher sur de la paille fraîche qui sentait bon – Borie et lui s'étaient demandé d'où les fourriers avaient sorti cette paille, en plein mois d'août. Il fallait qu'ils aient déjà moissonné dans la région... Le dimanche on les avait menés pas très loin de là, pour réparer une route au milieu de grands bois. Et tant pis pour la messe, pardi !... Ils appelaient ces bois la « Forêt d'Argonne ». On leur avait fourni des pelles pour remuer les cailloux, de 9 heures du matin à 5 heures du soir. Il faisait une chaleur étouffante, heureusement qu'ils se tenaient à l'ombre sous les arbres ! Ils avaient mangé sur place, des choses apportées par les gars de la cuisine, quasiment comme dans les champs, quand les femmes apportent le *marander**. Le soir ils avaient couché dans les environs, un coin du nom de Lançon. – Joseph avait décidé de se rappeler le nom de tous les villages où ils couchaient (les gars disaient plutôt « patelin » pour « village »). Comme ça il pourrait en parler au retour, il raconterait à Tienne qui n'était jamais allé nulle part, ni à l'armée, ni même à Brive, ou peut-être une fois... Joseph avait bonne mémoire, ça lui faisait pas peur tous ces « patelins ». Il se les récitait en marchant pour les graver dans le souvenir.

Dans ces déplacements sur la chaussée empierrée, leurs « godillots » – godillot ! – traînaient sur la route blanche, de sorte que le bataillon déplaçait avec lui un grand nuage de poussière qui montait au-dessus des rangs et suivait la colonne. Ils en avaient la gorge sèche, tellement qu'ils n'arrivaient plus à cracher!... À une halte, dans un petit patelin, comme qui dirait Lagleygeolle, quelques gars hardis avaient acheté du vin à des paysans. Mais il fallait être riche ! Nom de Dieu ! Les gens vendaient le litre de vin à 3 francs, quand le prix ordinaire partout était de dix sous – 0,50 franc ! Ces saligauds profitaient de la soif des troupes pour se faire des bas de laine !

Ils étaient demeurés deux journées dans cette région, plus ou moins, avec de courtes marches pour aboutir le mardi 11 août à Champigneulle – le sergent, un nommé Escaravage, un type instruit qui lisait la carte, leur disait les noms des endroits. La chaleur était de plus en plus forte; Joseph se disait que son frère Antonin, où qu'il se trouve, devait être content parce que le raisin mûrissait là-bas à Merlette de ce temps. Ils en parlaient avec Borie, qui lui aussi avait une vigne à Chasteau; il était allé la voir le soir avant son départ, les grains étaient beaux...

Mais où se trouvait Antonin, justement? Il regardait bien, aux étapes, pour savoir si d'autres régiments qu'ils croisaient ne seraient pas le 100e de Ligne par hasard. – Et d'abord une grande question se posait: est-ce qu'ils seraient de retour assez tôt pour les vendanges ? Borie disait qu'à son avis il y avait des chances que non... du moins ce serait surprenant. En tout cas, il faudrait pas perdre de temps. Berlin, c'était très loin – même en deux mois, d'ici les vendanges, ils n'auraient jamais le temps d'aller et de revenir. Et puis, disait Cyprien Borie, on ne sait jamais comment les choses pouvaient tourner: c'était bien joli d'aller à Berlin, mais est-ce qu'on sait? Des fois il pouvait y avoir des inconvénients en route ?... Enfin on pouvait pas s'y fier complètement. Alors, si on n'était pas revenu à temps, les femmes se débrouilleraient comme elles pourraient avec la vendange.

Tout en marchant, Joseph imaginait comment elles pourraient s'arranger, les femmes, à Antignac, au Peuch, à Merlette. Elles mettraient moins de raisin dans les *bastes** pour pouvoir porter et puis voilà ! Elles feraient davantage de tours. Pour *froustir** dans la *tine* – la cuve – les jeunes qui sont lestes comme des chèvres n'auraient qu'à se mettre nues – entre elles ça n'avait pas d'importance... Ça le faisait rigoler d'imaginer l'Angéline toute nue dans la cuve – même que c'était une idée qu'il aurait pas dû avoir... Bah de penser à ça, le temps passait plus vite sur la route !

Ce mardi-là, à Champigneulle, l'après-midi, ils se trouvaient au bord d'un bois lorsqu'ils aperçurent un avion. Le premier avion qu'ils voyaient de leur vie. Sauf Borie – lui en avait vu des aéroplanes dans une démonstration qui s'était faite dans un pré à côté de Brive, l'année précédente. L'avion – un biplan d'après lui – passait en l'air comme un faucon qui guette une couvée de poulets. Sauf que l'oiseau ronflait en même temps comme un camion à moteur ! Les gars avaient crié que c'était un Allemand ; ils s'étaient mis à lui tirer dessus à coups de fusil – les premiers coups de fusil qu'ils faisaient péter ! Ça devenait un peu la guerre...

Mais l'avion était reparti sans aucun mal en direction de la plaine, ils l'avaient perdu de vue. Une apparition qui laissa Joseph longtemps rêveur. On disait « le progrès »... Le progrès était étonnant, c'est sûr – et même un peu inquiétant dans un sens. Comment cet Allemand pouvait-il se tenir en l'air ? Il n'avait pas peur, si haut ? Un sacré mystère... Une chose le rassurait quelque peu : il avait remarqué que « le progrès » faisait une ombre sur la terre en passant, tout à fait comme un faucon ordinaire...

Le dimanche d'après ils avaient parcouru une vingtaine de kilomètres d'un seul trait. On les avait fait partir trois heures avant le jour pour marcher à la fraîcheur, parce que la chaleur n'était plus tenable – surtout avec cette *troc** de capote d'hiver ! Et la veste par en dessous, et le pantalon épais ! En plus, le sac pesait un quintal... Quelques jours auparavant en montant une côte, deux types de la compagnie avaient dégringolé dans le fossé ; la fatigue et le soleil leur avaient foutu un coup de sang. On les avait dits morts, mais les infirmiers les avaient raviscolés...

Au contraire, à 2 heures après minuit il faisait clair de

lune c'était agréable de marcher. Ils étaient descendus sur Beaumont-en-Argonne, et à 4 heures et demie ils traversaient la ville encore endormie. Le boucan d'un régiment en marche dans la rue principale avait dû en réveiller plus d'un. Des contrevents s'ouvraient ici et là, laissaient passer des têtes effarées, coiffées de bonnets de nuit. Les femmes serraient leur chemise sur la poitrine, mais elles dégageaient une main pour faire des signes aux soldats; deux ou trois avaient crié très fort: « Vive l'armée française ! » Ça faisait plaisir. Joseph comprenait très bien: *Viva l'armada francèsa !*

Ensuite la route montait; ils traversèrent des bois sur une sorte de plateau, puis redescendirent dans la plaine vers une rivière assez large qui s'appelait la Meuse. À 6 heures et quart ils firent halte dans un champ, à cinq kilomètres d'une ville qu'ils appelaient Mouzon. Le soleil montait déjà un peu haut dans le ciel, la journée promettait d'être encore chaude. On leur apporta du café dans les quarts, avec la moitié d'une boule de pain chacun pour leur déjeuner. Ils étaient bien, couchés dans l'herbe – ils firent une sieste délicieuse...

Le bataillon se remit en marche vers 10 heures, et là le « cagnard » tapait dur, nom de Dieu ! Ils traversèrent la Meuse sur deux ponts successifs au milieu de la ville de Mouzon – la rivière était plus large et plus forte que la Corrèze à Brive; Joseph n'avait jamais eu l'occasion de voir de près un fleuve de cette importance. Mais Borie qui connaissait la Dordogne disait que la Meuse n'était rien à côté... Il lui parla longuement de la Dordogne tout en marchant, des truites, des goujons qu'on y pêchait, tandis que la route grimpait de nouveau en un dur raidillon. Puis ils redescendirent une nouvelle fois vers une autre vallée, dont le cours d'eau, plus petit, s'appelait la Chiers. Ils devaient cantonner là, à Carignan, qu'ils atteignirent à 4 heures de l'après-midi, après s'être arrêtés en route sous des arbres pour manger la soupe. Les cuistots, partis en avant depuis la veille, l'avaient préparée en les attendant. Les « cuistots »... Ils mangeaient à l'heure eux, les cuistots ! Ils s'en faisaient pas...

Toute la journée du lundi 17 août, ils furent de repos à Carignan. D'autres troupes convergeaient là, montant du sud. Sur leur droite vint se placer le 108e de Ligne de Bergerac. Joseph et son camarade se promenaient dans le bourg pour voir comment les maisons étaient faites dans ce pays, histoire de tuer le temps, lorsque tout à coup ils remarquèrent, dans la foule des soldats qui déambulaient, un caporal accompagné de trois hommes qui portaient des paquets, et qui se dirigèrent brusquement vers eux. Le gradé s'approcha pour venir les regarder sous le nez – les deux saluèrent d'instinct, roides, le regard poliment porté sur l'horizon...

L'homme était de taille moyenne, à peu près comme Joseph, mais élégant avec ses épaulettes, le calot dégagé sur l'oreille – un brun dont les yeux gris-bleu riaient de surprise.

– Mais, mais..., fit le caporal qui en oublia de leur rendre le salut, mais c'est Joseph Dumond !

Joseph tressaillit en entendant prononcer son nom – la bouche tombant d'étonnement, il reconnut Rigaud, du Poujol !... Alors là ! Quelle surprise ! Pierre Rigaud ?... Il éclata d'un rire aigu, nerveux, qu'il essayait d'étouffer – puis des larmes jaillirent, convulsivement... Il était totalement bouleversé de voir ici quelqu'un de Lagleygeolle – il riait et pleurait en même temps.

Rigaud lui secoua la main, s'exclamant en français de Paris :

– Comment ça va, mon vieux Joseph ?... Ça c'est épatant !

Puis à l'air effaré de Joseph, il se rendit compte que l'autre ne parlait toujours pas plus français qu'une vache espagnole. Il lui dit alors, changeant de ton et de manière, tout près, agrippant d'une main son épaule, remué lui aussi par les larmes de Joseph :

– *Paur' éfont, sems long de Lagleygeolla, qu'òï pas vraï ?* (Nous sommes loin du pays, mon pauvre.)

– *Aquò qu'òï ségur*, articula Joseph qui reniflait en essayant de faire bonne figure. (Ça c'est bien vrai.)

Pierre avait un an de moins que lui, pourtant ils s'étaient fort peu fréquentés ; la raison principale est que lui-même n'était pas allé à l'école où d'ordinaire on se côtoie le mieux. Par ailleurs Rigaud était parti assez tôt en pension chez les Frères, ensuite au séminaire – pour Joseph c'était presque un monsieur, qui vivait à présent dans la grande ville. Bien entendu ils s'étaient vus petits, à la messe, le dimanche, l'été... Aussi sa présence ici, si loin de tout, près de ces fleuves étrangers, le pénétrait d'une sorte de joie. Il présenta son camarade Borie, du Chasteau, et accepta avec plaisir une invitation à boire un coup au cantonnement de Pierre.

Pierre Rigaud était caporal fourrier, chargé à ce titre du ravitaillement de son bataillon. La fonction comportait pas mal d'avantages, comme d'aller en voiture un ou deux jours en avance sur la troupe pour préparer les cantonnements des soldats et ceux des officiers. Puis il était admis que les fourriers pouvaient en quelque sorte « goûter les plats » destinés aux gradés, et ils avaient accès pour eux-mêmes aux réserves de vin qu'ils leur procuraient. Un vin non coupé d'eau, et du café sans mélange... Pierre mangeait soit au mess, soit en cuisine avec les cuistots qui savaient, eux, choisir leurs morceaux... À la guerre comme à la guerre !

Le caporal déboucha pour les deux amis une bouteille de vin supérieur, et ils parlèrent du pays. Rigaud venait de recevoir sa première lettre du Poujol ; sa sœur Mélanie lui disait que Jean Feix son mari avait obtenu un sursis en qualité d'entrepreneur de battage – il fallait bien que quelqu'un puisse rester à la terre pour assurer l'indispensable récolte. Déjà c'était bien terrible pour les maisons de devoir s'occuper des moissons sans les hommes – ainsi disait Mélanie, peut-être que la guerre serait terminée quand les battages seraient finis.

Cette nouvelle fit terriblement plaisir à Joseph ! Mais elle aurait pu être moins bonne, ou même franchement mauvaise, il aurait été content quand même, tellement qu'à parler des battages de chez nous il se sentait ragaillardi. Malheureusement Pierre Rigaud, qui entendait causer les officiers entre eux, ne pensait pas qu'ils seraient de retour assez tôt pour les vendanges. Mais pour les labours d'automne, sûrement ! Du moins il fallait espérer que oui… Il signala la présence au 108e d'un autre type de Lagleygeolle : Louis Dufour, du Bouix, qui était de dix ans leur aîné. Mais il appartenait à un autre bataillon que le sien, cantonné vers Blagny, à plusieurs kilomètres de Carignan. Dommage ! Joseph aurait été réellement enchanté de voir Dufour, ou n'importe qui d'autre qui aurait un peu l'air du canton…

Rigaud avait pas mal d'ouvrage sur les bras. Il devait retrouver son sergent sans tarder pour préparer le programme des jours suivants. Il sortit sa montre – une belle montre en argent, tenue par une chaîne dans son gousset –, qui étincela au soleil.

Il s'excusa :

– *Quò chauma pas eici, savèz !* (On ne chôme pas ici.)

Ils se quittèrent à regret. Pierre dit à Joseph, en lui tenant la main dans les deux siennes, qui étaient douces et soignées, avec le ton sérieux et le regard grave d'un homme qui avait frôlé l'état ecclésiastique :

– *Que Dièu te tènias in sa protectio, Jazè !* (Que Dieu te protège, Joseph.)

– *Maï tu tabe*, répondit Joseph, *maï tu tabe !* (Toi de même.)

Ce furent leurs dernières paroles ensemble. Du moins sur cette terre – au ciel, on ne sait pas encore.

Le mercredi et le jeudi, le régiment alla cantonner non loin de Carignan, dans un endroit nommé Sachy. Ils entrèrent dans le village que le soleil n'était pas encore tout à fait levé, mais il faisait clair ; l'horizon rosissait au-dessus des sombres forêts d'Ardennes. Le nom du patelin circula dans le bataillon qui faisait halte et provoqua des ricanements :

– Sachy ? Vous êtes sûr ?…

Un grand escogriffe de la compagnie beugla d'une voix à être entendue sur toute la colonne :

– Ça chie pas encore, mon lieutenant, mais ça *va* chier, c'est sûr !

Quelle rigolade dans les rangs ! Borie, que le calembour amusait aux larmes, était secoué de hoquets – il eut du mal à expliquer la subtilité à Joseph qui voulait profiter de la joie commune. Sachy, comme « ça chie », pour *quò caga*, sauf que *quò vaï cagar* ne voulait pas dire en français « ça va lâcher » mais « ça va barder » : *quò va chauffar*… Bref, détaillée et mise à plat de la sorte, la blague n'était plus drôle du tout. Joseph, encore une fois, trouva bizarre la façon que les Français avaient de rire.

Le matin du jeudi il circula des choses horribles sur la cruauté des Alboches. La nouvelle passait de compagnie en compagnie que les Allemands, en entrant dans un village, avaient attaché une femme toute nue à un poteau et l'avaient fusillée sur place. Ils brûlaient, paraît-il, les maisons ; ils martyrisaient les enfants et les vieillards, en Belgique, avec une sauvagerie extrême. Ça se passait comme ça là-bas : ils coupaient les mains des prisonniers ! C'étaient des gars qui revenaient du front qui l'avaient raconté… De plus, il fallait se méfier car ces monstres avaient installé des espions partout. On leur rapportait fidèlement les mouvements de nos troupes et les intentions de notre état-major.

Ainsi la veille au soir, entre 11 heures et minuit, un homme avait été vu à Sachy qui ouvrait sa fenêtre et lâchait quelque chose qui ressemblait à des pigeons… Le coup des pigeons voyageurs était particulièrement redoutable. Un lieutenant et quelques hommes firent donc une perquisition en règle dans la maison indiquée, mais ne trouvèrent rien de suspect. Tout de même, il fallait être rudement sur ses gardes.

Ce même après-midi, les 3 259 hommes et les 175 chevaux de l'effectif du 7e Régiment de Marche reçurent l'ordre de se rendre à Herbeumont en Belgique, une ville qui portait un nom de cep de vigne. Les choses devenaient sérieuses : la guerre pointait son nez pour eux à l'horizon.

Ils atteignirent Herbeumont à 4 heures de la nuit. Le pays était plein de bois et de collines comme par chez nous. Sauf qu'ils descendirent abruptement vers une rivière encore, que l'on appelait la Semois. On les conduisit dans le parc d'un château près de l'eau ; ils s'écroulèrent pendant quelques heures, avant que le clairon ne se mît à sonner le réveil, juste avant l'aube. « Debout les morts ! », criaient les caporaux et les sergents. À peine leur avait-on versé un mauvais café dans les quarts qu'il fallut repartir.

Ils montèrent dans le petit matin sur une hauteur vers le nord pour s'installer « en position » sur une crête au-dessus des bois. Il faisait moins chaud – des nuages bouchaient le ciel, et ils sentirent bientôt la venue d'un orage. Sur les hauteurs en face d'eux, au-delà d'une vallée où l'on distinguait plusieurs clochers, à quelque chose comme huit à dix kilomètres à vol d'oiseau, on entendait le grondement d'un tonnerre intermittent. Pourtant, à bien tendre l'oreille, il y avait plus que le bruit réel du tonnerre : on distinguait maintenant des coups sourds qui étaient ceux des canons et les éclats brutaux des obus.

– C'est les Allemands ! s'écrièrent plusieurs voix.

On les entendait enfin ! On ne les voyait pas encore, mais on devinait leur odieuse présence à des fumerolles qui montaient au-dessus des arbres, et qui indiquaient la détonation des bouches à feu.

Peu à peu les roulements se firent plus forts, plus distincts. « Ils se rapprochent ! », lancèrent des camarades… Mais non : cette fois c'était bien le tonnerre qui prenait le dessus tout à coup. Bientôt des éclairs gigantesques rayèrent le ciel de leurs illuminations blanches tandis que le bruit de bombes produit par l'orage devenait tonitruant. Enfin la pluie tomba dans un éclat qui parut déchirer les nuages, drue, grosse, violente ; elle giflait les arbres en rafales, en même temps que les éclairs se transformaient en véritables langues de feu. Leurs zébrures se projetaient du ciel vers le sol, vers la petite ville de Bertrix que l'on ne distinguait plus du tout derrière le rideau des gouttes. Les craquements étaient tels que la terre semblait s'ouvrir et éclater à la manière d'un tronc d'arbre que les coins font voler en éclats. Un orage comme ça, terrorisant à ce point, on n'en avait pas vu depuis longtemps… Surtout cette année où l'été avait été médiocre.

Sachant le danger des arbres qui attirent la foudre par temps d'orage, Borie et Joseph s'étaient écartés des frondaisons avec quelques autres, préférant recevoir la pluie de plein fouet, et mettre l'eau à la peau plutôt que de risquer leur vie dans la colère des éléments. Ils étaient trempés comme des soupes, sous la capote et sous la veste – avec des pantalons qui pesaient maintenant des kilos. Leurs mains ruisselantes devenaient toutes bleues à cause du drap neuf qui déteignait sur leur peau.

L'ordre fut donné, contre toute prévision, de redescendre sur Herbeumont, au cantonnement. Ils y passèrent le reste de la journée, comme beaucoup d'autres, à faire sécher leurs frusques qu'ils avaient étendues sur une haie, en bas, dans l'enclos du château.

Au matin du 22 août, qui était un samedi, le mot circula dès le point du jour que l'on allait se porter au-devant des Allemands, cette fois-ci pour de bon.

– *Per de bon*, commenta Borie. *Qu'òï pas tant segur que quò siòt per de bon*… (Pas si sûr que ce soit « pour de bon ».)

Leurs effets étaient encore moites de la pluie d'hier – la culotte rouge faisait froid aux cuisses, et la capote pesait comme du plomb. À 8 heures, les 1er et 2e Bataillons se mettaient en place sur la route de Saint-Médard, en direction de Neufchâteau que l'on disait tenu par l'ennemi. Le 2e Bataillon auquel appartenaient Joseph et Borie devait prendre la route un peu plus tard afin de rejoindre le régiment à Bertrix, légèrement plus à l'ouest.

Comme la colonne se mettait en marche, vers 10 heures, le lieutenant Fusil qui commandait leur section annonça tout de go que le pape était mort.

– Le pape ?… Quel pape ?…

La nouvelle paraissait incongrue.

– Eh ! Le pape de Rome, pardi ! grommela le lieutenant. Il n'y a pas plusieurs papes, idiot ! Pie X de son nom, le chef de l'Église !

– Mais y fait pas la guerre, mon lieutenant ! s'écria quelqu'un.

– Ben il vient de mourir, c'est officiel.

Borie résuma la situation :

– *Disont que lo papa es mòrt, as compri ?*

Joseph était atterré… Non pas qu'il eût un lien quelconque avec Sa Sainteté, mais le bruit de ce décès lui parut étrangement funeste. Surtout aujourd'hui où ils allaient commencer cette guerre. Il eut l'impression d'un vide, sans oser le dire, comme si Dieu peut-être les abandonnait à leur sort… « *Que Dièu te gardia* », avait dit Rigaud, lui qui avait étudié comme un curé les choses saintes. Et la première chose qu'il apprenait avant de partir au combat c'est que le pape, le protecteur suprême, était mort !

Joseph marcha sombrement en regardant la route devant ses pieds. Il se disait pour la première fois que la guerre était peut-être une très mauvaise chose puisque le Tout-Puissant supprimait son représentant sur la Terre – il avait retenu beaucoup de choses de son catéchisme, il ne croyait pas se tromper en ayant peur.

En début d'après-midi, on les fit obliquer à l'ouest vers Offagne, puis, lorsqu'ils eurent atteint le village d'Acremont, le commandement les plaça en réserve – le 2e Bataillon dans le bois de Blanche-Oreille, les deux autres étant installés dans le bois de Sart. Assis au pied des arbres, ils eurent le loisir enfin de manger leur ration, en soufflant un peu.

Le ciel était lourd, assombri de gros nuages éclatés dont les bords étincelaient de blancheur comme la mousse du lait. De nouveau la pluie menaçait. À 4 heures et demie, lorsque l'ordre fut donné par le capitaine Pidant de se porter sur la route de Recogne pour « s'opposer à l'ennemi », le soleil avait baissé derrière les franges nuageuses qui laissaient filtrer de pâles rayons. Le 2e Bataillon se replia en direction d'Acremont, pendant que le 1er et le 3e, s'étant rejoints sur la route de Paliseul à Ochamps, avaient pris les devants de la marche. Le drapeau du régiment flottait en tête comme pour un défilé, avec les tambours qui battaient le pas cadencé.

Parvenu à Acremont, le 2e Bataillon dut briser la marche – des sections d'artillerie défilaient en désordre dans le village. Des canons de .75 tirés par deux chevaux de front encombraient la route ; des caissons de munitions, des charrettes du Génie barraient le passage aux hommes. Le bataillon dut s'arrêter, il perdit contact, très vite, avec le reste du régiment.

Le colonel Hélo attendait sur son cheval ; il ordonna avec impatience de prendre à travers champs pour contourner les embarras, afin de rejoindre la route plus loin. Plus les hommes avançaient, tâchant de conserver au mieux un semblant d'organisation dans les colonnes disloquées conduites à son de voix par les sergents, plus le bruit des déflagrations devenait impressionnant. Le grondement sourd faisait place à des cascades d'éclatements, des brusques ressauts d'une fureur métallique, des déchirements aigus. Par contraste le silence s'était fait dans les rangs de la troupe ; Joseph et Borie écoutaient ce concert inquiétant, sans un mot. Ils serraient leur fusil avec une angoisse qui grandissait dans leurs boyaux.

Il était bien 5 heures et demie au soleil lorsque le 2e Bataillon aborda la chaussée principale, un peu avant le ruisseau des Alanes. Un spectacle qu'ils n'attendaient pas les saisit de stupeur : des hommes débraillés couraient sur la route, d'autres sortaient du bois à toutes jambes, sans fusil et sans sac, dans une invraisemblable débandade de fous furieux. Il y avait des gradés nu-tête dont la figure saignait, d'autres boitaient lamentablement, la capote déchirée, une jambe de pantalon fendue qui flottait derrière eux… Joseph se sentit la gorge serrée par une frayeur qui le paralysait.

– *Maïre de Dièu !* jura Borie à son côté. *Aurò sems pròpres !* (Maintenant nous voilà bien.)

À ce moment un blessé passa tout près d'eux – c'était un lieutenant soutenu par un soldat sans fusil, sans cartouchière. La mâchoire de l'officier avait été emportée, avec la joue, par un éclat d'obus. On voyait l'intérieur de sa bouche avec ses dents du haut qui luisaient monstrueusement tandis que sa langue remuait dans le vide… Ceux qui montaient détournèrent la tête à cette vue de cauchemar. Des types continuaient à refluer, qui appartenaient au 9e de Ligne du Gers, au 20e, au 11e et au 12e Régiment, tous mélangés dans la fuite.

Le lieutenant Fusil hurla « En avant ! »… et il s'élança à

l'encontre d'un groupe du 1er Bataillon qui revenait au galop en sens inverse, quelques-uns braillant des mots inarticulés, les yeux fous, à bout de souffle, dans une pagaille extraordinaire. Le commandant, les capitaines usant d'autorité se mirent en devoir de barrer la route aux fuyards – du moins tentaient-ils de freiner leur élan de désertion... Ils parvinrent à arrêter la débandade à l'ouest du ruisseau, et une ligne de résistance se forma tant bien que mal à l'orée du bois. Il y avait des sections disjointes et affolées du 3e Bataillon qui avait également battu en retraite.

La pluie commençait à tomber; à présent le soir venait. Une brume froide du nord montait vers la forêt. Le régiment déployé avançait à découvert vers le bas du pré, baïonnette au canon ainsi qu'à la manœuvre, quand des milliers de petites flammes jaillirent du versant opposé du ruisseau des Alanes. Le claquement des mitrailleuses ennemies dissimulées dans un champ de genêts crépita avec une seconde de décalage sur les étoiles de feu. La première rangée d'hommes tomba tout entière en hurlant de panique et de douleur, avant même d'avoir mis les fusils en joue. En quelques secondes la vision se fit hallucinante: un capitaine qui s'élançait en criant vers le ruisseau, brandissant son revolver devant lui, fut décapité par les balles, sa tête se détacha en pleine course et sauta d'un côté du pré, tandis que son corps tournoyait dans l'élan avant de s'écrouler à son tour dans l'herbe.

Alors ce fut l'enfer... Alors les soldats impuissants déchargeaient leurs fusils dérisoires en direction des mitrailleuses cachées qui les fauchaient comme des quilles à la foire. Les Allemands, qui avaient pris leur temps pour ajuster leurs batteries de canons, se mirent à arroser cette nouvelle plage de chair humaine avec une grêle d'obus de .77. Les marmites volantes éclataient à présent dans les rangs de nos troupes massées sans aucune protection, en cibles offertes. Les corps sautaient en l'air dans le fracas des explosions, ils retombaient mous, désarticulés comme des pantins grotesques sur la prairie.

Joseph était tétanisé. Il agrippa machinalement la capote de Borie, et tous deux, moitié courant, moitié rampant, commencèrent à se rapprocher du bois. La pluie tombait de plus belle, comme appelée par le tonnerre des canons, elle leur coulait dans le cou mais ils ne la sentaient pas.

– *Laïssa lo fusil*, cria Borie, *vènes !* (Viens, laisse ton fusil.)

Et il s'élança vers les arbres de toute la puissance de ses jambes. D'autres couraient maintenant, culbutaient en courant, frappés aux jambes, dans les reins, à la tête, partout : le bord du pré se jonchait de morts subites, de blessés qui poussaient des cris affreux... Joseph songea à la fin du monde : c'était ça ! Le pape était mort et maintenant c'était la fin du monde... Ils étaient abandonnés.

Borie courait devant avec une dizaine de mètres d'avance, Joseph cria :

– *Espèras me !* (Attends-moi.)

Ils s'avançaient entre les arbres, mais les obus éclataient toujours, de plus en plus nombreux, devant, derrière, à des endroits imprévisibles, déchirant la terre et les troncs... Un arbre soudain déraciné dans une explosion assourdissante s'abattit sur eux, mais ils furent seulement fouettés par les dernières branches du haut, fines et souples, qui firent sauter leur calot. Ils n'allaient pas perdre de temps à le chercher dans les feuilles ! La nuit tombait, il faisait sombre dans le sous-bois... Il y avait des claquements secs sur les troncs des arbres tandis qu'ils couraient, accrochant leur capote aux ronces, aux buissons, trébuchant sur des souches cachées et des branches mortes sous les fougères.

Au bout de trois cents mètres de course à travers les fourrés, ils débouchèrent dans une petite clairière pleine de genêts, et s'arrêtèrent pour reprendre haleine adossés à des arbres. Le tonnerre des bombes et les pétarades des mitrailleuses continuaient leur chambard, à peine assourdi par la futaie – ils étaient seuls. Le reste de la compagnie s'était égaillé ailleurs, dispersé, ou fauché sur place – ils ne s'étaient pas retournés pour voir... Dans le clair-obscur de ce crépuscule zébré par la pluie, ils ne songeaient qu'à reprendre leur souffle, vite. Borie écarta d'un revers de sa manche des mèches de cheveux collées sur son front par la sueur et l'eau – il y eut un sifflement bref de vipère féroce : la terre se souleva en gerbe à dix mètres d'eux.

Joseph fut durement secoué par le fracas épouvantable, tandis qu'il recevait de plein fouet une giclée de pluie terreuse dans la poitrine, le cou, le visage – plein les cheveux. Quand il rouvrit les yeux, s'ébrouant pour chasser la terre, il aperçut Cyprien Borie qui s'affaissait, qui glissait assis au pied de son arbre. Sa main droite agitée d'un spasme inquiétant retomba inerte. Joseph cria :

– *Cyprien ! Que fas ?…*

Il s'approcha… Borie avait la tête fendue en deux. Du haut en bas, comme par un gigantesque coup de hache ! Ouverts son crâne, son nez – un œil d'un côté, l'autre de l'autre comme une énorme figue rose… La cervelle morte débordait, lui tombait dans la gorge où le sang glougloutait.

Joseph eut les dents qui se mirent à claquer sans qu'il puisse produire un son, ni retenir sa mâchoire. Son corps fut saisi d'un tremblement nerveux spasmodique. Il se leva tout droit, les yeux sortant des orbites, les bras en l'air, les mains tendues vers le ciel :

– *Per piata ! Per piata !…*

Il hurla ainsi du fond de ses tripes, sans même tenter de fuir, la raison égarée.

– *Mon Dièu per piata !*

À force de crier vers le ciel la pitié de Dieu, il reçut une balle qui lui traversa le poumon droit. L'impact le fit pivoter : il s'affaissa de surprise, comme si cette réponse lui clouait la bouche… Il sentit un gargouillis sous ses dernières côtes, puis après seulement la douleur monta. Il eut conscience qu'il était blessé, qu'il ne pourrait plus courir, se tirer de là… Il se laissa tomber, s'allongeant auprès de Cyprien inerte.

Comme par miracle, la peur le quitta. Il se dit qu'il était sans doute en train de mourir à son tour, il murmura : « *Sainta Vierja, adias piata de ièu* »… Et tout devint noir.

Au petit jour la pluie avait cessé, Joseph s'éveilla en entendant des bruits de voix sous les arbres, et des feuilles froissées. Il se rendit compte qu'il ne pouvait pas bouger. Quelqu'un cria – une bouche d'homme tout près :

– *Hier sind noch zwei !*

La douleur, réveillée elle aussi, lui fit pousser un gémissement. La voix reprit au-dessus de lui :

– *Der da ist noch nicht tot.*

Une deuxième voix s'anima à côté de la première :

– *Den nehmen wir mit… Scheisse, schau dir das an !*

L'un des hommes cracha à terre sur les feuilles :

– *Eine Sauerei… Gott vergib uns !*

Ils retournèrent Joseph qui poussa un râle de gorge, le basculant précautionneusement sur une civière de toile :

– *Sachte, sachte…*, murmura la voix. *Keine Sorge, du kommst durch !*

Cette musique-là, de mots encore moins déchiffrables que ceux de son régiment, Joseph allait l'entendre pendant trois semaines dans son délire… Il s'en laisserait bercer, dans des salles propres aux odeurs camphrées, sous l'emprise de la fièvre qui le faisait grelotter. Il ne chercha jamais à percer le secret des sons qui lui paraissaient beaux et doux, émis parfois par des femmes…

Au cours de la deuxième semaine son état parut s'améliorer. Il ouvrait les yeux ; il suivait le va-et-vient des infirmiers et des visiteurs d'un regard troublé. On s'inquiéta alors d'apprendre qui il était – pour une raison ignorée il avait perdu sa plaque matricule. L'infirmier envoya chercher l'officier interprète – l'homme se pencha sur lui et lui demanda avec bienveillance :

– Pouvez-vous, s'il vous plaît, me confier votre nom, et, si vous voulez bien, votre arme ?

Ne sachant vraiment pas qu'on lui parlait en français, Joseph répondit :

– *Que qu'òï que me volèz ?... Vejès, aqueste còp suis flambat, mossur !* (Que me voulez-vous ? Cette fois-ci je suis cuit.)

L'interprète n'insista pas ; il expliqua à l'infirmier que Joseph parlait l'arabe – une sorte d'arabe, comme les deux spahis prisonniers qu'il avait interrogés le matin.

La fièvre reprit, envahit Joseph tout entier. Il mourut à l'aube du troisième vendredi, dans un soupir.

On ne sut pas tout de suite à Lagleygeolle qu'il avait disparu. Sa mère, la Marie Dumond, reçut un avis officiel de sa disparition dans la deuxième quinzaine de décembre – un avis qui le supposait mort quelque part, prisonnier des Allemands, « antérieurement au 1er novembre 1914 ».

VIII

Le 21 août, vers les 4 heures de l'après-midi, au moment de l'orage d'apocalypse qui avait empêché l'attaque d'une partie de l'armée française dans les parages de Saint-Médard et de Bertrix, Jules Giscard s'était souvenu tout d'un coup, entre deux éclats de tonnerre, qu'il devait avoir vingt-quatre ans ce même jour. On le lui avait souvent répété à Beynat, qu'il était venu au monde un 21 août, pendant un violent orage ; c'était paraît-il ce qui avait causé la mort de sa pauvre mère : elle avait eu peur du feu du ciel, tombé sur une grange des voisins. Ça s'était dit – c'est ce qu'avait raconté la sage-femme, en tout cas, sur le moment…

Il voulut être sûr de la date, et demanda à Manimont assis par terre à côté de lui :

– *Sems be lo vint-e-un, anueg ?* (On est bien le 21.)

– *E plò. Perque zo damandes ?* (Bien sûr, pourquoi cette question.)

– *Adounc quò me faït vint'a-quatr'ans !* (Dans ce cas, j'ai vingt-quatre ans.)

– *Anueg ?* (Aujourd'hui.)

– *Voï. Après vint'a-très, qu'òï pas vint'a-quatre ?*

– *Si bé. T'ies jeone encera…* (Tu es encore jeune.)

Les premières gouttes cinglaient le sol, faisaient des bulles dans la poussière. Michel Manimont (il ne voulait pas être appelé Antoine) fit remonter sa capote sur sa tête pour se protéger. Julot l'imita – mais lui, c'était facile, son manteau trop vaste aurait pu lui servir de toile de tente.

– *Et tiu ?*, dit Jules qui avait l'accent du Pays-Haut, *quan n'as ?*

– *Vint'a-sièi... Vint'a-sèt al mes de mar que vè. Si sems pas crebas!* (Vingt-sept au mois de mars prochain. Si on n'est pas morts.)

La pluie redoublait, ils coururent avec les autres de la section se tasser sous l'avant-toit d'une grange... À la 11e Compagnie du 126e, Jules Giscard ne quittait guère plus Manimont de Crumière qu'un poussin sa mère. À la vérité, les deux hommes présentaient un vague air de famille que leur donnait un visage étroit – à ceci près que Manimont, avec son mètre soixante, paraissait nettement plus fort et plus âgé. Jules, qu'un rigolard de la compagnie appelait « Jules le Minuscule », faisait réellement juvénile ! On lui aurait donné plutôt quatorze ans que vingt-quatre, avec son petit visage glabre, sans moustache, ses yeux marron rapprochés et une mèche de cheveux châtain clair qui lui pendait sur le front.

Mais surtout, dans la bousculade de la mobilisation, le sergent habilleur n'avait trouvé aucun effet assorti à son mètre cinquante et un. Il l'avait affublé d'une capote dans laquelle Jules flottait largement : les épaules lui tombaient jusqu'à mi-bras, le revers des manches, retroussé jusqu'au coude, avait dû être cousu pour tenir en place, et malgré le ceinturon trop long qui le soutenait à la taille ce manteau à gros plis lui battait les talons.

– T'inquiète pas ! avait chantonné le sergent fourrier qui était du Midi. Tu vas pas à un concours de beauté quand même... En plus que c'est long, en plus que c'est bon !

Le pantalon rouge bouffant, remonté sous les aisselles par des bretelles nouées, achevait de tailler au petit homme une tenue de clown. Jusqu'au calot, que Jules avait été obligé de bourrer de papier pour qu'il ne lui tombe pas complètement sur la vue.

De fait, cet accoutrement attirait l'attention sur sa personne : la capote impossible lui avait valu pas mal de quolibets au cours du voyage, dans les trains qui les avaient acheminés de Brive à Troyes en Champagne, puis à Saint-Dizier. Julot laissait passer les *niorles** en baissant la tête ; pourtant certains types, peu intéressés sans doute par l'adage « on a souvent besoin d'un plus petit que soi », lui avaient mené la vie dure. Lors d'une période d'attente à la gare de Troyes, un persifleur avantageux, irrité par son silence et sa façon de ne pas répondre aux provocations, lui donna une bourrade si forte que Jules, entravé par son pantalon, s'étala par terre avec tout son fourniment. Le bruit de ferraille du bidon qui se décrocha de la ceinture fit se retourner les têtes sur le quai.

Les autres riaient, mais Michel Manimont qui se trouvait à proximité avait bondi :

– Qu'est-ce qu'il t'a fait, lui ?, dit-il en se plaçant devant le fanfaron. Il t'a fait quelque chose, mon copain, quand tu le fous par terre ?...

Il imitait exprès le ton de gouaille agressive et le vocabulaire des chantiers de Paris. L'autre était plus grand que lui, plus costaud des épaules, mais Michel excité avait des élans téméraires :

– Alors, zigomar, qu'est-ce qu'il t'a fait ?

– Comment tu m'appelles ?

– Je t'appelle zigomar, et si tu veux qu'on cause, on causera !

Ses yeux bleu foncé luisaient étrangement, son menton un peu en retrait, fuyant dans le cou, lui donnait un air chafouin parfaitement menaçant. Le type hésita, ne sachant pas trop quel degré d'injure comportait le terme « zigomar » qu'il entendait pour la première fois.

– D'où tu es, toi ? Tu es un Parigot ?

– Je suis de Lagleygeolle ! Et si t'es pas content, c'est pareil. Et lui aussi, là, il est de Lagleygeolle le petit gars... Alors t'amuse pas à lui casser la binette encore un coup, ou tu t'en plaindras...

L'incident et le bruit des voix avaient attiré un cercle de soldats qui s'ennuyaient d'attendre le transit. En entendant crier « Lagleygeolle ! » la petite équipe de la commune qui se trouvait à portée d'oreille avait accouru à toutes jambes, transportée de curiosité – il y avait là Chapoux du Bouix, Pierre Chastanet de Flomont, eux aussi à la 11e Compagnie, et puis Léon Rouchon, à la 10e, avec François Brunie du Mas qui avait passé toute sa jeunesse au Bouix – Victor Feix, de la 12e. Tous se pressèrent autour de Manimont : le Victor Serre de Laubas, à la 10e avec Rouchon, se précipita, le sourire aux lèvres, pour examiner la situation :

– *Que se passa, veïre ?...*

Il se frottait les mains – « *veïre, veïre* » – absolument enchanté à l'idée de pouvoir, peut-être, mettre son gros poing sur la figure de quelqu'un !

– *Que y ò, Manimont ? Que te fòunt ? Ah milla Dièu !...*

Il allait charger sans autre formalité le malheureux insolent, lorsqu'un adjudant aboya des insultes... Le groupe se dispersa ; l'incident était clos. D'ailleurs le moment venait de changer de train... Mais Manimont avait rendu clair et net pour tout le monde que « Jules le Minuscule » était d'un pays où l'on n'avait pas froid aux yeux, et que quiconque lui chercherait des poux dans la tête devrait s'attendre à des représailles.

Cet esclandre les avait rapprochés – Julot, que nul n'osait plus narguer, se sentait pétri de reconnaissance, et comme ils appartenaient tous deux à la même section, il ne quittait plus Michel d'une semelle de godillot. Il s'ingéniait même à se rendre utile – aux étapes, le matin, il courait à la distribution de café pour rapporter son « jus » à son protecteur, en même temps que pour lui. Il lui offrait son quart de vin, prétextant que le pinard lui barbouillait l'estomac. Habitué à servir depuis sa petite enfance, ces prévenances ne lui coûtaient guère – au contraire elles apportaient une sorte de cohérence à sa vie dans l'existence absurde du soldat...

Michel Manimont, revenu en catastrophe de Paris où il se plaisait d'être, avait laissé sa chère Louise au Pescher, chez ses parents à elle. Rien ne le consolait de cette mobilisation qui annulait tous ses projets d'avenir immédiat, et de carrière dans la laiterie, sinon, dans une faible mesure, la présence au même bataillon de son copain Léon Rouchon, arraché lui aussi bien à contrecœur aux délices de la capitale. Ils parlaient tout le temps français entre eux, pimentant leurs propos des tournures familières et des mots d'argot qui faisaient le charme du parler parisien, au même titre que l'éclairage électrique et les couloirs du métro.

Les deux amis se remémoraient les belles soirées rue Vivienne, les promenades dans les jardins du Palais-Royal tout proches, et les ravissants dimanches à Enghien, chez Julienne, au printemps dernier – avec le bébé Pierrot qui, à trois ans à peine, parlait comme un petit moulin ! Julienne attendait son deuxième enfant, et Dominique son mari travaillait tous les dimanches au Casino ; les deux frères, Pierre et Léon, allaient lui tenir compagnie. Louise aimait beaucoup Julienne, image enviable de la jeune femme épanouie, qui lui confiait les petits secrets de sa grossesse heureuse... Et Pierre Rouchon venait toujours accompagné de sa grande Félicie.

C'était hier, et déjà si loin !...

Toujours est-il que Michel, souffrant secrètement de sa taille modeste – il l'aurait sans doute souhaitée plus imposante – s'était pris d'amitié pour le petit Jules Giscard qui, par contraste, lui procurait un sentiment de relative grandeur. Sa générosité naturelle, voire l'esprit chevaleresque que la guerre allait lui fournir l'occasion de montrer en plusieurs circonstances, lui commandaient aussi de protéger l'orphelin désemparé, qui ne comprenait pas grand-chose à cette vaste migration. Il lui traduisait les ordres, les lui commentait, et prenait soin de lui comme il l'aurait fait de son petit frère. Pendant les dix jours de marche forcée sous la chaleur torride qui avait conduit le régiment à la frontière belge à travers l'Argonne – pour cantonner le 21 août à Florenville – Manimont, qui était doté d'une endurance physique exceptionnelle, avait plusieurs fois porté le sac de son camarade sur quelques kilomètres, en plus du sien, pour le soulager.

Lors d'un cantonnement à Parécourt dans la Meuse, où ils avaient dormi deux soirs de suite dans un tas de foin, Julot lui avait raconté qu'avant son service militaire, il n'avait jamais couché dans un lit. La première fois qu'il avait eu des draps, et un matelas exprès pour dormir, c'était à la caserne de Brive. Cela faisait trois ans, il s'en souvenait bien. Étant jeune, chez les patrons, on le faisait coucher généralement dans l'étable, près des vaches pour se tenir au chaud ; il s'organisait des sortes de niches, dans des crèches à part garnies de foin et de paille fine. On lui mettait deux couvertures, en plus. Il n'avait pas peur parce qu'il faisait coucher le chien avec lui. Dans toutes les maisons où il avait été placé, il devenait l'ami du chien – Béchou, Bergère qui était crevée et qu'on avait traînée dans un creux. Il se souvenait de leur nom, comme de leur couleur, et de la tête de chacun d'eux : il y avait Fanfan la Tulipe (mais on disait seulement Fanfan), Médor, Pélou, Carabi qui était très bon pour les vaches... Le chien venait avec lui la nuit, content d'être à l'abri lui aussi quand il faisait méchant temps dehors, ou qu'il y avait de la neige... Il se roulait en boule à ses pieds, et s'il survenait un bruit, même léger, le chien poussait un jappement bref ; ensuite ils écoutaient tous les deux en retenant leur souffle. Mais jamais il n'y avait rien eu d'embêtant... Sauf des fois un mendiant ou quelque chose qui cherchait à passer la nuit au chaud – ça arrivait mais c'était rare.

Jules avait du reste eu un peu de mal à s'habituer au lit de la caserne, qu'il fallait refaire tous les matins « au carré ». Là, il avait souffert, car au début il manquait d'*énant** !... Il savait encore crier d'une voix glapissante : « Au carré, nom de Dieu ! – Voui, mon caporal ! » Ça lui avait appris un peu de français, pardi ! – En revenant de l'armée, chez Breuil, on lui avait mis un lit dans la chambre du vieux, avec une paillasse de feuilles de frêne qui faisait du bruit quand il se tournait. Le chien d'Antignac était tout jeune, les Breuil l'avaient appelé Bonnot – mais comme Jules dormait dans une chambre, il ne venait pas coucher avec lui.

Le lendemain, 22 août, le 126e Régiment d'Infanterie – sous le commandement du colonel Dubois – remonta de Florenville où il avait passé la nuit. L'autre régiment corrézien, le 100e de Tulle qui constituait avec lui la 48e Brigade (au 12e Corps d'Armée) se battait depuis la veille aux abords de Neufchâteau, dans une tentative de contenir par miracle l'avance ennemie. Il fallait lui prêter main forte le plus tôt possible.

Le régiment sortit de la forêt vers 10 heures pour débouler auprès des premières maisons de Saint-Médard, à trois kilomètres au sud de la route de Neufchâteau à Bertrix. Le 3e Bataillon, avec le commandant Laporte à sa tête, fut immédiatement mis à la disposition de la 47e Brigade, afin de renforcer ses deux régiments périgourdins : le 50e et le 108e de Ligne. Le 1er Bataillon se plaça à la droite du 108e, tandis que le 2e poussait jusqu'à Névraumont, où les Allemands cachés dans les bois s'avéraient indélogeables.

L'après-midi la 47e Brigade prit position en face du petit village de Rossart tenu par les Allemands, à un kilomètre et demi au nord de la route Bertrix-Neufchâteau. Le 1er Bataillon du 126e se tenait face au bois, le 3e à l'ouest du village qu'il convenait de prendre de vive force – du moins c'était l'avis du commandement – baïonnette au canon. À 18 heures, le soleil déclinait, il se mit à pleuvoir. L'artillerie battait le bois ; elle n'allongea pas son tir au moment de l'attaque, ce qui eut pour résultat que nos soldats se trouvèrent arrosés à la fois par les mitrailleuses de l'ennemi et par les obus de .75 des Français. Les morts commencèrent à joncher les abords du bois, sans que le colonel Dubois (bien nommé) en tirât de conclusion fâcheuse. Pour un baptême du feu, ce fut un grand baptême : le colonel organisa en quelques minutes le massacre systématique de son régiment !

Au 3e Bataillon, renforcé par la 4e Compagnie, le commandant Laporte se plaça crânement à la tête de ses hommes pour les exhorter à l'assaut. Il fallait prendre Rossart :

– Donnez-moi un fusil, dit-il sourire aux lèvres, le regard fixé sur les maisons du village. Vous allez voir comment on devient maître de ces murailles…

À 18 h 30, il fit signe au tambour de battre la charge – c'était Eugène Foucher, de Chauffour. Les 1 200 hommes en quatre colonnes prirent le pas cadencé comme à la parade, la 9e Compagnie en tête avec son capitaine qui marchait devant, revolver à la main. À cent mètres des premiers bâtiments il ne se passait rien : le village semblait abandonné. La pluie tombait, froide soudain après les chaleurs d'été.

– À vaincre sans péril on triomphe sans gloire ! fit le capitaine de la 9e Compagnie à l'adresse d'un lieutenant qui avançait à ses côtés.

Ce fut son dernier mot, « gloire »... Lorsqu'ils furent parvenus à cinquante mètres de l'église, les mitrailleuses allemandes se mirent à cracher. L'une crépitait ses courtes flammes dans une fenêtre du clocher, l'autre derrière un mur à droite de la route.

Le capitaine pointa son revolver et tomba d'un bloc, avant d'avoir tiré, tout de son long, la face contre terre, dans une prosternation définitive devant cette guerre qui se déclenchait. Les premiers rangs s'écroulèrent derrière lui avec des cris de surprise et de terreur, mais le capitaine Bénard, épargné par les premières rafales, s'élança en criant : « En avant ! »... La troupe, poussant une clameur de rage, prit le galop à sa suite, et en deux bonds les hommes furent à l'entrée du village – les Allemands (« le mieux est l'ennemi du bien », disait mon père) avaient un peu trop attendu avant de tirer. La poignée d'hommes postés en avant-garde auprès des bâtiments, se voyant submergée par le nombre, battit rapidement en retraite après une faible résistance. La première mitrailleuse prise, deux malins la retournèrent contre les fuyards – quant aux servants du clocher, pris au piège, ils se rendirent de bonne grâce à une escouade qui venait les déloger.

Michel Manimont tua son premier homme. Il s'était élancé dans la première vague, souple, rapide ; il débusqua deux Allemands derrière un mur de grange. L'un d'eux s'enfuit, l'autre, un jeune type affolé, lança maladroitement sa baïonnette vers lui – Manimont l'esquiva vivement et planta la sienne dans l'Alboche de toutes ses forces, en plein dans le mou de l'estomac, dans un mouvement remontant. Le soldat cria, échappa son fusil, et s'écroula contre le mur au moment où Michel retirait sa baïonnette d'un coup sec. Le sang gicla en bouillonnant sur la vareuse du type qui râlait – Michel pensa au cochon que l'on tuait chez lui, à Crumière, au mois de novembre, et dont on recueillait le sang dans une bassine pour faire les *gogues**... Sa mère, la manche retroussée jusqu'au coude, triturait le sang à main nue dans cette bassine pour l'empêcher de cailler à mesure qu'il s'écoulait de la gorge du cochon. Il se dit que ce sang-là était perdu – il se mêlait à la pluie par terre, et à la boue…

Manimont imagina le bras très blanc de sa mère remuant le sang, et il se sentit secoué par un rire nerveux – un rire étroit qui lui faisait mal au-dessous des côtes comme une convulsion. Tout à coup un hoquet le plia en deux, les mains sur le ventre – un jet de vomi lui sortit de la bouche et arrosa les pieds de son mort.

Des types passaient en courant, ils le crurent blessé :

– *Quò vaï, Michel ?*

C'était Chastanet de Flomont qui lui posait une main sur l'épaule :

– *T'ies blassat ?* (Tu es blessé.)

Il fit signe que non, et s'essuya la bouche du revers de sa capote mouillée. La voix de Julot qui accourait, agité par la bataille, se fit entendre :

– *Que y ò ? Que y ò ?…*

Manimont les rassura : il avait seulement tué quelqu'un, tout allait bien. La 10e Compagnie entrait dans le village à son tour. Léon passait :

– Il t'est arrivé quelque chose ? Tu es bien pâle !

– J'ai zigouillé un Prussien, fit Michel, c'est rien.

Les éléments du 1er Bataillon – la 4e Compagnie – rejoignirent le gros de la troupe sur place. Clément Bourdelle pleurait nerveusement : il avait eu son ami d'enfance tué d'une balle dans la tête à côté de lui. Probablement de la mitrailleuse du clocher. Il voulait retourner voir dans le pré pour prendre des affaires sur son corps – il les enverrait à sa famille, comme la photo de sa fiancée, qu'il montrait… Julot, qui le connaissait aussi, proposa de l'accompagner.

Ils sortirent du village tandis qu'un fin brouillard froid s'installait entre les boqueteaux, s'écoulait sur le terrain plat. Le fracas de l'artillerie qui pilonnait les bois à deux ou trois kilomètres de Rossart faisait vibrer l'air. Sur le champ, le spectacle était horrible – ici et là des gémissements affreux montaient dans la pénombre qui s'épaississait. Des blessés graves, incapables de bouger, appelaient à l'aide. Les brancardiers s'agitaient, filaient au poste de secours en trottinant, ce qui faisait hurler leurs fardeaux sur les civières de toile… Ils revenaient en courant leur outil sur l'épaule – mais les gars n'étaient pas assez nombreux : à l'évidence personne n'avait prévu une telle hécatombe.

Un type allongé agrippa de la main le bas de la capote de Jules qui traînait sur le pré :

– Aide-moi à me relever !…, disait l'homme. Je veux me sortir de là, nom de Dieu !

Jules hésitait – il appela Clément :

– *Que me dit ?* (Qu'est-ce qu'il me dit.)

À deux ils essayèrent de le mettre debout – mais le blessé avait quelque chose de sérieusement atteint ; ses jambes étaient molles, elles ne le tenaient pas. Ils durent l'allonger de nouveau dans l'herbe… Le type pleurait maintenant, de douleur et de désespoir. Il avait soif – mais leurs bidons étaient vides. Jules décrocha le bidon d'un mort, à côté, et lui donna à boire, il ne restait que quelques gorgées… Le blessé n'avait plus qu'à attendre, la bouche ouverte, le don de la pluie.

– Les infirmiers vont arriver, t'en fais pas ! lui dit Bourdelle.

Ils eurent beau parcourir la zone où Clément croyait avoir laissé son copain, ils ne le retrouvèrent pas dans le fouillis des corps sur le pré… Peu à peu les canons se turent à mesure que le soir tombait. Le régiment passa la nuit à pied d'œuvre – les types n'avaient rien mangé, le ravitaillement n'étant pas monté jusqu'à eux. Mais ils avaient tant marché qu'ils s'écroulèrent de sommeil le ventre vide.

Avant de sombrer dans un néant agité, Giscard et Manimont, au fond d'une grange, entendirent une nouvelle qui circulait parmi les groupes affalés : « Le pape est mort… » Dans l'extrême fatigue qui faisait divaguer les pensées, plusieurs demandèrent qui l'avait tué.

Au matin, il fallut déguerpir… La prise du bois par le 1er Bataillon et la 47e Brigade avait été un fiasco complet – comme partout ailleurs, les mitrailleuses cachées dans les fourrés avaient décimé le 12e Corps d'Armée. À présent l'ennemi se réveillait, il avançait en personne, jetant en avant de lui sa canonnade ; il menaçait de tout capturer. Dès l'aube le 3e Bataillon vit déferler autour de Rossart une armée en fuite composée d'éléments disparates du 100e, du 108e, du 50e, et ce qui restait du 1er Bataillon détruit… Des hommes hagards, aux visages creusés, sombres, silencieux, les vareuses déchirées, couraient devant l'enfer en mouvement derrière eux. Le commandant Laporte se hâta de faire plier bagage au 3e Bataillon – il avait reçu l'ordre par une liaison de la brigade de se replier au sud de Saint-Médard. Mais à 11 heures, une fois sur place, les obus ennemis pleuvaient déjà sur le village ; l'avance des Allemands était si rapide et inéluctable qu'elle précipita tout le monde dans la forêt de Florenville où les quatre régiments de la 24e Division Descoings, confondus dans la déroute, s'enfoncèrent à travers bois.

La route de Florenville qu'ils avaient suivie la veille se trouvait encombrée par le charroi de l'artillerie en pleine débandade. Le 34e Régiment d'Artillerie ainsi que des fractions du 52e tâchèrent de mettre matériel et munitions hors de portée des Alboches. En addition aux encombrements provoqués par le roulage des canons, la chaussée se trouva chargée, dès le milieu de la matinée, par des charrettes de chevaux, des carrioles et des calèches de la population rurale des Ardennes belges, qui fuyait un ennemi que l'on disait assassin, violeur et sans pitié. Là aussi il circulait des histoires de mains tranchées, de femmes brûlées, horreurs attribuées aux troupes teutonnes.

En ce dimanche matin sans foi, des familles entières avaient garni en grande hâte de lourds tombereaux à fumier avec leurs possessions les plus indispensables, puis s'étaient jetées sur les routes. Elles avançaient en colonnes lugubres, colonies de femmes en tablier dont certaines portaient des bébés emmaillotés dans les bras. D'autres trimballaient un seau, un broc émaillé, de pauvres reliques de leur cuisine abandonnée qui pouvaient servir à puiser de l'eau. Les enfants accoutrés à la six-quatre-deux dans l'aube du départ pleuraient, ajoutant un sentiment pitoyable à la désolation de la fuite. On voyait çà et là des petits chariots tirés par un gros chien harnaché, qui transportaient une vieille impotente, des enfants épuisés, endormis, et tout ce charroi lamentable ralentissait encore les convois de canons, freinait le branle des armées.

Plus d'ordres, plus d'officiers – tués raides la veille pour audace intempestive, au clairon, dès les premières minutes, ou blessés, ou en déroute… Plus d'honneur sous le choc – hagards comme le reste de la troupe. Plus de sections ou de compagnies qui tiennent : le sauve-qui-peut général, toutes unités mêlées, tandis que le canon allemand, derrière eux, avait repris sa sarabande.

À cause des embarras de la route, quelques éléments du 100e et du 50e avaient bifurqué directement dans la forêt qui descendait abruptement dans un vallon étroit, au fond duquel coulait un ruisseau. Antonin Dumond avait l'habitude de courir dans les bois – de même Germain Soulié, du Bouix ; un jour Germain avait dû jouer des jambes dans les bois des Voûtes pour échapper à la vengeance d'un sanglier blessé par des chasseurs ! Et Jean Vialle, élevé à Laubas dans un pays d'arbres et de pentes presque similaire à celui qu'ils traversaient : Jean Vialle prit le galop en dévalant la pente derrière Antonin. Louis Fontourcy, de l'Estrade, bien que le plus âgé de la bande – il avait trente-cinq ans –, n'avait rien à leur envier pour les gambades dans la mousse !… S'étaient joints à eux Antoine Saule, de Saillac, et Louis Brunie de Saint-Bazile, de la même classe qu'Antonin.

Ils s'arrêtèrent au fond du vallon pour puiser de l'eau au ruisseau dans le creux de leurs mains jointes. Boire ! Se gaver de cette eau de source, enfin, tout goulûment – même si la pluie d'orage l'avait troublée, lui ajoutant un goût de terre et de feuille morte. Ils n'avaient rien avalé depuis le samedi matin : une boule de pain trempée dans du café fade avant de quitter Florenville. La fatigue et le jeûne leur donnaient une sensation d'épuisement. Ôtant la capote et la veste, ils frottèrent leur visage sale, leur cou, leurs bras, de cette eau vivifiante. Si n'avait été le grondement continuel du canon sur le plateau, ils se seraient allongés sur la mousse, et auraient dormi avec délice...

– *Si troban un grada, vaï dire qu'avems deserta...* (Si nous rencontrons un gradé, il va dire que nous avons déserté.)

– *A' pas paur!*, dit Germain, *los gradas s'entrachont pas de nos autres in d'aquel moment!* (Les gradés ne se soucient pas de nous à cette heure.)

Un sifflement au-dessus des arbres les fit se jeter à terre – l'obus éclata dans un épouvantable fracas à cent mètres en aval. Ce n'était pas le moment de lambiner:

– *Faï pas bon s'arestar, vo!* commenta Fontourcy.

Retrouvant leur énergie, ils enfilèrent leurs effets et au diable! Une voie de chemin de fer suivait le ruisseau: c'était une chaussée commode et aplanie par laquelle ils pouvaient se laisser guider; étant donné sa direction, elle les conduirait à Florenville, où leurs régiments devaient se retrouver, en principe.

Au soleil il était environ 1 heure. Jean Vialle remarqua:

– *Es dumenche, anueg – de segur nostre monde sont mon-tas' la messa.* (C'est dimanche, ma famille est sûrement allée à la messe.)

Ils y pensaient tous au village, à l'église, à Goudriat, à Laguillaumie, à leurs dieux lares... À l'heure de l'horloge neuve! Et les regrets du bourg les suivaient en marchant... Ils imaginaient que le sermon du curé avait porté sur la mort du pape – qu'est-ce qu'on pouvait en dire?... C'était étrange, après les morts qu'ils avaient vus dans les champs, hier, encore ce matin, cette disparition du souverain pontife – un deuil englobant, comme si le guide des chrétiens s'en était allé ouvrir la porte aux âmes pures...

Antonin pensait à son frère. Le régiment de Cahors avait dû être mêlé aux attaques, presque sûr... Pourvu qu'il ne lui soit rien arrivé de mal! Où était-il Joseph à présent?... Hier, à la tombée de la nuit (mais ça Antonin ne s'en souviendrait que quelques mois plus tard – lorsqu'on saurait, pour Joseph, il ferait le rapprochement), le soleil était couché du côté de Nevraumont, il marchait, quand il ressentit une vive douleur dans la poitrine. Il fut obligé de s'arrêter une minute. La douleur s'estompa, il reprit sa marche… Il s'en souviendra, après Noël, quand ses parents lui écriront qu'on n'avait aucune nouvelle de Joseph, que l'armée avait envoyé un avis à la mairie comme quoi il était porté disparu, peut-être prisonnier des Allemands. – Ça lui était revenu à l'esprit ce mal qui l'avait pris, quand des gars du 7e de Ligne lui avaient assuré n'avoir plus revu Dumond depuis le premier jour des combats, à Bertrix – non plus qu'un autre Corrézien de sa compagnie, un nommé Borie, les deux étant toujours fourrés ensemble…

Pour l'instant, marchant sur le bord du rail terni, où aucun train n'avait circulé depuis plusieurs jours, Antonin pensait à sa petite fille Julienne, le bébé d'à peine un an… Il pensait à l'Angéline, fraîche de ses vingt-deux ans ; à Merlette – est-ce que le maïs avait bien poussé ? Et les pommes de terre pas trop abîmées par les doryphores ?… Le blé noir, il n'y en avait pas beaucoup, la moisson serait vite bouclée. Il aurait peut-être des nouvelles – Antoinette, la belle-mère, aimait bien écrire des lettres… Il pensa à Léon Rouchon, son beau-frère qu'il avait entrevu hier en coup de vent – en coup de fusil plutôt ! – tandis que son bataillon du 26e montait vers Rossart. Ils n'avaient pas eu le temps de se parler – il était à espérer qu'il n'avait pas de mal lui non plus. Quant à Pierre, l'autre Rouchon, il ne savait rien de lui.

Dans le bois, à un moment, ils aperçurent un pommier sauvage, sur un talus à cinquante mètres au-dessus de la voie ferrée. Ce fut la ruée !… Les pommes n'étaient pas très mûres – un peu acides en vérité – mais ils avaient si faim que l'arbre fut dépouillé en un clin d'œil.

– *Quò vaï nos fotre la foïra, drònles !* rigola Germain Soulié. (Ça va nous donner la colique, les gars.)

– *E be, cagarems !* répondit le petit Vialle, la bouche pleine, ses yeux verts pétillant de plaisir. Il en mordait son élégante moustache dans sa précipitation !

Ils rigolaient tout à coup… Ils fourraient les petites

pommes dans leurs poches tout en mâchant, dans le sac déjà bien lourd.

Un peu avant 16 heures, ils arrivèrent à Lacuisine, où ils traversèrent la Semois. En rejoignant la route, ils retrouvèrent la guerre : les régiments débandés, et le désolant cortège des civils en exode formaient les premiers balbutiements d'une grande clameur de misère. Ils trouvèrent Florenville en état d'ébullition. Chaque soldat était à la recherche de son unité dans un effarant tumulte. Les nouvelles des emplacements se diffusaient au train divisionnaire, où des centaines de griftons affamés essayaient d'arracher à l'intendance une gamelle de soupe ou un morceau de pain. Peu à peu chacun retrouva sa niche et se refondit dans son régiment. Les bataillons se reconstituant faisaient ressortir les vides – les « pertes » depuis deux jours étaient énormes.

Au 126e, la consternation était totale : on était sans nouvelles du 2e Bataillon, le dernier à quitter le champ de bataille, et qui avait couvert le mouvement de repli. On savait que le commandant Martin avait été tué le premier jour – mais ses hommes ?... Tous morts ? Ou tous faits prisonniers dans le laps de temps qui avait précédé la débâcle ?... Jean Gros, de Meyssac, qui était avec Bourdelle à la 4e Compagnie, demandait si quelqu'un avait vu son frère Pierre – un géant d'un mètre soixante-dix-sept ce Pierre Gros, il ne passait pas inaperçu ! On l'appelait « *Gros lo Bel* » pour le distinguer de Jean. Il appartenait justement au bataillon perdu.

Aussitôt reconstituées, les deux unités présentes avaient reçu l'ordre de défendre l'espace compris entre Florenville et la cote 365 au nord, soit la boucle de la Semois au niveau du village de Lacuisine où se trouvait le gué, à l'ouest de la gorge appelée le Défilé du Paradis. Le 3e Bataillon restait à Florenville – le 1er reprenait sur quelques centaines de mètres la route de Neufchâteau... Les soldats venaient tout juste de se mettre en place, tant bien que mal, après une distribution ultrarapide des rations au train divisionnaire, lorsqu'à 17 heures les fuyards qui continuaient à débouler sur la route au milieu des réfugiés belges annoncèrent que les Allemands arrivaient… L'ennemi chassait devant lui, pêle-mêle, les civils avec les lambeaux de troupes éclopées.

En effet, les compagnies postées le long de la route virent arriver, en loques, décomposés, quelques fragments du 2e Bataillon égaré. Ils furent bientôt suivis par un peloton d'hommes totalement épuisés, dont la plupart avait perdu sacs et fusils dans la débâcle. Les compagnies décimées, exsangues, où il ne restait plus que quelques gars atterrés, avaient reçu dès 9 heures du matin une dégelée de l'artillerie ennemie… Jean Gros qui attendait son frère était de plus en plus inquiet de ne pas apercevoir sa haute silhouette au-dessus des calots.

Tout à coup vint un contrordre émanant du général Descoings à l'intention des chefs de bataillons : la 24e Division devait battre en retraite et se porter tout entière au Tremblais, à sept kilomètres en arrière. On vidait la ville, dont les habitants qui n'avaient pas fui s'étaient barricadés dans leurs maisons. La troupe épuisée se remit sur la route dans un ordre et une organisation tout relatifs.

Les soldats fourbus marchaient comme des machines, et le plus mal en point se laissait distancer… Passé les dernières maisons de Florenville, on entrait de nouveau dans la forêt ; au bout de deux kilomètres de montée, les traînards de toutes les unités s'étaient encore mélangés, aiguillonnés seulement par la crainte d'être rattrapés par un ennemi farouche qui crachait le feu comme un volcan vomit sa lave.

Jean Gros pleurait d'épuisement et de chagrin – une dizaine de rescapés du 2e Bataillon qui appartenaient à la compagnie de son frère lui avaient affirmé que le Grand Pierre avait disparu depuis le matin, avec quelques centaines d'autres de leurs camarades ; ils avaient été dispersés par la pluie d'obus qui avait provoqué la rupture définitive du front à Saint-Médard, suivie d'une soudaine avancée de l'ennemi. On ne pouvait dire ceux qui étaient tués, blessés, ou simplement prisonniers des Allemands.

Léon Rouchon et François Brunie, du Mas, qui marchaient à côté de lui, tâchaient de lui remonter le moral, l'invitant à croire que son frère était seulement prisonnier… Puisqu'on ne savait pas, argumentait Léon, mieux valait ne pas « se faire du mouron » pour rien – le mot de Paris avait ici une autorité plus ferme pour convaincre le gars de Meyssac de ne pas se faire de souci…

Jean avait des sanglots d'enfant :

– Qu'est-ce qu'elle va dire ma mère ? Elle va faire joli !

Voilà, il pensait à ses vieux, là-bas, au pays… Le Grand Pierrot avait six ans de moins que lui – et lui, l'aîné, avait toujours été tenu pour responsable des sottises qu'ils pouvaient faire ensemble. Et là, mon Dieu, il ne l'avait pas surveillé ! C'était idiot, bien sûr… Mais c'était une chose qui le tenaillait ; il se sentait parfaitement coupable.

En l'occurrence, Rouchon avait raison. Moi qui, comme Dieu, connais l'avenir de ce passé-là, je peux confirmer que Pierre Gros était bel et bien prisonnier. Il passa quatre ans et demi en Allemagne, à l'abri du massacre, et cette capture précoce sauva probablement sa jeune vie de fantassin trop grand pour les balles !… Jean, au contraire, devait être tué quatorze mois plus tard, au Ravin de la Goutte, près de Tahure – pleura bien, sans doute, qui pleura le dernier.

Parvenue en haut d'une côte, la route redescendait heureusement dans la forêt en pente douce. Environ trois kilomètres plus loin, après un fléchissement sur la droite, on sortait des bois pour aborder le plateau vallonné, doucement incliné vers la vallée de la Chiers. On distinguait à moins de deux kilomètres sur la gauche, vers le sud, le clocher du village de Mogues perché sur un mamelon, et en face de soi à la même distance, celui de Tremblais-lès-Carignan, objet de tous les désirs… La route blanche, bosselée, cannelée d'ornières rendues poudreuses par le passage répété des convois d'artillerie aux pesantes roues cerclées de fer, et par les charrois du Train, leur parut soudain un long tapis de fleurs…

– Si j'aurais des roulettes, je serais le roi ! dit Manimont qui s'était laissé glisser jusqu'au groupe de Léon.

Au terme d'une journée pareille, ce diable d'homme trouvait encore la force de plaisanter – alors qu'il portait sur son épaule gauche, en surcroît de fardeau, l'as de pique du pauvre Julot qui titubait de fatigue à ses côtés… Pour faire rire son copain, il imitait, railleur, le nasillement parigot :

– C'est pas les Champs-Élysées ici, mais ça descend, c'est ça qui m'botte !

Léon sourit mais se sentit incapable de répondre… C'était comme pour le Conseil de révision, où ils étaient tous les deux tellement ivres qu'ils n'avaient pas pu rentrer chez eux. Mais Michel avait encore trouvé la force de le porter jusqu'à une grange où ils s'étaient écroulés dans le foin.

Le soleil venait de plonger, énorme et flamboyant, derrière les crêtes de la forêt en face d'eux, vers la saignée de Sedan. L'horizon embrasé annonçait une journée chaude :

– *Roge lo sèr faït lo bonhur del pelegrin !* chantonna un caporal de la 1re Compagnie qui les rejoignait à cet instant. (Rouge le soir fait la joie du pèlerin.)

C'était Jean Rigaud, de Pouch, qui saluait ainsi les gars de Lagleygeolle. Petit et brun, les yeux sombres, Rigaud, de la classe 1902, avait fait des études chez les frères de Meyssac, aussi était-il caporal dès la fin de son service militaire en 1906. Là, il conduisait un groupe d'éclopés de la 1re Compagnie – deux gars de Meyssac, Jean Malbouyssou, et Pierre Salvant, de la Foucherie.

– *N'en sems dèus braves pelegrins*, mon caporal ! (Nous sommes de drôles de pèlerins), ricana Manimont, qui releva le sac de Jules d'un coup d'épaule.

– D'ailleurs j'en ai plein le cul de ce pèlerinage ! grommela Rouchon – à mi-voix pour atténuer la grossièreté de l'expression.

Rigaud était l'ancien – malgré la fatigue il voulut taquiner les jeunes :

– Tu sais, Manimont, qu'un soldat n'est pas autorisé à porter le sac d'un camarade si celui-ci n'est pas blessé ?

– Ah ! fit Michel… tu m'en diras tant ! Alors toi, tu peux le porter ?

Il décrocha le sac et fit mine de le passer à l'épaule du caporal :

– Tiens ! Ah si ! Porte-le… les gradés doivent toujours donner l'exemple du dévouement : c'est marqué dans l'instruction militaire.

Léon, que la controverse avivait, intervint :

– Ou alors on peut blesser le Jules, si vous préférez ? Vous voulez que je lui foute un coup de baïonnette dans la cuisse ?

Parti très tôt de Lagleygeolle, lui ne connaissait pas suffisamment Jean Rigaud pour le tutoyer.

– Allez Julot, viens voir là…

Ça rigolait un peu – mais vraiment sans entrain… Ils arrivaient. Il était 7 heures passées… Il fallut encore dresser le bivouac, former les faisceaux – restreints en nombre avec toutes les armes abandonnées en route. Pendant ce temps-là, les cuistots pris de court s'ingéniaient à vouloir cuire une soupe d'eau claire et de pain mouillé.

Julot, prostré sur le sol en chien de fusil, avait un visage gris de souffrance et d'épuisement. Il s'endormit instantanément dans la fraîcheur du crépuscule, au milieu d'autres corps étendus qui n'avaient pas eu la force d'attendre une gamelle de soupe à la fin d'un si sombre dimanche.

Le lundi matin, 24 août, la troupe s'étira alors que le soleil était déjà haut. Un réveil amer, claironné d'injures par les caporaux survivants – les vides, peu remarqués la veille dans la fuite exténuante, semblèrent se creuser avec l'absence soudain cruelle de camarades chers. Pour ceux qui s'étaient déchaussés avant de s'endormir, les pieds mis en sang par la longue marche, la reprise des godillots fut une torture qui ramenait la brutale réalité au ras du sol. Jules Giscard s'était réveillé vers 7 heures, attiré par le bruit des quarts à la distribution d'un café miraculeusement tiré de cuisines démantibulées. Il mourait de faim et avala la moitié d'une boule de pain avant de faire remplir le quart de Manimont et de lui apporter sa ration.

Les sergents valides rétablissaient leurs sections, peu ou prou, avec des éléments disparates – certaines compagnies réellement amoindries se regroupèrent, avec ou sans chef, pour constituer de nouvelles unités provisoires... Les ordres circulaient : il était question d'aller prendre position à un kilomètre et demi en arrière, au nord des Deux-Villes ; le 126e se placerait en défense à l'ouest de la route qui menait à Chassepierre. Le 3e Bataillon prit aussitôt position sur un mamelon appelé Waumont, avec le 1er Bataillon à sa droite – la 1re Compagnie étant déportée à l'est de la route. Le 2e Bataillon, du moins ce qui en restait, la valeur de deux compagnies, se plaça en réserve entre les Deux-Villes et le mamelon de Waumont.

À 9 heures, le dispositif était en place, et les premiers coups de canon ennemi se firent entendre. Le 100e avait été disposé plus à l'est, à partir du Bois d'Adrimont, sur la crête au nord de Tremblais, à cinq cents mètres de la forêt. La 47e Brigade avait pris position sur la rive gauche du ruisseau de l'Aunois, face à Matton. Une patrouille du 100e, partie vers 7 heures du matin, composée d'un caporal et de six hommes, avait été envoyée en éclaireur à l'orée du Bois de Haut-Bans ; les soldats avançaient sur le chemin et commençaient à pénétrer dans le sous-bois, quand soudain une dizaine de Prussiens surgirent derrière eux et les mirent en joue, coupant toute retraite, et leur intimant l'ordre de jeter les armes. Tout moyen d'échapper était impossible – l'avant-poste allemand, après les avoir repérés, les avait laissés approcher pour mieux refermer le piège sur eux.

Jean Vialle jeta son fusil le premier, sans attendre l'ordre du gradé – ses compagnons l'imitèrent. Au bout de trois jours, le jeune maçon de Lagleygeolle avait, pour dire les choses ainsi, fini sa guerre... Il se lissa pensivement la moustache, et une lueur de malice luisait dans son regard tandis qu'on les faisait avancer dans le bois : il avait le sentiment que quoi qu'il arrivât désormais, l'horreur de ces derniers jours était terminée – si d'autres épreuves survenaient, elles ne pouvaient guère être pires que ce qu'ils avaient vécu la veille. En réalité ces Allemands sournois venaient de lui sauver la vie : interné pendant quatre ans à Ohrdrüf, Vialle ne devait revoir notre clocher que la semaine d'avant Noël 1918 – mais bien portant !

Vers 9 heures donc on entendit gronder la canonnade... À 10 heures, le 126e reçut l'ordre d'évacuer ses positions pour effectuer un repli stratégique – le recul était désigné ainsi. Objectif : se retirer de Carignan en prenant de nouvelles positions sur l'éminence du Mont Tilleul, lequel domine la petite ville à l'est, et surplombe la vallée de la Chiers. Toutefois cet excellent programme ne s'appliquait pas au 3e Bataillon du commandant Laporte, qui devait demeurer perché sur son monticule des Deux-Villes à attendre l'ennemi avec le renfort de la 2e Compagnie du 1er Bataillon !

À 11 heures, les unités mélangées des 47e et 48e Brigades – auxquelles s'ajoutait le 326e Régiment de Marche – avancèrent au pas de charge et au son du clairon en terrain découvert pour attaquer le bois en face, comme si les chefs, totalement sourds et imperméables à l'expérience, n'avaient pas encore réussi à assimiler les terribles leçons de Bertrix et de Saint-Médard... L'artillerie allemande, qui n'attendait que ce moment, renouvela ses prouesses, et la division entière dut reculer dans la plus grande confusion, laissant le terrain jonché de nouveaux cadavres bicolores.

La débandade franchit les Deux-Villes à la vitesse des boulets de canon, et courut se réfugier sur la crête au-dessus du village que les compagnies en déroute franchirent sans reprendre haleine, poursuivies qu'elles étaient par les obus des Allemands – ceux-ci, avec une précision d'horloge, allongeaient leur tir selon l'exacte progression de la fuite ! L'armée ennemie se met en marche à son tour, et son artillerie pulvérise une contre-attaque française lancée dans une tentative désespérée d'arrêter son avance. Abandonnant alors le Mont Tilleul, le 126e Régiment d'Infanterie traverse bravement la Chiers au pont de Blagny, et s'en va chercher refuge de l'autre côté de la rivière, en partie à Sailly, en partie à quatre kilomètres au sud, au creux du vallon de Malandry.

Ce lundi-là, le brigadier des Eaux et Forêts Henri Berteaux observait le mouvement des troupes. Affecté à la 2e Compagnie des Chasseurs forestiers chargée depuis le 7 août de garder les trois ponts sur la Chiers à Carignan, il tenait d'heure en heure un journal des événements. La veille il se déclarait surpris par le défilé des régiments « fourbus » qui revenaient en arrière et repassaient la rivière. Il avait cependant son idée là-dessus : « Je suppose, écrivait-il, que l'on veut attirer l'ennemi sur les hauteurs de Sedan. Nos forces vont probablement se grouper. Là le champ de bataille convient mieux à nos troupes car il y a tellement de bois sur la frontière de Belgique que l'ennemi est pour ainsi dire invisible. Notre sac est fait, c'est nous qui passerons ce pont les derniers. » Les forestiers devaient, en effet, faire sauter le pont pour compliquer la tâche aux Allemands. Le 24 août au matin, il est toujours dans ce sentiment, que la retraite apparente n'est qu'une ruse suprême du Haut Commandement – en lequel il a toute confiance –, un moyen de piéger les Allemands. « L'ennemi est toujours caché dans les bois où il est impossible de le déloger sans grande perte de monde. Pour cette raison nos troupes vont essayer d'attirer les Alboches dans la plaine, là où il nous sera plus facile de leur casser la bobine. » En fin d'après-midi, ça chauffe dur, Berteaux trouve que la « ruse » a parfaitement réussi : les Allemands sont sortis du bois ! « De tous côtés la fusillade tonne, nous allons immédiatement entrer en contact avec l'ennemi. Mlle Lucie Druget nous sert un bon petit verre, elle est tout en larmes la pauvre fille. Les coups de canon tonnent au-dessus de Carignan, l'ennemi est à trois cents mètres. Nous nous replions sur les hauteurs de Mouzon [soit à cinq ou six kilomètres à l'ouest] ancien champ de bataille de Sedan. Il est visible que nos chefs cherchent à attirer les Alboches dans ce champ de bataille. »

Le brigadier semble oublier que Sedan était aussi une grande défaite. En attendant, le 3e Bataillon, éparpillé par les bombes et les shrapnells, avait pris la clef des champs, suivi par la 2e Compagnie du Bataillon Labaste laissée pour compte à Waumont… Après avoir couru jusqu'à la crête droit au sud, les gars reprirent leur souffle dans un petit bois à deux kilomètres des Deux-Villes, et à cinq cents mètres d'un village sur lequel des obus épars commençaient à éclater. On découvrait la vallée de la Chiers vers laquelle descendaient des coteaux couverts de cultures, et puis, au-delà, la remontée vers les crêtes boisées derrière lesquelles coulait la Meuse, à dix ou douze kilomètres à vol d'oiseau. Les hommes essoufflés marquèrent une pause à l'abri des arbres, la mine perplexe :

– *Auro, que farems ?…* (Que faire à présent.)

Victor Feix, de la 12e Compagnie, grand et svelte, vif de sa personne, avait couru plus vite que d'autres. Grimpant sur un gros tronc abattu il se mit à crier, les mains en porte-voix, détachant les syllabes :

– *Eïci La-gley-geo-lla !…*

Dans la cohue du sauve-qui-peut, ce cri de ralliement hors-cadre lui paraissait tout à coup la solution naturelle à une situation qui devenait inquiétante ; les tirs continuaient vers l'arrière, le Moloch semblait s'être mis en marche. – Où aller ? Vers où diriger la fuite ?… Les gars de Lagleygeolle ensemble ! Puisque tout ordre était de nouveau rompu, voilà qui semblait au moins offrir une orientation de survie immédiate. On n'avait aucune idée de l'endroit où se trouvait, mort ou vif, le commandant Laporte, non plus que le capitaine de la 12e Compagnie.

Victor beugla derechef :

– *Lagleygeolla, coma ièu !…* (Lagleygeolle avec moi.)

Un sous-lieutenant l'obligea à descendre de son perchoir, sous prétexte que cette manière de rameuter des camarades dans une langue étrangère était interdite en temps de guerre. Cependant Léon Rouchon, plié en deux par un point de côté à cent mètres de là, entendit résonner l'appel. Victor Serre (il était de la même classe que Victor Feix) reconnut la voix et se précipita ; Chastanet, qui avait couru avec lui, se joignit au groupe, ainsi qu'Eugène Foucher de Chauffour, dont le tambour avait été crevé le matin par un éclat d'obus, et qui ne se décidait pas à abandonner cette encombrante relique.

Il manquait du monde :
– Où est Manimont ? demanda Léon inquiet.
Personne n'avait vu Michel, pas plus que Jules – ils imaginèrent les deux étendus dans la pente. On ne les aurait pas remarqués dans l'affolement.
– Ils arriveront par se faire tuer ensemble, commenta Pierre Chastanet – pour donner une note d'espérance…
Un mouvement se dessinait en faveur d'un chemin qui partait à droite sous le bois, où le reste de la troupe se dirigeait. Des gradés faisaient des grands signes d'avancer dans cette voie qui paraissait descendre en pente douce vers la rivière. Le soleil était bas, on ne pouvait plus tergiverser…
Avant d'arriver à Blagny au bord de la Chiers, où se trouvait le seul pont disponible pour passer sur l'autre rive, le bataillon récupérait des groupes de quelques dizaines d'hommes qui avaient pris plus à l'ouest à travers champs – d'autres encore, dont le commandant Laporte, qui avaient suivi le cours du ruisseau du Fond de Naive aboutissant lui aussi à Blagny. Mais toujours pas de Michel et Jules. Les nouveaux arrivants interrogés n'avaient aucune nouvelle des deux inséparables.
À Blagny aux dernières lueurs du jour, il régnait une agitation intense. Les hommes apprirent d'abord que le 126e avait bien passé par là en fin d'après-midi, en refluant du Mont Tilleul, mais qu'il s'en était allé cantonner à plusieurs kilomètres en direction de Mouzon. D'autre part on ne passait plus ! Le lieutenant-colonel chargé de la défense de la ville avait fait bloquer le pont pour retenir les dernières unités en retraite… Les Allemands avaient déjà pris possession de Carignan, dont les Forestiers avaient fait sauter les trois ponts – il était peu probable qu'ils se prissent à remonter les deux kilomètres en pleine nuit ! Il fallut bivouaquer – la distribution de soupe était terminée, le commandant dut parlementer et se mettre en colère pour que le ravitaillement, qui avait tout plié en prévision du départ, fît l'effort de distribuer du pain aux malheureux ventres creux ; un misérable repas arrosé d'un quart de vin trop léger…

Vers 2 heures du matin, la « sonnette » placée à l'entrée de Blagny, du côté du sud-ouest – autrement dit la sentinelle postée sur la grand-route de Montmédy à Carignan – vit s'approcher dans le noir des ombres qui l'inquiétèrent. Depuis un quart d'heure environ, l'homme de garde – un territorial quadragénaire assez bedonnant – percevait des sons bizarres venant de la route, ou de la rivière, il ne savait trop… Il avait même cru entendre chanter – ce qui avait considérablement augmenté son angoisse à cause de la réputation bien établie de choriste dont jouissait le peuple allemand. Son rôle, en effet, comme celui de toutes les sonnettes, était de donner promptement l'alerte au cas où un avant-poste ou une patrouille ennemis tenteraient de s'introduire dans le village. La sentinelle envisagea pendant un moment que les Allemands, dont on clamait aussi la félonie, pouvaient employer ce qui s'appelle « une ruse de guerre » : pour mieux surprendre la ville, ils l'auraient d'abord contournée, de sorte à se présenter au sud au lieu du nord, vers Carignan, où on aurait dû les attendre.

Puis il y avait eu des cris, des appels extrêmement inquiétants, qui, en même temps, laissaient difficilement présager une attaque en catimini. Quelle ruse serait-ce pour une patrouille de s'annoncer par ces éclats de voix répétés dans la nuit ?… La sueur au front, et le fusil au poing, le territorial attendait de pouvoir se faire une idée plus nette sur la nature de l'agression, avant de lancer à l'étourdi un branle-bas de combat qui risquait de lui retomber sur le râble si jamais il agitait pour rien l'armée endormie.

Alors il vit un petit groupe d'hommes qui avançaient bel et bien au milieu de la chaussée, d'une façon curieusement irrégulière. Les gars s'arrêtaient, repartaient, se baissaient brusquement presque jusqu'au sol comme des gens qui cueillent des fleurettes ; puis ils se remettaient à marcher d'un pas chaloupé sur toute la largeur de la route. Le factionnaire les entendit rire, ce qui n'est pas l'usage dans les patrouilles nocturnes ; ils riaient surtout de si bon cœur qu'il reconnut avec soulagement avoir affaire à un petit comité d'ivrognes en goguette.

Lorsqu'ils furent à vingt pas la sentinelle cria : « Qui vive ? »… Les ombres se figèrent, sans un bruit, les rires coupés. La sentinelle fit deux pas vers le milieu de la chaussée, le fusil sur la hanche : « Qui va là ? Répondez ! »

Alors l'une des silhouettes mit les bras le long du corps :

– Soldat Manimont Michel, 126e Régiment d'Infanterie, 11e Compagnie.

– Et les autres ?…

– Briat Jean, même régiment, même compagnie, continua Manimont. Les autres c'est pareil mais ils sont très fatigués.

– Avancez !… Qu'est-ce que vous foutez dehors à cette heure-ci ? demanda la sentinelle.

– Nous cherchons notre régiment, répondit Manimont avec le naturel d'un homme dont le cheval aurait fait une escapade. Le 126e de Ligne… On le cherche partout !

– Je ferai mon rapport, reprit la sentinelle.

– *Pòdès te lo botar 'ltiol !* (Tu peux t'en torcher), assura Michel sur le ton aimable de « comme il vous plaira, cher monsieur ».

La réplique déclencha une crise de fou rire irrépressible chez les trois autres lurons… À s'en tordre ! À pousser de longs miaulements comprimés qui éclataient en rigolade à gorge déployée !… Pour finir, Jean Briat (qui s'appelait Antoine) offrit son bidon au territorial, en insistant beaucoup – que c'était « de la fine », qu'il ne se gêne pas, parce que ce serait « autant que le Prussien n'aura pas ! » – l'expression ramena un éclat de joie enfantine chez les quatre noctambules qui se claquaient les cuisses en chœur de la bonne blague !…

Les dessous et les causes de cet incident de frontière n'étaient pas compliqués à saisir. Lorsque Michel s'était aperçu, vers 5 heures et demie, que l'avant-garde allemande avançait sous le couvert d'un pilonnage ininterrompu, que toute contre-attaque était vouée à un écrasement sans quartier, et que par ailleurs une partie de la division avait déjà déguerpi, il profita de la rupture du front pour tourner vivement les talons. Il emmenait dans son sillage – outre Julot à qui il avait crié dans le vacarme: «*Tirans-nos d'intré los péds!*» (Tirons-nous d'entre les pieds) – Jean Briat du Pescher qu'il connaissait bien: c'était un voisin de ses beaux-parents (il était allé à l'école avec Louise), et aussi Henri Manévy, de Saint-Julien-Maumont, un jeune de la classe 13 que la guerre venait de saisir au début de son service militaire. Michel avait cherché du regard où se trouvaient la 10e Compagnie et Léon Rouchon, mais dans la cohue il n'avait vu son copain nulle part…

Courant à bride abattue pour échapper aux obus qu'un tir allongé faisait éclater sur l'arrière des Deux-Villes afin de couper la retraite des Français et augmenter le carnage, sautant les fossés malgré les sacs et les fusils, avec la souplesse et l'intrépidité de la jeunesse, les quatre hommes parvinrent les premiers au petit bois tout en haut de la crête sud. Au lieu de faire halte, ils franchirent le couvert, traversèrent de l'autre côté le chemin de Blagny, et arrivèrent tout essoufflés jusqu'au village de Charbeaux où une ribambelle de chiens se précipita au-devant d'eux dans une clameur d'aboiements féroces pour leur barrer le passage.

Un petit groupe de paysans, tous très âgés, se tenait près de l'église en train d'écouter la canonnade… Ils firent taire les chiens qu'excitait la vue des fusils dont les soldats se protégeaient, en les giflant à coups de casquettes et en frappant du bâton sur la poussière:

– Allez-vous taire le raffut, sales bêtes!

Quand le silence fut rétabli – hors les grondements des obus à moins de deux kilomètres – les fuyards pantelants leur demandèrent à boire…

– Faut vouèr avec Phonse, dit l'un des vieux. C'est li qu'a de bonne piquette!

Il indiqua une maison basse jouxtant l'église, où le «père Alphonse» les fit entrer, après avoir réduit au silence, d'un seul mot sec, un vieux chien grognon. Juste à ce moment, le premier obus explosait à deux cents mètres du village.

– C’est rin, c’est el Prussien ! commenta le bonhomme avec philosophie. Vous n’connaissez point l’Prussien, vous ôtes : c’est la varmine su’ l’pauv’ monde !

Il les accueillit dans une pièce sombre et fraîche où sa femme, le visage tendu, apporta un cruchon de vin. Le père Alphonse leur offrit à boire dans un seul verre, qu’ils se passèrent à la ronde après l’avoir vidé d’un trait, comme cela se faisait dans les champs, à la moisson, sur les chantiers de battage, partout où l’on boit en travaillant. Cette simplicité dans les façons, qui leur était familière, mit les quatre garçons plus à l’aise – d’autant que le bonhomme proposa une seconde tournée… Comme un autre obus éclatait dans les environs, apparemment plus proche des maisons, la femme, qu’il appelait Philomène, poussa un cri aigu et se signa. Le bonhomme changea alors d’avis et les convia à s’asseoir, sous prétexte qu’il « faut pas sortir quand il fait mauvais temps ».

Une fois assis – et c’était pour les soldats un soulagement après toutes ces heures de trotte –, le maître des lieux leur proposa de manger un morceau. Ils avaient bien une petite faim ?… Eux qui n’avaient rien avalé depuis le bout de pain du matin sentaient leur estomac s’épanouir d’autant mieux que le vin pris à jeun leur chauffait les veines. Ils firent quelques manières pour la forme, retrouvant face à ce vieux paysan des Ardennes les habitudes de politesse cérémonieuse du pays limousin qui obligeaient l’hôte à insister lourdement. Cette fois au bout de deux refus, exprimés d’ailleurs sans conviction, ils dirent « oui ». Michel se méfiait – il avait vu à Paris que si l’on refusait trop, l’inviteur n’insistait pas ; la gratification de bouche vous passait sous le nez !

Philomène apporta un jambon, du pain, du pâté – une motte de beurre frais qui pleurait encore… Leurs yeux s’ouvraient comme des soucoupes. Alphonse sentait leur faim en taillant des tranches, ses yeux pétillaient… C’était un homme d’environ soixante-dix ans, encore robuste, avec de longues moustaches flétries. Une mouche grise sous la lèvre inférieure, à la mode de Louis Napoléon, s’étalait sur un menton fendu par une profonde fossette.

– Faut pas vous gêner, les gars. De toute manière el Prussien va tout bouffer ! C'est comme ça, c'est une vorace, il restera pu rin !

Deux obus craquèrent presque en même temps, comme pour souligner sa prédiction ; le gros chien grogna sous la table. Philomène avait allumé un petit cierge au pied d'un long crucifix accroché au mur dans un coin de la pièce. – Après avoir rajouté deux cruchons de vin et des verres sur la table, elle avait sorti un chapelet ; elle priait seule, à voix basse, pendant que les hommes mangeaient.

Le vieil Alphonse parlait de la guerre de 1870 – là où les Prussiens leur avaient tout pris. Tout raflé, jusqu'aux marmites ! Sa pauvre mère en était tombée malade de chagrin après leurs ravages. Les Uhlans !...

– C'était du grabuge, en ç'temps-là !

À l'époque, il avait, lui, vingt-cinq, vingt-six ans, il s'en souvenait ! – Il avait tiré un bon numéro lui-même, et n'avait pas été soldat. Mais il leur expliqua la bataille qui s'était déroulée là derrière, d'où ils arrivaient, puis encore « derrière l'iau » – au-delà de la rivière, après Carignan... Et même plus loin, vers Mouzon, après la Meuse, dans la plaine... Il les revoyait encore les Uhlans ! Les chevaux terribles... Ils étaient venus ici même, au village de Charbeaux, dans les autres pays alentour : Linay, Puilly, partout ! Ah la « varmine » ! Une fâcheuse coutume qu'ils avaient ces Prussiens maudits, de passer dans ce pays-ci comme la peste ! Avant, bien avant lui, ils étaient venus aussi, du temps de l'Empereur, l'autre, le conquérant... Et alors les Cosaques aussi !... Quand il était enfant, les vieux racontaient la Grande Armée et les grands ravages, les soirées d'hiver quand on cause... Les Uhlans et les loups !... C'était un temps où il fallait cacher les filles dans les caves, dans les cuviaux, ou les enfouir dans le foin pour pas qu'il leur arrive un mauvais sort.

La nuit était venue, les obus n'éclataient plus dehors... La fermière avait posé une grosse lampe à pétrole sur la table ; des ombres dansaient au plafond... Toujours les Prussiens s'en revenaient par ici, disait Alphonse. Du temps des rois itou, ça s'était toujours dit... C'était leur route à ces animaux-là. Ils rongeaient tout, les saletés ! Buvaient le vin, sifflaient l'eau-de-vie !... Ah les rapaces !

Penser qu'à c't'heure ils étaient de retour ! Qu'il aurait vu ça deux fois dans sa vie ! Les Prussiens dans sa maison... Alphonse se leva pour prendre une carafe de grès sur une étagère. Il servit à la ronde de la goutte la plus fine, la mirabelle la plus parfumée qu'on pût trouver dans toutes les Ardennes :

– Allez-y les gars !... Faut qu'tout disparaisse. Autant que l'Prussien n'aura pas !

Manévy, qui était petit et timide, riait tout le temps sans prononcer un mot. Jean Briat montrait au contraire une certaine aisance de parole – son nez cassé, incliné vers la joue droite, ses yeux de chat, fauve clair tirant sur le roux, lui donnaient un air malin, à la fois amusé et redoutable. Il fit de vifs compliments sur la mirabelle, et le vieux retrinqua avec eux. – À présent la nuit était noire, un calme avait envahi la pièce, les maisons, le ciel, tandis que le cierge brûlait toujours dans le coin. La flamme tremblotait, qu'un coulis de vent sous les portes faisait vaciller.

– Sacré nom d'une pipe de soldat !... C'est beau d'être jeune !

Il rajeunissait lui-même, le front rosi sous la casquette brune... Il fixait Giscard avec curiosité – la silhouette juvénile de Jules qui avait ôté son calot, et qui rayonnait de la chaleur commune, intriguait le bonhomme.

– Quel âge que t'as, té ? T'es-t-y d'âge à faire un conscrit au moins ?

Julot ne répondit rien, mais voyant que cet accueillant paroissien s'adressait à lui, il leva son verre aussi, en réponse, et descendit la mirabelle pour lui faire plaisir.

Briat lui dit :

– *Te damanda quand as...* (Il te demande combien tu as.)

– *Quand aï de qué ?* (De quoi.)

– *D'age !*

Alphonse fut surpris :

– Ç'est-y donc un Espagnol qu'il cause vilain comme ça ?

On se récria, que non !… Michel et Briat expliquèrent : le patois… Jules n'était jamais allé à l'école, c'était pour ça ! Ils racontèrent la Corrèze d'où ils venaient tous les quatre – un pays avec des bois, pareil qu'ici. – Mais alors sans les Prussiens !… Le vieux n'avait jamais entendu parler de cette contrée lointaine – il n'était jamais allé à l'école lui non plus, dans sa jeunesse ce n'était point l'usage :

– C'est-y un département de la France ? demanda-t-il.

Bien sûr, voyons ! Ils étaient français en diable ! Cent pour cent !… Michel sentait chez leur hôte comme un doute – une impression d'avoir affaire à une catégorie spéciale de coloniaux venus défendre la mère patrie.

Les quatre lurons étaient fin soûls à cette heure, ils lui chantèrent des chansons de chez nous, pour montrer. Manévy, tout timide, avait une voix magnifique. Comme la mère Philomène venait de rallumer un second cierge béni pour protéger la maison des obus – mais aussi un peu de ces diables de sudistes au parler luciférien – il chanta ce qui lui passait par la tête, le chant de Noël qui sert à la crèche :

Revelhas vos pastorels
Quitas vostre tropel…

C'était beau… Il avait la voix qui tremblait comme un chrétien pathétique. Alors ils burent aux Rois Mages, à la Vierge Marie, au Paradis… Michel avait des visions – il revoyait le champ des morts laissés là-haut en Belgique, ce matin même. – Étaient-ils déjà arrivés chez saint Pierre ?… Il revit son Alboche embroché, la bouche ouverte d'où coulait du sang rouge. Voyait-il Jésus-Christ ? Non !…

Pour ne pas demeurer en reste, le vieil Alphonse leur chanta sa chanson à lui – celle qu'il chantait aux noces depuis soixante ans, et aux communions solennelles. On la lui demandait toujours… Son grand-oncle du côté de sa mère, un lascar qui avait servi sous Bonaparte, la lui avait apprise autrefois. Il chanta debout, après avoir ôté sa casquette pour découvrir un crâne luisant et rose :

Je ris de bon cœur
D'un garçon d'honneur
À la figure éveillée.
Au premier signal
On ouvre le bal
Sans trouver la mariée.
Notre gaillard
D'un air paillard
L'amène…
L'époux content
Vite reprend sa reine…
« Va, dit le malin
Au mari bénin,
Tu n'en auras pas l'étrenne ! »

Il était minuit passé quand ils repensèrent au 126e de Ligne – où était-il leur régiment ?… Ils se levèrent de leur chaise en s'agrippant au dossier. Ils sortirent cahin-caha pour pisser contre un mur. La terre tournait, et au ciel il y avait plein d'étoiles en mouvement… Julot s'appuyait de la main gauche contre le mur – il reposa même sa tête sur une pierre, tellement il se sentait tournoyer.

Le père Alphonse les accompagna quelques pas pour les mettre sur le chemin de Linay, qui était meilleur à marcher que celui de Blagny… En sortant du village ils virent une maisonnette qui achevait de brûler, incendiée par un obus du crépuscule. Les cendres fumaient encore avec des rougeoiements qui s'élevaient dans la nuit. Des ombres s'activaient autour de la ruine… La guerre revenait à eux d'un seul coup, tandis qu'une lune écornée se levait au loin sur la forêt des Ardennes.

IX

Le 3e Bataillon quitta Blagny à 4 heures du matin, le mardi 25 août peu avant la pointe du jour. Il laissait une section sous les ordres de l'adjudant Sire pour surveiller le pont que le Génie n'avait pas fait sauter. Sans nouvelle du régiment parti en tête la veille, sans ordre de marche, le commandant Laporte dirigea ses hommes au hasard vers Mouzon, espérant croiser bientôt une liaison qui lui fournirait des renseignements.

Justement, en arrivant à Vaux, vers les 5 heures, alors que le soleil se levait, il trouva un billet du général Descoings, commandant la division, qui mettait le bataillon à la disposition de la 47e Brigade pour couvrir l'artillerie installée sur la crête boisée, à la cote 300, entre Vaux et Mouzon.

Ce fut la première journée tranquille dans cet enfer de course et de mitraille. L'ennemi était encore loin, il faisait beau temps, les hommes s'étendirent sur l'herbe et plongèrent dans le sommeil en dépit du vacarme des batteries de grosses pièces qui tiraient par intermittence en direction de Carignan et de la Chiers. Un jour propice à soigner une gueule de bois sévère, telle que les Prussiens n'en auraient jamais !

Léon Rouchon avait pleuré de joie en voyant réapparaître, dans les premières lueurs de l'aube, la silhouette de Michel encore vacillant, qu'une heure de sommeil n'avait nullement dessoûlé. Ne le trouvant pas le soir, au cantonnement, après avoir épluché tout le bataillon, il l'avait cru blessé, mort, perdu à jamais !... En réalité c'est Jules qu'il avait repéré d'abord, dans la pénombre, par sa taille et sa capote boudinée – Jules s'était cassé la figure et Léon avait observé ce petit type se relever avec peine... Il n'en croyait pas ses yeux ! Il avait crié : « Julot ! »... Et Jules, comme culbuté par son cri, s'était de nouveau étalé par terre ! – Alors il avait vu un bras l'aider à se remettre sur ses pieds, lui recaler le sac sur le dos pour le faire tenir... Son cœur avait bondi : le couple infernal ! C'était Michel Manimont !... Juste avant le départ de la colonne, Léon avait couru sur eux – dans l'émotion il avait dit dans la langue des mères :

– *Ont' ères passat ?* (Où étais-tu passé.)

Les deux zigotos un peu hagards puaient la gnôle d'une manière incompréhensible.

Le mélange du 3e Bataillon et des Périgourdins de la 47e Brigade leur avait fait faire des rencontres. Un gars de Noailhac, Jules Marcelin, du 50e, de la même classe que Pierre Chastenet marié à Flomont, connaissait un peu Manimont... Le caporal Pierre Rigaud, du Poujol, leur fit fête ! Ils évoquèrent Paris ensemble, les journées d'Enghien, Julienne... Si la retraite continuait à cette allure, ils n'allaient pas tarder à y retourner à Paris, ce serait vite fait !...

– Tu as toujours ta tocante ? demanda Léon.

– Tu vois !...

Pierre sortit sa montre de son gousset :

– Et toujours à l'heure, au petit poil !

Ils l'avaient achetée ensemble, cette montre, Rouchon et lui, un jour que Pierre était allé le voir, dans le quartier du Palais-Royal... Une bonne petite montre ciselée, belle fabrication.

Tout à coup ils entendirent un éclat de voix derrière eux :

– Alors, alors, les Parisiens !...

C'était Pierre Brunie de Saint-Bazile ! Ils se tapèrent dans les mains comme s'il était réjouissant de se retrouver sur cette butte désolée chargée de canons au lieu de taper un carton dans un bistrot en face de la gare du Nord ! – Oui, la rue de l'Aqueduc était loin... Et personne n'avait encore de nouvelles du pays – le courrier, pour l'instant, n'était pas suffisamment bien organisé dans le secteur des combats, expliqua Rigaud qui avait déjà écrit deux lettres coup sur coup sans recevoir de réponse.

Michel, qui se sentait vaseux malgré les siestes, avait raconté leur équipée de la nuit pour expliquer que Julot effondré dorme continûment, la bouche ouverte, allongé au pied d'un arbre !...

Le soir tout le monde était allé cantonner à Mouzon – où l'on avait appris que les deux autres bataillons se trouvaient plus au sud, vers Beaumont-en-Argonne. La jonction se fit le lendemain. Dès la nuit du 25 au 26, les tracas avaient repris. La division tout entière devait aller s'établir en avant-poste au nord du Bois de l'Hospice, qui surplombe une boucle de la Meuse sur la rive gauche au-dessous du village de Villemontry. Le 2e Bataillon, commandé à présent par le capitaine Warmer, se plaça à la corne nord du bois, le 1er à la corne sud. Le 3e Bataillon fut mis en réserve dans une clairière à l'arrière, à la ferme de la Sartelle. Le colonel Dubois prit alors le commandement du 1er Bataillon, tandis que le commandant Laporte le remplaçait à la tête du régiment.

Tout le monde bivouaqua sur place ; la journée du jeudi 27 se passa à attendre l'attaque allemande qui se manifesta seulement par un tir fourni sur le Bois de l'Hospice, où la 7e Compagnie subit des pertes sous la canonnade. Vers 16 heures l'ordre vint pour les 100e et 126e Brigades de se porter à trois kilomètres au sud-ouest, et de se regrouper en rassemblement articulé à la ferme de la Harnoterie, située sur le plateau au-dessus de la petite vallée de la Yoncq... Puis les deux régiments se mirent en marche en direction de Raucourt. On apprit en descendant vers le village de Yoncq que Germain Soulié, au 100e, avait eu un doigt de la main droite coupé par une balle ; il avait été conduit à l'ambulance ; on l'avait évacué vers l'arrière ce jeudi même. (Il demeura tout l'hiver dans les hôpitaux de l'intérieur, jusqu'à la fin du printemps suivant.)

Après la traversée de Yoncq la brigade remonta la pente de l'autre côté, à la lisière des bois, en suivant le chemin de Flaba... Le soleil était couché, il faisait de plus en plus sombre. Tout en haut le chemin traversait un bosquet, où l'on n'y voyait goutte – à l'orée du bois la nuit était noire, on s'arrêta. Une discussion intervint alors entre le colonel, commandant la 48e Brigade, et le colonel Dubois, au sujet de l'arrêt de la marche. Le chef de brigade exigeait que l'on continuât dans la nuit, malgré l'opposition de son subordonné – son argument était que les Allemands avançaient la nuit, nous devions faire de même…

On avança donc, à tâtons, le plus lentement possible pour éviter les accidents, de sorte qu'en une heure et demie le régiment parcourut environ douze cents mètres – il est vrai, sans encombre !… L'ordre de s'établir en bivouac fut enfin donné aux abords de Flaba.

Le vendredi 28 août 1914 vit l'une des batailles les plus meurtrières, avec Bertrix, de ce début de guerre mondiale. La 24e Division d'Infanterie avait reçu pour mission de contenir l'ennemi au bois de Yoncq, sur le plateau qui s'étend au nord-ouest du village. La 47e Brigade se postait sur la lisière sud qui n'était pas tenue, avec le 100e Régiment à gauche et le 126e à droite. Ce dernier, commençant sa marche d'approche à partir du bivouac de la veille à Flaba, se dirigea vers une éminence du plateau située à la cote 275 – un petit mamelon coiffé d'un boqueteau, à trois cents mètres de la lisière du bois. Le 3e Bataillon marchait en tête, le 2e en arrière et à droite, tandis que le 1er demeurait en réserve.

Or dans la nuit, et tôt le matin, les Allemands avaient avancé on ne sait comment et envahi le bois où, selon leur stratégie habituelle, ils dissimulaient leurs redoutables batteries de mitrailleuses. Lorsque le 3e Bataillon atteignit la cote 275 – distante d'un kilomètre et demi du village de Yoncq, il refoula très vite dans les sous-bois de petites factions ennemies et se trouva de la sorte engagé au-delà du chemin que le régiment avait suivi la veille au soir, dans l'obscurité... Le 2e Bataillon prit d'abord sa place sur le mamelon, puis occupa les bosquets qui s'étendaient sur la gauche, relié au 326e qui attaquait un peu plus à l'ouest, à la limite de la corne du bois.

Après la descente vers le chemin, le terrain remontait rapidement en pente continue dans la partie boisée où les Allemands avaient établi leurs retranchements – le 3e Bataillon s'usa pendant plusieurs heures à essayer de refouler un ennemi bien protégé, à la fois par sa situation légèrement en hauteur et par l'efficacité de sa mitraille. Cependant à l'extrême droite du front, le bois débouchait de nouveau sur un terrain découvert le long de la saignée qui descendait vers Yoncq. La 11e Compagnie, postée au bord de la crête, tenait la dragée haute aux tentatives allemandes de faire l'ascension de cette pente pour prendre le bataillon à revers.

À genoux derrière le tronc d'un chêne, Michel Manimont visait comme à la fête foraine les silhouettes qui se montraient à deux cents mètres sur le versant en face. Jules Giscard l'imitait, dissimulé par un autre chêne – et tout alla bien tant que ce jeu demeura statique… Michel ajustait :

– *Agatsa aquél aval… Aspèras, lo te vàus juntar!* (Regarde celui-là, je le coince.)

Une seule fois il vit le soldat vaciller après son tir.

– *L'a'gut, l'a'gut!…* (Tu l'as eu), s'extasia Julot.

Et puis, à l'autre extrémité du front, le 2e Bataillon voit sortir de la pointe ouest du bois de Yoncq de nombreux tirailleurs africains, mêlés à des fractions importantes du 100e, du 78e, des quartiers de la 23e Division qui se repliaient dans le plus grand désordre ; les hommes filaient droit devant eux à une allure d'épouvante… Le 326e, pris par la contagion de la fuite, perd pied à son tour – et à ce moment précis l'artillerie française, qui s'était postée dans une petite dépression à deux kilomètres devant le village de La Besace, se met en action. Malheureusement son tir trop court arrose de ses obus de .75 les éléments avancés du 2e Bataillon qui occupaient les boqueteaux ! Les hommes sont obligés de se replier en catastrophe – ce qui laisse aux Allemands le temps de prendre leur place, et de régler leurs mitrailleuses sur le flanc gauche du 3e Bataillon qui reçoit alors la mitraille sans moyen de riposter…

Le front venait de céder ; une nouvelle fois ce fut la déroute, une débandade en grandes enjambées, sans protection… L'ennemi fusillait droit devant avec une violence imparable, riant de ceux qui roulaient comme des lapins lorsqu'ils étaient abattus. Les hurlements des blessés montaient du champ couvert de corps étendus.

La 11e Compagnie, la plus éloignée du carnage, fut la

dernière à se rendre compte du désastre. Lorsque le lieutenant Tenant de la Tour, de la 12e Compagnie, passa en courant près des arbres où toute une section continuait à canarder une vague d'assaut allemande qui grimpait du chemin vers la crête, il cria :

– Qu'est-ce que vous faites ici, nom de Dieu ? Repliez-vous sinon vous êtes cuits. Suivez-moi !...

Un brusque mouvement se fit chez les tireurs qui abandonnèrent leurs embuscades dans la confusion. Mais Jules ne comprit pas les paroles du lieutenant ; obnubilé par son stand de tir à la cible mobile, il ne bougea pas. Comme le bruit cessait il tourna la tête et vit les derniers camarades à cinquante mètres qui fuyaient dans le bois. Il s'élança à son tour, mais l'ennemi témoin de la débâcle tirait maintenant à cœur joie – les balles sifflaient, claquaient dans les troncs d'arbres...

Julot cria :

– *Michel ! Michel ! Espèras mé !...*

Il n'avait pas fait vingt pas vers la lisière qu'une balle lui arracha le calot, tandis qu'une autre lui fracassa le genou gauche. La jambe le lâcha, il s'écroula :

– *Michel !...*

Il était trop tard – lorsque Michel chercha des yeux la silhouette du petit compagnon dans le groupe en fuite, il s'aperçut que Julot manquait. Il s'arrêta, tourné vers l'arrière... Rien. Il eut un mouvement pour retourner sur ses pas, mais les obus explosaient maintenant à l'endroit qu'ils venaient de quitter. Des arbres éclatés se déracinaient dans un fracas de craquements terribles tandis que la terre giclait en l'air en gerbes grasses et noires mêlées à la fumée blanche. Ceux qui étaient déjà morts en prenaient pour leur rhume – les autres pour leur mort...

À la vue de ce bacchanal meurtrier, Michel se signa d'un geste sec, par instinct de panique : « *Oh pauré Julòt ! pauré Julòt !...* » Un obus siffla au-dessus de sa tête – de ce chuintement un peu rauque qui ressemble au râle aigu d'un poumon troué – et fit sauter un tombereau de terre fraîche cent mètres plus loin. Il se remit à courir de toutes ses forces, avec rage, le cœur déchiré... Plus il courait, plus il se sentait habité d'une fureur sauvage. Une rage blanche le portait ; le sol défilait sous ses pieds sans qu'il éprouvât aucune fatigue, ni aucun essoufflement… Il eut la sensation de voler, de ne plus toucher terre. Il eut des visions de Crumière, des pentes, des prés dans les pentes à dévaler pieds nus. Il se revit galopant avec ses sabots en rentrant de l'école du bourg, sans s'arrêter, doublant la Croix du Ratabou, la Croix du Peuch, sautant sur les ornières, les *roudals** creux du chemin encaissé, sans ralentir, avec son sac sur le dos… Il lui semblait qu'il n'avait jamais cessé de courir, que c'était un déplacement naturel, sa forme d'existence… Le terrain descendait toujours en déclinaison légère vers un village qui formait un peu cuvette, dont le clocher pointait vers le ciel. Il lui sembla qu'il courait vers Le Pescher, qu'il allait retrouver sa Louise – il avait une hallucination de son visage fin, allongé sous ses cheveux en couronne, qui lui souriait : Michel ! Michel !…

Après avoir parcouru environ deux kilomètres à cette allure, et dépassé sans les voir des bandes de soldats pressés de quitter le plateau, il tomba, dans un repli – une langue de terrain abrité où poussaient des arbres –, sur un groupe de six blessés qui n'avaient pas la force d'aller plus loin. Un petit jeunot, la cuisse ouverte à vif sous sa culotte en lambeaux collée de sang noir, pleurait en appelant son père…

Toujours sous l'emprise d'une colère énorme, spasmodique, Michel jeta son sac sur l'herbe, posa son fusil à côté, puis, se pliant à quatre pattes, il fit glisser le garçon sur ses épaules et se releva d'un seul coup de reins tandis que son fardeau hurlait de douleur. Sans se rendre compte de l'énormité de la chose, il lança aux autres qui geignaient :

– Bougez pas les gars, je reviens ! Gardez-moi mon sac !

Il se remit en route vers le village qu'il voyait. Au bout de quelques pas, ayant convenablement assuré sa charge, il recommença à courir ! – Des obus épars explosaient dans les champs de part et d'autre du chemin plat – en dix minutes Michel eut atteint les abords du village qui s'appelait La Besace. Aux premières maisons il trouva un poste de secours totalement débordé par la débandade. Les infirmiers affolés se hâtaient de charger les blessés sur des tombereaux et des chars à foin réquisitionnés chez les paysans… Les états-majors n'ayant pas prévu une pareille tuerie, les voitures du train sanitaire ne suffisaient pas à transporter les malheureux à l'ambulance, plus à l'arrière, à Stonne et à Sy…

Manimont déposa donc son blessé sur un char à fumier, dont le cheval piaffait – il l'allongea contre un type à qui il manquait un bras… Le garçon secoué par la course était à moitié évanoui quand Michel le quitta en lui souhaitant bonne chance !… Toujours bouillant d'une colère sourde, la tête en feu, il n'écouta pas le brancardier qui lui demandait un coup de main pour déplacer quelqu'un qu'il voulait ranger sur un chariot – il s'élança du même pas de course souple sur le chemin qui l'avait amené.

– Où tu vas ? Tu es fou ? cria l'infirmier en le voyant foncer dans la direction du champ de bataille.

Manimont n'entendit pas, ne répondit rien. L'air pénétrait dans sa poitrine et sa tête devenait légère, flottant d'une exaltation douce. Il allait d'un rythme régulier de machine, sans sentir ses jambes… L'ennemi cependant se rapprochait. On entendait la mitraille plus distincte – et le bruit du canon tonnait plus fort, mais Michel avançait sans crainte, comme au bois de son cœur, sans aucune conscience que ces bruits pouvaient l'atteindre… Il retrouva le coin des cinq rescapés qui n'avaient pas bougé et l'attendaient avec des larmes comme leur ange salvateur. Il en chargea un à califourchon sur son dos, et soutenant un second type sous le bras, il repartit vers le poste de secours, laissant les deux autres, affalés dans des pauses évoquant *Le Radeau de la Méduse*. Son pas se fit aussi rapide que le boiteux le permettait.

Manimont fit trois fois la navette – au dernier coup il ramena son sac et son fusil. Il était totalement dans les nuages, trempé de sueur… Quand il eut déposé son dernier homme avec des douceurs de berceau, entre deux mourants blêmes, sur la paille d'un chariot, il s'éloigna du poste de secours et pénétra dans La Besace. Le village grouillait de charrettes, d'éclopés qui marchaient en se tenant d'une main aux ridelles, de chevaux égarés, enhardis et affamés jusqu'à venir arracher des bouchées de foin sous les corps des litières...

Enfin, épuisé, Michel s'assit sur un banc de pierre devant l'église, non loin d'un capitaine amoché qui, un bras ligoté contre la poitrine par une longue bande taillée dans un drap blanc, tentait de prendre des renseignements auprès des unités démantelées. On semblait avoir perdu la trace de son régiment... Le soleil venait de se coucher, du côté opposé aux Allemands – il fuyait lui aussi, dans une rougeur glorieuse qui embrasait un paquet de nuages comme des touffes de ouate ensanglantées...

Michel se demanda alors seulement ce qu'étaient devenus les autres, Briat ? Léon ?... Est-ce qu'ils s'en étaient sortis ? Manévy ?... Sa lassitude était si grande qu'il ne les imaginait plus nulle part. Ses forces l'avaient abandonné d'un seul coup.

Le capitaine s'approcha de lui :

– Tu es blessé ?

– Je ne sais pas, mon capitaine.

– Tu ne sais pas si tu es blessé ?

– Oui, mon capitaine.

– Quoi oui ? Tu es blessé ou tu n'es pas blessé ?

Il ne songea même pas à se mettre sur ses pieds pour répondre, au garde-à-vous...

– Je suis fatigué, mon capitaine.

Michel avait envie de voir Louise. Il aurait voulu que ses mains lui caressent la nuque et qu'elles épongent la sueur sur ses yeux... Il avait besoin de la peau de Louise sur sa poitrine pour calmer son cœur qui cognait. Il se mit à pleurer, car un grand découragement lui écrasait les épaules.

Je n'invente rien. Ce n'est pas mon « imaginaire » qui travaille du chapeau. Manimont a fait ça, vraiment. C'est marqué sur sa fiche – et tant pis si ça ressemble à Jean

Valjean !… Sa fiche militaire, matricule 1537, conservée à Tulle, aux archives du département. – Ou alors il ne faut rien croire, pas même l'encre séchée de la mort des hommes, et sa pauvre fière citation… Cette action d'éclat fut citée, dix ou douze jours plus tard, lorsque le régiment saigné à blanc fut enfin reconstitué, regrossi de chair fraîche prête à s'ouvrir encore. Il est écrit que Manimont est allé rechercher des blessés sous les balles, après la bataille – précisé qu'il les a « transportés » ! Je ne fabule rien, on peut vérifier – je me suis fait simplement le reporter du grand lointain, à l'écoute du profond silence éternel. Je ranime nos morts seulement le temps d'une convulsion de papier.

Car j'ai pris de la peine à Tulle, en haut de la colline, au-dessus de la prison… Dans le bâtiment neuf et rond, douillet, splendide… Il suffit de demander poliment : numéro 1537, je viens de le dire. Manimont Antoine, dit Marcel, dit Michel – une identité à rallonge. Le prénom que l'on se choisit pour affronter les autres, et la vie. Surtout en montant à la capitale – lui avait pris Michel ; c'était pour mieux terrasser les démons.

On peut aller voir, éplucher sa fiche, qui indique sa taille, ses yeux bleu foncé et son menton fuyant. La citation exacte de sa *Citation à l'ordre du régiment* est la suivante : « Le 28 août 1914 à 5 heures du soir à La Besace a transporté des blessés d'un groupe isolé au poste de secours distant d'1 km après une journée de combat et malgré la fusillade allemande. » Voilà, tout bien précis : « à 5 heures du soir », l'heure tragique où l'on meurt de l'estocade : *A las cinco de la tarde*, c'est comme cela, un rite, *Eran las cinco en punto de la tarde*, l'heure magique où débute la corrida. C'est là-bas, aux archives, noir sur blanc, contrôle qui veut.

Il est facile de s'y rendre sur la colline, par la rue qui longe la préfecture, en montant, passé la prison de Tulle, dans un virage c'est là… Giscard Jean aussi on le trouvera, dit Jules. Matricule 1307 – je vous facilite l'enquête. On y apprend que Julot ne fut officiellement déclaré disparu qu'au bout d'un an et demi de silence, dans une

récapitulation des « pertes » le 25 février 1916 !... Bien sûr il n'était pas encombrant, on ne pouvait pas savoir... Sa petite âme était montée au paradis sans déranger personne... Le jugement qui fixe son décès au 28 août 1914, à Yoncq, fut prononcé le 6 août 1920. Forcément, les Français ne repassèrent en ces lieux qu'un peu plus de quatre ans plus tard. La terre gourmande avait englouti les traces...

Lo demás era muerte y sólo muerte
À las cinco de la tarde.

X

Antoine Arfeuil écoute la forge… Le son plaintif du fer battu monte dans la chambre de devant où il couche, et rayonne autour du lit. Demain Antoine repart à Tulle – demain c'est le 1er octobre, le jour de la rentrée des classes. Sa seconde rentrée à l'École normale, cette fois-ci il sera un « ancien » – il va voir arriver les bleus, silencieux et gauches, intimidés par la haute bâtisse bicolore, brique et blanc. Intimidés par leur propre succès au concours qui les a fait « sortir du rang », placés parmi les élus – les élites ! Les nouveaux se chercheront une contenance, une distinction, guindés par le sentiment de leur propre notabilité débutante…

Demain dès l'aube, à l'heure où blanchit la campagne, Antoine partira – le poète a vu juste : ici, à Lagleygeolle, où qu'on aille, on part à la pointe du jour. Il se rendra à pied jusqu'au Planchat où il prendra le petit tramway pour la gare d'Aubazine, et de là le train pour Tulle.

Dernier jour de vacances… Il fait déjà clair – 5 heures et demie sans doute ; c'est son père qui sonne la clarté du jour nouveau, à tour de bras, en bas, dans la petite forge. L'atelier du père est installé dans un angle de la grange neuve, au-delà de la courette où est planté le travail à ferrer les vaches. Depuis qu'il est normalien, on lui laisse la chambre du devant, au-dessus de la boutique, où dort habituellement sa petite sœur. Lorsqu'il vient en vacances, Julia couche sur un petit lit de fer dans la chambre des parents, sur l'arrière, au-dessus de la cuisine.

Antoine se souvient de l'époque très récente où ils vivaient tous les quatre dans cette seule pièce où il dort, avant l'extension de la maison vers l'arrière – la construction s'est faite l'année où il est allé en pension. Avant cet emménagement, sa mère faisait la cuisine et travaillait à ses coiffes ici ; ils mangeaient et dormaient là… Maintenant la pièce sert d'atelier le jour, de chambre à coucher pour sa sœur la nuit. Il y règne une odeur de charbon de bois, d'amidon et de gaz carbonique. Antoine a laissé la fenêtre entrouverte pour dormir, comme on le leur recommande à l'École normale…

Le son rayonnant de l'enclume voyage partout, entre dans la chambre, s'en va dans le bourg à petits coups rapides : pan-pan-pan ! Le marteau rebondit presque gaiement sur le bloc d'acier, puis PAN PAN PAN PAN et PAN ! il frappe le fer rougi de toute la force du bras de son père. Le père habile, le forgeron respecté qu'il n'a pas su devenir lui-même – du moins on ne le lui a pas permis. On l'a dit trop chétif pour le marteau de la forge et les sabots des bœufs. C'était injuste, mais son père, souverain, le disait trop frêle pour mettre ses pas dans les siens : tout ça parce qu'il a eu une enfance un peu maladive, depuis les débuts, depuis le nourrisson déficient dont on lui a toujours seriné l'histoire. La fameuse histoire du lait d'ânesse que l'on rapportait chaque jour de Laubas le suit ; on la colporte dans la famille comme ailleurs le bain de Cléopâtre… Lui sait qui est Cléopâtre – et Antoine, forcément !

Ses parents l'ont « mis dans les écoles ». On l'a fait instruire en se donnant l'excuse qu'il aurait peut-être du mal à « travailler » au sens normal du terme, c'est-à-dire de ses mains, de son corps – enfant chétif, il risquait de ne pas avoir toute la résistance nécessaire à une vie de labeur intense.

Pourtant Antoine n'était pas maladroit du tout : à douze ans, avant d'aller en pension, il avait forgé une petite pelle à feu, très bien faite. Ah ! la *rispe**, son chef-d'œuvre ! On la montrait encore avec fierté dans la forge : il avait prouvé par cet essai que lui aussi aurait pu devenir un *fauré* de quelque notoriété. Du moins il le croit… On l'a fait instruire pour qu'il ait « un emploi » – cette occupation aux mains blanches et au cul un peu lourd que l'on honore à la campagne, que l'on envie beaucoup même, c'est sûr. Mais enfin un « emploi », quel qu'en soit le lustre, sera toujours un travail de feignant (on doit dire « fénéant »). La forge, c'était la puissance, c'était Vulcain – il sait aussi qui est Vulcain.

Antoine a eu des velléités de résistance. Un été, un jour comme aujourd'hui, la veille de la rentrée où il allait débuter la classe de 2e EPS à Uzerche (plus tard une 4e de collège), il a manifesté l'envie de rester à Lagleygeolle, de ne pas repartir au loin. Julia venait d'avoir dix ans, elle était pimpante et gentillette, elle avait pour elle seule tout l'amour des parents, à vivre là, avec la maman !... Elle commençait à aider, à préparer l'amidon pour les chemises et les coiffes, à faire la soupe aussi – elle devenait importante. À dix ans la fillette savait coudre et tricoter, repriser pas encore, mais repasser oui, en contrôlant la chaleur du fer approché de la joue. En français une petite fille s'appelle une « fillette », et un petit garçon un « garçonnet » – c'est une jolie langue, le français, elle emplit les livres de mots justes, et de belles poésies de Victor Hugo. Il lui tarde de l'enseigner !... En tout cas la vie était là, courante et banale à la forge – tout le contraire de la pension aux joies emmurées.

Pardi ! Lui aussi pourrait se rendre utile, profiter du temps et des saisons, remettre pour de bon la main à l'outil, aider à la forge – bien que le père fût quelquefois très agité en fin de journée, quand il s'était trop désaltéré... Il y aurait la maison, les gens, autour, la vie dans une langue mère pleine de sentiments secrets que le français, tout de même, ne possédait pas. En français d'Uzerche on pouvait construire de jolies phrases pour faire semblant, exprimer des tas de choses que l'on ne ressentait pas vraiment, et penser des choses tout à fait inexprimables ; mais le fond du cœur n'y était jamais complètement – en tout cas pas comme en patois. Ou alors il fallait se tourner carrément vers la poésie.

C'était tellement comique à la forge, les propos, les cancans, les histoires de fesses des grands !... Et puis à la boutique toutes ces femmes en noir dont la vie n'était pas rose qui défilaient aux provisions avec leurs cabas, qui répandaient dans l'air une odeur de châtaignes cuites, de chèvres et de cochon roussi. Des histoires qui vous plantaient là en racine, qui vous faisaient grandir au sein de tout, au vrai centre du monde ; des pensées qui faisaient de vous un être complet, respectable, à son rang, protégé des courants d'air de la pensée oiseuse. Antoine subodorait, comme un enfant d'instinct, les rhumes de cerveau pseudologiques… Rester et être ! Ne pas plonger dans le néant des villes. Exister chez soi et se sentir, par la langue des aïeux, protégé de la mort, à vie ! Ressembler à son père, voilà : devenir Arfeuil à plein temps. Rire fort en tirant la chaîne du soufflet dans l'odeur ferreuse des limailles – l'immense soufflet de la forge que nous admirions tant, ce grand soufflet perdu de la vie qui m'arracherait des larmes si je ne me retenais pas… Ne pas quitter la forge carrée, la place, le tilleul sur la place avec son ombre dans les beaux jours, et le haut mur du cimetière vieux contre lequel on pouvait pisser bien à l'aise… Si Antoine partait, s'il s'éloignait du tintement pur de l'enclume, peut-être qu'après, dans la vie des autres, il serait solitaire.

Il avait donc annoncé le soir, à table, la veille du départ, qu'il préférerait rester là, ne plus continuer les études… Il testait la famille. La petite Julia levait un visage interdit au-dessus de sa soupe, du plaisir à l'idée de garder son frère. Le père avala quelques cuillerées en aspirant fort comme on doit faire quand la soupe est bonne et chaude. Puis il déclara, l'air de ne pas y toucher :

– *E bé si vòlés, paur' éfont*. Comme tu voudras, mon garçon… Mais alors demain matin nous partirons de bonne heure pour chercher un patron qui veuille bien te prendre en apprentissage. Quel métier aimerais-tu faire ?

Douche froide… Sa tentative était destinée à rester à la maison – si c'était pour aller ailleurs, habiter chez un patron peut-être mal aimable, Uzerche était bien préférable ! Pourquoi quitter sa demeure pour affronter les fatigues d'un métier pénible, et les tracasseries, les humiliations que subissaient nécessairement les commis d'alors, il le savait bien ?... Antoine avait vite capitulé, avoué que dans ces conditions, oui, il préférait retourner à l'école. Le lendemain il avait fait sa rentrée et l'on n'avait plus reparlé de rien.

À l'école à présent il y restera toute sa vie. Il est élève-maître, au sens propre du mot : il apprend à devenir maître d'école. À côté des vastes bâtiments de l'EN aux grandes classes claires dont les parquets cirés luisent, se trouve une école primaire dite d'Application, ou École annexe, dans laquelle les normaliens vont s'exercer à enseigner plusieurs heures par semaine auprès des enfants. Ils font leurs premières leçons sous la direction d'instituteurs chevronnés, choisis parmi les plus compétents, qui les guident, les conseillent, et leur servent de modèles. C'est intéressant...

D'ailleurs il ne s'agit pas d'une simple profession, mais d'une véritable mission qui remplira sa vie d'homme. À l'EN, les professeurs leur parlent de cet apostolat d'enseignant, qui réclame beaucoup d'énergie et de désintéressement ; ils doivent contribuer à apporter le Progrès dans les campagnes et dans les villes – le progrès scientifique en hygiène et en agriculture, mais aussi le progrès humain par la lutte contre les superstitions de tous ordres... Ils seront, leur dit-on, les anges civilisateurs de la République, cette fille abstraite de la Patrie. La République, laïque depuis dix ans, doit, avec la mort préparée des dieux, apporter le bonheur sur la Terre pour les hommes. Car ce sont les dieux, on les en persuade, qui ont fait le malheur de l'humanité. Ils seront les soldats de la République, ses missionnaires ; ils chasseront impitoyablement des écoles les crucifix, symboles de soumission à l'obscurantisme !

Leurs professeurs deviennent rouges et haletants lorsqu'ils exaltent le culte de la raison contre l'obscurantisme... Ils citent Ernest Renan, Victor Hugo, monsieur Taine, et un certain Auguste Comte qui a trouvé la solution du progrès infini de l'esprit humain. Le professeur de lettres, un vieux monsieur à barbiche pointue, se met dans de tels états qu'il en crachote désagréablement – il vaut mieux ne pas se trouver au premier rang quand il s'échauffe contre la religion chrétienne, on reçoit des postillons en pleine figure. Ça rend sa froide raison fâcheusement humide… C'est comme le goupillon du curé, mais dans une bénédiction à l'envers !

Antoine se retourne dans son lit – il rit : il va retrouver toutes ces choses demain. En bas, l'enclume continue de sonner, PAN PAN PAN et PAN ! Son père travaille un soc de charrue, il l'entend à la résonance particulière du morceau de fer – une houe aurait un son plus blanc, plus sec, avec des petites acidités d'oseille dans les harmoniques… Antoine se dit qu'il a encore l'oreille du coup de marteau, rien ne lui échappe dans cette musique d'enfance. Du reste, il aimerait s'intéresser un jour à l'acoustique, s'il entreprend, comme on le lui suggère, des études supérieures…

Maintenant il fait grand jour, il va falloir se lever. Sa mère remue des casseroles en bas, dans la cuisine, elle va vouloir venir travailler… Au fond, il préfère Tulle à présent. Outre les commodités de l'internat, l'élégance de l'uniforme qu'ils portent chaque jour – ne sont-ils pas l'armée de l'Intelligence ? – et les agréments d'une vie rangée, lorsqu'il est à l'École normale tout est lumineux dans sa tête : il fait des mathématiques qu'il adore, il suit des cours, il lit des livres, des poèmes. La vie y est réglée, rangée, la camaraderie joyeuse. Il sent s'ouvrir devant lui cette mission sacrée et claire du futur instituteur ou, qui sait ? professeur à son tour… Lorsqu'il est à Lagleygeolle au contraire ses pensées s'obscurcissent un peu : il se demande s'il devra civiliser sa mère par exemple ? Elle qui va à l'église, qui a un crucifix à la tête de son lit, qui fait dire des messes pour les morts de la famille, et qui se signe quand l'orage craque fort au-dessus du clocher… Est-ce qu'il devrait brandir les « armes de la Raison » pour empêcher sa jeune sœur de faire ses Pâques ? Après la belle fête d'il y a deux ans pour la première communion dont elle était si fière – Julia, si jolie en blanc ?…

Lui, personnellement, il s'arrange avec les obligations.

Pour la procession du 15 août il s'est éclipsé, il est parti dans les bois. Ce faisant, il se sent terriblement en porte-à-faux. Lorsqu'il arrive ici le patois lui revient aux lèvres, et en même temps il perd l'habitude de le parler ; il accroche parfois, les mots lui arrivent plus directement en français. Et puis le français le protège contre le sentiment, contre le partage des émotions. Antoine a grandi, il ne sent plus comme à quatorze ans les palpitations émotives de la langue mère qui lui paraît maintenant épaisse, tout de même, il faut bien le dire : un peu graveleuse et sale sur les bords. Il songe qu'il va devoir lutter, là aussi, d'ici deux ans, contre les ravages du patois pour inculquer aux petits paysans de sa petite école – il en a un frisson d'impatience ! – leur inculquer le français de Corneille et de Victor Hugo. Il va devoir se gendarmer pour interdire le patois. Alors il se sent de plus en plus mal à l'aise dans cette situation où il n'ose tout de même pas répondre en français à des vieilles à coiffes ou à bonnets serrés qui lui demandent des nouvelles de sa santé !...

À Tulle au moins tout est droit, clair, sans complexité – le Devoir est tout tracé. Ici, dès qu'il réfléchit, il s'embrouille dans les équivoques. Au catéchisme il avait appris qu'on doit honorer ses parents : « Tes père et mère honoreras », récitait-on, « afin de vivre longuement ». C'était sympathique... Or, dans cette nouvelle ligne de pensée où les parents sont gens de langage grossier et de mœurs indésirables, il faudrait presque les déshonorer pour se sentir en paix avec le système !... Pareil avec le vieux Goudriat – Antoine était enfant de chœur avant de partir aux écoles, aujourd'hui il a du mal à considérer le curé débonnaire qu'il aimait bien comme un dangereux ennemi de la République, une et indivisible ! Comme toute *unité* qui n'est « divisible que par elle-même » selon la définition mathématique.

Antoine aime les définitions. C'est un matheux – il est même très fort en maths, il étonne ses copains de promotion par son aisance tranquille dans ce domaine. Il est « major » – non pas un major endormi, avachi, paresseux – voire assombri de poésie malsaine, un major morbide, mal peigné, comme l'EN en verra, hélas ! – mais un major raide, un major sergent, matheux, utile, agréable ! Les professeurs l'aiment beaucoup ; ils commencent à considérer qu'il pourrait aller faire une quatrième année en préparation à l'École normale supérieure de Saint-Cloud pour laquelle on recrute l'élite des élèves-maîtres. Le professeur de maths lui en a glissé un mot… Les camarades impressionnés, admiratifs, sont séduits – par une sorte de grâce naturellement distinguée de ses gestes un peu lents, empreints de nonchalance, par son regard clair et franc sous un front haut, dégagé. Il a cet air rêveur au sourire évasif qui intimide comme un mystère chez les puissants en mathématiques, lesquels sont de grands violents sublimés…

Louis l'aime comme un frère – et réciproquement. Louis Berthy, son compagnon, son double choisi depuis Uzerche, avec lequel il a grandi et dont il a partagé le chemin : reçus tous deux en même temps à l'École normale selon leurs calculs, leurs prévisions, leurs vœux, ils sont comme les deux doigts de la main.

Et puis, entre eux, il y a Marie maintenant, plus qu'avant, qui les unit ; qui va finir de fixer leur fraternité. Marie amoureuse… Antoine pense à elle avec un tranquille sentiment de délice. Il s'assoit sur le bord du lit, il se lève. Une lueur rouge inonde la fenêtre et le mur de la chambre ; le soleil se lève sur les monts d'Auvergne au grand lointain, il ne faut pas souiller la beauté de ce moment… Il est 6 heures, le marteau se taisait depuis une dizaine de minutes, le voilà qui repart de plus belle, et PAN ! PAN ! pan-pan-pan PAN PAN PAN PAN PAN ! Il imagine les étincelles, en bas, sur le tablier de cuir de son père – le soc qui s'incurve, qui obéit à Vulcain !…

Marie ! Marie à Saint-Aulaire… Elle lui écrit des lettres drôles et tendres qui sont là, cachées dans le tiroir de la table de nuit. Elle est si sensible ! Le 3 septembre elle lui a écrit : « Mon grand et cher ami, nous sommes jeudi comme le mois dernier. Je vous écris ce soir parce que c'est jeudi, et que de nouveau, comme le mois dernier, la lune est pleine. Cela marque pour nous une coïncidence étrange, ne pensez-vous pas ? Je voulais aller m'asseoir sur le banc que vous savez, et vous faire ma lettre de là, sur notre banc, mais hélas il pleut ! Cette pluie qui cache la lune me contrarie et me fait venir des larmes... »

C'est vrai que le mois de septembre a été pourri... Au moment de la déclaration de guerre, Antoine se trouvait en visite à Saint-Aulaire chez Louis, pour une semaine. Ils avaient voulu fêter ensemble leurs premières vacances de fonctionnaires – et puis la guerre avait éclaté. Le jeudi 6 août c'était la pleine lune, Marie et lui avaient passé deux heures seuls sur un banc, dehors, à parler de la guerre qui commençait, et de l'inclination naturelle qu'ils éprouvaient l'un pour l'autre. À la fin ils s'étaient tenu la main, longtemps sur le banc, sans dire un mot ; et puis un bouquet d'étoiles filantes était venu distraire leurs pensées... Marie avait dit : « Oh ! Regardez !... » Alors Antoine avait récité des vers sur les étoiles filantes :

« À qui donc le grand ciel sombre
Jette-t-il ses astres d'or ?
Pluie éclatante de l'ombre,
Ils tombent... – Encore ! Encore !

C'est de la splendeur qui rôde.
Ce sont des points d'univers.
La foudre dans l'émeraude !
Des bleuets dans les éclairs ! »

La lune était belle, elle éclairait le visage ovale de Marie, sa joue luisait d'un rose-blanc sous ses cheveux en couronne. Il voyait ses yeux noyés, perdus de rêve, posés au loin sur la vallée de nuit illuminée, aux éclats d'éternité... À la fin, Marie avait dit : « Antoine, ce que nous faisons là, c'est un serment ! »... Elle avait promis qu'elle viendrait s'asseoir sur le banc, seule, à chaque soir de pleine lune. Ni l'un ni l'autre n'avait alors songé à la contrariété du mauvais temps.

Depuis deux jours le beau temps est reparu. Antoine a pris ses repères sur le calendrier de la Poste : la pleine lune sera dimanche prochain, le 4 octobre. Il la surveille – hier soir elle était déjà superbe avec ses deux arcs inégaux ; dimanche soir à l'EN il sortira dans la cour, derrière, pour penser à Marie qui sera assise sur « leur » banc, il n'en doute pas une seconde.

Tout en s'habillant, Antoine frémit d'impatience à l'idée d'être à Tulle demain. Louis va sûrement lui apporter un mot d'elle, qu'il lui glissera dans la main sans aucun commentaire, comme les termes d'un complot. – Il imagine les discussions, demain : la guerre, la guerre, et encore la guerre !... Déjà au Planchat, dans le tramway, il va retrouver Mathurin Robert, du Pescher, ils feront le voyage ensemble. Mathurin, qui est de sa promotion, va se montrer très excité à l'idée de partir au front un jour. Il espère surtout que la guerre ne sera pas aussi courte qu'on le dit, qu'elle ne se terminera pas avant que la classe 16 ait le temps d'être mobilisée ! Lorsqu'il est monté du Pescher pour « la vote » à Lagleygeolle, le 8 septembre, Mathurin ne lui a parlé que de la Patrie en danger, et des prouesses de nos armes. Il avait lu sur le journal que les prétendues catastrophes de Belgique au mois d'août n'étaient que des bobards ; en réalité, il y avait eu quelques blessés et c'est tout... C'est vrai qu'il est très dynamique, Robert, même un peu agité comme garçon – ça lui donne une âme militaire.

La fête votive, du reste, était sinistre cette année – c'est à peine si elle a été tenue, à vrai dire. Forcément, avec tous ces hommes mobilisés, dont les familles s'inquiètent. Le bal n'a pas eu lieu, la seule musique que l'on ait entendue a été celle de la fanfare de Laguillaumie – et encore il manquait deux musiciens. Ils ont joué à la messe, que Goudriat a dédiée à la fois à nos soldats et à la salutation de Benoît XV, le nouveau pape qui a été appelé à régner. C'est Julia qui lui a raconté la messe... Un nouveau pape, pense Antoine, voilà qui va faire ricaner leur professeur de lettres – il va en crachoter plus que jamais !...

Heureusement, depuis deux semaines les Allemands ont reculé sur la Marne – ils étaient arrivés presque jusqu'à Meaux, aux portes de Paris. À présent l'armée française a

repris le dessus, elle leur en fait voir, il paraît, aux Alboches !... Il faut dire que nos armées sont commandées de main de maître par ce général Joffre, si énergique. Il avait donné la consigne terrible : la troupe devra se faire tuer sur place plutôt que de reculer... Ça, c'était parler ! Non seulement les Français n'ont pas reculé, mais ils ont avancé de presque cent kilomètres ! Si cela continue le pauvre Mathurin Robert se verra dépouillé de sa gloire militaire : la paix sera signée avant qu'il ait eu le temps d'endosser l'uniforme. Dommage !...

À l'EN aussi il risque d'y avoir du changement – certains professeurs vont sûrement être rappelés. Antoine espère que celui de maths ne sera pas absent : normalement il devrait être là, il a l'âge de son père à peu près, une des dernières classes à ne pas être partie. En attendant, d'autres gars de Lagleygeolle vont devoir aller au front. Jean Feix, le mari de Mélanie du Poujol, qui était en sursis pour les battages, a reçu hier sa feuille de route : il part demain lui aussi ; Pierre Rigaud, le frère de la Mélanie, a donné de ses nouvelles, qui sont bonnes – il dit n'avoir pas trop souffert lui-même mais que c'est dur. Il y a plusieurs gars dont on n'a aucune nouvelle du tout, dont deux rien qu'à Antignac : le fils Dumond, le plus jeune, et le domestique de chez Breuil, le petit Giscard… À Laubas, Jean Vialle n'a pas écrit, mais un bruit court selon lequel il serait prisonnier.

La guerre est tout de même une grande aventure pour hommes qui fait palpiter le cœur d'Antoine – demain sera un 1er octobre exaltant !

XI

Le 1er octobre, Victor Jugie, des Voûtes, fut relevé sur le champ de bataille, la gorge ouverte jusqu'au menton par une baïonnette ennemie. La chose arriva dans les faubourgs de Reims, devant le village de Saint-Léonard – il était mort depuis cinq jours. Ce garçon de vingt-trois ans aux yeux gris-bleu, timide et silencieux, avait été incorporé au 63e Régiment d'Infanterie de Limoges deux ans auparavant, exactement. Comme tous ceux de la classe 11, il était sur le point d'être libéré lorsque la guerre éclata.

Il faut dire que la 23e Division, à laquelle appartenait le régiment de Jugie, avait participé à la reprise de Reims contre les régiments du Kronprintz, lors de la bataille de la Marne. Les gars s'étaient trouvés aux premières loges, la semaine suivante, pour assister à la destruction partielle de la cathédrale par les bombardements allemands, les 17 et 18. Le 19, le prestigieux édifice déjà sérieusement mis à mal par les obus de gros calibre avait été la proie des flammes.

En effet, dans les semaines qui suivirent le coup d'arrêt donné à l'avance allemande par la surprenante bataille de la Marne du 12 septembre 1914, la situation du front fut pour le moins instable et fiévreuse. Trop sûr de sa victoire après une course éperdue de toutes les armées depuis la Belgique et les Ardennes jusqu'aux abords de Paris, l'état-major ennemi avait commis l'erreur fatale de ralentir son avancée ; il croyait, l'affaire étant dans le sac, pouvoir déguster sans hâte la capitale de la France vaincue… Erreur monumentale du gastronome qui se garde de se précipiter sur les plats. Vieille histoire de la peau de l'ours !... La victoire de l'Allemagne, à ce moment-là, eût incontestablement changé l'histoire du XXe siècle ; quelque raide qu'elle eût été pour l'orgueil des Français, et amère pour leur bourse, elle aurait évité non seulement une épouvantable boucherie de quatre ans, mais aussi une éventration de la civilisation occidentale. Cela aurait été mieux pour tous, en Europe, et nous aurions été plus riches, en tout cas, de quatre millions d'hommes jeunes, beaux, particulièrement vigoureux, dont l'existence aurait largement valu l'amère et passagère déconvenue des habitants de la France. Oh ! peut-être ceux-ci auraient-ils cru devoir passer le reste du siècle à se venger, et porter quand même le malheur et la désolation sur la planète : l'homme, après tout, n'est qu'un loup pour l'homme !

Cependant tous ces soldats épuisés d'avoir couru si longtemps, les uns chassés les autres chassant, ne demandaient qu'à reprendre haleine... Mais l'énervement des chefs était extrême : l'ennemi rageait de manière bien compréhensible d'avoir été bloqué dans son élan, si près du but, nos troupes s'acharnaient au contraire à essayer de prolonger le repli allemand, et de reprendre la course en sens inverse. En l'état des choses, aucun de leurs souhaits n'était vraiment raisonnable.

Dans l'entourage du Kronprintz – le fils aîné de l'empereur Guillaume qui avait officiellement déclenché le cataclysme – l'exaspération était grande de ce que ses troupes n'avaient pas pu tenir la ville de Reims. Entré le 11 septembre 1914 en triomphateur, il en ressortait le 12, ulcéré, la moustache basse – peut-être avait-il rêvé dans la nuit de se faire sacrer roi dans la cathédrale de Clovis ?... De dépit, il avait fait pointer son artillerie lourde sur la cité du sacre qui symbolisait à ses yeux l'ancienne royauté, et avait ordonné que Reims, comme Carthage, serait détruite !

Dès le 15 septembre les bombardements mirent à mal la plupart des édifices de la ville que les habitants terrorisés tâchaient à la fois de fuir et de protéger. Les 16 et 17 septembre les obus de gros calibre furent particulièrement dirigés sur la cathédrale, fleuron d'art gothique, dans une tentative farouche de la réduire en poussière, en menus cailloux, bonne à servir de remblai sur les routes !

En essayant d'anéantir méthodiquement, avec beaucoup d'acharnement, l'une des plus fameuses cathédrales d'Europe, les Allemands donnaient au monde une preuve d'immense barbarie, en plus de la cruauté détestable dont on les taxait dans les villes qu'ils occupaient. C'était une action d'autant plus inconsidérée – patrimoine mis à part – de la part du fils de l'empereur, qu'une soixantaine de ses compatriotes, des soldats à lui, blessés et prisonniers, occupaient la nef de la cathédrale que l'on avait bourrée de paille pour leur faire des lits de repos. L'ennemi était au courant de cet aménagement : les commandants allemands, dûment avertis, le savaient ; de plus les tours de Notre-Dame arboraient très officiellement, selon les lois de la guerre, le drapeau de la Croix-Rouge. Mais tous ces signes, qui auraient dû détourner les canons du sanctuaire, n'empêchèrent aucunement leur artillerie lourde de prendre pour cible l'irremplaçable œuvre d'art…

Victor Jugie, qui se trouvait dans la ville avec sa section, avait assisté à cet incendie tragique. Le 19 septembre, un samedi, il faisait partie d'une escouade affectée à la garde des prisonniers en remplacement des territoriaux occupés à déblayer les rues des ruines de la veille. Le feu se déclara vers les 4 heures de l'après-midi, dans les toits. La tour nord-ouest, mise en restauration avant le déclenchement du conflit, était entourée d'un échafaudage de planches ; un obus vint à exploser à son sommet, ce qui mit d'abord le feu aux poutres, puis à l'ensemble des bois. Le poste de pompiers le plus proche avait été détruit au cours du bombardement massif du vendredi – les flammes non combattues se répandirent avec rapidité dans le treillis de poutrelles qui encerclait la tour. L'énorme brasier qui s'ensuivit gagna dès lors inéluctablement les avant-toits de la cathédrale elle-même, dont les charpentes prirent feu comme un paquet d'allumettes. Le spectacle de l'antique édifice ravagé par les flammes devint hallucinant ; il serrait le cœur des Rémois peureusement ressortis des caves, et qui s'aventuraient dans la rue…

Victor Jugie à ce moment-là était en faction à l'intérieur de la cathédrale, avec les prisonniers allemands dont il avait la garde ; il se trouvait en compagnie d'un camarade de Lagleygeolle, nommé Pierre Manimont, qui faisait son régiment avec lui depuis le premier jour. Originaire de Jugeals-Nazareth, ce Manimont (sans parenté avec Michel) était domestique chez Feix de Flomont avant de partir à l'armée. Le grand Pierre – il mesurait joliment 1,71 m ! – était un gaillard carré, aux épaules robustes, dont la force physique faisait l'admiration et l'envie de beaucoup lors des travaux en équipe, les battages, le piochage des vignes, ou d'autres occasions communautaires de l'ancienne agriculture. Le gars était blond aux yeux bleus, rouge de figure, et respirait la bonne santé des champs – en revanche il se montrait impressionnable, et même peureux.

Au bruit de la cathédrale incendiée, le ronflement des flammes et les craquements sinistres des charpentes, Pierre Manimont fut pris d'un tremblement de panique :

– *Anams mourir, Vitor !* (Nous allons mourir), répétait-il, les yeux fous, le visage tordu par l'effroi. *Anams mourir !*

Des clameurs d'épouvante jaillissaient dans le groupe des prisonniers allemands, rendus fous de peur depuis deux jours que la vengeance du Kronprintz faisait crouler le bâtiment médiéval sur leurs têtes : deux d'entre eux avaient été tués par des chutes de pierres dans le bombardement de la veille !

– *Aua ! Aua !...*

Les blessés se traînaient, rampaient pour atteindre les encoignures ; ceux qui pouvaient marcher se jetaient ici et là, contre les murs, le long des piliers... Ils hurlaient tellement que leur terreur devenait communicative ; ils juraient en allemand, ce qui rendait épouvantables leurs cris qui résonnaient sous les voûtes sacrées :

– *Verdammt !...*

Bientôt le plomb qui fondait sur la toiture en flammes commença de dégouliner ici et là, de manière imprévisible, en cascades mortelles. Cette lave brûlante mettait instantanément le feu à la paille sur laquelle demeuraient étendus les impotents. Un homme jeune, qui ne pouvait pas bouger, fut soudain coupé en deux par une coulée de plomb bouillant qui lui tomba brusquement sur l'estomac en une barre étincelante. Son cri terrible, déchirant, dans la fumée opaque de la paille, s'acheva en un sinistre couac d'agonie qui roula sous les voûtes gothiques…

Sous le choc, Manimont se signa deux fois, blanc comme un linge, de terreur et d'asphyxie, tandis que la fumée âcre le prenait à la gorge sans qu'il eût la force de faire un pas.

– *Tiras-te d'atsi, Pierre!* lui criait Jugie en le tirant violemment par la capote. (Ôte-toi de là.) *Vènes, vènes!*

L'archevêque de Reims, le cardinal Luçon, de retour du conclave à Rome, accourut dans son temple et tenta de diriger les malheureux qui tenaient encore sur leurs jambes vers une sortie au nord du transept. Aidé d'un autre prêtre, il soutenait au mieux ceux qui avaient de la peine à avancer, tandis que le caporal de l'escouade de garde, ne sachant quel parti prendre, terrorisé lui aussi, fit approcher ses hommes pour assister les blessés. Victor pleurait nerveusement au spectacle insoutenable de quelques impotents qui prenaient feu dans la paille en se tordant de douleur – tout ce que Goudriat leur avait dit de l'enfer au catéchisme prenait soudain forme sous leurs yeux…

À l'extérieur du bâtiment ils aspirèrent de l'air à pleins poumons ; mais la foule indignée par l'œuvre de destruction devint sanguinaire en voyant apparaître les uniformes allemands. Des voix crièrent : « À mort les Alboches !… » Un mouvement se fit pour mettre à mal ces rescapés immondes : il fallut toute l'autorité du cardinal archevêque pour que les infortunés ne soient pas lynchés sur le pavé !

Un peu plus loin, dans la vallée de la Vesle, le front était fort mouvementé. L'armée allemande, chassée à quelques centaines de mètres au nord de Reims, s'était ressaisie et accrochée à peu de distance du canal de l'Aisne à la Marne. Son artillerie, prenant un appui solide sur les hauteurs de Berru et de Nogent-l'Abbesse, dominait puissamment la rive… Les Français, en revanche, multipliant les tentatives pour reprendre pied dans leurs anciens avant-postes, attaquèrent frénétiquement dès le 22 septembre dans la banlieue immédiate, à l'est de Reims, avec le renfort de deux divisions amenées en hâte dans le secteur du village de Saint-Léonard. Leurs efforts se concentraient particulièrement sur un petit fort situé à deux kilomètres à l'est du village : le fort de la Pompelle, demeuré aux mains de l'ennemi comme un furoncle dans nos lignes lors de la remontée du 12 septembre. Cet ouvrage stratégique gênait considérablement nos troupes dans la reconquête complète du secteur, et les assauts répétés donnés contre lui au prix de lourdes pertes en vies humaines restèrent infructueux.

À la hauteur de Saint-Léonard les Allemands tenaient la voie ferrée de Reims à Châlons-sur-Marne (aujourd'hui « en Champagne »), bien abrités qu'ils étaient derrière le haut remblai du chemin de fer. Un détachement du 63e Régiment d'Infanterie – le 2e Bataillon – fut désigné le 23 septembre pour tenter de les déloger de vive force... Le mouvement d'approche fut exécuté dans la nuit du 24 par la 7e Compagnie qui franchit le canal sur des passerelles installées par le Génie, tandis que le reste du bataillon tenait le pont à Saint-Léonard.

L'attaque eut lieu le matin à 6 heures, sous un feu de barrage déclenché par l'artillerie ennemie ; malgré cela, le 63e RI parvint à prendre position sur le remblai sud de la voie ferrée, où il se maintint tout le jour en dépit des contre-attaques. Cependant, durant cette même nuit du 23 au 24 septembre, un lieutenant du 158e Régiment d'Infanterie, nommé Cazamian, réussit avec une audace inouïe à escalader seul le fort de la Pompelle, et à y pénétrer sans éveiller l'attention. Aussitôt secondé par quelques hommes, il obligea la garnison, qui se crut assaillie et débordée, à se rendre sans coup férir ! Cette prise étonnante fut bien vite exploitée, de sorte que l'ennemi se trouva repoussé au-delà de la grand-route à cinq cents mètres environ des murs du fort.

Le vendredi 25 à l'aube, alors que l'on triomphait à droite autour de la Pompelle, le 63e renouvela une seconde attaque à 6 heures du matin. L'artillerie ennemie opérant cette fois de terribles tirs roulants, nos hommes durent s'abriter derrière des bottes de paille laissées dans les champs plats du bord de la Vesle. Mais les Allemands lâchèrent du terrain, disparaissant au nord de la route vers les pentes du coteau. Durant cette opération, 143 Français furent tués ou mis hors de combat, soldats et officiers. On vantait le soir l'héroïsme du sergent Mercier, de la 9e Compagnie, tué au cours d'une reconnaissance par un éclat d'obus. Mortellement blessé, il avait trouvé la force de haranguer ses hommes pour les encourager, faisant preuve – disait le rapport – d'une incomparable « fermeté d'âme ».

Ces combats incessants – trois jours sans repos et presque sans dormir – avaient laissé les hommes valides dans un état d'épuisement pathétique. Pierre Manimont traînait son grand corps douloureux de sommeil ; comme d'autres, il se mettait à genoux et s'appuyait sur son fusil comme sur un piquet de soutien, fermant les yeux dans cette position incommode qui lui permettait de perdre conscience par instants mesurés ; Victor Jugie s'était adossé à un petit arbre maigre que la canonnade avait épargné, et dormait fermement debout, dos à dos avec deux autres camarades qui utilisaient le même tronc pour soutenir leur fatigue. En cette première semaine de guerre nouvelle, le commandement n'avait pas encore songé à mettre en place le système de la « relève » – et cette même unité du 63e dut encore, pendant la nuit, après deux heures de sommeil précaire, s'avancer de quelque trois cents mètres au-delà de la grand-route de Suippes. Munis de pioches et de pelles, les hommes des 5e et 6e Compagnies devaient entamer l'établissement de ce qui deviendrait des tranchées de première ligne. La 8e Compagnie restait en couverture de deuxième ligne, entre la voie de chemin de fer et la route.

La lune, dans son second quartier, éclairait faiblement le terrassement à travers les franges d'un ciel voilé… Le commandant Queytat, chef du 2e Bataillon, supervisait l'opération, aidé du capitaine Collin de la 6e Compagnie, un brave officier d'active que les hommes appelaient entre eux « Mayonnaise ». Les sous-lieutenants Tournier et Aymard traçaient les lignes de la largeur du fossé à creuser. La fraîcheur de la nuit donnait un regain d'énergie à la troupe – comme à leur habitude Victor Jugie et Pierre Manimont faisaient équipe ; Pierre maniait la pioche avec cette nonchalance que donnent la force physique et l'habitude du travail à bras, Victor pelletait derrière lui, méthodique, renvoyant les gravats de terre et de cailloux calcaires en avant de la tranchée pour former le parapet – la troupe ne disposait pas encore des sacs que l'on emplissait de terre par la suite pour bâtir un rempart coupé de créneaux de tir.

Certains piochaient avec frénésie, au bout de leurs forces, à coups rapides et vengeurs pour écraser quelques mottes, deux ou trois pelletées, puis ils s'écroulaient, tombaient à genoux d'épuisement, prostrés sur le manche, accablés de malheur et de fatigue extrême, écœurés de la vie comme le bûcheron de La Fontaine qui appelle la mort… Manimont, mieux instruit de la façon dont on pioche les vignes, allait au contraire très lentement, soulevant sagement la pioche et l'abattant sur un rythme souple ; il marquait un temps bref de repos avant de décoincer le pic en tirant vers lui, et recommençait sans hâte comme une machine au ralenti. Victor faisait de même derrière lui, chargeant peu de terre à la fois sur la pelle, sans coup de reins excessif, mais sans changement d'allure, mécanisant ses gestes lui aussi, et respirant profondément l'air humide.

Au bout de deux heures, malgré la fatigue qui ralentissait les travaux, la tranchée s'enfonçait peu à peu dans le sol friable jusqu'aux cuisses des hommes qui avaient quitté la vareuse et déposé leur barda sur l'herbe, à l'écart de la tranchée en progression. Ainsi dévêtus, ils avaient tous l'allure de bagnards en culottes rouges, avec leurs trognes sales, leurs cheveux hirsutes et leurs barbes de quinze jours. Le commandant Queytat qui déambulait le long de l'étrange terrassement, encourageant ici, conseillant là, ordonna une pause d'une demi-heure que les manieurs de pioche mirent immédiatement à profit pour dormir couchés au bord de la ligne du trou.

Vers 3 heures il faisait froid – un courant d'air humide descendait la pente vers la voie ferrée et le canal. Les hommes reprirent leur lent travail machinal, comme des bagnards fantomatiques. Tous les bidons étaient vides, et ils avaient soif. Le brouillard commençait à se lever derrière eux, montant de Saint-Léonard des bords de la Vesle, plus loin ; il s'étendait en rampant d'abord à hauteur d'homme en direction des collines basses où les Allemands s'étaient réfugiés.

Victor, transi malgré la sueur qui coulait le long de son dos, songeait aux brumes qui montent des crozes* aux Voûtes à l'approche du matin – *los fums*… C'est souvent en cette saison de chasse où le temps devient frisquet que les fums envahissent les bois, de Gros-Champ à Ardailloux, et vers le Bouix, noyant les maisons basses blotties dans le vallon. Il pensait à la chasse – qu'en serait-il cette année ?… Iraient-ils, là-bas au Bouix, courir les pentes avec les chiens ? Mais qui ? Les tout jeunes ? Ici c'était l'année de la chasse à l'homme, oui.

Il fit part de ses réflexions à Pierre qui s'essuyait le front avec la manche de sa veste :

– *Qu'sat si y aurò de la lèbre, ujan ?* (Qui sait s'il y aura beaucoup de lièvres cette année.)

L'autre le regarda d'un drôle d'air, comme on regarde quelqu'un qui divague, qui n'a plus bien ses idées en place – de toute manière il n'était pas chasseur…

De fil en aiguille Victor se mit à penser à l'histoire que racontaient les vieux dans les veillées, au Bouix, de cet homme qui chassait la nuit, au clair de lune, et qui avait vu le Diable sous la forme d'un lièvre qui promenait ses *diabletons*… À 4 heures, la nappe de brouillard s'était épaissie – elle assombrissait maintenant tout le ciel qui allait bientôt blanchir, et avait fait disparaître les contours des arbres et des champs – à peine si l'on voyait ses pieds dans l'ombre de la tranchée.

C'est à ce moment que se produisit l'horreur.

Une formidable clameur retentit dans le brouillard, un

cri de folie qui paralysa les muscles de ces hommes au travail. Des diables noirs dansaient tout à coup dans la brume blanche, gesticulaient, devenaient plus nets, plus précis... Ces visions d'enfer portaient des fusils – ils s'approchaient à cent mètres, au grand galop, ils venaient vers eux par centaines.

– Les Boches !

Une vague sombre, compacte, au coude à coude, sortait de l'écume, ou du linceul...

– Vite ! Les Boches, nom de Dieu !

Le temps que les soldats prennent conscience de ce qui arrivait – le mur d'uniformes courait à cinquante mètres, grossissait comme une chimère affreuse, hurlante, et couchait vers eux une rangée luisante de baïonnettes !...

Les premiers réveillés qui comprirent sautèrent du trou et bondirent sur leurs fusils laissés sur le bord – certains au contraire détalèrent avec une rapidité incroyable, abandonnant tout... Quelques coups crépitèrent, mais déjà les Allemands tiraient à vingt mètres... La rangée de feu bascula des hommes dans les trous qu'ils creusaient. Les autres furent sur eux – Victor avait gardé sa pelle à la main, il frappa devant lui en désespoir la forme noire qui allait le toucher – mais l'Allemand levant son arme lui ouvrit la gorge jusqu'au menton.

Il avait vingt-trois ans, le cheveu couleur de châtaigne ; ses yeux gris clair ne verraient plus jamais le jour, qui, pourtant, commençait à auréoler la brume.

Dans ce coup-là Pierre Manimont sauva sa peau – grâce à sa stature et à sa force physique que le saisissement décuplait, il repoussa deux assaillants à coups de pioche et se dégagea à toutes jambes, dépassant tout, filant de travers en direction du champ – il disparut bientôt dans la brume, porté sur les ailes de la peur.

La vague d'assaut ne ralentit même pas sa course, qu'elle accéléra encore, toujours hurlant, à la poursuite des fuyards. Les Allemands allèrent se heurter à la 8e Compagnie tassée contre le remblai de la voie ferrée, et chargèrent avec une fureur terrible. La 8e coincée tenta de riposter avec l'énergie du désespoir – mais, écrasée sous le nombre, elle ne put ni réellement se battre ni escalader la butte – ce fut un massacre : pas un soldat français ne resta vivant… D'autres unités qui montaient à la rescousse se collèrent de l'autre côté du talus – empêchant par leur fusillade les Allemands de franchir la voie du chemin de fer.

On resta ainsi à se battre à trois mètres de distance jusqu'à 8 heures du matin, où l'offensive allemande fut complètement enrayée. Le scribe scrupuleux qui aligna les « pertes » sur les pages du *Journal des Marches et Opérations* compte 301 morts ou disparus pour ce 26 septembre (parmi lesquels le commandant Queylat « tué à son poste ») – auxquels il ajoutait 259 blessés.

L'avis qui fut envoyé aux Voûtes, plus tard, le 21 août 1915, paraît, au premier abord, manquer de logique – Victor y est porté : « Mort pour la France, décès constaté le 1er octobre 1914 sur le champ de bataille de Saint-Léonard. » C'est au contraire de la précision militaire – le 1er octobre le régiment se reposait de ses peines au cantonnement à l'arrière de la Vesle – et si le brave était mort de ses blessures dans l'ambulance le 1er, il serait porté « mort à l'ambulance », avec le numéro de celle-ci… Or non : cela signifie que les cadavres restèrent le ventre à l'air dans le champ pendant cinq jours entiers, et cinq nuits. L'attaque d'un autre régiment, le sixième jour, fit reculer la première ligne allemande suffisamment pour que les « macchabées » puissent être ramassés, identifiés grâce à leur plaque matricule, et en effet déclarés, le crayon à la main, le 1er octobre « morts sur le champ de bataille ». D'ailleurs le scribe a bien enregistré dans sa liste, à la fameuse date du 26, entre Bonnemain et Charasse : Jugie Victor.

Pierre Manimont s'était enfui en diagonale tel un diable fou ; retraversant seul plus en amont le ballast de la voie, il se retrouva derrière le canal, pour aller se fondre, titubant, dans des unités montantes où il s'écroula évanoui. Il ne prononça plus une parole pendant une semaine ; quand il recommença à parler il disait d'un ton étrange et secret : *Y aurò de la lèbre, ujan!* (Cette année il y aura du lièvre…)

Le major alerté par ce mystérieux message envoya Pierre se reposer quelques semaines dans un hôpital mobile à l'arrière, avant de l'autoriser à tenir de nouveau son rang !

Depuis le 25 septembre la lutte avait cessé autour du fort de la Pompelle, comme si l'ennemi se faisait enfin une raison, et renonçait à donner l'assaut à la petite forteresse. Un calme plat régnait donc, comme par enchantement, dans cette partie-là du secteur, lorsque le 30 septembre une auberge située à trois cents mètres au pied du fort, appelée on ne sait pourquoi *L'Auberge d'Alger*, sauta brusquement en l'air dans l'explosion d'une énorme mine… L'impact provoqua un gigantesque geyser de pierres et de terre molle qui laissa, à la place des bâtiments, un cratère de 40 mètres de diamètre et 17 de profondeur… Un tel entonnoir était incroyable – du jamais-vu ! C'était le tout premier emploi des mines dans cette guerre de taupes qui devait en voir des centaines d'autres par la suite sur toutes les positions du front.

Les Allemands se précipitèrent pour occuper les premiers les flancs du cratère, afin de s'en servir comme d'une tranchée avancée. La riposte ne se fit pas attendre, et il fallut une lutte au corps à corps pendant une partie de la nuit pour les déloger de l'entonnoir.

Cependant la subite envolée vers l'azur de *L'Auberge d'Alger* (des zouaves y avaient-ils séjourné ?) sidéra les témoins directs de l'opération qu'étaient les occupants du fort, et ceux des tranchées avoisinantes. Elle frappa également les imaginations dans l'ensemble des troupes locales qui commentèrent pendant longtemps – et même un peu après la guerre dans les chaumières – sa spectaculaire mise en poussière.

Sic transit gloria mundi.

Ce même samedi 26 septembre 1914, une cinquantaine de kilomètres plus à l'est, à mi-chemin entre Reims et Verdun, et peu ou prou à la même heure matinale, un autre drame se jouait dans le secteur de Perthes-les-Hurlus. Les Allemands attaquèrent de la même manière, jaillissant à la pointe du jour sans crier gare sur la tranchée de première ligne française située au Bois des Hurlus, un peu au-dessous de l'ancienne voie romaine.

Dans cette tranchée le 14e Régiment d'Infanterie de Montauban alternait chaque jour avec le 209e depuis le dimanche précédent. Le général de la division, conscient du harcèlement auquel étaient soumis les hommes, avait institué la relève quotidienne de la première ligne par la deuxième ligne. C'était un progrès sensible, une manière de ne pas trop user les nerfs de la troupe par une pression constante, et que l'on ne savait pas encore – pour cause ! – renvoyer au repos vers l'arrière tous les huit ou dix jours. La guerre statique en était à ses premiers balbutiements : elle s'inventait en s'inspirant de la technique des anciens sièges de villes.

La relève constituait donc une amélioration louable à la condition du fantassin, pourtant elle comportait un danger dont le commandement ne tardera pas à prendre conscience. En effet, le remplacement d'un bataillon devait se faire le plus discrètement possible, de sorte à ne pas éveiller l'attention de l'ennemi. Car le déplacement des unités – pendant que les compagnies entrantes et les compagnies sortantes se croisaient dans l'obscurité – créait un flottement dans la défense ; les tranchées adverses pouvaient en profiter pour attaquer. Les Allemands se mirent donc à guetter cette relève de nos troupes – eux aussi improvisaient cette guerre – pour fondre sur nous à ce moment de la plus grande fragilité.

C'est ce qui se produisit le 26 septembre – la relève du 14e Régiment d'Infanterie par le 209e avait commencé avant le lever du jour : au bout d'une demi-heure, tandis que l'aube naissait, l'ennemi fonça sur la tranchée française dont la défense n'avait pas encore eu le temps de se remettre en place.

La bataille fut homérique – les soldats surpris permirent d'abord à l'assaillant d'envahir rapidement les deux premières tranchées, puis ils firent face avec un sang-froid époustouflant. Ceux du 14e restèrent pour se battre aux côtés des compagnies du 209e qui montaient en ligne, tandis que la clarté du jour venant guidait les baïonnettes des deux armées. À 6 h 30 le colonel averti de l'attaque envoya le bataillon de réserve en renfort, ce qui arrêta la progression allemande.

À midi, après quelques heures de *statu quo*, la contre-attaque fut lancée par les Français pour reconquérir les tranchées perdues le matin. La lutte au corps à corps, pied à pied, dura tout l'après-midi, et à 22 heures les positions initiales étaient regagnées. La journée coûta 7 tués et 31 disparus, plus 83 blessés, rien que pour le 14e Régiment d'Infanterie, soit une perte de 121 hommes et officiers, la moitié de l'effectif d'une compagnie.

C'est à n'en pas douter à ces 38 morts et disparus qu'appartenait Jean Breuil. Ce Breuil, qui avait eu trente et un ans le lundi précédent, n'était plus à proprement parler un gars de Lagleygeolle ; né à La Châtie de Collonge, il habitait Lanteuil depuis son mariage, en 1909, avec Marie Chauvignac, au village de Cézar. Il avait une fille de quatre ans, Ernestine, et Marie sa jeune femme se trouvait enceinte de sept mois d'un garçon qui sera prénommé Jean, comme son père, ce héros dont il ne connaîtra jamais le sourire.

La fiche de conscription de Jean Breuil porte seulement la mention : « Décédé du 20 septembre au 5 octobre 1914. Tué à l'ennemi », sans précision de lieu. Ces dates correspondent à la période où le 14e RI était en première ligne au Bois des Hurlus. Or, durant ces seize jours il n'y eut que deux affrontements occasionnant des pertes : le 26 septembre dans les conditions que nous venons de voir, et le 1er octobre, jour où le 14e RI changea de position pour se porter un peu plus à l'ouest, vers le chemin de Suippes à Perthes-les-Hurlus. La relève fut là aussi accompagnée d'une canonnade, causant 3 morts nominalement indiqués par le *Journal des Marches et Opérations* : Abadie, Portit et Gourinche, plus 18 blessés et 2 disparus. Par conséquent il est logique de penser que Jean Breuil fit partie des 7 tués anonymes du Bois des Hurlus, le 26 septembre. On peut penser aussi que l'état des registres, dans les premiers mois de la guerre, n'était pas la priorité d'un régiment bien tenu.

XII

Mon père parlait de *L'Auberge d'Alger*, ou de *La Ferme d'Alger*, je ne sais plus. Du moins il me semble avoir entendu cette affaire-là, et ce nom, dans les brumes de mon enfance – ce ne pouvait pas être Germain Soulié, il n'y était pas ; il n'est revenu sur le front après sa blessure qu'à la fin du mois de juin 1915… Ou est-ce que je confonds ? À cause de la Tunisie, de tout ce que mon père disait sur Bizerte, sur le désert, le grand Sud, les palmiers qui lui sont restés en tête toute sa vie ?… Il n'est pas allé à Alger, lui – mais lorsque j'étais petit je n'ai jamais su où se trouvaient ces endroits sur la Terre. J'ai peut-être mélangé les noms ensuite, car cela fait longtemps maintenant, aussi bien mon père que mon enfance… Quelle salade a pu faire ma mémoire, je ne sais pas. *L'Iliade* aussi pour moi c'est très ancien… Cela fait un demi-siècle que je n'ai pas relu ces choses étonnantes sur la guerre de Troie. Je me rappelle des fragments épars, des images qui m'ont frappé dans le temps, sans doute pour des raisons vraiment personnelles. Comme le souvenir d'Andromaque sur les murs de la ville se lamentant de la mort d'Hector ; elle est en compagnie de leur petit enfant, Astyanax, qu'elle berce et console. Cette veuve raconte une chose surprenante au milieu de ses regrets conjugaux : elle dit que le père et le fils ne mangeront plus ensemble « la chair de nos succulentes brebis ». Ce sont ses mots, je m'en souviens – ça m'avait plongé dans des abîmes de songes ces agapes curieuses à base de viande de brebis grasse, probablement parce que ça me paraissait charmant ce père et ce fils se suçant les doigts dans ce régal partagé.

On s'identifie comme on peut : je m'imaginais en compagnie de mon papa, dégustant les nôtres de brebis, dont la chair avait un goût si fort ! Nous ne connaissions pas encore à l'époque les rites du méchoui, mais chaque fois depuis cinquante ans que j'ai mangé une côtelette d'agneau, pour peu qu'elles aient eu contre l'os des petites boules de gras, j'ai pensé plus ou moins furtivement à *L'Iliade*, à cette femme Andromaque et à la graisse de ses succulentes brebis.

Il me semble pourtant bien que *La Ferme d'Alger* est une expression lointaine, venue dans les récits de mon père, que je n'ai pas comprise à l'époque. En fait, il se trouvait bel et bien dans les parages de la Pompelle, lui, le 30 septembre 1914, quand l'auberge s'est envoyée en l'air ! Forcément, dans le Train des Équipages, 12e Escadron de Limoges, il pouvait difficilement être très loin... Il avait débarqué à Sainte-Menehould vers le 17 août avec la 9e et la 10e Compagnie du Train, et il semble n'avoir pas beaucoup quitté le secteur de Mourmelon – mis à part les escapades tragiques, plus tard, quand il est devenu crapouillot, à droite vers Verdun, à gauche au Chemin des Dames.

En vérité les obus n'arrivaient pas tout seuls au pied des canons – les gars du Train les apportaient de l'arrière des lignes de feu, empilés sur des files de chariots attelés de deux chevaux. Peut-être mon père faisait-il partie du transport de munitions au fort de la Pompelle, et se trouvait-il là, pile, au moment où la mine a sauté, l'auberge à dache, disloquée en jet de pierres comme un soudain volcan. La surprise, le choc ! Il a pu être renversé à terre par le souffle, et ne jamais oublier...

Peut-être avait-il bu le coup dans cette auberge ? Justement, avant l'arrivée des Allemands à Reims. Peut-être avait-il rigolé là-dedans, joué au poker, gagné quelques thunes ? – Avait-il lutiné la servante, qui lui rappelait Léa ?... Il était très porté, mon père, sur la rigolade – et à l'occasion sur les servantes d'auberge – il n'y aurait rien d'étonnant. Bien entendu au moment de l'explosion, les locaux étaient vides depuis un bout de temps : en plein dans les tranchées de première ligne, en lisière du fort frénétiquement disputé, on n'avait ni baril, ni popote, ni âme qui vive, et surtout pas d'âme de servante. Mais le mobilier était resté : les tables, les chaises, le buffet, le fourneau – et de voir ces choses-là, que l'on avait touchées, projetées vers les cieux et recrachées à cent mètres à la ronde, vous retomber quasiment sur le cassis pendant que vous conduisiez pénard votre petit attelage chargé de munitions détonantes, il y avait largement de quoi fixer le souvenir.

C'était la première fois, notez bien, que l'on assistait à pareil spectacle : une apothéose de cabaret ! Il pouvait aisément devenir emblématique… Voilà pourquoi sans doute ces mots *Ferme d'Alger* ont cheminé sans bruit au fond de ma mémoire. Mon père devait citer ça comme un événement inoubliable, un clou insurpassable de fête à Neu-Neu – du moins une fantaisie guerrière sans précédent : un cratère à la place d'une maison accueillante ! Une année, toujours sous le président Auriol, nous avons planté des arbres, tous les deux, à l'explosif, des pommiers. Nous faisions un trou vertical dans le sol, à la barre à mine, nous y enfoncions un bâton de dynamite muni d'une mèche assez longue avec le détonateur – quand on est adolescent on adore tripoter de la dynamite, c'est sûr ! Puis on bouchait le trou en tassant fort avec de la terre. L'explosion en sous-sol secouait le terrain, le fissurait partout concentriquement, de sorte que nous pouvions quelques jours plus tard mettre en place le jeune arbrisseau dont les racines pourraient s'étendre dans le sol ameubli. Cela épargnait des efforts, la peine de creuser un grand trou… Devant le danger de ces mines, que je plaçais alors moi-même, mon père m'a peut-être reparlé du coup de *La Ferme d'Alger* pour m'inciter à la prudence ? Je ne peux pas me souvenir de toutes nos conversations…

En tout cas il avait connu l'installation des tranchées de la Marne. Face aux retranchements avantageux que les Allemands s'étaient délibérément choisis en se retirant, utilisant les hauteurs, les promontoires, comme appuis, les Français avaient été contraints de creuser dans les vallons, tout près des lignes ennemies, à cent mètres ou même moins, à portée de voix souvent, afin de « tenir le terrain » de leur côté. Ainsi commença la plus longue guerre statique du monde, un affrontement obstiné, meurtrier, cruel comme il n'est pas permis de l'imaginer, constamment arrosé de mitrailles réciproques sans cesse perfectionnées, et qui dura quatre ans, hiver comme été.

Homo homini lupus: les humains se transformèrent en bêtes fauves; ils inventèrent une forme originale de souffrances à peu près inédites, du moins à une aussi vaste échelle, et absolument impraticables aujourd'hui sous nos climats pourtant bien adoucis. Il fallait des combattants directement héritiers de l'homme des cavernes, sur la question de l'endurance physique, pour survivre à ces combats tout-terrain appelés « la guerre des tranchées ».

Au cours des mois d'octobre et novembre 1914 de nouvelles règles de vie s'établirent – de nouveaux rites de mort aussi. On inventa, on rajeunit la boucherie, et on mit en pratique des conditions d'existence que personne n'aurait cru possibles six mois auparavant, comme l'incroyable dureté de vivre dehors, sans abri, par tous les temps, de jour et de nuit, sans feu, sans protection, parfois sans sommeil, parfois, durant les attaques, sans nourriture pendant un jour ou deux. Presque sans espoir d'en finir, en bêtes à douleurs, en troupeaux dociles et féroces en même temps, en vengeance éternelle, en haine et en peur constantes, en furie perpétuellement renouvelée, sans échappatoire – sinon par blessure grave –, sans espérance jusqu'à la mort.

À présent les soldats alternaient – au bout de quelques semaines, le commandement s'aperçut qu'il fallait laisser souffler les hommes, qu'on ne pouvait pas planter les mêmes dans des trous jusqu'à épuisement sans leur donner la chance de respirer à l'air libre. Ce n'était pas rentable – rien ne tiendrait dans ces conditions. L'habitude se prit de la relève: six, huit, ou dix jours au début dans les tranchées en première ligne, avec les obus, les grenades, les shrapnells en prime. Puis une autre compagnie, un autre bataillon venait remplacer ceux-là qui partaient quelques jours à l'arrière, se refaire, dormir, manger, en attendant de « remonter en ligne ». Le système de la relève : la relève tant attendue, qui se pratiquait de nuit, sans bruit le long des boyaux en zigzag pour ne pas déclencher le feu de l'ennemi toujours aux aguets. Un ou deux kilomètres à pied sur du terrain battu, crevassé d'obus, pour se rendre dans des campements de fortune, loin des tirs directs, où l'on pouvait dormir tout habillé, vautré dans de la paille…

De temps en temps ces hommes-animaux avaient droit à un séjour plus éloigné – les survivants, c'est-à-dire ceux qu'on n'avait pas enterrés au bord de la tranchée, ou laissés en avant, cadavres pourrissants dans la partie inaccessible qui s'étendait entre les lignes qu'on appelait le *no man's land*. On conduisait les seulement fourbus, ceux qui avaient dépassé les limites humaines de résistance, dans des cantonnements de repos, suffisamment distants des bombardements pour que le bruit soit oublié ; des havres où ils pouvaient se déshabiller, se racler, se nettoyer, s'épouiller un peu, et d'une manière générale, pour ces hommes jeunes, se remettre de leurs fatigues durant deux semaines ou davantage si leur unité avait été réellement décimée dans les combats – si les gars devenaient fous sur place, par les commotions, la peur, l'écœurement d'avoir vu leurs meilleurs copains écrabouillés sous leurs yeux.

Ce ne fut pas tout de suite – et en tout cas pas avant janvier 1915 – que les commandements français pensèrent à organiser sérieusement des casemates, des abris sous terre que les troufions appelèrent aussitôt des *cagnas* et des *gourbis*. Ces aménagements ne se firent que peu à peu, à l'imitation des tranchées construites par les Allemands en face, avec un « luxe » de commodités inimaginables pour des Français arrachés à la vie fruste de nos provinces. Au début, chez nous, les tranchées de combat, celles d'où l'on tirait sur le voisin d'en face, étaient de simples fossés un peu larges, de moins de 2 mètres de profondeur, qui comportaient un rebord en terre, transformé en rempart de sacs de terre, ou de sable, entassés pour protéger des balles. Des créneaux étaient ménagés entre les tas de sacs pour les fusils des tireurs. Les soldats se tenaient debout dans ces tranchées, reliées entre elles pour permettre les déplacements par des couloirs de même fabrication, appelés *boyaux* ; ceux-ci étaient creusés en parcours sinueux pour éviter les enfilades meurtrières qu'auraient constituées des lignes droites en cas d'attaque avec mitrailleuse ou d'éclatement d'obus. Les coudes limitaient les dégâts. Pendant les périodes de calme, la troupe s'occupait à améliorer les tranchées, surtout à consolider les parois taillées dans un sol friable qui avait tendance à s'ébouler sous l'effet de la pluie.

Au contraire, dès les derniers jours de septembre, les Allemands avaient pris leurs marques, et ce furent les attaques répétées sur leurs tranchées qui révélèrent aux Français ébahis l'art et le secret de l'architecture taupinière. Les Allemands avaient un sens aigu de l'organisation : les compagnies de pionniers arrivaient sur une position désignée, munies d'outils portatifs à manche court. Elles étaient suivies d'un fourgon qui contenait des outils à long manche – chaque compagnie possédait son fourgon... Mais comment ces diables d'hommes, qui avaient eu l'intention de s'installer directement dans Paris, avaient-ils pu prévoir une pareille tactique ?... Toujours est-il que le travail commençait avec méthode et discipline ; chaque homme disposait d'un espace donné pour travailler, cela malgré le feu de nos canons de .75...

En seconde ligne, les Allemands avaient construit de véritables habitations souterraines dont ils disposèrent aux tout premiers jours d'octobre à peine le front s'était-il immobilisé pour une durée que personne ne pouvait prévoir. C'étaient des fossés recouverts de terrassements protecteurs et de branchages étayés par des pieux. Il y avait là des dortoirs quasi confortables – surtout comparés à nos fossés en plein vent ! – avec des cuisines et des magasins à vivres. Le fond de ces tranchées d'arrière était souvent cimenté !... « On dirait, en vérité, que ces gens ont juré de passer là leur hiver », écrivait le 3 octobre 1914 un correspondant de guerre de *L'Illustration* qui avait visité les lignes ennemies à la faveur d'une avancée de nos troupes – le reporter, sûrement, ne croyait pas si bien dire !

En qualité de conducteur d'attelage, mon père, à cette époque-là, n'allait pas encore aux tranchées. Il faisait la navette avec deux chevaux de trait entre les trains de munitions en provenance des usines d'armement et les batteries du front, toujours plus avides d'obus de tout calibre. Pour lui, le danger venait donc exclusivement des bombardements ennemis qui tentaient précisément d'anéantir ces bouches à feu qui leur causaient du tort – le matériel et ses fidèles servants.

Il avait écrit à Léa, de sa belle écriture fine aux majuscules calligraphiées: «*Nous recevons tous les jours des kyrielles de marmites allemandes,* [il aimait employer des mots difficiles, mon père, des termes recherchés qui sentaient les bonnes lectures, et ses années passées chez les frères. À part ça il parlait comme un palefrenier, il disait "des chiées de" mais écrivait "des kyrielles", ou "des myriades" aussi, il aimait bien. Tout ça sans faute d'orthographe] *mais ce ne sont pas des marmites de soupe, ni de ragoût au fumet délicat, ce sont de gros obus diaboliques qui explosent à la barbe des troufions qui ont la malchance de se trouver à leur point d'impact. Mais sois tranquille, ma petite femme, j'évite autant que je le peux de me placer sur leur trajectoire. À propos de barbe, tu ne me reconnaîtrais pas, ma bien-aimée, car j'ai laissé pousser la mienne comme beaucoup de camarades griftons. Car tu ne t'imagines pas les difficultés que nous avons pour nous raser ici, sur le front, dans nos bivouacs et nos campements de fortune. Je connais quelqu'un qui, lorsqu'il n'y a pas une goutte d'eau, se fait la barbe avec du vin, c'est dommage! Ainsi je n'ai plus de souci, du moins de cette espèce, et si la guerre dure encore quelques mois (ce qui pourrait se produire), tout ce poil dru me protégera de la bise et me tiendra chaud à la figure!*»

Pourtant les gars du Train avaient eux aussi leurs périodes de repos. Le refuge du 12e Escadron était situé au camp de Mourmelon dans la vallée de la Vesle où était passé Attila... Comme ce camp servait de repos à beaucoup d'autres armes, mon père y rencontrait du monde de connaissance au hasard des cantonnements. Après avoir laissé des nappes de morts étendus dans les bois des Ardennes, au bord des prés, la 24e Division avait abouti à Mourmelon, où les chefs faisaient de grands efforts pour reconstituer les régiments qui avaient le plus « souffert ». Le 126e de Brive, et le 100e de Tulle faisaient partie des grandes saignées des premiers jours à la première heure ; une fois passées les fureurs de la Marne, on laissa à ces troupes le temps de se reconstituer un moral.

Un dimanche où il traversait Mourmelon-le-Petit, conduisant un groupe de six ou sept chevaux attachés qu'il menait boire à un petit affluent de la Vesle, mon père s'entendit appeler en patois par une voix insistante : « *Jaqué ! Jaqué !...* » Un type lui courait après : il tomba nez à nez avec l'Antonin Dumond, tout rouge, tout excité :

– *Jaque ! Que fas 'tsi ?* (Qu'est-ce que tu fais là.)

Il en riait de plaisir Antonin ! Bien sûr qu'il l'avait reconnu, le Jacques, malgré la barbe !... Il aurait reconnu un gars de Lagleygeolle sous n'importe quel déguisement – à la taille, au maintien, au marcher, à quelque chose de pas du tout décelable ! Au pur instinct de terroir, comme un blaireau en sent un autre, à l'odeur du terrier peut-être bien...

– *Ah, goudza !... Milla Dièu !*

Ils se frappaient dans les mains, se tapaient l'épaule ! Ah le hasard de cette rencontre dans une guerre horrible !... Se revoir vivants, en somme ! – Mon père aussi était content de voir Dumond qui avait trois ans de moins que lui. Ils étaient allés à l'école ensemble, mais un tout petit peu seulement, car l'Antonin ne faisait que de rares apparitions chez Bordas, au cœur de l'hiver, quand il n'y a rien à faire dans les fermes qu'à se chauffer au coin du feu. Autant se chauffer à l'école, en apportant sa bûche le matin, pour le poêle.

Les chevaux s'agitaient, impatients de boire. Dumond accompagna mon père au bord de l'eau, histoire de discuter un brin, d'échanger des nouvelles du pays... Sa belle-mère de Merlette, l'Antoinette Rouchon, lui écrivait qu'ils avaient battu le blé, tant bien que mal, *en tsic en tsac**, au fléau, dans la grange, à cause des pluies de septembre. Louinot, son frère, était venu d'Antignac les aider, et son père aussi – elles en avaient eu bien besoin ! Angéline se portait bien, ainsi que le bébé Julienne, qui riait beaucoup, mais les sangliers avaient fait du mal à la vigne qui pourtant était belle cette année. Un désastre, disait Antoinette ! La foire de Sainte-Croix à Meyssac avait été bien petite avec tous ces gens qui manquaient dans le canton, mais elles avaient quand même vendu les petits cochons. Antoinette avait des nouvelles de ses fils, Pierre et Léon, mais pas beaucoup. Ils disaient qu'ils se portaient bien et qu'il n'y avait pas trop de danger là où ils se trouvaient. Elle lui disait que sa mère à lui leur avait donné un beau cabas, et qu'elle en avait fait un tout petit pour la petite Julienne ; pour la remercier, elles lui avaient donné quelques noix. Mais elle se faisait bien du souci, la pauvre femme, pour lui et pour Joseph, qu'elle ne savait pas où il était, sans aucune nouvelle ni rien.

Antonin s'était fait lire la lettre par un copain de sa section et il la savait par cœur. Justement, à ce propos, si Jacques avait un petit moment, peut-être il voudrait bien lui écrire une réponse ? Il saurait, lui, mieux tourner les choses que le copain qui n'était pas bien instruit et ne savait pas quoi marquer. Ces choses à dire sur la vie d'ici, et puis des mots pour l'Angéline, comme il faut : « Ma bien chère Angéline » peut-être ? Avec des douceurs à écrire à leur bébé, Julienne... Que c'étaient des affaires pas faciles à expliquer – si Jacques voulait bien, il saurait faire, n'est-ce pas ?

– *Zo savez far tu, Jaque... E per Intignac tabé.*

Pour ceux d'Antignac aussi, ses parents : il s'en doutait qu'elle portait peine pour eux, sa mère, lui et Joseph, sûrement... Avec un mot gentil pour Maria, sa petite sœur, évidemment, et Louinot. Et peut-être leur oncle, Tienne...

Parce qu'en fin de compte personne n'avait aucune nouvelle de Joseph. Sauf qu'Antonin avait entendu dire par des gars de Cahors qu'il avait croisés que son frère pourrait avoir été fait prisonnier, en Belgique… Un peu plus tard, autour d'un verre, Antonin raconta à mon père les épouvantables combats de là-haut, au nord, à Saint-Médard… Et comment ils s'étaient tiré des pieds au grand galop, dans la pagaille ambiante, la mitraille et tout. Et même récemment, deux copains du canton tués le même jour aux Petites Perthes – le 10 septembre quand ça chauffait tant: Tronche de Chauffour et Theillard de Turenne. Des braves gars tout jeunes, qui étaient avec lui, dans son bataillon… Et Vialle prisonnier, qu'on n'avait pas revu, Germain Soulié blessé, évacué. Quant au beau-frère, Léon Rouchon, qui était au 126ᵉ, il l'avait croisé l'autre jour, ici, à Mourmelon, dans le cantonnement… Mais l'autre, le Pierre Rouchon, il était dans les zouaves, on ne savait pas où – son régiment faisait partie de la IIIᵉ Armée.

Mon père était assez copain avec Pierre Rouchon, qui avait été le premier de toute l'équipe à s'installer à Paris, avec sa sœur Julienne qui avait exactement le même âge que lui. La jolie Julienne à qui il aurait bien fait les yeux doux si le frère n'avait pas été aussi pointilleux sur les allées et venues de la sœurette ! Ce départ à la Capitale avait rudement titillé mon père, et n'avait pas été étranger à sa décision d'y partir aussi. Tout de même c'était Pierre Rouchon qui lui avait procuré une place de garçon de café, par l'intermédiaire de son patron à la brasserie pour laquelle il travaillait. Ils s'étaient vus, là-bas, vers la gare du Nord où le frère et la sœur habitaient. Léon était arrivé plus tard, encore très jeune, pour rester avec leur sœur au moment où Pierre partait au service militaire à la fin de 1902. Il avait servi en Tunisie, dans les zouaves, et en revenant, à l'automne de 1905, barbu et bronzé, c'est encore lui qui avait raconté à Jacques, lequel allait partir à son tour, les plaisirs de Bizerte, et de Gabès.

Justement, le mercredi suivant, le 7 octobre, Léon Rouchon fut nommé caporal, en même temps que plusieurs autres griftons qui prenaient du grade après un stage de formation ultrarapide. Il fallait bien remplacer les sous-officiers et les officiers tombés dans les prés et sur les routes – l'armée réorganisait ses cadres de même qu'elle renflouait de sang neuf ses bataillons mangés aux mites boches !

L'événement eut lieu à Mourmelon-le-Grand, sur la place, à huit kilomètres des tranchées. Mon père, de repos, assista à la petite cérémonie, car l'occasion était bonne pour les gars de Lagleygeolle d'arroser les galons de Léon. Michel Manimont avait pris en main l'organisation de la fête de son copain, un peu à la manière dont un garçon d'honneur arrange les détails d'une noce. D'abord il avait fait une collecte parmi les intéressés, puis s'était entendu avec la patronne d'un petit débit de boissons dont le mari se trouvait quelque part sur le front, et chez laquelle ils allaient souvent jouer aux cartes. Pétronille – c'était le petit nom de la tenancière – avait bien voulu négocier le prix de quelques saucissons et de miches de pain de campagne, avec un tonneau de vin blanc qui, pour n'être pas « champagnisé », n'en était pas moins délectable.

Il y avait là une équipe d'une quinzaine de gars bien choisis, presque tous du canton : évidemment les copains du bataillon, Jean Briat du Pescher, Chastanet de Flomont, le petit Henri Manévy à la voix si pure, Eugène Foucher, originaire de Branceille – un grand brun avec des taches de rousseur, qui était tambour. Lui aussi un « Parisien » : il travaillait dans les chantiers de pose des rails pour le tramway du côté de la porte de Saint-Cloud quand la mobilisation l'avait arraché à son XIVe arrondissement, tout contre Montparnasse dont il parlait souvent. Foucher était d'âge avec Léon, ils avaient passé le Conseil de révision ensemble et se retrouvaient de temps en temps du côté de la rue de Lappe au bal des Corréziens…

Il y avait Victor Serre qui avait pris une sorte de résignation triste, avec le goût de fuir, à se battre sans voir personne ; Victor n'était plus du tout le fier-à-bras des bals de campagne, il manifestait au contraire une retenue, une réserve qui frisait le mutisme, et en tout cas une sorte d'antimilitarisme sourd qui surprenait chez lui. Ce comportement étonnant lui venait, disaient les copains, de ce que les obus l'avaient choqué – ces monstres terribles contre lesquels on ne pouvait rien du tout. Il avait frôlé la mort plusieurs fois de suite, ce qui lui avait enfin fait connaître la peur…

Il y avait aussi Brunie du Mas, Victor Feix du Bouix – qui habitait Lanteuil au moment d'être rappelé, au village d'Ussel –, Jean Rome de Collonges, le plus âgé de la bande, et quatre ou cinq autres. Il y avait Jean Rigaud de Pouch !… À la suite de remaniements d'effectifs, le caporal Rigaud était passé au même bataillon et dans la même compagnie que Manimont, quoiqu'à une section différente. Petit et brun, Jean Rigaud portait un air de sagesse et de calme que lui donnait son habitude de la lecture.

La famille Rigaud, de Pouch, était une maison aisée et de bonne tenue que dans une petite bourgade on aurait qualifiée de notable. Le père, aussi Jean Rigaud, était un des plus anciens conseillers municipaux de la commune, constamment réélu depuis 1878 – et Jean, le fils, avait épousé l'institutrice chargée de la petite école publique, une jeune fille envoyée faire ses débuts dans ce hameau enclavé sans route d'accès, à quatre kilomètres du bourg dans les sous-bois, par les sentiers. Quand il avait un peu bu, Rigaud récitait par cœur des vers de Victor Hugo – « Il neigeait, il neigeait toujours »… « Nous étions vaincus par sa conquête » – et des fables de La Fontaine, ce qui intimidait beaucoup ses jeunes compagnons. Mais il savait rire et chanter les vieilles bourrées tout comme un autre !

On avait trinqué à Mourmelon, toute la soirée, à la santé de tous, et particulièrement à la santé de « mon caporal » Léon, avec une sorte de frénésie spéciale que donnait à ces jeunes hommes l'incertitude du lendemain – le mot étant pris dans son sens littéral : le jour suivant. Ils buvaient pour les morts qui ne boiraient plus, pour les tranchées froides qui les attendaient à quelques lieues de l'auberge de Pétronille – et Manimont leva son verre en disant : « À la santé de mon caporal, et de tous ceux qui sont encore vivants ! »

La patronne avait accepté avec plaisir de coudre les sardines sur la manche du beau Léon, une manche tout écorchée, et qu'elle avait dû d'abord raccommoder. Du reste tous leurs habits avaient énormément souffert : les vareuses étaient déchirées vers le bas, les pantalons rouges portaient des accrocs. La plupart des boutons avaient sauté dans la lutte ou dans la course, les gars tenaient leur capote avec une ficelle autour de la taille ! Plusieurs avaient également perdu leur calot, ils se promenaient coiffés de couvre-chefs disparates qui allaient du chapeau melon à la casquette d'automobiliste – des choses qu'ils avaient raflées à la hâte dans des maisons abandonnées ou détruites… Ça n'empêchait pas de mouiller les galons de Léon avec du vin blanc, et va que je te glougloute !

Ils présentèrent mon père à Pétronille comme un collègue – puisque sa femme à lui tenait comme elle le café de notre village ! Ils lui parlèrent de Léa, qui attendait, elle aussi, loin d'ici, le retour du soldat… Et pour le mari de Pétronille, un certain Alphonsin qui se battait dans la Somme, ils chantèrent « Il est des nôtres ! » en éclusant les godets. Foucher produisait des roulements de cuillers en cadence sur la table… La bourrée ! Ils voulurent à tout prix initier la patronne, et une autre fille qui l'aidait au service, à la bourrée limousine !

Que de rires !… Ils avaient écarté les tables pour ménager de l'espace au centre de la pièce ; ils indiquaient aux deux femmes, en mimant devant elles la partie des filles dans la danse, la manière de tourner sur elles-mêmes comme pour la valse, tandis que deux hommes s'affrontaient de la poitrine et du regard, dans un mouvement d'avance et de recul, en tapant du pied en cadence sur le plancher qui grinçait.

Victor Feix était vif et d'un tempérament agile – dans le civil il braconnait quelque peu, et savait attraper les truites à la main dans les gourds des ruisseaux. Pendant que les autres chantaient, il exécutait des pirouettes devant Pétronille :

« O cailla, paura cailla, ont' as ton nïu ?… »

(Oh caille, ma caillette, où se trouve ton nid.) Victor bondissait, les bras en l'air, claquant des mains en mesure ; puis il s'accroupissait sur les talons, jetant les jambes en avant comme on le voit faire dans les danses russes – et toujours les coups de talons secs, précis :

« Aval à la ribièra sus lo bòrd del rïu !... »

Ça rigolait dur ; à mesure que le tonneau se vidait, les pas hésitaient un peu plus, sans être encore dans les zigzags... À un moment le Victor Serre, un peu en avance sur la muflée, pleurait à chaudes larmes ; il avait saisi Léon par les épaules et l'embrassait tendrement dans le cou !... Pour faire de l'air, ils passèrent aux chansons rigolotes, puisant dans le bazar du café-concert de quoi alimenter leur gaieté. Henri Manévy fut sollicité pour interpréter la chanson fétiche des vieux régiments : *Ça vous fait tout de même quelque chose*, que toute l'armée connaissait depuis l'époque du tirage au sort :

« Avant de partir pour le régiment
Lorsque venu le jour de mon tirage
Je marchais fièrement
Avec les conscrits de mon village.
Avant de prendre mon numéro
Je me disais d'un air lanturne
Serai-je marin ou tringlot,
Et je tremblais en fouillant dans l'urne. »

Le refrain se reprenait en chœur, c'était l'usage – et même mon père, qui n'a jamais su chanter trois notes justes, noyait sa voix dans celle des copains :

« Quand il faut quitter le patelin
Sa famille et sa Rose,
On a beau faire le malin
Ça vous fait tout de même quelque chose ! »

La chanson-scie des soirs de beuverie de caserne prenait une tristesse particulière dans ces circonstances nouvelles avec le dernier couplet :

« Je vais avoir fini mes deux ans
C'est épatant comme le temps passe

Je pleure je ris en même temps
En songeant que je suis d'la classe.
Va falloir quitter son képi
Se séparer de ses premiers giades
Dire au revoir à son fusil
Et dire adieu à ses camarades. »

Le refrain fit surgir en eux le visage des « camarades » qui, depuis deux mois, avaient filé sans retour. C'est la gorge émue que la petite troupe entama avec Manévy :

« *Quand on se donne la dernière poignée de main*
Et que pour la dernière fois l'on se cause
On a beau faire le malin
Ça vous fait tout de même quelque chose... »

Dans le silence qui suivit, Michel Manimont se leva. Il s'était peu manifesté depuis le début de la soirée, ne montrant pas son entrain coutumier. Il demeurait pensif, un peu solennel, au point que mon père en avait déduit qu'il devait éprouver un secret dépit du fait que son copain d'enfance ait été fait caporal, et pas lui...

Or Michel leur dit :

– Mes amis tous autant que vous êtes, il me faut vous apprendre une nouvelle que j'ai reçue hier soir et que je n'ai dite à personne encore. Voilà : je vais être... comment vous dire ça ? Je vais être papa.

C'était la surprise... Il se rassit, porta son verre devant son œil, puis le vida tranquillement. – On s'attendait à tout sauf à ça ! La Louise avait écrit qu'elle était enceinte de trois mois. L'enfant, si Dieu voulait, naîtrait en mars.

L'annonce provoqua une explosion de vivats ! Victor Feix, prenant une profonde inspiration, lança d'une voix aiguë, stridente à souhait, le long cri de joie de nos collines :

– *Rrrriiiiii... cou-cou !...*

Tous applaudirent – les verres se remplirent. Pétronille embrassa le père-à-venir sous les ovations ; ils faillirent assommer Manimont de coups joyeux sur les omoplates qui lui faisaient sentir la vivacité de leurs sentiments, légèrement pompettes. Michel pleurait – il venait de soulager sa conscience de père ; le vin et l'émotion de penser à Louise qui avait écrit de sa main : « Mon Michel chéri », comme une Parisienne qu'elle était un peu, avaient raison de ses nerfs…

Une heure plus tard ils étaient tous soûls à ne plus savoir lequel ramènerait l'autre au cantonnement. Victor Serre, ivre mort, ronflait la bouche ouverte ; il refusa de bouger un pied.

Il reste que ce front figé, brusquement fiché en terre par des forces à peu près égales qui s'équilibraient dans la hargne et dans l'horreur, exaspérait les deux adversaires ; aucun ne se résolvant à moisir sur place, tout au long du mois d'octobre, les chefs faisaient tout pour obliger les unités à tenter des percées qui demeuraient chimériques, et l'ennemi attaqua sans désemparer, partout à l'Est. Dans l'Argonne la situation était terrible, les Allemands montaient des attaques en pleine forêt, selon le système qui leur avait si bien réussi dans les Ardennes aux premiers jours de la guerre.

Il faut dire que dans ces régions boisées les premières lignes demeuraient encore instables. Les tranchées creusées à la diable au milieu des bois ne présentaient aucune rectitude, ni la continuité de celles, sans cesse améliorées, qui étaient tracées en plein champ. Les accidents du terrain, les tertres, les ravins, les arbres, les racines à fleur de terre gênaient le travail des sapeurs ; aussi les retranchements étaient-ils pour la plupart sporadiques, sans ordre, enchevêtrés parfois avec ceux de l'ennemi, à portée de grenade à main.

Entre Vienne-la-Ville et Varennes en Argonne – Varennes si fatale au roi Louis XVI – les combats ne cessaient jamais. Dans le Bois de la Gruerie, bientôt rebaptisé par nos hommes le « Bois de la Tuerie », les futaies de hêtres, de bouleaux, de charmes, de chênes et de frênes abritaient des arbustes et des fourrés impénétrables auxquels on ne pouvait accéder que par des layons et des sentiers étroits.

Aucune étendue, aucune vue pour l'artillerie ; des ravins qui formaient des obstacles à toute manœuvre. Les échanges s'y faisaient à la grenade, dans des coups de main perpétuels, perpétuellement en échec de part et d'autre, où les soldats périssaient sans aucun résultat que leur propre mort.

Dans la vallée de la Biesme au nord du Four de Paris, hameau qui n'existe plus car il fut entièrement détruit au cours des combats qui s'y déroulèrent par la suite, les Allemands attaquèrent farouchement nos lignes le 21 octobre. Ils furent repoussés ce jour-là héroïquement sans doute, en étalant sur les mousses des sous-bois ceux que les *Journaux des Marches et Opérations* nomment des « pertes ». Trois jours plus tard c'était leur tour de déguster à ces sales Alboches – ou encore ces « sales Boches » comme commençaient à le dire les fantassins qui durcissaient la liaison (les z-Alboches, les *sa*les Boches, puis les Boches en toute simplicité). En effet l'un de leurs régiments, surpris quelques kilomètres plus bas, au défilé de Lachalade, fut totalement anéanti.

Plus à l'est, dans le secteur compris entre Vauquois, de terrible mémoire, et le Mort Homme, les escarmouches étaient quotidiennes. L'ennemi, solidement retranché sur la butte de Montfaucon d'Argonne, d'où il arrosait la plaine à coups de canon, attaqua dès le 19 octobre dans la partie boisée, au sud-ouest de Malancourt. C'est là qu'opérait le 55e de Ligne, resté posté dans les tranchées forestières depuis le 10 octobre…

Jean-Baptiste Bazin, de Pouch, de la classe 11 comme Jugie et Pierre Manimont, qui prolongeait son service militaire au 55e RI, n'était pas trop désorienté dans les bois. Son état de scieur de long lui avait fait parcourir ceux de Lagleygeolle et de toutes les communes alentour, accroché à la longue scie qu'on tire à deux, verticalement, pour débiter les troncs en madriers ou en planches. Travail pénible dans les solitudes sylvestres que les scieurs, du matin au soir au fond des forêts, arrosaient toujours copieusement du jus des treilles. À vingt-trois ans, Bazin avait passé la moitié de son existence parmi les arbres – il continuait là, dans cette guerre de cache-cache en Argonne, sa relation avec eux.

Court de taille et tout en muscles, le cheveu noir, Baptiste ne savait par ailleurs ni lire ni écrire – en conséquence d'avoir suivi « l'école forestière », il ne connaissait de la langue française que ce qu'il en avait appris sous les drapeaux. Il savait deviner dans les gueulements des gradés à peu près la direction à suivre... Par contre s'il distinguait sans hésiter l'essence d'un arbre à son écorce, sans avoir à regarder les feuilles, il était incapable de les nommer ; les noms qui lui venaient à l'esprit étaient *chassanh*, *fau*, *chaupre*, *fraisse* ou *beç*, ce qui limitait beaucoup les conversations sur le bois dont on se chauffe à la 11e Compagnie dont il faisait partie.

Cette indisposition à parler de « chêne, hêtre, charme, frêne ou bouleau » avait failli lui être fatale un jour que le lieutenant Coulanges, qui commandait sa section, lui ordonna d'aller se placer en sentinelle auprès d'un gros chêne ; Baptiste qui marchait au son, et non au sens, se dirigea imprudemment vers un charme placé à découvert dans la corne du bois. À l'oreille il avait assimilé « chêne » et *chaupre*. C'est là que l'ennemi découvrant l'approche s'était mis à tirer à la mitrailleuse, épluchant l'écorce du tronc à vingt centimètres de sa tête. Depuis lors, l'aventure ayant failli tourner au tragique pour l'escouade, on n'envoyait plus Bazin en éclaireur !

Le 20 octobre peu avant le lever du jour, la 11e Compagnie fut chargée de mener l'attaque sur une tranchée ennemie, de sorte à l'occuper et à empêcher tout mouvement sur la route de Malancourt à Avocourt. L'objectif était situé entre la lisière du bois de Malancourt et le hameau d'Haucourt – qui n'existe plus ! Seule une plaque au bord de la route prolonge aujourd'hui le souvenir de cette modeste agglomération. Le mouvement de la première vague qui devait donner l'assaut par surprise commença à 5 h 30, sous la direction du lieutenant Coulanges. La nuit était sans lune, mais le temps clair permettait d'avancer sans se heurter aux arbres pour atteindre la lisière du bois.

Parvenue à cinquante mètres de la tranchée allemande

sans avoir donné l'éveil, sur un signe du lieutenant la section prit le pas de course, baïonnette au canon, pour sauter dans la tranchée endormie où beaucoup de soldats pris de court n'eurent pas le temps de s'emparer de leur fusil. La lutte s'engagea au désavantage de l'ennemi qui perdit rapidement pied, et évacua la tranchée en poussant des clameurs destinées à semer l'alarme dans les tranchées voisines. Il y eut quelques prisonniers et des blessés de part et d'autre. Bazin, qui avait atteint le bord du retranchement parmi les derniers, reçut à bout portant pendant qu'il sautait un coup de revolver en pleine poitrine. Il s'abattit contre la paroi de terre, étourdi par la chute – du sang venait dans sa bouche, il enfonçait ses doigts dans la terre molle, tandis que des soldats passaient sur lui à grandes enjambées… Il essaya de se redresser mais la douleur le paralysa. Il glissa une main qu'il sentit faible sous sa vareuse et trouva l'endroit gluant.

Le jour venait blanc, de sa dernière aube.

Il mourut dans la nuit suivante, au poste de secours installé à la croisée des chemins, vers Esnes, à un kilomètre à peu près au nord de l'endroit où se trouve à présent le grand cimetière national. Ce jour-là le 3e Bataillon du 55e Régiment d'Infanterie partit au repos à Montzéville.

XIII

Au village l'hiver s'en venait, plus vite que les nouvelles des hommes n'arrivaient du front – et plus vite que les travaux n'avançaient... Les feuilles étaient tombées; il aurait fallu « faire la feuille », c'est-à-dire balayer les bois avec les grands balais d'ajoncs et de buissons. Il en fallait des bras pour pousser les balais ! On devait dégager le sol afin de garder le *pelain** bien net sous les arbres, qu'il n'y pousse pas de *fradassines** – c'était important pour les futures châtaignes, couper la fougère aussi, la récolter une fois sèche. Tout ça, c'était du boulot !...

Les feuilles mortes, ramassées non pas à la pelle mais à la « fourche à feuilles », large, aux six ou huit dents serrées, étaient ensuite chargées sur la charrette avec la fougère pour faire litière aux vaches. Les vaches ainsi restaient propres dans l'étable, elles ne se couchaient pas dans leur bouse, ce qui leur faisait les cuisses noires. Car cette croûte de merde séchée sur les flancs des vaches rendait la traite pénible, et le lait malpropre – d'autant que le pis devenait bouseux aussi, les tétines enchâssées de crottes. Il fallait laver les mamelles, apporter de l'eau, toute une complication de casseroles. Et la bête n'aimait pas toujours le contact de l'eau froide sur son pis chaud et gonflé; elle s'agaçait, certaines vaches vous lançaient des coups de pied de contrariété et envoyaient rouler la cantine.

Or, si la vache était sale, le lait recevait malgré les précautions des fragments de fumier; il prenait un goût douteux. On devait le filtrer ensuite dans un linge propre, avant de le mettre à cailler pour les fromages – mais il restait un relent, une arrière-saveur un peu forte dans la *caillade*… L'essentiel était donc de curer l'étable régulièrement, d'étaler une bonne couche de litière sèche à l'endroit où, en se couchant, les vaches posaient leur train arrière. Sans compter que lorsque la vache avait baigné dans la bouse sa queue devenait gluante de fange molle ; lorsqu'on la trayait, elle vous balançait des coups de ce plumeau merdeux en travers de la figure, vous en aviez dans l'œil, dans les cheveux, dans les trous de nez… L'horreur !

Ces gifles au fumier étaient la chose qui rendait Antoine le plus enragé – le fils aîné de ma grand-mère. À seize ans c'est lui qui trayait cet automne-là, comme il l'avait fait au mois d'août pendant que son père, mobilisé dans les Territoriaux, gardait des voies de chemin de fer dans la banlieue nord de Paris. Le jeune homme – qui sera mon oncle plus tard ! – s'était retrouvé à la tête de la maisonnée avec Julia, fier comme un coq de passer chef de famille. Mais écrasé par la tâche… Avec le retard causé par le mauvais temps, il avait fallu terminer les foins, faire la moisson, les battages… Heureusement le père avait été relâché à la fin du mois d'août – à quarante-cinq ans, père de quatre enfants, dont deux de cinq et sept ans, il avait eu le droit de rejoindre sa nichée, et de laisser les voies à d'autres.

Antoine avait continué à faire l'étable, mais il préférait la traite qui exerçait la main à l'endurance – ça vous donnait une poigne de fer à la longue. Il s'entraînait à traire des deux mains, simultanément, ce qui était la marque des plus habiles – des gars vraiment forts sur le pis ! Assis sur un *banchou* étroit à trois pieds de bois qui s'adaptaient au sol le plus bosselé, il serrait alternativement une tétine puis l'autre, en cadence, du haut vers le bas ; le lait giclait dans la cantine tenue ferme entre les genoux. Antoine avait du mal avec la main gauche qui obtenait un moins bon rendement ; le jet restait plus mince, avec des ratés. Il n'arrivait pas à coordonner suffisamment bien l'étranglement à la base de la mamelle – le pouce et l'index repliés produisaient une sorte de pincement qui rendait le lait captif – et le mouvement de serrage progressif avec les trois autres doigts et la paume produisait l'extraction du liquide… Question d'habitude, se disait Antoine, volontaire et entêté ; certains hommes y arrivaient très bien de la main gauche, il n'y avait pas de raisons pour que lui échouât. D'autant que son père n'avait jamais trait des deux mains – il voulait montrer à cet homme de quel bois il se chauffait !

Au bout d'un moment, à serrer comme ça le pis, l'avant-bras devenait douloureux ; la douleur prenait d'abord vers le poignet, sous la face interne du poignet, puis le tiraillement s'étendait dans les muscles jusqu'au coude, à en devenir insupportable. Il était bon alors de serrer les dents, mais aussi de pouvoir alterner, en laissant reposer une main pendant que l'autre continuait à traire… Là était le grand art du trayeur de vaches !

Naturellement, il fallait faire téter le veau, matin et soir – ou deux veaux, selon le moment de l'année ; avec quatre vaches à l'étable c'était à peu près le rythme. Pendant qu'Antoine trayait une bête, son père détachait le petit veau du coin de l'étable où on le tenait enfermé dans une sorte de cage en planches – il y restait couché la plupart de la journée. Il le conduisait sous sa mère en le retenant avec la corde, pour éviter qu'il fasse le fou, et le petit veau se mettait à téter en frétillant de la queue… Il fallait le ramener ensuite dans son coin obscur en tirant sur le *courdil** ; si le veau était né d'une ou deux semaines ça allait tout seul, mais dès que l'animal avait un mois, il fallait le tenir ferme, à toutes forces, et parfois s'arc-bouter sur la longe pour l'empêcher de gambader dans l'étable.

Après l'étable on allait à la soupe… La famille s'assemblait sur les bancs autour de la table rectangulaire au grand tiroir à pain ; la lampe à pétrole allumée au milieu dégageait une odeur légère d'intimité. Elle se mêlait à celle plus fade du bétail que l'on transportait tout le temps avec soi – une senteur de vie et de travail qui s'imprégnait dans les habits, dans les murs, dans les poutres du plafond. Ma grand-mère, qui avait la voix humble, disait doucement en français pour Dieu : « Bénissez, Seigneur, notre repas. » Elle se signait en parlant, tandis que les enfants faisaient le signe après elle en murmurant : « Amen ! »

Léopold prononçait « amène » pour faire rire la petite

sœur Victoria, qui devenait très malheureuse parce qu'elle prenait le fou rire ; elle devait le cacher, à cause de la grande sœur, surtout, qui ne transigeait pas avec le sérieux des rites. On mangeait chacun une grosse pleine assiette de cette soupe de pain trempé depuis longtemps, qui avait attendu devant le feu dans la soupière en émail bleu. On avalait lentement, cuillère après cuillère, en aspirant un peu d'air pour ne pas se brûler la langue, et aussi parce que le goût des légumes et de la croûte de pain noircie est plus succulent si l'on prend un filet d'air dans la bouche, comme le font aussi les dégustateurs de vins…

Les hommes terminaient par un chabrot : la rasade de vin que l'on verse dans le reste du bouillon, et que l'on boit à même l'assiette – le breuvage le plus réconfortant ; d'autant mieux qu'il s'agissait du vin de la vigne à base de Bacco rouge foncé, de Noha et d'Herbemont parfumés… Antoine faisait chabrot à présent qu'il travaillait comme un homme ; sa mère n'osait plus lui dire qu'il mettait trop de vin… Le jeune frère, qui avait sept ans, réclamait ; mais il n'avait droit qu'à la valeur d'une cuillerée à soupe de vin pour rosir son bouillon, que ma mère lui mesurait chichement pour faire la raisonnable. Il rouspétait que la cuiller n'était pas pleine : « *Maï, maï !* » (Encore.) Et ma mère – à douze ans, elle attendrait encore très longtemps avant d'être ma mère ! – disait d'un ton sans réplique : « *N'as pro !* » (C'est assez)… Mais ce filet de vin rouge marquait son rang de petit homme qu'il était lui aussi. Ce n'était pas d'usage pour les femmes de faire chabrot.

Ainsi les soirs ressemblaient aux soirs, la lampe à la lampe, et l'ombre des têtes s'étirait sur le plafond noir… On mangeait ensuite un morceau de pain avec du fromage – ou bien, dans les moments de labour d'automne, un reste de midi, quelques légumes, ou encore un œuf sur le plat, saisi au feu dans la poêle. Puis la famille s'installait devant la cheminée pour peler les châtaignes… On en préparait chaque soir un plein panier que la mère *rescalait* (blanchissait) le matin pour le repas de midi, ou celui du matin, cela dépendait des habitudes… Elle les mettait dans la marmite exprès, évasée du fond, avec de l'eau jusqu'à fleur, en surveillant le feu pour que l'eau ne bouille pas. Quand l'eau devenait juste frémissante, il fallait sortir une châtaigne pour voir en la frottant avec les doigts si la peau ocre clair se détachait facilement sans que la chair dessous ait commencé à cuire. Si oui, c'était le moment de *rescaler*. On descendait vite la marmite, et avec deux bâtons accouplés en ciseaux au moyen d'un boulon, qu'on appelle une *rescaladouïre*, on agitait le contenu vigoureusement par un mouvement tournant en va-et-vient, avec la partie la plus courte des ciseaux de bois. Ainsi les châtaignes frottées entre elles perdaient leur peau de tanin amer. Il suffisait de renverser la marmite, dehors dans la cour, sur un tamis en fil de fer, le genre de grillage fin dont on fait les cages à lapins, et de secouer pour que le rebut de peaux violacées tombe à terre tandis que les châtaignes blanchies, encore fermes, débarrassées de leur gangue, restaient sur le tamis. La marmite une fois rincée, ma grand-mère plaçait au fond quatre ou cinq pommes mûres, puis versait les châtaignes blanchies par-dessus, à ras bord ; elle couvrait, et suspendait de nouveau la marmite à la crémaillère, avec dessous un feu bien tempéré de bûches et de brindilles. Les châtaignes cuisaient ainsi sans eau dans la marmite renflée, à leur propre vapeur et celle des pommes qui se caramélisaient dessous. Souvent on mettait des pommes de terre à la place des pommes, avec leur peau, qui rôtissaient au fond et que l'on pouvait déguster ensuite…

Lorsque les châtaignes du dessus étaient cuites – il suffisait d'en goûter une qui s'effritait sous les doigts et fondait dans la bouche, chaudement farineuse, sucrée, avec cette saveur si ténue qui ne ressemble à aucune autre, si douce à nos cœurs forestiers – ma grand-mère (alors à la fleur de son âge) étalait sur la table un grand torchon propre de lin ou de chanvre que l'on appelait *toaille* ; elle y versait le contenu de la marmite. Cela faisait un monceau de châtaignes rescalées que l'on picorait fumantes, à la main ; on s'en bourrait avec délice… C'était, associé au vin nouveau de la dernière vendange, une de ces merveilles du palais et du sentiment de bien-être qui marquent les civilisations ; ces usages font le lien avec mille ans de passé, deux mille ans peut-être, comme si les âmes des aïeux s'assemblaient alors, invisibles autour du torchon, et picoraient avec les enfants les succulentes châtaignes – comme l'autre, Hector, il y a trois mille ans, ses « succulentes brebis »...

C'est si vrai que les vieux et les vieilles se régalaient, chaque automne, encore plus que les autres car les châtaignes rescalées se dégustent sans dents – ils se demandaient, alors, profitant de l'aubaine, si Dieu leur accorderait de goûter aux prochaines châtaignes. Celles qui restaient, une fois la tablée repue, on pouvait les manger le lendemain, par exemple trempées dans du lait bouillant, ou même les rajouter à la soupe...

Quelquefois le soir il y avait Tienne qu'on faisait souper lorsqu'il avait donné un coup de main dans la journée – Tienne Georges, frère de la Marie Dumond, un célibataire qui vivait dans sa grange et avait laissé pousser toute sa barbe. Il travaillait un peu chez les uns et les autres dans le village, quand on avait besoin, juste pour la nourriture, et quelques habits si on lui devait vraiment un grand service.

La sœur aînée de ma grand-mère, ayant été touchée par la grâce, s'était faite religieuse à dix-huit ans chez les sœurs de Nevers. Elle vivait au couvent, à Mâcon, et s'occupait en qualité de lingère des récupérations d'habits que donnaient les familles riches et pieuses, souvent à l'occasion d'un deuil ou d'une succession. Sœur Marie gérait également la redistribution aux pauvres, et lorsqu'elle venait en visite à la maison natale, apportait toujours pour son beau-frère, ou pour ses neveux, des surplus de couvent. Elle n'oubliait pas Tienne ; de quelque dix ans son aîné, il l'avait vue grandir, et elle éprouvait pour lui une tendresse de jeune fille... Elle lui avait apporté une fois une veste à l'état neuf, une autre fois une paire de pantalons inusables, des gilets, des chemises vastes et démodées qui faisaient le luxe du vieux gredin, et même, lors d'une de ses dernières visites, une paire de brodequins en très bon état pour aller à la messe le dimanche – ce qu'il lui avait promis de faire… Aussi Tienne était-il toujours content de faire des petits travaux pour la famille.

Cet automne-ci, avec les hommes à la guerre, le pauvre homme n'avait pas chômé – les battages, les vendanges, les pommes à cueillir, les tas de menues besognes qui pleuvaient par temps sec s'étaient enchaînés, le faisant carrément courtiser par les maisons où il manquait des bras, comme chez Chassaing, en face, où le fils Auguste restait seul pour tout faire ; chez Bourdet où Mathurin était mobilisé, chez Farges aussi, les plus proches voisins, où Paulin se trouvait dans la Territoriale… Sans parler des Breuil privés de Giscard, qui n'avaient pu trouver un autre valet.

Certains soirs la Marie Dumond venait veiller. C'était une petite femme maigre, grosse comme le poing, un peu noiraude, qui avait une oreille cassée. Une truie, quand elle était toute petite, avait failli la tuer ; elle lui avait emporté la moitié d'une oreille et le reste pendait en bout de pavillon bizarre qui tremblotait lorsqu'elle marchait. Elle arrivait après souper avec sa pelote de laine et son tricot, ou son paquet de pailles et sa tresse selon les moments. On lui faisait place au coin du feu sur la *lite** dans la cheminée. Depuis que ses deux garçons étaient partis dans cette guerre la pauvre femme n'arrivait plus à s'endormir – aussi elle restait tard, le plus longtemps possible, jusqu'à ce que tout le monde tombe de sommeil et bâille… Mais ça lui faisait du bien, pendant que son monde à elle était au lit, de ressasser ses inquiétudes avec ma grand-mère qui manifestait une si grande confiance dans la Providence. Surtout Joseph lui faisait ronger les sangs : il n'avait toujours donné aucune nouvelle.

– *Sabis be que sat pas'scrire, mès dijas-me tot de mesme, polhòt be zo far far per quauqu'un !* (Je sais bien qu'il ne sait pas écrire, mais il pourrait tout de même le faire faire par quelqu'un.)

Au début mon grand-père la rassurait ; il expliquait qu'avec la guerre le courrier ne marchait pas comme avant – seulement à la longue, les autres gens avaient reçu des lettres. Personne ne parlait de Joseph… Antonin avait fait dire à Merlette, à sa femme et à sa belle-mère, qu'il se portait bien... Du reste lorsque la Marie n'y tenait plus, elle prenait son tricot qu'elle continuait en marchant, et elle partait voir à Merlette s'ils savaient du nouveau – ça lui donnait l'occasion de voir la petite Julienne qui profitait en attendant...

Un matin à la fin octobre elle avait eu une grande émotion : le facteur était descendu jusque chez elle ! Une semaine ou deux avant qu'on tue le cochon – elle avait reçu une lettre d'Antonin, c'était marqué derrière l'enveloppe avait dit le facteur : « Dumond Antonin, aux Armées... » Alors Marie avait couru en criant trouver ma grand-mère qui était en train d'*abaquer** les cochons :

– *Julia ! Julia ! lo fator es vengût !* (Le facteur est venu.)

Mais Julia dans l'étable n'entendait rien à cause du goret et de la truie qui criaient de concert. La Marie s'est mise alors à hurler plus fort que les bêtes – un déchirement aigu lui était sorti du gosier, à se demander comment une aussi petite femme pouvait pousser un cri pareil !

– *L'Antònin ò'scrit !* (Antonin a écrit...)

Julia avait refermé l'étable en vitesse avec le verrou ; et tenant d'une main sa *bandelle** vide, elle avait pris en hâte l'enveloppe que Marie lui tendait :

– *Lo fator m'òt dit que qu'èra de l'Antònin !*

Elles sont entrées toutes les deux dans la cuisine, en courant presque ; Julia s'est assise à la table pour décacheter la lettre soigneusement avec le manche d'une fourchette qui traînait. Elle a sorti un papier aux fines rayures bleues, plié en quatre, écrit assez grossièrement au crayon violet. La lettre disait :

Mes chers parents, frère et sœur,

J'espèr que vous ête tous en bonne santé. Moi sa vat, mais issi il fét froid. Je ne peut pas vous dire en quel lieu nous somme, mais s'est pas à la noce maime il sen manque. Mais enfin sa vat. Si vous entendé dire des nouvelles de Joseph écrivé moi zen que moi j'en ai pas. Je passe bien peine de lui. Léon a été nomé Caporal sa ma fa plésir. J'ai vu les gats de Lagleygeolle, ceux du 126.

Ils vont tous bien à part Jujie qui est mort à ce qui paraît. Si vous pouvé m'envoiller un tricau de laine qu'a Merlette elles ont pas le temps d'en fèr avec la petite. Je vois plus rien a vous dire, et je vous embrase tous
Votre fils afectueux

Il avait signé de sa main: *Dumond A.*
Après la signature il était marqué en petit: «*Mon camarade Gardère qui écrit sète lettre vous salue ossi.*»
Marie hochait la tête d'un air pensif, ce qui faisait balancer sa petite oreille. Malgré l'habitude qu'elle en avait, ma grand-mère avait failli attraper le fou rire, à cause de l'émotion des nerfs; elle s'était pincé la cuisse sous sa jupe pour se retenir.
Puis Marie avait dit:
– *Tòrnas zo me legir, vaïne.* (Relis-le-moi, s'il te plaît.)
Et Julia avait relu, ligne à ligne, lentement, en s'arrêtant un peu pour donner le temps à Marie de répéter chaque phrase, mais en patois – elle se traduisait tout dans sa langue afin de mieux comprendre, et de se mettre la lettre en mémoire pour la répéter à Dumond. À la fin elle commenta sobrement:
– *Passa peina de Jazé... He lo paure techon! Plò!...* (Il se fait du souci pour Joseph. Le pauvre garçon. Sûrement.)
Le plus souvent, cet automne, la Marie Dumond faisait de la tresse pour les cabas. Ils avaient cultivé un champ de seigle exprès pour garder la paille, en battant au fléau sur un drap pour ne pas abîmer les tiges. Ensuite la paille était triée brin à brin, en coupant les nœuds aux ciseaux, proprement. Elle faisait deux tas, les plus gros vers le pied de la tige, et les plus fins en haut vers l'épi. Elle réunissait ensuite chaque catégorie en bottes de la grosseur d'une bouteille, composées de pailles de longueurs inégales qu'elle mettait à tremper dans l'eau avant de s'en servir, pour leur donner de la souplesse afin de les travailler sans qu'elles cassent. Quand elle tressait, elle coinçait une botte sous son aisselle et tirait un brin, puis un autre, à mesure que la tresse s'allongeait.
On faisait la tresse à cinq brins, ou à sept brins, selon la grosseur de la paille et la largeur du ruban de tresse que

l'on voulait obtenir – si l'on avait besoin d'un morceau de tresse large de deux doigts pour une garniture par exemple, on pouvait tresser jusqu'à neuf ou même onze brins à la fois, mais c'était plus long, et plus difficile. La tresse la plus courante, celle du tout-venant pour bâtir les cabas, se faisait à cinq brins. Cela consistait à replier vers l'intérieur les deux brins de paille des côtés, l'un après l'autre alternativement, en les nattant chaque fois avec les quatre autres. Le majeur de chaque main opérait le pliage de la paille, par en dessous, tandis que le pouce tenait le dessus, et que l'index écartait les brins de la « trame » pour les intercaler...

Avec l'habitude, cela se faisait par automatisme, comme le tricot ; lorsqu'un brin de paille arrivait à son extrémité, on en prenait un autre dans la botte, que l'on serrait en le faisant chevaucher avec le précédent et ainsi de suite. On continuait le tressage, en laissant chaque fois une petite queue de paille qui dépassait ; aussi cette tresse brute, que l'on appelait de la tresse *ruffe* ou « bourrue », devait être ébarbée par la suite à l'aide de ciseaux, avant de la mettre en rouleaux.

Un rouleau de tresse consistait en douze « brasses » – c'est-à-dire douze tours entre la main au pli du pouce et le coude, ce qui correspondait à environ 90 centimètres, soit un peu moins de 10 mètres par rouleau. Lorsqu'on achetait des rouleaux de tresses, il était utile de compter les brasses, car parfois les vieilles filoutes en « oubliaient » une, voire deux à certains rouleaux – c'était leur tour à elle, sous prétexte de ne pas savoir compter !...

Pour faire la tresse vite et bien, c'est-à-dire produire un ruban égal, régulièrement serré, il fallait avoir commencé comme la Marie Dumond à l'âge des petites filles... Ma mère avait déjà acquis une belle expérience à douze ans, bientôt treize, elle aidait la Marie les soirs de veillée quand elle n'avait pas de tricot à faire. Surtout quand Maria accompagnait sa mère – toutes deux jouaient alors à celle qui en ferait le plus long ; même la petite Victoria s'en mêlait – elle tenait à exercer ses petits doigts sur des tresses à trois brins d'abord, qui se faisaient presque toutes seules, avant que le sommeil ne la terrasse.

Tout ça se passait là, en bas, dans la grande pièce devant ma cheminée… Mon feu de maintenant qui me chauffe les jambes, brûle entre les landiers contre la même antique pierre effritée que l'on appelle *chauffe-panse* ; ces gens longtemps y ont posé leurs pieds. Ceux-là et bien d'autres avant eux, les parents, les grands-parents de ma grand-mère, en remontant deux gros siècles au moins. Cette crémaillère où je pends ma marmite à soupe avec une sorte de respect et de pieux sentiment de conserver l'usage a servi à mes arrière-grands-mères aux mains calleuses, ridées de sillons noirs que donnaient alors les noix, les châtaignes, et les engelures…

La Marie Dumond, la pauvre femme, a fait sa tresse ici devant, les soirs de mauvais vent où la cheminée fumait, emplissait la pièce d'une vapeur bleue insidieuse qui faisait pleurer les yeux. Lorsqu'il allait neiger, son trognon d'oreille la démangeait ; elle le grattait furieusement avec une paille, ce qui faisait rire les petits, Léopold et Victoria ! Ces deux enfants avec leurs fous rires inexpliqués, impolis même, donnaient envie à ma mère de pouffer aussi, elle qui pourtant s'entraînait à faire les gros yeux, et à gronder comme une petite femme doit le faire… Et ma grand-mère qui comprenait se retenait tant qu'elle pouvait – les petits qui le sentaient finissaient par hurler de rire, ce qui soulageait tout le monde, même mon grand-père qui les engueulait un peu pour la forme. Ah ces rires devant cette cheminée !… Ces feux de bois clairs et beaux que j'aime, qui sont ma richesse à présent, et l'âme de mon foyer !

Quand elle avait assez de tresse, cinquante ou soixante rouleaux, ce qui lui prenait plusieurs mois d'hiver, la Marie Dumond faisait des cabas. Pour fabriquer un cabas classique de taille ordinaire elle devait utiliser au moins cinq ou six rouleaux – peut-être sept en comptant les anses. Il fallait tout d'abord préparer la tresse – ce n'était pas une mince affaire. Les cabas les plus beaux étaient traditionnellement tissés en damier, ce qui supposait qu'une partie de la tresse devait être blanchie, l'autre partie teinte en noir.

Pour blanchir la tresse, qui au naturel était évidemment

couleur paille, légèrement dorée, on la soufrait. Pour cela Marie bourrait une grosse lessiveuse avec des rouleaux qu'elle avait d'abord fait tremper dans de l'eau ; elle fixait le contenu de la lessiveuse avec un croisillon de bois coincé contre la paroi – la charge était légère – avant de retourner le tout au-dessus d'une mèche de soufre allumée. Elle utilisait les mèches dont on traitait les tonneaux. Elle colmatait vite le pourtour de la lessiveuse avec un sac de jute imbibé d'eau, le plus hermétiquement possible, de sorte que la vapeur soufrée était obligée de monter dans le récipient et d'imprégner la tresse humide – le résultat, au bout d'une heure de ce traitement, est que la paille avait acquis une blancheur agréable à l'œil.

Pour le reste, Marie préparait une teinture noire bouillante dans un chaudron, et y trempait les rouleaux à teindre. Il fallait remuer la mixture avec un bâton pendant un quart d'heure, le temps nécessaire pour que la teinture pénètre bien et prenne sur les fibres. Il ne restait plus qu'à les suspendre ensuite à une ficelle, ou à les poser sur la haie pour faire sécher la tresse noire.

La fabrication du cabas tenait du tissage – sauf que la chaîne et la trame se montaient sur un moule en bois qui servait de support. Ce moule consistait en une boîte rectangulaire et plate, ouverte sur l'un des côtés allongés, dont le rebord était planté de pointes fines servant à fixer la tresse du bâti – c'est-à-dire la chaîne. La trame se tissait ensuite tout autour du moule, à l'aide d'un crochet en fer plat jouant le rôle de la navette sur un métier à tisser. Là encore il fallait faire tremper la tresse, blanche ou noire, avant de la travailler. Une fois le panier achevé, on ôtait le moule – il ne restait plus qu'à ajouter deux anses, elles aussi faites de tresse enroulée…

Marie était fière de ses cabas ; elle les vendait au début du printemps à l'une des foires qui précédaient Pâques. Les bourgeoises de Meyssac trouvaient ses cabas solides et coquets ; elles lui en achetaient un neuf tous les deux ou trois ans – quatre francs pièce. Au nombre d'heures passées depuis la préparation de la paille jusqu'à la finition du panier, ce n'était vraiment pas cher payé !…

Personne n'a jamais su réellement quel jour, ni précisément où Victor Feix rencontra la mort… Les armées de 1914, largement dépassées par l'hécatombe, s'étaient résignées à perdre des soldats en route et à laisser flotter la comptabilité de leur disparition. La fiche militaire concernant le soldat Feix demeure particulièrement laconique sur le motif de son absence : « Disparu antérieurement au 20 décembre 1914 » – en d'autres termes, un pointage effectué le 20 décembre a constaté qu'il n'était plus là… Avant cette date, Dieu seul est au courant – et le fichier divin demeure inaccessible !

Dans des circonstances moins graves, qui se prêteraient au romanesque, on pourrait penser que le malin braconnier avait su mettre à profit quelque région boisée pour filer entre les mailles de la nasse… Qu'il aurait déserté la tuerie implacable pour se construire une autre identité ailleurs ? Il aurait terminé sa vie en père peinard dans un coin reculé de France, plus tard, après la deuxième guerre mondiale, comme pouvait l'espérer un garçon né le jour des Foires franches en 1882. Il aurait profité de l'existence, sans revoir jamais sa famille – il était marié et habitait Lanteuil, au village d'Ussel. Amnésique ? Voilà : il aurait perdu la mémoire. Les chocs psychologiques forts ne manquaient pas. On a fait des films avec ça !

Mais il aurait pu aussi bien être fait prisonnier – c'était une disparition comme une autre. Si l'on était dans une autre guerre, il aurait passé son temps en Allemagne, amoureux fou d'une *fräulein* aux yeux de myosotis et à tresses dorées. Le piège d'un amour germain… Trop romantique !

Hélas ! Il a dû mourir aussi simplement qu'un autre, tué d'une balle au cœur, d'un éclat d'obus au front – ou l'inverse. Volatilisé par une marmite qui lui est tombée droit sur les pieds… C'est cette dernière hypothèse qu'ont retenue les juges, qui savaient ce qu'ils faisaient au moment de l'attribution des pensions aux veuves de guerre. Le jugement du 6 août 1920, au tribunal de Brive, l'a déclaré mort – mais pas forcément enterré. Mort, alors, bien sûr,

« antérieurement au 20 décembre 1914 », ce jour glacial où le sergent fourrier de sa compagnie a dressé l'état des pertes – soit presque six ans auparavant. Cela étant, l'administration avait tout de même prévenu les siens qu'on l'avait perdu – mais elle avait pris son temps : un avis fut envoyé à Lanteuil, son dernier domicile, le 13 décembre 1917 !... Trois ans d'espoir, en somme, pour sa femme qu'on laissait se ronger les sangs.

Mais que diable faisait donc le 126e Régiment d'Infanterie de Brive au mois de décembre 14, pour avoir égaré Victor ?...

D'abord il se déplaçait dans la neige. Il avait neigé abondamment à partir du 25 novembre dans la vallée de la Vesle au niveau de Sillery, Beaumont, Thuisy où se trouvait jusqu'au 20 décembre le 126e. Le régiment était dans les tranchées de 1re ligne entre le jeudi 10 décembre et le dimanche 20. Si l'on étudie le *Journal des Marches et Opérations* pour cette période, on constate que le début du mois fut calme jusqu'au 10. En revanche le vendredi 11, le 2e Bataillon fut violemment bombardé – on déplorait dans cette journée-là la mort du lieutenant Ryne d'Arbe, ainsi que de 2 sous-officiers non nommés, plus 11 blessés. Le tir ennemi toucha ensuite le 3e Bataillon, avec des conséquences sur la 11e Compagnie qui eut 3 tués, et 3 autres blessés.

Le samedi 12, il est question des obsèques de Ryne d'Arbe et de 7 hommes – c'est deux hommes de trop si l'on se rapporte aux 5 tués de la veille, à moins que 2 des 11 blessés du vendredi aient succombé entre-temps à leurs blessures. À moins aussi que l'on ait enterré ce jour-là, en plus du lieutenant : les 2 sous-officiers, les 3 hommes de la 11e Compagnie, plus 2 cadavres appartenant à une autre unité qui auraient profité des « obsèques » – le mot suppose qu'il y a eu une cérémonie religieuse, même sommaire, pour leur inhumation. Par la suite, le mardi 15 fut sujet à des « tirs particulièrement violents » au canon de .120 – mais sans indication de tués ou de blessés. Les quatre jours suivants sont gratifiés de la mention « sans incident » et « journée calme » jusqu'à la relève du dimanche 20 décembre.

Apparemment, au vu de ce rapport quotidien, Victor Feix avait fait partie des 5 ou 7 anonymes tués le 11 et enterrés le 12. Ce ne fut que le 20 au cantonnement que le sous-officier de service enregistra officiellement sa « disparition » du régiment. Oui, mais sa fiche porte « Disparu antérieurement », et non pas « tué à l'ennemi, tué à son poste », ou l'une des autres formulations habituelles à la mort violente reçue au combat... Les enterrés ne sont pas portés « disparus » – les disparus sont les gens dont on n'a jamais retrouvé les « restes », bien nommés.

Comment, dans ces conditions, expliquer sa disparition hors de tout engagement signalé avec l'ennemi depuis le début octobre ? Le 126e Régiment d'Infanterie se trouve alors au repos dans les environs de Mourmelon (le 7 octobre la brigade est à Thuisy, petit village à deux kilomètres à l'est de Beaumont-sur-Vesle). Et puis comment se fait-il, si on ne l'a pas vu depuis le milieu de novembre, que l'on ait enregistré son absence seulement quatre jours avant Noël ?... L'énigme est là. À moins qu'il ait, en effet, profité des chutes de neige pour prendre la clef des champs ?... Ce n'est guère possible. Comment expliquer l'énorme délai de trois ans entiers entre sa « disparition » et l'avis envoyé à sa famille en décembre 1917 ?

Le mystère demeure, solide et entier.

Il faisait un bien vilain temps à Lagleygeolle, le vendredi 11 décembre 1914 ; la neige était tombée la veille, en abondance, et le ciel lourd et bas de l'après-midi ne promettait rien de bon. Le maire, Laurent Claval, était descendu du bourg jusqu'à Antignac, malgré l'état des chemins dans lesquels il fallait battre les sabots tous les cent pas pour détacher la couche de neige qui s'agglutinait dessous, rendant la marche inégale et difficile. Il traversa le village la tête baissée vers le sol, avec son bâton, seul, et les femmes qui le virent passer de derrière leurs portes closes comprirent à son pas décidé et son air sombre qu'il y avait quelque chose de grave et de nouveau...

– *Monde de Dièu ! Que y ò de novel quand lo mera ven nos veïre ?* disaient les femmes de chez Breuil et de chez

Bourdet. (Qu'y a-t-il de neuf pour que le maire vienne nous voir.)

Elles le suivirent du regard – chez qui pouvait-il bien aller ?... Claval – qu'on appelait « Clavalou » parce qu'il était petit de taille – s'en vint jusqu'à la placette au fond du hameau, dont l'étang occupait tout le centre – le *gode** où buvaient les bestiaux. Trois oies et cinq ou six canards se tenaient immobiles sur le bord, découragés de se baigner par le temps frileux. Il s'arrêta au coin du mur de notre cour pour dégager ses sabots de bois en les tapant contre la pierre, de manière à rétablir son équilibre sur ses deux pieds.

En ce moment la Léontine de chez Battut rentrait chez elle avec un panier, suivie de sa gamine de six ans. Elle manifesta sa surprise de voir là le maire – et son chien fit quelques éclats de voix. Les oies étonnées cacardèrent avec une indignation aiguë ; leurs cris résonnèrent haut et bref dans le silence de la neige.

– *Que y ò de novel, moussur lo mera ?*

Le chien aboya en écho... La Léontine était une femme de trente et un ans, alerte, un peu osseuse, dont la voix sonnait avec autorité. Le maire eut une moue silencieuse ; puis il répondit après avoir poussé un gros soupir :

– *O paura Leontína ! Qu'oï quauqua res de pas bien brave, tanez...* (Ce n'est pas très beau, vous savez.)

Il avait pris un ton lugubre pour bien signaler l'aspect dramatique de sa venue. La Léontine fit quelques pas vers lui – la petite Marie, sa fille, qui était élevée par ses grands-parents depuis le départ du père pour le front, et se trouvait en visite chez sa mère, écarquillait les yeux de curiosité.

– *Maire de Dièu, que disez 'tsi ?* (Mon Dieu, que dites-vous là.)

Le chien qui flaira l'inquiétude de sa maîtresse se mit à aboyer furieusement contre l'intrus – les oies crièrent de plus belle, les canards s'enfuirent, et les autres chiens du village accoururent se joindre à la clameur des voix... La Léontine avait beau s'égosiller comme un démon : « *Oïssi ! Oïssi !...* » essayant de faire taire les monstres, les menaçant de son panier ; la petite Marie se mit à crier aussi, avec des sons stridents qui firent redoubler la fureur des chiens.

Ma grand-mère, intriguée par le concert, sortit dans la cour, une assiette à la main – surprise à son tour de voir Clavalou devant la maison, hésitant, qui la salua d'un air embarrassé. Il pointa son bâton vers la maison des Dumond, en bas – et les chiens que ce geste excita redoublèrent de hurlements...

– *Vòus aval*, dit-il. (Je vais là-bas.)

Cependant tout ce furieux tintamarre attirait du monde. La Marie Dumond ouvrit sa porte, en bas, et voyant le petit attroupement devant chez Briat, la Julia avec son assiette, la Léontine, son panier et sa fille, elle se hâta vers la place en nouant son fichu de laine noir, grommelant :

– *Que y ò, veïre ? Que y ò ?* (Que se passe-t-il.)

Elle s'approcha, toute menue dans la neige, disant :

– *Per mon arma, n'en fasèz del bruch vos autres !* (Par ma foi, vous en faites un bruit.)

Lorsque les chiens se turent, le maire parla. Il expliqua que sa visite, hélas, comportait une bien mauvaise nouvelle pour elle et toute la famille – mauvaise pour tout le monde dans la commune... Il chercha un papier dans sa poche et l'exhiba du bout des doigts : la mairie avait reçu un avis des armées selon lequel – c'était terrible ! – le pauvre Joseph était déclaré mort. « Décédé », disait Clavalou citant sa feuille, « de blessures de guerre ».

– *O la ièu !...*, disaient les femmes à mi-voix.

Il y eut un moment de consternation dans le silence qui suivit le vacarme. La Marie Dumond ne cria pas... Elle écoutait le maire, droite et raide, les deux mains nouées sur sa poitrine, comme pétrifiée. Une vache beugla dans une étable, derrière chez Chassaing.

– *Lo pauré tesson*, dit la Léontine, *qu'oï per accò donc que n'escriviòt pas*. (Le pauvre diable, voilà pourquoi il n'écrivait pas.)

Auguste Chassaing qui avait aperçu l'attroupement s'approcha, contournant le gode dans la neige salie par les pieds des vaches. Ma grand-mère répondit à son regard interrogateur :

– *Jazé...*

Elle se mit à pleurer, et caressa machinalement la tête de la petite Victoria qui était sortie elle aussi de la maison...

– *Lo paure drònle!...* (Le pauvre garçon.)

La neige se remit à tomber, quelques flocons lents qui oscillaient un peu avant de toucher le sol. Le maire ne parlait plus – il était soulagé d'avoir ce groupe autour de lui.

La Marie secoua doucement la tête:

– *Ièu zo saviòs.* (Je le savais moi.)

Puis elle dit sans bouger:

– *Mon drònle, mon drònle... Mon petiòt...*

Des larmes coulèrent le long de son nez – elles gouttaient par terre dans la neige... Les flocons se firent plus épais – ils recouvraient son fichu de laine, noir d'un deuil déjà préparé. Elle répétait: «*Zo saviòs... de segur...*» Les oies étaient revenues au bord de l'étang où la neige papillonnait, elles s'ébrouaient en silence, et tout devenait ouaté sur la place, sur les maisons... Ma grand-mère prit la Marie sous le bras et l'entraîna chez nous pour lui préparer une boisson chaude, tandis que l'Auguste emmenait le maire à l'abri.

En tout cas ça se passait là, devant ma porte, devant cette cour si calme au soleil maintenant, où poussent mes fleurs... C'est inimaginable ce que les gens ont souffert de cette guerre-là que l'on nomme «grande» au prix de la douleur. Je suis un témoin tardif; de ma fenêtre je creuse «les voies profondes de la mémoire» – et à force de répéter leurs noms les vieux enfuis reviennent, ils arrivent en silence au portail de ma cour. Ils font le tour de l'étang comblé, goudronné, dont ils savent comme moi les bords, en une procession funèbre. Leur deuil hurle encore – et puis tout s'éteint. La maison des voisins avec ses roses, ses buissons luxueux de roses rouges odorantes, reste de pierres et de lauzes – la maison des Battut aussi. Le four s'écroule hélas faute de soins, et la maison des Chassaing a disparu, entièrement rasée puisque l'Auguste n'a plus été là pour la défendre, la perpétuer. La mienne, je suis revenu pour la protéger – lui offrir mes filles qui prendront bien soin d'elle et qui sauront le temps où nous l'avons aimée… J'imagine que les ancêtres se réjouissent de sentir un bon feu, l'hiver, dans notre cheminée, que mes bûches réchauffent leurs mânes et qu'ils m'accueilleront de bon cœur quand je passerai parmi eux, muettement, l'arme à gauche… Ma mère disait: «*Las peires me tanjont*» – ce qui est intraduisible – les pierres «m'appellent»? M'attirent peut-être?… Ce ne sont pas des choses qui se disent en français; c'est une nostalgie sauvage, un sentiment de par les bois, vieux, vacillant; une idée d'anciens plutôt magique – quelque chose du temps des sorciers. *Las peires me tanjont*… Allez savoir!

Ça s'est passé là, sous ma fenêtre, juste après le mur de ma cour – on y a versé du goudron depuis, pour cacher la boue, et il ne tombe plus guère de neige, pour ainsi dire jamais. Mais je suis sûr que sous le goudron il y a les larmes de désespoir de la Marie Dumond… Les larmes de ma grand-mère Julia, celles d'Auguste qui pleura Joseph avec son cœur tendre, et qui ne connaissait pas encore sa guerre… Ça s'est passé ici, je les vois tous, Clavalou le maire et la Léontine Battut que j'ai vue vieille, cassée d'allure, un peu sorcière triste…

«Temps passat – temps auròs dins la memoria – Çò que n'en demòra, tan pauc n'en demòra! Quò era per nos, mai que mai, lo temps de l'aitau-quo-siá[1]. *»*

(Temps passé – temps maintenant dans la mémoire – ce qu'il en reste, et il en reste si peu! C'était pour nous, principalement, le temps de l'ainsi soit-il.)

1. Marcela Delpastre, *Las vias priondas de la memoria*, Ostal del Libre, Aurillac, 1996.

« La terre recouvrira mon corps et le temps mon souvenir. Ils ne sauront pas ce qui s'est passé en moi au dernier moment… »

Gabriel Chevallier, *La Peur*

XIV

Lorsque les hommes sortirent de l'hiver, juste après les perce-neige, ils avaient pris sur ce long front immobile et mortel la mentalité que l'on imagine aux fantômes. Après avoir passé le temps dans la boue, la neige, le gel, les pluies diluviennes et glacées (l'eau peut être pire que tout), ils avaient pris un aspect grisâtre et taciturne. Leurs uniformes, usés et pleins de poux, n'avaient plus de couleur, leurs chaussures partaient en loques, et ils s'étaient transformés en taupes. À partir de janvier, lorsqu'il devint clair que les lignes de combats bougeraient peu, et que la guerre devenait « de position », le commandement s'avisa de perfectionner les tranchées pour ces nouveaux hommes des cavernes. Ils avaient donc passé le plus clair du temps, en dehors des attaques et des sombres veilles sous les obus, à creuser, piocher, déblayer, pour se constituer des abris souterrains plus ou moins vastes, plus ou moins confortables, selon la nature des sols.

Ces casemates étaient ménagées en profondeur, couvertes de troncs d'arbres et d'une couche de terre de 1 ou 2 mètres d'épaisseur pour résister aux impacts des obus. Elles donnaient directement sur les tranchées de 1re ligne, ou « tranchées de combat » larges de 1 mètre et profondes de 2, dites aussi au moment des attaques « parallèles de départ ». On en construisait également le long des couloirs d'accès aux tranchées. Dans les semaines pluvieuses, le sol des abris baignait dans l'eau comme les tranchées elles-mêmes – le froid là-dessus donnait à tous les combattants la colique, aggravée par les conserves qu'ils ingurgitaient ; l'eau à boire était aussi parfois carrément dégueulasse et il y avait eu de nombreux cas de dysenterie qui mettait les hommes à plat, les obligeant à poser culotte trente fois par jour dans les feuillées, ou même dans un coin de la tranchée – mais c'était interdit !... Ils ne pouvaient pourtant pas monter chier à l'air libre sous les balles ! Pour les soigner, un major leur avait fait boire du vin chaud ; ils le faisaient bouillir dans les quarts grâce à des pastilles d'alcool solidifié.

Ces souffrances se doublaient chez quelques-uns d'une maladie des pieds que favorisaient l'humidité constante et la boue molle des tranchées : *les pieds gelés*. Les pieds ne devenaient pas réellement raides, bien qu'insensibles, mais ils commençaient à se crevasser ; on avait vu des cas de gangrène. Les gars étaient alors évacués, en se demandant si on n'allait pas les raccourcir du bas ! Dieu sait s'il y en avait eu des pieds gelés dans les bataillons du 126e !...

Mais surtout, au milieu de tout cela, la fréquentation des mourants jeunes au moment des attaques stupides auxquelles on les contraignait pour « harceler l'ennemi », la vision des agonisants aux tripes fumantes, et des cadavres de longue durée qui pourrissaient dans le *no man's land*, forgeaient à ces hommes un moral de revenants. Ils trouvaient surprenant de croiser encore des êtres vivants, chauds, causants, courtois.

L'un de ces plaisirs furtifs se produisait lors des rencontres avec ceux du pays – on ne le disait pas, mais on était soulagé de voir quelqu'un de Lagleygeolle, en chair, en os, entier, bien vivant alors qu'il aurait pu être tué vingt fois, comme soi-même, quand ce n'était pas vingt fois par jour à certains moments !... Dans la Marne, où le camp de Mourmelon constituait une plaque tournante des régiments au repos, les gars étaient friands de ces heures de grâce. À la mi-mars, le jeune Jean Lavialle, de Laubasbas, un garçon énergique de vingt-trois ans qui était au 21e Régiment de Chasseurs à cheval, écrivait à ses parents :

Livry le 17 mars 1915
Chers parents,
Je suis toujours au même endroit et je ne sait aquand

nous changerons de place. Lundi jais était au petit Mourmelon jy est trouvé beaucoup de connaissance. Jaie passé la soirée avec Rigaud de pouch et le cousin Roche que je navais pas vue depuis le mois de septembre, nous avons passé un bon moment ensemble. Ils y avaient aussi Sireyjol et son oncle de Saillac nommée Delmas. Jespere y revenir cette semaine quard aujourdhui c'est la relève des tranchées et je ny revient pas. Jaie encore 5 jours de plus a attendre. Peut-être en attendant nous serons relever.

Rigaud est toujours le même, mais le cousin Roche est bien maigre, il a la barbe par toute sa figure. Je ne le reconnaissait plus, il ma fait voir une photos de sa femme et de son fils il trouve que le fils est très fort pour son age il ressemble beaucoup à Jouanna.

Je voulais voir Manimont Michel qui est a la compagnie de Rigaut, mais il était sortit en ville et je lais pas trouver.

Ici pour le moment il fait un temps très beau le soleil est très chaud. Le cousin ma dit qu'ils étaient relever des tranchées depuis une quinzaine de jours et qu'ils ne pansaient pas y revenir encore.

Lorsqu'il y reviendront saserait pour fermer quelque trous au regiment d'action.

Dans ses conditions jespere que nous nous le seront sous peût. Quard avec les beaux jours qu'il fait en se moment on ne vas pas rester toujours immobile dans une tranchée ou bien que la guerre dure cent sept ans.

Dapres avoir entendu parler les generaux des grands état majors sa serait un peût dur a les deloger, mais une fois sortit des tanieres sa vas marché en vitesse.

Plus grand chose a vous dire pour le moment. Je suis toujours en bonne santée et je desire que ma lettre vous trouve tous de même.

Recevez chers parents les meilleurs souvenirs de votre fils frère et neveux dévoué pour vous

Lavialle Jean

Quand Michel Manimont revint en permission à La Geneste au début du mois d'avril pour faire connaissance avec son fils, né deux jours après l'envoi de cette lettre, les voisins hésitaient aussi à le reconnaître, bien qu'il eût supprimé sa barbe pour la circonstance… Il débarqua au Pescher par le *tramway**, le samedi après Pâques. Dans le bourg le lilas était en fleur ; les vieux qui félicitaient Michel lui parurent étranges, d'une gaieté parfaitement déplacée… Des femmes en robes et tabliers noirs, ou bleu marine, lui serraient la main avec sollicitude, contentes de sa paternité :

– *Eh ! paure Michel !*

Pauvre Michel rencontra aussi monsieur Coissac, l'instituteur, lequel força légèrement la note de l'enthousiasme, allant jusqu'à lui taper sur l'épaule de ravissement. Le maître lui assura, en relevant sa moustache tandis qu'il calait avantageusement son pouce gauche dans la pochette de son gilet, que « la Patrie », n'est-ce pas, devait se féliciter de posséder « des enfants » tels que lui, qui entraient glorieusement dans la carrière à la place de leurs aînés qui n'y étaient plus. L'homme entama sur-le-champ un cours de géographie sur le département de la Marne, bien irrigué par des cours d'eau abondants… Il parla du sol, composé de grands plateaux de craie peu fertiles lorsqu'ils sont nus, mais heureusement recouverts d'une couche terreuse. Il parla des vignes, et de la différence qu'il avait lue entre les vins de rivière et les vins de montagne… Il parla de Sainte-Menehould, entourée par la rivière de l'Aisne, où il n'était jamais allé en personne, mais où Louis XVI fuyant avec sa famille fut reconnu, ce qui causa son arrestation à Varennes… Michel hochait la tête et ne savait plus comment s'en aller.

– Toi qui as vécu à Paris, tu dois être à l'aise dans la Marne ? disait l'instituteur, regrettant de ne décrire ces merveilles que par ouï-dire.

À mesure que M. Coissac parlait, Michel maudissait l'ascendant qu'il subissait malgré lui de la part du maître d'école ; il n'avait pas été le sien, mais celui de Louise. L'homme avait assisté à leur mariage, en qualité de secrétaire de mairie, en janvier de l'année précédente ; cela ajoutait à l'intimidation presque craintive qu'imposent naturellement les gens instruits et les éducateurs. Pour l'heure Michel avait envie de l'étrangler, ou de lui mettre un grand coup de poing dans la figure pour le faire taire. Son visage devenait tellement farouche que l'autre s'aperçut de son impatience; il l'attribua à la hâte de « rentrer dans ses foyers »...

– Manimont, encore une fois, je te félicite !

Michel tourna les talons après un bref signe de tête, sans remercier, feignant de ne pas voir la main qui se tendait. Plus loin, il rencontra son voisin, le père Jean Brunie de chez Pater à Crumière, qui était descendu moudre au moulin. Le vieux Jean fut visiblement très ému de l'apercevoir ainsi sur la route: il lui semblait voir son fils Pierre, qui était fantassin au 23e Régiment de Ligne, et qui écrivait des choses rassurantes.

– *T'iès 'tsi, paur' efònt !* (Tu es là, mon garçon.)

Michel l'embrassa. Des larmes vinrent aux yeux de Jean, des petites larmes maigres qui coulèrent dans le sillon de ses joues jusqu'à sa moustache fatiguée et jaunâtre. Il lui donna de bonnes nouvelles de ses parents, de son jeune frère Pépète, de tout le village. Il comprenait bien que sa première allée devait être pour sa femme à La Geneste, et son garçon !... Jean de chez Pater raconta encore que son frère à lui, le curé d'Albignac, venait de partir à l'armée, justement l'avant-veille. On l'avait appelé après un sursis obtenu par l'évêque. On lui avait permis d'organiser les fêtes de Pâques, les communions et tout ça, mais maintenant il avait fallu s'en aller, malgré ses quarante-cinq ans passés. Il avait pris le train jeudi...

Quand Michel fut à La Geneste sur le pas de la porte, avec les chiens qui aboyaient, la Louise voulut se jeter dans ses bras. En un éclair, Michel se souvint qu'il était couvert de poux. Il mit d'instinct ses mains en avant pour l'éloigner, pour la protéger:

– Approche pas, je suis plein de poux !...

Il eut honte parce qu'il vit le visage de sa femme se contracter de surprise; tout juste relevée de ses couches, elle était encore un peu pâle, avec une tête échevelée de jeune mère. Louise écarta ses mains et se colla contre lui, le serrant fort en disant: « Michel, Michel... » Ce qu'il espérait depuis si longtemps, ce qu'il aurait tant voulu !... Elle pleurait contre son cou, mais lui se sentait malheureux, n'osant pas bouger à cause des bestioles qu'il sentait émoustillées par la chair de sa femme, dont elle serait infectée. Cette préoccupation gâchait son plaisir de la revoir : avec le bébé qui prendrait cette vermine – ça pourrait lui donner des maladies. Comment ils allaient faire ?...

Louise l'entraîna tout de suite voir l'enfant qui dormait dans un berceau de bois près du sol – un *breç* – aux pieds de la grand-mère en train de tricoter. Elle écarta le drap brodé pour qu'il voie mieux la petite figure impassible, un peu rouge... Lui devait expliquer tout de suite l'infection qu'étaient son corps et ses habits – il vaudrait mieux qu'il enlève tout, et mette ses effets dans l'étable jusqu'à demain où on les ferait bouillir dans le *peïrol** de cuivre avec de la cendre de bois pour tuer les ignobles totos. Ces soucis ménagers gâtaient la griserie du retour ; ils freinaient la joie qu'il aurait dû éprouver à la vue du petit Pierre Joseph, son enfant – son premier enfant !... Trois semaines hier... Michel était content tout de même. Jean Pauliat, son beau-père, revint de l'étable et s'émerveilla de le voir : il fallut recommencer l'explication des poux monstrueux, que là-bas on appelait des « totos ».

Quand il fut changé, et frotté, et qu'il eut passé ses dessous de bras et ses parties basses à l'eau-de-vie de marc pour se désinfecter des bêtes, Michel se détendit. Louise lui refit des baisers gourmands dans un coin de la chambre, puis elle lui planta le petit tout ligoté dans les bras pour qu'il le tienne pendant qu'elle se préparait le sein pour la tétée. Il se sentit maladroit avec cet enfant si minuscule et si léger qui était le sien – qui avait été fabriqué dans une sorte de bonheur, ailleurs qu'ici, à Paris, à l'époque du 14 juillet... Il le tenait dans ses mains exagérément crispées par une vague crainte de l'échapper, un sentiment aigu de la fragilité des petits humains.

Tout de même Michel se sentait froid, distant, englué de mort ; il ne riait pas comme avant son départ. Le souper fut triste – le soldat n'avait presque rien à raconter sur sa vie depuis sept mois et demi qu'il s'en était allé, des mois qui lui semblaient si étrangement longs, comme des années… Son départ, à la mobilisation, avec les cloches qui sonnaient partout comme des folles, au Pescher, à Sérilhac, à Lagleygeolle – il avait complètement oublié les cloches ! – son départ appartenait à une autre histoire, une autre vie, toutes proches encore pour Louise et pour ses beaux-parents, mais plus pour lui. Il en était sorti, peut-être définitivement… De fait, il avait du mal à revenir parmi eux. Quand il voulait dire une chose de la guerre il se retenait, parce que ni elle ni eux ne pouvaient comprendre – et leurs questions paraissaient tellement inadéquates à côté de ce qu'il ressentait lui, de ce qu'il aurait pu dire, qu'elles le décourageaient d'avance…

Le père Pauliat demanda quels animaux ils avaient là-bas, dans les fermes. Est-ce qu'ils élevaient des vaches ou des moutons ? – Comment lui faire comprendre que là d'où il venait, il n'y avait plus de bêtes ! Aucune !… Que s'il y en avait eu, des bêtes, ils les auraient mangées, voilà, bouffées goulûment sans sauce, rien que rôties sur un grand feu, à l'arrière, loin des Boches !

Cette idée le fit rire aux éclats pour la première fois… Le beau-père eut le front plissé de ce qu'il avait l'air de rire de lui. Une question pourtant simple – il était un peu froissé… Michel expliqua gentiment qu'il n'y avait plus rien là-bas, plus aucun bétail, que toute vie avait déserté la terre de Champagne, et que même les rivières ne portaient plus de poissons à force de recevoir des marmites qui empoisonnaient l'eau… Lui, si vif d'ordinaire, il parlait par à-coups, rajoutant une couche au bout d'un silence, en cherchant ses mots. Pas de légumes non plus, non – ni de blé, que des champs d'obus ! Il raconta que la terre était fouillée jusqu'au dur, entièrement retournée par les bombardements, qu'il n'y pousserait plus jamais rien !

À la mine perplexe et consternée de Jean Pauliat, il comprit qu'il n'était pas cru, que ces gens pensaient qu'il les menait en bateau… La belle-mère répétait d'un ton monocorde :

– *Oh per aquò, per aquò, per aquò !… 'Qu'oï be terrible sò que nos diséz.* (C'est terrible ce que vous nous dites là.)

Elle avait le ton vaguement agacé : elle n'en croyait pas une miette de ce qu'il débagoulait pour se rendre intéressant… Il était tellement changé cet homme !

La première nuit fut pénible – à force d'avoir attendu il n'avait plus envie ; et elle pas trop encore… Elle demanda en lui caressant la poitrine :

– C'est vrai qu'on vous appelle les « poilus » ?

Il l'embrassa – oui, depuis quelque temps c'était un mot pour eux. On appelait comme ça maintenant les troufions des tranchées, à l'arrière, chez les civils. Ça voulait dire des bêtes – des ours probablement, ou des singes. Mais ils n'étaient pas plus poilus que d'autres – sauf à la figure ! Beaucoup d'entre eux ne se rasaient plus, même pour mourir…

Michel répondit :

– Tu sais, Louise, c'est parce qu'ils nous prennent pour des chiens.

Il ne pouvait pas s'endormir… Il avait trop chaud sous l'édredon de plumes. Et puis le silence – le phénoménal silence de chez nous l'envahissait de l'intérieur, l'inquiétait d'une certaine manière. Comme on s'inquiète de ne plus entendre tout à coup des enfants bruyants, parce qu'ils sont en train de faire des bêtises… Il lui semblait anormal de ne pas avoir le grondement perpétuel des canons, comme si quelque chose de plus terrible encore se préparait.

Et puis la couette était trop molle. Surtout ça : le douillet du matelas neuf qui avait été placé sur un sommier à ressorts « pour les jeunes », afin qu'ils ne regrettent pas trop Paris, fatiguait tout son corps habitué à sentir le sol dur. Dur et humide, puant la charogne… Louise pour sa venue avait mis des draps propres qu'elle avait aspergés d'eau de rose, un peu, comme une fiancée émue. Il n'osait pas le dire, pour ne pas faire de peine, mais toutes ces douceurs le gardaient de dormir. Il profita d'une tétée, parce que bébé criait, pour s'allonger par terre, sur le plancher, roulé dans une couverture – et là, la fatigue du voyage le tassant au sol, il dormit tout son soûl, en ronflant à côté du lit.

Dans la journée, après être allé embrasser ses parents à Crumière le premier jour, il ne savait pas quoi faire. L'enfant dormait, pleurait, tétait, dans cet ordre – c'était une distraction limitée. Il ne souriait pas encore – et Michel ne souriait plus. Michel regardait quand Louise le langeait, ou bien sa mère ; elles l'enroulaient de longues drapes protectrices qui lui immobilisaient bras et jambes. Le petit en aurait du travail à faire pour grandir, du lait à boire et de la soupe à manger, avant de devenir quelqu'un à qui on cause ! Tel que, le *dronlòt* n'était guère intéressant.

Le père Pauliat, qui approchait de la soixantaine, essaya de le distraire pendant cette semaine de permission exceptionnelle. Il l'emmenait ramer les petits pois, et sarcler les carottes dans la terre, le faisait participer à la traite ; un petit veau était né presque en même temps que son fils et gambadait déjà dans l'étable… Michel n'osait rien dire pour ne pas mécontenter son beau-père, mais il ne s'intéressait plus à rien. Ni à veau ni à Diable… Il se foutait complètement de la marche de la ferme ; il accomplissait par routine des gestes simples, comme donner du foin aux vaches, le soir. La chose qu'il fit avec plaisir pour aider Pauliat fut de curer un fossé éboulé par les eaux, sous la grange. Depuis six mois qu'il creusait des tranchées, des abris, des feuillées, des merdiers de toutes sortes, sans parler de la neige – et sans rien dire des trous occasionnels où il leur arrivait de glisser des morts à la puanteur par trop encombrante –, il avait acquis une dextérité à la pelle qui étonna le vieux.

Mais huit jours sont vite passés. Michel dut se rendre à Beynat faire établir un certificat par la gendarmerie pour la naissance de son enfant qui justifiait sa permission exceptionnelle. Il rendit visite à quelques familles de soldats, ici et ailleurs – au Pescher il avait une lettre de Jean Briat pour sa mère, Anne, à qui le fils annonçait qu'il allait être nommé caporal. Il fit le voyage de Merlette pour parler aux femmes du caporal Rouchon – Antoinette et Angéline se mirent en huit pour lui confier des conserves, du pâté…

Pierre Rouchon avait écrit dans les premiers jours d'avril une longue lettre de plusieurs pages – il se trouvait en Belgique avec le 4e Régiment de zouaves, dans un pays appelé Flandre, tout plat, et complètement gorgé d'eau. Antoinette montra la lettre: ils étaient à côté d'un canal, avec des Anglais et des Canadiens, et même des Belges. Les zouaves, forcément, n'avaient pas peur des étrangers, on les mettait avec toutes sortes de gens... Pierre, qui avait connu des Anglais à Paris, se faisait comprendre avec des gestes; ils échangeaient du tabac. Ça allait à peu près, disait-il, à part qu'il avait toussé tout l'hiver à cause de cette humidité de l'air qui fatiguait la poitrine – ils avaient eu des inondations terribles... Il se trouvait là-bas avec le jeune Léopold de chez Andrieux qui s'ennuyait de chez lui, de Laubas – mais aussi cela faisait presque un an et demi que ce garçon était à l'armée sans revenir, parti au service en Tunisie et tout ça. Et Léopold était bien jeune, pardi... Tous deux n'étaient pas dans la même compagnie mais ils se voyaient assez souvent, Pierre lui parlait patois, ça lui faisait plaisir...

Pierre Rouchon avait écrit une page entière pour décrire cette Flandre – mais il n'avait pas le droit de dire le nom des villages où il se trouvait. Un pays étrange, sans aucune bosse, entièrement uni – pas fini, pour ainsi dire. Comme si le terrain n'était pas encore complètement formé, que Dieu avait oublié de lui faire les plis... Mais le pays était simple et commode pour se déplacer: les endroits étaient toujours droit devant soi. On allait quelque part, il n'y avait pas besoin de calculer, c'était toujours tout droit. Si la distance était de deux kilomètres, on faisait les deux kilomètres, et on y était rendu – alors que chez nous pour atteindre à deux kilomètres, on était obligé d'en marcher quatre bien souvent: où qu'on aille, il fallait descendre et ensuite remonter! Pierre disait encore que les Boches, qui n'étaient gênés par rien, passaient avec des avions en l'air, et allaient lâcher des bombes au-dessus des villes, à l'arrière du front, pour tuer les bébés [1].

1. En effet, au début de février 1915, les « oiseaux sinistres » lâchèrent des bombes qui tuèrent un bébé fille de trois ans et demi, Aimée Vautier, à Bailleul.

Michel emporta la lettre pour la montrer à Léon.

L'avant-veille du départ, le dimanche, Louise et lui sortirent de bonne heure pour aller passer la journée à Crumière, avec le petit. Il faisait beau temps, Louise avait repris des forces, ils décidèrent de monter à la messe à Lagleygeolle avec les parents Manimont. Le curé en chaire salua « nos valeureux enfants qui font leur devoir et reviennent en fils aimants embrasser leur famille, que le Bon Dieu les protège »…

À la sortie de la messe, Michel rencontra du monde qu'il voulait voir. L'Antoinette Feix, du Bouix, qui l'avait aperçu dans l'église, l'accrocha la première sur les escaliers – elle n'avait aucune nouvelle de son Victor…

– *Totjòrn rès ! Ièu me demandis, per aquò…* (Toujours rien, je m'inquiète.)

Elle était morte d'inquiétude, de doute… Michel était embêté – tout ce qu'il pouvait dire c'est qu'ils ne l'avaient pas revu au bataillon depuis les actions de la Marne, au mois de décembre… Quatre mois, ça faisait beaucoup. Ils savaient bien, eux, au 126, que Feix, porté disparu, était mort. Mais il n'osa pas le dire. Il raconta que puisqu'elle n'avait pas d'avis officiel, il pouvait toujours rester un espoir – peut-être il était prisonnier, conduit en Allemagne, et sans pouvoir écrire.

– *Creses ? Creses-tu ?…* (Tu crois), faisait la femme avec justement une lueur d'espoir dans les yeux.

Il dit bonjour au père et à la mère de Rigaud de Pouch, leur parla de leur fils et leur remit une lettre de Jean pour sa femme. Ils allèrent chez Laguillaumie où tout le monde voulait dire un mot à Michel, et le félicitait pour son nouvel état de père. Léa vint caresser le petit garçon, bien jeune encore pour faire une promenade – mais son père avait tenu à le montrer, tant pis pour la fatigue ! D'ailleurs il avait tout le temps de se reposer, dans les bras de sa mère il n'était pas bien malheureux.

Léa avait de bonnes nouvelles de son Jacques qui lui écrivait régulièrement. Elle vint s'asseoir avec Louise dans la salle devant la cheminée, à contempler le bébé qu'elle prit dans ses bras. Louise et elle s'étaient mariées presque en même temps, mais elle n'avait pas de poupon pour elle… Louise la trouva triste, ses yeux légèrement cernés assombrissaient son beau visage, et malgré ses vingt ans, elle portait un tablier gris à petits points blancs comme les femmes d'âge qui ont perdu leur époux. C'était par discrétion d'épouse fidèle qui ne voulait pas se « montrer » – les deux femmes parlaient français entre elles par souci de distinction, Louise parce qu'elle avait vécu l'année dernière à Paris, Léa pour ne pas être en reste, et par rêve des voyages que Jacques lui avait promis… Il devait l'emmener voir la Capitale, elle aussi…

Dans la commune la vie allait, dans l'ensemble, cahin-caha… Tout de même la plupart des gens se faisaient du souci de cette guerre qui n'en finissait pas ! Comment allaient-ils faire, tous, au printemps où recommence le travail des terres, si les hommes ne revenaient pas ?… Michel vit les Andrieux : Léon, l'ancien maire, et sa femme Julia, qui attendaient des nouvelles de leur zouave – c'était loin la Belgique où ils se battaient, loin et froid, et couvert de pluie. Heureusement quand l'Antoinette Rouchon recevait une lettre de son Pierre, elle le leur faisait savoir ; mais elle avait bien du souci, elle, la pauvre femme, avec tout le travail sur les bras et son gendre au front, en plus de ses deux fils ! – Sans parler du pauvre Joseph, dont on avait su le malheur…

À propos, le fils du forgeron venait d'être incorporé les jours derniers. Ces jeunes instituteurs avaient dû quitter leurs études : Antoine Arfeuil avait rejoint le 108e d'Infanterie à Bergerac, le *fauré* n'était pas trop content : à peine dix-neuf ans !… Et le fils Laguillaumie, Rémi, qui n'avait que dix-huit ans et demi ! Il était parti le même jour qu'Antoine, le 10 avril. La Clotilde en était toute retournée, mais Léa avait dit : « Ça nous changera pas beaucoup, il était jamais là quand on avait besoin de lui !… » Ils en prenaient aussi des plus très jeunes, c'était bien terrible aussi : Jacques Rigot, du bourg, avait été versé dans la Territoriale au mois de mars, père de famille, à trente-huit ans passés ! C'est qu'il leur fallait du monde – le *quite** sabotier, l'Eugène Souliet, qui n'avait qu'un œil, appelé dans le service auxiliaire, malgré ses trois enfants en bas âge !... Sans parler de Brunie de chez Pater, le curé d'Albignac : quarante-six ans, si c'était pas incroyable ! – Mais enfin, curé, il n'avait personne à nourrir.

Dans l'après-midi, pendant que l'enfant dormait à Crumière et que Louise bavardait avec les grands-parents, Michel poussa jusqu'à Antignac, par les prés, sur la crête en face. Il voulait faire une visite aux Breuil qu'ils n'avaient pas vus à la messe ; leur expliquer pour Julot Giscard, à propos duquel aucun avis officiel n'était parvenu à Lagleygeolle. Le bruit avait circulé dans l'hiver qu'il était tué, ou prisonnier – mais on disait tellement !... Il alla leur raconter sa mort, ce qu'il avait vu dans les bois, à Yoncq, cette journée diabolique qui lui paraissait elle aussi très loin maintenant – aux tranchées on disait « à dache » ! L'année dernière, le mois d'août, était un autre monde, vraiment.

Après que le chien Bonnot eut alerté toute la maisonnée par un boucan furieux à la vue de cet uniforme bariolé, barrant l'accès de la petite cour comme un vrai Boche – le vieux Breuil paya un verre au visiteur et l'écouta poliment. Louis Breuil avait été maire dix ans, dans les années 1880 – c'est lui qui avait commandé la construction du clocher à cet entrepreneur véreux de Beaulieu qui avait saboté l'ouvrage et provoqué la chute du conseil municipal dans le procès que la commune avait été obligée d'intenter contre lui ! C'est d'ailleurs le clocher lui-même qui avait failli s'écrouler : ç'aurait été plus grave que le conseil !... L'homme demeurait marqué par cet échec dans ses vieux jours, le scandale l'avait humilié et aigri ; il ne s'intéressait plus au monde et à cette guerre qu'avec une amertume silencieuse...

Le reste de la famille s'était réuni par curiosité, pour voir un « poilu » en vrai. Seulement Michel s'aperçut que son récit ne les concernait que médiocrement. Les femmes disaient de Jules : « Le pauvre garçon, il était si brave ! Il est mort alors ?... » mais c'était un peu sans conviction... Comme les gens sont tous bons zigues, après, finalement. Julot ne laissait pas un grand vide chez eux. Cependant on lui apporta, pour le lui montrer, un râteau de bois que le garçon avait fabriqué au printemps dernier – un râteau pour faner, dont il avait taillé les dents au couteau. Michel examina le râteau, comme il était léger et pourtant solide. La seule chose, disait Breuil, il l'avait fait pour lui, à sa main, et il avait le manche un peu court – autrement il allait rudement bien !... C'était le seul souvenir, comme un maigre héritage que Julot laissait sur la terre : un bout de bois, un outil pour le grand soleil d'été, quand on transpire.

En passant au bout du village, il dit bonjour à ma grand-mère qui se trouvait dans la grange neuve – mon grand-père, revenu une quinzaine de jours pour Pâques, était reparti le dimanche pour le nord de Paris, dans la Territoriale, où il gardait les voies... Il était du même âge que le curé Brunie dont Michel confirma qu'il avait été rappelé aussi. Il chercha la Marie Dumond pour lui donner des nouvelles d'Antonin qu'il avait croisé dans l'hiver, à Mourmelon – et pour lui dire un mot pour Joseph, là-haut, à Saint-Médard et Bertrix, la pagaille que ç'avait été en Belgique... La Marie gardait les vaches dans les bas-fonds, les hommes étaient à Merlette, il n'y avait chez les Dumond que la Maria qui allait avoir quinze ans. La jeune fille était en train de tricoter des chaussettes pour les soldats – Mme Bordas, l'institutrice, avait organisé ce chantier de tricotage avec ses anciennes élèves pour le secours aux soldats.

Au moment de reprendre le chemin vers la croze*, il trouva Pierre Chassaing qui l'attendait devant chez lui pour lui offrir un verre. Auguste, son fils, était parti à l'armée la semaine avant Noël – il avait tout juste dix-neuf ans – en même temps d'ailleurs que le Jules Chaumeil du Bos. Ils faisaient encore leurs classes ensemble, dans l'infanterie, à Brive, mais le père Chassaing et la Léontine voulaient savoir si c'était aussi rude qu'on le disait, la guerre ?... Si ça allait durer encore longtemps ?

Le mardi matin 19 avril, Louise accompagna Michel jusqu'au tramway – il avait remis son uniforme un peu plus déteint pour avoir bouilli et rebouilli toute une journée, et dont la jeune femme avait recousu solidement les boutons – surtout ceux qui tiennent les bretelles, si importants ! Il était de nouveau sans vermine, et Louise lui dit :

– Tu feras attention de ne pas en reprendre.

Il souriait… Elle ne pouvait pas imaginer ce que c'était, là où il retournait. Il valait mieux sans doute qu'elle ne sache pas. Si elle le savait, le lait lui tournerait et le petit en pâtirait. Ils étaient redevenus tendres, en lune de miel… Quand le bruit des voitures brinquebalantes approcha, elle eut des larmes. Elle lui dit :

– Tu crois que tu reviendras dans pas trop de temps ?

– Qui sait ?

Il ne voulut pas dire, parce qu'elle était belle et fraîche, qu'une odeur de lilas venait d'un jardin, et qu'elle était remplie d'espoir avec son bébé à nourrir – il ne voulut pas dire que peut-être il ne reviendrait pas… Il répondit simplement :

– À la grâce de Dieu.

Et il répéta parce qu'elle pleurait, pour que ce soit plus vrai que de simples paroles :

– *À la gràcia de Dièu…*

Puis il grimpa dans le tramway dont les claquements de ferraille donnaient à la vallée verte un bruit de bataille pour rire.

Le printemps avait réveillé les loups en Argonne, et plus loin encore, sur les monts de Lorraine – les loups humains qui sont pour l'homme pires que ceux des forêts. Le haut commandement n'avait du reste pas attendu les beaux jours pour donner l'ordre de « dégager » les côtes de Meuse, le long de la plaine de Woëvre. L'une des principales éminences, dans la partie nord du massif – quoiqu'elle n'ait que 350 mètres d'altitude – est constituée par la colline située au village des Éparges, au sud-est de Verdun. Les Allemands s'étaient emparés des Éparges à la fin de septembre 1914 ; cette crête stratégique commandait l'entrée de la plaine d'un côté, la vallée de la Meuse de l'autre. Elle fut donc attaquée en février 1915, dégagée, puis reprise, au prix de lourdes pertes en soldats de part et d'autre.

Un mois plus tard la bataille durait encore pour le contrôle du piton, le fameux point X qui domine la Woëvre. Elle se prolongea dans le mois d'avril, jusqu'aux 10 et 12, par un temps abominable, une pluie diluvienne qui transformait les tranchées en charniers fangeux où les chairs humaines se mélangeaient à la boue. Des blessés s'y enlisaient pour disparaître à jamais, happés par la terre alors qu'ils respiraient encore.

Le 24 avril à midi, le général von Strautz lança une attaque en forêt dans la tranchée de Calonne, en direction de Verdun. La première ligne française fut enlevée sur quatre kilomètres, à l'ouest du Bois-Haut, et la deuxième ligne céda à son tour. Nos batteries atteintes par la ruée furent capturées avec leurs pièces lourdes, et devant cette percée, aussi catastrophique qu'inattendue, trois divisions furent appelées d'urgence à la rescousse. La 24e Division, qui se trouvait pour l'heure engagée dans une attaque sporadique plus au sud du massif, à l'ouest de la Moselle, entre Saint-Mihiel et Pont-à-Mousson, fut parmi les trois conviées à cette réparation de nos armes.

C'est dans cette ambiance de tumulte que Michel Manimont rejoignit son régiment qui se battait depuis trois jours dans le secteur de Régnierville et Fey-en-Haye. Après un voyage hasardeux, moitié dans des trains de lignes régulières où il se glissa dans les wagons de première classe pour dormir, moitié dans des trains de permissionnaires ivres et las, il débarqua à la gare de Toul le 3 avril au matin; il fit tamponner sa permission et alla retrouver le 3e Bataillon qui venait d'arriver au cantonnement de repos dans le petit village de Saint-Jean.

Durant le trajet, Michel avait remarqué un changement dans les uniformes de certaines unités. Sa première surprise en arrivant fut de découvrir que le 126e avait complètement changé de couleur depuis son départ: les pantalons rouges flottants avaient disparu, jetés au rebut – et tant pis pour les électeurs du Vaucluse ! Les poilus portaient à présent une tenue plus élégante, un pantalon serré, tenu au-dessus des godillots par une bande molletière qui s'enroulait autour de la jambe jusqu'au-dessous du genou, et une capote un peu plus légère que la précédente, le tout d'un bleu clair assez flatteur – surtout pour les yeux bleu foncé comme les siens ! Dès son arrivée on l'habilla de neuf dans ces effets joliment pâles d'azur, que les journaux commençaient à appeler « bleu horizon », sans doute parce que la teinte de l'uniforme devait porter l'espoir de faire fuir les Boches à l'horizon de la belle Alsace, au-delà du Rhin...

Du coup il regretta d'avoir tant pris de peine à nettoyer le sien, avec les boutons cousus à toute épreuve de la main de Louise, et qui ne risquaient pas de lâcher en pleine action – le falzar sur les chevilles en cavalant pouvait coûter la vie au négligent.

Michel demanda au sergent fourrier qui lui présentait son vestiaire :

– Il est livré avec les poux au moins ?

– Oui, mon prince ! répondit l'autre qui avait des manières, mais pas encore avec l'épouse !

Toute la journée du dimanche 24 se passa en repos au cantonnement. Michel apprit par les copains les nouvelles de la cambuse : Léon fut heureux des pâtés, et de la lettre de son frère. Jean Briat, à qui il apportait un demi-jambon avec une lettre de sa mère qui lui recommandait de ne pas faire d'imprudence, était en effet passé caporal la semaine d'avant. Il avait été muté en même temps au 1er Bataillon. Pour célébrer la venue de son grade, il s'était du reste fait remarquer par un éclat de bravoure dans les durs combats du 9 avril à Régnierville. (Il sera cité à l'ordre de la brigade le 12 mai suivant pour sa « belle attitude ».) Mais Jean Malbouyssou, au 2e Bataillon, avait fait encore plus fort dans la pagaille du même jour. Lui avait été cité immédiatement à l'ordre du régiment : « pour sa belle conduite au combat du 9 avril 1915 au cours duquel il s'est maintenu à proximité des réseaux de fil de fer ennemis et y est resté deux jours et demi jusqu'à sa relève ». Mazette !... Il pouvait vraiment faire le fier ! Pas de demi-portion : mort ou mariole ! Sauf que Léon confia en rigolant :

– Tu parles, Charles ! Il était dans un trou d'obus en face des lignes, il a jamais osé sortir !

Ce n'est que dans la nuit du dimanche au lundi que l'alerte fut donnée. Grand branle-bas: on partait dès l'aube, en marche forcée vers une destination inconnue qui, vu l'agitation des chefs, ne pouvait guère être réjouissante, bien que le départ se fît dans la direction opposée aux lignes allemandes, vers le sud. Au village de Tremblecourt des camions les attendaient à bord desquels ils s'embarquèrent sans délai.

La journée du lundi se passa tout entière dans les camions, par Commercy, en descendant le long de la Meuse, jusqu'à Génicourt où ils arrivèrent à 1 heure du matin, le mardi 26. Après quelques heures de repos dans un cantonnement de fortune, et un café tiède, ils prirent la direction des Éparges, à une quinzaine de kilomètres par la route de Rupt et de Mouilly. Parvenus au carrefour des routes au-dessus de Saint-Rémy-la-Calonne, ils firent halte le long des fossés pour donner le temps au quartier général de tirer des plans sur la comète. Il s'agissait d'attaquer le flanc de la colline où l'ennemi s'était avancé la veille et l'avant-veille, et où il occupait nos anciennes tranchées.

À 13 h 30, on distribua aux hommes, qui n'avaient rien absorbé depuis le matin, une double ration d'eau-de-vie – en fait de ration, les gars puisaient directement avec leur quart dans un bouteillon; certains avalaient la gnôle cul sec, puis se resservaient aussitôt une nouvelle tasse pour une dégustation moins hâtive.

Dans un coin du fossé où le 13e Bataillon prenait ainsi des forces, un caporal de trente-quatre ans, Jean Rigaud, dont l'unité ne prenait pas part à l'assaut, sermonnait à voix basse le jeune caporal Rouchon dans des termes que la discipline militaire n'aurait pas approuvés, si la discipline avait su parler occitan. Rigaud était de l'âge du grand frère, Pierre, et son ami; à ce titre il rappelait à Léon, qui venait de remplir son quart, les règles de prudence élémentaire que lui avaient inspirées les événements tragiques de ces dernières semaines de combat.

– *Laissas l'aïga de vita, Léon*, disait-il entre ses dents pour n'être pas entendu. *Te vòles far tuar en d'aquella salopario ?* (Ne touche pas à l'eau-de-vie, tu te feras tuer avec cette saloperie.)

Et comme le jeune caporal hésitait à verser le liquide par terre, Rigaud lui expliquait que ça allait encore être un massacre – que le commandement supérieur, les généraux et toute la clique n'avaient aucune idée de ce qu'ils entreprenaient. Attaquer de front la tranchée occupée par les Boches au sommet du ravin trahissait une folie meurtrière de la part des gradés. Les vies humaines ne leur coûtaient rien à ces gaillards-là – *aqueu gojats*, disait Rigaud – dans la mesure où ils n'offraient pas eux-mêmes leur bidoche aux balles de mitrailleuse. Il parlait de *fetges*, « les entrailles », pour être plus évocateur et plus discret. Léon, qui n'avait plus l'habitude d'entendre beaucoup de diatribes en patois, prêtait néanmoins une oreille attentive aux propos de l'ancien.

– *S'en fotont tòtalament, paure vièlh !* (Ils s'en foutent, mon vieux.)

Cette gnôle assassine qu'ils faisaient distribuer était destinée, selon Jean Rigaud, à leur faire perdre toute raison, à les empêcher de garder un peu de sang-froid et à les faire hacher menu sans protester, sans même se rendre compte. Il lui serra la main en lui souhaitant bonne chance.

– *Conservas te, Lèon, faties pas lo con !*

À 13 h 45, le 3e Bataillon partit en tête sous les ordres du commandant Labaste, en colonne double. L'objectif des 2e et 3e Bataillons – dont l'action devait être coordonnée par le lieutenant-colonel Laporte – consistait à atteindre la lisière du Bois-Haut, puis à s'emparer de la cote 240. Autant prier tout de suite l'ennemi de bien vouloir lui laisser la voie libre !

Au premier pas ce fut l'horreur : la mitraille dans les taillis rendus touffus par la reverdie ; il fallait s'aplatir sur le sol épineux, puis grimper par bonds brusques pendant quelques mètres en s'accrochant aux broussailles, juste le temps que les mitrailleuses boches se remettent à cracher, cisaillant les feuilles nouvelles et les jeunes pousses, griffant les troncs lisses des arbres en pleine sève. Une forte odeur d'écorce et d'humus montait de la terre jonchée de

fleurs sauvages en cette fin d'avril... Les sections grignotaient ainsi la butte par petits sauts rapides, cependant que des types tombaient à chaque avancée, fauchés par les balles. Certains roulaient dans la pente en hurlant, et tombaient sur la tête de ceux qui grimpaient derrière eux.

À un moment, Manimont, qui s'abritait sous un gros caillou en surplomb sur lequel les balles ricochaient en miaulant comme des chattes en chaleur, vit passer le lieutenant Couderc qui commandait la 11e Compagnie; Manévy lui collait au train: « Viens, Michel! cria le petit Henri, on va leur en foutre plein la gueule aux Boches!... » Il avait le ton exalté de celui qui a bu; Michel pensa à son fils, et ne se sentit plus tout à fait maître de courir n'importe où sur un coup d'audace...

Tout à coup le corps galonné d'un sergent vint s'abattre en travers de la pierre qui le protégeait. Le type râlait – Manimont essaya de le faire glisser vers sa cachette en lui saisissant une jambe. Il tira sans se découvrir lui-même, par en dessous – mais une rafale de mitrailleuse éclata la tête du sergent comme une courge molle, arrosant la pierre de cervelle chaude et de sang – du sang qui coulait à présent en rigole dans une craquelure du rocher, et tombait sur Manimont ratatiné, inondant le col et l'épaule de la belle vareuse bleue ! « Il me baptise, le con ! », se dit Michel que l'odeur fade et tiède révoltait… Il profita de ce que les balles ne geignaient plus pour courir vers un tronc d'arbre derrière lequel il se plaqua de profil, juste comme la mitraille se remettait à cracher.

Après quatre cents mètres environ de cette progression presque à genoux, les rampants plus avancés se trouvèrent à la barbe de la tranchée ennemie – une position que les Boches avaient conquise les jours précédents, et dont ils avaient seulement changé la face attaquante. Il était 16 heures passées – le lieutenant Couderc parvenu tout en haut rameuta la compagnie à grands cris : « Avec moi, les gars !… » Une volée de grenades à raquettes voltigea en direction du rempart à atteindre, puis le lieutenant s'élança, cria encore : « Avec moi ! » et plongea dans la tranchée, suivi comme une ombre par Henri Manévy. Une section entière sauta sur eux, baïonnette en avant, hurlant à tue-tête… Et rien ne se produisit. La grande bouche les engloutit, plus jamais on ne revit aucun d'eux…

Saisissant alors les pelles, les gars commencèrent à creuser sur place, tels des renards ou des blaireaux fiévreux, dans la volonté de faire, avant toute chose, un trou pour s'abriter. Un peu plus loin, le lieutenant-colonel Laporte, ancien chef du 2e Bataillon qui se battait avec ses hommes depuis la Belgique, fut atteint de quatre balles dans la poitrine ; tué net au moment où il allait entrer dans la tranchée à son tour… Les blessés jonchaient les broussailles de la pente – sur le soir, les brancardiers arrachèrent les plus urgents aux fougères vertes et broyées, et les transportèrent au poste de secours établi sur la route de Mouilly. Parmi eux se trouvait Jean Malbouyssou qui avait espéré renouveler ses exploits de quinze jours plus tôt. Avant d'être emporté, il tint la main de Rouchon à côté duquel il était tombé en essayant d'atteindre à son tour la tranchée fatale. Une balle dans le ventre lui avait brisé une vertèbre, tout le bas de son corps se paralysait…

– Léon, si tu reviens à Meyssac, tu diras…

Il se tordit de douleur et n'en dit pas plus long, car on l'emporta avant qu'il eût repris son souffle. Il devait mourir sept jours plus tard de sa blessure, le 3 mai, à l'hôpital de campagne n° 1 installé à Verdun. Le surlendemain, Léon apprit d'un adjudant du 91e d'Infanterie que Jean Rome, promu sergent à la mi-mars, muté alors dans ce régiment-là, avait lui aussi été tué le 26 avril au cours d'une attaque dans la tranchée de Calonne.

XV

Dans les Flandres le terrain est plat, sans accidents inutiles ; il est donc propice aux expérimentations. C'est en janvier de 1915 que la toute jeune aviation allemande vola sur les ailes du succès avec une grande première mondiale, que sans doute l'on ne commémore pas assez étant donné l'ampleur de ses applications futures : le bombardement aérien. Par un véritable trait de génie, les Allemands imaginèrent ce à quoi personne, jamais, n'avait songé jusque-là : placer des bombes à bord de quelques aéroplanes pour aller les larguer habilement au-dessus de bâtiments ou de gens à démolir.

Évidemment il était préférable, pour donner plus d'éclat à la démonstration, de choisir un objectif assez éloigné de la zone de combat, hors de la limite de tir, et que les canons ne pouvaient pas atteindre. Ils inaugurèrent donc leur nouveau système le 22 janvier lorsqu'une flottille de leurs avions lâcha 80 bombes sur Dunkerque avec un succès non négligeable pour une première expérience : 7 morts et 13 blessés dans la population de la ville. La rentabilité était sans doute assez faible – 4 bombes par personne atteinte – mais l'effet psychologique fut tout de même immense ; et puis il y a un début à tout. Trente ans plus tard, à Dresde, leur invention fit merveille !

Cette manière de s'attaquer aux civils était aussi relativement neuve dans les conflits modernes, du moins elle renouvelait des temps plus anciens, la soldatesque ayant toujours fait joyeusement sentir le poids de ses passages... Certes, les batteries ennemies avaient déjà copieusement arrosé plusieurs villes en tuant des habitants paisibles, à Reims et ailleurs – la ville d'Ypres, par exemple, sur le front de Belgique, avait été en partie détruite au mois de novembre, sa cathédrale brûlée et son superbe Hôtel de Ville, merveille d'art architectural flamand, déchiqueté par les obus. Cependant il y avait toujours eu jusque-là l'excuse d'un objectif militaire direct : la ville à prendre, tandis que le raid sur Dunkerque visait seulement à détruire le moral d'une nation par des cruautés d'une valeur ajoutée.

Aussi c'est avec une certaine crainte que le zouave Léopold Andrieux et ses camarades observaient, le mardi 20 avril 1915, deux biplans allemands qui évoluaient avec insistance au-dessus de la petite ville de Bergues, fortifiée par Vauban – où qu'on aille en France, Vauban a construit des murs incassables, des forteresses inexpugnables dont les villes nourrissent aujourd'hui les brochures de leurs offices de tourisme ! Cinq zouaves d'un bataillon du 4e Régiment venus en voisins se dégourdir les jambes surveillaient d'un œil inquiet les cercles suspects que les avions décrivaient à basse altitude autour du centre de la ville. Ils contournaient le beffroi en une courbe élégante, mais pleine de bruit, remontaient en ellipse vers les restes de l'abbaye Saint-Vinoc que les garçons avaient visités l'heure d'avant, la tour ronde et la tour carrée ; puis les aéroplanes repiquaient vers l'église comme des bourdons autour d'un calice avec le fracas de leurs moteurs. La population de Bergues sortit d'abord aux fenêtres, puis sur la grand-place, où les gens s'agglutinaient le nez en l'air. Imprudemment d'ailleurs !

– Gaffe les coucous ! avait dit Gaspard, un zouave parisien. Y font du chevaux d'bois en l'air, dis donc ! C'est signe qu'ils vont pas tarder à ruer sus not'gueule…

À présent les cinq gars étaient persuadés que les oiseaux sinistres, porteurs de la Croix de Fer sur la queue, allaient lâcher quelques bombes enflammées ou un chapelet de torpilles sur les badauds assemblés. Ils s'éloignèrent en courant du pied du beffroi pour remonter à gauche vers les maisons en façades. Au moment où l'un des appareils, descendu très bas, contournait la vieille tour, René s'écria :

– Ah ma vache ! Ils prennent des photos…

– Des espions ?

En effet on distinguait nettement l'observateur penché au-dessus de la carlingue qui manipulait une boîte. L'avion, penché sur l'aile, frôlait le clocher à trente mètres.

– C'est pour montrer à ses parents, ricana Benjamin.

– Mais non, c'est qu'y veut ramener ses poules après la guerre, rectifia Émile, tu vois bien, c'est un charmeur !

Gaspard expliqua sur le ton de l'évidence résignée :

– Nous, on est des Poulbot, lui il a des poules boches.

L'avion repartait pour tourner plus haut, il ajouta :

– N'empêche que faut pas avoir les copeaux, cézigue, pour se balader sur ces zincs.

Tout à coup le second biplan, qui s'était tenu à l'écart du centre, arriva du bas de la ville, du côté de la gare, et plongea à son tour sur la grand-place avec une hardiesse folle, penché à 45 degrés, l'aile droite vers le sol, puis il se redressa avec des craquements de voilure dans un épouvantable fracas de moteur. D'un bond, l'engin remonta vers le quartier haut – la foule s'était couchée de frayeur.

– Oh l'emmanché ! Y nous a bien eus Fritz !…

– C'est des as du manche à balai ces types-là, résuma Émile épaté.

– Y viennent jusque dans nos bras…, chantonna Benjamin.

L'après-midi tournait donc à la fête aéronautique sous le grand ciel bleu du printemps, lorsqu'un grondement différent se fit entendre à l'ouest. Ils aperçurent tout à coup deux autres biplans qui s'amenaient très haut, à contre-soleil, du côté de Dunkerque, et qui commençaient à descendre vers la ville. Des Français !… Gaspard qui aimait à commenter les spectacles s'écria :

– Mince de métinge, v'là les nôt's qui r'biffent ! Va y avoir d'la casse, j'vous l'dis !

Sur la place la foule s'animait comme au cirque, sans songer aux balles perdues… Seulement les deux Allemands avaient aperçu eux aussi les coucous rivaux qui fondaient sur eux, tels des vautours sur des perdrix. Virant violemment de bord, les pilotes mirent les gaz à fond dans un hurlement des hélices et foncèrent voilures sifflantes en direction des lignes de front, d'où ils étaient venus, vers Hondschoote, ou Dixmude…

Les zouaves étaient indignés de cette dérobade :

– Ah les pedzouilles, ils prennent la tangente !

Ils se mirent à courir ventre à terre vers les remparts, par la rue des Potiers, jusqu'aux jardins en hauteur pour voir les lâches se débiner en rase-mottes le long du canal, tandis que les avions français descendaient en piqué, mais avec un petit retard. Ils eurent juste le temps d'apercevoir les officiers-photographes qui avaient saisi leur fusil, et qui, tournés vers l'arrière, les coudes appuyés sur l'armature de la carlingue, visaient en l'air les poursuivants… Puis les avions prirent de la hauteur, sans doute pour éviter les tirs sur nos lignes, là-bas, le long du canal de l'Yser. Ils disparurent dans le ciel léger et pur, où de jolis nuages en flocons argentés se prélassaient pour le bonheur des hirondelles.

Les cinq troufions prirent dans la même direction le chemin du cantonnement. Le régiment se trouvait en repos à Hondschoote (prononcé *ondzkot'*) – Gaspard disait « Onze côtes de Boches, bien grillées » ! – où les zouaves avaient déposé leur barda trois jours avant Pâques, après une période très dure aux tranchées de première ligne dans le secteur de Boezinghe. Ce matin, les copains étaient partis en balade après l'appel pour occuper leur quartier libre, car une rumeur courait selon laquelle leur bataillon allait reprendre l'instruction. Ils étaient arrivés d'Hondschoote par les jardins, le long des canaux – Léopold Andrieux aimait marcher sur ces routes droites faciles, où l'on voyait loin. Le pays, plat comme le fond d'une assiette avec rien au bord, lui plaisait infiniment : la vue n'avait pour limite que des bouquets d'arbres maigrichons, des rameaux vert tendre dans le lointain. On aurait dit des arbres pas tout à fait en bois, des fleurs d'ornement contre le ciel uni ; un ciel en haute voûte, empli de lumière qui se grisait sur les bords d'une teinte floue, plus sombre. Ici les maisons éparses ressemblaient à des navires ancrés sur une mer brune. C'était si différent de la Corrèze entièrement touffue de bois débordants, et si pentue !

Ici la terre était sombre, si riche, si belle, si grasse, toute noire à certains endroits. Cette terre franche de jardins sur des kilomètres lui donnait un sentiment de luxe et de gaspillage à la fois – il aurait voulu en emporter pour chez lui, pour la répandre à Laubas dans le jardin de son père. La guerre lui semblait encore plus monstrueuse dans ces parages, à saccager tant de belle terre ; ils la criblaient de ferraille, là-bas, au bord du canal si tranquille où des petites mouettes venaient par centaines picorer le sol remué... Ça lui faisait presque autant de mal que les cadavres, surtout maintenant, dans le printemps, avec les fleurs... Il avait écrit à ses parents : « C'est bien dommage d'avoir un pays comme ça et de l'abîmer. »

Léopold aimait bien aussi la compagnie de ses copains, des braves types avec leur parler de Paris qui le faisait rire. Il les écoutait et passait son temps à rigoler. Il n'éprouvait pas le besoin d'ajouter quoi que ce fût aux conversations auxquelles il participait presque muettement, attentif seulement à ne pas perdre le fil des paroles étranges qui défilaient. Au début il ne comprenait pas grand-chose, mais à présent qu'il y était habitué, ces façons de plaisanter de tout lui paraissaient un vrai régal.

Gaspard surtout lui était sympathique – un type gentil malgré ses airs bravaches et sa façon de se moquer de tous et de tout. Vingt-huit ans, engagé volontaire pour voir des pays chauds, il se trouvait que les mâchoires du piège s'étaient refermées sur lui, comme sur eux tous. Un jour, après qu'ils eurent mangé la gamelle en vitesse dans la tranchée, Gaspard lui avait dit en torchant la galtouse :

– T'es d'la campluche toi ?

Léopold fronçait des sourcils perplexes – Gaspard expliqua sans mauvaise intention, avec évidence :

– Tu viens de la cambrousse. T'es un bouseux, quoi...

– À quoi tu vois ça ?

– J'sais pas... À rien. À une façon que t'as de te foutre de la gueule du trèpe avec l'air d'admirer le cornichon qui t'cause. Je t'ai à l'œil mon bonhomme, à moi on m'la fait pas ! Les pèquenauds c'est plein de ruse, ça cause pas beaucoup, ça réfléchit, ça prévoit la pluie, ça pisse dans la neige, c'est malin… T'es mariole, voilà.

Gaspard aussi aimait à observer, du haut de son mètre cinquante-trois officiel – « Et encore la toise s'est un peu soulevée d'enthousiasme en me voyant !… » Il parlait d'abondance pour faire un écran entre les gens et lui – pour qu'on ne s'aperçoive pas qu'il vous regardait, vous jaugeait, vous mesurait sous tous les angles. C'était sa technique de camouflage : il se lançait dans le boniment, et pendant que les types riaient de ses fadaises il ne perdait pas une miette de leurs réactions, de leur comportement – très hypocritement.

– On est pareils, t'sais – kif-kif tous les deux. Moi j'ai pris ça à Belleville, toi à Trifouillis-les-Oies. Y a que la façon qui change. Tu mouftes pas, je pérore… Mais dans l'fond, ça se vaut.

Après un silence pensif, alors qu'un canon pétait plus loin du côté de Bikschote, Gaspard ajouta :

– C'est pour ça que je t'ai à la bonne, bonhomme.

Ils étaient restés camarades – au partage d'angoisse et de quelques bons moments lorsque venait la relève et qu'ils repartaient vers l'arrière. Pour les victuailles ils faisaient part à deux – quand Léopold recevait des boîtes de pâté envoyées par sa mère, il les dégustait avec Gaspard.

– Un cordon bleu, ta vieille ! Ça nous change du singe…

Lui n'avait pas de colis – ni de vieille d'ailleurs. Elle était « clamsée » quelque part, un jour de malheur où elle avait trop bu.

– 'pis l'daron j'l'ai jamais connu !

Mais il se démerdait joliment à dégoter des rabiots de rata, des fonds de gnôle – toujours au bagou. Il avait ses entrées aux cuisines. Il faisait tordre de rire les fourriers… Et toujours un morceau de boni pour son poteau.

En revanche, Gaspard n'aimait pas beaucoup la présence de Pierre Rouchon lorsqu'ils se voyaient. Avec ses quinze années de vie parisienne dans la brasserie, Pierre agaçait cet enfant du pavé par un langage appliqué. Son accent fortement corrigé sonnait légèrement faux à l'oreille sensible du Parigot.

– Y fait semblant d'être affranchi, ton pays, ça m'poisse. Pas l'mauvais zigue, mais il imite la musique des moineaux d'Paris.

Le premier dimanche après Pâques la petite bande était allée voir la mer. Ils avaient profité du chemin de fer Michon qui faisait alors la navette entre Hondschoote et la plage de Bray-Dunes. Ils s'engouffrèrent le matin dans un wagon carré en bois qui atteignait le bord de mer par les Moëres et Ghyvelde, couvrant la dizaine de kilomètres en un peu moins d'une heure… Le train était bondé de militaires, mais également de jeunes filles en groupes compacts, parties dans les rires pour la journée, avec leurs paniers à provisions et l'intention de jouer les gigolettes sur la promenade où déambulaient tant de soldats désœuvrés, belges et anglais. Ils eurent le temps d'admirer la platitude parfaite et colorée des anciens marécages, tandis que les soldats sifflaient pour impressionner les filles, et chantaient à tue-tête une chanson que l'on entendait depuis la fin de l'hiver – la chansonnette avait été rapportée par un régiment qui venait des tranchées de la Somme où elle faisait fureur, disait-on.

« … La Madelon pour nous n'est pas sévère
Quand on lui prend la taille ou le menton
Elle rit, c'est tout le mal qu'elle sait faire,
Madelon, Madelon, Madelon !… »

Au sortir de la petite gare bâtie directement derrière les dunes, ils n'avaient que trois pas à faire pour atteindre la longue promenade, où se dressaient le *Grand Hôtel* et les jolies villas aux noms de femmes, face à la mer, fleurons de la station balnéaire.

Assis au bord de la digue sur le sable fin, Léopold regarda longtemps l'eau, frémissante de vaguelettes argentées toujours poussées vers le bord, disparaissant sans cesse au-delà d'une langue de terre découverte par la marée. Il ne savait pas que la mer bougeait – l'eau ici avait une façon bien différente de celle qu'il avait vue à Bizerte. Il soufflait du large un vent frais, et même vif, qui fouettait le corps, sans aucune ressemblance avec la chaleur brûlante de la côte bordée de palmiers où il avait séjourné au printemps dernier… La mer était un infini, plat, apaisant, nourricier, mais inutile comme ces herbes sèches et folles qui croissaient dans le sable des dunes…

La mer était une idée de Dieu…

Ils visitèrent la petite église des pêcheurs où d'autres soldats déambulaient – l'inscription sur le porche prenait une valeur cruelle étant donné les circonstances : « Marin, crois en Dieu, implore la protection de Notre-Dame-des-Dunes et à l'heure du danger ne désespère pas. » L'heure du danger… Léopold pensa qu'il suffirait d'écrire « Poilu » à la place de « Marin » – on pourrait accrocher des pancartes dans les tranchées.

Cette année il avait gagné ses Pâques ; l'occasion en était offerte aux soldats qui le désiraient dans la grande église toute blanche de Hondschoote, avec ses piliers décorés de dorures et ses boiseries tout le long des murs. C'était la première fois qu'il communiait ailleurs que dans l'église de Lagleygeolle – en Afrique il avait laissé tomber ; il s'en accusa au cours de la confession sommaire, forcément expéditive, organisée par l'aumônier. Gaspard n'était pas venu, ni aucun des autres – il avait prétendu « ne pas piffer les ratichons »… C'était étrange cette messe rien qu'avec des hommes – certains chantaient en latin, très fort, avec les curés – des gradés, des gens instruits dont les épaulettes galonnées brillaient à la lueur des cierges.

Léopold avait reçu l'hostie en fermant les yeux, et en pensant à Goudriat, à la main vieille et rousse de Goudriat dans notre église – et le prêtre murmura pareil : « *Corpus Christi* » dans l'odeur d'encens. Ça lui fit une chaleur au visage.

L'un des prêtres – il y en avait trois dans cette messe, dont deux qui servaient d'enfants de chœur –, celui qui paraissait le curé de l'endroit, monta en chaire et parla longtemps de Jésus-Christ et de la guerre – disant que tous ceux qui mourraient là-bas, au bord du canal comme au

Calvaire, pour la cause sacrée, ressusciteraient un jour comme Lui… Il les appellerait tous par leur nom et Il leur rendrait leur femme, et aux enfants leur père, et aux mères leurs fils. Puis il dit quelque chose qui ressemblait beaucoup à l'inscription sur la dune, au bord de la mer, à Bray…

Pendant que le prêcheur exhortait les soldats à l'espérance, Léopold contemplait la chaire – ce balcon enroulé autour d'un pilier devant lequel par hasard il se trouvait. Il n'avait jamais vu le pareil, en bois sombre, poli, infiniment dentelé, qui présentait au bord de l'allée centrale la statue d'un berger à barbe pointue, assis sur une souche ; ce berger caressait la tête d'un mouton dressé contre lui sur ses pattes de derrière, comme un chien qu'on flatte… Cette chaire avait dû demander un travail inimaginable – il n'osait pas calculer le nombre de jours : deux ans ? Peut-être beaucoup plus… Rien que pour faire la laine du mouton ! Il essayait d'imaginer combien de temps un artisan pouvait mettre pour sculpter ces volutes, ces trous, ces nervures rondes – et encore à condition d'avoir des outils qui coupent bien !

Le territoire autour d'Ypres avait été si vaillamment défendu par l'armée britannique contre la progression de l'ennemi qu'il formait une légère avancée dans les lignes allemandes, alors que le front lui-même se stabilisait le long du canal de l'Yser et le cours de l'Yperlée. Cette bosse, appelée « le saillant d'Ypres », était l'objet d'attaques répétées de l'ennemi qui s'efforçait par tous les moyens de la réduire, ce qui l'eût aidé à enfoncer le front et à se déployer sur la mer du Nord, à Dunkerque précisément, et à Calais, de sorte à empêcher les troupes anglaises de débarquer sur le continent.

L'effort de lutte fut donc particulièrement sensible, là aussi, pendant le renouveau, entre Ypres tenu par les Anglais, et Dixmude défendu par les troupes belges. Le mois d'avril et le mois de mai connurent une agitation extrême – en particulier dans le secteur médian, le long du canal de l'Yser. Là, les états-majors français avaient dépêché des troupes de choc, les zouaves du 7e Régiment, renforcés par un bataillon du 4e ; ces unités faisaient la liaison entre l'armée belge à gauche (et au nord), et les troupes anglaises et canadiennes à droite, dans le secteur d'Ypres.

Les zouaves redoutés, symboles de vaillance coloniale, troupes particulièrement vantées qui chargeaient férocement au son du clairon, comme dans la chanson de M. Déroulède alors sur toutes les lèvres :

« L'air est pur la route est large
Le clairon sonne la charge
Et les zouaves vont chantant… »

Nos zouaves enfin, africains frénétiques, faisaient merveille en ce printemps 1915, et, pour ne pas faillir à leur réputation, gagnaient du terrain sur la rive droite du canal. Ils étaient parvenus à Bikschote, et un peu plus à l'est encore, avaient atteint, le 22 avril, le village de Langemark où ils établissaient la jonction avec le contingent canadien.

C'est alors que le drame inoubliable se noua.

Toujours dans l'idée que cette plaine impeccable offrait l'espace idéal pour un vaste laboratoire, les Allemands inaugurèrent la deuxième grande innovation de ce premier semestre 1915 – on l'a vu l'un des plus féconds de l'histoire militaire depuis l'invention de la poudre. Leurs tranchées se trouvant menacées par les terribles avancées alliées, ils mirent à exécution un plan préparé de longue main – quoique réprouvé d'avance par les conventions internationales de La Haye « concernant les lois et coutumes de la guerre » en 1899 puis en 1907, et dûment signées par le représentant de l'Empire d'Allemagne – c'est-à-dire l'emploi de « gaz asphyxiants et délétères ». À la vérité, ils avaient déjà commencé à enfreindre les lois de la guerre lorsqu'aux derniers jours de février ils avaient arrosé nos tranchées avec des jets de pétrole enflammé – d'abord le 27 à Malancourt, entre l'Argonne et la Meuse, puis à Vauquois le 23 mars près de l'église, causant d'atroces brûlures. Il ne s'agissait à Ypres, au fond, que d'un cran supplémentaire dans la délinquance armée.

Donc, le jeudi 22 avril, vers 5 heures de l'après-midi, profitant de ce qu'un vent léger soufflait du nord-est en direction de nos lignes, les Allemands lâchèrent entre Langemark et Bikschote des nuages de chlore qui vinrent lentement asphyxier nos soldats sur le champ plat de la bataille… Les Français virent d'abord avec surprise des vapeurs jaunâtres virant au vert et au blanc monter au-dessus des tranchées ennemies et s'approcher de leur ligne de combat. Croyant à la propagation d'un brouillard artificiel destiné à couvrir une attaque, les hommes se tinrent prêts – quelques-uns même se précipitèrent à l'avant des vapeurs dans le dessein de surprendre les assaillants qu'ils supposaient progressant derrière… Les premiers atteints furent pris de picotements intenses dans le nez, les yeux et la gorge, qui se transformèrent rapidement en brûlures insoutenables dans toute la poitrine. Ils toussaient, suffoquaient, et la plupart se roulèrent au sol, se tordant de douleur avant d'agoniser sur place.

Les fantassins allemands suivaient, en effet, la progression de leur nuage – ils avançaient, munis pour eux-mêmes de bandeaux protecteurs sur la bouche, en tirant au fusil à travers la fumée pour accélérer le massacre ; pour couronner leur effort meurtrier, leur artillerie arrosait nos lignes arrière. Parmi les obus qu'ils envoyèrent à longue distance, sur le secteur de Boezinghe, petit village situé immédiatement derrière le canal de l'Yser, certains dégageaient ces mêmes gaz asphyxiants !

La terreur chez nous fut complète – en plus de l'hécatombe des soldats engagés sur place, elle se transforma en déroute dont l'ennemi profita entièrement, repoussant le front sur plus de trois kilomètres de profondeur. Les Allemands traversèrent le canal convoité, et jusque-là trop bien défendu, à l'écluse de Het-Sas, entre Boezinghe et Streestraat où étaient les ponts ; puis ils s'installèrent solidement sur la rive gauche, dans les petites fermes de Lizerne, non loin de Zuydschoote qu'ils ne réussirent pas à atteindre. Les zouaves, vaincus par la chimie, souffrirent comme des damnés pendant plusieurs jours, avec des vomissements où se mêlaient des filets de sang, et beaucoup succombèrent au cours des jours suivants, les muqueuses pulmonaires rongées, malgré les soins empiriques prodigués à ces blessures d'un genre nouveau.

Ni le zouave Andrieux, ni le zouave Rouchon ne se trouvaient ce jour-là, devenu historique, sur les lieux de la catastrophe, mais leur bataillon alerté fut ramené d'Hondschoote par camions le soir même. Le nuage, en se disséminant, avait causé des troubles vers l'arrière dans la population rurale ; les émanations nocives avaient fait sentir leurs effets jusqu'aux alentours de Poperinghe, à six kilomètres de la ligne de feu, où des femmes et des enfants, surpris aux champs, avaient été incommodés par des suffocations au point de ne pas pouvoir regagner leur demeure. On releva des gens inanimés dans les houblonnières qui faisaient la richesse de cette paisible bourgade flamande...

Une partie de la troupe fut activement mise à contribution pendant la nuit, à la recherche des blessés sous une lune pâle à son premier quartier, et les zouaves battaient encore la campagne au lever du jour. Gaspard avait dit, sifflant entre ses dents :

– Qué pastis ! Y-z-ont fait un sale ramdam les fumiers cette fois-ci.

En revenant au bivouac Léopold Andrieux avait écrit un mot bref à ses parents.

B. le 23 avril 1915

Chers parents,

Je suis toujours dans cette belle plaine que je vous ai parlé, mais à présent il y a moin d'eau qu'avant, avec le beau temps sa sèche. Hier il sait passer un drame de guerre qui a fait des victimes morts dans mon régiment, heureusement ma compagnie était relever des tranchées depuis deux semaine et je n'est pas eu a soufrir, portez pas peine. Les boches ont envoillé des gaz empoisonés sur nos lignes je vous assure que s'était pas beau avoir. On nous a mené rammassé des blessés civils dans les terres ils pouvait plus se trainer et respiré. Je suis en

bonne santé pour le moment, mais je vous trouve a dire. Je désir que ma lettre vous trouve tous de même.
Votre fils et frère dévoué
Andrieux Léopold.

Le temps de se réorganiser, les Français passèrent à la contre-attaque le samedi 24. Trois bataillons de zouaves, appuyés par des carabiniers belges, entreprirent de reconquérir les fermes du hameau de Lizerne à la baïonnette. Gaspard et Léopold avaient décidé de combattre au coude à coude, pour mieux apprivoiser l'angoisse à deux, et pouvoir compter chacun sur les qualités de l'autre : Léopold était solide comme un roc, volontaire et têtu, Gaspard vif et agile comme une anguille. De plus ils avaient mis dans leur camp un grand diable natif d'Auvergne, haut, roux et carré, nommé Fantou, que Gaspard avait d'abord baptisé « Fanfan » et dans un deuxième temps « Fanfan la Tulipe ». Lancé à l'assaut, Fanfan poussait des sortes de brames du fond de la gorge, comme un son de corne de brume qui se finissait dans l'aigu en trompette bouchée – quelque chose de réellement surprenant, non pas de nature à épouvanter l'ennemi, mais capable de détourner son attention pendant une ou deux secondes décisives, car en même temps l'Auvergnat moulinait sa baïonnette du haut de sa puissante stature (1,83 m selon les calculs de Gaspard qui l'avait passé sous la toise !). C'est alors que les deux autres qui le flanquaient, chacun sous un bras, s'avançaient d'un bond rapide pour plonger leurs baïonnettes dans le ventre du Boche d'un geste franc et sans hésitation – en visant au-dessous du ceinturon dont le cuir ou la boucle aurait pu freiner la pénétration. Les deux lames, se croisant brusquement dans les entrailles du type, assuraient la situation pendant que Fanfan, toujours hurlant, parait une éventuelle riposte de la part d'un autre Allemand.

En vérité Gaspard, qui était un as au lancer de balle et autres bâtons – « À la fête à Neu-Neu, fiston, c'est bibi qu'emporte le cocotier ! » –, se servait de son fusil à la manière d'une énorme flèche : il le lançait d'un geste sûr, à deux bras au-dessus de sa tête, comme un gros javelot, et ne ratait aucune cible à deux, ou même cinq mètres. Cela étant, il fallait faire très vite : un manque de coordination pouvait être fatal.

Le Parisien avait mis au point la tactique :

– Tâche moyen de lui gercer la tomate, expliquait-il – indiquant ainsi à l'Auvergnat de frapper l'adversaire à la figure. Nous, pendant ce temps, on y va à la fourchette à escargots. T'as pigé, mon Fanfan ?

Il mimait le geste de la baïonnette :

– La Rosalie, comme ça, nous deux Léopold, tchac !...

Fanfan, qui avait la parole rare, répétait en accord :

– Tchac !...

– Voilà !... Pis toi tu gazouilles ton truc d'éléphant à chier dans son froc. Hein bonhomme ! C'est pas le moment de faire des manières bourgeoises.

Ça marchait... Il fallait bien – la peur leur tordait les boyaux tandis qu'ils s'élançaient dans la mêlée en hurlant à plein gosier après le sergent : « En avant !... » La peur renforçait leur élan, elle se transmuait en furie d'attaque. Pour ne pas être paralysé par elle, il fallait frapper, pour ne pas trembler, frapper avec aveuglement, avec une inconscience qui frôlait la folie... Au premier Boche embroché qui lâcha son arme, basculé par la poussée des baïonnettes, Gaspard hurla à pleins poumons en récupérant d'un bond son fusil : « Au suivant de ces messieurs ! Demain on rase gratis ! »

On se battait, à côté d'eux, dans des cris et des jurons dont on ne savait plus s'ils étaient de triomphe ou de douleur, ou simplement de peur pure... D'autres sons aigus traversaient l'air – tout à coup ils se rendirent compte que ce qu'ils entendaient très fort derrière eux, ce cri déchirant en saccades, c'était le clairon ! Le clairon sonnait l'attaque comme dans la chanson, comme dans les manœuvres – il galvanisait leur folie trépidante. Ces hommes lancés à la mort hurlèrent ensemble dans un effort désespéré en avant – les premiers Allemands en ligne perdirent pied sous le coup de boutoir, se réfugièrent derrière des masures écroulées par les obus...

Le trio prit une allure diabolique – à un moment deux Allemands déterminés, adossés à un pan de mur, opposèrent une résistance rageuse – mais Gaspard lança son arme. Le type était en train de se baisser vivement pour esquiver un coup du farouche Auvergnat : la baïonnette lui traversa la gorge et se planta derrière lui, fichée entre deux pierres, le clouant au mur où il resta pendu dans un râle… Dans la vibration du lourd fusil la lame se brisa net à la garde, et le fusil tomba. Le deuxième Boche devint tout vert et comme Fanfan la Tulipe poussait son drôle de barrissement, il lâcha son arme et se sauva à une rapidité dont on ne l'aurait pas cru capable au premier coup d'œil.

Ce jour-là les Allemands furent délogés de Lizerne et refoulés dans leurs tranchées de deuxième ligne ; la vague d'assaut vint s'y heurter aux mitrailleuses et les hommes durent s'enterrer promptement dans les trous d'obus de la veille. Le pont de Steenstraat resta entièrement aux mains de l'ennemi. La semaine suivante, la troupe franco-belge tenta d'accroître sa progression sur la rive droite du canal et de regagner le terrain perdu. Mais la résistance allemande s'avérait colossale, d'autant que les gaz nocifs refirent leur apparition, notamment au cours du dimanche 2 mai où le brouillard vert monta de la tranchée le long du canal. Cependant, les unités sanitaires avaient rapidement mis au point des tampons de ouate semblables à ceux des Allemands eux-mêmes (et récupérés sur quelques prisonniers) ; ces tampons, qui étaient imprégnés d'un liquide à base d'hyposulfite de sodium et d'eau de chaux, appliqués sur la bouche et le nez à l'aide d'un ruban élastique, diminuèrent la nocivité des gaz.

La bataille se poursuivit de la sorte pendant tout le mois de mai, avec quelques violents sursauts et de brefs temps d'accalmie. Le 16, les zouaves obligèrent les dernières sections ennemies, qui avaient pris pied sur la rive gauche du canal, à repasser de l'autre côté ; ils regagnèrent le contrôle du pont de Steenstraat. Des morts, partout… Les Allemands auraient laissé 2 000 cadavres sur les rives de l'Yperlée, mais le chiffre fut peut-être exagéré pour donner aux civils une haute idée de la valeur de nos troupes.

La semaine suivante il tomba d'abord des déluges de pluie qui imbibèrent les sols spongieux, et transformèrent les tranchées en cloaques de boue dans lesquels les soldats s'enfonçaient jusqu'aux cuisses – la sale guerre des intempéries ajoutait aux souffrances de la chair la démoralisation des hommes soumis à une existence d'animaux. Lorsque la pluie cessa, dans la nuit du jeudi 20 au vendredi 21, les Allemands passèrent le parapet et attaquèrent en masse sur nos tranchées... Repoussés de justesse, avec fracas et pertes ! Des cadavres partout... Les blessés s'enlisaient dans la boue profonde et mouraient en aspirant la terre molle, asphyxiés avant de pouvoir être secourus.

Le 24, l'ennemi vexé canonna un orage d'obus qui répandaient le gaz que l'on n'appelait pas encore *ypérite*... Dans le bataillon qui venait de prendre la relève, plusieurs hommes avaient oublié leur masque protecteur et furent atteints gravement ; d'autres souffrirent seulement d'une irritation accompagnée de toux passagère. Pierre Rouchon faisait partie de ceux-là, cependant sa toux persista tout l'été. Dans une autre compagnie, la 11e, Gaspard Budan ne retrouva pas assez vite ce qu'il appelait sa « serviette hygiénique » égarée dans son barda. Lorsqu'un obus éclata à cinq mètres de lui, il respira des effluves délétères ; Fanfan la Tulipe, qui se trouvait à ses côtés, sa ouate sur la bouche, l'arracha du sol avec une vivacité surprenante, lui colla sa large main sur le nez et se sauva en courant loin de l'impact... Néanmoins Gaspard dut être évacué le mardi au motif – confia-t-il à l'ambulancier – qu'il était « un pigeon rôti ». Il insista entre deux quintes : « Pigeon, et rôti ! »

Dans la nuit du 31 mai au 1er juin, une escouade du 4e Bataillon qui patrouillait au clair de lune surprit vers 23 h 30 un poste allemand retranché dans une maison appelée aux « Chemins rouges » et l'attaqua à la grenade. L'affaire causa quelques dégâts, et – dit le rapport – « une vive alerte » chez l'ennemi, dont les batteries arrosèrent un peu plus tard nos lignes de torpilles et d'obus. Toute la journée du mardi fut secouée par des échanges de tirs d'artillerie. À 3 heures de l'après-midi, à Boezinghe, alors que le secteur se calmait peu à peu, une torpille attardée vint éclater à l'entrée d'un abri, tuant net deux zouaves qui sortaient du trou pour voir où en était le combat. L'un d'eux était Léopold Andrieux ; il avait fini la guerre. Il aurait eu vingt-deux ans le jour où commença l'été.

À Laubas-Haut, au bout de la route, la photographie de Léopold pendra longtemps au mur de la chambre, dans son cadre ovale doré. L'uniforme à passementeries exotiques des zouaves lui donne l'allure d'un mousquetaire à pourpoint ; le visage jeune et lisse, à la petite moustache légère, le front haut, dégagé, où ressort le regard droit, intrépide, évoque assez bien un compagnon de d'Artagnan – jusqu'au béret porté crânement sur la nuque, et qu'on ne distingue pas bien sur la photo pâlie d'une crinière audacieuse, tout donne au cadre un aspect intemporel.

Quand les parents mourront, le portrait deviendra celui d'un jeune homme qu'on avait beaucoup aimé jadis, et qui ne prenait pas une ride. La sœur de Léopold épousera le voisin, Adrien Lavialle ; elle entretiendra devant ses enfants la mémoire fugitive de ce frère unique, oncle fantôme et malchanceux qui ne revint jamais de la guerre de 14 – mais ce pourrait être des guerres de Louis XV… Ils apprendront qu'il est mort loin et beau comme on le voit – ils diront de moins en moins que c'était « pour la France ». Un jour il naîtra une petite fille qui fixera souvent, en grandissant, le portrait mystérieux dont sa grand-mère Marie, qu'elle adorait, lui disait du bien en la prenant sur ses genoux… Comment ne pas être troublée par ce « visage ovale aux yeux bleus » qui aurait pu être Achille, pour un peu, ou même Ulysse s'il avait été « heureux ». Alors, quand elle sera grande, la petite fille écrira un poème, afin que le temps ne recouvre pas entièrement le souvenir :

À LÉOPOLD

J'ai huit ans et tu es mort depuis longtemps.
Pourtant, ton regard sur la photo est vivant.
Dans ton uniforme de zouave, tu te tiens fier et grave.

Tu as tout juste vingt ans, encore si près d'être un enfant.
Tu es parti à la guerre, loin de ton père et de ta mère.
Tu étais jeune et beau, ta vie valait toutes les autres.
Il n'est resté de toi que ce cadre sur le mur
Et les questions d'une enfant qui interrogeait ton visage
En cherchant le chemin qui la conduirait vers toi
En Belgique ou dans la Somme, sur une de tes tombes.

Nadine

XVI

En revenant de la zone des combats après la relève, le 10 mai 1915, mon père avait trouvé la bague qu'il avait commandée à un artilleur ébéniste devenu joaillier. La fabrication des bagues à partir de métal récupéré sur les fusées d'obus allemands était en effet, depuis l'automne, une grande occupation des poilus dans les tranchées de seconde ligne. Ils passaient des journées à se tourner les pouces en dehors des corvées, de la réfection des tranchées elles-mêmes et des sempiternelles parties de cartes. Aussi les plus habiles, ingénieux aux métiers divers, prenant exemple sur quelques professionnels du ciselage dans le civil, voire sur de jeunes compagnons bijoutiers, se lancèrent dans cet artisanat qu'on aurait pu croire incongru en ces lieux de mort immanente : la fabrication de bijoux !

Ils fondaient l'aluminium des fusées coniques des obus de .77, moulaient le métal dans des moules en calcaire tendre – abondant en Champagne – ou dans des douilles de mitrailleuses… Ils gravaient au couteau, avec une alène, ou encore du matériel qu'ils fabriquaient ici et là. Ils ajustaient la décoration des chatons au goût du client, et vendaient les bagues pour quelques francs : le commerce était très actif car les soldats en achetaient pour les mères, les sœurs, les femmes, les marraines, en une vague de coquetterie insolite mais extrêmement affective. Il arrivait qu'à certaines périodes de calme la matière première vînt à manquer dans un secteur – dès les premiers bombardements, on voyait alors les hommes se précipiter pour récupérer dans les trous des obus le métal nécessaire.

Donc Jacques avait fait graver en anglaise moulée les initiales de sa femme sur un chaton ovale, dans l'intention de lui envoyer la bague pour sa fête, le 22 mars. Malheureusement des perturbations étaient intervenues qui avaient dérangé l'artiste, le bijou n'avait pas été prêt à temps. Il venait seulement de récupérer la bague – payée d'avance puisqu'elle était « personnalisée » et qu'on ne savait jamais quel accident fâcheux pouvait survenir à un voiturier au coin du fossé ! – lorsqu'un sergent lui apprit qu'il était réclamé au bureau du capitaine.

– Presse-toi un peu, le vieux rouscaille, ça a l'air urgent !

C'est alors qu'il eut connaissance du télégramme, Léa était enterrée depuis la veille.

Il crut d'abord à une erreur – « ÉPOUSE DÉCÉDÉE VENDREDI 7 COURANT. » Ça n'avait aucun sens, son épouse à lui allait bien – il avait reçu une lettre d'elle l'avant-veille, il la portait sur lui la lettre de Léa !... « OBSÈQUES DIMANCHE. » On était lundi. Il pensa à sa mère, qui était l'épouse de son père évidemment – mais c'était absurde. On aurait écrit « MÈRE DÉCÉDÉE » dans ce cas-là. Il pensa qu'il s'agissait de quelqu'un d'autre, que le réceptionniste distrait, ou soûl, avait écrit son nom à lui par hasard. « Épouse, épouse... » Beaucoup de types ici avaient une épouse... Enfin Léa ne pouvait pas être morte ! *Sa* Léa... La femme de son frère peut-être ? Jean était au 21e Régiment d'Artillerie d'Angoulême – quelque part en Argonne. D'ailleurs le télégramme s'était baladé sur le front avant de lui parvenir – on était lundi, il était parti samedi. Oui, en effet, parti de Meyssac... C'était bien son prénom à lui, Jacques, et son matricule, et le 12e Escadron du Train.

– Mes condoléances, mon vieux. Tu auras une permission exceptionnelle pour aller chez toi.

Le capitaine le poussait dehors – il restait hagard... La chose était impossible, affreusement impossible ! C'est ici qu'on mourait – on mourait tous les jours en Champagne, pas à Lagleygeolle !... Et de quoi serait-elle morte ? Elle n'était pas malade ! Elle lui avait écrit qu'elle se portait bien – il sortit fébrilement la lettre de la poche intérieure de sa veste. Il voulait voir l'écriture ronde de Léa, les lettres grasses et bien moulées, pour se rassurer… «*Mon Jacques chéri.*» Une longue lettre – elle lui disait qu'il lui manquait beaucoup, qu'elle pensait à lui tout le temps… Mais la tristesse ne fait pas mourir ! Elle avait vingt ans Léa, pas encore vingt et un ! Elle se portait comme on peut se porter à cet âge-là… Sa peau était chaude et tendre – son cou léger, ses lèvres humides, ses seins odorants… Morte ! ! Morte de quoi ? – Un accident ?… Mais au café elle ne pouvait pas avoir d'accident !…

Elle lui donnait des nouvelles du pays, de ses parents à lui – elle avait vu son père et sa mère le dimanche, qui allaient bien. La lettre était datée du mardi – sa mère Anna était inquiète bien sûr avec ses trois garçons à la guerre… Et puis Rémi, son frère, avait enfin écrit, il était bien arrivé à son régiment et il commençait ses classes. Léa racontait la visite de Michel Manimont et de Louise «*leur petit garçon est un amour de bébé qui tient bien compagnie à sa maman*»… La façon dont elle disait cela indiquait qu'elle aussi aurait bien voulu avoir ce genre de compagnie…

ÉPOUSE DÉCÉDÉE VENDREDI… Il pensa que c'était un cauchemar, qu'il allait se réveiller et en rire. Mais il rentrait des lignes où justement le télégramme ne l'avait pas trouvé. C'était là-bas le cauchemar, sur la Suippe, où il avait charrié deux ou trois tonnes d'obus de .75 depuis quatre jours… On percevait un grondement lointain, par intermittence. Il n'était que trop éveillé. L'idée ne l'effleura à aucun moment qu'elle ait pu se suicider… On ne mettait pas volontairement fin à ses jours dans ce temps-là, sauf dans des cas vraiment extrêmes de malheur ou de pauvreté. Dieu veillait alors, il ne permettait pas ces gestes de désespoir gratuit, surtout chez les jeunes qui avaient la vie devant eux – et le paradis après, dans l'au-delà tant vanté…

Pourtant elle était bien morte, Léa, toute fraîche comme une rose qu'elle était. Le lendemain une lettre arriva, envoyée par mon grand-père – ma grand-mère Anna ne savait pas écrire – «*Mon bien cher Jacques, tu as appris la terrible nouvelle, je pense, par le télégramme que je t'ai fait envoyer...* » Toute la commune était sous le coup – Léa, la jolie fille de Laguillaumie, subitement éteinte ! Toutes les femmes pleuraient, toute la commune était montée à l'enterrement, le dimanche. Le curé Gaudriat, perdu d'émotion malgré son âge, expliqua que le Seigneur l'avait rappelée à lui – que c'est à Dieu qu'elle appartenait, et qu'elle avait rejoint le sein des anges... Et ce furent des sanglots partout dans l'église, des pleurs sincères qui s'entendaient – le vieux curé, qui pourtant en avait vu des raides dans son existence, avait des larmes qui coulaient en balançant l'encensoir sur la bière...

Ma mère avait treize ans à cette époque, elle pleura pendant trois jours, convulsivement... Elle m'a raconté – bien plus tard évidemment puisque c'était décidément ma mère, et pas l'autre – son grand chagrin de ce mois de mai... Elle y voyait (en me racontant) une prémonition : elle pleurait la femme dont elle allait, six ans plus tard, épouser le veuf – pour son malheur, disait-elle ! Ma mère croyait dur comme fer à la prémonition, aux messages que donnent les songes, les rencontres insolites, le chant des oiseaux. Elle affirmait que la nuit où sa mère à elle mourut, une chouette chanta tout près de la maison, sur un arbre, incessamment. Elle me faisait frémir au cri de la chouette qui annonce les trépas... Aujourd'hui encore j'ai un peu peur de cet oiseau-là – intimement, je veux dire, de manière furtive, je ne laisse voir ma crainte à personne... Enfin elle pleura la mort de Léa avec toute la tendresse d'une très jeune fille pour une autre, mais d'une manière déraisonnable ; elle jugea par la suite que c'était le signe de son destin : épouser mon père...

Le sort de Léa m'apitoie moi aussi, comme celui d'une proche parente virtuelle, et rétrospective, qu'elle est finalement. Elle a porté mon nom – elle s'est appelée Léa Duneton pendant seize mois. Elle est un peu ma mère manquée... elle est morte sans moi. Si j'avais été son fils je serais né plus tôt – je serais mort à présent, ce serait une affaire réglée.

On n'a jamais su d'ailleurs ce qui avait provoqué son décès – à part la volonté de Dieu, il n'a jamais été fait allusion à aucune cause particulière. Elle n'avait pas été malade. Mort subite, ça veut dire quoi ?... Maintenant que nous sommes grands et raisonnables de tout un siècle savant, avec des notions précises sur les organismes vivants, on peut penser qu'elle fut victime d'une rupture d'anévrisme cérébral, par exemple – ou d'une fibrillation cardiaque subite, cela arrive.

Mon père, on le conçoit, fut profondément perturbé par la perte de sa femme. Durant la courte permission qu'il obtint « pour cause exceptionnelle » quelque temps plus tard – la personne ayant eu ses obsèques, il n'y avait plus d'urgence – il parut troublé et bizarre. Il paraissait plus en fureur qu'accablé – il fit même un peu scandale en n'allant pas sur la tombe de Léa, dans le cimetière vieux, contre le flanc de l'église. Ma mère, qui me l'a rapporté, y voyait une preuve d'indifférence, voire de cruauté. Moi qui ai bien connu mon père, je sens au contraire l'indice d'un chagrin immense. Être passé à quelques mètres d'elle en allant voir ses beaux-parents, et s'être détourné de sa sépulture, veut dire que la cruauté de la disparition l'affectait si violemment qu'il ne pouvait se livrer aux convenances ordinaires. Avoir senti la mort sur lui pendant des mois atroces, avoir pataugé le long de cadavres mutilés entretenait au fond de lui une colère profonde...

À moins qu'il y soit allé de nuit, tout seul sur la tombe, sans qu'on le voie, comme une bête qui va flairer ? Il en était capable – ce serait même assez vraisemblable, car je crois qu'il l'aimait.

C'est à partir de cet été-là que mon père renonça tout à fait à croire en Dieu – un dieu trop injuste et méprisant à l'égard des humains pour mériter le culte qu'on lui vouait... Les atrocités quotidiennes, la folie de cette guerre qui avait de moins en moins de sens au fil des mois, qui durait sans espoir de fin et dont le seul but visible à présent était de broyer de la chair humaine sans aucun gain d'aucun côté, avaient réduit sa foi catholique à pas grand-chose. La perte subite et absurde de la femme qu'il aimait, qu'il avait épousée devant les autels avec toutes les bénédictions réglementaires acheva de l'arracher à la foi de son père. Un père qui, cet été-là, vida ses poches pour le salut de la France, livrant à l'État, comme des milliers d'autres bons citoyens, toutes ses économies pour l'Emprunt.

Le gouvernement fit un appel au peuple de France, à partir du 2 juillet, à son sens du patriotisme, pour récupérer l'or qui dormait dans les lessiveuses et les bas de laine – l'État offrait à la place du papier-monnaie. La patrie avait besoin d'or pour soutenir l'effort de guerre – cette guerre des munitions qui mobilisait toute l'industrie pour la production de canons, de mitrailleuses, d'avions de combat et de projectiles adaptés, et qui coûtait « près de deux milliards par mois » en chiffres et valeur de l'époque. L'appel à l'or, relayé par les maîtres d'école et les curés en chaire, invitait tous les Français à porter leur métal précieux à la Banque de France – ces contributeurs volontaires recevaient alors la valeur de la somme nominale en billets neufs, ainsi qu'une vignette artistiquement gravée, portant le nom du patriote qui avait consenti à cet échange. Ce « brevet de civisme » marqué à l'effigie BF, qui « constatait » un versement d'or pour la Défense nationale, devait enorgueillir son heureux possesseur. La collecte fit merveille – on faisait la queue au mois de juillet devant les guichets de la Banque de France qui, face à l'affluence, dut ouvrir des salles spéciales pour l'accueil des déposants de toutes classes sociales, de toutes conditions.

Afin de galvaniser encore mieux l'opinion publique en faveur du sacrifice financier que réclamait « l'union sacrée », le gouvernement décida de rendre un hommage, tardif certes, mais sublime, à Rouget de Lisle ! – on chantait beaucoup *La Marseillaise*, forcément. On décida de transporter en grande pompe les « cendres » de son auteur aux Invalides à l'occasion du 14 juillet !... Les Invalides, depuis le « retour » de Napoléon, avaient une aura plus glorieuse que le Panthéon qui servit plus tard à donner du lustre aux régimes naissants. On exhuma donc le 13 juillet, à Choisy-le-Roi où il était mort pauvre, les vieux os de Rouget. On les transporta sous une pluie battante, sur un affût de canon datant de la Ire République tiré par des pompiers vêtus de pèlerines, jusqu'à l'Hôtel de Ville, où le maire de Choisy exprima dans un discours vibrant « l'émotion ressentie par ses concitoyens en se séparant des restes sacrés dont ils avaient la garde ». Le ministre de l'Intérieur le remercia au nom de la France, et le lendemain – il ne pleuvait plus – un long cortège triomphal se forma devant *La Marseillaise* de Rude à l'Arc de Triomphe. Une cantatrice et un chanteur de l'Opéra chantèrent l'hymne national accompagnés par la musique du 30e Régiment Territorial, en présence de M. Poincaré, président de la République, et des membres du gouvernement. Le cortège descendit ensuite les Champs-Élysées pour se rendre aux Invalides, faisant ainsi une sorte de funérailles nationales à un grand Patriote qui, lui, avait fini ses jours dans la misère, absolument privé de cet or que l'on réclamait à présent à cor et à cri.

Justement, mon grand-père, emporté par l'émulation, mais surtout parce qu'il avait ses trois fils au front, se dépossédа de ses réserves paysannes en pièces d'or accumulées pour les mauvais et les bons jours, pour les partages et arrangements de famille. Mon père, plus tard, lui reprocha cette naïveté – quand il sut que la guerre profitait « aux gros », enrichissait les nantis et les embusqués bien à l'abri des balles. Cette filouterie – l'argent papier se dévalua et appauvrit la classe la plus laborieuse de la nation – fit naître en lui, plus tard, la croyance tout aussi candide dans la moralité égalitaire en Russie. Il opposait devant son vieux père incrédule la grande pureté du prolétariat de l'Est à la malhonnêteté bourgeoise qui se couvrait du voile du civisme… Heureusement qu'il est mort à temps !

Cet été 1915, Jacques se mit à boire – du moins il renforça considérablement la dose d'absinthe qu'il avait l'habitude d'absorber en temps ordinaire. Il jouait aux cartes à corps perdu, et fuyait « son devoir » dans toute la mesure où il pouvait y échapper. Au point que cet esprit de tire-au-cul fut remarqué par ses chefs, et que ses chefs souhaitèrent de plus en plus écarter des rangs un mauvais sujet qui pouvait devenir contagieux. Du mois de juillet de cet été-là date l'épisode de la meule de foin où il se cachait pour couper à la corvée, et la mission impossible qui en résulta quelques jours plus tard dans le Fond des Faurissons au bois de la Grurie en Argonne. Lui et ses camarades sacrifiés d'avance avaient si peu de chances d'en revenir.

À force de fumer du tabac en buvant des alcools forts, et d'être rongé par la peur, il avait maigri... Il s'affaiblit au point que dans la dernière semaine du mois d'août il était pris de fréquents maux de tête, et se sentait écœuré de tout. Il dormait mal, même au repos, il n'avait plus aucun appétit pour les singes froids ou tiédasses – on appelait « singe » le bœuf en conserve – et resta trois jours sans presque rien avaler. Si bien qu'une nuit où une escouade chargeait des obus dans un dépôt en faisant la chaîne, il était tellement épuisé qu'il eut un vertige et s'écroula sur le sol, ce qui fit râler ses camarades. Le lendemain matin, un samedi, il s'en fut voir le médecin-major qui le rabroua comme tire-au-flanc. Ah il voulait se faire porter pâle pour éluder les corvées ! Le toubib le renvoya sur les roses – si cette métaphore peut convenir à des champs de mines...

Le lundi 29 août, Jacques se trouvait chaud et fiévreux ; il se tâtait le pouls, mais son pouls paraissait normal. Il transpirait et se sentait incapable de tout mouvement – il eut la colique, seule chose qui le préoccupait vraiment. Il avait déjà eu, comme beaucoup de ses camarades, des crises de dysenterie – cela finissait de l'affaiblir. Le vendredi 3 septembre, il se laissa engueuler sans rien dire par un caporal qui le trouva prostré sur l'affût d'un canon... Les copains colportaient une nouvelle qui les agitait beaucoup : Pégoud, l'aviateur, avait été tué en vol !... Un événement d'importance – Adolphe Pégoud, l'as des as de l'aviation française, était plus célèbre qu'un général d'armée ! Celui que les foules acclamaient partout en Europe avant la guerre – le premier à avoir volé la tête en bas, par exemple. Il avait montré au monde entier comment on peut « boucler la boucle » avec un avion, c'est-à-dire décrire un cercle vertical en plongeant en piqué et en remontant dans une courbe, retourné, pour le plus grand frisson des foules lors des démonstrations aéronautiques. Bref le grand Adolphe qui, depuis le début de la guerre, faisait tourner les avions boches en bourrique, et qui en avait descendu tant et plus, avait été atteint d'une balle dans la tête, disait-on, trois jours avant – son zinc s'était écrasé au sol…

Mon père ne réagissait pas du tout… La nouvelle qui indignait les copains le laissait, non pas de marbre car il se sentait bouillant par tout le corps, mais d'une indifférence tragique :

– Pégoud, tu te rends compte ! lui clamait au visage un amateur d'aéronef.

– Qu'est-ce que tu veux que ça me foute ? Toi aussi tu seras descendu, et pas de bien haut, t'en fais pas, petit con !…

Les copains alors virent qu'il ne tournait pas rond… La nuit il délira – hurlant dans l'abri qu'un obus allait lui péter dans le ventre. Il tenait son ventre à deux mains et criait : « Attention les gars, ça va péter, ça va péter, ça va péter !… Couchez-vous, ça va péter, je vous dis ! »

Il répéta « ça va péter » avec des gémissements prolongés, dont on ne sait s'ils exprimaient la terreur ou le mal de ventre… Le sergent demanda les brancardiers ; on l'emporta à l'ambulance. Le major déclara alors qu'il avait la fièvre typhoïde…

– Ah nom de Dieu, le salaud ! Il va nous pourrir tout le régiment !

La typhoïde était contagieuse – et mortelle !… À cette époque-là sans réel traitement. Il y avait déjà eu plusieurs cas, le service de santé avait même fait circuler une note à ce sujet. La mauvaise hygiène des gourbis, plus la mauvaise qualité de la nourriture au front favorisaient la contagion. Il s'agissait d'éloigner au plus vite ce patient indésirable, et le toubib qui ne mâchait pas ses sentiments avait déclaré brutalement aux infirmiers :

– Qu'il aille crever ailleurs, nom de Dieu !

Il lui fit boire de l'eau salée en abondance afin d'éviter la déshydratation, ajoutant par acquit de conscience quelques doses d'antipyrine qui ne pouvait pas lui faire de mal…

Jacques ne fut évacué vers l'arrière que le lundi 6 septembre – les registres sont formels... Il fallut attendre le départ du train sanitaire, dont un wagon était destiné aux cas de fièvre typhoïde, à tenir à l'écart des autres blessés. Il ne vit ni où on le conduisait ni dans quelles conditions – les types étaient allongés sur de la paille dans un wagon à vaches aéré par des ouvertures grillagées dans le haut des parois.

Mon père avait commencé sa lutte contre la mort lorsqu'on les débarqua à l'hôpital civil de Vichy le lendemain 7 septembre... La fièvre resta d'abord à 40° pendant une semaine durant laquelle le délire le quitta peu. Il appelait Léa, lui parlait pendant des heures, un monologue haché, coupé de soubresauts, interrompu par des plages de silence... À certains moments il lui demandait pardon d'être mort – lui, mort et fantôme, la suppliait de lui pardonner son décès. Il articulait avec difficulté : « Mon amour je ne l'ai pas fait exprès... » Plusieurs fois il lui demanda de chasser des rats qui venaient sur son lit – il criait de terreur et sanglotait comme un enfant car les rats s'attaquaient à son ventre : « Léa ! Léa ! Je t'en supplie !... Tue-les, tue-les !... »

Dans la salle de l'hôpital où les typhoïdes étaient confinés c'était un concert de ces cris – certains appelèrent leur mère pendant plusieurs jours. Et puis ils se turent. Ils étaient morts. Sur les dix gars arrivés de Champagne par le train du 7, il en mourut trois la première semaine, trois autres la seconde[1] – Jacques ne mourut pas : la troisième semaine de son séjour, la fièvre tomba brusquement. Le lundi 20 sa température était à 37° 5, mais le lendemain elle remonta à 40 le matin, et redescendit le soir à 38, sans raison apparente. La diarrhée était passée – il recommença à s'alimenter.

Alors il prit conscience qu'il était entouré de femmes en blanc, et leur sourit. C'étaient toutes des religieuses : elles portaient des cornettes blanches sur le bonnet qui

1. L'épidémie de typhoïde sur le front en 1914-1915 fit 11 400 morts.

leur enserrait le front et les tempes d'où aucun cheveu ne dépassait... Elles lui dirent d'un air satisfait: «Nous avons prié pour vous!» Les sœurs de Saint-Vincent-de-Paul étaient contentes parce que leurs prières avaient marché – Dieu les avait entendues et il n'était pas mort... Il allait mieux maintenant... Elles lui criaient un peu aux oreilles au début, par habitude de s'adresser à un candidat cadavre.

Lui, de son côté, était enchanté de leur avoir fait plaisir en ne mourant pas. Les sœurs lui annoncèrent qu'il était à Vichy, et qu'il était passé bien près du trépas. Il y en avait une très jeune, avec un visage rond, au teint frais, qui lui rappelait le visage de Léa... La fièvre oscilla encore pendant quelques jours pour disparaître le samedi 25 et ne plus revenir... Il était vraiment tiré d'affaire, lui dirent les sœurs qui avaient l'habitude – et le médecin-chef fut du même avis. À présent on allait s'employer à le retaper, pour qu'il puisse retourner au front bien vite!...

Ça c'était moins réjouissant, et même un coup à ne pas bien se remettre – mais il ne manifesta aucun avis sur ce projet funeste. Les sœurs commencèrent à le gaver de bonnes choses – il était maigre, il devait se fortifier... C'est une période dont il parlait toujours avec ravissement, ces mois d'hôpital à Vichy. Ce qui avait agréablement achevé de chasser la typhoïde la semaine du 27 septembre au 3 octobre où il commença à aller mieux, ce furent les nouvelles d'une attaque d'importance à la fois en Artois et en Champagne d'où il venait – une action héroïque à laquelle la maladie l'avait fait échapper... Le samedi 25 septembre à 9 heures, l'état-major français lançait une attaque monstre sur vingt-cinq kilomètres de long, entre Souain, Ville-sur-Pombe, dans les secteurs de Perthes, Hurlus, Mesnil, et les collines appelées «La Main de Massinges». On parlait d'une progression phénoménale de deux à quatre kilomètres en deux jours – les sœurs s'extasiaient... Jacques pensait à ses copains: combien de tués? Il imaginait bien, dans ce secteur qu'il connaissait, la sortie des tranchées par les fantassins fauchés sous les tirs des mitrailleuses, dans la pluie qui n'avait pas cessé. Probablement un massacre, dans la boue crayeuse, avec une débauche d'artillerie – il ne se plaignait pas d'avoir été malade.

De temps en temps, à la maison, mon père parlait de ces sœurs infirmières avec gourmandise – sœur Thérèse la chef de toutes, et sœur Angélique la jeune et jolie… Quand on est petit on ne cherche pas à savoir – la vie de son père est un brouillard, une aube informe et transparente derrière laquelle l'existence semble plutôt irréelle. Il disait : « Ça me rappelle la sœur qui me soignait. » À cinq ans je n'avais jamais pensé à demander de quoi il était malade… En tout cas il racontait qu'elle était mutine, sœur Angélique, avec sa cornette qui faisait ressortir la luisance de ses yeux. Des yeux de velours, bruns, un regard qui en disait long croyait-il – il se faisait probablement des illusions, comme tous les hommes qui sont sûrs que les femmes les aiment… À mon avis, il prenait pour des réalités ses désirs un peu sacrilèges à mesure qu'il reprenait des forces… Mais il avait passé de bons moments, bien à l'abri dans la tiédeur de l'hôpital, avec des petites conversations dans lesquelles il plaçait sa culture évangélique comme un moyen de séduction. Il citait les mots appropriés – « les voies de la Providence sont impénétrables » – ou des petites phrases qui lui plaisaient : « Il sera plus difficile à un riche d'entrer au Royaume des Cieux qu'à un chameau de passer par le chas d'une aiguille » – celle-ci avait l'avantage d'évoquer les chameaux, des bêtes qu'il connaissait, qu'il avait côtoyées en Afrique. Il en avait même utilisé pour certains charrois !…

Citer des paroles du Christ, l'époux spirituel de ces femmes, le mettait dans les petits papiers de la supérieure, sœur Thérèse, une autorité à moustaches qui ne transigeait pas avec la courtoisie des rapports. Dans ce monde un peu fruste de la soldatesque souffrante, Jacques paraissait un jeune homme intéressant – un veuf en plus, un cas touchant, comme les orphelins. Il n'avait du reste avoué cette particularité paradoxale de son état civil que subrepticement, parce que la sœur l'avait interrogé :

– Vous êtes marié ?

– Oui, ma sœur…
– Votre femme ne vous écrit pas ?
– C'est-à-dire, ma sœur…
Elle avait froncé des sourcils menaçants :
– Vous n'êtes pas divorcé, j'espère ?
– Non, ma sœur, bien sûr que non !…
– Alors ?…
– Ma femme est morte, ma sœur.
– Oh, mon pauvre garçon !…

Sincèrement, elle s'était montrée désolée, sœur Thérèse. Il avait dû lui raconter – au printemps dernier, Léa, toute jeune encore, à vingt ans. Un drame évidemment – surtout pour un poilu…

– Pauvre Jacques !…

Elle lui donnait du prénom pour la circonstance et cela le touchait. Elle lui fit apporter un supplément de confiture qui rendit jaloux son voisin de salle. Un autre jour, elle s'était assise un instant sur le bord du lit, et lui avait parlé de la miséricorde divine.

– Vous gardez l'espoir au fond de votre cœur, n'est-ce pas ? Il ne faut jamais perdre l'Espoir.

– Ma sœur, l'espoir… Oui, si l'on veut…

Il voulait dire que l'espoir mourait tous les jours, surtout là-bas en Champagne, sous les mitrailleuses… Plus les journaux vantaient la vaillance de nos troupes, le nombre vraiment « kolossal » de prisonniers qu'elles faisaient, plus il imaginait, lui, le carnage… Mais attention ! Il ne fallait pas trop en dire : tenir sa langue là-dessus lui paraissait essentiel. Ne pas paraître défaitiste et peureux, tiède au casse-pipe et accusant Dieu. Elles voulaient des poilus pur sucre les frangines, des patriotes à tous crins, jusqu'au-boutistes en démons comme tous les gens à Vichy… Pas de confusion, elles ne cajolaient ces gaillards qu'à la condition qu'ils aillent rejoindre les copains, reprendre les armes avec une ardeur nouvelle lorsqu'ils iraient mieux. La typhoïde ne laissait pas de plaie, ne coupait pas un membre – à la rigueur on pouvait considérer, selon ces infirmières de la foi chrétienne, que ceux que la maladie avait épargnés sortaient raffermis de l'épreuve, comme de toutes les épreuves que le Seigneur nous envoie.

Il se laissa donc remonter le moral comme un ange, pour gagner du temps – sœur Thérèse passait avec le toubib, qui se fiait surtout à sa parole pour savoir si le type était convenablement remis sur pied, et s'il pouvait en conséquence libérer la place à l'hôpital. Il faisait donc le papelard pour qu'on ne le chassât pas trop tôt – retourner au front était son cauchemar. Il s'offrit même à leur faire des écritures de sa belle main, pour les aider. Il aurait fait n'importe quoi pour prolonger la villégiature. Depuis peu il sortait quelques heures en ville, se promener dans les allées du parc... Les premiers jours ça lui faisait une impression bizarre de circuler dans une ville entière, aux façades intactes, sans murs écroulés, sans toitures éventrées ! – Pas une seule fenêtre sans carreaux, soufflée par une bombe... De même les jardins portaient des arbres entiers, pas des troncs lacérés, des souches éclatées à hauteur d'homme. Les arbres dénudés qui retenaient sous la pluie leurs dernières feuilles semblaient sortir d'un miracle – puis il s'habitua. Tout redevint normal. Mais la dernière semaine de novembre, il eut droit à huit jours de permission de convalescence, hélas avant de regagner son corps...

Au lieu de retourner à Lagleygeolle avec le poids de tristesse qu'il pressentait là-bas, il se rendit à Paris pour y passer sa semaine de répit, et y retrouver la trace des bordels qu'il connaissait autrefois. La ville était toute pimpante, illuminée le soir, mieux encore qu'avant. Tant d'animation, tant d'appétit de vivre surprenaient. Il nota qu'il y avait de moins en moins de fiacres dans les rues – tous des vieux cochers en pèlerine conduisant des chevaux poussifs. Par contre les taxis automobiles bruyants pullulaient sur la chaussée... Dans cette « vie moderne » palpitante, les femmes se montraient insolemment belles, avec des airs plutôt affranchis, ne baissant pas les yeux lorsqu'elles se promenaient en groupes, sur les boulevards. Leurs manières aisées étaient surprenantes... Beaucoup d'officiers sur les trottoirs, aux tenues impeccables et au pas vainqueur – qui n'avaient vu le front que de loin, pensait mon père, sinon ils ne se promèneraient pas de la sorte, le torse en avant. D'ailleurs il ne les saluait pas – la mode semblait passée de saluer en ville.

Lorsqu'il rejoignit son unité, le 30 novembre, il eut une double surprise. D'abord l'armée française avait changé de chapeau en son absence !... Partout les hommes portaient le nouveau casque en circulation depuis octobre sur l'ensemble du front. Ce « casque des tranchées » (ou encore « casque Adrian » du nom du colonel du Génie qui l'avait inventé) avait d'abord été distribué aux biffins pour les protéger des balles à la tête aux premières lignes, et *a fortiori* pendant les attaques. Finalement on l'avait attribué à toutes les armes... Il donnait aux soldats une allure plus martiale que le calot mou – ça les rapprochait des pompiers, des gens « du feu » ! – en même temps qu'une protection plus ou moins effective qui les rassurait... Pendant un temps les fantassins avaient eu droit à des calottes métalliques mal ajustées qu'ils portaient dans la tranchée sur leur calot – mais elles tombaient tout le temps, absolument pas commodes. Tandis que le casque faisait meilleur effet, et puis une armature de cuir à l'intérieur permettait de le régler à sa tête. Avec une jugulaire en plus sous le menton, il restait stable pendant la course.

La deuxième surprise fut beaucoup moins esthétique : on le changeait d'arme ! Il ne restait pas au Train, on le versait dans un régiment d'artillerie de campagne... En effet la guerre des tranchées avait peu à peu développé une artillerie de « proximité », qui utilisait des mortiers de petite taille destinés à lancer des bombes à courte distance dans les tranchées adverses de première ligne. Les plus vieux de ces engins, appelés « crapouillots », dataient du XIXe siècle et de la guerre de siège ; ils avaient été abandonnés dans de vieilles citadelles. Ils n'étaient d'aucun usage dans l'artillerie des guerres modernes qui exigeait des tirs de longue portée ; mais dans la situation insolite où s'était enlisé ce conflit imbécile, avec des retranchements qui se trouvaient parfois à quelques mètres seulement et dans lesquels on envoyait des grenades à main, le fait de pouvoir balancer des explosifs de toutes sortes et de tous calibres au milieu de l'ennemi devenait précieux. Les soldats du Génie, chargés des sapes et des mines souterraines, s'ingénièrent donc, au cours du printemps et de l'été 1915, à bricoler des tas de petites catapultes faites avec trois bouts de ficelles, afin de projeter des bombes mortelles dans les tranchées d'en face. Ils inventèrent même des sortes d'arbalètes – qu'ils appelaient « sauterelles » – capables de lancer des grenades jusqu'à quatre-vingts mètres, ce qui s'avérait suffisant dans plusieurs secteurs extrêmement rapprochés. Mais la plupart fabriquèrent des mortiers de fortune, à partir d'obus allemands de .77 qui n'avaient pas éclaté – ils les vidaient pour propulser une bombe de quelques kilos, mise à feu à l'aide d'une mèche. D'autres lançaient des torpilles à ailettes à plusieurs centaines de mètres – sans viser, dans un tir courbe imité de la technique du « crachons en l'air, ça retombera quelque part ! »...

Seulement pour actionner ces engins divers qui apparaissaient comme une nouvelle arme – génériquement « les crapouillots » – il fallait des types suffisamment habiles pour charger les pièces, les orienter, les mettre à feu, sans être des techniciens de précision comme l'étaient les vrais artilleurs. Les officiers prirent donc des hommes où ils pouvaient – une partie des effectifs du Train fut reconvertie dans cette nouvelle fonction. L'ennui, c'est que cela signifiait opérer dans les tranchées, et même dans celles de première ligne, de très loin les plus meurtrières, celles où l'on recevait toutes les déjections explosives des voisins : grenades, obus, torpilles – et gaz de plus en plus fréquemment ! – sans parler des attaques adverses à la baïonnette que l'on risquait de subir. Le seul avantage sur les fantassins – mais il était immense – c'est que le crapouillot ne passait pas le parapet avec eux pour aller taquiner le voisin sous le feu des mitrailleuses. Plus question en tout cas de s'occuper de chevaux de trait à une distance respectable de la ligne de feu, ni d'aller cueillir au loin des munitions pour les artilleurs, eux-mêmes camouflés en arrière des tranchées. C'était pour mon père un changement abominable – il entrait dans une autre guerre, infiniment plus méchante que celle à laquelle il avait résisté jusque-là… Il entrait dans un hiver qui devait être la fête de la mort.

XVII

Après l'hiver passé en Champagne, le printemps en Lorraine, et avoir parcouru sur les hauts de Meuse les sentiers de l'enfer, le 126e Régiment d'Infanterie fut transporté dans la Somme à la mi-juin. Ce fut un début d'été voué à la villégiature – après tant de travaux guerriers on laissa la 24e Division panser ses plaies et se refaire une santé durant un mois et demi, en vue d'un avenir incertain, flou, et menaçant comme cette guerre bloquée, exaspérante d'équilibre violent.

Le régiment s'établit au nord d'Amiens, à Naours, pendant cinq semaines sans alerte, sans tambour et sans clairon jusqu'au 18 juillet. Les hommes profitèrent du beau temps pour aller en permission de récolte – le foin qui presse reçut l'aide de quelques bras aguerris. Jean Rigaud revint à Pouch voir si sa femme, pas encore en congé, tenait toujours bien la petite école, Michel Manimont put embrasser son fils au Pescher – à quatre mois il commençait à sourire – et donner la main à son beau-père ; Jean Briat retrouva sa mère et lui fit admirer ses galons de caporal obtenus en avril en récompense de sa « belle attitude au combat ». Léon Rouchon fit un tour à Merlette – mère oblige – après une halte chez sa sœur aînée à Enghien ; le caporal admira le nourrisson Jacques né la veille de la déclaration de guerre, et fit sauter sur ses genoux le petit Pierre qui riait de tout son cœur lorsque son tonton imitait avec la bouche le bruit du canon. À Merlette il cajola la petite Julienne, dont le papa Antonin eut droit lui aussi à une permission de fenaison au tout début juillet – qui se doubla d'une visite de grande tendresse, après une vie d'abomination dans les bois de l'Argonne, puisqu'en septembre l'Angéline se trouva de nouveau enceinte. Selon les affinités personnelles et les circonstances, ces garçons firent visite dans le canton aux mères, aux veuves, aux orphelins déjà consommés…

À la suite de cette belle détente ensoleillée, le 126e commença à se rapprocher lentement du théâtre des opérations… Dès le 25 juillet il cantonnait au village de Habarcq, et son annexe Noyellette, situés à une douzaine de kilomètres à l'ouest d'Arras, et à une vingtaine de Notre-Dame-de-Lorette, Carency, La Targette, ces hauts lieux du carnage qu'étaient devenus les vastes champs à blé de l'Artois. L'offensive du mois de juin avait réussi quelques coûteuses prouesses ; le 9 juin 1915, après huit jours de combats ininterrompus – c'est-à-dire le jour et la nuit – le village de Neuville-Saint-Vaast était repris aux Allemands, au prix de très lourdes pertes du 39e Régiment d'Infanterie – il faut entendre par « pertes » les morts avérés, les disparus pour ne jamais revenir, les mutilés, les blessés en grand nombre, enfin tous ceux que la rigueur des armes avait mis hors de combat. C'était la victoire de la 5e Division d'Infanterie que commandait le général Mangin : les premières tranchées allemandes avaient été repoussées dans la partie nord de Neuville dont l'ennemi conservait le contrôle. C'est précisément vers ce secteur, toujours terriblement fébrile, que le 126e débuta sa migration au pas de marche, le 1er août à 6 heures du soir.

Dans cette plaine grasse et fertile, Français et Allemands jouissaient, si l'on peut parler ainsi, d'une implantation terrienne indéracinable qui aurait dû à elle seule faire pencher la décision vers le match nul, si seulement l'époque avait eu l'humeur un peu plus sportive…

Mais les états-majors, poussés par des gouvernements assassins, et somme toute habitués à régir la vie et la mort des citoyens mâles sans autre considération que l'usage de leur dictature sur des peuples d'esclaves, gardaient de chaque côté de l'horizon un œil de lynx sur leur propre avancement dans la carrière militaire, faisant fi de la situation sur le terrain. Le quadrilatère agricole compris entre

Neuville-Saint-Vaast, les villages d'Écurie, Roclincourt, et Thélus – ce dernier toujours aux mains des Allemands – se trouvait presque entièrement sillonné d'un réseau de tranchées profondément creusées dans la terre meuble et brune, aussi compliqué que les galeries d'une termitière.

La plaine légèrement inclinée vers le sud au-dessus d'Écurie, de part et d'autre du chemin, alors creux, allant vers Neuville, jusqu'à la route de Lille à Arras à l'est, portait un enchevêtrement de tranchées et boyaux fort justement appelé le labyrinthe. Au-dessus du labyrinthe, c'est-à-dire vers le nord jusqu'à la route de Neuville à Thélus, partaient trois tranchées allemandes dont la première à l'ouest aboutissait au carrefour dudit chemin et de celui des moulins. Cette première ligne allemande suivait exactement le pied de la légère butte en haut de laquelle court un chemin de terre conduisant autrefois à un moulin à vent – construit sur la partie la plus élevée – appelé le Moulin rouge. Du Moulin rouge, on ne dominait rien, à proprement parler, mais on avait au moins une vue panoramique qui embrassait les champs jusqu'à Thélus d'un côté, jusqu'aux abords de Roclincourt vers le sud ; l'endroit servait de poste d'observation aux Allemands.

En face de cette première ligne allemande – dite « tranchée du Moulin rouge » –, la première ligne française, appuyée elle aussi au chemin creux dans son extrémité nord, s'étirait perpendiculairement à cinquante mètres à l'avant du cimetière de Neuville-Saint-Vaast. Les deux tranchées ennemies de première ligne étaient donc séparées de quatre-vingts mètres au plus près et de cent vingt mètres à l'autre bout. Dans notre camp, cette tranchée avancée était desservie par trois boyaux conduisant vers l'arrière : le boyau des Territoriaux, le boyau de l'Ouvrage, et le boyau du Profond Val qui rejoignait la route de Béthune à Arras.

C'est le long de ces boyaux que le 126e se glissa le 1er août vers 9 heures du soir, et releva par une nuit sans lune le 50e de Ligne. Relève sans incident dans un silence de Sioux, parfois troublé par le bruit d'un bidon cogné à une poutre de soutènement, ou d'une crosse de fusil qui accroche une planche. Pendant ces opérations les n'étaient pas chargées afin de prévenir les accide faisait chaud et sec, les cagnas profondes creusée tanières le long des boyaux et sur l'arrière de la tranchée donnaient une agréable impression de fraîcheur. Les corvées de soupe s'organisèrent dans le calme – l'ennemi paraissait goûter lui aussi la douceur de la nuit d'août…

Au 1er Bataillon, le caporal Rouchon choisissait toujours le camarade Eugène Foucher pour l'accompagner vers les roulantes où les cuistots leur servaient le coup de rouge qu'ils avaient mis à rafraîchir dans des cachettes souterraines. Ils revenaient, portant les bouteillons, et un plein seau de matières molles qu'ils annonçaient avec de grands effets de maîtres d'hôtel présentant la marée : « Les primeurs d'Italie ! » C'était sous ce nom avantageux qu'on désignait les macaronis à l'eau !… L'escouade de Léon occupait un gourbi sur la droite de la tranchée (c'est-à-dire vers le sud) – il y avait là une vingtaine de couchettes superposées sur trois niveaux à quatre mètres de profondeur. Cette vaste casemate comportait aussi une table et quatre chaises bricolées avec des bouts de planche, méritant ainsi l'appellation, portée en grosses lettres à l'entrée de l'escalier de descente : *Villa des Gots* – les *gots*, en termes de poilu, étant les poux. Quelque gradé, ou un soldat lettré d'un régiment précédemment logé en ces lieux, avait inscrit à l'intérieur, sur la bande d'un carton d'emballage : LES GOTS AVEC NOUS ! – Le lieutenant Rivaud, qui commandait la 4e Compagnie, leur expliqua l'humour caché de l'inscription : il s'agissait d'un calembour fondé sur la devise allemande, *Gott mit uns*, qui signifie « Dieu avec nous ».

Il faut croire qu'un détachement d'esprits supérieurs avait séjourné dans le coin car ils découvrirent à peu près en face du promontoire du Moulin rouge un gourbi qui donnait pour adresse À LA GOULUE ; plus loin, dans le boyau des Territoriaux qui jouxtait le cimetière, une caverne décorée de quelques images pieuses avec pour mention de communauté : LES CÉNOBITES TRANQUILLES – tandis qu'à vingt mètres de là, à l'angle de la tranchée et du boyau du Profond Val, les hommes du caporal Briat, également de la 4e Compagnie, séjournaient dans une cagna plus petite, modestement dénommée SAM SUFFY !

Le 3e Bataillon, auquel appartenaient Michel Manimont ainsi que le caporal Jean Rigaud (qui avait dans sa section Cyprien Chapoux, du Bouix, un « vieux » de la classe 1900), prit position dans la tranchée de deuxième ligne, à cent mètres en arrière. Le Poste de Commandement du colonel Bessau, qui commandait le régiment, se trouvait dans le chemin creux de Neuville à Thélus – le PC du commandant Fautrah, chef du 1er Bataillon, logeait dans le boyau central, celui de l'Ouvrage. Le 2e Bataillon occupait sur la gauche la partie nord de la tranchée.

Le lendemain ils retrouvèrent très tôt le bruit du canon comme une musique funèbre effacée qui revenait leur serrer la poitrine. Les échanges d'obus prenaient ici un caractère d'obligation rituelle, un grondement de pure méchanceté destiné à entretenir la tension nerveuse, le train-train du front. Ces rappels à la réalité de la guerre empêchaient la troupe de sombrer dans l'ennui profond que provoquait chez les hommes la routine de la tranchée à entretenir – à consolider lorsqu'un obus avait endommagé un bord – à creuser des feuillées nouvelles pour les déjections quotidiennes de deux mille types alignés sur cinq cents mètres. Avec la chaleur il était encore plus interdit de pisser à l'intérieur de la tranchée, à laquelle il fallait conserver pour y vivre nuit et jour un semblant d'hygiène…

Certains jours calmes on procédait au renforcement des réseaux de fils de fer barbelés, censés gêner la progression de l'ennemi en cas d'attaque – et qui jouaient fort bien leur office aux moments critiques… La technique de la pose des fils de fer s'était perfectionnée depuis les vagues X de bois posés en avant du parapet. Il arrivait à présent un outillage approprié : des pitons de fer de quatre-vingts centimètres de long, recourbés en anneau à une extrémité, et tordus en tire-bouchon sur la moitié inférieure, de sorte qu'une fois enfoncés dans la terre en tournant, ils ne pouvaient plus s'arracher.

Ce fut ainsi, pendant plus d'un mois et demi, jusqu'au 22 septembre, un été pour rien dans l'alternance des relèves avec le 50e Régiment d'Infanterie, l'un prenant la place de l'autre par une nuit discrète à peu près tous les dix jours, pour regagner l'arrière jusqu'à Habarcq où l'on perdait à la fois le bruit de la canonnade et le sens des choses... Habarcq, gros bourg agricole, bâti de fermes cossues repliées sur leurs cours entourées de hauts murs de brique comme autant de places fortes, rissolait doucement dans la chaleur. Le village, riche de deux châteaux, un ancien et un nouveau, occupait le flanc d'une colline basse, inclinée plein sud vers un maigre ruisseau de un mètre de large, appelé sobrement Gy – il coulait tout droit entre deux rangées d'arbres, signalant son cours dans la partie la plus basse de cette fausse vallée. Au-delà s'étendaient des champs de blé immenses, très légèrement ondulés, qui respiraient la richesse d'une terre généreuse.

La première fois qu'ils avaient contemplé ces emblavures enviables, à la fin juillet, Jean Rigaud avait dit à Michel :

– Tu vois, Michel, si tu avais seulement un morceau de ça à Crumière, tu n'aurais pas besoin d'aller travailler à Paris.

Manimont avait penché la tête de côté comme un amateur de peinture devant la toile d'un musée ; il avait dit :

– *'Qu'òï plò vraï !* (C'est bien vrai.)

Il le disait dans la vieille langue parce que la terre se parle et se pense dans les vieilles langues adaptées aux sols. C'était drôle de penser à Crumière et au Pescher, à Sérilhac, toutes ces collines torturées, craquelées de ravins, où la nature et la qualité de la terre arable changent de cent mètres en cent mètres, de les imaginer aplaties comme par un gigantesque fer à repasser, et leur supposer, au lieu des bois et des maigres pâturages, ces blés d'or infinis, insolents de prospérité...

– Eh bien moi, intervint Léon, on m'en donnerait de ces terres que j'en voudrais pas ! Ou alors pour les revendre. La terre m'emmerde, elle est trop basse finalement, on le dit, mais c'est vrai !

En douze ans Rouchon avait pris goût à la grande ville ;

c'était un homme de l'asphalte que l'idée de revenir travailler aux champs insupportait. Il l'avait bien vu en aidant sa mère et sa sœur aux foins lors de sa dernière permission. On ne l'y reprendrait plus – même ici – surtout ici, où il fallait labourer au cul de deux forts chevaux toute la sainte journée, par n'importe quel temps, parcourir des kilomètres pesants dans la terre grasse. Il se tut par égard pour les deux autres, mais la guerre finie, il ne s'attarderait pas un seul jour au sein de la riante nature, c'était sûr et certain… Il en avait soupé des champs !

Au contraire, durant le retour du régiment à Habarcq entre le 11 et le 19 août, Michel Manimont profita d'une offre du colonel aux hommes de troupe pour participer à la moisson dans les fermes. Les fermiers proposaient un salaire de 4 francs par jour, ce qui représentait exactement, au prix courant, 5 litres de vin. Ce n'était pas mirobolant, mais il jugea qu'autant valait passer son temps en gagnant quelque argent que ni ses parents ni surtout Louise ne pouvaient lui envoyer ; il n'était pas question pour lui de recevoir des mandats de sa famille comme certains poilus aux arrières mieux matelassés… Les gradés ne pouvaient pas profiter de l'offre – ils n'avaient pas le droit, même les simples caporaux, d'aller travailler aux champs – Jean Rigaud ne put donc pas l'accompagner dans cette aventure. En revanche Manimont entraîna sans peine Cyprien Chapoux qui saisit de grand cœur cette occasion de gagner quelques sous.

Ils travaillèrent trois jours chez un fermier aimable qui atteignait la cinquantaine et dont le fils se trouvait sur le front quelque part en Alsace. L'homme fut favorablement impressionné par l'allant avec lequel Michel rassemblait les javelles derrière la moissonneuse, la précision qu'il mettait à les lier comme en jouant, puis à entasser les gerbes avec un entrain qui trahissait une force physique peu commune. Il lui exprima sa satisfaction pendant une pause, et les deux hommes parlèrent de la qualité de la récolte – Michel admirait les épis bien formés et pleins qui promettaient un bon rendement de blé. Le soir le patron l'invita à manger chez lui avec sa famille, laissant

Chapoux rejoindre seul le cantonnement tout en haut du village, dans le parc du château où le 3e Bataillon s'était installé.

Le colonel Bessau avait établi son Quartier général à l'intérieur du château aimablement mis à la disposition de l'armée par son propriétaire qui ne s'y était réservé qu'un appartement. Les chefs de bataillon, ainsi que plusieurs capitaines logeaient également dans la grande demeure collée à l'église tandis que la troupe avait pris place dans les granges. Le second château, le plus ancien, ceint d'un haut mur de briques rouges accueillait le 2e Bataillon dans ses dépendances et dans des baraques Adrian[1] installées dans le parc au-dessus du ruisseau. Le 1er Bataillon du commandant Fautrah était allé s'établir à un kilomètre de là, sur le territoire de Noyellette, et s'y partageait entre des granges et les installations de l'armée.

Michel passa la soirée dans la famille du fermier ; tout en mangeant il raconta un peu Louise et leur petit enfant, ce qui attendrit les femmes... Il parla de sa vie à Paris, pleine de belle aventure que la guerre avait interrompue. Mais surtout il écouta les récits du grand-père de la maison, que l'on appelait « l'ancien ». Ce grand vieillard de quatre-vingts ans passés, doyen d'âge de la commune, était un vétéran de la conquête de l'Algérie, où il avait servi sous les ordres du maréchal Bugeaud !... La présence d'un uniforme sous son toit ranimait les souvenirs du vieil homme, et excitait sa verve : engagé à dix-huit ans pour servir de suppléant au fils d'un notaire de Bruay qui avait tiré un mauvais numéro, Émilien avait tout de suite débarqué dans l'armée d'Afrique, à point nommé pour participer à la bataille de l'Isly contre le parti d'Abd-el-Kader.

Le vieux paysan, rendu guilleret par les questions de son interlocuteur d'un soir, raconta la célèbre victoire avec des détails que Michel ne saisissait pas toujours. L'homme, qui n'avait plus que les deux incisives de la mâchoire du haut, mâchonnait des mots que son accent de l'Artois

1. Baraquements démontables conçus par le colonel Adrian.

achevait de rendre incompréhensibles – il répéta plusieurs fois quelque chose qui ressemblait à : *Lôm al quéquète*, que Manimont intrigué eut de la peine à traduire par : « l'homme à la casquette », qui désignait le père Bugeaud. En tout cas le vieux insista sur le fait que cette journée mémorable sur les bords de l'Isly dans la plaine marocaine avait eu lieu le 14 août 1844, et l'une des femmes fit remarquer qu'on était le 12 août. On calcula alors que l'événement aurait soixante et onze ans d'âge dans deux jours :

– C'est vieux, ça ! commenta Émilien lui-même.

Après, ils avaient eu pour chef le duc d'Aumale – il parla de son retour en France au moment de la courte république, et des temps durs qu'il avait vécus. Pendant ce récit, la fermière servit une sorte de flan blond appelé la « tarte au libouli », que Michel trouva excellent.

Le dernier jour de la moisson, Michel revenait d'une terre située entre Habarcq et Hermaville avec une charrette chargée de gerbes, lorsqu'il s'entendit appeler par son nom :

– Manimont !... Manimont !...

Un jeune soldat d'assez grande taille courait vers lui sur le chemin, levant les bras en l'air dans l'excitation de la rencontre.

– *Espèras, Manimont !*... (Attends.)

Michel arrêta le cheval, très intrigué de ne pas reconnaître un gars qui l'appelait en patois... Le type se planta devant lui, riant de toutes ses dents :

– *Que fas 'qui ? Me conèsès pus !* (Qu'est-ce que tu fais là ? Tu me reconnais plus.)

Mais oui ! Tout à coup le garçon lui revenait en mémoire : c'était justement cet autre Manimont qui était venu domestique chez Feix de Flomont, Pierre ! Il rigola à son tour :

– *E t'ies tsi, tu ! Aquò per' zemple*... (Ça par exemple.)

Retrouver là son homonyme ! Si loin de Lagleygeolle !... Les deux hommes se secouèrent la main – le Pierre ne cachait pas son émotion, il se mit à pleurer après avoir ri.

– *'Quò me faït plaser de te veïre... Pòdès creïre !*... (Ça me fait plaisir de te voir.)

Depuis qu'il avait perdu Victor Jugie à Reims, Pierre vivait la guerre dans le chagrin et la terreur… Il s'était fait un autre copain, mais il avait été tué aussi. Le choc de voir Michel ici, sur cette route, menant une charrette, le secouait terriblement dans la simplicité de ses sentiments. Il voulut parler de Victor, de Saint-Léonard, et fondit en larmes…

Michel en eut pitié. Il le connaissait assez peu en fait. Pierre Manimont était arrivé à Lagleygeolle à dix-huit ans, alors que lui-même venait de partir au service militaire. Quand il était rentré, c'est Pierre qui n'avait pas tardé à partir sous les drapeaux – mais il avait croisé plusieurs fois ce grand garçon blond au teint fleuri, et chaque fois Pierre lui avait fait fête. Ils n'étaient pourtant pas parents du tout – Michel l'avait interrogé sur son père, qui habitait Jugeals-Nazareth, puis il avait questionné son propre père qui n'avait jamais entendu parler d'un lien quelconque là-bas. Pourtant chaque fois il lui payait un verre en le traitant gentiment comme un lointain cousin, puisqu'ils partageaient, après tout, le même patronyme ; ce grand domestique costaud, un peu simple, n'aurait pas fait de mal à une mouche. Pierre, qui n'avait aucune famille, en avait conçu de l'affection pour Michel, qui avait l'âge d'être un « grand » frère… Il expliqua que son régiment – le 63e d'Infanterie – se trouvait en cantonnement de repos tout près de là, à Agnez-lès-Duisans, et qu'il avait décidé de faire une promenade pour admirer les beaux champs et les magnifiques récoltes.

Tout en parlant ils avaient repris le chemin d'Habarcq – Pierre insista pour aider à décharger la charrette : prendre dans ses bras d'aussi belles gerbes odorantes était un vrai plaisir dont Michel ne voulut pas le priver. Le garçon admirait la ferme, son étendue, ses greniers, ses chevaux de trait qui, à côté de nos vaches au joug, constituaient un luxe inouï… Michel présenta son « pays » au fermier, disant, pour ne pas entrer dans des explications, que c'était son cousin, ce qui fit rougir de plaisir le second Manimont. Du coup, le fermier, qui venait de recevoir de bonnes nouvelles de son fils en Alsace, les convia tous les deux à sa table. La moisson était terminée – le lendemain 15 août était jour de fête, il régnait une atmosphère de bonne humeur propre à chasser la guerre de leurs esprits et à remanger de la tarte au libouli !

La famille du fermier leur avait chaudement recommandé la procession du 15 août à Avesnes-le-Comte, le chef-lieu de canton – une grosse bourgade située un peu plus loin, à sept kilomètres sur la route en direction d'Hesdin. Ah ! La procession d'Avesnes était célèbre dans toute la région, depuis toujours ! Les gens y venaient de plusieurs lieues alentour, de Beaufort et de Manin, de Givenchy d'où le vieil Émilien était originaire – ils venaient d'Izel, de Pénin, de Magnicourt et même de Houvin. Et puis aussi des villages proches de la Somme comme Sombrin, Sus-Saint-Léger, Beaudricourt et le Grand-Rullecourt !... C'était un rassemblement le 15 août à Avesnes – et encore, bien moins qu'autrefois ! Émilien parla de la procession en l'honneur de la Vierge du temps du roi Louis-Philippe – une splendeur, alors, qu'on ne reverrait plus !... Les enfants portaient tous sur leur tête une couronne de fleurs – des centaines d'enfants de partout, peut-être plus de mille, affirmait l'ancien. Il y était allé lui-même, quand il était petit gars, vers huit ans par là, avec un chapelet de roses...

Il prenait un air rêveur :

– On r'verra pus c'te chose-là ! c'est vieux ça...

Et même, ajouta son fils, les républicains avaient essayé d'interdire la procession du 15 août. En 1887 il y avait eu une loi pour arrêter les fêtes religieuses, vu qu'eux-mêmes, les ministres, étaient francs-maçons ou quelque chose comme ça... Le 15 août ça avait fait vilain à Avesnes-le-Comte, après vêpres, avec un détachement de gendarmes à cheval qui avaient chargé la procession devant la vieille église, il n'y avait pas eu de morts – mais des blessés graves.

– Tout ça pour empêcher le monde de chanter des cantiques à la Vierge ! Qu'est-ce que ça pouvait bien leur foutre au gouvernement ?

Mais les gouvernements n'en faisaient qu'à leur tête, toujours ! Comme aujourd'hui, tous ces petits gars dans les champs à piétiner la récolte ; des tas de pères de familles qui pouvaient faire des orphelins pour le malheur de la France !… Il ne voulait pas dire devant des soldats ce qu'il pensait, au fond, de cette querelle d'Allemands.

Le lendemain Michel Manimont décida Léon Rouchon et la bande à pousser jusqu'à Avesnes, ce serait une distraction. Pierre revint le matin d'Agnez, il ne voulait pas perdre une miette de la compagnie des Lagleygeollais miraculeusement retrouvés – d'autant que son régiment pouvait remonter en ligne à tout moment… Il fut enchanté de revoir Jean Briat – ils étaient de la classe, et du même âge à quinze jours près… Caporal Briat à présent ! Pierre était impressionné – il avait souvent bu avec lui au Pescher, en allant au moulin, ou à la foire. Il connaissait Chapoux de vue mais ne lui avait jamais parlé ; du reste ce dernier passait déjà pour un « vieux » avec ses trente-cinq ans, et il ne voulut pas marcher avec la jeunesse jusqu'à Avesnes… Pierre Manimont n'avait jamais parlé non plus à Rigaud de Pouch qui avait à peu près le même âge que Chapoux, mais surtout parce que sa situation d'homme instruit et de propriétaire le rendait un peu « bourgeois » pour le valet illettré qu'il était lui-même. D'ailleurs Jean Rigaud, dont la femme était institutrice, ne crut pas convenable d'aller assister à une procession en l'honneur de la Sainte Vierge ; il refusa de se joindre au groupe.

Ils partirent donc à cinq d'un pas tranquille, Briat, Foucher, Rouchon, et les deux Manimont. Une grosse heure de marche sur un terrain tout plat n'était pas de nature à leur faire peur – ils en avaient tracé des kilomètres depuis un an !

– Vous vous rendez compte, les gars ? lança Léon de sa voix grasseyante de parisiannisé. Ça fait un an qu'on est sur les routes, nom de Dieu !

Cette constatation le surprenait tout à coup :

– Si on m'avait dit ça au mois d'août dernier !

À la même date ils étaient en train d'arquer en direction de la Belgique.

– Et encore si ce n'était que sur les routes y aurait pas trop de mal, rectifia Foucher.

Ils pensaient tous à ces *travers** affreux, aux ronces des Ardennes, aux pentes de l'Argonne, et à cette putain de colline au mois de mars, aux Éparges…

– Ils bousculent tout de même le pot de fleurs ! conclut Léon.

Puis ils chassèrent les mauvaises pensées qu'ils n'osaient pas formuler. Le soleil était haut et chaud. Les collines sur la gauche se présentaient en vagues immobiles, étrangement lisses et allongées, droites comme des échines de vaches, absolument différentes des hauteurs imbriquées, des plis chaotiques de par chez nous. En arrivant en haut du village d'Avesnes, ils déjeunèrent dans une auberge basse d'un lapin aux pruneaux. Ils burent de la bière pour se désaltérer – et aussi en mangeant, ce qui leur paraissait un peu bizarre mais finalement pas mauvais… Léon avait du reste complètement assimilé ce breuvage, à Paris – ils parlèrent des habitudes que l'on a, souvent sans se rendre compte, et que les événements nous font remarquer en nous obligeant à en changer. Jean Briat suggéra qu'une fois la guerre terminée ils auraient sans doute du mal à se déshabituer des poux !… Ben oui, peut-être allait-il en conserver l'espèce pour lui-même, de sorte à les passer à sa future fiancée s'il en trouvait une qui aime à être grattée… Ils rigolaient.

Ils s'étaient installés dehors, à l'ombre, où la patronne de l'auberge avait disposé des tables à l'abri d'une sorte de tonnelle, légèrement à l'écart de la grand-route où passaient des chariots tirés à deux chevaux, chargés d'une foule bigarrée qui arrivait d'autres villages du canton. Les femmes portaient des chapeaux de paille aux grandes ailes, les hommes des canotiers d'Italie aux larges rubans noirs… D'autres militaires occupaient les tables de jardin recouvertes de nappes rouges à carreaux blancs – des artilleurs qui avaient déjà abusé de la boisson locale ; ils criaient des gentillesses à la patronne, une femme déjà mûre, et à sa servante bien plus aguichante dans son caraco bleu du dimanche. Les soldats chantèrent en tapant sur le bois des chaises la chanson qu'on entendait à présent dans toutes les marches et à tous les carrefours :

« Pour le repos, le plaisir du militaire
Il est là-bas, à deux pas de la forêt,
Une maison aux murs tout couverts de lierre,
"Aux Tourlourous" c'est le nom du cabaret.
La servante est jeune et gentille
Légère comme un papillon
Comme son vin son œil pétille
Nous l'appelons la Madelon... »

La serveuse, légère comme celle de la chanson, riait aux facéties grivoises que les artilleurs lui lançaient. Elle s'appelait Annette, et laissait les braillards frôler son jupon en protestant gaiement de ces hommages trop directs. Les mouches, nombreuses, s'envolaient sur son passage et ajoutaient par leur danse une vivacité qui faisait de la jeune fille la reine des libellules.

La procession se forma à la sortie des vêpres devant l'église massive au clocher bas et cassé qui sentait la puissance des siècles et la foi des labours. Elle était chatoyante de fleurs et des robes des femmes jeunes. Les enfants endimanchés, auxquels on avait fait mille recommandations, portaient pour la plupart un bouquet à la main qu'ils tenaient gauchement devant leur poitrine; ils allaient devant, par rangs de taille croissante, en triple colonne, à la suite d'un homme de forte stature qui ouvrait la marche. L'homme en costume noir portait une vaste croix ornée d'un tulle blanc qui se balançait dans l'air chaud au rythme de ses pas. Le Christ de métal clair luisait sous le soleil avec l'aspect de l'argent...

Après les enfants venait le clergé en chasuble – cinq prêtres chantant des psaumes, accompagnés d'enfants de chœur qui portaient des bénitiers ciselés où trempaient des goupillons. Les femmes marchaient ensuite, sur deux rangées ondulantes, vieilles et jeunes mêlées, les unes avec leur coiffe impeccable, les autres abritées par de larges chapeaux fleuris qui donnaient un éclat joyeux à la cérémonie. Enfin venaient les hommes, tête nue, parmi lesquels beaucoup d'uniformes regroupés formaient des taches bleu clair. Tous ces gens entonnèrent des cantiques à la Vierge tandis que la procession s'acheminait lentement par une route poudreuse jusqu'à un calvaire juché sur un petit promontoire à un kilomètre au moins de l'église.

Les cinq garçons de Lagleygeolle s'étaient joints à la file – la poussière grise soulevée par les pieds des marcheurs se collait à leur peau ruisselante de transpiration dans la chaleur d'août, qui les obligeait à se gratter sous leurs vêtements.

– Vous vous rendez compte, souffla Léon en montrant les poilus qui marchaient devant eux, c'est la première fois qu'on voit autant de poux dans une procession ! La Sainte Vierge doit être contente.

Arrivés devant le sanctuaire où l'on avait aménagé une sorte d'autel recouvert d'un linge blanc, les enfants déposèrent leurs bouquets au pied du grand calvaire ; lorsque la foule fut rangée en demi-cercle devant eux, les prêtres entonnèrent d'une voix vibrante le *Salve Regina*. Le chant latin, repris par des centaines d'autres voix, d'hommes et de femmes, monta avec ferveur vers un bouquet d'arbres dans la clarté du soleil déclinant... Quand le chant s'éteignit, deux des prêtres s'avancèrent dans la foule, chacun agitant un goupillon, suivis des enfants de chœur avec le vase d'eau bénite. Ils s'en vinrent ainsi, prononçant des bénédictions à voix basse, jusqu'aux militaires épars au bord du pâturage. Le plus âgé des curés se tint un instant face au groupe serré que formaient Léon et les quatre autres – il les aspergea d'un geste ample, disant tout fort : « Au nom du Père, et du Fils, et du Saint-Esprit, ainsi soit-il... » Tous les cinq, devenus graves en sentant la fraîcheur des gouttes d'eau sacrée humecter leur visage, se signèrent profondément, en hommes peu certains de demeurer encore longtemps sur terre.

Les trois bataillons du 126e partirent le 20 août, à la fin d'une journée torride, pour la tranchée de Neuville-Saint-Vaast où ils relevèrent de nuit le 50e Régiment d'Infanterie. Pendant dix jours ils s'occupèrent de retailler les boyaux, et de creuser des abris supplémentaires dans la terre friable, comme si cette habitation au milieu des champs devait être éternelle. Quelques sections furent chargées d'augmenter la densité du réseau de fils de fer barbelés en avant des tranchées de défense – les types disaient : « On tresse des filets pour la pêche aux Boches… » Il était impossible de se livrer à la même occupation devant la tranchée de départ, là où quiconque montait dans le *no man's land* au-delà du parapet se faisait canarder par la tranchée adverse dans les dix secondes.

Le mardi 24, les guetteurs surprirent des bruits souterrains, qui révélaient des travaux de mine venant de la tranchée allemande du Moulin rouge. Nos sapeurs, qui s'approchaient eux-mêmes du camp ennemi, furent repérés le dimanche 29… Il en résulta un brusque échange d'artillerie.

La stratégie des sapes, reprise, comme les mortiers, de l'époque où les villes étaient assiégées, et où les attaquants essayaient de faire sauter les remparts en les bourrant d'explosifs, jouissait d'une grande faveur dans cette guerre immobile, après la splendide inauguration qu'en avaient faite les Allemands au fort de la Pompelle… L'idée était de démarrer une attaque surprise sur les adversaires en créant tout à coup un cratère le plus vaste et le plus profond possible devant leurs tranchées, afin de pouvoir abriter les troupes d'assaut. L'explosion faisait jaillir une gerbe de terre, et avant même qu'elle soit retombée en pluie à la périphérie du trou, une section prévenue de la mise à feu se ruait en quelques secondes pour occuper l'entonnoir creusé comme une nouvelle tranchée à quelques dizaines de mètres du parapet opposé – bien sûr avant que l'adversaire ait eu le temps de réagir. Ces brusques occupations de terrain provoquaient immanquablement des contre-attaques à la baïonnette pour déloger l'occupant ; ces ripostes étant souvent réussies, l'opération se soldait à peu près toujours par beaucoup de morts, pour rien ; mais ces atrocités créaient de l'animation et justifiaient d'une certaine manière les colossaux déploiements de force.

Les échanges de torpilles durèrent jusqu'au moment de la relève, le lundi 30 août, qui ramena le régiment à

Habarcq pour une semaine. Deux fois encore au mois de septembre ils revinrent dans ce havre de tranquillité où l'on n'entendait plus le canon. À présent Michel allait saluer ses amis les fermiers ; il prenait des nouvelles du fils combattant, et passait une heure ou deux à écouter les récits réédités du vieil Émilien... Son « cousin » Pierre, lui, avait disparu de la circulation – le 63e de Ligne avait probablement changé de secteur, il ne revenait plus au repos à Agnez-lès-Duisans, ni dans aucun des villages proches. Manimont, pour se distraire entre deux cuissons de totos, donnait aussi volontiers – mais clandestinement cette fois – un coup de main à la ferme où le patron lui avait proposé un lit. Il participa ainsi aux battages, et présenta Jean Briat et Eugène Foucher un jour où il fallait des bras pour déplacer des poutres dans une grange afin de dégager une plate-forme encombrée.

C'est le samedi 21 septembre qu'ils apprirent qu'une attaque d'envergure se préparait du côté français. Le Quartier général de Joffre avait décidé de frapper un grand coup sur tout le front avant la venue de l'hiver. Le dimanche la menace d'action se précisa : les officiers procédèrent à la distribution des armes... Dès 5 heures du matin, chaque compagnie se présenta, section après section, à la porte d'une remise du château d'en haut – les hommes recevaient l'équipement du tueur : le fusil, la baïonnette dans son étui, un pistolet à cartouches éclairantes et à fusées de signalisation pour demander l'intervention de l'artillerie, de raccourcir et surtout d'allonger le tir à mesure que les fantassins gagnaient du terrain.

Le plus effrayant fut la distribution de longs couteaux de chasse effilés et luisants :

– T'as vu ça ? fit le caporal Rouchon au 2e classe Eugène en sortant le monstrueux surin de sa gaine... C'est le couteau à saigner les cochons !

– C'est bien un peu le cas des Boches !

– Oui, ben tu les tiendras toi, pendant que je les piquerai dans le cou !... Si on a vraiment besoin de les attaquer avec cet outil, c'est que ça va barder pour notre matricule, c'est moi qui te l'dis.

Les couteaux faisaient peur – leur aspect serrait le ventre. Ils étaient destinés au « nettoyage » des tranchées conquises – mot abominable qui signifiait corps à corps et bidoche ouverte, la sienne et celle de l'autre…

– Ça va pas mieux ! résuma un gars de l'escouade. Les enfants de nos enfants auront de sales grands-pères.

Il y eut deux messes ce dimanche, l'une à 6 heures dite par le curé de la paroisse, une autre à 8 heures par l'aumônier – des offices spécialement réservés aux soldats dans la petite église collée au château. Les poilus s'y engouffraient, tassés comme des sardines, et les officiants manquèrent d'hosties pour la communion… Les hommes attendirent encore deux jours au village l'ordre de marcher vers les lignes avec leur armement. La tension était revenue dans la troupe, une sorte de silence de veille, avec des éclats subits. Le lundi c'était la pleine lune, des gars se disputèrent dans la nuit ; ils s'injuriaient pour une peccadille avec une grossièreté qui trahissait leur angoisse.

Enfin le départ eut lieu le 24 à la fin de l'après-midi. Ils prirent la route après le rassemblement. Dans la petite montée, en quittant le village, des hommes se retournaient furtivement – Léon Rouchon aperçut un instant le clocher pointu à côté du château blanc ; il eut un serrement de poitrine. Puis comme la route descendait en pente douce vers Agnez, le village de paix s'effaça dans leur dos… Sur la droite, le sillon du Gy s'étirait, rectiligne, marqué par ses rangées d'arbres devant les crêtes unies des collines basses qui fermaient l'horizon. À gauche les champs étaient nus, couverts par les vieux chaumes, jusqu'à un petit village dont on apercevait le clocher bas, Haute-Avesnes… Les soldats marchaient avec le soleil dans le dos – Léon se demandait si c'était un bon présage d'avoir son ombre étalée devant soi…

Aucun chant de marche, la colonne avançait dans le bruit des godillots sur la poussière – une ou deux fois un sergent essaya de lancer *La Madelon*, mais sa tentative avorta dans l'indifférence de ces hommes rongés par la crainte du lendemain. Lorsqu'ils arrivèrent à Marœuil, au cours d'une halte, ils furent rejoints par le 2e Bataillon qui y avait cantonné. Au sortir de la ville, le grondement diffus qu'ils distinguaient vers le nord se fit plus fort et plus précis au sommet des tertres où commence la plaine : le canon donnait de la voix. On se battait vers la colline de Notre-Dame-de-Lorette, ou l'on se préparait à le faire.

– Ça y est, lança un gars dans la colonne. On va au boudin !

La plaisanterie ne fit rire personne. Dire les choses aussi crûment manquait de tact au moment où la canonnade redoublait ; un capitaine répondit rudement :

– T'en fais pas, tant que les cons danseront tu n'auras pas froid aux pieds !

La nuit venait maintenant, et avec l'obscurité, on percevait des rougeoiements à cinq, six kilomètres, au-dessus du vallon de Souchez. C'était donc bien ce que le colonel Bessau avait raconté la veille : notre artillerie était en train de préparer les Boches en démolissant leurs positions. Restait à savoir si le pilonnage réussirait aussi à leur démolir le moral ? En passant à La Targette les pièces lourdes tonnaient à deux kilomètres le long de la route de Béthune et faisaient vibrer l'air frais de la nuit, tandis que les éclairs des départs lançaient des éclats rouges. L'enfer recommençait...

Le ciel s'était couvert dans la soirée – la lune toute ronde se devinait à présent par un halo de clarté derrière un moutonnement de nuages. Le colonel Bessau indiqua les emplacements aux chefs de bataillons : le 1er Bataillon du commandant Fautrah en première ligne à droite, face au Moulin, le 2e également dans la tranchée de départ à gauche ; le 3e Bataillon dans la tranchée de deuxième ligne avait le 129e Régiment sur sa gauche et le 300e à droite. Après la distribution du rata, vers minuit, les hommes tâchèrent de noyer dans le sommeil les mauvaises pensées du jour.

Le caporal Rouchon avait de la peine à s'endormir – il appela Eugène qui se retournait sur son bat-flanc au-dessus de lui. Malgré la route, le sommeil ne venait pas... Ils se relevèrent et allumèrent un morceau de bougie sur la caisse servant de table – ce qui déplut à deux rats énormes qui avaient entrepris de faire leur casse-croûte des lumignons. L'un des gaspards, dérangé dans son souper, voulut même se rebiffer ; il se dressa sur ses pattes de derrière, sa longue queue violacée pendant sur le rebord de la caisse. Eugène saisit un fourreau de baïonnette et l'assomma d'un coup violent et précis derrière la tête... Il l'acheva à terre à coups de talon parce que la bestiole poussait des couinements d'agonie, puis il le traîna dehors par la queue et le balança par-dessus le parapet en disant : « Va dire bonsoir aux Boches !... »

Ils jouèrent aux cartes en silence jusqu'à l'épuisement de la bougie. Léon s'endormit quelques heures, fébrilement – il fut réveillé à 4 h 30 quand les batteries commencèrent à arroser d'obus de .75 la tranchée du Moulin rouge, à cent mètres devant... Quelqu'un grogna :

– Qu'ils les tuent tous, nom de Dieu ! Comme ça on n'aura pas besoin de s'en occuper.

Léon grimpa à l'échelle du gourbi pour se rendre aux feuillées. La butte du moulin – façon de parler, car le moulin à vent lui-même avait disparu, broyé menu depuis longtemps – s'illuminait d'explosions orangées. Il monta glisser un œil au créneau. L'odeur âcre de la fumée des éclatements proches le saisit à la gorge et le fit tousser : toute la plaine flambait en gerbes ; les tranchées allemandes de deuxième ligne – celle dite « du losange », cinq cents mètres plus loin, vers Thélus, recevait elle aussi un tir de « préparation » soigné. « Au moins les Boches sont avertis qu'on va les attaquer ! », se dit Léon. On entendait des détonations plus lointaines – le grondement sourd de la veille s'était intensifié vers le nord, il y avait un gros bombardement à Souchez. Le bruit de la canonnade s'étendait également au sud-est, sur la gauche de Roclincourt. Là-bas, au sud de Thélus, les lignes allemandes en prenaient pour leur rhume !... Léon sentit qu'il se passait quelque chose d'inhabituel – on leur avait parlé d'une grande attaque, en effet c'était tout le front d'Artois qui s'enflammait... Alors la guerre reprenait ! On allait leur foutre la pâtée, aux Boches – ou bien eux allaient nous crever, mais il se passerait quelque chose sans tarder. Tout à l'heure !… Cette perspective lui donna le frisson.

L'horizon blanchissait vers Thélus, là-bas, ce qu'on en voyait. Le temps aussi avait changé, il tombait une petite pluie fine qui commençait à rendre gluantes les parois de la tranchée… Les feuillées avaient été éventrées par un tir de la veille, une fange abominablement puante avait giclé sur les mottes de terre alentour. Léon se soulagea n'importe où – il pensa qu'il faudrait refaire les feuillées, et en même temps qu'il ne serait pas là pour la corvée… Cette idée le glaça : « Pourquoi je serais pas là ?… » Parce qu'il imaginait que l'attaque allait les faire changer de crémerie, comme on dit. Normalement, si tout se passait bien, ils iraient s'établir en face, chez les Chleus… ou encore plus loin – et qui sait ? C'était le but de l'opération : si le front allait péter, se déchirer, et que ce soit la fin de la guerre ?… Ou la fin des haricots – il éprouvait un sentiment de fin de quelque chose.

En revenant au gourbi il rencontra l'homme de liaison qui lui annonça, de la part du lieutenant Rivaud, que l'heure H était fixée à 12 h 25… Léon était déçu – en même temps furieux : c'était bien tard.

– Merde ! Qu'est-ce qu'on va foutre d'ici là ?

Tant qu'à en finir, il avait espéré que ce serait tout de suite.

– Il faut attendre la fin de la préparation, mon caporal.

– Oui, dit Léon, et quand mes poux auront grossi je les mettrai à pousser des brouettes !

Au fond du trou les gars roupillaient toujours, bercés par une longue habitude du roulement de la canonnade – la chaleur malodorante de la caverne étreignit le caporal. C'était l'habitude la plus difficile à faire acquérir à ses fosses nasales, ne pas être heurté par les lourds effluves de vingt poilus aux pets pesants confinés dans un minuscule espace souterrain. Il pensa que la guerre puait décidément beaucoup, sous tous ses aspects. Il se gratta longuement l'entrecuisse, le ventre, les côtés – la vermine s'agitait pour sa collation du matin…

Il était 5 h 30, Léon voulut réveiller Eugène Foucher pour aller à la corvée de café – au moins à la roulante ils buvaient un vrai jus bien chaud, avec une lampée de gnôle à chasser les cauchemars. Quand il avança la main pour secouer l'épaule de son copain, il sentit un velours chaud qui s'enfuit sous ses doigts – il retira la main d'instinct, horrifié : encore un rat !... La saloperie de bête se reposait sur la capote du camarade qui n'avait rien senti... Il réveilla un autre gars qu'il aimait bien et les trois se mirent en chemin le long du boyau du Val profond.

Les cuistots leur versèrent un bon jus fumant (de première pression à chaud !) qui chassa la mauvaise bouche. Le jour était venu, aube frisquette sous la pluie qui n'arrêtait pas...

– En plus il lancequine ! râla un cuisinier. Cette vérole à poux de fumier de temps pouvait pas attendre avant d'arroser la victoire ?

Le caporal fourrier fit les parts de boules de pain. Il n'était pas à prendre avec des pincettes :

– Qu'est-ce qui gaze pas, l'embusqué ? Tu te fais de la mousse ? demanda Léon.

– Tu me la copieras pour l'embusqué ! On monte à l'assaut avec vous.

– Sans blague !

– Le haut commandement a décidé que dorénavant les fourriers participeraient aux attaques comme tout le monde. Avec tout le boulot qu'on s'appuie en plus !... Tout ça parce que les faces de pet dans votre genre ont protesté qu'on était des embusqués. Alors qu'on se met en quatre pour vous fournir la pitance et tout le tralala... Tu parles d'un remerciement ! Moi, si je vais au casse-pipe je refuse d'être fourrier.

Il se montrait amer, l'index brandi devant son visage en menace :

– Je vais pas me casser le cul pour des types qui n'en foutent pas une ramée si j'ai aucun avantage !

Comme ils repartaient dans le boyau avec leur bouteillon de café pour l'escouade, ils croisèrent Jean Briat qui venait au ravitaillement pour la sienne. Il était sombre et mal réveillé.

– Gaffe, fit Léon, le fourrier est de mauvais poil... Aujourd'hui il monte sur le billard avec nous.

Quand ils eurent fini de distribuer le pain et le jus, il était 7 h 30 – il faisait déjà grand jour. La plaine, toujours pilonnée, luisait blafarde sous la pluie qui avait redoublé. Que faire du temps en attendant l'heure fatidique où il faudrait enjamber les sacs de terre du créneau pour s'élancer sur le « tapis » ? Les gars demeuraient silencieux et songeurs – sauf quelques-uns qui n'arrêtaient pas de parler, qui jacassaient comme des machines, nerveusement... Parler, seul, faire des bruits de bouche, ne pas entendre les battements de son cœur à mesure que la matinée avançait, et que la tension montait.

À 11 heures, le lieutenant Rivaud de la 4e Compagnie (des gars l'appelaient « Le Rival ») parcourut la tranchée pour vérifier les préparatifs et distribuer les grenades à main... Un jeune type de la classe 14, un maigrelet dont la tête flottait dans le casque, marchait à pas saccadés en marmottant des vers. Quand il eut engrangé cinq grenades dans sa musette, il se mit tout à coup à déclamer d'une voix blanche :

« Nous partîmes cinq cents mais par un prompt renfort
Nous nous vîmes trois mille en arrivant au port.
Tant à nous voir marcher avec un tel visage
Les plus épouvantés reprenaient de courage... »

– Qu'est-ce qu'il gazouille, ce con-là ? dit un poilu à qui la litanie portait sur les nerfs.

« Cette obscure clarté qui tombe des étoiles
Enfin avec le flux nous fit voir trente voiles... »

– Ça tourne pas rond là-dedans ? cria le poilu.

« L'onde s'enfle dessous, et d'un commun effort
Les Mores et la mer montent jusques au port... »

– Laisse les morts en paix, tu veux, crème de poux !

Il s'approcha du jeune gars, le menaçant de son poing – mais l'autre continuait, impulsivement, martelant les vers avec une agitation grandissante – ses gestes nerveux agitaient le bout de son fusil trop grand pour lui, qui dépassait haut derrière son casque :

« Nous nous levons alors, et tous en même temps
Poussons jusques au ciel mille cris éclatants.
Les nôtres à ces cris, de nos vaisseaux répondent ;
Ils paraissent armés, les Mores se confondent,
L'épouvante les prend… »

Le soldat excédé, les yeux fous, avait dégainé son couteau de chasse ; il appuya la pointe sur le cou du récitant – il hurla :

– Si t'arrêtes pas ça j'enfonce !

Le garçon tremblait – ses mâchoires claquaient, il se mit à pleurer comme un enfant, sans retenue…

12 heures. Les ordres circulent. Les hommes des 1re et 4e Compagnies doivent constituer la première vague de l'attaque ; ils s'installent sur la marche de terre derrière le parapet, prêts à sauter sur le plat au signal. La terre ramollie colle et dégouline sous la pluie – il faudra faire attention de ne pas glisser en montant… Les 2e et 3e Compagnies se placent dans la tranchée en deuxième vague.

Léon passe son équipement en revue – fusil, cartouchière, la musette avec les grenades… le couteau de chasse. Il cherche machinalement la baïonnette. Elle est fixée au canon !

12 h 10. Un lourd silence pèse sur la tranchée. Derrière le créneau un type de l'escouade, un gros aux yeux ronds comme des boules de loto, est en train de se livrer à un étrange cérémonial… Il déchire un carré de papier en tout petits morceaux qu'il se met dans la bouche et qu'il mâche précautionneusement en allongeant le menton…

– Qu'est-ce qu'il fout ? demande le caporal Rouchon à son voisin.

– Il bouffe la Vierge.

– Quoi ?

– Ben oui, ses parents lui envoient des images de la Sainte Vierge qu'ils ont fait bénir à Lourdes, alors il les mange… Il dit que ça le protège…

Dans l'angoisse qui les étreignait tous, personne n'eut envie de ricaner – ils regardaient le gros gars se livrer à son étrange sacrifice. Tout en mâchant, il marmonnait un « Je vous salue, Marie » chaotique…

Tout à coup s'éleva derrière lui la petite comptine ironique et anticléricale avec laquelle les enfants laïcs se moquaient des élèves des écoles religieuses :

« L'enfer est un petit chemin de fer
Qui transporte des pommes de terre
Jusqu'en Angleterre… »

Il y eut quelques rires… Le type se mit à gueuler :

– Je vous emmerde ! Tous ! Je vous emmerde ! Je serai sauvé, moi !…

Il fourra le reste de l'image dans sa bouche, puis il fit un grand signe de croix en continuant de mastiquer furieusement sa relique…

À 12 h 20, les coups de canon s'espacèrent, puis la canonnade cessa brusquement. Encore deux ou trois grondements, quelques explosions grasses et sourdes au loin des tranchées ennemies, puis rien. En haut on n'entendait siffler aucune balle au-dessus du parapet… « Peut-être qu'ils sont tous morts », pensa Léon. Le silence subit l'agita d'un tremblement de tout le corps. L'attente devenait intenable – il eut envie de s'enfuir de l'autre côté, vers l'arrière… Il pensa qu'on ne le laisserait pas courir – les gradés lui tireraient dessus pour l'abattre.

12 h 25 – le clairon sonna sur la gauche, du côté du chemin. EN AVANT !… Le cri attendu jaillit, répété par les hommes à pleins poumons. Ils se hissèrent sur les sacs de sable du parapet – Léon dérapa sur la glaise molle, se rattrapa en griffant la terre gluante. Il hurla EN AVANT, frénétiquement – son tremblement disparut, faisant place à une extraordinaire fureur de tout le corps.

La compagnie courait éperdument, le lieutenant Rivaud en tête, vers la tranchée allemande qu'ils atteignirent en quelques secondes – elle était complètement éboulée, et apparemment vide. Les Boches ne s'étaient pas laissé broyer en vain… La 4e Compagnie franchit en un clin d'œil la butte du moulin – toujours pas de balles, aucune riposte. Les types se mirent à espérer, fonçant en diagonale vers la deuxième tranchée, celle du Losange. Le lieutenant obliqua vers la gauche pour éviter les barbelés qui protégeaient cette ligne de soutien – des Allemands détalaient au loin, après avoir tiré deux ou trois coups sans viser. Le terrain remué par les obus et détrempé par la pluie qui continuait à tomber collait aux godillots… Ils se regroupèrent vers le chemin de Thélus, traversèrent de l'autre côté en escaladant le talus.

Il était 1 h 10, lorsque la 4e Compagnie s'arrêta, hors d'haleine, pour laisser le temps à la 1re de rejoindre… Le village de Thélus était maintenant à moins d'un kilomètre – la 2e se déployait sur le terrain, et ils virent le 2e Bataillon qui grimpait à son tour à l'emplacement du moulin.

D'un seul coup les mitrailleuses allemandes se mirent à crépiter de partout prenant la troupe en cisaille. Des hommes fauchés par les balles s'écroulaient en hurlant de douleur – les autres se couchèrent d'abord. Des cris montaient de derrière les bâtiments des « Tilleuls » – les grenades ennemies se mirent à pleuvoir sur eux, précédant la vague furieuse de la contre-attaque. Les poilus se relevaient, chancelaient, titubaient, frappés au hasard par les balles et les éclats… Les Boches les avaient attirés dans un guet-apens !

Il y eut un mouvement de recul – la 4e Compagnie essaya d'abord de se défendre pied à pied et de contenir le déferlement des casques à pointe… Rouchon vit Eugène Foucher tomber et rouler sur l'herbe à trois mètres de lui… Il fit un pas de son côté mais un Allemand fondait sur lui et il n'eut que le temps de sauter pour esquiver sa baïonnette. Autour de lui la déroute commençait – il se précipita vers le chemin creux quand une grenade lui éclata entre les jambes… Léon roula le long du talus : il était mort.

À la même heure et à un kilomètre de là, la 23e Division montait à l'assaut des tranchées allemandes dites des Punaises et des Cafards, au sud-est de Thélus. L'objectif du 63e Régiment d'Infanterie pour la journée était de

s'emparer de ces tranchées de vermines, d'atteindre le Bois du Goulet à un kilomètre et demi au nord, puis de s'emparer du village et des faubourgs de Farbus, de Willerval, afin de se diriger ensuite sur Arleux-en-Gohelle. Autant dire de conquérir la Lune !... D'ailleurs vers 3 h 30 du matin un violent tir de barrage ennemi sur la zone occupée par le 63e avait commencé à contrecarrer cet ambitieux projet, faisant « un grand nombre d'hommes tués ou blessés » lesquels périrent donc avant même d'avoir bougé un orteil...

À l'heure H, 12 h 25, le 1er Bataillon se trouvait sur les parallèles de départ. « Toutes les vagues s'élancent hors des tranchées avec entrain, chefs de bataillon en tête », dit le *Journal des Marches et Opérations* du 63e. Pierre Manimont, à la 2e Compagnie commandée par le capitaine Mohr, faisait partie de ce premier fer de lance. « Les deux premières vagues avec le commandant Bonnal, le capitaine Paté, les sous-lieutenants Bonnetaud, Verger et Valliau, gagnent d'un seul élan la tranchée des Punaises. Le commandant Bonnal tombe, mortellement touché de plusieurs balles. Les vagues d'assaut conduites par le capitaine Paté dépassent la tranchée des Cafards, puis une troisième tranchée. Ils sont arrêtés alors par un réseau de fils de fer dissimulé dans les herbes, et pris de flanc par le feu des mitrailleuses partant de la route de Lille et du point 102. Ils s'arrêtent. »

Pierre s'arrêta en jurant, les jambes enchevêtrées dans un nœud de barbelés. Son fusil rendu glissant par la pluie qui redoublait lui échappa des mains et roula dans l'herbe à un mètre devant lui. Il essaya de dégager sa jambe pour aller le ramasser mais les pointes du barbelé accrochaient solidement son pantalon... C'est alors qu'il tomba en avant « touché de plusieurs balles » – il s'étala, la poitrine retenue par un pieu en fer du réseau de fils, de sorte que son corps resta comme suspendu au-dessus des hautes herbes. Il criait, paralysé mais pas mort de la tête – le dos de sa capote commença d'être lacéré par les rafales de mitrailleuse venant de la route sur le côté gauche – et Pierre criait comme le cochon qu'on égorge... Des morceaux de chair arrachés par les balles giclaient dans le pré... Alors Pierre se tut, son sang dilué par la pluie dégoulinait partout sur son cadavre... C'était la guerre.

XVIII

Pierre Manimont n'est pas sur le monument de Lagleygeolle… Personne ne prononce son nom à l'automne, dans le vent aigre ou la pluie fine, lorsque le maire, tête nue, lit la liste ponctuée de « Mort pour la France », le jour du 11 novembre. Il devrait se trouver entre Manimont Antoine (Michel) et Rigaud Pierre – mais non, il est absent. Personne n'a plus prononcé son nom au pays. Le jeune homme qu'il fut a sombré dans un total oubli – il est, en fait, notre soldat inconnu. Nul ne sait même qu'il a existé.

Pas de nom, pas de pensée – aucun de ces éclairs fugitifs de reconnaissance qui traversent l'esprit du passant, de l'enfant, de la jeune fille, face à ces colonnes sur les tumulus de village quand leur regard se pose une seconde ou deux sur les listes gravées… Surtout maintenant que l'absurde de cette guerre l'a faite passer dans la catégorie des accidents stupides. Au moins, la guerre de 39-45 a conservé un parfum tragique d'héroïsme, grâce à Hitler et ses ardeurs génocides. La Seconde Guerre mondiale a engendré des légendes autour de héros célèbres, des sortes d'Hector martyrisés ; ils continuent à être dûment fêtés, filmés dans leur Résistance (avec majuscule). Les souffrances de ce conflit-ci sont reconnues nécessaires aujourd'hui encore, sublimes d'abnégation, et tout le monde en France veut s'y rattacher. Elles alimentent la vie quotidienne des citoyens et guident leurs préférences politiques !… Au moins sous l'Occupation il y avait les bons et les méchants – on luttait idéologiquement contre le mal, contre le fascisme. Cela nous entretient encore beaucoup, au point que nous ne voyons même pas les nouveaux fascismes qui rampent… Nos précieuses égalités en tout genre, nos chères républiques démocratiques gagnées de haute lutte n'auront été, peut-être, que des déjeuners de soleil, pourtant ce sont toujours et par-dessus tout les agissements d'Hitler qui préoccupent les Français. Le perpétuel retard d'une guerre…

Mais en 14, ils sont morts pourquoi les nôtres ? Les Allemands pareil – les fameux pauvres diables de Boches qui ont été vaincus, de surcroît, par l'Amérique déjà ! Je veux dire, où était la raison de cette gigantesque boucherie, ailleurs que dans l'orgueil meurtrier d'une poignée de chefs de guerre dont les noms brillent dans les livres d'Histoire ? À part, bien sûr, favoriser la promotion des colonels en généraux et des généraux en maréchaux de France – et bien entendu enrichir les fabricants de canons, de casques et de bandes molletières – où était l'intérêt de ces massacres d'hommes jeunes et presque innocents ?

Au fond c'est la question que posait mon papa pour le cinquantenaire… Il réclamait, au nom des vingt-sept cocus de la stèle – des vingt-huit en réalité si l'on compte l'oublié. Ça voulait dire quoi leur prétendu « sacrifice » ? Cet holocauste auquel il avait miraculeusement échappé lui-même, dont la célébration le rendait fou de rage à mesure qu'il vieillissait, et même au bout de sa vie : quelle est maintenant sa « justification » ?…

Quatre années de malheur à cause de l'optimisme malvenu du chef de la 1re armée allemande, lequel ne s'est pas assez pressé, au début de septembre 14 ; au lieu de foncer tout droit, de s'emparer de Paris en deux jours, et hop ! le tour était joué, le funeste orgueilleux a lambiné. Il a donné le temps aux soldats français de se redresser, de repartir à l'attaque. La Marne ! On a vu le résultat !… Von Kluck a failli être un bienfaiteur de l'humanité en creux – il aurait épargné quatre millions de vies humaines avec un peu plus de célérité ! Au prix d'un peu d'humiliation de notre côté, pardi !… Mais que pèse une humiliation nationale, même sévère, ou même la rançon financière qu'elle suppose, face à la souffrance de tout un peuple ? – De deux peuples, en réalité ! Il faut compter les veuves allemandes.

Rien ne compte face à cet assassinat impardonnable que mon père n'avait pas pardonné aux puissants de la terre. Ah oui ! Nous pouvions en faire des simagrées, des simulacres de bonnes pensées !… Les héros, tu parles ! Les braves couillons, un point c'est tout…

En tout cas, Pierre Manimont, déchiqueté à Thélus sur un barbelé, n'a pas eu droit à l'ombre d'un souvenir, jamais… J'ai d'abord pensé, puisqu'il était originaire de Jugeals-Nazareth – pourquoi justement un nom de village si chargé de symbole ? – que sa famille l'avait fait inscrire sur leur Monument aux morts à eux… Car en principe il fallait choisir son lieu, il n'était pas permis à ces morts d'être inscrits sur deux monuments : c'était soit celui de la commune de naissance, soit celui du lieu de résidence. (Encore que cette règle ait souvent été transgressée.) Or pas du tout : vérification faite, Pierre n'est pas marqué là-bas non plus. Dans cette commune-là on ne garde même aucun souvenir qu'il y ait jamais eu une famille Manimont sur le territoire… Pourtant son acte de naissance existe bel et bien sur les registres de l'état civil, à Jugeals : *Manimont Pierre, né le 22 mai 1891 d'Antoine et de Hélène Puydebois son épouse.* Cependant la feuille ne porte aucune mention marginale de son décès – ce qui devait normalement se faire. C'est sûrement que l'avis officiel daté du 27 novembre 1915 : « Disparu le 25 septembre 1915 à Thélus (Pas-de-Calais) », fut envoyé au lieu de la résidence officielle, à Lagleygeolle donc, où il habitait avant de partir à l'armée ; plus précisément à Flomont, chez Nayet… Seulement voilà ! Il n'y était que domestique ; sept ans plus tard, au moment où on dressa la liste des postulants à la reconnaissance publique, on l'avait déjà oublié… D'autant mieux qu'il était parti sous les drapeaux, avec Victor Jugie des Voûtes, le 1er octobre 1912 ; cela faisait dix ans, en fait, qu'on ne l'avait point vu par ici. Dix ans, c'est beaucoup d'absence pour un valet !… Et Victor n'était pas là pour le défendre – pour se rappeler, pour dire : « Et Pierrot ? Vous l'oubliez !… »

Cette négligence m'étonne tout de même de la part des survivants. Le petit Giscard n'a pas été oublié, lui, pourtant l'un des tout premiers passés à la trappe fluide de l'Achéron. Est-ce parce qu'il avait laissé un râteau de bois en héritage?... Ou parce que le vieux Breuil, ancien maire, un peu notable, s'était occupé de son cas? – Il faut le croire, car Julot reçut la médaille militaire à titre posthume le 30 novembre 1922, avec la mention: «Mortellement frappé à son poste de combat...» C'était pile l'époque où le monument se concoctait; la décision de bâtir avait été prise par le conseil municipal au cours de l'été 1922.

Il faut savoir que la question d'un monument commémoratif était agitée depuis pas mal de temps – une première mention en avait été faite lors de la messe solennelle organisée par le *Souvenir français* le 6 juillet 1919... En août de la même année une souscription était ouverte à Meyssac en vue de l'édification d'un monument qui, celui-là, devait être cantonal. La quête avait rapporté 1 168 francs, ce qui était le prix d'une belle vache en ce temps-là; mais l'idée d'un seul monument pour tout le canton fut vite abandonnée – les héros y auraient été trop nombreux, tassés, chacun noyé dans la masse de plusieurs centaines d'autres d'une manière presque anonyme. Au contraire, les communes tenaient à ériger quelque chose de durable chez elles, chacune pour ses propres «enfants», dont on voulait garder éternellement le pieux souvenir...

Ainsi en 1922 plusieurs localités avaient déjà construit leur mausolée: Saint-Bazile, dans la vallée, avait inauguré le sien en grande pompe dès le dimanche 13 novembre 1921, à l'occasion du troisième anniversaire de l'Armistice; ils avaient eu une messe solennelle avec action de grâce, en présence du conseiller général, Paul Ceyrac, et tout le tremblement... «Tous les assistants défilèrent devant le monument pour y déposer couronnes, bouquets de fleurs, branches de laurier, puis se retirèrent profondément émus», écrivait le journal *La Croix*... À Sérilhac, en mars 22 – nous étions si proches de Sérilhac! – le député Lafarge s'était déplacé en personne pour donner du lustre à la cérémonie d'inauguration. Il avait prononcé un discours bouleversant dans un français admirable, évoquant «le sacrifice des braves à la cause sacrée de la Patrie». Le conseiller général du canton de Beynat, M. Laumont, avait également pris la parole, ainsi que Charlot, le conseiller d'arrondissement. Le banquet qui avait suivi à l'auberge de Cheyssial dans le bourg ne comportait pas moins de cent cinquante couverts !

C'étaient des exemples… D'ailleurs les mairies avaient reçu des prospectus provenant de marbriers funéraires qui se spécialisaient dans l'exaltation des héros. Pour plus de grandeur et d'authenticité patriotiques, Laurent Claval, notre maire, avait écrit (par la plume de M. Bordas), au tout début d'avril, à un entrepreneur de Paris, pour lui demander un projet et un devis. Car un fournisseur de Paris paraissait le mieux indiqué – le conseil municipal aurait eu le sentiment, en faisant exécuter l'œuvre sur mesure, par des artisans de notre région, d'une dévotion au rabais. Les marbriers de chez nous – auraient-ils été de Limoges – ne pouvaient guère se montrer à la hauteur de cette circonstance suprême ; cela aurait eu l'air d'un bricolage, d'une sorte d'hommage local là où l'ampleur de la tragédie méritait une résonance nationale. Le noir malheur qui s'était abattu sur nos familles exigeait un support presque gouvernemental, et le grand chic parisien de la pierre polie avait paru indispensable à tous.

Donc un projet avait été fourni par M. Gourdon, 33 rue Poussin à Paris – signé par le marbrier le 12 avril 1922. Bien que l'on eût fait choix, par manque de pécune, du plus simple des tumulus funéraires – une colonne plate de granit, ornée de quelques fioritures et surmontée d'une croix de guerre taillée dans le bloc – le devis global s'élevait à 6400 francs d'alors. Le transport par le chemin de fer était compris. La facture serait payable en trois versements : à la commande, à la taille, le solde à la livraison. Et puis les choses avaient traîné pendant tout le printemps… Rigaud n'était plus là – Jean Rigaud, de Pouch, sous-officier rescapé du massacre, mais fort abîmé du visage par un éclat d'obus qui lui avait valu une trépanation. Son prestige de gueule cassée l'avait fait élire au conseil, en remplacement de son père, aux élections de 1919 – il était même adjoint au maire ! Un autre « jeune » élu également avait été Léonard Cheyssial, de Flomont, que l'on appelait couramment « François ». Il avait le même âge que mon père et c'était son copain d'enfance. François Léonard avait été réformé en 1905 pour mauvaise vue et n'avait donc pas fait de service ; mais en avril 1917, au moment de la pénurie, l'armée était revenue sur sa décision et l'avait versé dans le service auxiliaire, au 126e, malgré son « acuité visuelle insuffisante ». Il avait passé quatre mois sous l'uniforme, puis on l'avait renvoyé définitivement en septembre pour « perte de vision de l'œil droit ». Cette participation à la victoire, même modeste, lui valait le respect, bien sûr, mais surtout il était le beau-frère de Pierre Chastanet, le mari de sa sœur, qui, lui hélas, était resté aux Éparges !...

Léonard, que l'on appelait aussi « Cheyssialotte » à cause de sa petite taille, et pour le différencier des autres Cheyssial, était un ardent instigateur du monument au sein du conseil, avec l'adjoint qui avait tant payé de sa personne... Jean Rigaud poussait d'autant mieux à la roue, au début, qu'il était également président de la section locale de l'Union nationale des combattants. L'UNC, fondée chez nous le 11 juillet 1920, s'occupait de la défense des familles des victimes et des droits des mutilés. (« Ils ont des droits sur nous !... ») Mon père avait pris les fonctions de secrétaire de l'association, à cause de sa jolie plume et de sa connaissance de l'orthographe. Seulement dans les premières semaines de 1922, Rigaud avait été nommé à un « poste réservé » aux victimes de la guerre : il était devenu percepteur à Masseret, aux confins de la Haute-Vienne – aussi, malgré l'activisme de Léonard, les choses traînaient.

À force de lambiner, de ne pas prendre de décision, le projet se retardait – alors que beaucoup de communes contemplaient déjà leur stèle. Donc, après avoir tergiversé, le conseil municipal – qui se réunissait toujours un dimanche ou un jour chômé pour ne pas empiéter sur le temps de travail de ses membres, dont certains venaient de loin à travers bois – vota dans sa séance du 15 août 1922, à l'unanimité, la somme de 7 000 francs pour l'édification du monument dont le croquis lui avait été soumis. En effet, il fallait prévoir, en sus du devis parisien, les frais de l'installation proprement dite qui prendrait plusieurs journées de maçon, ainsi que le transport de la colonne depuis la gare des Quatre-Routes du Lot jusqu'à notre bourg. C'était une somme rondelette ! Elle représentait, dans l'économie de l'époque, la valeur de sept ou huit vaches de qualité moyenne, ou encore deux belles paires de bœufs d'attelage qui auraient fait la richesse d'une famille. Pour une commune pauvre, composée d'étendues de bois de châtaigniers, intercalés de pâturages et de maigres labours, 7000 francs ne se trouvaient pas sous le pas d'un cheval ! Mais c'était le temps des récompenses tardives, des décorations pour les familles qui s'étaient pieusement agitées pour les obtenir : le 25 août Léopold Andrieux recevait la médaille militaire et la croix de guerre avec étoile de bronze : « Zouave courageux et dévoué. Tué glorieusement pour la France le 1er juin 1915 à son poste de combat à Boesinghe… » Ça faisait plaisir.

Et puis baste ! La vie reprenait son cours, comme on dit. Les 9, 10 et 11 septembre eut lieu à Lagleygeolle la fête traditionnelle – la vote, organisée chaque année par les conscrits. La guerre n'avait pas entamé le culte du conscrit, qui était celui de la jeunesse, de la force renouvelée, la fécondité, l'espoir… Les garçons nés en 1902 se préparaient, par cette manifestation festive mi-païenne mi-religieuse, à perpétuer la tradition du joli temps passé « sous les drapeaux », cette parenthèse de leur vie qui les sortait pendant deux ans de leurs ornières boueuses et leurs tas de fumier. L'armée faisait d'eux des hommes qui avaient vu du pays, et qui, en revenant, après avoir obéi savaient commander…

Le samedi eurent lieu les aubades – les jeunes gens de la classe 22 se rendaient de maison en maison, dans toute la commune, avec la petite fanfare des copains de Laguillaumie pour recueillir l'obole de chaque foyer, dont la somme devait payer les réjouissances du lendemain, et si possible un banquet aux garçons. Ils arrivaient devant la maison en criant, le drapeau secoué par l'un d'eux, bardés de cocardes tricolores, et la musique jouait un air : *La Marseillaise*, bien sûr, mais aussi une chanson, ou une bourrée, selon le goût des hôtes – et pour les anciens poilus la clique avait appris *La Madelon* qui faisait venir des ris et des larmes… Chacun donnait selon sa bourse, et son humeur – la contribution était plus importante si l'on avait un proche parent parmi les conscrits, ou un voisin, ou si l'on était soi-même conseiller municipal. Or, en 22, il n'y avait pas moins, parmi les conscrits, que le propre fils du maire – Jean Claval, qui plus tard dans le siècle succédera à son père à la mairie… Ils étaient six garçons de la classe, un Simbélie et un Seignolle à Pouch, un Daurat à Laubas-Bas, un Monteil au Bouix et Michel Cheyssial à Flomont – d'une famille différente de celle de Léonard le conseiller. Il fallait offrir un verre de vin frais à ces gens qui allaient à pied par les sentiers jusqu'aux maisons les plus écartées – ne pas donner l'aubade chez quelqu'un aurait constitué une offense grave – sauf si la famille avait subi un deuil récent, auquel cas la troupe s'abstenait, par respect. L'accumulation des verres de vin produisait un vif effet sur la clique : aux dernières demeures visitées la musique avait des couacs terribles ; les conscrits titubaient beaucoup vers le soir… Ah ! Que de souvenirs cela ferait plus tard : la vote !…

Les filles « de la classe » avaient droit, elles, à une aubade un peu plus distinguée : on leur apportait un bouquet de fleurs pour les honorer… En 22 il y avait ma mère – mais elle était déjà mariée ! Elle n'avait pas attendu la classe, à dix-neuf ans elle avait succédé à Léa dans les bras de mon père – et cette fois elle a tenu longtemps… N'empêche qu'ils sont venus à la maison lui offrir son bouquet, et boire à sa santé. Il y avait quatre autres filles dont deux au Bouix : Rosine Laporte et Marie-Louise Feix – avec une Anne Vergne au Peuch, et Marie-Louise Manimont de Lachaud – il fallait y aller à Lachaud, par les pentes ! Ils y allèrent…

Le dimanche 10 les aubades reprirent le matin tôt, mais dans le bourg – on finissait toujours par le bourg – cela s'appelait « le réveil en musique ». Et là, évidemment, ils commencèrent par le plus notorieux : c'est chez le maire lui-même que *La Marseillaise* retentit d'abord ! Les jeunes gars se remettaient par d'autres coups à boire de la cuite de la veille – et la journée serait longue !… À 10 heures c'était la « messe en musique », la seule de l'année – l'église débordait. Pour la vote, les familles invitaient leurs parents des autres communes, les tantes, les cousins – on faisait une pleine maison –, les amis partis de bonne heure de chez eux dans les collines avoisinantes arrivaient souvent pour la messe chantée. La clique polyvalente changeait ses airs païens pour jouer des cantiques, à la grande joie du jeune curé Jaulhac ; de ce temps-là le vieux Goudriat avait été enterré bien dévotement derrière l'église. Des voix de femmes au souffle fort chantaient l'*Ave Maria*, soutenues par la clarinette d'Eugène, c'était beau comme l'enfant Jésus !

L'après-midi on suivait les jeux sur la place, devant l'église et devant la forge. La course en sac, les jeux d'adresse – avec une balle en chiffon serrée il s'agissait de faire dégringoler une construction de boîtes de conserve empilées sur une planche. Il y eut l'exercice du mât de cocagne, une *pièle** bien lisse, écorcée, enduite de savon pour la rendre plus glissante, portait à son sommet un jambon que les gaillards devaient aller décrocher. Que de rigolades ! Les plus ardents glissaient désespérément jusqu'au pied du mât au moment d'atteindre le but !… Si j'en crois la gazette il y eut même ce dimanche-là « un lancer de ballon » – au singulier, c'est-à-dire un aérostat de papier gonflé au-dessus d'un petit feu de bois (avec mille précautions pour ne pas l'enflammer). Toute la fête se réunissait dans le pré de Siscard en bas de la route, du côté de chez Laguillaumie, pour assister à l'événement ; quand le ballon aux couleurs vives s'éleva, monta plus haut que le clocher de l'église, lentement déplacé par la brise vers Antignac, Crumière, Le Pescher, ce furent des acclamations enthousiastes. Les enfants qui voyaient ce miracle pour la première fois en avaient le souffle coupé !…

Et toute la journée éclatèrent les pétards allumés par les jeunes garçons pour effrayer les petites filles et agacer les vieilles; des bombes pétaient aussi, dont l'éclat répercuté dans les vallées ajoutait un air de folie et de joie virile aux réjouissances. Le bruit est signe de vie – quand un âne est mort il ne pète plus... Pour les anciens du casse-pipe, ces explosions résonnaient bizarrement, en écho tellement affaibli du vacarme des tranchées!... Ils se sentaient des survivants chanceux – d'autant qu'ils avaient surtout fait la guerre comme artilleurs, moins menacés que les fantassins. Il est remarquable que les hommes tués au combat furent tous, chez nous, des fantassins tombés en première ligne.

À 11 heures enfin, dans la nuit obscure, arriva le clou de la fête qui transporta toute la population sur la route devant l'école pour assister au feu d'artifice, tiré dans le pré en face. Le moment attendu par les jeunes qui voulaient se toucher les mains dans le noir – et parfois se voler un baiser dans le cou dont ils garderaient le souvenir désirant pendant des semaines... Le feu d'artifice, avec ses surprises d'envols colorés, de roues étincelantes au sifflement de machines! Les pères portaient les petits enfants sur leur cou, les mères les élevaient dans leurs bras... Et l'on criait bravo! à ce mime puéril de l'enfer de Verdun...

Ce même dimanche 10 eut lieu à Marcillac-la-Croze l'inauguration de leur monument aux morts... Les petites filles y étaient toutes vêtues de blanc et ceintes d'écharpes tricolores; les petits garçons tenaient chacun un drapeau, et tous les enfants disposés en couronne déposèrent des bouquets de fleurs au pied de la stèle voilée d'un drap blanc. Après qu'on eut chanté *La Marseillaise,* avec tous ses couplets, le maire fit tomber le drap en tirant plusieurs fois sur une ficelle, puis il prononça tous les noms inscrits d'une voix forte tandis que la foule répondait en chœur: «Mort pour la France!», dans un murmure de culte naissant.

La vote, chez nous, avait activé l'esprit de corps et de reconnaissance; dix jours après, le préfet de la Corrèze apposait son accord, avec sa signature, sur le plan du monument de Lagleygeolle: «Lu et approuvé le 21 septembre 1922.» Ce visa administratif était réglementaire, dans un pays bien unifié où les affaires d'intérêt local n'étaient jamais laissées à la fantaisie de territoires frustes et sans grandeur. À partir de ce moment il fallut décider – avant d'envoyer la liste à M. Gourdon, à Paris, 33 rue Poussin – quels noms seraient gravés dans la pierre pour la plus grande édification des générations à venir. À côté de cas évidents dont il n'y avait pas à débattre, surgit tout de suite la question épineuse des doubles appartenances pour les morts mariés en dehors de notre commune, ceux qui n'habitaient plus ici, mais que l'affection de leurs parents et de leur hameau d'origine voulait rapporter à tout prix chez nous – on disait «chez eux».

Jean-Baptiste Bazin habitait Lanteuil au moment de son départ à l'armée – oui, bon, mais ça ne comptait pas: il était si jeune! Et sa mère vivait toujours à Pouch, la pauvre femme, on n'allait pas la priver de l'hommage collectif!... Bazin, bien sûr, mais Victor Feix qui habitait lui aussi à Lanteuil, à Larenc, marié lui depuis 1908?... Normalement il appartenait à son lieu de résidence, à sa nouvelle famille. Sauf qu'au Bouix, son frère, ses parents plaidaient vigoureusement pour son inscription au bourg de Lagleygeolle... Alors? La décision était identique au sujet de Jean Breuil, marié en 1909 et père de famille, à Lanteuil également – il revenait de droit, ne serait-ce que pour ses enfants, à l'autre commune!... Quel casse-tête! Que de jeux d'influences pour ne pas mécontenter une famille d'électeurs!... En définitive il arriva ce qui devait arriver: Jean Breuil et Victor Feix sont bien évidemment *aussi* à Lanteuil, là où il était normal qu'ils fussent... Ce n'était pas conforme au règlement national qui interdisait les doubles inscriptions mais tant pis!

Les frères Rouchon, à la rigueur, c'était naturel qu'ils soient chez nous – bien qu'émigrés à Paris tous les deux depuis longtemps, ils n'y étaient pas en famille, du moins officiellement. On n'allait pas les abandonner à l'anonymat de la capitale. D'autant qu'il y avait Antoinette avec sa douleur, qui veillait au grain – du reste Pierre était revenu finir ses jours à Merlette, il reposait dans notre vieux cimetière… En revanche pour Jean Brunie, le prêtre, la discussion fut rude : il était, en dernier ressort, curé d'Albignac – d'ailleurs enterré là-bas avec ses ouailles. Il y est encore, juste à gauche en entrant dans le cimetière… Certains s'opposaient à son inscription sur notre monument – les radicaux, bien entendu, avec leur côté « À bas la calotte ! ». Or à Crumière ses parents faisaient valoir qu'il ne s'était jamais marié ailleurs, lui, et pour cause ! Qu'il n'avait pas d'enfants dans une autre contrée – alors si l'on admettait Pierre et Paul et Jacques qui avaient fondé leur foyer en dehors de la commune, il eût fait beau voir qu'on refusât leur frère, leur oncle ! C'est ce qu'avait plaidé Pierre de la Simbille, qui était son neveu, ancien combattant artilleur, et trésorier de l'UNC… En définitive les Brunie de Crumière étaient nombreux, avec leurs alliances, comme électeurs, même si à l'époque il ne fallait pas compter les femmes. Et qu'importe ! Le curé est bien inscrit *aussi* comme il se doit dans sa paroisse.

C'est au milieu de ces marchandages que Pierre Manimont passa aux profits et pertes… Personne ne soutint sa candidature funéraire – il fut oublié. Le garçon était de Jugeal, que les gens de Jugeal s'en occupent !… Il faut dire que ceux qui l'auraient défendu se trouvaient eux-mêmes sur la liste – et entre morts l'entraide est difficile, du moins ici-bas… Jean Rigaud se serait souvenu sûrement – je crois que Jean Rigaud n'aurait pas laissé faire, il se serait rappelé la chaleur de l'été à Habarcq… Mais il était parti au diable, Jean, à Masseret ! Il ne participa aucunement à l'élaboration de la liste. Le nouveau président de l'UNC était une pièce rapportée, un mutilé du nom de Berger qui occupa aussi les fonctions de secrétaire de mairie ; il ne pouvait pas connaître Manimont. Le vice-président, Louis Bourgès du Bouix, résidait à l'autre extrémité de la commune, il ne connaissait peut-être pas le jeune homme parti au service onze ans auparavant – et jamais réapparu. Le secrétaire de l'UNC – c'est-à-dire mon père en devenir – s'occupait de sa nouvelle lune de miel ; je le soupçonne de n'avoir suivi que d'assez loin la constitution de la liste. Quant au trésorier de l'association,

Pierre Simbille, il s'était battu pour faire admettre le prêtre, son parent – on ne pouvait pas tout espérer de lui. Et voilà ! Lorsque enfin, à la mi-novembre, la liste fut close et qu'on put passer commande ferme à Paris, elle comportait 27 noms au lieu de 24, mais pas 28 !

Ah ! Pourtant comme il aurait été heureux le Pierrot Manimont d'assister à la vote ! On l'appelait forcément Pierrot à Flomont – lui qui était un garçon franc et simple, et bon vivant du temps qu'il était vivant. Être là au milieu du monde et guigner les filles – pas trop, parce que domestique, mais un peu parce que grand, fort et courageux à la tâche, et que ça peut faire un gendre quand même... Pierrot, sa peur au ventre dans la terre gluante, ses barbelés comme entrave, et ses cris d'écorché sous la pluie – sept ans déjà ! Les mitrailleuses ont refroidi... Et pas une âme pour se souvenir de lui, pas la moindre pensée fugace : « Tiens ! Pierrot, c'est vrai ! » – le néant s'est refermé aussi hermétiquement que sur un guerrier d'Agamemnon. Son visage coloré de grand blond tanné au vent des collines n'apparaît plus dans l'œil d'aucune fille – elles auraient grandi forcément... Quelle injustice ! Il n'est même pas sur le monument ! Il n'a jamais existé, ni sa peur ni sa douleur ; rien ne filtre de son « sacrifice ». Il doit avoir mal à l'âme, Pierrot, là-bas, à Notre-Dame-de-Lorette, poignée d'os parmi les charretées d'ossements enfouis au grand cimetière des cocus permanents. L'ossuaire Barbot – j'ai fait une enquête, je suis sans doute le seul à savoir...

Ça me plaît maintenant que mon père ait parlé pour lui, en quelque sorte, dans son coup de gueule du 11 novembre 1964, qu'il ait prêté sa voix forte à ces mal fortunés qui n'ont pas eu de cri : « Quelle saloperie cette guerre !... » Notre-Dame-de-Lorette, il faut connaître, cela vaut le détour. Une colline dans le Pas-de-Calais, à côté de Liévin et Lens que l'on voit dans le fond de là-haut. Montagnette tragique couverte de tombes marquées par les croix blanches alignées – le plus grand cimetière de France : 53662 soldats sur plusieurs hectares, dont 19998 inconnus – 2 inconnus de plus ils étaient 20000 !... Ce sommet de la mort ne donne guère envie de rigoler. Même la rigueur de l'écriteau sur le mur à côté du portillon d'entrée, avec ses recommandations sur la tenue vestimentaire à avoir, ne parvient pas à faire sourire tellement on est oppressé par l'étendue des croix ; il plane un quelque chose de funeste sur cette hauteur où souffle une brise qui n'est pas le vent de l'esprit. Une chapelle, une tour-lanterne haute comme un phare marin signalant le site pour le jour de l'Apocalypse : « Ici ! Ici, cavaliers !... 54 000 jeunes morts à ressusciter !... » Terre d'hécatombe ! Venez et pleurez car voici le malheur pétrifié – du concentré de bêtise humaine.

C'est là qu'il gît, Pierre Manimont – avec Léon Rouchon, Eugène Foucher, Jean Briat, pêle-mêle au milieu de milliers d'autres. J'ai pris mes renseignements aux sources les plus officielles : les corps trouvés sans nom sur les champs de bataille, à Neuville-Saint-Vaast, Thélus et Roclincourt – le Labyrinthe, la tranchée du Moulin rouge, celle des Punaises et bien d'autres, tout ce lot infortuné a été rassemblé puis déversé dans l'ossuaire Barbot, à Lorette. Du nom d'un général Barbot, kaputt lui, mais avec une tombe privée. Dans le théâtre de la guerre aussi, les vedettes ont des loges à leur nom... Un carré d'herbe d'une dizaine de mètres de côté, plus simple tu meurs – si j'ose dire évidemment. Un carré marqué aux coins de piliers bizarres, façon égyptienne il m'a semblé, et entouré d'un muret blanc qui monte seulement à mi-cuisse : « Ici reposent les corps de 5 649 soldats inconnus » – Bigre ! Ils sont pas tout seuls au moins, ça console !... Lorsqu'on tourne le dos à la tour-lanterne vers le sud, c'est à droite, là, tout près. C'est marqué sur une petite plaque comme une adresse : Ossuaire Barbot. En face, au loin, on voit la fameuse cote 119, qui est une colline boisée, au-dessus de Souchez, dans le creux. Derrière, à main droite, se dresse le clocher de Neuville-Saint-Vaast, reconstruit assez haut pour servir lui aussi de repère aux cavaliers de l'Apocalypse.

On n'a pas du tout envie de rire ; ils ont planté un arbrisseau au centre du carré – un espoir d'arbre, un peu plus grand qu'un poireau pour l'instant ; peut-être qu'il grandira, qu'il ira plonger ses racines dans l'humus riche en calcium stratifié. Ce doit être profond j'imagine : 5600 corps sur un petit cent mètres carrés ! Ça fait des sacrés mètres cubes par en dessous… C'est bien simple, en comptant 150 allongés en surface – et je ne sais même pas s'ils contiendraient, avec trois couches par mètre – arrondissons à 500 – ça fait tout de même douze mètres de profondeur de fosse !… Rien que du corps tassé. Évidemment avec le temps ça a dû se réduire de moitié – ils ont dû rajouter de la terre à mesure que la surface s'affaissait…

On a beau faire le malin, j'avais la boule à la gorge, planté ainsi au bord du muret. Le guide qui m'avait amené demeurait silencieux, à deux mètres – un vieux monsieur bien aimable qui doit avoir une longue habitude de ces étonnements. J'avais le souffle raccourci tout à coup. Sans doute parce que je les connais, que j'imaginais, comme on le fait au bord de vraies tombes, les macabres portraits – Léon, avec son joli visage juvénile, imberbe, Eugène, Jean Briat, Pierrot… Lui décidément l'inconnu au carré, sans fleur, ni couronne mais sans nom nulle part ! Pas une croix anonyme pour lui seul, avec la mention oppressante qu'ils ont dans les cimetières anglais, en Belgique : *Known unto God*, qui veut dire « Connu de Dieu seul »… Manimont Pierre n'a laissé une trace ténue de son passage sur terre que dans les registres, aux archives ; un mince reflet en vieille encre fanée, comme la traînée d'une bave d'escargot sur une muraille… Lorette – un reste de poudre d'os collé dans la terre par un presque siècle de pluie. Pauvre Pierrot ! Ils l'ont pas mis sur l'écriteau du mérite à Lagleygeolle – c'est la faute aux anciens ; pourquoi mon père n'a-t-il rien dit ? Ils l'ont laissé s'effacer pour toujours, avec son cri, parce qu'il était domestique, comme les pauvres et comme les chiens.

Je crois qu'à rester ainsi, immobile et pensif intensément, je me suis « recueilli » à Lorette. Oublieux du temps… J'étais seul, le guide était reparti vers la tour centrale car c'était la fin de son service – il m'a dit : « Je vais signer la feuille… » La feuille de présence sans doute. Ça m'a fait curieux cette familiarité du quotidien – comme si je bossais ici moi-même, si j'étais du personnel à l'entretien des âmes… Je suis resté encore un instant sur ce carré vert de Barbot où il n'y a rigoureusement rien à voir que des brins d'herbe. Je pensais à des phrases idiotes, du genre : « Un petit bonjour de la Corrèze !… » Il y avait un peu de vent, et du soleil qui avivait la blancheur des croix d'alentour… J'ai dit : « Salut les gars ! », en partant, à mi-voix. Pour faire un truc, comme si j'étais un soldat moi, quittant les copains : « Salut les gars ! », comme si j'étais mon papa… J'étais vachement triste. D'une tristesse banale – « si jeunes » et tout ça – et tout de même envahissante. Il règne sur cette montagnette un drôle de silence, je vous assure… Ou peut-être que maintenant que ma mort approche à petits pas, je deviens plus sensible à son haleine – je mêle les regrets de moi à ces furtives compassions funèbres.

Avant de partir, j'ai noté le quatrain qu'ils ont gravé sur le flanc de la tour – je l'ai écrit sur mon carnet sans que son aspect rimé vieillot parvienne à me faire sourire :

« Vous qui passez en pèlerins près de leurs tombes
Gravissant leur calvaire et ses sanglants chemins,
Écoutez la clameur qui sort des hécatombes
"Peuples, soyez unis ; hommes, soyez humains." »

C'est ça les monuments ; ils marquent la culpabilité des survivants. Une culpabilité sublimée évidemment, transformée en culte de l'héroïsme, gloire au sacrifice et tout ça – mais le vague sentiment de honte surnage tout de même, il me semble, lorsque la fièvre est retombée, cette ardeur suspecte des combats avec ses délires, ses mirages d'exploits. Alors ceux qui restent érigent… « Hommes, soyez humains » – mais oui, on leur dira ! Parfois la culpabilité va loin dans le temps. Je ne parle pas de Douaumont, la Mecque des « mémorials », la gigantesque cathédrale de la sainte chair à canon : il en existe partout des bâtisses funéraires, petites et grandes. À Ypres, tenez, la *Meningate*… Ypres qui fut tellement battue et massacrée avec ses tranchées tout autour dans le tuf inondable – Ypres et ses gaz verts, son canal acharné. Cette partie des

Flandres, en Belgique, est parsemée de petits cimetières coquets aux croix blanches – Langemark, Boesinghe ; ils surgissent derrière un bâtiment, n'importe où, au détour d'un champ, dans la cour d'une ferme quasiment : *cimetery*… Américains, Britanniques, Allemands aussi, forcément… Mais là ce sont les morts à charpentes d'os, des qui possèdent leur tombe personnelle avec leur nom écrit sur la plaque, ou à la rigueur la mention cruelle : *Known unto God*, comme j'ai dit. Mais pour les disparus de chez Disparu qu'aucun coquelicot ne caresse, que rien n'attache plus à l'univers, gommés du système, ceux dont on n'a jamais rien retrouvé, ni une phalange ni un cheveu ?…

Alors les Anglais ont construit pour eux, à la sortie de la ville d'Ypres, au départ de la route qui conduit à Menin, une porte en voûte façon Marble Arch si l'on veut : un grand arceau moitié porte médiévale moitié arc de triomphe qu'ils ont appelé *Meningate*, « Porte de Menin ». Les voitures passent dessous, la circulation normale vers la grand-place du beffroi un peu plus loin… Un arc sur la rue, traversé par la vie quotidienne, même pas posé au milieu d'un carrefour pour faire girer le peuple autour… D'immenses murs tout blancs surmontés d'une voûte lisse – et là, en regardant mieux, on s'aperçoit que la pierre est gravée partout de colonnes de noms. C'est hallucinant : partout, partout, sur les bords, les côtés, les murs entiers et puis la voûte, très haut, couverts d'écriture !… Ce sont les noms de 54 896 soldats britanniques et du Commonwealth qui ont péri dans les parages d'Ypres et qui n'ont jamais eu de sépulture. C'est gravé en grosses lettres en haut de la muraille : *To whom the fortune of war denied the known and honored burial given to their comrades in death. Ad majorem dei gloriam* – « À ceux pour qui les hasards de la guerre ont refusé une tombe connue et respectée comme celle de leurs compagnons dans la mort. »

Ils en ont dénombré 54 896 des volatilisés dans l'inconnu, en faisant leur compte – en comparant les entrées avec les effectifs restants, soit en vie, soit sur le terrain… 1 200 de plus qu'au catalogue complet de Lorette ! Tout à coup les 55 000 gars vous grouillent dans la tête à ramper comme ça sur les murs – un effet d'énorme fourmilière à fantômes ! Ça vous colle un haut-le-cœur, il suffit de s'arrêter, de se donner le temps de comprendre ce que vous voyez là... Mais ce n'est pas tout : depuis 1927 tous les soirs à 8 heures on leur fait une sonnerie au clairon. Sonnerie aux morts appelée *The last post*. Chaque soir que le bon Dieu fait – et il en fait un par jour – depuis bientôt quatre-vingts ans, semaine et dimanche ou fête, deux pépères belges en uniforme sombre façon garde-chasse arrivent vers 8 heures moins 10 leur clairon sous le bras. Il y a un jeune et un ancien. À 8 heures moins 5 quelqu'un d'un peu policier arrête la circulation à chaque bout du monument : les deux se mettent alors en place, côte à côte au milieu de la chaussée, à l'extrémité extérieure de l'arcade... Ils attendent. Le silence se fait peu à peu parmi les touristes curieux qui grouillent là. Le premier soir où j'ai vu *The last post* un détachement d'un régiment néo-zélandais en visite était venu faire le salut, raide sous la voûte... *MEN!!...* a crié le sergent qui commandait l'escouade : *TAKAK!... KRAC!...* Garde-à-vous impeccable ! La main à l'oreille !... C'était impressionnant.

Lorsque le beffroi au bout de la rue sonne le premier coup de 8 heures, les deux clairons portent l'instrument à la bouche d'un geste sec : le plus âgé grommelle la mesure en flamand, et au quatrième coup de l'heure le son part comme une flèche : *Taaa!... Ta-Taaa!...* Ça vous met un frisson dans le dos. La musique caracole, resplendit sous la voûte, rebondit sur les noms gravés pour ces gars-là qui ont eu la vie courte... C'est poignant – pour peu que vous soyez sensible. À moins que rien ne puisse vous effleurer, ces coups de clairon de la renommée vous saisissent bellement à la gorge... Un soir j'étais sous la voûte de *Meningate* avec Martina, une Allemande romancière, elle était rudement émue. Forcément les romanciers ça projette, ça imagine. Et là si on imagine on est mal... *Tata – Tatata!...* Les milliers de pioupious du Commonwealth, cinq continents représentés, tous sujets de Sa Majesté très gracieuse, bousillés morts sans sépulture, sans « restes humains », aspergés en gouttelettes de chair explosée d'obus, enterrés tout chauds et vivants dans un trou sale, glissés au marécage. Martina se retenait de pleurer pendant la sonnerie à longs traits qui imite le cri de la bête blessée. Ça lui venait au bord de la paupière. *Taaa – tata – tatataaaaaa!...* Énorme hululement de trompettes qui caresse les noms des types sur le grès blanc.

« Écoutez la clameur qui sort des hécatombes... »

Je vous assure qu'on l'entend à *Meningate* la clameur des cinquante-quatre mille huit cent nonante-six macchabées... Une paille !

À Lagleygeolle nous en avons 27 – c'est un début. Mais nous ne sommes pas le Commonwealth... Enfin, 28 avec Pierrot le virtuel... Nous n'avons jamais eu non plus beaucoup de faste. Notre monument fut livré et dressé durant l'été de 1923. Il arriva sans tambour ni trompette à la gare des Quatre-Routes du Lot, au début du mois de juin. Le chef de gare expédia un avis à la mairie : on pouvait prendre livraison quand on voudrait, le plus vite étant le mieux.

Ah ça tombait plutôt mal ! Juste au moment où il y a tout à faire à la campagne ! Les jardins réclament : il faut sarcler, repiquer les salades, les poireaux, ramer les petits pois – dans la terre on n'en finissait plus de labourer pour semer le maïs fourrager – *lo blaspanho* –, de buter les pommes de terre. Sans compter la vigne à attacher, à épamprer au début de juin !... Ériger un monument est un travail d'hiver, lorsqu'on a du temps – le marbrier ne se rendait pas compte ! Pourquoi aussi ne l'avait-il pas livrée au mois de février, la stèle, trois mois après la commande ferme et le premier versement ?... Le maire attendit, il avait d'autres chats à fouetter, et des vaches à amener au taureau.

Ne voyant pas venir le charroi de Lagleygeolle, le chef de gare des Quatre-Routes s'impatienta de ces caisses monumentales qui encombraient son dépôt; il écrivit à l'envoyeur que son colis restait en rade... M. Gourdon, de la rue Poussin à Paris 16e, écrivit à son tour à la mairie vers le 15 juin – on avait juste commencé à repiquer les betteraves après les Foires franches de Brive – pour demander ce qui se passait. Il indiquait qu'il faudrait payer une consigne journalière aux chemins de fer si on ne prenait pas livraison de l'ouvrage, cela allait faire cher ! – Or plus les jours s'écoulaient, plus le temps pressait dans les champs. Ah ! c'était bien le moment de s'occuper des... eh oui, des morts ! On allait commencer les foins, après la Saint-Jean... Les journées, pourtant à leur maximum, n'étaient pas assez grandes. Comment faire ?

Et puis il y avait une autre raison, plus épineuse : on ne savait pas trop où le mettre, ce monument... Dans le bourg, bien entendu, mais où exactement ? – La question, vaguement débattue en conseil pour Pâques, n'avait pas été tranchée. Il fallait choisir un endroit où la stèle soit bien en vue, pour ainsi dire à l'honneur, et en même temps qu'elle ne gêne pas le passage des charrettes. Il circulait des suggestions extravagantes : certains voulaient la placer sous le tilleul, contre le mur du cimetière, là où tout le monde s'attroupait le dimanche. Mais le passage alors serait trop étroit – et on n'aurait aucun recul... D'autres proposaient la cour de l'école – du côté des filles par exemple : ce serait un objet de révérence permanente mis sous les yeux de la jeunesse. On se récriait : l'école était trop excentrée, en dehors du bourg proprement dit. Pas question d'éloigner l'hommage aux chers disparus ! Alors où ?... Quelques radicaux, personnes de peu de foi, osaient émettre l'idée qu'il faudrait enlever la croix du coin de la grangette de Laguillaumie pour installer le monument à cette place centrale, à la croisée des chemins – quitte à la reconstruire ailleurs, si vraiment on ne pouvait pas se passer de croix. – Enlever la croix ! Un sacrilège, en plus !... Le sang des chrétiens et de monsieur l'abbé Jaulhac ne faisait qu'un demi-tour – on cria au scandale et aux combistes !

Bref Laurent Claval – qui avait son idée personnelle sur

l'emplacement désirable – n'éprouvait aucune hâte à voir arriver les caissons qui allaient déclencher un beau charivari dans l'opinion lorsqu'il faudrait prendre la décision finale. Il repoussait comme il pouvait ce moment où la discorde allait enflammer la commune, et où les soucis seraient pour sa pomme à lui… Il fallut pourtant s'exécuter : comme une paire de bœufs aurait eu du mal à faire l'aller-retour des Quatre-Routes en une journée – de toutes les façons le chargement n'aurait pas tenu dans une seule charrette – le maire loua les services d'un camion à traction par chaîne qu'un entrepreneur de Meyssac faisait fonctionner pour un prix raisonnable.

Tout se passa bien jusqu'au croisement de Ratabou, au sommet de la côte où la route diverge. Il fallait prendre à gauche le chemin du bourg : huit cents mètres de raidillon bien abrupt pour un engin poussif comme l'était le camion transporteur qui avait fait la guerre quelque part en Champagne ou peut-être à Verdun. Ce détail de service s'accordait bien avec le propos du charroi, certes, mais il rendait l'ascension de la côte de Lagleygeolle assez aléatoire ; et même à vrai dire périlleuse. On était le 20 juin, l'herbe haute envahissait les talus de chaque côté, et comme les roues étaient chaussées de bandes de caoutchouc plein et lisse, elles se mettraient sans doute à patiner… Or, dans les virages aigus, comme le premier qui surplombe un pré presque à pic, le camion glisserait vraisemblablement, ferait écrouler le tertre sous son poids et il basculerait dans la pente avec la marchandise…

Le camionneur partit à pied pour vérifier l'état de la voie ravinée et mal empierrée, puis il déclara au maire, prévenu de la difficulté, que l'ascension était impossible. Il faudrait finir le trajet avec des charrettes… Il parla de la cargaison mise en péril – 6400 francs, pas même assurés ! Sans compter le risque de perdre son camion, et peut-être sa vie !… Il fallut décharger la stèle et tous ses accessoires au bord de la route, devant la croix de Ratabou, en faisant rouler les caisses sur des rondins de bois. On fit venir des charrettes le dimanche suivant menées par les trois conseillers municipaux les plus proches de Ratabou : mon grand-père, qui ayant récupéré ses trois fils vivants se sentait «en reste» vis-à-vis des malheureux qui avaient perdu les leurs dans la tourmente, Léonard Cheyssial, toujours animé du plus grand zèle pour la mise en place du monument, et François Ulmet de Crumière avec son grand fils Jean. On embarqua les quatre caisses du tumulus et les caisses des accessoires – chaînes, croix de guerre et bites d'angle, en répartissant le poids au mieux, le charroi tiré par quatre paires de vaches – on avait attelé deux paires au tombereau qui portait le plus lourd fardeau – arriva dans le bourg sans encombre; on déchargea le tout dans la cour du presbytère qui était un endroit central, en attendant que le site fût choisi.

Deux semaines passèrent encore – les foins pressaient. On murmurait que le maire se moquait du tiers comme du quart, et qu'il ne faisait rien pour hâter la mise en place de l'hommage aux poilus déjà tellement en retard sur les prévisions. Puis Claval fit brusquement faire les travaux de fondation et la mise en place par Jean Vialle, lequel avait passé ses quatre années de guerre en Allemagne, prisonnier depuis les Ardennes, Carignan et la grande débâcle. Si sa situation n'avait pas été merveilleuse, au moins elle l'avait mis à l'abri des canons, et lui avait assez probablement sauvé la vie... À droite de l'église, entre le clocher et la petite maison achetée par Laguillaumie, il y avait un grand carré d'herbe en légère pente abrité par un noyer qui offrait un espace inoccupé idéal pour planter la stèle; ainsi placée elle ferait pendant au cimetière de l'autre côté. Vialle, qui avait tout juste trente ans, mit du cœur à l'ouvrage, de sorte que lorsque les paroissiens se rendirent à la messe, le dimanche 15 juillet, ils purent admirer l'ensemble fraîchement scellé comme pour une véritable surprise...

Admirer? Tel ne fut pas le sentiment unanime! Certainement on avait parlé de placer le monument à cet endroit, près du clocher dont il partagerait le rayonnement néogothique – mais jamais il n'avait été question de le mettre aussi haut, si loin de la route!... Les membres de l'UNC ne décoléraient pas de cet emplacement trop en retrait à leur goût, trop ombreux, enfin pas du tout ce qu'ils avaient souhaité.

Il faut savoir également que le maire était du parti radical, ou du moins d'une tendance proche quoique non ouvertement déclarée. Autant dire, dans les priorités de l'époque, qu'il appartenait au côté anticlérical qui s'était illustré en France vingt ans auparavant… Or il n'était pas devenu maire à cause de ses opinions politiques mais pour la seule raison – de tout temps la meilleure chez nous – qu'il était le représentant de la famille la plus nombreuse dans la commune. Laurent Claval obtenait la majorité des voix depuis les élections de 1908 – les premières après la séparation de l'Église et de l'État – pour l'unique raison que la famille, avec ses diverses ramifications et alliances, votait pour lui, comme dans tout système tribal qui se respecte un peu. Par contre les membres de l'Union nationale des combattants se recrutaient plutôt parmi les familles traditionnellement pieuses qui constituaient le soutien d'une religion ferme, quoique sans excès, comme l'était celle de mon grand-père. Après l'« Union sacrée » face à l'ennemi, qui avait prévalu à la fois au gouvernement et dans la population française, les factions se reformaient : la « politique reprenait ses droits »…

La question des marques religieuses du monument aux morts à venir avait déjà été abordée et résolue : légalement, dans un état laïc comme l'était la France officiellement depuis dix-huit ans, il était interdit de faire figurer un quelconque signe religieux sur un monument public. Par conséquent, le maire se réfugiant derrière le règlement (c'est bien ainsi que le projet avait acquis l'assentiment du préfet de la Corrèze, donc de l'État) : pas de croix !… C'était la loi ! Dure peut-être, mais, mais *sed lex* jusqu'au bout des ongles… À Sérilhac, dans la vallée, ils avaient résolu le problème en construisant deux monuments, l'un à l'extérieur, en plein air, laïc, et l'autre à l'intérieur de l'église !… Comme ça, pas de jaloux…

Sauf que tout de même ceux de l'UNC considéraient les « morts pour la France » trahis par ce recul, cette mise à l'ombre de leur monument qui était comme leur tombe !

On prenait à témoin les quatre malheureux qui étaient revenus du front depuis deux ans, dans leur cercueil, et qui reposaient là, dans le cimetière, avec le reste de leur famille… Au moins leurs parents, leurs frères et leurs sœurs pouvaient prier sur leur dépouille !… Mais les autres, ceux qui s'étaient volatilisés, fondus dans des paysages lointains et sans marque ? Certains parents étaient partis au Nord, le chemin de fer étant payé par le gouvernement, pour aller se recueillir une heure sur la petite croix blanche de leur enfant… Voir où il était – où il serait toujours, quand eux seraient morts, jusqu'au jour du Jugement… Ils avaient pleuré, sangloté même, dans la Marne, dans l'Artois, ça faisait leur deuil. Pourtant le monument était censé faire le lien, représenter leur passage sur terre, comme pour ceux du *Meningate* en Belgique.

Le 22 juillet une « protestation » parut dans le journal *La Croix de la Corrèze* qui regrettait hautement le sort réservé à « un ouvrage destiné à perpétuer le souvenir sacré de ceux qui ont tout donné pour que la France vive ». C'est mon père qui avait écrit cette phrase, en qualité de secrétaire de l'UNC – et du coup de correspondant local de *La Croix*. Ça, il ne me l'a jamais dit, mais la réalité est toujours un peu plus complexe que ce qu'on croit ! Mon papa n'avait pas encore fait sa révolution personnelle en ce temps-là – il était heureux de mettre son orthographe chèrement acquise, et sa plume bien rodée, au service des poilus restés sur le carreau, ou sur le caillebotis. Ou restés en l'air, en suspens dans le néant… Ainsi va l'ambiguïté : il avait fait cette guerre en se cachant le plus possible, dans une humeur de sauve-qui-peut très opposée à l'octroi des médailles, mais il respectait les apparences. Il avait subi la peur au ventre la plus horrible qui soit – au ventre, à l'estomac ! Une peur physique de bête traquée avant la mise à mort, et maintenant que c'était fini, certes il ne se vantait pas, mais il acceptait dans le soulagement, et peut-être l'orgueil secret de s'en être sorti quand même – sans une seule blessure !

Voire… Il souffrait de ce qu'il appelait « une descente d'estomac », justement. Cette anomalie lui causait un malaise permanent, une douleur et des irritations qui l'obligeaient à manger de la mie de pain à toute heure pour calmer son aigreur – il aurait grignoté du pain toute la journée, et lorsqu'il revenait du bourg avec une couronne qu'il venait d'acheter, il l'entamait en marchant, par lambeaux entre le pouce et l'index. Quand j'étais petit il portait même une sorte de bandage autour de la poitrine, avec des bourrelets de soutien à la façon des ceintures herniaires, mais au niveau du sternum. Ce détraquement, il l'avait pris pendant la guerre, par les privations peut-être, les repas bizarres à des heures folles peut-être, mais aussi je crois par la peur qui zigouille les entrailles. En sortant des tranchées du style Verdun, certains types restaient parfois deux jours entiers sans pouvoir avaler une bouchée, tellement ils avaient l'estomac noué, paraît-il, le corps choqué…

Pourtant, s'il avait perdu la foi en route – saisi de doute pour la miséricorde divine au milieu de tant de cruauté et d'injustice – et s'il avait considéré cette tuerie comme de l'ignoble bêtise humaine et rien qu'humaine, sincèrement, une fois le danger passé il en parlait comme tout le monde ou presque. Il éprouvait de la compassion pour les pauvres types qui y étaient restés – et qui ne goûteraient plus ni les excellentes châtaignes ni la chair de nos succulentes brebis… Il employait le vocabulaire politiquement correct de l'époque pour parler d'eux, il les appelait « les braves ». Mon papa n'était pas encore, en 1923, l'homme que j'ai connu plus tard – vingt ans plus tard – au coin du feu, à essayer de faire flamber deux tisons humides pendant que les quadrimoteurs anglais passaient en grondant sinistre dans la nuit et le ciel mouillé… Il disait, pour se disculper, « On voit que t'as pas fait la guerre » ! Il se faisait fort d'allumer du feu en plein champ, sous la pluie, sans paille sèche et sans papier – et un jour il m'avait montré le secret : il fallait, sous le couvert de la capote étendue en auvent, couper avec le couteau de tout petits copeaux très fins, puis des copeaux plus épais, puis un assortiment de brindilles de plus en plus grosses : ensuite tu disposais ça soigneusement entre deux pierres, sous le casque qui servait de parapluie, et avec un briquet tu mettais le feu aux copeaux. Si tu avais bien préparé tes éclats de bois en croisillons et en faisceaux, progressivement, le feu prenait et tu pouvais rajouter des branches mortes en obtenant une grande flambée… À dix ans j'étais captivé ! C'est un héritage – j'y pense encore en allumant un feu dans la cheminée, à bien disposer le petit bois croisé, et des bûchettes, et tout bien comme il me disait.

Là, à trente-neuf ans, nouveau marié, mon papa futur regardait le monde avec les yeux de l'avenir. Il faisait le projet de repartir travailler en ville, à Paris ; de s'y installer avec sa femme toute jeune… Aussi jeune que l'autre, en somme il avait remis le compteur à zéro ! Mais il n'avait pas encore écouté les meetings de la « classe ouvrière », les propagandistes d'ateliers chez Goodrich (on disait Godriche) à Colombes, chez Renault ou chez Citroën (on disait Citron)… Il n'avait pas croisé ceux qui encensaient le prolétariat de la part des Soviets, à Levallois-Perret. En 23, à l'UNC, mon père marchait dans les rangs de son père à lui, dans les rangs des vaincus de 1905 – c'est important –, les paysans écrasés par les politiciens francs-maçons des grandes villes impies… Gens de peu, courageux et fiers, ils protégeaient leur train-train paysan rural terreux de médiocre rapport, une vie de saisons, de vieux langage et d'anciennes routines rassurantes qui obéissaient aux traditions des fleurs qui donnent des fruits, aux bruits bibliques de « si le grain ne meurt »…

Seulement mon père n'aimait pas l'agriculture. Privé par le malheur de sa situation de buraliste et sous-chef d'auberge, il vivotait depuis son mariage sur ses dix maigres hectares et ne voyait rien d'excitant se profiler dans les champs. Que de la sueur de son front et de la fatigue – avec son estomac malade et probablement les séquelles de sa typhoïde. Il voyait de l'ennui, beaucoup d'ennui, par beau et par mauvais temps !… Alors il tirait des plans sur la comète : qu'il allait tout plaquer, vendre son chétif bétail, louer ses dix hectares et partir, filer dans la grande ville lumière vibrante de tourniquets, se refaire une vie pour lui qui tournerait le dos radicalement à la terre et à la guerre… Il rêvait tout haut face à la jeune fille séduite par son bagou et ses beaux projets, qui deviendrait un jour ma mère.

Toujours est-il – pour en revenir aux choses sérieuses – qu'en ce mois de juillet monumentaliste, la querelle sur l'emplacement agitait les esprits et divisait le conseil municipal. Ce dernier se réunit d'urgence, le dimanche 29 juillet, en une séance extraordinaire (alors que l'orage menaçait et que certains avaient du foin dehors !) afin de voter une approbation explicite – que le maire avait négligée jusque-là de demander à ses conseillers. On l'accusait d'avoir, de son propre chef, fait installer le monument à l'endroit le plus obscur du bourg, là où il était le moins resplendissant. Léonard Cheyssial fit un tel esclandre qu'il démissionna du conseil, faisant savoir à la population, par voie de presse, qu'il se désolidarisait entièrement de cette décision outrageante : l'ouvrage était situé trop loin de la route, trop haut dans l'ombre des arbres !… Et l'on répétait à l'envi la formule désabusée du forgeron ; *lo faure* avait dit avec beaucoup d'amertume : « *Ount be pro estas davònt, aurò podez be los retiolar.* » (Ils ont assez été à l'avant, maintenant vous pouvez bien les mettre à l'arrière [1].)

Enfin pour le 15 août – et la procession à la Vierge au pré de Theillol – la dernière toilette était faite au monument et la population put juger sur pièce. La croix de guerre qui le coiffait fut approuvée unanimement, on voyait qu'il y avait là un ouvrage d'art. Pourtant, loin de cesser, les critiques rebondirent, mais sur un autre plan – on le trouva un peu pauvre, ainsi dressé sur cet espace d'herbe ; simplement protégé par sa chaîne décorative en guirlande entre les plots aux coins coupés, il parut bas, et insuffisamment majestueux à beaucoup de gens. On accusa encore le maire d'avoir été chiche, finalement, à l'endroit de nos morts glorieux. Il aurait été facile, en

1. L'affaire du monument coûta d'ailleurs son mandat au maire – aux élections suivantes, en 1925, il fut battu et remplacé par Pierre Simbille, le trésorier de l'UNC.

effet, au lieu de le planter au niveau du sol comme un gros caillou, de prévoir un socle pour le surélever. Vialle, qui était habile, se serait fait un plaisir de construire une base maçonnée, une sorte de muret qui aurait servi de piédestal… De plus, on s'aperçut que la jolie phrase promise sur le plan initial : « Ils ont bien mérité de la Patrie », avait été oubliée par le graveur ! Ce qui était, sans mâcher les mots, une insulte à nos chers disparus !…

Le maire se défendit en assurant que la phrase n'aurait pas été lisible, placée si bas – ce qui était un bâton pour se faire battre, car cela relançait le débat sur la bassesse de l'ensemble – la nécessité d'un socle !… On le traita d'imbécile ! Il fit remarquer que l'inscription absente n'avait pas été oubliée mais remplacée avantageusement par deux palmes en bronze assorties d'une tête de poilu casqué élégamment nichée dans un croissant de laurier. C'était même beaucoup plus parlant pour ceux et celles qui ne savaient pas lire !…

Claval eut beau dire, d'aucuns jugèrent qu'ainsi planté au milieu des herbes folles le monument manquait de cette dignité funéraire que l'on attendait d'un si douloureux hommage. Il avait un air humble et nu, presque fortuit… On ricana qu'il serait bientôt envahi par les ronces, qu'il y viendrait des orties – *de las outrujas*. Sans parler des chiens qui iraient pisser sur la stèle à leur convenance – cette idée était affreuse ! Et puis rien n'empêcherait les garnements de la commune – les garçons des écoles n'en faisaient qu'une qui touchait l'autre ! – de grimper sur le socle, de se pencher sur le rebord pour s'amuser ou pour se battre. Ils chevaucheraient les piles basses, c'était certain, bref on pouvait s'attendre à une promiscuité qui fleurait la profanation. Les petits goujats seraient même capables, tels qu'on les connaissait, de plumer les fleurs des gerbes quand on en déposerait – cela malgré les foudres des instituteurs, M. Bordas qui était sur le point de prendre sa retraite, et surtout M. Puyjalon, le jeune maître redouté qui avait achevé son service avec le grade de sous-lieutenant, et qui manifestait du goût pour la vie militaire. Depuis deux ans qu'il était venu seconder le vieux Bordas, dont la femme avait abandonné la classe pour raisons de santé, l'école ne badinait pas avec la discipline ! – Néanmoins il fallait s'attendre à tout.

Ainsi naquit, dans les dernières semaines d'août, l'idée de la grille qui entoura finalement l'ensemble, enfermant la stèle et ses attributs dans un espace protégé... Le dimanche d'avant la fête votive, le 2 septembre, le conseil municipal qui, harcelé de récriminations, se réunissait à une fréquence jamais égalée vota une somme de 1 350 francs pour – précisait la délibération : « Fermer le monument aux morts par une grille afin de le préserver de toute détérioration. » En attendant, il fallait la faire faire, la grille ! Cela prendrait des mois – à Noël elle ne serait toujours pas en place... On décida en conséquence de surseoir à la cérémonie d'inauguration officielle, initialement prévue pour le jour de la vote, le dimanche 9.

La fête fut belle tout de même – ils étaient quatre conscrits cette année-là – et cinq filles dont cette fois la fille du maire, Aline Claval, qui bien sûr reçut les honneurs la première le dimanche matin ! Les autres étaient la Germaine Delsol du Theil, Francine Feix de chez Nayet de Flomont, Clotilde Marielle de Pouch qui devait épouser Honoré de Lachaud, et une autre fille de Pouch, Marie Bourdelle, déjà mariée depuis l'année précédente. Les gars étaient le grand Jean Ulmet de Crumière, Bernard Bonnet de Flomont, Raoul Clauzel des Places, Jean-Baptiste Claval, le fils de la Goutou... Après la messe en musique, il y eut un moment d'émotion intense : les instituteurs avaient conseillé aux conscrits de porter une gerbe au monument, à la sortie de l'église. Grille ou pas grille, achevé ou non, ils devaient offrir un bouquet ceint d'une bande tricolore, comme cela se faisait dans les autres communes ; ils seraient les premiers à accomplir ce geste, avait dit M. Puyjalon, cela ferait office d'inauguration. Alors, devant la commune rassemblée, ils s'avancèrent tous les quatre pour déposer la gerbe – et là les mouchoirs sortirent, car beaucoup de monde pleurait.

Lorsque la grille vint, elle était composée de tiges de métal évidé, assez haute pour être dissuasive, surmontée d'une bordure festonnée de pointes en fer de lance, et munie d'un portillon d'accès fermé à clef. Quand j'étais petit, et que nous nous rangions devant le monument pour le 11 novembre, je me demandais toujours qui possédait la clef ?... J'y songeais de manière presque obsessionnelle, chaque année, puis j'oubliais. Est-ce que c'était le maire ? Ou bien le curé ?... Je n'ai jamais vu cette grille ouverte – et pourtant quelqu'un devait bien y entrer ! Je contemplais la serrure, rouillée, elle qui conférait au jardinet enclos semé de gravier un air de mystère vaguement sacré, d'autant plus étrange que l'on voyait bien qu'il n'y avait rien à garder à l'intérieur. Sauf peut-être des âmes, je pensais, invisibles comme le sont les âmes...

Avec la guerre – la nôtre, celle de Radio-Londres et du chancelier Hitler, un hortensia poussait au pied de la stèle, dans l'enclos ; on avait aussi ajouté une grosse croix de perles de cimetière qui pendait sur la stèle comme au cou d'une girafe.

XIX

Le lundi 14 février 1916, par une nuit relativement tranquille qui succédait à une journée de combat, le 21e Bataillon de Chasseurs à cheval prenait la relève aux tranchées de doublement situées à l'arrière des lignes, à un kilomètre au nord du village de Roclincourt. Les hommes progressaient sans bruit dans la nuit glaciale le long des boyaux zigzagants dont le caillebotis était rendu glissant par le gel. L'emplacement n'était pas trop mauvais, avaient assuré les compagnies qui descendaient au repos – sauf les bombardements continuels depuis plusieurs jours. Dans la journée précédente les premières lignes avaient subi des assauts qu'elles avaient repoussés sans trop de dégâts…

La lune baignait la plaine entre Neuville-Saint-Vaast et Thélus – et l'on devinait au nord la masse plus sombre de la cote 140 proche de Givenchy-en-Gohelle. À peine quelques obus épars éclataient-ils sourdement toutes les dix minutes, plutôt au hasard et semblait-il sans conviction de conquête… Une fois que les guetteurs eurent été désignés par le sous-lieutenant, la compagnie des chasseurs s'engouffra frileusement dans les abris souterrains où les gars qu'on relevait avaient entretenu les poêles. Malheureusement il n'y avait des couchettes que pour la moitié des arrivants – ils devaient dormir allongés à tour de rôle, deux heures chacun en alternance ; le restant somnolait dans l'obscurité opaque et malodorante de la cagna où brillait par intervalles une bougie allumée le temps de faire réchauffer une eau noirâtre appelée café, ou de recharger le poêle.

Un jeune soldat emmitouflé jusqu'au casque se hissa le long de l'échelle jusqu'à la tranchée :

– Tiens, Jean, bois un jus en attendant le dégel ! fit-il.

Il tendait un quart fumant au guetteur près de l'entrée de la cagna.

– Par contre, si tu tires la gueule c'est tant pis : y a plus du tout de sucre au quartier.

Le guetteur, qui était Jean Lavialle, de Laubas-Bas, saisit précautionneusement le récipient de fer dans ses deux mains protégées par des moufles de laine brune. Il portait plusieurs chandails sous sa capote dont les manches trop remplies lui boudinaient les bras et limitaient ses gestes ; un passe-montagne lui couvrait la plus grande partie du visage, évoquant avec le dessin du casque les silhouettes des archers sur les vitraux du Moyen Âge.

– Ça pince, dis donc… Merci bien d'être monté.

– C'est fini la balade, nom de Dieu ! À mon avis on est tombés dans un patelin de merde.

Le 21e Chasseurs avait quitté Linzeux et Guinecourt deux semaines auparavant pour venir d'abord dans la Somme, puis dans le Pas-de-Calais ; il montait en ligne pour la première fois depuis son arrivée dans ce paysage plat, tourmenté de parapets et de trous d'obus, dont la position stratégique se trouvait fort peu modifiée depuis les attaques féroces et avortées du mois de septembre dernier. Le bataillon était du reste dans une période faste : il n'avait subi aucune perte en hommes depuis le 19 décembre… La guerre devenait une promenade, un peu rude certes et inconfortable souvent, mais supportable – le moral des chasseurs n'était pas trop mauvais.

Or le plateau de Neuville-Saint-Vaast, ordinairement mis en alerte par de fréquents tirs d'artillerie, était devenu très agité depuis quatre ou cinq jours. À partir du mercredi 9, attaques et contre-attaques s'étaient succédé presque sans discontinuer entre Neuville et La Folie – bien nommée ! Le dimanche 13, les Allemands étaient revenus à la charge sur ce secteur que leur artillerie avait arrosé d'obus de tous calibres. Ils avaient même occupé brièvement une de nos tranchées avant d'en être chassés à leur tour.

Il était donc minuit et demi lorsque le sifflement caractéristique d'une marmite se fit entendre. Le chasseur qui retournait vers l'abri avec son quart vide plongea au fond de la tranchée, alors que l'engin vint s'écraser à cinq mètres à l'avant du parapet, face au poste de guet, soulevant les sacs de sable et faisant s'écrouler le remblai de soutènement… Un caporal accouru dans les secondes qui suivirent l'explosion releva le soldat à demi enseveli, puis se précipita vers le guetteur qui criait, les jambes et le ventre coincés jusqu'à la taille sous l'éboulement. Sa tempe était ouverte sous le passe-montagne déchiré – son visage s'inondait de sang… Jean Lavialle geignait « '*Quò me dòl.* » (J'ai mal.) Puis il se tut. Il poussa encore un soupir accompagné d'un spasme et ne bougea plus. Il était mort.

Lavialle venait d'avoir vingt-quatre ans en novembre, il finissait sa guerre cette nuit-là sous la lune d'Artois, comme par inadvertance… Les brancardiers l'emportèrent vers l'arrière ; on l'enterra au matin au milieu de quelques autres tombes non loin de la route nationale sur la gauche de Roclincourt, au lieu-dit le Buisson des Quinze. Son nom fut soigneusement écrit sur une croix faite de deux planches, plantée à coups de culasse dans la terre gelée.

L'avis officiel de sa mort « à son poste de combat » parvint à Lagleygeolle un mois plus tard, le 12 mars 1916 qui était un dimanche – le facteur passait en ce temps-là les dimanches… Mais la nouvelle était arrivée quelques semaines plus tôt, vers le 20 février, par une lettre du sergent-fourrier Jean Rigaud, de Pouch, qui avait écrit à sa femme : « *… Malheureusement j'ai appris hier au soir par un fourrier des Chasseurs la mort du fils Lavialle, tué pendant la nuit par un obus dans le secteur juste à l'arrière de nous autres. Il n'a pas souffert et on l'a enterré à midi. Jean Feix du Poujol qui se trouve dans ma compagnie l'avait croisé il y a trois jours au repos, il était en bonne santé. Ça l'a fait pleurer quand je lui ai dit. C'est bien malheureux si jeune et si costaud ; à Laubas, avec Andrieux, ils sont bien éprouvés. À ce qu'il paraît que son petit frère Frédéric lui avait écrit une lettre, il y a quelque temps, il lui donnait des nouvelles de toute la*

famille. Il a montré la lettre à Feix qui me l'a rapporté. C'est bien le malheur qui les frappe.»

Après les combats de septembre il avait fallu resserrer les rangs à cause des «pertes». Le caporal Rigaud était alors devenu fourrier, au début d'octobre; puis, vingt jours plus tard il était passé sergent-fourrier. Il fallait savoir tenir les comptes de la compagnie, et même du bataillon, et ne pas commettre d'erreurs d'additions – avec son instruction ça lui était permis... Au même moment, le 2 octobre, Michel Manimont avait été fait caporal, et il avait changé de compagnie. Mais sa promotion n'avait donné lieu à aucune fête... D'abord, lorsqu'il était revenu à Habarcq, après la relève du Moulin rouge, le 28 septembre au soir, le régiment s'était considérablement aminci: le lieutenant-colonel Bessau tué «sur le parapet de la tranchée conquise», un chef de bataillon évacué, des capitaines et lieutenants bousillés à la pelle, plus d'un millier d'hommes et sous-officiers tués, blessés, ou disparus – un tiers de l'effectif en deux jours! – cela faisait un vide noir dans les baraquements du château... Les poilus exténués gardaient encore des tremblements nerveux – ils marchaient hagards, le battement des mitrailleuses dans la tête, assourdis des obus, du canon. En arrivant ils avaient bu tout ce qu'ils avaient pu trouver à boire, tous, bu à se couper les jambes et tomber ivres morts dans la paille, sous les arbres, en monceaux de viande soûle massacrée... Même Jean Rigaud, sobre par principe, s'était enivré, sombrement, pour relâcher l'angoisse de l'indicible, pour étouffer les cris des copains.

Manimont avait continué de boire le lendemain pour la Saint-Michel et n'avait pas dessoûlé pendant deux jours. Le 1er octobre lorsque le lieutenant-colonel Labourdette, qui prenait le commandement du 126e en remplacement de Bessau, avait fait embarquer la troupe pour Duisans – il ne pouvait reprendre en main sur les mêmes lieux un régiment saccagé – Michel n'avait même pas dit adieu aux fermiers ses amis, alors que le 1er Bataillon partait en réserve à Saint-Nicolas... Le lendemain, au cantonnement, après sa nomination au rang de caporal, il avait seulement levé son quart empli du vin rouge de l'intendance – il était pâle, nerveux, et les yeux cernés. Il avait dit d'une voix sèche : « À Rouchon, à Briat... et à la mort ! » Aucun des présents n'avait soufflé une remarque.

Au mois de février ils étaient toujours dans ce satané triangle : Roclincourt, Neuville-Saint-Vaast, Thélus... Avec les Boches, nom de Dieu ! Les nom de Dieu de fumiers de Boches ! Debout dans la tranchée, Manimont regardait au périscope l'étendue de fils de fer en direction de la première ligne ennemie. Jean Lavialle avait trois ans de moins que lui – Michel se rappelait sa silhouette râblée dans son tablier noir, à l'école ; il songea à la prudence du garçon lorsqu'ils jouaient aux barres dans la cour. Jean était de ceux qu'il choisissait en premier quand il « portait barres »... Il lui revint en mémoire qu'un jour il avait été puni par Bordas à cause de lui – il l'avait poussé trop fort, dans la fièvre du jeu : Jeannot Lavialle était tombé s'écorchant les genoux et se râpant le visage sur les cailloux. Michel avait eu le poêle à vider de ses cendres pendant une semaine...

– À quoi qu'c'est qu'vous pensez, mon caporal ? C'est-y aux Boches, quand vous regardez vers chez eux ?

– Non, mon vieux… Je pense qu'il va geler dur cette nuit. Comme ça les macchabées n'auront pas d'odeur.

Le soldat le regardait, les yeux ronds dans un visage rougi par le froid. C'était un bonhomme de petite taille, jeune, nouvellement arrivé à la compagnie. Il était court sur pattes et tout dodu, avec des bandes molletières mal fagotées et une moustache mince et longue qui lui donnaient l'air d'un chat botté… Le caporal Manimont imagina un instant ses joues rondes sous la terre, ses yeux cavés, et une croix plantée sur cet ensemble encore grassouillet.

– Te fais pas de mouron, ajouta-t-il, les pralines et les berlingots sont pour tout le monde… Nous y passerons tous, tu sais !

C'est aux alentours de cette période, vers la fin de février de 1916, que parvinrent les bruits d'une attaque allemande d'une violence particulière, disait-on, sur les collines qui surplombaient Verdun. « Une offensive d'une grande ampleur », disaient les communiqués qui citaient les villages de Vaux et de Douaumont où se trouvaient des forts que les Boches nous disputaient car ils leur barraient la route pour avancer en Champagne – on parlait aussi souvent du « Mort-Homme », et certains poilus pensaient que de façon étrange on se disputait là-bas un homme mort… Puis le commandement parla de départ.

Justement, le 16 mars, le 126e Régiment d'Infanterie quittait le Pas-de-Calais, cette terre pourrie truffée de cadavres, et s'embarquait dans des camions pour l'Oise. Puis il y eut un long voyage de quatre jours par le train qui les conduisit à Versailles, Nogent, Troyes et Wassy, pour enfin débarquer à Hondelainville le 1er avril. « Il est salé, l'poisson ! », rigolèrent les hommes égayés par le changement de paysage… Au cours des déplacements, les fourriers n'étaient pas à la noce ! Surtout les sergents – responsables de l'approvisionnement, du logement, du courrier, des séances de nettoyage en tout genre, hommes et locaux – ils étaient sur le pont des dix à quinze heures par jour, souvent davantage, ne pouvant voler que quelques heures pour dormir, écroulés de fatigue. Jean Rigaud ne quittait plus le commandant Tabasse, chef du 3e Bataillon – c'est ainsi que le 8 avril, après avoir débarqué en auto à Baleycourt sur la Scance, au sud-ouest de Verdun, il continua avec l'état-major jusqu'à la Citadelle, tandis que les deux autres bataillons allaient bivouaquer à Nixéréville où commençaient des travaux d'installation.

Là, on entendait de nouveau le canon dont le grondement continu, répercuté par les échos des vallons, semblait plus lugubre encore que dans l'Artois. Depuis les derniers jours de mars la bataille faisait rage avec une violence grandissante de semaine en semaine. Les Allemands lançaient des attaques à gros effectifs entre Vaux et Douaumont pour tâcher d'établir une percée vers l'ouest – une division entière montait à l'assaut à la fois, après un pilonnage d'artillerie lourde tel qu'on n'en avait encore jamais vu… La résistance acharnée de nos régiments repoussait toutes les attaques – jusqu'ici ! La reprise du Bois de la Caillette à la baïonnette, à côté de Douaumont, du 3 au 5 avril, par la division du général Mangin, avait constitué un exploit coûteux en vies humaines, dans les deux camps. À la Citadelle on citait cet épisode récent comme un acte d'héroïsme sans précédent !…

Au nord-ouest de Verdun, un autre front s'était mis en mouvement entre Avocourt, Malancourt, Bethincourt – toujours sans succès définitif de part et d'autre. Le dimanche 9, l'ennemi lançait une offensive d'Avocourt jusqu'aux côtes de Meuse, sur vingt-cinq kilomètres de front, en passant par le Bois de Cumières et les hauteurs du Mort-Homme. Les Allemands attaquèrent nos tranchées à coups de lance-flammes au pétrole qui faisaient des ravages sur les premières lignes – mais partout, malgré ces procédés barbares, nos troupes soutinrent le terrible choc. Le général Pétain, fier de cette résistance héroïque, adressa le lundi un ordre du jour à ses troupes en ces termes :

«Le 9 avril est une journée glorieuse pour nos armes.
Les assauts furieux des soldats du Kronprintz ont été partout brisés : fantassins, artilleurs, sapeurs, aviateurs de la deuxième armée ont rivalisé d'héroïsme.
Honneur à tous !
Les Allemands attaqueront sans doute encore ; que chacun travaille et veille pour obtenir le même résultat qu'hier.
Courage... On les aura ! »

C'est au milieu de ces grands périls que le 126e monta en ligne le vendredi 14 avril, où il releva le 30e Régiment d'Infanterie dans la boucle de la Meuse, au secteur de Charny, sur la rive gauche du fleuve, en face du village de Bras et de la côte du Poivre. Heureusement ce n'était pas l'endroit le plus exposé, plutôt une position de soutien dans les attaques – sauf évidemment pour les bombardements qui, eux, n'épargnaient personne. Jusqu'au mardi 18 à 2 heures de l'après-midi, un fleuve d'obus allemands se déversa sur les pentes – à ce moment l'attaque déclenchée lança deux divisions complètes sur nos lignes. Ce furent quelque 35 000 hommes en formation compacte qu'il s'agissait d'empêcher d'envahir nos positions, de percer le front, de conquérir Verdun et toute la zone !... Les tirs de barrage de notre artillerie se déchaînèrent alors sur ces vagues humaines avec une violence inouïe, provoquant un ravage insensé qui arrêta les Boches dans leur lancée.

Le régiment fut relevé le jour de Pâques, le 23 avril au petit matin ; il repartit au repos à Nixéréville, d'où l'on entendait nuit et jour le bruit de la canonnade, à peine affaibli... Lorsqu'ils arrivèrent au cantonnement, il était trop tard pour la messe, mais l'aumônier organisa des vêpres dans une carrière creusée dans le coteau à cinq cents mètres des baraques. Une bonne partie de la troupe y assista, après que les hommes se furent nettoyés et rasés. L'autel était constitué d'un bloc de pierre que l'on avait recouvert d'un linge brodé, et décoré de fleurs des champs tout autour... Il était éclairé par deux lampes à l'électricité qui jetaient des ombres immobiles sur les parois de la caverne obscure. Michel se trouvait trop à l'arrière, vers l'entrée de la grotte, il ne voyait pas bien… Mais tous les hommes autour de lui chantaient avec une ferveur qui surpassait leur fatigue. *Vierge, notre espérance* fut un moment de grande émotion tandis que le son majestueux des voix fortes, vibrantes, roulait à l'intérieur de ce coffre de pierre, aussi magnifiquement que dans une véritable église… À un moment le prêtre tourné vers les hommes dit : « Prions pour nos frères qui sont tombés au cours de cette semaine sainte, et qui ont partagé le sacrifice de Jésus-Christ, notre Seigneur. Que Dieu dans Sa miséricorde les accueille auprès de Lui :

"Pater noster qui es in coelis
Sanctificetur nomen tuum,
Adveniat regnum tuum,
Fiat voluntas tua sicut
In coelo et in terra…" »

Les officiers surtout disaient la prière d'une voix haute en même temps que l'aumônier, comme si leur grade les rapprochait des choses saintes. Michel pensa que l'office tournait quelque peu à la messe des morts – la rumeur lente et sourde de l'incantation emplissait la caverne aux odeurs de racines et d'hommes mal lavés…

« … Et ne nos inducas in tentationem
Sed libera nos a malo.
Amen. »

Un *Ave Maria* plein de douleur triste, gonflé d'espoir suranné s'enfla à son tour comme une supplication à attendrir les pierres… et la Vierge.

Le régiment remonta aux tranchées dix jours plus tard. La relève eut lieu le 3 mai sous un affreux bombardement – un épouvantable orage de fer et de feu sous lequel il fallut se glisser en courbant l'échine le long des boyaux… Il y eut plusieurs blessés : Jean Feix, terrorisé, eut la main droite échancrée par un obus au moment où il tenait son sac au-dessus de sa tête pour se protéger en marchant.

Où était mon père ?… Au début de la bataille de Verdun il avait été versé aux crapouillots du 38e Régiment d'Artillerie. Où a-t-il rampé sur un tapis de cadavres ? Ce devait être en reculant, en battant en retraite après ou pendant une de ces contre-attaques terribles dont les Allemands avaient le secret. Ce devait être à Douaumont, ou dans les parages… Il parlait de Douaumont comme il aurait parlé de l'enfer – il y avait tout ! Le feu, et les damnés hurlants ! Il me disait que le ciel, la nuit, était rouge des obus qui passaient en l'air – qu'on y voyait comme le jour tellement il y avait d'explosions partout… Ce doit être là que son estomac se décrochait, qu'il lui tombait dans les talons ! Le jour des cent mètres le long d'un tapis de capotes mortes, sans toucher le sol, il avait dû se planquer dans un trou d'obus quelque part et attendre longtemps. – C'était peut-être la nuit, il ne m'a pas dit ; et je n'ai pas pensé à lui demander les détails. Mon papa parlait de tout ça avec une voix de conte, pleine d'exclamations, de « Si t'avais vu ça ! »… Ce doit être ce que l'on appelle le ton épique – la guerre de Troie, et tout ça… Il avait eu grand-peur, et grand froid. Et même en 1966, au bout d'un demi-siècle, il y pensait toujours – avant de mourir, avec la peur encore, terrible, devant la mort, il a dit : « Pourquoi ils m'ont pas tué à Verdun ? » Après, nous lui avons mis son beau costume, celui qu'il avait devant le monument, à gesticuler comme un diable… Le drapeau de l'UNC, vieilli, effrangé, au pompon en loques, a recouvert son cercueil sur le trajet de l'église et du cimetière, dans le vieux corbillard noir tiré par un vieux cheval. Après tout il avait commencé la guerre avec des chevaux dans le Train des équipages !…

Le 4 mai 1916 Jean Rigaud écrivit à sa femme à Pouch, ce village si populeux et riche en combattants où aujourd'hui il ne reste plus personne :

« Ne te fais pas trop de mauvais sang, ma chère femme, je reste avec le commandant dans une petite cagna à côté de la sienne et à côté du capitaine Lacroix. Je dirige les liaisons, j'ai un bureau sur lequel je fais les papiers du bataillon (et sur lequel je t'écris) je ne suis pas trop mal. Hier soir pendant la relève Feix du Poujol a été blessé à la main par un éclat d'obus. Le capitaine l'a fait évacuer et je suis été le voir au poste de secours. Il avait tout à fait mauvais moral parce qu'il pense à son frère Victor qui a disparu ça fait plus d'un an. Il pleurait pendant que le major lui bandait le bras, il m'a dit à moi : "Vou créba." *Alors que vraiment, à moins d'un coup de Trafalgare* [sic] *sa vie n'est pas du tout en danger, tu le diras de ma part à la Mélanie car je l'ai demandé au major que je connais bien. Il a même ce que les poilus appellent "une bonne blessure", en voulant dire par là qu'elle permet de s'en retourner à l'arrière sans que ce soit trop grave et échapper au danger pendant ce temps. J'ai réconforté Jean comme j'ai pu, je lui ai fait comprendre qu'il aurait pu être tué si l'obus l'avait touché à la tête comme tant d'autres, et même si par cas il ne peut plus travailler de sa main droite à l'avenir, il a la vie sauve. Mais je ne crois pas avoir trop bien réussi à lui remonter le moral.*

Je te quitte, ma chère Anna, car le travail m'appelle et d'ailleurs je dois aller porter les lettres pour qu'elles partent ce soir. »

En comparaison de l'enfer printanier des hauteurs de Verdun, les autres parties du front paraissaient d'une paix sereine. Pourtant on mourait çà et là, de Boesinghe à l'Alsace, dans le calme apparent d'un conflit sans limites. En Argonne, les bois continuaient à frémir de tout leur frais feuillage au vent des obus qui écartelaient les fourrés. Dans le secteur de La Harazée, le long du cours de la Biesme, les collines boisées des ravins de Houyette et de Fontaine aux Charmes recevaient leur ration quotidienne de ferraille boche. Le 2 mai, le 1er Bataillon du 14e Régiment d'Infanterie, auquel appartenait Antonin Dumond depuis le mois de septembre, releva la nuit le 2e Bataillon sans aucun incident notable. Le commandant Gheysens organisa l'aménagement des nouvelles tranchées commencées le 20 avril par le 2e Bataillon, tant il est vrai que la vie du poilu était soutenue en permanence comme celle des blaireaux par l'entretien des terriers. Les gars procédaient à un renforcement du réseau de fils de fer barbelés en avant des tranchées lorsque les lignes furent soudain la cible d'un long bombardement qui ne présageait rien de bon.

– Tiens, ils s'ennuient à Verdun ! déclara le lieutenant Malefosse qui commandait la 1re Compagnie. Ils veulent se changer les idées avec nous.

Depuis deux mois en effet on entendait le grondement assourdi mais continu de la canonnade – le Mort-Homme n'était distant que de vingt à vingt-cinq kilomètres à vol d'oiseau. Tout à coup le clairon sonna l'alerte aux gaz :

– Tous aux bavoirs ! cria un sergent…

La tranchée se transforma en un clin d'œil en une invraisemblable enfilade de groins fantastiques que donnaient les nouveaux masques à gaz distribués au mois de mars, les produits chimiques employés par l'armée allemande ayant évolué depuis un an. Aux simples vapeurs de chlore répandues au gré du vent sur les bords de l'Yser, avait succédé pour asphyxier le monde le *chloroformiate de méthyle trichloré*, expédié sur les lignes par des obus à gaz conçus tout exprès. L'*oxychlorure de carbone* était également un nouveau poison apprécié des états-majors boches, comme le *bromure de benzyle*, un lacrymogène qui attaquait les yeux et mettait les soldats hors d'état de combattre pendant une certaine durée[1].

À la Fontaine aux Charmes les travaux d'aménagement cessèrent en un instant. On eut l'impression que l'attaque allait être d'importance – elle ne le fut pas, notre artillerie ayant riposté par un tir de barrage qui bloqua l'assaut. Les Allemands tentèrent une diversion en attaquant à droite,

1. Ce n'est qu'à partir de 1917 que les Allemands employèrent le *sulfure* d'*éthyle dichloré* qui constitua à proprement parler l'*ypérite*, ainsi nommé parce que ce gaz fut d'abord expérimenté à Ypres.

mais ils furent reçus à la grenade et se retirèrent en laissant quelques morts en souvenir... Par représailles la section du sous-lieutenant Jourdain fit une sortie surprise vers le nord, sur la route de Vienne à Binarville – le coup de main fit fuir les occupants d'un morceau de tranchée, et les poilus ravis de leur succès s'emparèrent de boîtes de conserve trouvées dans un abri ; ils récupérèrent quelques poignards et des fusils abandonnés dans la précipitation du départ. Puis les hommes rentrèrent aussi vite, sans attendre la contre-attaque allemande qui n'aurait pas manqué de se produire... L'incursion fit cependant l'objet de quelques lignes de communiqué dans la presse nationale dix jours plus tard : « En Argonne, il y a quelque agitation sur le cours inférieur de la Biesme où nous avons repoussé, le 2 mai, une petite attaque. Au nord de La Harazée, sur la route de Binarville, un coup de main nous a permis de pénétrer dans des tranchées ennemies. »

Antonin Dumond, qui faisait partie de cette « promenade chez l'ennemi » de même que ses copains Jean Gardère et Louis Hallet, revint à la tranchée avec un coutelas de 19 centimètres de lame, au manche et à la gaine ciselés. La garde en était curieusement moulée en forme de petite sirène, dont la tête et la poitrine marquaient un côté, tandis que la queue du poisson ressortait de l'autre, de sorte que la figurine paraissait fendue au milieu par la forte lame. Antonin pensa que lors de sa prochaine permission, qu'il attendait pour dans quelques jours, il emporterait son butin à Merlette.

En effet il s'était produit là-bas un événement de la première importance : Angéline venait de donner naissance à un garçon ! Ah ! C'était le fruit de sa permission agricole de fenaison, en juillet de l'année dernière... On avait appelé le petit Jean, du prénom de son grand-père paternel. Ce nouveau-né avait fait un immense plaisir aux parents d'Antignac – la Marie Dumond pleurait en pensant que le chérubin allait compenser la perte de Joseph... Il était né le 5 avril, il aurait un mois dans quelques jours et son père n'avait toujours pas posé les yeux sur lui. Il tardait à Antonin que sa permission arrive !...

Le calme revint dans la nuit, quoique les guetteurs fussent sur les dents ; le 3 mai le bataillon reprit ses travaux, lesquels continuèrent sans encombre le jeudi 4. Les uns construisaient des étais en planches pour consolider les parois de la tranchée, d'autres s'occupaient à la pose de fils de fer barbelés.

De temps en temps les hommes s'arrêtaient de travailler pour prêter l'oreille : le grondement se faisait de plus en plus intense vers l'est. À quinze ou vingt kilomètres la terre tremblait, labourée par les obus de très gros calibre, tandis que les Boches attaquaient la cote 304, entre Avocourt et le Mort-Homme. Avec un peu d'attention on pouvait distinguer le bruit plus sec des départs sur la butte de Montfaucon, un tout petit peu plus au nord, où se trouvaient les bouches à feu.

– *Y faï vent alaï, mon vieilh !* déclara Jean Gardère qui était d'Agen « comme les pruneaux ». (Ça barde là-bas.)

Ce qui paraissait curieux, c'est qu'au lieu de s'apaiser comme à l'ordinaire au bout d'un certain temps, le bombardement s'intensifiait... Il dura toute la nuit – le vendredi matin, tandis que l'aube venait au-dessus de la forêt d'Argonne, il sembla qu'un volcan s'ouvrait tellement le canon avait redoublé.

– Allez, les gars ! claironna le sous-lieutenant, bossez en attendant... Là-bas ils en prennent pour leur rhume, mais nous, un de ces quatre, on va les moucher !

La plaisanterie fit rigoler... On continua de dérouler les rouleaux de fil de fer dans l'herbe piétinée, en prenant soin de les croiser à quarante centimètres au-dessus du sol, de sorte à établir un réseau qui rendait le terrain impraticable pour des hommes à pied.

Soudain, à 3 heures de l'après-midi, les premiers obus arrivèrent en cascade, éventrant le sol :

– Cette fois-ci c'est pour nos gueules ! cria quelqu'un tandis que les hommes couraient se mettre à l'abri dans la tranchée.

Mais certains furent pris au piège qu'ils venaient d'installer ; ils tombaient en jurant dans la précipitation, et plusieurs furent fauchés par des éclats avant d'avoir atteint le parapet protecteur. Il y avait là comme un prolongement de ce qu'ils entendaient depuis plusieurs jours : le bombardement arrivait jusqu'à eux à la manière d'un orage qui roule à l'horizon, se rapproche et finit par éclater sur vous – un « orage d'acier » !… Pendant deux heures la violence des obus persista sur la rive gauche de la Fontaine aux Charmes et sur le ravin de Villars. Dumond, pelotonné dans l'encoignure d'un boyau avec Louis Hallet et deux autres camarades, s'inquiétait de Jean Gardère qu'il n'avait pas vu revenir du champ de fils de fer… L'ouragan de feu faisait s'ébouler des pans entiers du boyau, réduisant à néant leur travail de consolidation devenu dérisoire.

À 5 heures du soir, le feu s'apaisa… Quelques obus continuèrent d'éclater, mais de plus en plus espacés – les tranchées s'animèrent. Les sergents appelaient des noms… Antonin et Louis cherchèrent leur copain Jean ; ils coururent à la cagna où ils dormaient, pas de Gardère, nulle part.

Jean Gardère était mort, tué dans le champ de fer avant d'avoir pu rejoindre un abri… Il n'était pas le seul : Gaston Denota et Marcel Bouzon avaient disparu. Le terrain bouleversé, éclaté, ne livrait aucune trace de leurs corps… Célestin Sorbet avait été atteint à la tête dans la tranchée elle-même, tombé raide au milieu des copains ; Henri Meynard, Auguste Delrieu et Jean Gaube, sérieusement blessés, furent évacués vers l'arrière.

Antonin restait muet, choqué par l'absence de Jean Gardère… Ce n'était pas le premier copain qui disparaissait mais Jean était son compagnon, celui qui lui écrivait ses lettres – pour sa femme, pour sa mère. Il chercha un restant de tabac au fond de sa vareuse, déplia un papier Job tout froissé et se roula une cigarette étroite qu'il bouchonna aux deux bouts avant de l'allumer. Il pensa à Joseph – depuis un an, quand le malheur le frôlait il pensait à son frère. Peut-être ce que disaient les femmes était-il vrai ? Joseph était au Ciel et le protégeait… Il pensa à Léon qui n'existait plus non plus sur la terre, aux femmes de Merlette, à celles d'Antignac…

Dans la soirée la pluie d'obus recommença, tandis que dans la nuit sans lune, l'horizon luisait d'un embrasement rougeâtre sur le secteur de Verdun. Antonin dit à Louis Hallet : « *'Quò sembla la fin del monde.* » (On dirait la fin du monde.) En effet la Fontaine aux Charmes resta illuminée toute la nuit dans un tintamarre d'enfer. Quand le soleil revint les Allemands tiraient toujours, et les obus de gros calibre produisaient en l'air un hululement permanent.

À 6 heures il faisait grand jour. Le soleil montant au-dessus des forêts vers Verdun laissait espérer une journée chaude… Une marmite de 210 vint éclater au fond de la tranchée dont les parois volèrent alentour en jets circulaires – la terre gicla à dix mètres de hauteur, creusant un entonnoir large de sept à huit mètres. Antonin se trouvait dessous. On ne retrouva rien de lui, pas une miette de son corps. – On apprit le lendemain par le fourrier que sa permission venait d'être signée par le capitaine…

La bataille de Verdun reprit avec une violence encore accrue à partir du 17 mai dans le secteur du Mort-Homme et d'Avocourt. La journée du 19 connut un bombardement continuel qui dura pendant toute la nuit puis la matinée du 20. Deux corps d'armée allemands jetés à l'assaut du Mort-Homme se battirent toute la nuit du 20 et la journée entière le 21 – la plus sanglante de toutes – sans pouvoir gagner mieux que quelques tranchées de première ligne… Affreux combats aussi sur la rive droite de la Meuse où l'on se disputa les ruines des forts, dont quelques murailles pilonnées pouvaient encore servir d'abri. Ce ne furent qu'assauts repoussés et contre-attaques, dans un des massacres les plus épouvantables que la planète Terre eût certainement connus jusque-là ! Le 22 mai à midi la 5e Division d'Infanterie du général Mangin s'élance à l'assaut ; les hommes bondissent de trou d'obus en trou d'obus, d'obstacle en obstacle, se couchent, disparaissent, resurgissent, tombent, ne se relèvent pas tous – dix minutes plus tard ils allumaient un feu de Bengale en signe de victoire sur le fort de Douaumont, leur objectif… Victoire ? – Plutôt un jeu méchant et absurde : à 10 heures du soir, l'infanterie allemande contre-attaque – on se bat toute la nuit dans le fort et le 23 au matin nos positions sont soumises à un bombardement effroyable… C'est peut-être cette nuit-là que mon père a vu tant de morts ensemble ? Il ne m'a pas dit s'il s'agissait de cadavres français uniquement – et sans doute n'a-t-il pas bien observé le chapeau de la gamine ! À pointe ? Tout rond ?… On reste sans voix au récit de tant de « hauts faits d'armes » glorieusement dérisoires qui ne montent en épingle que l'étrange folie des hommes, une folie presque sans remède.

Le carnage s'intensifia encore durant les premiers jours de juin, sous la pluie du ciel venue s'ajouter comme par ironie à la pluie de fer. Il s'agissait du côté allemand de la conquête du fort de Vaux, défendu avec une belle dose de démence par 150 hommes sous la baguette du commandant Raynal, déjà médaillé comme un général russe, et que l'on fit, dans l'enthousiasme particulier que donne la perte de toute raison, commandeur de la Légion d'honneur !… Les Allemands atteignirent le village de Damloup le 4 juin – des centaines d'hommes périrent dans un pilonnage inimaginable sous lequel continuait l'exaltation héroïque d'une extravagance perverse. Un reporter écrivit le 17 juin : « Dans la tranchée française, la lumière du jour montre un spectacle extraordinaire. Toutes les pierres sont éclaboussées de gouttelettes de sang ; partout d'innombrables débris, des boîtes crevées, des fragments de mitraille, des lambeaux. Et les défenseurs manifestent leur joie : "Ils ne sont pas vernis, avec nous, les Boches", fait un soldat à son capitaine. Et il rit. »

Il rit ! On veut bien le croire… Il y avait de quoi, en effet, se lâcher les nerfs. Enfin, le 7 juin, le fort de Vaux capitula, alors que la garnison n'avait plus rien depuis plusieurs jours – plus d'eau (ils recueillaient la pluie sur des toiles de tente), plus de munitions, plus de force, plus que la fièvre… Les bois aux alentours n'avaient plus d'arbre, la terre n'avait plus d'herbe, les morts n'avaient plus d'âme, ils s'entassaient par grappes, par monceaux. La férocité humaine n'a jamais eu sans doute de bornes précises, mais elles ont été tout de même reculées sur ces pentes-là dans des proportions intéressantes. Lorsque je suis allé à Verdun, cinquante-cinq ans plus tard, au printemps de 1971, il sortait encore du sol stérile des bouts de cuir, des lambeaux de ferraille, des échardes de la guerre à ne pas en croire ses yeux. Mes petits garçons, qui étaient vifs et curieux, touchaient ce qui dépassait de terre ; ils tirèrent comme un trésor la moitié d'une semelle de botte qui portait la trace des clous – et je crois bien la boucle d'un ceinturon qui les remplit d'aise.

En tout cas, il fallut serrer les rangs chez les survivants. Le 5 juin 1916, Michel Manimont fut nommé sergent sur les bords de la Meuse. On cousit sans éclat le chevron doré sur la manche de sa vareuse. Michel était devenu sombre, et redouté. Il prit le commandement d'une demie section de cinquante hommes, ce qui, dans les attaques, lui donnait le droit de franchir le premier le parapet de la tranchée, à l'heure H, en criant : « En avant !... »

Cependant le rééquilibrage des unités saccagées devenait nécessaire ; la 24e Division étant allée se détendre les nerfs en Champagne après le 17 juin, le sergent Manimont fut muté bientôt après, le mercredi 21, au 300e Régiment d'Infanterie. La même chose arriva le même jour au sergent-fourrier Rigaud Jean, lequel écrivit le dimanche 25 :

« Je profite d'un moment de repos bien gagné pour te donner de mes nouvelles qui sont bonnes. Le colis contenant le pâté est bien arrivé et je t'en remercie, nous l'avons mangé avec Manimont et un autre camarade qui nous a suivis au nouveau régiment, il était fameux. Comme je te le disais vendredi sur ma dernière carte j'ai changé de régiment, mais je m'occupe toujours de l'intendance. Ici nous sommes plus tranquilles qu'à Verdun où "ça a chié" comme nous disons tous, en parlant poliment. Le commandant-chef du bataillon est un ancien capitaine d'active qui a été blessé l'année dernière dans la Somme et qui connaît la vie. Le sergent-major est un brave type ce qui fait que je ne suis pas trop em...mouscaillé. D'ailleurs il doit partir en permission un de ces jours et c'est moi qui le remplacerai, ce qui va me donner encore plus de travail mais tant pis. D'ailleurs nous avons récupéré un autre poilu de Lagleygeolle dans notre nouveau régiment, c'est Jacques Rigot, du Bourg, qui était dans la

Territoriale, mais il n'est pas dans ma compagnie. Il est parti hier en permission agricole et je l'ai chargé de donner le bonjour à tout le monde au pays. Ce doit être le privilège de l'âge qui l'a fait partir avant les autres, il a presque quarante ans ! À part ça, il n'est pas bien content d'avoir changé d'unité car il était avec Brunie du Peuch et Soustre des Plantades, pas dans le même bataillon mais ils se voyaient souvent. D'ailleurs il y a un grand nombre de Corréziens dans ce régiment, en particulier plusieurs gars du canton. Par exemple celui qui est chef cuisinier de ma compagnie c'est Jean Meyssignac, le patron de l'auberge devant l'église de Meyssac, c'est sa femme qui tient maintenant. C'est un cuisinier de première force aussi le capitaine le soigne, il ne tient pas à le perdre car il lui prépare des petits plats il faut voir ça ! Je m'entends très bien avec lui, de par mes occupations je le vois tous les jours et je mange souvent avec eux aux cuisines, c'est un avantage et pas des moindres. Manimont espère aussi aller voir sa femme et son fils dans pas trop longtemps. Il se plaît dans sa nouvelle fonction de sergent, il aime bien commander, mais il passe toujours le premier pour donner l'exemple. L'autre jour c'est lui qui a organisé avec une section entière la corvée de nettoyage et de rangement des baraquements qui avaient été laissés dans un état déplorable par nos prédécesseurs. Je t'assure que ça y allait à la manœuvre, il ne leur laissait pas le temps de siffler aux merles. Le capitaine l'a félicité. Après les tranchées c'est incroyable comme il est vaillant, on peut dire qu'il est dur !

« Nous ne sommes pas les seuls à changer d'unité, il y a pas mal de bouleversements dans les effectifs ces temps-ci parce qu'il y a eu beaucoup "d'absents" à l'appel, si tu comprends ce que je veux dire. J'ai appris par les cuisiniers que Pierre Rigaud du Poujol qui est caporal-fourrier et ton jeune collègue Arfeuil avaient tous les deux quitté le 108ᵉ pour passer aux 407ᵉ et 418ᵉ, mais je ne sais pas lequel est où.

« Je crois que les gars du bataillon qui étaient à la messe sont revenus, il faut que j'aille voir ce qui se passe aux cuisines et apporter cette lettre au vaguemestre comme ça

elle partira cet après-midi. Je pense venir en permission dans pas trop longtemps maintenant si tout va bien, mais on ne sait jamais de quoi demain sera fait. Pourtant j'ai confiance, tous ceux qui reviennent de l'arrière disant que d'après les civils la guerre est finie dans deux mois, car il paraît que de ne pas avoir réussi à passer à Verdun a découragé les Boches, et qu'ils ont épuisé leurs forces. Ce serait bien à désirer.

Ton mari qui t'aime, Rigaud Jean. »

XX

Il pleuvait à torrent, le mardi 4 juillet 1916 après-midi, lorsqu'une dizaine de voyageurs descendirent du tramway à la petite gare de Meyssac. Plusieurs ouvrirent des parapluies, d'autres s'échappèrent vers le bourg en criant, la veste relevée sur la tête – les plus jeunes couraient à toutes jambes, leurs sabots faisaient flic-flac dans les flaques.

L'employé de la gare, un homme d'une cinquantaine d'années, s'approcha du conducteur et lui lança d'un air rigolard :

– *Te t'ies pas fotu din lo maran, anueg ? 'Quò m'estona !...* (Tu t'es pas mis dans le talus aujourd'hui ? Ça m'étonne.)

Le tramway avait la réputation de dérailler facilement en venant de Brive ; la chose donnait lieu à plaisanterie car les passagers aidaient alors à remettre les voitures sur la voie.

– *Vaï-t-en cagar !* (Va chier), répliqua sobrement le conducteur qui fit avancer son tacot brinquebalant.

Un homme de petite taille en veston de ville, avec un chapeau melon, cravate et col dur, était sorti du wagon d'un pas mal assuré. Il transportait une valise jaune, apparemment lourde car elle lui tirait le bras et l'épaule... L'homme demeura quelques minutes immobile sous l'auvent festonné de la gare en bois peinte en rouge, répugnant à s'engager sous l'averse avec son fardeau. Il regardait la pluie qui ruisselait sur la route blanche.

Il posa sa valise devant lui, et fut pris d'une quinte de toux ; il cracha, loin dans une flaque, puis leva la tête vers le ciel bouché... Son front était carré, ses oreilles épaisses et vineuses, et il portait toute sa barbe, hâtivement taillée, striée de mèches grises sur un visage décharné au teint excessivement pâle où ses yeux gris brillaient d'une lueur de fièvre.

C'était Pierre Rouchon qui revenait de guerre. Il était méconnaissable. Avec des poches sous les yeux qui trahissaient une grande fatigue, sa barbe poivre et sel, on lui aurait donné cinquante ans, alors qu'il venait seulement d'en avoir trente-cinq. L'employé de la gare le dévisageait du coin de l'œil, se demandant visiblement qui pouvait être cet étranger… Il attendait lui aussi la fin de l'averse à côté d'un diable sur lequel était calé un gros colis emballé dans du carton ondulé.

– Il fait pas bien brave temps ! fit-il à Pierre d'un ton d'excuse à l'égard d'un inconnu que le mauvais temps décevait. Pour la saison c'est pas merveilleux…

Il portait des godillots comme ceux des soldats, des guêtres qui lui enserraient les mollets, une blouse bleue et un grand chapeau de paille un peu insolite en la circonstance.

– Non, dit Pierre, ce n'est pas merveilleux…

– C'est sûr ! Des années qu'il y a, en cette saison, il fait meilleur. Des uns disent que c'est la guerre, elle détraque le temps… Oh ! ils le savent pas bien sans doute !

Il cracha un jet de salive noire, colorée par la chique qu'il mâchait.

– Elle détraque beaucoup de choses, fit Pierre qui toussa de nouveau longuement, et cracha aussi, comme par sympathie.

– C'est ce que je croirais, dit l'employé.

Le type s'appelait Raynal, il avait envie de parler – surtout il voulait savoir qui était ce pèlerin avec sa valise jaune. Et où il allait ?… Quand Pierre lui eut confié qu'il se rendait à Lagleygeolle, l'autre le toisa avec méfiance ; pour Lagleygeolle les gens débarquaient plutôt de l'autre côté, à la gare du Planchat.

– Ça dépend où vous allez, mais ça vous avance pas guère d'être passé par ici. Par le Planchat, c'est plus court.

Quand Pierre eut expliqué que non, parce qu'en réalité il

se rendait à Merlette, sur la crête, l'homme du tramway prit un air grave :

– Oh ! ils ont eu des malheurs ces gens, à Merlette ! Le gendre a été tué à la guerre, vous le savez ?...

– Oui, dit Pierre.

– Après Pâques, par là... Ça s'est su y a pas tellement de temps. Dumond il s'appelait, d'Antignac – Dieu merci je le connaissais bien assez ! Et le fils Rouchon aussi, l'année passée... Le plus jeune, qui restait à Paris, le frère de l'Angéline, je me rappelle plus son petit nom...

– Léon, fit Pierre.

– Ah vous le connaissiez !... Vous êtes un parent peut-être ?

– C'est mon frère, dit Pierre.

Il regarda Raynal dans les yeux. L'autre faillit avaler sa chique :

– Oh... Par exemple, excusez-moi !...

– Y a pas de mal.

– Mais alors, vous êtes... Ah ! mais je me disais aussi, cette figure... Mais je vous croyais soldat ?

– J'ai été gazé, fit Pierre. Ils m'ont réformé.

– *Oh puta de boc !*... Vous m'en foutez une belle ! Il paraît que c'est si mauvais ces gaz ?...

À présent il fixait Pierre Rouchon comme un revenant, un exemplaire unique, une espèce quasiment miraculée.

– C'est que je connais bien Lagleygeolle ! J'y ai travaillé moi, avec un cousin de Beaulieu quand on faisait le clocher. Et même l'école, je me rappelle...

Pierre rigola – il faillit dire qu'il n'y avait pas de quoi se vanter, après le scandale qu'avait déclenché la construction du clocher ! Tellement il était mal bâti que tout avait failli s'écrouler – les cloches étaient tombées, il avait fallu refaire la charpente, le toit ! Le maire, à l'époque, avait intenté un procès à Raynal...

La pluie cessa d'un seul coup, par pur caprice. L'employé salua d'une chiquenaude à son chapeau de paille, saisit les mancherons du diable, et souhaita « bon courage ». Certes il en fallait du courage, surtout chargé de cette pesante valise que Pierre était obligé de poser de temps en temps pour changer de main. Au premier pont, le long de la route, il s'assit sur le parapet en pierre et souffla un peu. Il pensa: «parapet», et songea avec une sorte de frisson que c'était aussi le mot que l'on employait pour désigner le bord de la tranchée, l'empilement des sacs de terre ou de sable... Il se sentit heureux d'être là, loin de la boucherie dans les terres grasses et mouillées où il avait passé l'hiver.

Au deuxième pont, Pierre demeura longtemps assis. Le soleil était sorti, chaud entre les nuages... Il transpirait, toussait, se sentait les jambes en coton. Il pensa à abandonner sa valise en la cachant sous l'arche du pont où coulait seulement un filet d'eau malgré les averses – il pourrait emprunter un âne et un charreton pour revenir la chercher demain, ou plus tard. Mais elle était voyante, et même en la dissimulant sous des branchages il risquait de se la faire voler. La valise contenait tout son bien, du linge de rechange, deux tricots, ce qu'il avait pu emporter de son appartement au 18 rue Saint-Fiacre dans le quartier du Sentier. Il y avait laissé Félicie, éplorée – la pauvre fille ne l'avait retrouvé que pour le voir repartir... Mais il devait à tout prix essayer de se refaire une santé au bon air de la Corrèze – elle le comprenait. C'est aussi ce qu'avait conseillé sa sœur Julienne qu'ils étaient allés voir ensemble à Enghien. Elle avait du mérite Julienne, avec son mari blessé encore hospitalisé au Val-de-Grâce, et qu'elle allait voir tous les deux jours en emmenant les petits dont le caquet réjouissait Dominique. Le bébé Jacquot, à vingt-trois mois, trottait maintenant comme un beau petit diable, et Pierre, qui allait sur ses cinq ans dans quelques semaines, était vif et drôle. Le petit filleul se montrait bavard comme une jeune pie. Dès que le père se serait suffisamment rétabli, ils iraient tous chez ses parents en Touraine...

La pensée de sa sœur si vaillante redonna du courage à Pierre; il décida d'emporter la valise après tout, par prudence – il se reposerait, il mettrait le temps qu'il faudrait. De nouveau la pluie menaçait vaguement – le ciel devenait noir au-dessus des collines et le soleil s'était caché.

Il ne tenait pas, dans son état de fragilité, à mettre l'eau à la peau… Il s'engagea donc dans l'étroit chemin d'herbe et de terre qui grimpait dans les taillis, à gauche à la sortie du pont. Une grimpette – un *raspétou* de quelques centaines de mètres dans les bois aboutissait à des prés encore non fauchés, où les passants avaient tracé un sentier dans les hautes herbes et les fleurs sauvages. Ses pas dérangeaient les sauterelles qui bondissaient de chaque côté – les grosses vertes à élytres qu'ils appelaient des « demoiselles », et les petites brunes. Elles jaillissaient par salves au-dessus des tiges : les *sautabous* ! Il avait oublié les *sautabous*… Avec Léon, autrefois, ils les attelaient deux par deux comme des vaches en leur perçant le cou d'une tige d'herbe pour faire le joug. Mon Dieu que cela était loin !…

Tous les cent mètres, Pierre était obligé de s'arrêter : des quintes de toux grasse lui coupaient les jarrets tout à coup. Il s'asseyait un moment sur la valise, jusqu'à ce qu'il ait retrouvé son souffle et ses forces. Il écoutait les grillons : un flot sonore immense du cri-cri de milliers de grillons… À mesure qu'il s'élevait au flanc de la colline, la vallée s'élargissait sous ses yeux. Il découvrait les toits d'ardoise de Meyssac, le clocher en pierre rouge, et au-delà du bourg, les ondulations successives qui conduisaient le regard jusqu'aux coteaux du Lot, là-bas, loin, vers Cavagnac, et plus loin encore les falaises de Saint-Palavie qui marquaient le cours encaissé de la Dordogne qu'il n'était jamais allé voir…

Pierre pensait au temps de sa jeunesse où il montait le long de ces prés en courant tout le temps – il faisait la course avec Léon, à celui qui arriverait le premier au chêne devant la maison. Quelle décrépitude ! Quelle vieillesse prématurée !… Et les enflures de la Commission de Réforme, à Versailles, qui avaient refusé de le reconnaître comme blessé de guerre ! – Ça par exemple c'était fort de café !… Les salauds d'experts l'avaient réformé pour « tuberculose pulmonaire », et n'avaient pas voulu entendre parler des gaz qu'il avait respirés. Dans le coin d'Ypres, là-haut, les fumées de chlore jaune et vert au bord du canal. À Het Sas par exemple. Qu'est-ce qu'ils avaient dégusté malgré les masques ! Les gaz avaient fini par lui brûler les poumons, voilà la vérité… Certes, il toussait un peu avant, mais pas comme à présent, avec ces brûlures qui le faisaient soudain étouffer au moindre effort, et lui donnaient chaque fois l'impression de mourir.

Il avait essayé de protester :

– J'ai respiré des gaz à la tranchée de Belgique, mon commandant.

– Ta-ta-ta ! avait rétorqué le major. Vous êtes bourré de bacilles de Koch, mon vieux ! Voilà votre maladie ! Elle n'a rien à voir avec la guerre.

– Mais les gaz… Je vous le jure, l'alerte, trois fois…

– Il n'y a pas plus de gaz que de beurre au cul ! C'est de la prétention !…

Pierre avait écumé de rage :

– Vous y étiez pas vous, à Boesinghe !

– Taisez-vous !

– Non je me tairai pas ! C'est pas vous qui en crevez, nom de Dieu, de cette saloperie de guerre !…

– Mesurez vos paroles…

– Rien du tout ! Les gaz, vous les avez pas vus, monsieur le major ! Vous les avez pas sentis les gaz, merde alors !

Il était debout face à eux, le torse nu avec ses os saillants ; il cria, le bras tendu, inondé par la colère :

– Ah pour être reconnu il fallait que je me fasse bousiller la gueule par un obus, hein ? Comme les autres ! Comme mon frère dans l'Artois ! Et mon beau-frère aussi maintenant !…

Il n'avait pas pu crier davantage, le corps saisi tout entier par une toux violente qui ne s'arrêtait pas, qui le pliait en deux devant la Commission, à s'arracher les poumons. Ces messieurs n'avaient pas apprécié sa sortie – ils avaient prétendu qu'il simulait !… Non mais ce toupet !…

De penser à Versailles, à cette commission de pourris, lui redonnait un sursaut d'énergie – il saisissait sa valise et repartait, cinquante mètres, cent mètres… Il n'en pouvait plus, le dos en nage.

Lorsqu'il fut en vue de la petite maison au toit rouge

abritée sur la crête, le soleil avait disparu derrière la colline. Pierre se mit à pleurer… Il revoyait Léon courant après les agneaux, autrefois, léger, enfantin, avec son beau visage fin de jeune prince. Il pensait à leur jeunesse avec Julienne, retraçait leur vie ensemble à Paris où ils étaient gais et libres, si gonflés d'espoir ! Tout à la joie d'avoir échappé à la campagne et à ses duretés… Léon ne reviendrait jamais ici embrasser leur mère, comme lui, ni caresser les douces brebis. Il entendit l'Angéline appeler les poules : « Tsi, tsi, tsi !… Tièitou, tsi !… » Elle aussi elle avait du cran ! Veuve à vingt-quatre ans, avec deux enfants sur les bras, dont un bébé de trois mois !… La voix jeune et forte de sa sœur résonnait d'un son pur dans la pente : « Tièitou !… » Pierre songea que Léon n'entendrait plus jamais appeler les poules devant la maison, et il pleura tout son soûl, prostré sur la grosse valise dont la couleur resplendissait dans la verdure des prés. Il sentait sa vie s'enfuir de lui, et les larmes chaudes dégoulinaient dans sa barbe touffue.

Quand la pluie commença de tomber, d'abord en grosses gouttes éparses qui éclataient sur ses mains, Pierre Rouchon se hâta vers la maisonnette où on ne l'attendait pas de sitôt ; il avait annoncé son arrivée seulement pour le 5, le lendemain, qui tombait le mercredi.

Le dimanche suivant Pierre Rouchon se sentit un peu ragaillardi – le bon air de la colline empli des senteurs de l'herbe avait quelque peu apaisé ses poumons. Il avait dormi, écrasé par le grand silence, et se sentait plus dispos. Il reprit donc son costume de voyage, remit sa cravate et son chapeau, et s'achemina vers le bourg dans le sillage de sa mère et de sa sœur qui allaient à la messe, emmenant les deux enfants – elles étaient entièrement vêtues de noir. Les deux femmes portaient le deuil depuis l'automne, elles n'avaient pas eu besoin de le reprendre pour Antonin. À l'annonce de la mort de son mari, Angéline avait simplement fait rajouter une voilette à son chapeau par la Marie Arfeuil. Elle relevait ce voile sombre pour marcher car elle y voyait mal dans le chemin, surtout avec l'enfant dans les bras, mais elle l'abaissait devant son visage une fois arrivée au bourg.

Même la petite Julienne, à presque trois ans, était vêtue d'une barboteuse brune, en qualité d'orpheline. Pierre porta la fillette qui avait du mal à avancer sur les bosses du chemin… En quelques jours l'enfant s'était attachée à « Tonton Pierre » qui lui chantait *La Madelon* pour la faire rire. Au bout du refrain il la faisait sauter sur ses genoux : « Madelon, Madelon, Madelon !… » La fillette criait « Encore ! » et se tordait de plaisir.

À d'autres moments il lui attrapait des mouches, abondantes dans la maison. D'un coup vif de la main ouverte il passait très près au-dessus d'un mouche posée sur la table – il refermait brusquement la main dans le mouvement, et la mouche, une fois sur deux, se trouvait captive dans sa paume, vivante. Après chaque tentative Pierre ouvrait doucement sa main, ménageant la surprise. Alors, si la mouche y était, qu'elle s'envolait – hop ! – la petite fille battait des mains en criant : « Bravo Tonton !… » Parfois, il prenait deux mouches à la fois – mais il fallait bien calculer son coup, choisir une assemblée compacte de mouches attirées par une miette de sucre ou une trace de confiture après la tartine de l'après-midi. Hop !… Il arrivait jusqu'à trois mouches sur les coups particulièrement heureux, mais jamais davantage… La gamine se dressait sur la cuisse de Pierre pour lui donner un bisou sur la joue, puis elle s'essayait elle-même ; c'était sans succès, l'attrape-mouches était un privilège d'adultes et une habileté de tontons… Depuis quatre jours qu'il était là, ils s'amusaient bien tous les deux – le bébé dormait toute la journée ne se réveillant que pour téter sa mère… C'était un spectacle ! S'il n'avait pas eu cette toux grasse et brûlante qui lui congestionnait le visage, Pierre aurait été heureux.

La mère et la grand-mère ne parlaient que français à la petite Julienne, afin de l'avantager plus tard, lorsqu'elle irait à l'école – et Antoinette pensait en elle-même, sans oser le dire bien sûr, que dans un sens la disparition du pauvre Antonin ferait qu'au moins il ne parlerait pas patois à ses enfants comme il l'aurait fait immanquablement. Mais c'était une chose bien triste à penser que la grand-mère chassait vite de son esprit.

Dans le bourg Pierre évita l'église où se rendirent les deux femmes, l'enfant et le bébé – il vivait dans le péché, disait-il, depuis trop longtemps, ce n'était pas la peine « que Dieu le sache »... Il se dirigea tout droit chez Laguillaumie où d'habitude se regroupaient les mécréants. D'abord on ne le reconnut pas, tant à cause de son costume que de sa maigreur.

– *Té ! Qu'oï tu ?...*, disaient les hommes. *Per mon arma te conessia pas !* (Ma foi, je ne te reconnaissais pas.)

Puis suivait un temps de gêne, un silence peiné à cause de Léon, on savait bien... Et Antonin ! Antonin, on avait appris aussi, quel malheur ! Pauvre famille !...

– *Et tu ? Quò vaï ?...*

Les copains lui demandaient d'un ton avenant : « Ça va, toi ? » Ils faisaient semblant de ne pas se rendre compte de son décharnement de mauvais augure... Pierre faisait un geste vague du bras.

La Clotilde n'était pas à la messe – elle servait à boire, du vin blanc surtout à cette heure-ci ; cinq ou six hommes cassaient la croûte dans un coin de la première salle... Elle avait bien changé, elle aussi, la pauvre femme, mais d'une autre façon ; plus d'une année s'était écoulée depuis la mort de Léa (Pierre avait appris le triste événement), mais la mère n'avait pas quitté le grand deuil en noir. Son visage s'était durci par l'absence de sa fille bien-aimée – les coins de sa bouche restaient crispés tandis qu'elle parlait à phrases brèves ; elle paraissait bloquer d'avance un sourire qui n'avait plus le droit de paraître. Le père Laguillaumie n'était guère plus souriant – il n'avait pas encore ôté le ruban de crêpe autour de son chapeau.

Pierre demanda des nouvelles du fils qui était au front – Rémy allait bien, autant qu'on le sache. Car il n'écrivait pas beaucoup, le lascar, et pourtant il était dans les Transmissions... L'auberge, décidément, ne débordait pas de gaieté ;

il n'y régnait plus l'entrain de naguère lorsque les Rouchon venaient quelques jours au pays voir leur mère et le reste de la famille. On sentait quelque chose de glacial et de composé – ce devait être la raison qui avait fait s'ouvrir deux autres débits de boissons dans le bourg – l'un derrière la boulangerie, l'autre en bas de la petite rue qui partait à l'angle du presbytère – de simples pièces étroites où l'on servait du vin à boire…

Après avoir bu un verre de vin blanc qui le fit tousser, Pierre sortit sur la place ; il se rendit sous le tilleul devant le mur du cimetière. Un permissionnaire en uniforme y tenait le crachoir au milieu d'un groupe d'hommes âgés qui avaient pour la plupart, eux aussi, des mines assombries. Ce militaire-là frôlait la quarantaine ; il avait des tics nerveux sur le visage et un air vaguement hagard… C'était Jacques Rigot, un type originaire de Noailhac qui habitait avec sa famille à côté de chez Monteil, dans la rue basse. Il avait passé trois mois à Verdun avec le 95e Régiment Territorial et en conservait un bourdonnement dans les oreilles. Sa gorge se coinçait lorsqu'il voulait décrire les arcades de feu, les nuits rouges, le tremblement qui les secouait, eux, les « vieux » de la Territoriale ! Il faisait des gestes de désespoir et renonçait à dire… Rigot expliqua pourtant qu'ils avaient eu tellement de morts là-bas, que maintenant le Commandement faisait passer des Territoriaux dans les unités de combat. Lui-même venait d'être muté, il y avait quinze jours, juste avant sa permission agricole, au 300e Régiment d'Infanterie. Il y avait retrouvé Rigaud de Pouch et Michel Manimont de Crumière, et des tas de gars du canton. Pourtant, lui, souffrait d'une hernie au bas-ventre qui le gênait beaucoup certains jours. Il avait essayé, vu qu'il était dans sa quarantième année, de se faire verser dans le service auxiliaire où il était du temps de son service militaire – mais les majors n'avaient rien voulu entendre. Ils le trouvaient, disait-il, bien assez costaud pour faire un mort.

– *Ount beson de monde, qu'oï afros !* (Ils ont affreusement besoin de gens.)

Pierre haussa les épaules – il s'écarta vers l'entrée du

cimetière, poussant la vieille grille qui grinçait et lançait un long gémissement de douleur en livrant le passage vers les sépultures… Il chercha la tombe de son père parmi le fouillis des croix peintes – en bois, en fer… Certaines familles anciennes ou aisées avaient un haut chevet taillé dans la pierre, avec une plaque de marbre noir ajoutée où brillaient leurs noms. Son père était enterré derrière l'église, près du mur – son nom était marqué sur une plaque de métal clouée sur la croix, guère plus grande qu'une plaque de bicyclette : Rouchon Antoine. Antoinette avait fait ajouter *De profundis*… Il resta debout devant la terre bombée sans faire le signe de la croix. Des bribes de chants de messe s'échappaient derrière lui d'un vitrail crevé, planaient sur le cimetière ; l'on comprenait que ces morts depuis des siècles gisaient à cet endroit pour profiter des prières de l'église, en « terre bénite », comme des funérailles continuelles organisées pour eux jusqu'à la fin des temps…

Quatre ans déjà, son père ! Quatre ans pour les foins qu'il était étendu là, fini, imbibé de pluie. Il songea à cet homme qui n'avait pas eu de père – Rouchon était le nom de sa mère, séduite par un indélicat ; cet homme avait travaillé sa vie durant comme un forçat. Il avait acheté cette propriété pentue qu'il avait cultivée tout juste vingt ans – Pierre se souvenait de leur arrivée à Merlette, venant de Las Combes, lorsqu'il avait dix ans, avec sa sœur Julienne et le petit Léon. Seule Angéline était née à Merlette – il s'en souvenait comme d'hier ! Et maintenant le jeune enfant de son père était mort, très loin, pour des prunes. Son gendre aussi, et son aîné ne valait pas cher… *Glo-o-o-ria* chantait la voix éraillée du vieux prêtre derrière le mur arrondi du chœur. La guerre était atroce pour tout le monde, mais bien dure aux petites gens qui vivaient dans les bois…

Pierre s'aperçut que le cimetière était plein d'abeilles : elles sillonnaient l'espace de fleur en fleur, entraient et sortaient des corolles de balsamines roses qui poussaient près des croix vieilles que personne n'entretenait plus… Cela produisait un bourdonnement continu auquel on ne prêtait pas attention, et qui témoignait d'une vie intense. Un papillon rouge et noir se posa un instant sur la croix de son père, puis il s'envola, monta vers le toit de l'église, s'éclipsa ailleurs…

La messe sortit – des femmes jeunes que Rouchon ne connaissait pas, coiffées de chapeaux sombres, se dispersèrent en parlant fort vers les épiceries. Elles jetaient des regards intrigués sur ce bourgeois bien mis devant la grille du cimetière, étrangement barbu, ne pensant pas qu'il était le fils de l'Antoinette Rouchon… Les plus âgées, qui portaient des coiffes blanches, marchaient à grands pas sur la route en balançant le corps, ce qui faisait osciller leurs vastes jupes noires ou grises. C'était une façon de marcher qui n'avait pas cours à Paris pour les femmes – Pierre revoyait, encore dimanche dernier sur le boulevard Poissonnière, au bout de sa rue : les femmes à Paris avançaient à petits pas, le corps bien droit. Certaines trottinaient menu, ce qui faisait bouger agréablement leurs fesses… Du reste tout était à l'inverse : à Paris on les entendait rire lorsqu'elles allaient à plusieurs sur le trottoir – ici personne ne riait. La chose le frappa tout à coup – même les très jeunes filles habillées de clair restaient silencieuses, muettes auprès de leur mère, les yeux grands ouverts qui fixaient les choses et les gens. Même les enfants couraient en silence. Un pays sans rire ! Ça ne lui était jamais apparu, avant… Pierre se dit que c'était probablement la guerre qui rendait les gens ainsi – chaque famille à présent avait quelqu'un au front, père, oncle, fils ou mari ! Et plusieurs avaient un mort à porter. Toutes ces femmes venaient de prier dans l'église, pour quelqu'un de proche, au moins un voisin, peut-être une âme. Mais les âmes, lui, il n'y croyait pas trop… La guerre, la sale guerre atroce résonnait jusqu'ici, envahissait de son poison ces collines vertes où l'été faisait bourdonner les mouches…

Au moment où il atteignait la grille, Pierre vit passer un groupe de femmes accompagnées d'enfants qu'il savait être d'Antignac. Il reconnut la silhouette frêle de la Marie Dumond entièrement habillée de noir ; elle portait une voilette de deuil épaisse qui masquait son visage sous le chapeau. La pauvre femme avançait avec une raideur douloureuse, comme une statue qui marche. Il eut le cœur serré avec un peu d'épouvante, car il lui sembla voir passer l'image de la Mort... En tout cas, il ne se sentit pas le courage d'aller l'aborder pour lui parler... Elle était accompagnée d'une grande fille qui devait être la petite Maria, elle aussi en noir des pieds à la tête, mais sans voile. À côté d'elles venaient des voisines, une très jeune fille au visage clair qui tenait une petite fille par la main, tandis que leur mère, mince et souple, agrippait un garçonnet au col marin qui pouvait avoir neuf ou dix ans. Il crut pouvoir nommer la femme Briat, mais ne sut pas qui étaient les autres ; il les suivit du regard alors qu'elles abordaient la descente à droite de l'auberge...

Pierre s'avança vers la place où des groupes bavardaient. Lorsqu'elle l'aperçut devant l'escalier de l'église, la petite Julienne courut vers lui ; elle riait, elle au moins ! Pierre la prit sur son bras, et lui demanda si elle avait été sage à la messe... Il la coiffa de son chapeau melon, et sa grand-mère demanda :

– Tu l'aimes ton tonton Pierre ?

Julienne faisait oui de la tête, ce qui balançait drôlement le chapeau et la faisait rire encore.

Après avoir acheté quelques provisions chez Arfeuil – un pain de sucre et une demi-livre de café fraîchement grillé (il y avait eu un arrivage, mais cette denrée commençait à manquer) – ils reprirent le chemin de Merlette, en compagnie des femmes de la Croix : la Maria, et la Virginie, qui avait déjà neuf ans et voulut à tout prix porter le petit Jean, avec mille précautions bien sûr, pendant un court moment. Ces femmes s'étaient armées de bons bâtons par crainte des vipères, très mauvaises par ces temps d'orage. Une vache avait été mordue chez quelqu'un le mois d'avant, elle en avait valu moins... Maria parla de Mathurin Teillard, venu depuis peu en permission familiale pour la naissance de sa fille – le bébé avait maintenant cinq semaines. Il était rudement changé cet homme, disait la Maria Monteil – il n'avait plus la même allure et les façons joviales d'avant... On le disait souffrant – et d'ailleurs il était surprenant qu'il ne soit pas venu au village ce dimanche matin !

À la dernière maison du bourg, ils rencontrèrent le maire qui sortait de chez lui, encombré de liasses de papiers qu'il portait à la main. Laurent Claval fit un accueil chaleureux et attristé au fils Rouchon – le malheur, dit-il, frappait durement sa maison ! Il témoigna sa satisfaction de le voir réformé et ainsi à l'écart du danger, désormais. Le ton du maire laissait supposer que Pierre allait préserver l'espèce !... Ah ! Claval parla des avis tragiques qui parvenaient à la mairie périodiquement et lui torturaient l'existence. Justement, le dernier en date avait été celui du malheureux Antonin – un si brave garçon, un père de famille ! Et ce petit-là, déjà orphelin !... Ce devoir d'aller porter officiellement aux familles la funeste nouvelle, à quoi l'obligeait sa fonction, lui pesait si lourdement qu'il envoyait sa femme, l'Henriette, à sa place, le plus souvent...

Avant de quitter les Rouchon il répéta ses regrets et ses condoléances d'un ton torturé qui devait être sincère – il s'adressait aux femmes en patois, et parlait français à Pierre ; peut-être à cause du chapeau...

En passant à la Croix ils laissèrent les chasseuses de serpent qui leur donnèrent les bâtons car le chemin des charrettes était encore moins sûr que celui du bourg... Mais un peu plus loin, à Fonfrège, Pierre laissa sa mère et sa sœur continuer avec les petits : il voulait prendre des nouvelles de Mathurin. Mathurin Teillard avait un an de plus que lui, et il était leur plus proche voisin dans leur enfance. Ils avaient cherché les nids tous les deux !... Les nids de merles dans les haies vives, au cœur des *roumédiers** touffus, et puis les nids de pies, haut dans les arbres. La hauteur dépendait des années : si le printemps et l'été devaient être à l'orage, les pies le savaient à l'avance ; elles construisaient plus bas dans les branches, de sorte que le nid soit protégé de la fureur des cieux. Sinon, s'il n'y avait pas signe d'orages violents dans la saison à venir – mais comment diable le savaient-elles, les pies ? – elles bâtissaient tout en haut des rameaux flexibles, il ne fallait pas penser aller les chercher. Pourtant Dieu sait si Mathurin était audacieux !...

À dix-neuf ans, il s'était engagé sur un coup de tête dans l'armée d'Afrique… Pierre avait alors eu envie de partir à son tour. C'est en grande partie le départ de Mathurin sous des cieux exotiques qui l'avait déterminé à aller chercher du travail à Paris, l'année suivante, malgré son jeune âge. Il avait emmené sa sœur, ce qui soulageait ses parents de deux bouches à nourrir…

Pierre entra dans la maisonnette basse, rongée par la fumée, en criant du ton le plus joyeux qu'il pouvait :

– Bonjour la compagnie !

Mathurin était assis au bout du banc, la jambe gauche posée à l'horizontale devant lui… Il était seul, la chemise dégrafée sur la poitrine s'échappait de son pantalon d'uniforme – sans les bandes molletières. Il ne bougea pas d'un pouce, mais dit simplement :

– Ils t'ont relâché, Pierrot ? On m'a dit ça…

Personne d'autre au monde n'appelait Rouchon « Pierrot », il s'agissait d'un vestige de leurs douze ans… Et l'habitude tacite de se parler en français venait de ce qu'ils avaient été Africains tous les deux, à la même période, et que le désert créait un « esprit de corps ».

Teillard toisa son camarade d'un œil sévère :

– Tu as l'air bien maigre ; y avait rien à bouffer en Belgique ? Ça ne m'étonne pas.

Il était lui-même assez mal en point, après un séjour dans un hôpital à cause de douleurs dans les jambes qui le prenaient de temps en temps – des douleurs insupportables comme si on lui plantait des bouts de fer rouge dans les mollets et dans les cuisses… Il était tombé deux fois en portant une civière. Ces jours-ci ça le reprenait au point qu'il avait renoncé ce matin à se rendre au bourg.

Mathurin était brancardier depuis le début de la guerre à la 12e Section d'Infirmiers de Limoges. C'était loin d'être une sinécure, comme le pensaient certains – bien sûr ils ne montaient pas à l'assaut, mais ils récoltaient les blessés sous la mitraille… Et dans quel état, mon Dieu !

– Ce que j'ai vu d'horrible, je ne peux pas le dire.

Il se taisait, frottait sa jambe tendue :

– Il n'y a pas de mots… J'ai ramené des types en morceaux, tu entends ! À pleines mains dans la bidoche... Des gars avec des cœurs qui battaient encore même qu'ils n'avaient plus de bras et plus de jambes... Et qui gueulaient, nom de Dieu ! Tu croirais pas ce que les types peuvent faire comme raffut quand ils n'ont plus que la gueule vivante !

– Je sais, j'en ai vu.

– Ah pas comme moi, je te promets ! Comme moi c'est impossible !

Il s'exaltait, tapait sur sa cuisse, avec un ton qui n'était pas ordinaire. Pierre ne retrouvait pas le copain malicieux, excentrique mais rigolo – Mathurin parlait fort, en gardant les yeux fixés devant lui...

– J'ai eu des boyaux autour de mon bras... là ! – il montrait son coude, son poignet. Des mètres de boyaux que je tenais pour pas qu'ils traînent par terre.

Il rigola, un peu dément :

– Des boyaux qui sentaient la merde ! Comme ça pendant des années. Ça fait des années qu'elle dure cette guerre. Et tu veux que je te dise ?... Tu veux que je te dise un truc, Pierrot ?

– Oui, dis-moi.

– Ça ne finira jamais. Jamais ! Nous deux, nous ne la verrons pas finir... Macache !... Je l'ai dit au curé de Crumières, je lui ai dit... Tu sais, Brunie, le grand Brunie, l'abbé, tu le connais ? Il est avec moi, aux Infirmiers... Je lui ai dit : « Dieu est mort, et ça ne finira jamais ! » À Verdun, tu sais... Tu y es allé à Verdun ?

– Non, pas à Verdun.

– Ils ont tué le Bon Dieu, là-bas !... Brunie dit encore la messe, il n'a pas compris : Dieu *Kaputt* ! À Verdun, les obus, fort de Vaux, le Bon Dieu en a pris plein la gueule ! Je l'ai dit à Brunie, je lui ai dit : « Tu peux arrêter ta messe quand tu veux ! Les prières aussi, plus la peine ! » C'est fini, je lui ai dit ! Mais les gens sont bouchés à l'émeri, mon vieux !

Anna rentra dans la cuisine avec son bébé qui criait. Mathurin s'adoucit ; la jeune femme portait le nourrisson entortillé dans un linge qui n'avait pas l'air d'un lange, mais d'une chemise de nuit boudinée. Elle s'assit et ouvrit son corsage pour donner le sein à la petite qui téta goulûment, ramenant le silence dans la pièce. Sans bouger Teillard demanda à sa femme si elle avait du vin à offrir à l'ami Pierre. – Elle n'avait pas de vin. Elle n'avait rien à offrir – de toute façon il ne venait jamais personne dans la maison.

– *Vèn jamaï degun*, dit-elle d'une voix lente et lasse.

Alors, Mathurin, plus calme, raconta qu'il avait vu pleurer le prêtre infirmier. Un soir, Brunie pleurait de chagrin, tout seul, dehors, près du poste de secours. Teillard s'était approché de lui dans l'ombre – l'abbé faisait: « Ah mon pauvre Mathurin ! Mon pauvre Mathurin !... » C'est tout ce qu'il savait dire. Il se tamponnait les yeux, le menton, avec son mouchoir... Un homme qui approchait la cinquantaine ! Ils le gardaient au front parce qu'il était bon infirmier sans doute, et qu'il faisait la prière aux mourants – c'était un avantage.

– Tu parles s'ils en ont besoin des curés, disait Teillard, avec tout ce qui meurt !

En plus, il disait la messe le dimanche et aux fêtes, pour les soldats !... Seulement, Brunie ne pouvait presque plus rien manger, il était maigre comme un coucou, le pauvre type. Son estomac s'était fermé, depuis quelque temps il ne pouvait plus rien avaler. Avec sa haute taille il ressemblait à un jour sans pain, disait Mathurin.

– Il fait la messe et il mange que des hosties, ça peut pas aller !

Anna s'était assise sur une chaise cassée qui craquait à chacun de ses mouvements – elle se retenait d'une main à la table pour ne pas tomber, son bébé en équilibre devant ses seins nus plantureux qu'elle étalait largement dans la tiédeur moite de la pièce. Mathurin frottait vigoureusement sa jambe étendue en grimaçant :

– *Aquella tròc de puta de jamba ! 'Quò me fot de las fissades !...* (Cette saleté de jambe me lance.)

– *Vaï te permenar 'n pauc, beleu quò passarò*, dit tranquillement sa femme. (Va te promener, ça passera.)

– *Permènas-te una merda !* (Impossible de se promener.)

Pierre les quitta – une fois dehors il respira largement. Les seins d'Anna, longs et tendus, lui restaient dans la vue de façon gênante – et Teillard lui avait semblé plus bizarre qu'autrefois. Il montrait une fixité qu'il n'avait pas lorsqu'il racontait l'Algérie... L'homme paraissait souffrir pour de bon.

Pendant quelques semaines Pierre Rouchon reprit des forces et un peu de poids. Il mangeait bien, il s'était rasé le visage, ne conservant que la moustache dont il entretenait les pointes relevées par de fréquents lissages entre le pouce et l'index. Avec ses économies, il achetait des suppléments de sucrerie et de la viande de bœuf, lorsque Angéline ou sa mère descendaient à la foire de Meyssac... Il s'était senti assez vaillant pour accomplir une petite part de la fenaison, en se ménageant – et puis il se rendait utile en gardant les vaches dans les prés, ou bien en s'occupant des petits enfants lorsque les femmes étaient aux champs. S'il toussait toujours, ses quintes s'apaisaient plus vite – il disait que la chaleur lui faisait du bien. Même si le temps n'était pas au beau fixe cet été-là, qui fut passablement pourri, Pierre avait repris des couleurs. Au début d'août, il écrivit à Félicie que sa santé se remettait lentement, et qu'il pourrait peut-être envisager de rentrer à Paris dans l'automne.

Mais l'automne, c'était une autre saison...

XXI

Ce même dimanche 9 juillet 1916 où l'on pouvait craindre les serpents, Jean Lajoinie des Orteils disparut à tout jamais dans la Somme – on ne peut pas dire « corps et biens », car des biens il n'en avait pas... Ce garçon discret et mélancolique de la classe 1905, qui n'avait pas fait de service militaire puisqu'il avait été exempté en son temps pour rachitisme – et en avait ressenti de l'humiliation – fut rappelé devant un conseil de révision, qu'on pourrait dire de « rattrapage », au mois de décembre 1914, en même temps que tous les recalés du service depuis vingt ans. Il convenait alors de rajuster le tri, l'hécatombe des premiers mois de la guerre ayant créé un vide qu'il fallait combler de toutes les façons. Les commissions n'y regardaient plus de si près – l'essentiel étant d'accumuler dans les tranchées toutes nouvelles de la chair à canon : même les borgnes se trouvaient embarqués dans la grande aventure.

Et puis Lajoinie, à vingt-neuf ans passés, s'était un peu étoffé ; son cuir s'était tanné dans les champs et dans la forêt des Orteils : il fut jugé apte à se battre. Appelé sous les drapeaux du 75e Régiment d'Infanterie au grand recrutement du 15 février 1915, il participa aussitôt à une formation de guerrier accélérée. Quatre mois plus tard, convenablement entraîné au maniement de la baïonnette, qui ne différait pas fondamentalement de celui de la fourche à foin, Jean fut incorporé le samedi 12 juin 1915 au 3e Régiment de Zouaves, où l'on trouvait toutes sortes de gens ; ce jour marquait alors au pays de Brive-la-Gaillarde les fastes annuels des Foires franches.

À partir de ces données encourageantes pour le biographe, il se développe sur Lajoinie un certain mystère, alimenté par un hiatus dans la littérature militaire... Pour Pâques 1916 le 3e Zouaves se trouve avec un certain à-propos stratégique dans l'Argonne, à Triaucourt, puis il se promène en mai à Hubecourt, Jubecourt, Brocourt, et occupe assez dangereusement le bois de Bethelainville, à l'ouest de Verdun. Mais au mois de juin, le régiment se déplace soudain dans les Vosges, où il demeure en juillet... Le 9 juillet justement, une journée calme, il prend la relève du côté d'Ancervillers, selon les indications du *Journal de Marches et d'Opérations* du régiment.

On doit en conclure, toujours avec logique, que Jean Lajoinie, mourant près du village de Barleux dans la Somme, à plus de trois cents kilomètres de ce régiment, avait dû, entre-temps, changer d'unité sans qu'il en soit fait mention sur sa fiche... Un oubli de transcription. En tout cas le mystère de sa disparition continua à planer longtemps dans l'armée qui l'avait perdu, et dans sa famille qui ne savait rien de lui [1]. Ce n'est curieusement que le 23 mars 1918, soit un an et huit mois plus tard, que l'avis de sa disparition fut expédié à Lagleygeolle. Ces gens, aux Orteils – sa sœur principalement, que sa condition d'orpheline avait rendue plus tendre –, avaient eu tout le temps de s'inquiéter de son sort; d'autant plus que dans le cours de la dernière année, dès la fin d'avril de 1917, tout le voisinage avait su que le grand Louis Fontourcy de l'Estrade avait été porté disparu, prisonnier, ou mort quelque part en Champagne.

Mais aussi Jean Lajoinie s'était trouvé emporté dans un bien vaste et bien cruel ouragan: la funeste bataille de la Somme, un sinistre pendant à Verdun quant à la férocité

1. Le mystère s'éclaircit, m'a-t-on expliqué, si l'on sait que certains régiments de zouaves et de chasseurs dissociaient parfois leurs bataillons. Un bataillon pouvait être envoyé seul en renfort d'une autre unité. Ce qui explique que le bataillon auquel appartenait Jean Lajoinie était engagé devant Barleux dans la Somme, alors que le reste du 3e Régiment de Zouaves se trouvait dans les Vosges.

des moyens mis en œuvre et à la saignée en vies h
Barleux, justement, au sud de la rivière qui fait un
devant Péronne, avait constitué un vrai casse-dents
la VIe Armée du général Fayolle – Barleux que rien
parviendra à briser de toute la sanglante campagne.

Devant la menace grandissante de l'ennemi à Verdun, le maréchal Joffre avait décidé, en liaison avec le haut commandement anglais du général Haig, de faire une diversion en lançant une attaque monstre dans la Somme ; cela de manière à forcer les Allemands à lâcher prise sur les côtes de Meuse pour porter secours à leurs armées de l'ouest. Le calcul était excellent de la part de stratèges qui jouaient avec leurs divisions comme d'autres avec les pièces de leur jeu d'échecs – il s'avéra du reste efficace : le front de la Somme avança pendant cinq mois sur une distance de trois à dix ou douze kilomètres dans sa plus forte poussée, tandis que la rage s'apaisait sur Verdun. Pourtant si Verdun fit quelque 160 000 tués et plus de 200 000 blessés au cours de l'année 1916, on en compte respectivement 270 000 et 350 000 pour la bataille de la Somme, Anglais et Français réunis, durant moitié moins de temps. Ce qui, en « fin de compte », fait 620 000 soldats bousillés à l'Ouest et 360 000 à l'Est – soit à peu près un million d'hommes pour ces deux fantastiques actions d'éclat, qui consacraient le règne de la destruction « sur place ». – Sans compter les morts et les estropiés allemands !… L'année 1916, il faut s'en souvenir, détient des records de viande abîmée et d'envol d'âmes dans toute l'histoire de la planète, du moins dans la catégorie des guerriers « les armes à la main ».

Ça avait débuté comme ça : très mal. La grande, sublime offensive alliée qui devait tout balayer devant elle au nord et au sud de la Somme était prévue pour le matin du 1er juillet 1916. Du côté britannique 66 000 hommes s'alignaient dans les tranchées de départ entre Beaumont-Hamel, Thiepval, La Boisselle et Mametz. La première vague d'assaut partit au coup de sifflet à 7 h 30 tapantes. À 7 h 36, 30 000 hommes étaient par terre, couchés par les mitrailleuses allemandes. Un record absolu de la guerre 14-18 ! Peut-être de toutes les guerres. Les officiers anglais pleuraient, ils disaient : « My boys ! My boys ! » – Trop tard ! Le soir même les Anglais avaient 57 400 bonshommes hors de combat, parmi lesquels 2 368 officiers – dont 19 240 morts « fermes » et 2 082 disparus !...

La cause de ce « carnage sans précédent » était que les bombardements gigantesques des lignes ennemies qui duraient depuis une semaine n'avaient rien détruit chez les Allemands, que les tranchées de surface. En réalité leurs abris étaient enfoncés à des dix ou douze mètres sous terre – ils n'avaient pas souffert du cataclysme... Au moment de l'attaque, à 7 heures, quand les canons se turent pour laisser le champ aux fantassins – un champ que l'on croyait sans âme qui vive – les Allemands sortirent des trous avec leurs mitrailleuses intactes, et le temps de les installer dans des entonnoirs d'obus ils étaient à point pour tirer en veux-tu en voilà dans la masse des corps qui s'avançaient vers eux comme à la promenade. « Ils tombaient par centaines, rapporte un soldat allemand. Ce n'était pas la peine de viser, il suffisait de tirer dans le tas. Si seulement ils avaient couru, ils nous auraient écrasés. »

Oui, seulement les officiers leur avaient monté le bourrichon aux *tommies* ; ils les avaient persuadés par de beaux discours – sincères ! – qu'ils franchiraient le parapet « la canne à la main », que tous les Boches seraient morts, en face, écrabouillés : « Pas même un rat n'aura survécu », était la chanson de l'optimisme. Le fatal optimisme !... Avec une pareille confiance dans les rangs, certains avaient emporté un Kodak pour « immortaliser l'action » ! Un bataillon écossais s'engagea tranquillement dans le *no man's land* au son de la cornemuse – et chaque cornemuseux joua jusqu'à la mort, rapidement venue à l'appel de leurs *pipes*... Il y a l'histoire demeurée légendaire du capitaine Bill Neville, vingt-deux ans, qui à Boisselle organisa l'attaque avec des ballons de football – un ballon par section, et hardi le diable sur le billard défoncé, c'est à celui qui shootera le premier dans la tranchée adverse ! « Neville avance avec nonchalance en plaisantant », jusqu'à ce que les Allemands, qui attendent en face que les attaquants soient bien à portée de leurs mitrailleuses, ouvrent le feu. Le capitaine est tué sur le coup, ses quatre sections liquidées sur place – au fond c'était une belle mort, pleine d'insouciance… L'un des ballons est, paraît-il, exposé dans un café-musée à Pozières : *Le Tommy.*

Les Français, sur l'aile droite, se pressèrent davantage – le 20e Corps du général Balfourier atteignit ses objectifs, à savoir Curlu près de la rivière, et, partant de Maricourt, les bois à l'ouest du village d'Hardecourt. Au sud de la Somme, les temps étaient un peu meilleurs. Le secret de l'attaque avait été bien gardé dans ce secteur, et les Allemands ne s'attendaient à aucune incursion dans leurs lignes ce 1er juillet. D'où leur surprise, qui resta intacte, lorsqu'à 9 h 30 (ce décalage dans l'horaire avait été décidé pour augmenter le désarroi de l'ennemi) ils virent s'avancer nos premières vagues d'assaut ! La poussée dans la boucle de la Somme fut donc forte et prometteuse au début, entre Curlu et Estrée. Notre artillerie avait préalablement fait place nette – si l'on peut dire ainsi à propos de Curlu rasé par les obus, et réduit à un âmas de décombres. Même le cimetière éventré participait à cette danse de mort : « Les cercueils sont à nu, les cadavres sont sortis de leurs suaires », écrivait un chasseur alpin qui notait ses impressions de promenade, « les croix gisent déchiquetées, l'église est en ruine, le clocher abattu, les rues n'existent plus »… Le petit village de Fay, situé au nord-ouest d'Estrée-Daniécourt dans le Santerre – à deux kilomètres exactement de l'aire d'Asservillers sur l'autoroute A1 –, est décrit ainsi par un autre combattant du 1er juillet : « Blocs de pierre, ferrailles tordues, poutres calcinées, briques, tuiles cassées, morceaux de meubles, vêtements, paillasses éventrées, instruments de labourage, matériel militaire, rondins, fils de fer, armes, pieux, munitions, roues, voitures démolies… Tout était confondu, pêle-mêle, dans un infernal fouillis… Les maisons avaient disparu ; quelques moignons noirs se dressaient, l'église, peut-être, avec le cimetière retourné comme le reste. » On le voit, partout les morts se retournaient dans leurs tombes, comme des crêpes !…

Donc, là au moins les assaillants avancent sur quelque trois kilomètres, et font plusieurs milliers de prisonniers en ce premier jour. Puis l'attaque se poursuivra les jours suivants – le 4 le beau temps se changea en pluie ; orages et tempêtes se succédèrent. Mais personne ne lâcha le morceau !… La Légion étrangère prend Bellay, le 1er Corps d'Armée colonial se distingue par son allant – et peut-être, pour ne pas dire « assurément », Jean Lajoinie était-il passé des Zouaves à ce corps-ci ? « Des patrouilles pénètrent dans Barleux non défendu mais les Allemands se ressaisissent et reprennent le village » – tout cela sous la pluie. « Nous avançons parmi un chaos de trous d'obus, de tranchées éboulées, de piquets tordus, de fils de fer enchevêtrés, avec de temps en temps des abris au toit effondré », écrit un acteur de ce théâtre d'opérations[1]. Il s'agit d'Estrée : « Maintenant, tout le village, qui s'aligne en bordure de la grand-route, s'offre à nous d'un seul coup d'œil : c'est un Pompéi, où les briques, les ardoises, les tuiles et les fragments de poutres remplacent la lave et les scories. Ici il y a une entrée de cave, mais il n'y a plus de maison par-dessus. »

Dans une pareille ambiance, quiconque peut disparaître comme un ange !… Il suffit d'un souffle, d'un obus ennemi qui vous baise le front – dans la chaleur du combat nul ne prendra garde à votre absence. Vous êtes une ombre avec un fusil, une ombre ça va, ça vient, ça s'efface… Surtout qu'il était timide plutôt, Jean ; il aimait, de lui-même, passer inaperçu… Il n'aura manqué pour personne – personne n'aura pensé : « Tiens ! où est Lajoinie ? »… Comme tous les garçons effacés il se sera gommé tout seul, pour ainsi dire – sa non-existence n'aura fait un trou nulle part, dans aucune affection précise. – Oui, son bataillon appartenait nécessairement au 1er Corps d'Armée colonial, car c'est cette unité-là qui, le dimanche 9 juillet, après avoir occupé Biaches auprès de la rivière, et la ferme de la Maisonnette, tenta de s'emparer de Barleux. « Vers le

1. Jacques Meyer, cité par Alain Denizot, in *La Bataille de la Somme*, éditions Perrin.

sud, nous approchions de Barleux – comme dans tous les matchs réussis, la presse disait “nous” le samedi suivant – et occupions les abords de ce village, le dernier tenu par les Allemands à l’intérieur de la boucle. Le combat se prolongea pendant la nuit et nous valut le lendemain… l'occupation complète de la croupe qui domine Biaches… »

Il y avait toutes sortes de zigues venus d'endroits indistincts dans cette coloniale ; il n'est pas étonnant qu'il ait fallu attendre un contrôle systématique des absents, une sorte de pointage tardif des listes, en 1918, pour s'aviser de la disparition d'un homme comme Jean Lajoinie des Orteils ! Au reste, le Tribunal attendra encore pas mal de temps pour prendre une décision finale sur son compte : ce ne fut que le 2 janvier 1922 que le Tribunal de Brive fixa son décès au 9 juillet 1916 – cinq ans et demi plus tard. C'est dire si cet homme avait peu d'importance !…

Tout de même, il arrivait pile pour figurer sur le monument.

Enfin, le lendemain, et pendant des semaines encore, le front passait toujours à Biaches, et à Barleux ; il s'y fixa jusqu'à la fin de novembre, continuant jusqu'à Belloy, au-dessus de Berny-en-Santerre. Tout ça à droite de l'autoroute A1 qui coupe à cent cinquante à l'heure ces champs jadis si tourmentés, où tant de garçons ont disparu avant d'avoir connu la joie de conduire des automobiles !… Cette section grouille de fantômes, un peu avant Asservillers, un peu après, lorsqu'on va vers le nord ; plus haut, Maurepas, Combles, elle coupe le front de ses glissières, elle s'en fout pas mal, elle file… Et maintenant, au mois de juillet, les coquelicots s'agitent dans les blés que balance la brise – maintenant, les alouettes sont revenues. Ce sont ces fleurs-là de la tragédie qui ont fourni en Angleterre le symbole du *poppy* que l'on place à la boutonnière le 11 novembre.

XXII

Au soir de ce dimanche 9 juillet 1916, les gars du 418e d'Infanterie quittaient en trois bataillons, échelonnés à vingt minutes d'intervalles, la paisible ville de Bray-sur-Somme où le régiment cantonnait depuis le vendredi. Ils prirent la route de Suzanne en direction du front, vers Maricourt, à une dizaine de kilomètres au nord. Depuis leur arrivée dans la Somme à la fin du mois d'avril, venant de l'Argonne et Verdun, les hommes n'avaicnt participé à aucune action…

– Cette fois, mon gars, y a plus moyen de moyenner, je crois qu'on y revient tout droit ! déclara un vieux troupier de trente-deux ans au jeune homme élancé et souple qui marchait à côté de lui. Tu comprends, deux mois et demi sans recevoir des glinglins sur le coin de la gueule, ça pouvait plus durer !

– C'est la guerre, dit Antoine Arfeuil d'un ton de fatalité, en changeant la position de la pelle qu'il portait et qui lui battait la cuisse.

– Tu l'as dit, fils ! soupira le guerrier qui s'appelait Marcel, et qui avait laissé ses meilleurs copains autour du fort de Douaumont. C'est la guerre, tu te trompes pas…

Il marcha un moment sans rien dire, rajusta la courroie de sa musette qui glissait, et tourna un œil goguenard vers le jeunot :

– C'est vrai que des guerres comme celle-là, t'en verras pas deux dans ta vie même si tu t'en sors. Alors faut mieux en profiter !… Seulement vois-tu, moi je commençais à croire qu'ils nous avaient oubliés.

– Nous avons été vernis tous ces temps-ci, commenta Arfeuil, nous ne pouvons pas trop nous plaindre.

Lui-même avait débarqué dans la Somme avec d'autres nouvellement affectés au 418e Régiment d'Infanterie, le 22 mai. Le régiment se trouvait au repos depuis un mois à Flilancourt, près de Noyelles. Ce lundi-là un général anglais, Sir Hubert Gaugh, était venu en voisin complimenter la troupe pour sa « belle conduite à Verdun » – il est probable que le colonel avait suscité cette visite de courtoisie pour secouer le moral de ses hommes en chatouillant leur vanité... Le « Rosbif » avait rappelé, dans un français superbe, comment le jeune régiment avait été cité au mois de mars à l'ordre de la IIe Armée pour avoir « pris une part glorieuse à tous les combats de la campagne » depuis sa formation [1]. Il rappela comment la 153e Division tout entière « a tenu pendant onze jours consécutifs, nuit et jour, en terrain découvert, sans relève possible, sous un effroyable bombardement de tout calibre, un secteur dont elle n'avait pas perdu un pouce ». – Il y avait de quoi impressionner les nouveaux arrivants au 418e, et tremper efficacement leur moral, tandis que les anciens pris par les sirènes de la renommée bombaient doucement le torse et oubliaient les copains hachés menu...

Ensuite le temps avait passé à des bricoles d'organisation – à recevoir des renforts d'officiers après la purge glorieuse. En juin, le 3e Bataillon auquel appartenait Arfeuil – 11e Compagnie – avait passé une quinzaine de jours au grand air, à bûcheronner dans les forêts. Il fallait abattre des arbres et les débiter en rondins pour la construction d'abris de tranchées. La 11e Compagnie était basée à Fumechon, près de Poix, une région fort boisée...

1. Citation complète du 27 mars 1916 : « Ayant reçu l'ordre de tenir, dans les conditions les plus difficiles, une position particulièrement importante, sous les ordres du lieutenant-colonel de Valon, malgré des bombardements prolongés d'une extrême violence et des attaques en masse, n'a pas cédé un pouce de terrain ; a exécuté une contre-attaque énergique et a fait ainsi échouer complètement les efforts de l'ennemi. »

Le jeune instituteur avait trouvé cette occupation très à son goût – scier des troncs à deux, avec le passe-partout, il connaissait par cœur ! Il l'avait fait abondamment avec son père, avec son cousin Auguste parfois, dans nos bois – il pouvait en remontrer aux gars de la ville… Antoine savait même aiguiser les scies à la lime triangulaire qu'on appelle un tiers-point – ça c'était précieux dans un travail d'équipe ! Le sous-lieutenant Lapray qui venait de la Territoriale avait signalé au capitaine Bosquet les talents et le bon caractère du soldat Arfeuil, un garçon instruit qui pourrait faire un agent de liaison efficace si le besoin s'en faisait sentir.

La première semaine Antoine écrivit à ses parents : « Je suis devenu scieur de long dans des bois qui croissent sur du terrain plat, et dont l'exploitation est facile. » Il leur annonçait aussi qu'après ce chantier il irait probablement en permission. À la demoiselle de Saint-Aulaire qui lui donnait du « *Cher grand ami* » il composa une lettre charmante qu'il recommença plusieurs soirs de suite au bivouac, après le chantier. Il lui disait : « Je suis en ce moment dans la forêt du Petit Poucet, mais rassurez-vous, assez loin de la maison de l'Ogre qui chasse et grogne plus haut vers le nord. Les frondaisons sont magnifiques, romantiques à souhait, et inclinent davantage au rêve qu'au maniement de la scie. Je vous dirai que le capitaine de ma compagnie a la délicatesse de s'appeler Bosquet ; vous voyez comme tout cela est bucolique…

"En cette nuit de Pentecôte
J'ai rêvé que dans ces bosquets,
Nous nous promenions côte à côte,
Et vous chantiez, et tu m'aimais.

Je vous conduisais à la fête
Qu'en rougissant je vous offrais,
Vous étiez belle et j'étais bête
Au fond des bois sombres et frais." »

Il trichait un peu ; car il transformait pour l'adapter aux circonstances un poème de Victor Hugo dont il se rappelait des passages. « Vous étiez belle et j'étais bête », lui avait toujours paru la chose la plus étonnante et vraie à dire à son sujet – c'est même la principale réflexion que lui inspirait le souvenir de leurs brèves rencontres. Mais il avait changé plusieurs vers de sorte que les deux quatrains parussent puisés au fond de son cœur…

Le reste du mois de juin avait passé à jouer aux cartes au camp de Méricourt – un loisir utilement entrecoupé de petites corvées d'aménagement. Puis, le dimanche 18, il était parti en permission, enfin ! Lagleygeolle – c'était la première fois qu'il revenait au pays après une si longue absence : un an tout entier… Le bourg lui avait paru petit, engoncé autour de son cimetière – le tilleul était tout en fleur sur la place, il avait aidé à cueillir la provision de l'hiver, au milieu des bourdons, des abeilles. Mais il avait beau revoir les voisins, les cousins, Antoine se sentait un autre homme. Ou plutôt il se sentait devenu un homme à présent, avec un regard changé et une indifférence pour des choses qui l'auraient bouleversé un an plus tôt.

Sa première visite avait été pour M. Bordas ; le vieux maître l'avait traité en collègue et non en ancien élève, ce qui créait un décalage flatteur mais intimidant… Le lendemain de son arrivée, le mardi, il était allé s'installer chez Laguillaumie, à l'étonnement de sa mère – carrément étalé à la terrasse du cabaret, sans se soucier de ce que pourrait penser le directeur de l'École normale ! L'année d'avant à la même époque il était déjà venu en permission, après ses classes à Bergerac, juste avant de partir au front – il n'avait pas osé alors venir boire un verre. Mais c'était un mois après la mort de Léa, l'auberge était en grand deuil et la Clotilde l'ombre d'elle-même – Léa avec qui il était à l'école, dans la même division. Ils se disputaient la première place du classement tous les deux lorsqu'ils étaient petits. Lui était premier, elle deuxième, bien qu'il eût un an d'avance… Léa était assise devant lui dans la longue rangée des filles, avec son tablier à petites fleurs bleues ; il lui poussait les fesses avec le bout de son pied par-dessous le pupitre, sans se faire voir. Quand elle pouvait se retourner elle lui tirait la langue… Il avait pleuré de la trouver morte. La Clotilde passait sans rien dire sous le tilleul, quatre fois par jour, et entrait au cimetière s'agenouiller sur la tombe bombée où elle apportait des fleurs fraîches…

Puis Antoine avait rejoint le 108e au nord d'Arras. Jamais il n'oublierait la première montée en ligne, fin juillet 1915, à Neuville-Saint-Vaast ! À nettoyer les tranchées, ce qu'il n'avait pas appris à faire pendant les classes, et surtout enterrer de vieux cadavres dont l'odeur vous faisait tourner de l'œil. Un bizarre contact avec l'héroïsme dont on abreuvait ses pensées depuis l'EN – et l'exaltation à la lutte armée, glorieuse, dont il rêvait. Ces corvées macabres d'ensevelissement sans honneur, de gars raides qu'on empilait dans des trous, bouleversaient son sentiment patriotique, sans toutefois l'éteindre. Il n'avait pas pu dormir pendant plusieurs jours dans les cagnas – fiévreux, hanté par des cauchemars, il n'avait pas écrit une ligne à quiconque de tout un mois…

Ensuite son régiment n'avait pas participé directement aux massacres de septembre ; il était resté tout le temps cantonné en réserve à Marœuil. Puis on les avait transportés à Verdun en avril – ils avaient eu leur baptême du feu dans les tranchées à Marre et au Bois Bourru, et avaient séjourné à la Citadelle de Verdun… Mais Antoine n'avait guère raconté ces péripéties – il se rendait compte que ni son père, qui ressassait la beauté des chevaux du Cadre Noir de Saumur à la fin de l'autre siècle, et la fière allure des cavaliers d'élite, ni sa mère qui poussait des *Oh la ièu !* effarouchés dès qu'il parlait du front, ni bien sûr Julia, qui aurait seize ans dans quelques semaines et le buvait du regard en silence, ne pouvaient comprendre même le début de ce qu'était cette guerre. Tout ça était aussi incroyable et obscur pour eux qu'un problème d'algèbre !… Alors il se taisait ; ou bien il acquiesçait à des choses insignifiantes – si le pain était bien cuit par les cuisines roulantes, et bien levé. Si les chevaux étaient bien nourris, et fortement bouchonnés – des choses qui lui donnaient envie de rire en mangeant sa soupe. Et Julia lisait dans l'éclat de son œil qu'il cachait des choses, ce qui le grandissait encore de mystère à ses yeux. En fait il ne souffla pas un mot des bombardements de Verdun… Il ne parla que des bois de Poix d'où il sortait, des belles essences d'arbres, et de la manière de couper les rondins à

la bonne dimension pour la construction des abris souterrains qu'il décrivait comme des salons de danse... Il riait tout seul, en pensant « danse macabre », et les efforts qu'il faisait pour se contenir, avec de longs et brusques silences, lui donnaient un air véritablement étrange... Les parents pensèrent qu'il devenait de plus en plus intellectuel, et *lo fauré* cessa de s'intéresser à la guerre.

Mais il avait vu Auguste, son cousin Chassaing, qui se trouvait en fin de permission lors de son arrivée. Auguste non plus ne racontait pas grand-chose de ce qu'il avait connu avec le 153e Régiment d'Infanterie. Au début, en retrouvant Antignac, il avait beaucoup pleuré – il avait embrassé la Marie Dumond sans rien dire, seulement versé des larmes avec elle, en silence – non pas pour Joseph, il savait avant son départ – mais à cause de l'Antonin maintenant... *« He paur' efònt »,* disait la Marie (Ah mon pauvre gars), et elle se mouchait fortement.

Ce qui avait frappé Auguste, dans son séjour au front, et qu'il racontait à Arfeuil, c'était le contentement des Allemands que sa section avait faits prisonniers durant un coup de main. Joli coup : quinze bonshommes dont un gradé !... On se serait attendu à ce qu'ils se lamentent – en tout cas lui s'y attendait – ou qu'ils cherchent à s'enfuir. Pas du tout ! Auguste racontait comment ils avaient crié *Kamarad ! Kamarad !* au moment où ils les avaient surpris, en jetant leurs fusils. Puis ils n'avaient opposé aucune résistance pour venir dans les lignes françaises – pire : ils rigolaient ! En traversant le *no man's land* Auguste avait eu la trouille en les voyant hilares, il pensait : « Ces types nous préparent un mauvais coup, c'est pas possible ! », et il tenait son fusil sur eux, prêt à tirer. Mais non – *ya ya ya !* – les Boches se gondolaient pour de bon ! On ne comprenait pas ce qu'ils disaient dans leur charabia, mais on voyait bien qu'ils étaient contents d'arriver chez les Français – ils répétaient d'un air jovial *kamarad !* et ils voulurent tous les quinze serrer la main au lieutenant avec gravité, et une certaine cérémonie, comme s'ils le félicitaient de les avoir capturés...

Les gars leur donnèrent des boules de pain rassis qui

restaient de la veille, et les types les boulottèrent avec appétit en faisant : « Goûte, goûte ! » – c'était un peu comme des chiens, disait Auguste... Au bout d'une demi-heure, un agent de liaison était arrivé et leur avait parlé en allemand – Ah pauvre homme qu'ils étaient contents ! On aurait dit que la liaison était une vieille connaissance à eux... De bien étranges ennemis – des Bavarois, dit l'officier. Ils s'en allèrent vers l'arrière en disant : *Danke ! Danke !*... Quelqu'un raconta qu'ils disaient « merci » – pour le pain sans doute. Alors un groupe de copains leur avait crié : *Yapad'koi ! Yapad'koi Nicolas !*... Et les types répétaient *Danke !* en se retournant dans le boyau avec de petits saluts de la main.

Auguste racontait cet épisode avec une sorte de consternation – les seuls Boches qu'il avait vus de ses yeux ne correspondaient absolument pas à ce qu'ils auraient dû être...

À part ça, il avait passé sa permission à s'occuper de ses abeilles ; il nettoyait ses *bournats* – ses ruches –, arrangeait, mettait tout en ordre. Il montrait à Antoine, et lui racontait que les bestioles s'étaient attroupées en le voyant – il avait d'abord ôté son uniforme, par précaution, pour ne pas les surprendre par ce bleu, ces odeurs... Les abeilles s'étaient posées sur lui par centaines, bourdonnant autour de sa tête sans du tout le piquer. « *M'òunt conegut !* » (Elles m'ont reconnu), disait Auguste avec une grande fierté. Et puis il avait aidé son père à sarcler les pommes de terre. Et puis il repartit, le vendredi 23, après avoir fait ses adieux à tous, à toutes, aux ruches, au *faure* son grand-oncle – et on verrait bien comment ça allait finir cette guerre. « *Agachas de pas prener mal, mon drònle...* » (Veille à ne pas prendre un mauvais coup, mon garçon.) Ils se dirent « Bon courage ! » avec Antoine « Et pareil pour toi » (*Parielh per tu*). Tout le monde, les voisins et le reste, lui donnèrent la pièce pour s'acheter du vin dans le long voyage – sauf les abeilles, bien entendu.

Passé Suzanne, ils avaient obliqué à gauche vers Maricourt. La nuit tombait – ça donnait de l'espace : il fallait effectuer la relève dans l'obscurité. Le temps était couvert, mais sans pluie. À mesure qu'ils avançaient ils entendaient le canon tonner à droite, au-delà de la rivière, en face, partout, à huit ou dix kilomètres – un bourdonnement continu, sinistre... Le bataillon chantait pour garder la cadence, des chansons à boire, un peu de tout, en plus de l'increvable *Madelon* qui vivifiait si bien le jarret. La 11e Compagnie chanta *La p'tit' sœur à l'adjudant*, en répons, d'une section l'autre :

« Laquelle qu'on a vue sans voile,
Et qu'a du poil, et qu'a du poil ?... »

Les voix traînaient pour accentuer les temps forts ;

« C'est la p'tit' sœur à l'adjudant... »

Marcel, qui ne chantait pas, parce qu'il avait la voix fausse, demanda au bout d'un moment, comme ça, à l'entendre répéter de très bon cœur « *Miaou, miaou !* » si Arfeuil avait déjà fait l'amour ?...

– T'es pas obligé de me dire la vérité, hein ! J'ai seulement ma petite idée.

– Laquelle ?

– J'ai idée que t'as jamais couché avec une femme.

– À quoi tu vois ça ?

– Parce que...

– Parce que quoi ?

– Eh bien quand on a roucoulé au plumard avec une gigolette à soi, ou à quelqu'un d'autre, c'est pareil, et pis qu'on lui a fait voir de quel bois on se chauffe, bien joliment, on ne chante plus des conneries pareilles...

– Tu dis ça parce que tu n'as pas de voix.

Marcel rigola :

– J'ai pas de voix, mais j'ai autre chose, ça compense !

– On peut chanter et faire l'amour aussi. Crois-tu donc que la compagnie n'est composée que de vierges ?

Les types gueulaient à tue-tête, une marée salace balayait la route…

– Tu as raison, fit Marcel, mais il y a la manière… J'en mettrais pas ma tête à couper, bien sûr, ni même ma queue si on va par là, mais tu chantes ça avec une… je ne sais pas, tu y mets une chaleur – je sais pas comment dire… Une espèce de rage, tu comprends, qui me fait croire que t'es jamais monté sur le billard à ressorts.

Ce fouinard avait vu juste ; Antoine, un peu épaté, admira la sagacité de l'ancien. Non, il n'avait encore jamais fait l'amour. Il existait bien un petit bordel à Tulle, dans la rue de la Barrière, où certains normaliens allaient parfois, dans le plus grand secret, mais il n'avait fait que passer devant sans entrer. Ils étaient si étroitement surveillés à l'École, un rapport aurait été tellement catastrophique ! Il arrivait qu'un 3e année fût convoqué dans le bureau du directeur pour raison de mœurs, sur une dénonciation, un bruit, un commérage… On pouvait toujours craindre une lettre anonyme envoyée par un clérical, par esprit de vengeance. Si le normalien était reconnu coupable, c'était terrible pour lui ! Ses notes étaient diminuées d'un coup – et il pouvait toujours courir pour sortir dans un rang convenable. Quant à être envoyé en 4e année pour préparer l'École normale de Saint-Cloud il n'y fallait pas songer !… Par contre à Bergerac, il avait suivi des copains par deux fois dans un lupanar assez chic, avec des belles poules bien en chair ; la deuxième fois il avait bien failli monter avec une fille aguichante qui l'avait invité très gentiment… Au dernier moment le prix lui avait fait peur. Après, il l'avait regretté… Il s'était promis une autre chance – mais tout à coup ils étaient partis au front sans dire ni une ni deux ; son initiation était restée à l'état d'ébauche.

Quant à Lagleygeolle c'était assez compliqué. Certes il y avait quelques femmes qui ne se faisaient pas trop prier, mais il aurait fallu être sur les lieux tout le temps. Les garçons qui couchaient profitaient d'occasions particulières qui se présentaient à l'improviste ; la condition était de pouvoir les saisir vite et bien – aux cheveux !…

Les choses se passaient dans les granges entre chien et loup, l'hiver, ou bien dans les prés, derrière les haies, au coin d'un bois lorsqu'on allait garder les vaches… Mais voilà : il n'était pas là au moment qui aurait convenu… Sa situation de perpétuel pensionnaire l'avait éloigné de l'intimité de la vie au village, et par conséquent de ses privautés. Or, pour ce qui était des jeunes filles, il en savait certaines qui ne se montraient pas bégueules, au contraire, avec certains – mais là, halte ! Dans sa situation fort enviable de fonctionnaire au bel avenir, elles n'auraient pas manqué de provoquer un scandale pour se faire épouser. Il était un parti en or pour les modiques ressources de notre commune – une fille se serait vite mise enceinte s'il l'avait touchée ! Même avec un autre au besoin !… Son père l'avait averti, un jour dans la forge, entre quatre-z-yeux, après une fête où des filles l'avaient beaucoup frôlé : *« Agache de te tener, autrament t'aurònt lèo bota la còrd'al còl ! »* (Prends garde à ce que tu fais, sinon elles t'auront vite mis la corde au cou.) L'avis du *faure* était sage…

Marcel le voyait perplexe, un peu perdu dans des regrets – il ne chantait plus :

– Ça viendra un jour, tu sais. Te bile donc pas… Si les petits cochons de Boches ne te mangent pas.

Arfeuil lui demanda :

– Et toi qui n'es pas marié, tu as beaucoup de maîtresses ?

– Comme tu y vas ! Une seule suffit – l'important est de bien la choisir…

Ils étaient arrivés à Maricourt – il y eut une halte pour souffler. Les hommes s'assirent en désordre sur la chaussée, sur les talus, dans les fossés.

– On est tout de même bath sans l'as de pique ! déclara un poilu en s'affalant contre un muret.

La veille on leur avait fait poser leur sac dans un grand magasin, à Laneuville-les-Bray, afin de soulager la marche. Certains avaient protesté : abandonner son sac avec tous ses affutiaux personnels, en plus du linge de corps, ses photos de famille, son papier à lettres, son encrier… Il y avait un sentiment de dépouillement, et quelque chose de plus terrible, comme s'ils ne devaient plus avoir besoin de rien, qu'ils seraient condamnés d'avance en partant « au travail ».

– T'es qu'un élève-cadavre, imbécile ! disait un cynique à son copain qui gueulait contre cette décision.

N'empêche, ça faisait froid dans le dos – c'était le cas de le dire, de prendre la route en abandonnant sa coquille. D'autant plus qu'en échange on leur avait distribué des outils du Génie, pelles et pioches, pinces coupantes avec tout le bataclan des fusées de signalisation, et puis les longs couteaux sinistres et les grenades qui les transformaient en troupes d'assaut.

À Maricourt la nuit était noire ; cela faisait ressortir davantage la lueur orangée des explosions qui embrasaient l'horizon à deux ou trois kilomètres sur le plateau d'Hardecourt. Le vacarme des canons était continuel – pour beaucoup d'entre les poilus ce spectacle leur rappelait le Mort-Homme, ou les hauteurs de Douaumont.

– C'est pas encore la bonne gache, monsieur l'instituteur ! ironisa le camarade Marcel le cul en équilibre sur une grosse pierre.

La relève devait se faire là-haut, dans la dégelée d'obus dont ils avaient perdu l'habitude – ils éprouvaient tous comme une maladie qui revient, une rechute. Un lieutenant, debout au milieu de la route, examinait une carte à la flamme de son briquet. Il expliqua d'un ton professoral, la voix haute :

– Les lueurs que nous voyons là-bas à gauche, derrière le bois, sont celles de l'armée anglaise.

– Avons-nous des touristes, mon lieutenant ? lança quelqu'un dans le noir.

– Les Anglais seront immédiatement sur la gauche, jouxtant notre position. Nous prendrons position en première ligne, tout de suite après le bois de Favière situé à gauche du village d'Hardecourt, que nous traverserons pour accéder aux lignes.

– Tout est à gauche alors, mon lieutenant !

– L'arme à gauche aussi, mon lieutenant ? On la passera à gauche, l'arme ?

Les voix plaisantaient sans rire, avec lassitude, presque par devoir, dans une sorte d'indifférence navrée. Une grosse voix s'éleva d'un fossé :

– Puisqu'on parle de Rosbifs, quand c'est qu'on touche la gamelle ? Si j'ai rien dans l'buffet, j'marche pas !

Une heure plus tard les 1er et 3e Bataillons relevaient le 153e Régiment d'Infanterie dans les tranchées – le 2e Bataillon était resté en réserve dans le bois de Favière avec le PC du régiment, où il bivouaquait. Les hommes relevés, qui avaient repoussé trois contre-attaques allemandes, se hâtaient de quitter le secteur de combat. Les deux colonnes se croisaient tant bien que mal dans le boyau baptisé de « l'Oseille » par ceux qui l'avaient creusé, et qui faisait la séparation d'avec le secteur anglais. C'était un large couloir terreux dont les parois encore non étayées s'éboulaient sur les godillots au raclement des musettes et des crosses de fusil.

– Il y a des Corréziens là-dedans ? demandait dans l'ombre mouvante quelqu'un du 153e.

– Oui, moi ! dit Arfeuil.

– *D'onte que t'iès ?* (D'où es-tu), fit le gars avec un accent des pays hauts.

– De Lagleygeolle, répondit Antoine en français.

– Oh c'est loin ça ! dit le type qui était de Tulle.

Il s'arrêta pour causer dans un renfoncement du boyau où l'on avait accumulé des pierres :

– J'avais un gars de Lagleygeolle avec moi, un nommé Bouyt, un grand Pilate, tu le connais ?

– Alfred ? Alfred Bouyt, je pense bien que je le connais ! Nous étions en classe ensemble.

Ça faisait curieux d'entendre parler de Bouyt en pleine nuit dans ce tuyau, par un moustachu sans âge, dont Antoine ne distinguait pas les traits du visage sous le casque – seulement une masse sombre avec ce qui devait être son nez.

– Où est-il ?

– Il est plus là… Il était dans ma section mais il est passé au 26e d'Infanterie le mois dernier, tu l'as manqué de peu.

Le type était caporal, originaire du quartier du Trech à Tulle, jovial et curieux.

– C'est comment toi, ton nom ? demanda-t-il.

– Arfeuil.

– Attends, il m'a parlé de quelqu'un… Tu es pas le fils du forgeron, par hasard ?

– Si.

– C'est bien toi que tu es instituteur à Tulle ?

– Oui, à l'EN.

– Ah ! il me parlait tout le temps de toi ! Tu es un as il paraît !… Quand j'avais un compte embêtant à faire, Bouyt me disait : « Si Arfeuil était là il te calculerait ça de tête de suite. »

Antoine était abasourdi !… L'idée que le garçon de la Brauge, le grand Alfred, qui n'était pas très bavard, ait pu parler de lui à ce point, si loin, l'étonnait. C'est vrai que petits ils étaient bien copains – Bouyt copiait tout sur lui, mais quand même. (Une fois Léa les avait dénoncés, pour se venger la petite garce !) C'était à cause de Tulle, sûrement – l'Alfred devait croire qu'à Tulle tout le monde se connaissait !

– Ça me fait bizarre de te voir, dit le caporal. Enfin je te vois pas tant que ça pardi, mais tu es une célébrité dans mon escouade. Je regrette que les copains soient pas là, mon vieux, ils rigoleraient…

– Où sont-ils ? fit Antoine qui commençait à sentir une pointe de vanité.

– Ils sont morts les pauvres gars, dit le Tullois.

Antoine éprouva un pincement ; sa popularité lui parut bien éphémère.

– On en a chié ici, tu sais. De ma section on est restés que quatre. Et moi tout seul de l'escouade.

– Merde ! fit Antoine qui ne se savait pas si grossier.

– Il a eu le cul verni l'Alfred d'être muté avant…

Mais il fallait avancer – les types commençaient à gueuler autour d'eux parce qu'ils encombraient le passage. Les musettes gonflées de grenades cognaient le mur de terre friable du boyau.

– Bougez-vous bande de poux !

On les insultait :
– Circulez, les têtes de cochons mal écumées !
Les deux Corréziens se serrèrent la main.
– Bonne chance, fit le type du Trech. Conserve-toi !
– Toi pareil…
Ils se séparèrent – le caporal se retourna :
– Et si tu vois Bouyt, donne-lui le bonjour de Buffadour… il comprendra.
– Oui !
– Le caporal « Buffadour ».
Il rigola. Cela devait toucher une période de leur vie à eux… Un moment de bon temps sans doute.
– Je n'y manquerai pas ! dit Arfeuil, assez fort.
Il se précipita pour rejoindre son escouade qui avait avancé – un obus siffla lourdement et éclata à vingt mètres à droite du boyau. Une pluie de terre et de cailloux s'abattit violemment sur les casques avec un bruit de grêlons. Des hommes trébuchèrent sous le souffle, levant les bras d'instinct pour se protéger le visage.
– Encore heureux que les Boches nous éclairent, grogna Marcel qu'il avait rejoint. On se casserait le cou comme une fleur.
– Arrête donc ! fit un autre, d'ici qu'ils nous foutent l'éclairage au gaz y a pas loin…
Quelques compagnies de Chasseurs à pied continuaient à occuper les tranchées de l'avant. Le 3e Bataillon se casa à tâtons dans la tranchée de soutien dont les gourbis en construction n'étaient pas terminés. Ces positions, gagnées seulement depuis l'attaque du 1er juillet, et défendues pendant neuf jours contre les assauts de l'ennemi qui tentait de les récupérer, n'avaient reçu encore aucun aménagement. Les types disaient : « Il y aura du pain sur la planche, je comprends pourquoi on nous a fait porter des pelles !… » Les liaisons étaient mal établies avec le reste du front ; avec les voisins anglais, tout fonctionnait dans l'improvisation ; les roulantes n'arrivaient pas jusque-là, les hommes durent se contenter d'une soupe froide et fade qui avait été secouée sur deux kilomètres dans les bouteillons. Puis ils dormirent en plein air, à même la terre

remuée ; la nuit était fraîche pour la saison, et sans étoiles, mais heureusement il ne pleuvait pas.

Le lendemain, pendant que les Français s'occupaient activement de piochage et de terrassements, les Anglais attaquèrent de bonne heure la ferme du Maltz Horn, un fortin allemand vivement défendu dont ils ne parvinrent pas à s'emparer. Les tranchées de droite s'attendaient à une contre-attaque de représailles qui ne vint pas.

Les jours suivants se passèrent à construire, creuser, évacuer la terre dans des sacs que l'on empilait pour consolider les parapets – sous un ciel couvert menaçant d'orage, et des bombardements continuels de l'artillerie ennemie… Le 12 juillet, un gros obus détruisit le poste de commandement du 1er Bataillon, faisant 18 tués et 76 blessés. Le 13, il pleuvait. La 11e Compagnie se déplaça dans la tranchée de première ligne pour relever une fraction du 4e Bataillon des Chasseurs, juste à droite du boyau de l'Oseille. On pataugeait dans la boue épaisse qui engluait les godillots jusqu'aux chevilles ; de l'autre côté du boyau, on voyait les Anglais qui clouaient eux aussi des planches et des madriers pour fixer leur parapet dégoulinant de pluie. Il y eut une séance de pose de fils de fer entre deux averses – mais les obus allemands, venant au hasard, par courtes séries sans suite, gênaient le travail. Le régiment eut 3 morts, ce jour-là, et plus de 40 blessés par éclats…

Le vendredi matin 14 juillet, les Anglais attaquèrent bien avant le jour, à 3 heures, afin de créer une surprise ; ils se lancèrent sur un front de deux kilomètres entre Bazantin-le-Grand et Longueval, appuyés par notre artillerie lourde qui battait les positions ennemies. Le 3e Bataillon, avec la 11e Compagnie complètement sur la droite, demeura sur le qui-vive pour le cas où les Boches massés en face dans la tranchée Daltyn se rueraient sur nos lignes pour nous faire payer l'effronterie de nos alliés.

– Les English fêtent le 14 juillet à notre place, ricanèrent les poilus, à cause du feu d'artifice que produisait le bombardement de gros calibre avant le lever du jour.

Le soleil revint – il était rare en ce mois incertain, et brillait, chaud tout à coup, entre les nuages, comme pour saluer la fête nationale… La célébration par détonations demeurait d'ailleurs continue, alors que l'artillerie allemande opérait un pilonnage de nos tranchées toutes neuves ! Au cours des deux journées qui suivirent, on compta dans les deux bataillons en ligne une dizaine de morts et disparus (en fumée !) ainsi que 60 blessés.

Le 16, ce fut de nouveau la pluie, toute la journée, à torrent – en l'absence de caillebotis les tranchées se transformèrent en lacs de boue. Pour couronner ce sombre jour, la pitance du soir n'arriva pas aux premières lignes ; les types durent se coucher le ventre creux : un obus de fort calibre était tombé sur la corvée de soupe dans le boyau et l'avait anéantie. Les poilus appelaient ce jeûne forcé « bouffer avec les chevaux de bois ». Le 17 juillet la journée fut calme, logistiquement parlant, et le temps couvert mais sec. En revanche un bruit qui courut provoqua l'agitation des esprits : l'état-major préparait pour dans quelques jours une nouvelle attaque d'envergure sur tout le front allié, Anglais et Français conjugués – probablement pour le jeudi 20… Les objectifs seraient la tranchée Daltyn, en face d'eux, avec la ferme Maltz Horn à son bout sur la gauche dont les Anglais devaient s'emparer. Ensuite on viserait le bois du Quesne et celui de l'Angle, à un kilomètre en contrebas, face au village de Combles. L'exploitation se ferait, en cas de réussite, sur la tranchée des Fous et celle du Repos. Telles étaient les dispositions supérieures : les 1er et 3e Bataillons du 418e seraient étalés respectivement à gauche et à droite le long de la tranchée de départ – la 11e Compagnie à l'extrême droite, tout contre le chemin d'Hardecourt-au-Bois – et sortiraient en colonnes face à leur position.

Pendant deux jours, la vie se trouva suspendue par l'attente… Le pilonnage d'artillerie se poursuivait néanmoins de plus belle de part et d'autre, faisant quelques morts « de précaution ». Les Allemands bombardaient incessamment nos lignes – étaient-ils animés des mêmes intentions, ou savaient-ils nos plans ? – alors que notre artillerie avait tendance à tirer trop court et à nous gratifier également de ses obus par intermittence.

Le mercredi matin, changement de tactique ! Les instructions circulent : nous n'attaquons plus la tranchée Daltyn, laissée aux Anglais, mais plus à l'est vers Maurepas. Enfin ce sera pour le lendemain 20 juillet, l'heure H étant fixée au lever du jour, à 5 heures du matin.

Antoine Arfeuil n'avait jamais, de fait, participé à une attaque en première ligne, la grenade dans une main, le fusil de l'autre. Il n'avait pas franchi le parapet au coup de sifflet, baïonnette au canon, ailleurs que dans les simulations amusantes qu'on leur avait faites à l'instruction sur le causse de Bergerac… Le mercredi soir la tension était montée dans les rangs ; certains soldats se rongeaient les ongles, d'autres affichaient une indifférence qui les faisait se déplacer dans une espèce de ralenti calculé. Antoine ne put trouver le sommeil dans le gourbi – il aurait voulu écrire à Marie, lui dire des mots drôles pour chasser l'angoisse – par exemple qu'ils étaient des chevaliers à pied, et que la veillée d'armes… La veillée d'armes quoi ?… Les mots ne lui venaient plus. De toute façon, il n'avait ni papier ni crayon… Le moment, se disait-il, était à l'action, enfin ! L'heure était venue de savoir pourquoi on était là, et ce qu'on pouvait faire – *devait* faire ! La notion du « devoir » lui revenait en soutien moral, et en même temps la phrase absurde d'un professeur d'histoire à Excideuil qui répétait à tout propos: « C'est là que les Athéniens s'atteignirent !... »

Il sortit de l'abri et s'engagea dans la tranchée – plein de types fumaient, debout ou accroupis. Antoine s'assit sur la marche qui sert à se hausser derrière le parapet contre la paroi de départ... De la sorte il tournait le dos à la tranchée ennemie, au vallon, à demain. Il se mit à haïr les Allemands – il n'avait jamais songé à le faire vraiment, de toutes ses tripes. Ah ! les salauds de Boches qui les avaient conduits ici ! On allait leur briser la gueule... Il aurait voulu y aller tout de suite, à l'instant, au chaud de sa colère, dans la nuit !... Cette attente devenait insupportable !

Pour tuer le temps il essaya de résoudre de tête une équation à deux inconnues, et renonça. Il repassa des formules d'identités remarquables : $(a + b)^2 = a^2 + 2ab + b^2$ – c'était trop simple, et puéril... Ce jeu l'agaça. Il se leva, fit quelques pas dans la tranchée et aperçut dans l'ombre la grosse masse d'un type à genoux qui lui tournait le dos – le gars grommelait... Antoine comprit qu'il priait. Cette vue fit monter en lui une énorme gêne – comme si ce pékin allait leur foutre la poisse à convoquer ainsi les forces obscures... Mais il se raisonna aussitôt : quelles forces obscures ? – Obscurantisme ! Les leçons de l'École normale revenaient en troupe à son secours, le soulagèrent... Superstition ! aurait hurlé le professeur de français, le franc-maçon : « Pure superstition, messieurs ! » Il pensa à Tulle, au type du Trech qu'il avait croisé l'autre nuit, à la rue étroite qui monte à l'EN, du pont de la Barrière, et se colore de rose au soleil couchant... Il pensa à l'eau de la rivière verte, ou glauque, avec ses remous. Il aimait à regarder couler la Corrèze, les dimanches, penché sur l'un des parapets, en amont pour voir arriver le flot contre les piles ; parce qu'au village perché sur la colline on n'a jamais ce plaisir de voir l'eau courir, avec ses courbes, ses constants tourbillons, ni d'avoir peur de sa puissance ni de voir jamais un homme se noyer... Cette pensée lui fit venir en mémoire la mort de Léopoldine, la fille de Victor Hugo, sur la Seine – où ? Pas excessivement loin d'ici, finalement… Avec son fiancé. – Il repensa à Marie. Que faisait-elle en ce moment même ? Tiens ! elle dormait pardi !… Il imagina Marie dormant. Il ne l'avait jamais vue dans cet abandon qu'il lui supposait, ses cheveux dénoués, ses bras amollis, ses seins visibles peut-être – nous étions en été… Cette vision intime lui donna des chaleurs – c'était bien le moment de se coller des bouffées de sang !

Le type dans le noir priait toujours – Antoine contemplait son dos ; il pensait : « Je vois le dos de l'obscurantisme. » Il commença à se réciter :

« Demain, dès l'aube, à l'heure où blanchit la campagne,
Je partirai… »

Cette évocation le ramena brutalement à la tranchée : l'heure H, 5 heures… Il eut peur – un grand frisson de peur dans tout son corps. Demain à 5 heures, il ferait à peine jour… «*Je ne regarderai ni les fleurs…*» L'angoisse l'étreignait, il oubliait la suite… Il se rassit sur la marche et s'adossa à la terre brute de la paroi. 5 heures, c'était tout à l'heure…

Un peu avant 3 heures du matin, la fraîcheur de l'air qui devenait humide, et la fatigue aidant, Antoine s'endormit. Or, il n'eut pas plutôt perdu doucement conscience, qu'un remue-ménage se fit. Le caporal commença à claironner, à voix tamisée : « Au jus là-dedans ! » On apportait du café dans les bidons – chaud pour une fois. De la gnôle aussi, pour aller avec. Plusieurs s'étiraient qui n'avaient pas fermé l'œil – d'autres avaient roupillé comme des sonneurs. Marcel réapparut, les yeux bouffis :

– Salut toi… T'es de bien bonne heure sur le pont !

Mais Antoine demeurait hagard, coupé au moment du sommeil, incertain entre la réalité et le rêve – il se sentait flou et douloureux. Et froid ! Il frissonnait, la gorge un peu prise, enrouée. Ce n'était pas étonnant : la tranchée était envahie par la brume…

Les minutes passaient. L'organisation se mettait en

place avec une logique froide et parcimonieuse, comme s'il fut question d'un voyage de groupe, une sorte de croisière… Ils en oubliaient, dans les préparatifs, qu'ils allaient sortir là devant, éventrer correctement du monde, ou se faire assassiner ! – La 11e Compagnie, et la 9e sous les ordres du lieutenant Lamoulère, s'étiraient dans la tranchée de départ. La 12e et la 10e restaient installées à l'arrière dans la tranchée de soutien. Au jeu d'échecs aussi on range ses pions…

Curieusement – la chose est un peu difficile à expliquer – le temps passe plus vite avant l'aube qu'après le lever du jour. Entre 3 et 5 heures du matin le temps dure moins qu'entre 15 heures et 17 heures, l'après-midi. C'est peut-être pour cette raison observable que les Anglais appellent des « petites heures » du matin celles qui viennent après minuit ?… Donc, le temps de se préparer, d'accrocher les couteaux à la ceinture, de vérifier le masque à gaz – très important – de remplir la musette de quatre ou cinq grenades à manche, les montres de ceux qui en avaient indiquèrent 4 heures et demie. On sentait le sol se crevasser d'obus devant le parapet, on ne savait s'il s'agissait de neutraliser la tranchée ennemie, ou d'un tir de barrage des Boches prévenus de nos intentions. Notre artillerie lourde, gênée par le brouillard qui s'était répandu sur l'ensemble du plateau d'Hardecourt, tirait trop court et menaçait nos positions pire que l'autre ! Les fusées rouges demandant d'allonger le tir ne devaient pas être aperçues de nos batteries.

Le capitaine Bosquet, accompagné du commandant chef du bataillon, parcourut la tranchée tout du long. Les deux gradés proféraient des bonnes paroles, des mots d'encouragement auxquels ils croyaient peut-être… Le capitaine paraissait calme, et cependant il allait être du voyage. Pour un début Arfeuil était gâté – il sortait en tête avec la première vague d'assaut : ces gars qui ouvrent la voie aux autres en intimidant l'adversaire !… « Pas question d'y aller d'une seule couille, disait le commandant. M'entendez-vous ? Du nerf dès le départ ; ce sont les premières minutes qui décident du sort des armes ! De la cravache, nom de Dieu ! Je veux que vous me balayiez ces salopards d'en face ! Le régiment a les yeux sur vous ! »

Alors quelqu'un se mit à chanter au fond de la brume, une voix crispée, nerveuse, vite appuyée par d'autres voix aiguës ou bravaches :

« Laquelle qu'on a vue sans voile,
Et qu'a du poil, et qu'a du poil ?...
Laquelle qu'on a vue toute nue
Et qu'a du poil au cul ? »

Il y eut des rires tendus – et par-ci par-là dans le clair-obscur des gars répondirent, pas trop fort à cause des écoutes boches, mais le fracas des obus couvrait la chansonnette :

« C'est la p'tit'sœur au commandant
Qu'a beaucoup de poil, de poil aux dents !
On a vu son chat par le trou
Miaou miaou miaou miaou... »

Ça faisait insolent – ou espiègle, ou héroïque mépris du danger, ou désespéré... Un peu « salutation » en même temps : *morituri te salutant* pour les initiés dont les officiers faisaient partie. Le commandant rigola : « Ah les lascars ! J'aime mieux ça... » Viril et frondeur, c'est bien. Bosquet riait aussi – un peu jaune, mais la couleur était perdue dans l'ombre...

À 5 heures moins le quart le feu roulant allait toujours – trop court à gauche. Antoine avait les boyaux serrés... Une envie de pisser irrépressible l'obligea à se soulager sans être vu contre la paroi de la tranchée à laquelle il demeurait collé du ventre et de la poitrine à renifler l'odeur crue de la terre – c'était formellement interdit mais il se dit que cela n'avait plus d'importance puisqu'ils allaient quitter la tranchée... La brume de juillet avait une épaisseur d'ouate que l'on voyait bouger ; elle donnait à présent un jour filtré, pâle et vif en même temps – Antoine pensa que le soleil dissiperait plus tard ces fumées, et qu'après, dans la matinée, il ferait beau et chaud. On n'avait pas vu le soleil depuis cinq jours, ce n'était pas normal en juillet…

– Attention ! dit le sergent grimpé derrière les sacs de terre du parapet, aux aguets. Encore trois minutes…

On entendit des bruits de fers heurtés, des froissements de capotes et un chuintement de pieds comme dans la prise d'un garde-à-vous. La demi-section se raidissait. Que c'est long, trois minutes !… Antoine se sentait vide et lent, comme si son sang s'arrêtait, si la terre s'immobilisait… Quand le sifflet déchira l'air, grêle, irréel, il l'entendit à peine. Il vit le sergent sur le bord des sacs tout à coup qui criait la bouche ouverte avec un geste balayeur de tout le bras – il devait crier : « En avant ! », mais Antoine ne l'entendit pas. Le capitaine Bosquet grimpa à son tour au bord de la tranchée – quelqu'un faisait : « Alors tu bouges ? » C'était Marcel qui essayait de passer – Antoine bondit en haut d'un coup de reins. Déjà le parapet était noir de types en mouvement, telles de grosses abeilles se déversant d'un bournat… Il pensa *« bournat »* au lieu de ruche – comme ceux d'Auguste…

En haut il se redressa, et ne vit rien ; le brouillard partout, épais, froid. Où était le plateau ? L'étendue de ces

terres noyées ? Où courir ? On voyait le sol à deux mètres – un linceul !… Des gars s'élançaient à ses côtés, le frôlaient en criant quelque chose. Il cria aussi : « Ah !… » La pensée va vite, il pensa que derrière le brouillard il allait tuer des Boches. Il sentit une chaleur de férocité monter dans son ventre : « Je vais les tuer ! » – Il cria encore comme une bête « Aaaaah ! »… et s'élança dans le brouillard. – Il n'entendit pas la mitrailleuse, rien. Il vit un corps basculer par terre et rouler à côté de lui… Il fit quatre, cinq enjambées, six, de tout l'élan qu'il prenait, sept !… La balle le frappa au milieu du front, sous la visière du casque. Il s'étala au huitième pas, sans voir, ni sentir, ni savoir… Par terre, sur le ventre, les bras en avant, le fusil décroché du bras et la musette basculée en avant de sa tête, tenue par la courroie…

La balle avait mis en bouillie le siège de toutes les constructions mathématiques si fines, si précieusement cultivées… Le « major » était mort. L'enfant. Le grand ami… Plus qu'un tas de chairs molles et provisoirement chaudes, lavées de tout jusqu'à l'oubli… Il était 5 heures et 5 minutes, il avait juste vingt ans.

Marcel avait reçu la giclée dans le ventre, en bas, il avait roulé sur lui-même plusieurs fois, puis il était resté le ventre en l'air « pour voir passer les aéros » comme il disait pour rire des gars sur le dos dans le *no man's land*… Il y en avait trois autres sur le carreau qui avaient dégusté la rafale ensemble. Ils s'étaient cognés les uns aux autres, en tas. Ça faisait 5 gars, déjà – car alors que la 11e Compagnie « atteint aisément ses objectifs qu'elle occupera sans trop de difficultés » (*JMO*), le régiment totalisera 81 tués, 47 disparus, et 260 blessés à la fin de la journée, ce 20 juillet 1916 à Hardecourt dans la Somme.

À part ça, la situation militaire n'avait guère avancé.

XXIII

La situation n'avait pas du tout avancé non plus au sud de la Somme, où l'attaque s'était produite à 7 heures dans le même brouillard épais. L'objectif du 2e Corps d'Armée, dans le secteur compris entre Belloy-en-Santerre et Estrée, était de repousser le front en oblique en prenant Villers-Carbonnel, Horgny, et Berny-en-Santerre. Bien entendu les noms de ces localités constituaient de simples repères topographiques – il est évident que les villages ainsi nommés n'étaient plus que des tas de décombres inidentifiables où l'on pouvait s'étonner qu'il y eût eu un jour des maisons. Toutes les constructions rasées par l'artillerie et ramenées au ras du sol se réduisaient à des monceaux de briques cassées ou pulvérisées, mélangés à des débris de poutres et de chevrons, des trognons de meubles sans lien entre eux, parmi lesquels surnageaient quelques morceaux d'outils agricoles, ici un soc de charrue désossé, là les restes arrondis d'un moyeu de charrette… Seules certaines caves profondes avaient résisté aux cratères d'obus ; elles servaient d'abri aux troupes allemandes qui y rangeaient leurs mitrailleuses, de sorte à les remonter et les mettre promptement en action au moment de l'attaque adverse, quand cessait le déluge d'acier.

Positionné à l'aile droite, le 1er Bataillon du 417e Régiment d'Infanterie partait des tranchées au nord de la grand-route d'Estrée à Villers-Carbonnel (aujourd'hui Nationale 29) pour attaquer vers le sud en direction de Berny. Le lieutenant Stévé s'élance au coup de sifflet à la tête de la première vague, atteint facilement la route, la traverse, et se jette à l'aveuglette dans la tranchée ennemie que ses occupants avaient aux trois quarts désertée. La nouvelle tactique des Boches consistait à abandonner la tranchée de première ligne, pendant le pilonnage d'artillerie, ne laissant que des nids de mitrailleuses bien abritées, brusquement mises en place au moment opportun, et qui fauchaient les assaillants. En effet les mitrailleuses allemandes postées dans un îlot non réduit au sud d'Estrée prirent aussitôt la tranchée en enfilade, au jugé dans le brouillard. Le lieutenant Stévé tombe raide mort au milieu d'un groupe d'hommes, tandis que les batteries ennemies devant Berny envoient une pluie de shrapnells et de grenades, et que d'autrcs mitrailleuses balaient le terrain, bloquant toute progression vers le sud.

Au bord de notre tranchée de départ le capitaine Houzelle prend le commandement de la deuxième vague d'assaut, prévue à 6 minutes de la première. À son côté, le caporal Pierre Rigaud, pâle, essaie de ne pas trembler devant son officier à qui il présente sa montre. Le capitaine ayant cassé la sienne, le caporal tient sa tocante en argent dans sa main ouverte, au bout de sa chaîne, afin que l'officier puisse saisir le moment de franchir le parapet avec ses hommes. Il est 7 heures et 4 minutes ; Pierre Rigaud ne sait pas qu'à douze kilomètres plus au nord, au-delà de la rivière, Antoine Arfeuil est déjà froid, raidi à plat sur la terre humide de brume, et qu'il faudra demain lui déboîter les épaules à force d'homme pour ramener ses bras le long de son corps avant de le faire entrer dans un cercueil en sapin. Ils étaient au 108e d'Infanterie ensemble, quoique dans deux bataillons différents ; ils se rencontraient parfois, et échangeaient alors des nouvelles du bourg, mais ils ne cherchaient pas à se voir… Le jeune instituteur se montrait distant envers un garçon qui était presque prêtre, et de six ans son aîné…

À 7 heures et 5 minutes, l'ancien séminariste murmure en latin, sans presque bouger les lèvres : « *Pater noster qui es in coelis…* » Il voudrait être ailleurs – en ce moment il voudrait être desservant d'une petite paroisse obscure, quelque part dans les bois, et bénir les moissons… Le

capitaine Houzelle ne quitte pas des yeux la belle montre de son caporal ; il grogne un peu :
– Priez pour nous tous, Rigaud.
– Oui, mon capitaine.
Houzelle aime bien ce caporal distingué qui était fourrier dans son unité précédente, et qu'il sait avoir passé par le séminaire, comme lui-même dans sa jeunesse. Ils ont eu un jour une conversation sur la Providence, et il s'est promis de le remettre fourrier à son service à la première occasion… Rigaud est doux et serviable – mais là, à mesure que l'aiguille avance vers 7 h 06, sa main tremble légèrement.
Le capitaine lève le bras – il dit : « Dieu soit avec nous », puis il crie :
– En avant !…
La tranchée déverse tout à coup son contingent bleuet que le brouillard engloutit. Ils courent, ils traversent la route… Un obus éclate, des hommes tombent – un autre obus siffle, explose derrière eux. La fumée des explosions obscurcit encore la vue, ils ne savent plus où ils sont, ils galopent sur un sol crevassé – le caporal colle au train de son capitaine, ils ne voient rien, ils entendent des gueulements, des cris de douleur, des appels aigus, et le tac-tac fatal des mitrailleuses à droite, en face, partout… La tranchée enfin – elle est là, à cinq mètres, ils la voient, ils y courent, elle est déjà occupée en bleu… Au moment de sauter le capitaine Houzelle s'écroule sur le bord en poussant un cri rauque – Pierre est déjà en bas ; vite il regrimpe, il tire son capitaine par les pieds. Dans la tranchée deux autres types le voient, l'aident à faire glisser le corps qui geint, le retiennent dans leurs bras, le couchent au fond sur le sol couvert de planches – les Allemands soignent le confort de leurs tranchées… Le capitaine a du sang sur la figure – le sang lui remonte par la bouche lui coule dans le cou. Pierre lui ôte son casque, il dit :
– Ça va, mon capitaine ?
Houzelle a mal, il essaie de dire quelque chose – mais un obus pète en haut, de la terre gicle. Le caporal n'a rien entendu, il se penche sur le visage torturé ; il entend un souffle rauque qui lui dit :

– Bénissez-moi…

Alors Pierre Rigaud fait sur son capitaine un large signe de croix: «*In nomine Patri, et filii, et spiritus sancti, amen.*»

Houzelle meurt tout de suite, son regard s'éteint – tué à son poste de combat. Dans la tranchée, l'atmosphère commence à devenir intenable. Des types crient partout, pleurent, supplient… On ne peut plus sortir, le parapet des Allemands crépite de balles de mitrailleuses qui chantent en haut. Personne ne sait quoi faire – un sous-lieutenant tout jeune prend le commandement: «Il faut sortir!» Il se hisse sur le parapet, et crie: «Avec moi!…» Personne ne bouge en bas: il est tué net par une rafale et dégringole comme un pantin, bras de-ci, bras de-là – son corps fait un bruit mat en tombant sur les planches.

Pierre Rigaud s'est accroupi entre un mort assis et un mort tombé verticalement le long de la paroi, la tête en bas, miraculeusement en équilibre: un mort qui fait le poirier, les jambes retenues bizarrement écartées par de longues chevilles dans le bois. Pierre parle tout haut dans le vacarme des éclats, il dit: «Seigneur, je vous en supplie, donnez-moi la vie sauve.» Il pleure comme un enfant perdu: «Mon Dieu protégez-moi et je serai votre serviteur pour toujours.» Il cherche une formule évangélique pour convaincre son Dieu – il n'en trouve pas, il répète seulement: «Jésus! Vierge Marie! Ayez pitié de moi, pauvre pécheur, pardonnez à mon manque de foi…» L'idée lui vient, impérieuse: il va rattraper sa faute, sa vanité, ses tentations mondaines… Il regrette, Pierre, il est à genoux, il joint les mains et crie presque, tourné vers le mort à l'envers qui semble échappé d'une croix: «Seigneur, si je sors d'ici vivant, je jure sur la tête de mes parents de demander l'ordination! J'en fais le serment sur l'Évangile. Je veux être prêtre, Seigneur, je vous en supplie, sauvez-moi!…»

Il est 7 heures et demie, quelque chose a foiré dans l'organisation de cette attaque: personne ne vient les secourir… Comment s'enfuir?… Dans une petite accalmie, les types remontent de la tranchée-piège – ils se jettent à corps perdu dans le *no man's land* en sens inverse, ils repartent vers leur tranchée à eux – où est la route ? De quel côté ? Le brouillard blanc fait perdre l'orientation. Les mitrailleuses recrépitent, ils foncent droit, se précipitent dans les trous d'obus, se collent à la terre... Ils repartent, se couchent, rampent, se relèvent d'un bond, courent encore... Pierre suit. Il ne sait plus s'il a une escouade, un sergent – personne. Il n'y pense pas. Il ne sait où il se trouve, il n'a qu'une idée : la route !... Des voix déchirent la brume : « Aidez-moi ! » Des cris de fou, de terreur. Des appels de souffrance. « Emmenez-moi, les copains ! » Un gros obus siffle lourd : le groupe fuit devant lui, cinq types sautent au fond d'un entonnoir – Pierre n'a pas le temps de les rejoindre, le souffle le renverse totalement... L'obus s'est logé pile dans le cratère, il explose en une gigantesque gerbe de terre et de feu qui soulève des morceaux de drap bleu, monte, se répand, s'étale, l'aveugle... Pierre reçoit sur la joue un coup qui l'assomme quasiment – en tombant il a perdu son casque. – Un caillou ? Douleur dans la mâchoire. Non, il porte la main – quelque chose de blanc à côté de sa tête. Un os de jambon – Qu'est-ce qu'il fait là ?... Oh !... Pierre a un hoquet d'horreur : un fémur ! La tête ronde, luisante et courbe d'un fémur ! Avec de la viande toute rose attachée après, un lambeau flasque de peau de fesse... Ce qui l'a frappé à la gueule. Il se dégage d'un coup de reins de la terre qui l'a recouvert. « Pitié, mon Dieu !... » Une crampe de vomissement l'a remis debout ; il court sans casque, sans fusil, les mains à plat sur sa tête. Les balles chantent, miaulent – miracle : voici la route. Encore plus loin le talus. D'autres sont là – il se plaque avec eux dans le fossé. Son voisin saigne, il dit quelque chose. Pierre n'entend rien. Il est sourd !... Mais Dieu l'a sauvé du carnage. Il s'en souviendra – il a fait le serment. Il sera curé.

À 8 heures, la 1re Compagnie a entièrement repassé au nord de la route d'Estrée. À 14 h 30, elle sera revenue à la tranchée de départ – ce qui reste de la Compagnie : elle a perdu 108 hommes, la moitié de son effectif, dont 80 tués ou « disparus ».

Le mois d'août fut épouvantable : mis à part la première semaine, qui fut ensoleillée, le mois se passa tout entier en pluies et en ciels nuageux. Le même temps désastreux se poursuivit en septembre qui ne vit que huit journées de plein soleil, d'ailleurs échelonnées tout au long du mois entre les pluies qui revenaient constamment, ce qui acheva de faire de l'été 1916 l'un des plus pourris du XXe siècle. Octobre n'ayant eu à son tour que dix jours de soleil pour seize jours de pluie et cinq de nuages, le cru vinicole de cette année-là ne marqua pas les annales – même si le ciel fut plus serein et clair au sud de la Loire, là où les obus n'atteignaient point. Mais les cieux inclé-ments n'empêchèrent nullement les deux belligérants de déverser l'un sur l'autre des milliers de tonnes de ferraille, brûlée et tordue – voire de s'envoyer par la voie des airs des gaz asphyxiants dont on espérait qu'ils extermineraient l'adversaire. Ils s'attaquèrent parfois aussi au lance-flammes : ainsi le 6 septembre, les contre-attaques allemandes se firent au « liquide enflammé » lors de la reprise de Berny-en-Santerre un moment maîtrisé.

Cependant, du 30 juillet au 9 août, comme pour marquer le second anniversaire de la guerre en cours, le temps fut beau et chaud. Le général Joffre, chef des armées, publia le 2 août un ordre du jour en forme de bilan extrêmement réconfortant ; il était rédigé en ces termes :

« Soldats de la République,
Votre troisième année de guerre commence. Depuis deux ans vous soutenez sans faiblir le poids d'une lutte implacable. Vous avez fait échouer tous les plans de nos ennemis ; vous les avez vaincus sur la Marne, vous les avez arrêtés sur l'Yser, battus en Artois et en Champagne. Puis, votre résistance victorieuse, dans une bataille de cinq mois, a brisé l'effort allemand devant Verdun. Grâce à votre vaillance opiniâtre, les armées de nos alliés ont pu forger les armes dont nos ennemis sentent aujourd'hui le poids sur tous les fronts. Le moment s'approche où,

sous notre poussée commune, s'effondrera la puissance militaire allemande. Soldats de France, vous pouvez être fiers de l'œuvre que vous avez accomplie déjà ! Vous êtes décidés à l'accomplir jusqu'au bout ! La victoire est certaine ! Joseph Joffre.»

Le lendemain de cette flatteuse déclaration, et après l'échec renouvelé de la deuxième offensive du 30 juillet, le 417e Régiment d'Infanterie épuisé partait au repos à Proyart, gros village de la Somme situé à une dizaine de kilomètres à l'ouest du front. Le soleil avait déjà séché la terre, il faisait chaud ; l'épouillage traditionnel put se faire sur le pré, le torse nu. L'on fit bouillir les vêtements pour cuire les totos qui, eux aussi, avaient résisté à tout, partout, et semblaient décidés à rester jusqu'au bout !... Les poux eux-mêmes devaient avoir un Joffre qui leur prédisait la victoire. De plus le camp possédait des douches de campagne nouvellement installées.

Il y eut un gros départ en permission, des officiers et des hommes ; des trains spéciaux se formaient aux gares. Cet éclaircissement de la troupe créait chez ceux qui restaient, avec l'espoir de s'en aller eux-mêmes bientôt, un climat de légèreté retrouvée. Depuis deux ans que duraient les tueries, les soldats s'étaient accoutumés aux chagrins rapides. La perte répétée de leurs meilleurs amis, aujourd'hui souriants, demain emportés par une chiquenaude du sort, les forçait à des deuils éclairs...

Pourtant Pierre Rigaud s'était mal remis de ses frayeurs existentielles. Bien qu'il s'efforçât de garder les dehors d'un caporal ordinaire, il demeurait hagard et comme hébété à l'intérieur de lui-même. Il avait la manie de consulter sa montre tous les quarts d'heure, par exemple, comme si le temps passait trop vite, ou au contraire pas assez vite pour lui... Ses copains de la 1re Compagnie le taquinaient là-dessus :

– As-tu peur de rater ton train ? disait le caporal Dauriac, avec lequel Pierre organisait souvent les corvées de ravitaillement.

Le sergent Henri Masson qui, comme lui et beaucoup d'autres, s'attristait de la disparition du capitaine Houzelle, lui disait :

– Laisse donc ton oignon tranquille, Rigaud, tu vas l'user ! La guerre ne va pas s'arrêter sans que tu sois au courant.

Mais Pierre demeurait profondément éberlué par ce qu'il considérait comme la main de Dieu, qui avait écarté de lui la mort. Le soir du 20 juillet, il s'était aperçu que son bidon était percé de part en part – la balle aurait pu aussi bien lui traverser la poitrine, dix centimètres plus en avant… Il attendait son tour de partir en permission avec un sentiment d'impatience, mélangé de crainte. La hâte de revoir les collines, la petite maison du Poujol sur sa douce rotondité qui surplombait la vallée, se mêlait à l'appréhension d'avoir à expliquer à Anna qu'elle devrait renoncer à leur doux commerce, comme il renonçait lui-même aux projets qu'il avait formulés de lui proposer le mariage. Il avait engagé sa vie : il serait prêtre, son serment le liait absolument. Parfois il pleurait le soir en pensant à la tristesse de celle qui l'attendait…

Au pays sa sœur s'inquiétait pour son mari. Jean Feix avait été blessé à Verdun, au début du mois de mai – une blessure peu grave au demeurant –, de cet éclat d'obus qui lui avait traversé la main. Il avait été évacué, mais il ne se remettait pas, lui écrivait Mélanie… Jean était toujours hospitalisé à Périgueux où elle était allée le voir accompagnée de son père. Elle avait raconté sa visite dans une lettre – l'état de son mari l'avait atterrée : il était totalement prostré, sans réaction. Il l'avait reconnue, bien sûr – elle l'avait embrassé, mais il n'avait manifesté ni plaisir ni surprise de la voir. Elle pleurait – il la regardait les yeux fixes, sans un mot, sans un geste… Le médecin à qui ils avaient parlé expliquait qu'il s'agissait d'un « choc nerveux » dû à sa blessure (qui se guérissait) mais surtout à l'intensité de l'émotion provoquée par la bataille, à Verdun en particulier. Il y avait d'autres cas à l'hôpital qui présentaient peu ou prou les mêmes symptômes. Le médecin avait parlé de « neurasthénie… Le pronostic n'est pas très sombre, madame, tôt ou tard votre mari se remettra». Il avait ajouté en lui posant une main sur l'épaule: «Franchement, voyez-vous, il vaut mieux pour lui être ici que là-bas.» – En attendant Jean ne parlait pas, il ne mangeait rien, ne pensait qu'à dormir – d'ailleurs il avait maigri d'une manière qui faisait peur!

Pierre croyait comprendre l'état de son beau-frère, et les raisons de sa stupeur... Le second jour de repos à Proyart, un samedi, il fit une longue lettre à sa sœur où il lui recommandait de prier la Vierge pour son mari, «de ne pas porter peine», et de dire à Anna, lorsqu'elle la rencontrerait à la messe, qu'il se portait bien et qu'il avait beaucoup de travail en ce moment pour pouvoir lui écrire. Il pensait venir bientôt en permission, mais ce n'était pas certain, car beaucoup de poilus étaient partis – lui-même remplaçait son camarade le caporal Dauriac – et il fallait attendre que ces soldats reviennent, à condition que d'ici là il n'y ait pas «quelque coup de trafalgard [sic]» qui remettrait tout en question. À la guerre on ne savait jamais rien.

Le lendemain dimanche Rigaud assista à la messe qui se disait au soleil, dans une clairière où un autel était dressé, décoré de branchages et de fleurs des prés. Il s'était glissé au premier rang, car il avait demandé à l'aumônier à l'entendre en confession tôt le matin, et il désirait communier... Il suivit les gestes de l'officiant et les paroles de la consécration avec une attention, et même une ferveur nouvelles, comme si la résolution qu'il avait prise – et qu'il avait confiée au confesseur – lui faisait découvrir à neuf des rites qu'il connaissait par cœur. Au séminaire les élèves, même jeunes, devaient servir la messe à tour de rôle – c'était un grand honneur dont une punition aurait pu les priver. Le dimanche 13, sa permission n'étant pas tombée, Pierre demanda à faire l'enfant de chœur – hélas le mauvais temps était revenu: le service dut se tenir dans un hangar bien désolé où étaient rangés des armes et des outils du Génie. La célébration n'eut pas la grâce évangélique des prés fleuris qui évoquaient dans les herbailles la simplicité des premiers chrétiens.

Le haut commandement songeait lui aussi à distraire ses troupes, autant qu'à les conduire à leur perte. Par exemple le roi d'Angleterre visita la région du 3 au 13 août – George V se rendit « au milieu de ses armées sur le front de la Somme, vivant parmi les soldats, souvent en première ligne ». Cette visite fournit quelque émulation au président de la République, M. Poincaré, lequel profita de la présence royale pour se rendre à son tour sur les lieux des combats, et déjeuner avec le souverain allié en compagnie des états-majors français et britanniques. Le repas eut lieu à Querrieu ; il comportait des œufs glacés à la russe, de la poularde rôtie, viande froide, salade, et divers desserts, mais pas de vin, le roi ayant fait le vœu de ne boire que de l'eau jusqu'à la victoire – ce qui rendit de fort mauvaise humeur le général Joffre !

Le 8 août de bon matin, le 417e quitta Proyart pour se rendre au camp 59, au sud-ouest de Marcourt où il arriva vers 8 heures. On y organisait des séances récréatives de théâtre et de café-concert destinées au délassement moral des poilus en leur désopilant la rate. Les chansons, la gaudriole, ayant la réputation de redonner de l'entrain aux soldats, les hommes eurent l'occasion d'écouter ce jour-là à domicile quelques-uns des succès de l'Olympia, le music-hall qui avait rouvert sur le boulevard des Capucines. Il s'agissait du grand amuseur Louis Boucot, venu régaler la troupe de ses fantaisies… Pour la matinée récréative, on avait dressé dans un grand pré, légèrement encaissé et limité par des bouquets d'arbres, une sorte d'estrade précaire composée de planches installées sur des tréteaux. Le chanteur évoluait là-dessus devant les hommes assis sur l'herbe ; ce « parterre » se trouvait entouré de plusieurs rangées de soldats debout.

Ce mardi, Boucot avait endossé un uniforme de tourlourou de l'ancienne mode, avec le pantalon rouge garance qui lui donnait l'air niais à ravir ; il chanta quelques-uns de ses anciens succès dans le style comique troupier que le régiment goûtait fort… Qu'il était drôle ! Il débita également l'un de ses monologues, *J'ai le téléphone*, qui fit crever de rire les soldats privés d'amusements depuis trop longtemps – les gaillards n'en croyaient pas leurs oreilles !... Boucot interpréta aussi, avec un comique achevé, un solide succès de ces dernières années qui mettait en scène deux jeunes recrues d'avant la guerre, intitulé : *Avec l'ami Bidasse*. L'artiste expliqua que c'était une chanson presque locale, puisque les protagonistes se proclamaient tous deux « natifs d'Arras » le chef-lieu du Pas-de-Calais !

Tout en chantant, le fantaisiste sauta de l'estrade pour s'engager d'une allure nonchalante parmi les pioupious assis à terre, qu'il prenait à partie, disputant l'un sur la taille de son calot dont il se coiffait de manière risible. Mimant une parodie de revue militaire, il faisait semblant d'inspecter les armes et la tenue, et sortait constamment des traits d'esprit qui tiraient des larmes de rire. « Sacré Boucot ! », disaient les types qui en pleuraient de la plus franche gaieté.

L'artiste remonta enfin sur les tréteaux pour interpréter l'une de ses chansons récentes :

« Ceci s'passait en Normandie,
Pomm' de reinette et pomm' d'api,
Je r'gardais voler les goélands
Pomme de reinette et pomm' d'Adam !

Lorsque tout à coup j'aperçi
Pomm' de reinette et pomm' d'api
Une jeune fill' tout' jeun' d'allure
Pomm' de reinette et pomm' pas mûre... »

Il coulait ainsi une quinzaine de couplets farfelus de la plus facétieuse facture dont les soldats reprenaient en chœur le deuxième vers, invités à cela par l'auteur qui frappait du pied sur les planches en tendant les bras vers eux comme un chef d'orchestre. Ce fut un admirable chahut, que conclurent des applaudissements frénétiques – Une bien joyeuse après-midi de détente !

Pris par l'ambiance générale, Pierre Rigaud s'était laissé aller plusieurs fois à rire un brin. Cet air de Paris qui venait dans la Somme lui rappelait soudain qu'il travaillait chez un notaire, lui, normalement – au fond il devrait y être, sans cette guerre atroce. Que devenait son ambition de devenir clerc ?... Oh que tout cela semblait loin à présent ! Deux années qui en paraissaient dix, au moins... Pierre se rappela le petit garni de Malakoff qu'il avait quitté à la hâte, pensant revenir quelques semaines plus tard – quelques mois, au plus, après avoir chassé l'envahisseur, et peut-être poussé une pointe à Berlin !... Il avait bientôt écrit à la propriétaire du logement pour lui demander de conserver sa valise, si elle louait à quelqu'un d'autre. Il avait récupéré ses affaires à sa première permission. – Il retrouvait maintenant, malgré lui, une mentalité de jeune séminariste, de nouveau effarouché par les « mauvaises pensées » que faisaient naître les calembours osés. Louis Boucot avait sorti des plaisanteries salées sur son propre nom, avec bouc – des jeux de mots soulignés par des gestes obscènes qui avaient fait hausser le sourcil à Pierre... Il lui fallait dorénavant envisager l'existence avec décence, du moins si elle lui était accordée, et se réfugier dans une prude chasteté que d'abord il avait refusée.

Tout à coup il éprouva un sentiment de détresse : il n'aurait peut-être pas le choix !... Et s'il allait être tué, après tout ? si Dieu le voulait ainsi ? – « Peut-être je me fais du souci pour rien », se dit-il. Cette pensée l'attrista... Cette guerre n'en finissait pas. Il murmura, comme Job sur son fumier : « Que Votre Volonté soit faite, Seigneur... » Mais cette gêne qu'il ressentait sur l'estomac pendant la séance récréative entravait son rire ; elle l'empêcha de se réjouir de bon cœur avec les autres.

Le caporal Dauriac rejoignit le régiment à Bussus, derrière Asservillers, le jeudi 17 août, sous une pluie froide qui n'avait point cessé depuis une semaine. Il était heureux, dit-il à Pierre, d'avoir vécu dix jours au loin, avec les siens qui ne pouvaient imaginer en aucune façon leurs conditions de vie dans la Somme. Le samedi, Dauriac était mort, tué au cours d'une contre-attaque au lance-flammes déclenchée par les Allemands entre Barleux et Belloy. Ce même jour, à la 1re Compagnie, le sergent Henri Masson fut blessé et évacué, ainsi que le caporal Charles Baylé et treize autres soldats.

La permission du caporal Rigaud tomba le dimanche 3 septembre, alors que le 417e retournait au repos vers Marcourt. Pierre partit le lundi par le train des permissionnaires pour débarquer le 6 après-midi à la gare du tramway au Planchat… Il faisait un beau soleil, ce qui lui paraissait surprenant. Tout, du reste, semblait étrange, alors qu'il montait à pied à Lagleygeolle : les maisons debout, avec un toit intact au-dessus, la douceur des collines, et le grand silence surtout… Un silence, dont Pierre avait oublié la profondeur paisible, seulement troublé par le grincement d'une charrette quelque part, et les appels de l'homme pour faire avancer les vaches attelées « HA !… HA !… » Un chien aboyait dans un bois… À part ça, on entendait des oiseaux, plein d'oiseaux, et le bruit des pas sur la route.

Il rencontra des gens du Bouix qui lui donnèrent les nouvelles – celle qu'il ne savait pas : le fils Arfeuil avait été tué ! Les parents avaient reçu l'avis de sa mort il y avait un peu plus de quinze jours de ça – les pauvres gens étaient aux cent coups… La Marie en était tombée malade, c'était la jeune Julia qui tenait la boutique. *Lo faure* se murait dans un silence brutal, il ne parlait plus à personne… Quel chagrin dans le bourg ! On disait que M. Bordas, l'instituteur, en avait pleuré en recevant l'avis de décès à la mairie. Un jeune homme si prometteur, si savant !… On demanda à Pierre si lui, ça allait ? S'il n'était pas blessé, ni rien ? Et l'on parla de son beau-frère Jean, qui intéressait particulièrement les gens du Bouix parmi lesquels il avait grandi… On le disait sérieusement malade, mais pas mortellement.

Au Poujol, sur la colline, on ne l'attendait pas de sitôt. Sa lettre, partie dimanche, n'avait pas eu le temps d'arriver… Quand il se présenta devant la maison, la vieille chienne qui aboyait en le voyant approcher le reconnut tout à coup et se précipita sur lui pour lui faire fête ! Les parents étaient dans les terres, sa sœur Mélanie, sortie sur le pas de la porte au bruit de la chienne, eut le souffle coupé, de joie et de surprise.

– *Oh la ièu !...*, répétait-elle, les deux mains sur la poitrine, *Qu'òï tu ? Mon Dièu qu'òï tu !...*

Pierre la serra contre lui – la jeune femme, qui pleurait de contentement, avait du mal à se calmer... Il eut l'impression désagréable d'apparaître comme un fantôme. En traversant le bourg il n'avait vu personne – les gens étaient aux champs – mais il avait poussé la porte de l'église, et était entré dire une courte action de grâces devant le grand vitrail au Cœur de Jésus. Avec sa sœur il se mit à rire en pensant au veau gras que l'on tuait dans la tradition biblique, et demanda en s'amusant des nouvelles des veaux. Justement il y en avait un bon à vendre, dit Mélanie : il serait pour la foire de Sainte-Croix.

Bien vite Pierre dut s'arracher aux étreintes : il se savait pouilleux ; il ne voulait pas infecter sa sœur et toute la maisonnée. Le plus urgent, avant même le retour des parents, était de changer entièrement de linge, et de mettre tout à bouillir dans une grande lessiveuse. En même temps il fallait se laver, et se frotter partout avec de l'eau-de-vie de marc que Mélanie lui donna ; seul dans la chambre à se frictionner, il en but une rasade pour la goûter, vérifier qu'elle était assez forte pour détruire la vermine !...

Les jours passèrent comme la rosée. La vote, qui tombait le 8 septembre fut évidemment annulée ! Des deux conscrits de la classe 16, Arfeuil et Laguillaumie, l'un était mort et l'autre au front. Le curé dédia d'ailleurs la messe de la Vierge aux défunts, « victimes de leur devoir de Français », et particulièrement au dernier des disparus – « *nòstre veïsi e sos monde* », précisa-t-il (notre voisin et sa famille) – un garçon si instruit qui faisait l'honneur de notre commune. Au moment de l'Élévation, Pierre éprouva une sorte de malaise, une angoisse plutôt – il lui sembla, par une conviction intime, irraisonnée, qu'il assistait à sa dernière messe ici, dans la petite église[1]... C'était un sentiment mal défini, mais oppressant, qui l'attrista au point de lui faire venir des larmes. Au moment où le vieux Goudriat, de dos, tout voûté, sanctifiait le pain et le vin, Pierre pleura, irrésistiblement, comme si la Passion du Christ était l'annonce d'un grand malheur. Tête baissée pour la prosternation, il vit deux larmes tomber sur la dalle grise du sol... Lorsqu'il releva les yeux vers le Cœur de Jésus resplendissant dans le vitrail du fond traversé par un rayon de soleil, il se dit qu'il ne reviendrait pas de la guerre, qu'il serait tué là-bas, comme Antoine Arfeuil. La nuit dernière il avait eu son cauchemar, toujours le même depuis quelque temps : il recevait un coup violent sur la mâchoire, c'était la boule blanche de ce méchant fémur qui le frappait. Il avait très mal aux dents, et l'os se changeait en un gros œil sans paupières, terrible, avec un iris rougeâtre qui le fixait. Pierre hurlait, ça le réveillait... Ses parents le trouvaient tourmenté : « *Es tormentat*, disait son père, *qu'oï la batalha* (c'est la bataille). »

En allant communier, l'idée de fuir lui traversa l'esprit. Au lieu de retourner au front, il devrait s'enfuir dans un pays étranger – gagner l'Espagne, par exemple, qui n'était pas si loin, et qui ne faisait la guerre à personne. Déserter ! Le mot s'imposa... On fusillait les déserteurs. Mais s'il partait tout de suite, aujourd'hui même, mettons demain matin, il serait loin avant que son congé officiel ne s'achève !... Comment passer la frontière, aussi ? Où ? Il fallait sûrement un laissez-passer pour voyager – un passeport !... C'était un rêve. Il eut honte d'une velléité aussi lâche. Le prêtre lui présenta l'hostie d'une main tavelée de brun par l'âge et qui tremblotait légèrement : « Que votre volonté soit faite », pensa Pierre. Il se signa au nom du Père, du Fils, et du Saint-Esprit, afin de chasser cette idée diabolique – un accès de folie.

Pourtant il sentait un vide étrange en lui – il sentait se

1. C'est elle qui donne son nom à la commune : *l'egleisa*, « l'église », a pour diminutif *l'egleizolle*, « la petite église », transformé par agglutination en Lagleygeolle.

détacher de lui les choses et les gens. À table, il mangeait peu, et encore en se forçant pour faire plaisir à sa mère et à sa sœur.

– *Qu'oï pas bon ?* (Ce n'est pas bon) demandaient, en le voyant chipoter, les pauvres femmes qui se mettaient en quatre pour lui mijoter ce qu'il aimait naguère : de la *farcidure** et du petit salé.

– *Si, si !...*, protestait-il. *Qu'oï bien bon* (c'est très savoureux).

Il avait l'estomac noué, voilà... Ça ne voulait pas descendre :

– *Quò vòl pas davalar...*

Mélanie disait qu'il était pareil que Jean qu'il fallait forcer à se nourrir. Il se serait laissé mourir, Jean, si les infirmières ne l'obligeaient à manger, à Périgueux. Mais c'était à cause de sa blessure, le « choc nerveux ».

Pierre avait envie de dire que Jean, après tout, avait une blessure salvatrice qui le tenait éloigné des shrapnells et des baïonnettes. Lui, il était blessé à l'intérieur. Il sentait d'ailleurs des douleurs subites qui lui traversaient tout le corps, de bas en haut, un élancement électrique très bref qui le faisait frissonner des pieds à la tête, puis s'effaçait...

Le troisième jour il leur avoua qu'il serait prêtre. Il leur parla, le soir, du serment fait à Dieu dans la bataille, et son père comprit qu'il avait vu juste : son fils avait du tourment. Pierre pleura – il pleurait à présent pour un oui pour un non. Les femmes pleuraient avec lui quand il disait : « *Tornaraï pas !* » (je ne reviendrai pas). Elles protestaient, la mère et la fille, avec des soupirs, des *Oh la ièu !* qu'elles poussaient en joignant les mains.

– *Que dises atsi ?* faisait le père d'un ton de reproche (que dis-tu là).

Il ne fallait pas ainsi alarmer les femmes... Pierre insistait pourtant, dans un grand désespoir qu'il ne cherchait plus à contrôler :

– Non, je ne reviendrai pas cette fois, je le sais ! *Vos tornaraï pas veïre.* (Je ne vous verrai plus.)

C'était dur. Le pauvre garçon n'avait plus aucun courage.

Ce désespoir l'aida le lendemain à affronter le chagrin d'Anna. Elle habitait l'extrémité opposée du bourg ; sa maison donnait sur un petit espace qui faisait cul-de-sac derrière l'auberge de Laguillaumie. Ils s'écrivaient, mais il n'y « rentrait » pas – « rentrer », être reçu dans la famille, était alors la marque des préfiançailles. Les choses n'en étaient point là, du moins officiellement, il n'était heureusement qu'un soupirant assidu, mais non ouvertement déclaré pour l'entourage. Cette situation ne facilitait pas les rencontres ; heureusement que la mère d'Anna possédait deux chèvres que la jeune fille pouvait faire paître le long des chemins ; elle prenait exprès la route qui passait juste au-dessous du Poujol, de sorte à être vue, ce qui était une invite commode à la conversation fortuite…

Pierre lui répéta son attachement, et lui exposa ses craintes de ne pas revenir d'une guerre dure dont on ne pouvait pas prévoir la fin. Tout en aidant à empêcher les chèvres de se dresser contre un prunier bas, il supplia Anna de ne fonder aucun espoir sur les projets qu'ils avaient forgés ensemble – mais il n'osa pas lui parler de son engagement religieux. La jeune fille, encore bouleversée par la mort d'Arfeuil, ressentit toute la panique qui motivait ce retrait, et en conçut une profonde tristesse.

La première semaine Rigaud s'était rendu à Merlette, pour faire visite à Pierre Rouchon que l'on disait mal en point, très amoindri depuis son retour du front… Il le trouva dehors, au soleil, mais vêtu de son grand manteau de cocher renforcé aux épaules par une pèlerine flottante. Rouchon avait froid tout le temps, même au soleil – et il toussait lugubrement. Il était maigre, le visage cireux ; il avait l'air épuisé, et si triste ! Mais il se montra heureux de revoir Pierre, son cadet de onze ans… Il raconta les gaz le long du canal de l'Yser, comment ils lui avaient rongé les poumons – et entre deux quintes de toux, comment les autorités militaires, en le réformant, avaient refusé de le reconnaître pour invalide de guerre !

Pierre fut reçu dans la maisonnette perchée qui domine la vallée, avec toute l'émotion que commandaient les circonstances. La famille était la plus durement éprouvée de la commune – un triste privilège qu'elle partageait avec les Dumond. Léon disparu – ce cher Léon, si vif, si aimable ! Caporal lui aussi !… Et Antonin depuis le printemps… L'Antoinette pleurait. L'Angéline servit à boire, et une petite *colation* de pain et de pâté froid… Elle avait perdu son mari, le père de sa fillette, et même son beau-frère, le pauvre Joseph dont on ne parlait plus car il avait été le premier à partir !

Les deux hommes évoquèrent ce jour de printemps, « Tu te souviens ? », à Enghien, avant la guerre, où le bonheur leur souriait autour du lac… Où étaient-ils à présent l'espoir de leur vie montante, l'aisance et l'insouciance des propos ? Où était l'amour ? Ils se souvenaient des rosiers en fleur sur la berge, et de Dominique leur faisant visiter le casino. Un autre monde, disparu, une autre vie… Dominique à présent blessé, malade, peut-être incurable – Julienne allait le voir tous les jours au Val-de-Grâce, et faisait ce qu'elle pouvait pour lui redonner de l'entrain. En attendant, disait Rouchon, il ne risquait pas sa peau, c'était toujours un avantage…

Pourtant la maison palpitait de vie avec les enfants : Julienne avait emmené ses deux garçonnets chez sa mère durant l'été, de sorte à avoir du temps libre pour s'occuper de son mari. Il y avait là le petit Pierre, qui venait d'avoir cinq ans – un garçon espiègle qui gazouillait comme un ange, ce qui ravissait son parrain. Le petit frère Jacquot trottait fort bien en compagnie de leur petite cousine, la fille du pauvre Antonin Dumond, qui ne connaîtrait jamais son père. Ces enfants apportaient de la douceur dans la demeure où Julienne, avant de repartir à Paris, avait laissé quelque argent pour les besoins de cette maisonnée aux maigres ressources – elle était aisée, grâce au petit pactole amassé avant-guerre par son mari caissier.

Pierre Rigaud quitta la famille à regret ; Pierre Rouchon lui souhaita bonne chance pour son retour au front, et que la guerre finisse vite, d'une façon ou d'une autre. Il eut une quinte de toux qui lui crispa atrocement le visage :

– Je suis foutu, mon pauvre vieux ! dit-il en reprenant

une respiration sifflante qui provoquait un gargouillis dans sa poitrine. Tu risques de ne pas me revoir.

Il resta longtemps à tenir sa main devant la maison tandis que des vapeurs bleutées couraient dans la vallée ; il remercia de la visite avec l'émotion des adieux, et l'amitié que l'on témoigne à un petit frère.

La permission se terminait le 14 au soir – le jour de la foire de Sainte-Croix – il suffisait de faire tamponner la feuille en fin d'après-midi à la gare de départ, en l'occurrence Brive. Il fut donc décidé que Pierre partirait directement de Meyssac par le tramway, après avoir assisté à cette foire, l'événement de l'année.

Sainte-Croix, dans toutes les fermes du canton, se préparait la veille : les vaches à vendre, les veaux étaient choisis et lustrés, les moutons, les cochons et même les ânes – du moins les ânons s'il y en avait – étaient sélectionnés et décrottés... La volaille née au printemps, les poulets surtout, les dindons s'attachaient par les pattes avec des bouts de tissus usagés, car le lendemain il faudrait partir à la pique du jour pour descendre à Meyssac, au pas de l'âne ou d'une paire de vaches attelées. Si le bétail adulte, vaches et moutons, voyageait *pedibus cum jambis*, poussé par les uns, tiré par les autres aux premières lueurs de l'aube, il n'en était pas de même pour les bêtes jeunes. On avait des égards mercantiles pour le veau de lait nourri dans l'obscurité de l'étable – il devait être apporté devant le boucher, qui le voulait « blanc », sur une charrette. On l'enfermait par sécurité dans une cage en bois qui le protégeait de tout caprice durant le voyage. De même les portées de petits cochons roses (mais plus souvent noir et rose) circulaient en charrette, ou bien, s'ils n'étaient pas nombreux, à l'arrière du char à banc. Chez les paysans suffisamment aisés – trois ou quatre dans notre commune, on circulait avec la grande carriole à deux essieux tirée par un cheval, sur laquelle on entassait alors la production des voisins et amis.

Le matin de Sainte-Croix connaissait un exode, un grand déplacement de population qui affluait au chef-lieu de canton; seules les très vieilles personnes restaient ce jour-là à garder la maison, avec aussi les très jeunes nourrissons qu'on ne pouvait pas transporter sans risques, et bien sûr les malades alités qui n'étaient pas parvenus à guérir pour le 14 septembre… Au déclin de l'été, les femmes trouvaient toujours quelque chose à porter vendre: une douzaine d'œufs ou quelques paires de poulets, des lapins apeurés transportés dans des paniers d'osier noir à deux couvercles. Il y avait les chèvres, les chevreaux, les canards et les oisons… Faute d'animaux, elles apportaient des légumes de leur jardin, et les plus beaux fruits de la saison.

Et puis même sans rien, sans même la possibilité d'acheter, on allait à cette foire grandiose. C'était un rite, un pèlerinage annuel où l'on avait l'occasion de rencontrer la parenté disséminée dans les communes avoisinantes, les oncles lointains, les tantes mal mariées, les parrains, les marraines, les cousins de partout, du premier, deuxième et troisième degré!… En septembre l'école n'avait pas encore commencé: on y conduisait les enfants excités par le remue-ménage, émerveillés par tant de monde à la fois, par les cris, la cohue, les étalages.

En revanche, Pierre Rigaud n'avait jamais vu autant de femmes en noir dans la foule, ni autant d'hommes qui portaient un brassard de crêpe noir au bras gauche; cela faisait l'effet d'une énorme famille en deuil d'un défunt étonnamment révéré. L'intensité sonore de la foire en paraissait amoindrie par comparaison avec d'autres années – les éclats de voix, dans ces marques d'affliction collective, étaient retenus. Même sur le foirail des bestiaux, à part le beuglement des bêtes semblable à lui-même, l'entrain vocal manquait parmi les hommes en blouse, tous vieux, où se mêlaient quelques uniformes bleu horizon de permissionnaires ou de convalescents.

Pierre aida son père à décharger le veau de la charrette, et à l'amener, en lui tordant la queue pour l'obliger à avancer, le long de la barre de fer où ils l'attachèrent avec les autres au bout d'un *courdil**. Ensuite il délia les vaches, rangea le joug (il fallait prendre garde aux *juilles**, les courroies de cuir qui risquaient d'être chapardées), conduisit les bêtes à une étable d'auberge où on leur donna du foin. Cela fait, il entreprit un tour de foire pour juger de l'affluence et de la variété des marchandises proposées.

Cette visite des différents foirails – aux cochons, aux ânes – le sortait de lui-même. Il en oubliait qu'il portait l'uniforme, qu'il repartait dans quelques heures. Quand cette pensée lui venait, il la chassait pour demander un prix, estimer le poids d'une bête au juger – on disait « à l'œil », et comparer avec ce qu'en disait le vendeur. Au foirail de la volaille, sur la place enclose de maisons derrière la mairie, il tomba nez à nez avec Fontourcy de l'Estrade, lui aussi en permission. Avec son allure dégingandée, Louis n'avait pas l'air de se biler ; c'était une apparence... Il repartait le lendemain, et ça ne le faisait pas rire.

Il se résignait :

– *Que vòles far !...* (qu'est-ce que tu veux). On y peut rien...

Là où il était, dans la Marne, l'été avait été dur – dans la boue jusqu'aux yeux. Son régiment, le 50e d'Infanterie, se trouvait dans le secteur appelé « Maisons-en-Champagne », au nord de Suippes et de Mesnil-les-Hurlus... On leur promettait la fin de cette guerre depuis tellement longtemps qu'il se demandait quand ça pourrait bien s'arrêter !

Pierre se montra surpris : Louis Fontourcy, de la classe 99, était un vieux, en somme – pourquoi diable n'avait-il pas été versé dans un régiment de Territoriaux ? Les « terribles Toriaux » (disait-on pour rire) allaient dans les tranchées, en occupation, surtout en deuxième ligne, mais au moins ils ne montaient pas encore à l'assaut à cette époque-là.

– Comment cela se fait-il que tu ne sois pas chez les Pépères ?

– Je te sais !... Ils l'arrangent bien comme ils veulent !

En réalité il avait commencé la guerre au 95e Régiment Territorial, avec Jean Soustre, et des tas d'autres types de son âge. Seulement voilà ! Au printemps de 1915, suite à la terrible saignée, l'armée s'était mise à recruter partout : lui, grand et costaud, célibataire et sans enfant, avait été passé au 94e de Ligne ; et après, ailleurs…

– Le Jeannot Soustre, je sais pas… Peut-être ils l'ont trouvé trop maigre, il est resté territorial. Le bon Pépère !

Fontourcy rigolait, fataliste :

– Moi, je crois que c'est surtout de la chance.

En tout cas, il se trouvait bel et bien au 50e d'Infanterie depuis neuf mois.

– *Quò tir' en laï*… (Ça continue), fit-il en soulevant ses grands bras qui retombèrent le long de ses cuisses. Faut pas chercher à comprendre !

Ils entrèrent au café, chez Meyssignac devant l'église. Pour sceller cette rencontre de permissionnaires, le jeune et l'ancien, mieux valait boire un verre. Tant qu'on avait une bouche pour le faire, il fallait pas s'en priver, pensait Louis qui n'oubliait pas avoir passé presque un an en Algérie où il faisait soif que le Diable, autrefois.

– Jamais plus nous ne boirons si jeunes !

À l'auberge, des hommes de Lagleygeolle déjà attablés pour le casse-croûte voulurent à toute force « payer le coup » à leurs soldats… La guerre, la guerre !… La commune n'était pas épargnée : au Bouix, à Pouch, à Laubas, à Antignac – et au bourg à présent… Le petit Arfeuil, quelle pitié !… Il y eut un bref silence lourd – les pauvres gens…

– *Quò faï pieta*, disaient les hommes de Lagleygeolle.

Il paraît que *lo faure* avait refusé de venir à la foire tellement ils avaient du chagrin… Ne pas venir à Sainte-Croix, lui, c'était le signe d'une grande blessure.

– *Per mon arma !*… (Ça oui alors.)

Louis Fontourcy donna des nouvelles du cousin d'Arfeuil, le petit Auguste Chassaing d'Antignac. Ils étaient au même endroit tous les deux, depuis très récemment. Auguste venait d'arriver dans son secteur, à Maisons-en-Champagne, quinze jours avant qu'il parte en permission. C'est le petit qui l'avait reconnu, alors qu'ils étaient au bivouac, en réserve. Auguste, complètement bouleversé de trouver quelqu'un de Lagleygeolle ! Il s'ennuyait tellement !… Et alors, à peine arrivé là, il avait reçu une lettre de ses parents qui lui disaient pour Antoine Arfeuil. Ça lui avait fait un choc terrible, au jeune. Il avait vingt ans lui aussi, la disparition de son cousin le mettait au désespoir.

Au bistrot ils parlèrent des uns et des autres. La patronne, la Marguerite, se démenait entre la cuisine et la salle basse qui bruissait comme un *bournat*. Elle apportait les bouteilles, les pâtés froids et les *grillous**, la soupe pour le chabrot, la *paschàda**… Elle était jeune alors, la Marguerite, vive comme l'éclair. Et toujours contente :

– *Quò vèn, quò vèn !* criait-elle aux impatients (Ça vient.) Elle riait, comme la Madelon de la chanson – mais elle n'avait pas quatre bras, tout de même.

– *Passas pas pèna, 'n'y aurò per tot lo monde.* (Il y en aura pour tout le monde, ne vous inquiétez pas.)

Elle avait du mérite, toute seule, avec ses deux enfants petits – la plus jeune avait deux ans – et Meyssignac à la guerre !… Ils parlèrent de Meyssignac, qui était au même régiment que Rigaud de Pouch et Michel Manimont. Ils se voyaient – surtout que Jean Rigaud était sergent-fourrier et Meyssignac cuisinier d'une compagnie, alors vous pensez bien, si ça fricotait ensemble !… Le bougre de Meyssignac s'en faisait pas, il soignait les officiers à la mode, il paraît. Ça lui évitait de participer aux assauts… Mais sa femme, alors, pardon ! C'était pas une feignante ! Quel âge avait-elle ? – Pas tout à fait trente ans ! À Sainte-Croix, elle prenait une jeune fille pour l'aider à servir, mais pas trop dégourdie sans doute, la pauvre – Marguerite était obligée de la commander, et de tout calculer dans sa tête.

Pierre, cette ambiance de bonne humeur familière lui faisait du bien. Il regardait sa montre : il restait du temps ! La matinée ne passait pas trop vite, allons… Quelqu'un parla de cette jeune fille de Collonges, de chez les Poignet, derrière l'église, qui avait voulu se suicider en apprenant que son fiancé avait été tué sur le front… C'était arrivé la semaine d'avant, il s'en parlait dans la foire ! La pauvre garce était si malheureuse qu'elle s'était arrosée d'essence et avait mis le feu après elle – Une torche vivante !… Elle est allée faire ce *lanc** dans les vignes, derrière le château du Martret. Un voisin l'a vue et l'a roulée à terre pour l'éteindre – mais elle était brûlée à un point que Faiges, le médecin, avait dit que sans doute elle ne survivrait pas.

Le désespoir de cette pauvre fille faisait hocher la tête aux hommes – la Marguerite, qui saisissait au vol les conversations et connaissait un peu cette Marie-Louise Poignet, dit que c'était un drame bien affreux car elle était jolie comme un cœur... Maintenant si Dieu voulait qu'elle vive, elle serait défigurée[1].

En marchant vers la gare du tramway, sur la route de Collonges, Pierre Rigaud ne pouvait pas chasser la jeune fille de son esprit. Il l'imaginait cherchant de l'essence – mais où avait-elle trouvé ce produit inflammable dont on se servait pour faire marcher les automobiles ?... Et puis le geste fatal de l'allumette. La malheureuse ! Qu'est-ce qu'elle devait l'aimer son galant ! À voir mourir tant de camarades depuis deux ans, Pierre n'avait guère pensé à ceux à qui ils manquaient à l'arrière. Le prolongement de leur mort était là pourtant, dans le sacrifice humain de cette amoureuse...

Le père et la mère Rigaud l'accompagnèrent, avec Mélanie, jusqu'à l'arrêt du tortillard. À voir pleurer sa mère et sa sœur, Pierre se sentit à la fois vide et terrorisé. C'était dur de se séparer maintenant, avec les idées noires qui l'assaillaient. Sa peur monta tout à coup, il leur dit :

– Si jamais je ne reviens pas... *Non, laissas me parlar !* Si je suis tué, je voudrais...

– Tais-toi, Pierre..., geignait Mélanie.

– Je voudrais être enterré à Lagleygeolle avec vous autres, dans le cimetière.

Ce furent des larmes, des cris protestants... Pierre pleurait aussi à présent – son père, un peu.

1. En réalité la pauvre enfant mourut dans les premiers jours d'octobre 1916.

– Promettez-moi de faire ramener mon corps.

Terribles adieux ! Affreuse promesse !… Mais ils dirent « oui » pour le rassurer, au dernier moment… Le tramway était arrivé ; Raynal l'employé qui connaissait Lagleygeolle, et qui en voyait beaucoup des familles éplorées en fin de permission, tâchait de hâter la manœuvre. Il tranchait dans les effusions :

– Allez, pauvre monde, il faut partir…

Le wagon était plein de gens de la foire qui s'en revenaient à Noailhac, à Turenne. Raynal attendait pour fermer la portière. C'était Caron au bord du fleuve, cet homme en blouse bleue… Le passeur intraitable ! Pierre monta à l'arrière du wagon bondé : il regarda tant qu'il le put sa petite mère en coiffe rapetisser dans la distance, et Mélanie, à côté d'elle, qui agitait un mouchoir blanc…

Ce fut dans ces circonstances que Pierre Rigaud retourna aux enfers dans la boucle de la Somme.

XXIV

Pierre retourna dans l'enfer la nuit du 18 au 19 septembre 1916, à la relève, très péniblement, dans une boue collante jusqu'aux mollets, à l'est de Berny-en-Santerre; ce jour-là la première ligne allemande venait d'être repoussée d'environ trois cents mètres au-delà de Berny. Le 1er Bataillon du 417e occupait donc les anciennes tranchées allemandes – ce qui en restait – ainsi que le boyau «Zigomar» et s'appliquait activement à les restaurer, travail d'égoutiers privés de cuissardes et arrosés d'obus. Le 20 septembre il y eut 1 tué à la 1re Compagnie, et 1 blessé; le 21, 1 tué, Eugène Boutier à la 1re, et 2 tués à la 2e Compagnie; le 22, 3 tués et 6 blessés à la 1re Compagnie. Le soir, la moitié du bataillon fut relevée, l'autre dans la nuit du 23 au 24 septembre, tellement les conditions étaient difficiles, et lente la progression dans les boyaux.

Ils reviendront pour la relève, dans la nuit du 30 septembre au 1er octobre, par un temps de chien. Le 1er Bataillon releva un bataillon du 352e Régiment d'Infanterie sur la droite du secteur de Berny, jusqu'à 4 heures du matin, sous la pluie battante. Du 2 au 9 octobre, il y eut beaucoup de tués et de blessés – le 7, à la 1re Compagnie, l'adjudant Jean Beyssy et le soldat Raymond Bérard, tués; Jean Laporte et Firmin Lacaze blessés. Le 8 octobre il y eut un seul tué à la compagnie: Marius Lebé...

Dans cet enfer-là, ce ne sont plus des hommes qui se déplacent et qu'on tue: ce sont des blocs de boue. Une boue tenace qui les couvre jusqu'aux cheveux, sur les casques, jusqu'aux mains qui ne peuvent plus rien tenir qu'un fusil boueux, tant elles sont grasses – de la boue jusqu'aux yeux qu'ils ne peuvent pas se frotter avec leurs doigts pleins de cette merde. Ni se rouler une cigarette sans que le papier soit collant de boue – ni se moucher avec le pouce sans que le nez garde une empreinte noire... Quand les corvées leur apportent à manger, hasardeusement, comme à des bêtes parquées et affamées, la soupe contient de la boue, les boules de pain sont tachées de boue, et chaque bouchée en prend des traces: ils mangent de la boue. Un chroniqueur écrivait: «La boue est vilaine; elle a la couleur, l'odeur, et la laideur du Boche.» Même les éclats d'obus qui pénétraient la chair étaient maculés de boue!

Enfin, lorsque ces blocs boueux avancent vers les lignes ennemies, ils voient ceci, noté par un capitaine anglais au nord de la Somme – mais parfaitement transposable au sud: «Boue liquide, épaisse et noire, trous d'obus pleins d'eau, corps disséminés à tous les stades de décomposition, certains dépourvus de chair, certains gonflés et noirs, certains récents, couchés comme s'ils dormaient. Nos tranchées ne sont rien moins que des trous d'obus jointifs avec 30 centimètres d'eau sur 30 centimètres de boue.» Du reste les bandes molletières n'étaient que des bottes de boue que les gars raclaient au couteau de temps en temps pour s'alléger – dans certaines unités les soldats avaient coupé leur capote au-dessous de la taille parce que, pleines de boue, elles étaient trop lourdes à porter et entravaient la marche.

Quant aux blessés, les brancardiers qui pataugent, qui glissent, qui s'étalent avec leur fardeau, qui ne peuvent plus circuler dans les tranchées impraticables, les brancardiers les traînent parfois dans la boue, comme ce prêtre costaud qui raconte: «Je pense à celui que je portais sur mon dos dans un boyau où je pataugeais dans quarante centimètres d'eau sale, son pied déchiré par un éclat d'obus traînant derrière moi dans la fange!»

On ne doit pas penser à 14-18 sans évoquer la boue – mon père disait «la gadoue». À Péronne, le très intéressant musée qu'ils ont construit dans le château n'a qu'un défaut il me semble: il est un peu sec. À mon avis l'endroit devrait comporter un accessoire supplémentaire : un long baquet plein de vase locale bien molle que les visiteurs seraient contraints de traverser… pour ressortir, avec leurs chaussures, leurs pantalons collant dans le bas. Pour mieux saisir, de l'intérieur, la guerre de 14, il faudrait ramper dans la boue…

En tout cas la grande offensive de la Xe Armée au sud de la Somme le 10 octobre 1916, par le général Micheler, partait de Berny-en-Santerre jusqu'à Chaulnes, avec pour objectif immédiat Genermont et Ablaincourt. À l'origine elle avait été prévue le 5, mais avait dû être reportée après quatre jours de pluie diluvienne ! Le 1er Bataillon devait attaquer le petit bois situé à cinq cents mètres à l'est de Berny – la 1re Compagnie faisant partie des premières vagues d'assaut. Le bois lui-même n'était plus que le souvenir des arbres, après une « longue » préparation d'artillerie. La canonnade n'avait laissé que des trous entre lesquels se dressaient pour mémoire quelques souches broyées. Mais le petit bois de Berny-en-Santerre se trouvait légèrement surélevé par rapport aux champs uniformément plats d'alentour, et il fallait courir sous le tir de barrage allemand. Le caporal Rigaud emmenait son escouade en courant, un obus percuta le sol boueux ; Rigaud tomba raide – la prémonition venait de se réaliser.

Selon les témoins, Pierre mourut sur le coup, sans souffrir. Mais les compagnons de ces mauvais jours disaient toujours la même chose aux familles, par charité, par pudeur – peut-être pour ne pas trop se faire haïr, eux survivants. Jamais on n'a divulgué à des parents affligés que leur gars, perdant son sang par une plaie ouverte, avait crié au secours toute une nuit dans les barbelés ! Toujours le messager a rapporté qu'Hector avait été étendu raide par le javelot d'Achille, sans dire ouf, ni merde ni rien, en grec ancien... C'est une tradition : faire mouche ! Ne pas avoir le temps des douleurs... En l'occurrence nous eûmes deux récits convergents de la mort de Pierre, apparemment indépendants.

D'abord François Monteil, de Laubas, soldat de 1re classe, dit « François de chez le Parisien », courait à l'assaut du bois rasé dans une autre escouade, appartenant au 165e Régiment d'Infanterie. Cet homme a toujours dit avoir vu tomber Rigaud, et s'être précipité vers lui sous le tir de barrage. Il était mort d'un seul coup. La tradition de famille veut qu'un garçon de Chauffour, Jean Aussine de Fradasse, ait récupéré sa montre, sa belle montre en argent avec la chaîne, dans son gilet ; il l'aurait rapportée au Poujol lors de sa première permission. Il aurait dit alors : « Pierre est tombé à côté de moi, il n'a pas souffert. » Aussine connaissait l'endroit précis où Pierre fut enterré, plus tard il servira de guide vers sa tombe.

Une chose paraît bizarre : il est douteux qu'en pleine attaque, sous un tir de barrage nourri et effrayant, des compagnons se soient arrêtés suffisamment longtemps auprès du camarade tombé dans le *no man's land* pour dégrafer la chaîne et retirer sa montre dans une boue épaisse, avec les doigts englués... Il me semble plutôt qu'ils auraient filé vers la tranchée la plus proche, celle que l'on attaquait, pour s'y mettre à l'abri. À la rigueur il est possible, ou même vraisemblable, que Jean Aussine ait participé à l'ensevelissement de son copain, le soir ou le lendemain. Qu'il ait, à cette funèbre occasion, soustrait la montre en argent à laquelle Pierre tenait tant, cela paraît tout à fait raisonnable. Le compagnon fidèle l'aura ramenée à la maison où elle joua le rôle merveilleux que je raconterai plus tard… Enfin Pierre était mort, ainsi qu'il l'avait annoncé. On peut dire qu'il « l'avait vu venir » ce moment redoutable ! Il l'avait presque organisé d'avance. Restait à en faire l'annonce, boucler la boucle du destin.

En cette année 1916, les vendanges furent tardives. Le mauvais temps de l'été avait empêché le raisin de mûrir. Les grains pourrissaient sous les feuilles jaunissantes, et l'on attendait un rayon de soleil qui essuierait les ceps pour récolter ce qui pouvait être sauvé… Le 26 octobre, enfin, comme il avait fait beau pendant quatre ou cinq jours, les gens d'Antignac se trouvaient dans la vigne de chez Bourdet, sur le flanc de la colline qui fait face au bourg. Mathurin était à la guerre, les femmes avaient fait un *emprunt** cette journée-là, un jeudi, de sorte que les enfants pouvaient participer à la cueillette sans manquer l'école. Bien que le raisin ne fût pas beau, qu'il s'égrenât dès qu'on voulait couper la grappe – il fallait ramasser les grains par terre – cela ferait du vin ; une piquette âcre, sûrement, mais le breuvage de la famille pour un an. Il régnait dans l'équipe des vendangeurs une certaine gaieté propre à toute cueillette.

Tout à coup les vendangeuses et les vendangeurs dressèrent l'oreille : on entendait des cris, des appels stridents portés par le souffle de l'air… La vigne tout entière se redressa, les mains aux hanches : « *Que qu'oï ?…* » Les cris venaient d'en face, ils glissaient au-dessus des bois dans ce silence particulier de l'air immobile aux beaux jours d'automne.

Cela partait sur la gauche du bourg, nettement, on localisa bien vite les appels au Poujol, sur la colline ronde. Des hurlements de femme traversaient le vallon, aigus comme ceux d'une bête blessée !… Ces cris-là d'habitude retentissaient lorsqu'un accident grave survenait, ou des circonstances tragiques comme un incendie – ils alertaient le monde qui, lâchant l'outil, accourait au secours… Il n'y avait pas de fumée sur le mamelon – les cris redoublaient. Les jeunes détalèrent de la vigne d'un seul coup, lestes, lestes, dégringolant la pente pour franchir la route d'un bond et remonter frénétiquement l'autre versant à travers bois... Albert Theillol le racontait – il était jeune à l'époque mais il se souvenait bien. En cinq ou six minutes, huit au plus, la petite escouade eut franchi le kilomètre qui la séparait du Poujol.

Là, devant la maison basse que l'on a démolie depuis, la mère Rigaud, la pauvre Françoise, criait à s'en rompre les cordes du cou... On venait de lui faire savoir la mort de Pierre – la mort prévue et crainte, la mort qu'il avait annoncée. Elle se roulait par terre, et nul ne pouvait l'empêcher quand de ses mains elle arrachait ses cheveux blancs défaits ! – C'est Albert qui raconta la scène plus tard – il la raconta longtemps, tant qu'il y eut des gens vivants qui avaient connu la Françoise... Cette petite femme, grosse comme le poing, qui s'enduisait de poussière faisait pitié à voir. Elle gémissait, puis poussait de longs sanglots de fureur et appelait la mort sur elle :

– *Mon Dièu, mon Dièu, que siastias mòrta !* (Faites-moi mourir, mon Dieu.)

Sa fille Mélanie, tout en pleurs, tâchait de la calmer, à petits cris de malheur, mais en vain... La mère se tordait, s'épuisait, griffait le sol, que son fils était mort au loin, son cher et seul fils ! La douleur était trop forte... D'autres gens arrivaient, essoufflés, qui avaient entendu les cris. Des femmes du bourg faisaient cercle en joignant leurs lamentations aux siennes, leurs larmes. Les sanglots de la foule qui disait « *O la ièu !* » répondaient aux siens et entamaient le deuil de Pierre.

J'ai vu des mères se lamenter sur le corps de leur enfant détruit – l'une surtout, un triste jour d'été, lavait le corps de son fils aîné, un beau garçon de vingt ans grand et fort que la Loire avait gonflé, bleui, et recouvert de sable. Elle lui disait, glissant l'éponge sur sa peau nue : « Tu es beau, mon fils ! Tu es beau ! » Elle répétait cela – et c'était insoutenable – inlassablement, à son gars étendu mort sur la table de la cuisine où les pompiers l'avaient déposé. Je revois bien la grosse éponge de ménage dont elle lui caressait la poitrine : « Tu es beau ! » – Et c'était vrai... Hécube aussi dans ses interminables plaintes dit à Hector terrassé : « Les dieux t'aimaient, et maintenant encore en ton fatal trépas ils prennent soin de toi. » C'est une planche de consolation… Mais ces mères de 14, privées de tout, frustrées d'une dernière toilette à l'enfant bien-aimé, leur douleur battait creux, butait sur le néant, comme les mâchoires de la chienne blessée qui mord le vide.

XXV

Ce fut le vendredi 9 mars 1917 que les choses commencèrent à se gâter dans la vaste et vieille Russie des tsars. La grogne populaire se manifesta ce jour-là à Saint-Pétersbourg, la capitale, que nous appelions Petrograd, et où régnait la disette. Une foule de mal-nourris, soutenus par des gens qui avaient eux-mêmes soupé du régime absolutiste, défila dans les rues de la jolie ville en clamant: «Nous voulons du pain!»

Du moins c'est la traduction que donna sur l'instant la presse française, habituée à faire des phrases complètes. Dans la réalité ces malcontents criaient sommairement: «Du pain! Du pain!» Le mot a deux syllabes en russe, *Rlièba*, il vibre dans la bouche lorsqu'on le décline à haute voix sur les places publiques: *Rlièba! Rlièba!...* «Des foules énormes stationnaient, transies de froid sous les âpres morsures de la bise d'hiver, aux portes des boulangeries fermées», écrivait un témoin. «Devant les boucheries, les magasins de légumes, les épiceries, on constatait la même affluence famélique. La faim était là, farouche, implacable, qui tenaillait les entrailles d'un demi-million d'ouvriers dans les quartiers pauvres de Petrograd, noircis par la fumée des usines.»

Les manifestations du mécontentement s'écoulèrent bientôt vers les quartiers cossus de la capitale; débordant les grandes artères, la foule convergeait vers la perspective Nevski, cette belle avenue droite et longue comme un jour sans pain qui part du cœur de la ville vers le monastère de Kazan. «Devant ses luxueuses devantures, ses magasins de primeurs, dévala, tumultueuse, hurlante, une foule de plusieurs milliers d'ouvriers, d'enfants et de femmes, la bouche tordue par un seul cri de famine d'autant plus sinistre qu'il retentissait au milieu des décors d'une insolente richesse. » – *Rlièba! Rlièba!...*

Les affamés de ce vendredi-là, toujours *Rlièba* à la bouche, pillèrent les belles boulangeries !

Le samedi, l'agitation était grande dans la capitale : la grève générale avait été décidée dans les usines et les ateliers de la ville, et des environs, qui fabriquaient les armes et les munitions de la guerre contre l'Allemagne, pendant que la police procédait à des arrestations d'ouvriers et à des perquisitions « menées avec une brutalité sans précédent »... Les magasins – foin du commerce – fermèrent par précaution dans les beaux quartiers, tandis que par endroits s'improvisaient des meetings, et que s'élevaient çà et là, en sourdine, les grondements d'hymnes révolutionnaires calmes et lents comme des cantiques ; la nuit tomba, grosse d'inquiétude, pendant laquelle des policiers diligents installèrent – on ne sait jamais ! – des mitrailleuses sur les toits des bâtiments publics bien placés...

Le dimanche 11 mars, des affiches placardées partout (en l'absence des journaux supprimés) annonçaient que la Douma – l'équivalent d'une chambre de députés à vocation administrative – était suspendue par la volonté de l'empereur. Cette assemblée formait en effet le cœur – et le cerveau – de la résistance au règne du « bon plaisir ». Le tsar Nicolas II, et surtout la tsarine Marie, en deuil de son favori Raspoutine qu'on lui avait « suicidé » deux mois plus tôt, croyaient ainsi se tirer à bon compte d'une situation épineuse qui tournait à l'émeute : ils supprimaient la Douma !... Mauvais calcul : ce jour-là le temps était superbe, ce qui constitue toujours en soi une menace pour les gouvernements fragiles. Le 14 juillet 1789 aurait-il été pluvieux, détestable, que le gouverneur de la Bastille conservait sa tête pendant quelques semaines encore... « Nous sommes ici par la volonté du peuple, nous n'en sortirons que par la force des baïonnettes », pensèrent, grosso modo, les députés de la Douma les plus cultivés qui avaient étudié l'Histoire de France ; pilotés par un certain Kerenski, ils décidèrent de continuer leurs travaux ce dimanche-là, aussi tranquillement que si les Romanov avaient pissé dans un violon.

La neige, il faut le dire, étincelait partout sous un beau soleil d'hiver, radieux comme une promesse de printemps. Des traîneaux glissaient dans les rues au son de leurs clochettes, incitant les badauds à la promenade... La foule accourut donc de tous les quartiers de Petrograd pour se concentrer devant l'Amirauté, autour du fameux monument équestre à Pierre le Grand au bord de la Neva, et sur la perspective Nevski, au niveau du palais Anitchkov, le séjour hivernal de l'impératrice. La bonne humeur régnait cependant parmi ces gens qui avaient fait toilette ; ils souriaient à la perspective d'une prochaine fonte des neiges qui ramènerait des fleurs par tout le pays, et peut-être un peu de farine.

Ce fut alors, peu après 3 heures de l'après-midi, que l'ordre vint – ô combien malencontreux ! – de faire évacuer les rues... La police, toujours le doigt sur la gâchette, gâcha tout à fait cette belle journée de Saint-Pétersbourg ! Elle l'abîma pour toujours jusqu'à la fin de ce siècle-là, en tirant soudain des salves de mitrailleuses sur la foule épouvantée ! – Ce furent des cris de douleur, de terreur, et de colère. On releva devant le palais de la tsarine une centaine de morts et de blessés – et la neige rougie du sang des citadins criait partout vengeance !...

Le lendemain l'armée fraternisa avec les ouvriers, et le trône tomba... Ainsi naquit la plus vaste des révolutions ; elle occupa longtemps les pensées du monde entier, et d'une certaine manière, elle dure encore !

Ce sombre dimanche doit être chez nous marqué d'une pierre noire ; nos armées attaquaient en ce temps-là dans la Marne, avec une fureur que semblait aviver un temps trop exécrable... Cela par esprit de repartie, pour la raison qu'à la mi-février les Allemands, profitant d'une relève sans doute nonchalante, avaient lancé une attaque surprise qui leur avait permis d'avancer sur un front d'un kilomètre et demi au sud de Ripont. Il s'agissait à présent de regagner coûte que coûte le terrain perdu…

Le 2 mars, il avait neigé abondamment sur toute la région, au nord-ouest de Sainte-Menehould, dans cette zone boisée, aujourd'hui interdite, qui constitue le camp militaire de Suippes, avec ses villages détruits, jamais reconstruits, de Hurlus (qui veut dire le « bois de l'ours »), Perthes-lès-Hurlus, Mesnil-lès-Hurlus, Ripont, Tahure, qui en virent des vertes et des pas mûres, et la ferme de Beauséjour au sud, où l'on cultiva si longtemps la mort… La neige balayait le secteur en pénibles bourrasques, bloquant les tranchées, s'accumulant dans les boyaux, enfouissant les batteries sous une couche molle et collante. Le lendemain 3 mars, un samedi, les officiers du 221e Régiment d'Infanterie qui arrivait d'Évres et Triaucourt en Argonne, s'en vinrent visiter le secteur troublé dit de « Maisons-de-Champagne » – soit un front compris entre une ferme portant ce nom, et la butte du Mesnil. Le 221e devait y relever, le soir venu, le 50e.

Pendant cinq jours la préparation de l'attaque conjuguée de notre artillerie et de notre aviation occupa toutes les volontés. Dans la nuit du 6 au 7 mars, le 3e Bataillon du 50e vint relever certains éléments du 221e mis en réserve ; il n'en résulta aucun incident. Louis Fontourcy, qui appartenait à ce bataillon destiné à l'attaque toute proche, croisa brièvement Auguste Chassaing, du 221e ; mais les deux hommes, rasant les parois d'un boyau dans l'obscurité, la tête emmitouflée dans un passe-montagne pour résister aux morsures du froid, n'eurent pas le temps de se reconnaître.

Le 7 mars, à partir de 16 heures, il neigea tellement dru que le séjour dans les tranchées devint proprement intenable. Les hommes rampaient dans une couche épaisse qui leur arrivait en haut des cuisses ; les boyaux obstrués ne permettaient plus aux équipes de ravitaillement de parvenir normalement aux premières lignes – elles ne pouvaient pas non plus venir à découvert, « par le bled », sur le terrain battu sans cesse par les rafales des mitrailleuses ennemies. Les soldats grignotaient leurs rations de secours, les boîtes de « singe », que les intempéries obligeaient à manger froides. La chute brutale de température qui suivit la chute de neige rendit le travail de déblaiement à la pelle plus terrible encore…

Le 8, le tir de préparation de notre artillerie débuta à 7 heures du matin ; il s'intensifia progressivement jusqu'à l'heure H, fixée à 14 heures, où il atteignit son apogée en déluge de fer… De leur côté les tirs de barrage allemands faisaient rejaillir la neige en gerbes sales, tandis que les gars avançaient lentement, couraient et glissaient sur le sol gelé. De fait, l'audace de cette action relevant de la folie se trouva payante : les tranchées ennemies, bouleversées par nos obus de gros calibre, aux abris détruits, avec leurs défenseurs tétanisés par ce froid de Sibérie, n'offrirent qu'une faible résistance. À la fin de l'après-midi, le terrain perdu en février était reconquis, et l'organisation du déblaiement et de la remise en état commença aussitôt pour se prolonger toute la nuit – il fallait s'attendre à une réaction allemande d'une vigueur proportionnée à la perte !… La température était descendue aux alentours de moins vingt degrés, et les types souffraient tellement qu'ils hésitaient à savoir s'ils ne préféraient pas le danger des bombardements qui avaient repris, mais dont le feu continu réchauffait un tant soit peu l'atmosphère. Cependant, à 21 heures, les Allemands envoyèrent une série d'obus, à la fois lacrymogènes et asphyxiants, qui obligèrent à porter des masques, ce qui compliquait encore la tâche des constructeurs de parapets surgelés !…

Malheureusement la réinstallation des premières lignes en terrain reconquis n'avait pas été suivie par l'intendance. Les corvées de soupe restaient totalement bloquées à l'arrière à cause de la grêle d'obus, de sorte que le vendredi 9, les poilus n'avaient rien mangé depuis vingt-quatre heures lorsque la première contre-attaque fondit sur eux. Si ces hommes au ventre creux avaient su un tout petit peu de russe, ils auraient pu s'associer aux Pétersbourgeois qui, au même moment, criaient *Rlièba !* dans leur ville… Ils n'avaient rien à boire non plus, les bidons ayant gelé – la soif, cette vieille ennemie des défenseurs du fort de Vau, leur faisait se fourrer de la neige dans la bouche pour se désaltérer ; seulement la neige qu'ils pouvaient atteindre n'était plus propre, et elle avait le goût de la poudre à canon.

Ce fut dans ces conditions qu'ils repoussèrent par trois fois les contre-attaques allemandes. Les pertes en hommes furent lourdes – Louis Fontourcy, blessé, disparut dans l'une de ces furieuses algarades, à trente-huit ans, et la faim aux dents, loin de l'Estrade. En avril, son régiment le porta précisément « disparu » sur ses registres au 9 mars 1917, avec la présomption qu'il était prisonnier... Il le fut, en effet, pendant un certain temps, et mourut dans le camp adverse. Il devait être signalé « décédé » sur une liste officielle allemande parvenue aux autorités françaises – section « renseignements aux familles » – et faire l'objet d'un avis officiel en novembre 1917.

Le commandement avait prévu une seconde attaque d'envergure pour le dimanche 11, avec un bataillon du 221e en première ligne. Toutefois la relève, rendue impossible dans la nuit du 9 au 10 par le harcèlement de l'ennemi qui arrosait nos lignes d'obus à gaz, ne put s'accomplir que dans la nuit du samedi au dimanche 11 et l'attaque fut repoussée au 12.

La 18e Compagnie, où se trouvait Auguste Chassaing, se divisa en deux parties : deux sections se placèrent en deuxième ligne à la tranchée Rosen ; deux autres, dont celle d'Auguste, prirent position dans le boyau 7, entre les parallèles de départ et la tranchée Rosen, prêtes à intervenir à l'avant.

La situation dans ce secteur reconquis depuis trois jours, après une complète destruction par notre artillerie lourde, était terriblement précaire, et d'un inconfort aggravé par des conditions atmosphériques exceptionnellement rudes. Auguste avait faim. Partis le vendredi soir de leur position de réserve où on les avait alimentés à peu près normalement, les soldats n'avaient rien pris de chaud, ou même de tiède depuis trois jours, tellement le ravitaillement était devenu impossible. Le froid, qui leur glaçait les os, les avait contraints à finir la veille leurs conserves à moitié prises par le gel : « Singe en gelée » ! avaient claironné quelques bons esprits qui trouvaient encore la force de plaisanter, De toutes les façons, avec le masque à gaz sur la gueule, les types se sentaient muselés – et pas question de l'enlever avec ce qui pleuvait autour, à n'importe quel moment. Dix obus, un à gaz, mais alors pardon les brûlures !... Dures depuis le début, effroyables charniers de toujours, les tranchées aux abris démolis par les pilonnages d'artillerie devenaient de jour en jour plus inhumaines.

– S'il faut crever, je préfère crever de suite ! hurla un type à côté d'Auguste après avoir arraché sa muselière.

– Où vas-tu ? cria le sergent.

– Je vas aux Boches, j'en ai plein l'cul de la vie !

– Reste ici !

– Je m'en tamponne le coquillard !

Un obus éclata, soulevant une gerbe de neige dure qui vint gifler l'intérieur du boyau. Le type ne s'était pas baissé, il reprit sa marche sur le sol verglacé.

– Je t'ordonne de ne pas bouger ! cria le sergent.

– J't'emmerde ! hurla le type. J't'emmerde, j't'emmerde, j't'emmerde, t'entends ? Je suis déjà froid, la moitié d'un macchabée. Tu peux tirer, connard ! Mais tire donc !...

Une grosse voix rouillée, qui avait un son de porte qui grince, lança d'un ton mauvais :

– Tue-le ! Allez tue-le, ça nous réchauffera.

Un autre cria :

– C'est ça, sergent, faites-lui sauter la cervelle qu'on la bouffe !

Personne ne riait comme naguère – les vannes ne faisaient que rendre l'atmosphère plus sinistre... Les hommes tassés, gourds, essayaient de ne pas se refroidir davantage par des gestes inutiles. Ils bougeaient seulement les pieds, soulevaient une jambe puis la reposaient, alternativement, pour ne pas se sentir blocs de glace. Un gars tout jeune de la classe 17 fit sauter son masque en criant : « Maman ! » et se mit à chialer comme un veau, sans aucune pudeur, au-delà de la honte – crise d'hystérie, bord de la folie... Des grenades explosaient plus loin sur la tranchée de première ligne.

– Faites-le taire, cria quelqu'un. Tapez-lui sur sa gueule à ce fumier, qu'il la ferme !

En réponse on entendit un coup à assommer un bœuf – un vétéran de la douleur muette venait de gifler le môme à la volée. Le jeune sanglotait, il reçut une autre mandale lourde, et se tut, sonné… Un obus siffla, s'abattit sur l'autre bord du boyau – un pan de la paroi secouée par ce tremblement de terre s'écroula sur les jambes des types qui tombèrent à la renverse… « Aucun blessé ? »

– Ça va.

Les camarades aidèrent les semi-enfouis à se relever. Les obus continuèrent à tomber pendant une heure, plus ou moins près du bord… Puis, à l'heure précise, compte tenu du décalage, où les promeneurs du dimanche tombaient sous les balles de la police à Saint-Pétersbourg, donnant le signal de la plus longue révolution du monde, une marmite allemande vint se planter dans le boyau 7 ; l'engin détruisit ou mutila un morceau de la section de la 18e Compagnie du 221e Régiment d'Infanterie talonné par la faim. Auguste eut le corps ouvert, déchiqueté d'un coup, sans soupir ni souffrance… Le *JMO* fournit obligeamment la liste de ceux qui rendirent leur âme en même temps : « Julien, Rossignol, Chassaing, Arnoux, Mast, Bouveret, Simonard, Surel, Ponge. »

Dimanche 11 mars 1917 – vers 13 h 30, au quart d'heure près.

Le lendemain, pendant l'attaque qui permit de gagner encore quelques centaines de mètres sur l'ennemi (dont le mamelon coté 185 situé à quatre cents mètres à l'ouest des ruines de la ferme « Maisons-de-Champagne » [1]), le bataillon du 221e engagé dans l'action devait avoir 67 tués, 23 disparus, 204 blessés par armes auxquels il faut ajouter 17 combattants « brûlés par les gaz ».

Auguste, au fond, l'avait échappé belle !…

1. Cet endroit proche de Rouvroy-Ripont et Cernay-en-Dormois est sans rapport avec un village presque homonyme, voisin de Vitry-le-François, appelé « Maisons-en-Champagne ».

Quelqu'un qui avait mal supporté le retour brutal du froid en cet hiver outrageusement prolongé, c'est Pierre Rouchon. Les tempêtes de neige avaient battu les collines aussi chez nous en plein mois de mars. La température était tombée à des degrés extrêmes, dépassant les moins vingt, pour lesquels les maisons de Lagleygeolle n'étaient pas du tout préparées. Les familles – plus unies que jamais par l'adversité glaciale – se tassaient du mieux qu'elles pouvaient dans leur cheminée, autour du meilleur feu qu'elles étaient en mesure d'entretenir... Le long hiver avait déjà usé les réserves de bois déjà fort réduites par l'absence de tous les hommes jeunes et vigoureux. Fendre des troncs de chêne ou de charme, qui font le « bon bois », à l'aide de la masse et des coins, n'était nullement une occupation de demoiselles, non plus que de femmes mûres – ni même de vieillards fatigués... Heureusement que pendant les grands froids nos cheminées tiraient mieux qu'à l'ordinaire – encore fallait-il les alimenter. Bien des gens virent de la misère, ce mois de mars 17 où il ne fallait pas craindre les engelures ! Pour économiser le bois, sec ou autrement, certains se réfugiaient dans l'étable des vaches, bien calfeutrée par le fenil au-dessus, où le gel n'entrait pas. La nuit, toute la famille se tassait ensemble dans le plus grand lit disponible, et restait plus ou moins habillée sous les meilleurs édredons que l'on avait... Au matin l'eau des seaux était prise d'une épaisse couche de glace – même les pots de chambre gelaient sous les lits !

Ce ne sont pas là des climats propices aux grands tuberculeux, ni sans doute aux nourrissons fragiles. À Merlette, dans la petite maison, ils avaient perdu leur bébé de dix mois au début de février : le petit Jean Dumond était mort d'une méchante fièvre – il s'en allait comme pour suivre son pauvre père, avaient dit les vieilles alentour... Et chacun plaignait la pauvre Angéline portant son enfant en terre dans son veuvage tout frais... Pierre Rouchon – qui n'était pas remonté à Paris – ne quittait plus le coin de l'âtre. Cette mort l'avait vivement affecté dans l'état de faiblesse où il se trouvait – avec ses économies d'avant la guerre il avait acheté du bois de chauffage livré à domicile ; il entretenait du feu jour et nuit, et avait fini par dormir au cantou, calé par des oreillers et enveloppé de plusieurs couches de lainage, avec le chien à ses pieds. De toute manière la position assise était devenue la seule qui lui permît de respirer – dès qu'il s'allongeait les glaires l'étouffaient… Antoinette et sa fille dormaient elles aussi dans la cuisine, dans le même lit, avec la petite Julienne, afin de profiter de la chaleur des bûches…

Julienne conserva toute sa vie, jusqu'à quatre-vingt-dix ans passés, l'image étonnante de cet oncle Pierre muet, qui restait tassé tout le temps sur la banquette, à qui on apportait une assiette de soupe dans le cantou, et qui crachait constamment dans le feu.

Pierre Rouchon s'éteignit le matin du 29 mars, c'était un jeudi, au petit jour… Les femmes s'éveillèrent parce qu'il avait laissé crever le feu. Et « Pierre ! Pierre ! »… Appelle que merde ! Il était mort… Déjà presque tout froid, couleur de cire, les mains glacées – plus du tout souple pour l'allonger, lui déplier les jambes. Il était temps ! – Comment serait-il entré dans la bière ?… Elles le portèrent seules sur le lit où la gamine dormait encore, enfouie. Il était devenu si léger, le pauvre, maigre à faire peur !…

Elles pleuraient, et Angéline qui avait la voix forte sortit sur le devant de la maison, pliée dans un manteau, pour crier vers la Salesse en face, aux voisins, sur la colline, de venir à l'aide… « *Avem un malur* » (nous avons un malheur). Sa voix courait sur la neige, roulait en écho dans la pente au fond du vallon. Elle répétait : *un… ma… lur !…* Et c'était bien vrai que le malheur planait sur cette petite maison de Merlette.

Ils enterrèrent Pierre le samedi, avant midi. Des hommes le portèrent tout le long du chemin – il y avait Léon Theillol qui se trouvait en permission, ainsi que Dautrement ; les uniformes rehaussaient la cérémonie funèbre de cet invalide de guerre. La caisse n'était pas bien lourde, mais les hommes glissaient sur la neige durcie… Les deux femmes suivaient – de toute manière elles étaient déjà en deuil, en noir depuis longtemps, un an et demi, en cascade, sans parler du nourrisson ! Ça ne faisait pas de nouveaux frais… Ni la grande Félicie, prévenue trop tard, ni Julienne à Enghien n'avaient eu le temps de venir.

Antoinette enterrait son fils aîné, mais un peu Léon aussi du même coup – l'absent éternel. En fait, elle portait ses deux enfants au tombeau dans les mêmes funérailles, unis – un enterrement pour deux. Avec un seul corps, sans doute, mais c'était mieux que l'affreuse volatilisation du disparu… Et même un peu Dumond, tant qu'à faire ! Le pauvre bougre lui aussi… Antonin participait vaguement en esprit aux obsèques – une sorte de contumace… Oh ! c'était un mort conséquent, le pauvre Pierre, un corps chargé. Il était là, lui, on le voyait. On le pleurait avec courage pour les deux autres… D'ailleurs le curé y pensait : durant la messe il fit toutes les allusions selon lesquelles il associait l'âme du frère, et du beau-frère, ces héroïques qui se trouvaient sûrement en compagnie de Notre Seigneur à l'heure actuelle… Ils allaient maintenant accueillir Pierre avec la joie des élus, à bras ouverts – et toute l'église pleurait à chaudes larmes de cette réunion fraternelle dans les cieux, quelque part…

Au demeurant, Goudriat faisait pitié à voir, bien au bout du rouleau également, la voix perdue, toussant – qu'on sentait que le Créateur n'allait pas tarder à lui faire signe… La chasuble blanche voletait à la bise dans le cimetière venteux où l'on avait fait un creux tout gelé dans la terre et la neige amoncelées.

Ce fut après l'enterrement de Pierre Rouchon que le télégraphe apporta la nouvelle, quelques heures plus tard, chez Laguillaumie, de la mort d'Auguste. Le maire devait se rendre dans la famille pour délivrer le pénible message officiel. Cette charge funèbre terrorisait Laurent Claval – les mères crucifiées se tordaient en hurlant, se roulaient par terre comme la dernière fois au Poujol… Alors devoir se rendre à Antignac, annoncer à Léontine Chassaing la mort de son fils unique, et unique espoir – il en était physiquement malade d'avance. Femme pour femme, il avait décidé d'envoyer la sienne en messagère. Elles se débrouillaient mieux entre elles…

Chargée bien malgré elle de cette mission, Henriette Claval ne voulait pas aller seule chez les gens. Elle se faisait accompagner par une autre femme, et si possible par une parente de la famille à visiter – une épaule consolatrice pour la pauvre mère affligée… En la circonstance, Henriette alla trouver Marie Arfeuil. La mère d'Auguste était la propre nièce du forgeron, et Marie, par conséquent, sa tante. De plus, avec son malheur à elle, Antoine, l'année dernière, Marie saurait trouver les mots apaisants ; elle prêcherait d'exemple. La femme du maire comptait sur cette fraternité lugubre des mères de victimes…

Les deux femmes se mirent en chemin dans la neige, et ce trajet du dernier jour de mars resta toujours dans le souvenir de la famille Arfeuil pour signaler combien l'hiver peut être tardif, et que le mauvais temps n'est pas forcément chassé par les premiers beaux jours. Si quelqu'un se réjouissait d'une semaine de beau temps en février ou en mars, la Marie rappelait le voyage d'Antignac à la mort d'Auguste, avec l'année 1917 comme repère, où la saison était « revenue en arrière » en mars et en avril. Elle évoquait la charrière emplie de congères et disait : « L'hiver n'est pas forcément terminé ! » Sa fille Julia le rappela après elle – c'était un guide des saisons, les filles de Julia connaissent encore ce trait de sagesse printanière ; seulement la planète s'est réchauffée, la neige chez nous se fait rare, même en janvier, et la mort d'Auguste n'est plus d'aucun usage pour personne, l'effet de serre l'a définitivement tué.

La Léontine Chassaing donnait aux poules devant son perron en criant : « *Tsi, tsi, tsi !… Tiètou-tsi !* » pour attirer la volaille. Elle entendit d'abord le bruit des sabots qu'elle ne reconnaissait pas à l'oreille comme des sabots du village, et se demanda qui marchait… « *Tiètou !…* » À leur manière d'avancer d'un pas pressé, sans parler entre elles,

Léontine eut le sentiment que des personnes insolites approchaient derrière la maison de Julia... Puis elle vit les deux femmes du bourg déboucher sur la place, devant notre petit étang gelé; en reconnaissant la femme du maire, avec sa tante Marie, son cœur se serra... Elle secoua les dernières graines de son tablier avec un pressentiment mauvais – et quand elles furent tout près, qu'elle vit leur tête, les visages rougis par l'effort et les traits tirés par les larmes, la terre s'ouvrit sous ses pieds...

– *Que y ò ?* lança Léontine dans un cri terrorisé.

Les poules caquetèrent à ses pieds en s'ébouriffant les plumes pour bondir sur le grain répandu. La Marie Arfeuil répondit lugubrement :

– *Paura drònla... Pòdes be t'emagenar...* (Ma pauvre fille, imagine un peu.)

Auguste ?... Elle voulait parler d'Auguste, n'est-ce pas ?

– *Oh la ièu !* fit Léontine. (Pauvre de moi.)

– *Coma l'Antoine, pardié !* (comme Antoine), dit Marie Arfeuil, et elle éclata en pleurs.

Léontine fit un pas, porta les mains à sa gorge, et s'écroula au milieu des poules qui crièrent de peur en se sauvant... Henriette et Marie la soulevèrent vite, chacune sous un bras. Puis Léontine poussa des cris effrayants pendant que les deux autres la portaient presque... Alors toutes les femmes sortirent des maisons, et comprenant au premier coup d'œil la situation, elles se lamentèrent, aussi fort qu'elles le pouvaient, en chorus, pendant qu'elles s'approchaient autour de l'étang pour entendre le grand malheur qui haussait la voix.

La Marie Dumond ne vint pas. Elle ne parlait plus à personne... Ma grand-mère pleura de chagrin et de pitié, mais également de terreur, car son garçon à elle, son fils aîné Antoine, venait de s'engager, le 8 mars, à dix-huit ans et demi, dans un régiment d'artillerie, pour quatre ans !... Lui m'expliqua plus tard, dans son vieil âge, qu'il préférait à l'époque se faire tuer à la guerre, plutôt que de continuer à mener la vie de galérien du paysan pauvre et besogneux, de marcher dans la boue, dans le fumier, dans l'eau, le froid, et la neige – la rudesse de cet hiver 17 avait eu raison de toute prudence. Il voulait partir : même au front !... Et puis, accessoirement, les engagés volontaires avaient le droit de choisir leur arme, en compensation ; en partant artilleur ça lui évitait d'être enrôlé un peu plus tard comme fantassin, au train interminable où la guerre allait.

Ma mère qui venait d'avoir quinze ans pleura de lourde peine parce qu'elle ne reverrait jamais Auguste. Le dimanche matin elle suivit le père Chassaing, au retour de la messe, quand il apporta un bout de crêpe noir pour l'accrocher sur les ruches, et leur faire partager le deuil... Ils coincèrent le morceau d'étoffe sous le couvercle, comme cela se faisait, et quelques abeilles dérangées par le bruit sortirent tout engourdies des trous de la ruche ; elles vinrent s'ébrouer un instant sur le crêpe qui était la fleur de la mort.

« Brûlés au gaz », dit le *JMO* du 221e Régiment d'Infanterie, commentant l'attaque du 12 mars... Oui, car les chimistes allemands, constamment sur la brèche dans leurs laboratoires, avaient diablement progressé dans la confection des gaz mortels ; les nuages de chlore répandus à Langemark deux ans auparavant faisaient maintenant figure d'aimables farces d'étudiants !... Ils avaient bricolé, pour farcir les obus et les grenades ad hoc, un *sulfure d'éthyle dichloré*, obtenu à partir de l'*éthylène* traitée par l'*acide hypochloreux* ; encore une fois ils avaient étrenné ce remède à la vie dans le secteur d'Ypres, leur champ d'expérimentation favori. Cette vapeur vésicante agissait supérieurement au contact de la peau, sous forme de brûlures, et ne se contentait pas de détruire les alvéoles pulmonaires ; de plus, elle restait active plusieurs jours après avoir été répandue, si l'on touchait des objets qui en avaient été empreints.

Évidemment les masques à gaz n'étaient d'aucun secours contre les brûlures de la peau – il convenait de rester couvert ; mais l'épithélium des bronches et des bronchioles demeurait la cible favorite des gaz – pour l'ensemble du corps il existait des lance-flammes qui vous rôtissaient un fantassin le temps de dire alléluia ! Les divins chimistes avaient donc mis au point toute une palette de saletés irrespirables dans le but probable de déjouer les filtres des masques : le *sulfate de méthyle*, les *cétones bromés*, la *chloropicrine* obtenue par l'action du *chlorure de chaux* sur l'acide picrique, le *chlorure de phénylcarbylamine* et d'autres fantaisies gazeuses dont le *dichlorure de phénylarsine* qui faisait éternuer à mort !... Heureusement les savants français n'étaient pas demeurés inactifs ; ils concoctaient de leur côté de quoi empoisonner la planète selon la loi éternellement ravivée du dent pour dent, et pet pour pet !

Naturellement la stratégie des gaz supposait, pour chacun des camps, d'envoyer ses ordures le plus loin possible dans les rangs de l'adversaire, car une saute de vent pouvait les renvoyer sur la gueule de manière inopinée ; il ne fallait pas non plus avoir à attaquer soi-même quelques instants plus tard la zone polluée. Les Allemands possédaient à cet effet, à plusieurs endroits du front, des bases de lancement idéales, constituées par des pitons imprenables dont ils s'étaient le plus souvent réservé la maîtrise lors du repli initial de septembre 1914. Toute butte, côte, éminence, tout mamelon de quelque élévation, étaient à ce compte fort prisés pour servir de nid aux batteries de canons à longue et moyenne portée. C'était même partiellement la raison des luttes acharnées pour contrôler des panoramas touristiques et tables d'orientation mortelles comme les Éparges, sur les côtes de Meuse, ou par exemple la célèbre butte de Vauquois, le saillant de Saint-Mihiel avec son bois d'Ailly. Cela explique aussi les disputes du Bois-le-Prêtre, qui avec ses trois cent soixante-douze mètres d'altitude domine tout le sud de la plaine de Woëvre. Les Allemands l'avaient sobrement surnommé le « bois des Veuves » !...

Au fond tout était bon : d'amusantes petites verrues topographiques émergeant de terrains plats faisaient aussi bien l'affaire des stratèges – comme par exemple la gracieuse butte de Montsec qui se dresse seule à trois cent soixante-quinze mètres au bord de la Woëvre, idéale pour la fuite des gaz !… De ces hauteurs, que l'on nomme aisément « inexpugnables », les Boches se plaisaient à envoyer la purée dans la plaine lorsque les Gaulois y étaient.

C'est sans doute pourquoi ils fêtèrent le printemps de 1917, tout spécialement dans cette région-là, par des tirs nourris d'obus à gaz… Ils testaient la nocivité de leurs produits nouveaux sur une grande échelle dans cette partie du front somme toute assez calme où ils n'avaient pas l'intention de s'aventurer en personne dans l'immédiat. Alors que dans la Marne les attaques de tranchées faisaient rage à Berry-au-Bac, que Reims de nouveau bombardé recevait dans les 9000 obus entre le 6 et le 7 avril, la partie de la Woëvre comprise entre Thiaucourt et Manonville était copieusement arrosée de gaz létal.

Or, dans la nuit du 7 au 8 avril, le 2e Bataillon du 95e Régiment Territorial d'Infanterie de Brive se trouvait au secteur Guyonne, au nord-est de Limey. Les « Pépères » y occupaient tranquillement des tranchées de soutien sur la légère bosse entre le Haut des Sarges et le bois de Remenauville. Soumis aux fatigues quotidiennes des terrassements, ils dormaient ce soir-là d'un sommeil de plomb.

Les gourbis aménagés par les Territoriaux, tous gens de trente-cinq à quarante-cinq ans ou plus, habitués à travailler en appui plutôt qu'en fer de lance des attaques, étaient l'objet de beaucoup de soins. Les tanières jouissaient même parfois d'un certain confort – oh ! confort relatif évidemment, et même très subjectif, car l'appréciation des casemates dépendait essentiellement des habitudes domestiques de leurs occupants. Mais pour des paysans limousins – pour prendre un exemple – un bon gros poêle lorrain, chargé de bonnes grosses bûches soigneusement collectées dans les forêts d'alentour, constituait un meuble de grand luxe. Ce calorifère qui ronflait dans l'abri souterrain aux couchettes tapissées de belle fougère sèche où l'on roupillait comme des princes aurait joliment fait envie à leurs familles !... C'était bien l'avis, en tout cas, des gars de Lagleygeolle, Jean Soustre et Jean Brunie du Peuch – à part l'ennui, inhérent à la situation, qui suintait pour eux de ces terres lointaines, ils ne se trouvaient pas plus malheureux qu'ailleurs !

– *Tròbes be ?* disait Jean du Peuch. *Si n'èra aquella guerra siams pas tant mal qu'aquò...* (Tu es de mon avis ? Si ce n'était cette guerre nous ne serions pas si mal que ça.)

Le copain Cheyssial – qu'on avait toujours appelé Baccu – qui, lui, pourtant demeurait à Meyssac, pour ainsi dire dans les splendeurs de la « ville », partageait cette opinion que les cagnas, tenues propres, bien chauffées l'hiver et fraîches l'été, n'avaient rien d'un séjour déshonorant... Jean Soustre se souvenait d'un hiver des années 1880, alors qu'il avait cinq ou six ans, où avec son monde, aux Plantades, ils avaient dû se réfugier dans l'étable, près des vaches, tellement il avait fait froid !... Ça l'avait frappé, lui, tout môme, de s'endormir entre le bœuf et l'âne, « comme le petit Jésus », avait dit sa grand-mère !

– *T'en rappeles, vòs ?* (Tu t'en souviens.)

Brunie s'en souvenait très bien !

– *O milla Dièu, plò !... Una freg a n'en fendre lo tiul d'una graula !* (Un froid à fendre le cul d'un corbeau.)

Baccu aussi s'en souvenait, c'était l'hiver 84-85 peut-être bien… Il avait neuf ans, dix ans. Le petit ruisseau, à la Foucherie, avait gelé. Oui, Brunie avait un repère :

– *Qu'èra l'annada que comencèront lo clochier.* (L'année où on commença le clocher.) *Me rappelis que quand voliems còser, las tortas gialavont din la fornial !* (Quand on voulait cuire le pain la pâte gelait dans le fournil.)

Jean Brunie, petit et brun, au crâne complètement dégarni, était un homme de quarante et un ans, vif et volontaire. Il avait fait son service dans les chasseurs à pied, à la fin de l'autre siècle, et conservé des trois ans passés sous les drapeaux dans cette arme remuante une audace belliqueuse qui en aurait remontré à des plus jeunes. Tout juste un an auparavant, début avril 1916, il avait reçu une citation à l'ordre du régiment pour un exploit accompli dans cette même région de la Woëvre, un peu plus à l'est dans les tranchées de Fey-en-Haye : « Le 4 juillet 1915 a fait preuve de courage et d'abnégation en se portant spontanément dans une tranchée de première ligne pendant une attaque et sous un feu intense, et tenant pendant plusieurs heures sur l'un des points les plus menacés. » Pour un « Pépère » c'était assez crâne en effet, on peut même dire franchement culotté !…

C'était l'époque où venait d'arriver au service de l'ambulance son homonyme de Crumière – l'autre Jean Brunie, curé d'Albignac. Le prêtre était brancardier, et ils se croisaient quelquefois, toujours avec amitié… Brunie disait la messe pour la troupe, assez souvent, les dimanches, en remplacement de l'aumônier. La guerre bouleversait cet homme déjà âgé, qui avait placé l'espoir de sa vie dans la paix du Christ et la charité humaine. À quarante-six ans passés, Brunie aurait pu ne pas être exposé aux fatigues des postes de secours – mais il se trouvait toujours un major hostile au sacré pour prétendre que les cléricaux n'ayant pas d'enfants à nourrir pouvaient mieux que d'autres risquer leur peau afin de secourir leurs frères… Ce qui n'était pas faux, disait l'abbé – il sortait à la recherche des blessés, parfois sous les balles pendant les attaques. Il se montrait très affecté par les souffrances qu'il rencontrait, les gueules cassées, les membres arrachés, les corps brûlés par les lance-flammes, la bouillie humaine dans laquelle il arrivait aux brancardiers de patauger !... Tous ces malheureux garçons dont il aurait pu, pour certains du moins, être le père, qui pleuraient et criaient à l'aide, le mettaient à la torture. Il disait avec ferveur la prière des agonisants, et suppliait Dieu, chaque soir, à genoux, d'arrêter la guerre...

Les gars de Lagleygeolle le voyaient lorsqu'ils allaient au repos – l'abbé Brunie aimait à parler avec eux et à échanger des nouvelles du pays, en patois. Il était un adepte de la comptine que les « gens des bois » se rappelaient volontiers en riant :

« Sems d'a Poch et d'a Laubas
De Crumièra et d'Entinhac
Pel francès n'en savems gaïre,
Pel patois n'en crainhans cas[1]. »

Ils se disaient les morts, les naissances – pas beaucoup évidemment avec les géniteurs au front ! Il y avait les permissions, bien sûr – en avril 16 la naissance d'un fils d'Antonin Dumond les avait amusés !... Teillard aussi avait eu une fille en juin. – Ah ! c'étaient des lapins ces types ! Ils perdaient pas leur temps quand ils revenaient voir leur cantinière – entre deux coups de fusil !... Le curé riait comme les autres... Quant aux mariages, ils étaient vite racontés : il n'y en avait aucun ! Si : celui de la demoiselle de l'instituteur, Marie-Louise Bordas, au mois de septembre – une belle noce ! Elle avait épousé un blessé de guerre, décoré, qui avait une bonne place aux impôts, et qui habitait Poitiers. Mais l'abbé Brunie s'était rudement affaibli ces derniers temps. En deux ans de front il avait perdu vingt kilos et flottait littéralement dans sa capote... On l'avait évacué vers l'arrière au mois de mars, pour cause de maladie.

1. Nous sommes de Pouch et de Laubas – De Crumière et d'Antignac ; du français nous n'en savons guère – Pour le patois nous ne craignons personne.

Cette nuit-là, du 7 au 8 avril 1917, Jean Soustre prit son poste de guetteur à minuit. Le secteur était très calme depuis plusieurs jours, et même depuis qu'ils avaient fait la relève du 1er Bataillon rien d'extraordinaire ne s'était produit. C'est à peine si dans la soirée quelques obus avaient pété, plus à l'avant, sur les premières lignes. Baccu avait dit :

– On était bien tranquilles, j'espère qu'ils vont pas faire les imbéciles !

C'était la première nuit où la lune était pleine – elle luisait d'une lumière crue sur la neige qui persistait sur le plateau, à peine voilée de minute en minute par des nuages blancs qui glissaient vers le nord. On voyait loin : sur la gauche, presque en haut de la colline qu'ils appelaient la « Promenade des Moines », à deux kilomètres, le petit village d'Ansoncourt en ruine. En fait de moines, c'étaient les Boches qui se promenaient sur ce sommet, avec leurs batteries derrière ! Sur la droite le terrain montait aussi, en pente douce vers les forêts de Fey-en-Haye qui masquaient la vallée de la Moselle, plus à l'est. Un lieutenant, professeur de géographie dans le civil, qui ne quittait jamais sa boussole, leur avait expliqué que la ville de Metz se trouvait à trente kilomètres vers le nord, le long du fleuve, légèrement sur la droite, au-delà des bois… Un type malin et pas fier ; il leur avait montré comment repérer l'étoile polaire avec le grand chariot pour avoir le nord, toujours, où qu'on se trouvât, afin de se diriger lorsqu'on était perdu… Ce soir les étoiles brillaient très peu, à cause de la lune – et puis on ne les apercevait que dans les fentes du ciel chargé.

Soustre regardait la lisière du bois devant lui, à trois cents mètres de la tranchée – un hibou poussait son hululement dans les arbres noirs. Ça lui rappelait les bois de Pouch, chez lui, aux Plantades, la nuit. Comme chaque fois qu'il faisait clair et qu'on y voyait presque comme en plein jour, Jean repensait au type qui chassait sous la lune dans le conte que lui faisait sa grand-mère lorsqu'il était petit : le bonhomme rencontrait le Diable sous la forme d'une mère sanglier toute noire qui promenait ses petits…

Il riait pour la millième fois de cette blague de sa « grande », la brave femme, et de la peur qu'il avait du *cinglar* en ce temps-là, quand un obus de faible calibre éclata à deux cents mètres sur la droite… Il était 2 heures du matin, Jean Soustre pensa : « *Ont bé lo Diable din la pel aqueu Boches !* » (Ils ont le Diable dans la peau ces Boches.) Il y eut un léger sifflement – il se colla d'instinct derrière le pare-éclats. L'obus péta, sans trop de mal, à dix mètres du parapet. Ce n'était pas un gros obus… Non ! pas du tout : c'était une grenade… Tout à coup il comprit : une sensation de feu sur la figure, comme un souffle de flamme… Nom de Dieu ! Les gaz !… Dans sa gorge une inflammation… Il pensa à son masque et le chercha – le chercha dans son barda en courant vers l'entrée de la casemate. Il eut le temps de hurler dans le puits d'accès du gourbi :

– Les gaz, les gars, les gaz !…

Et puis ce furent des brûlures dans ses yeux, sur ses lèvres, dans le nez… Trop tard ! le masque était introuvable – une série de détonations martelait l'air de la tranchée, PAN, PAN !… Jean suffoquait. Il cria de douleur, du feu horrible qui le brûlait en dedans ! Son cœur cognait, cognait… Il était par terre, il se tordait sur le sol…

Jean Soustre mourut là, asphyxié en quelques secondes, les poumons brûlés, la gorge… Aveuglé sous la lune blanche qui sortait d'un nuage.

Au fond de l'abri les dormeurs s'éveillèrent en un branle-bas empli de jurons, de cris de panique… Les types qui avaient déposé leur masque à côté de leur tête l'enfilèrent fébrilement. Baccu qui ne dormait pas – il ne dormait jamais les nuits de pleine lune – entendit le cri de Soustre et s'équipa en un clin d'œil. L'atmosphère devenait brûlante, des gars toussaient déjà… Il sauta de sa couchette dans le noir, où était Jean Brunie ?

Jean Brunie avait accroché son masque au-dessus de sa tête avant de se coucher, comme il était vivement recommandé de le faire – mais il dormait, lui, comme un sourd. Quand les cris l'éveillèrent il aspira de l'air vicié, sentit la brûlure dans ses fosses nasales – vite le masque ! Dans la panique il le fit tomber, le chercha dans le noir – il remit la main dessus mais il tremblait dans sa hâte, et malgré les exercices d'entraînement, il l'enfila de travers... Une inspiration encore et sa poitrine brûlait, ses lèvres étaient en feu. Quand il eut appliqué le masque dans la bonne position, ses doigts cuisaient – il trébucha contre un type, et s'affala sur le sol.

Baccu finit par le trouver par terre – il le tira et l'entraîna dehors, le long de l'échelle... Quand les secours arrivèrent, un peu avant 4 heures, il alerta les brancardiers qui fouillaient les abris à la recherche des gars encore en vie. Brunie trouva la force de se lever, soutenu par son camarade, mais il geignait. Deux hommes l'allongèrent sur une civière de toile, et tandis qu'on l'emportait vers le poste de secours, il luttait pour ne pas perdre complètement conscience et risquer de passer pour un mort. Il agitait le bras devant sa poitrine pour dire : « Ne me laissez pas, j'ai mal là !... »

Baccu courut derrière un moment en criant : « Tiens bon, Jean ! *Te sauvaras !...* » Au poste de secours, sur la route de Limey, il y avait encombrement. On le chargea dans un camion en compagnie d'autres gazés gémissants, réclamant à boire, qu'on emmenait vers l'ambulance. Le jour venait – Brunie perdit peu à peu conscience pendant qu'on le trimballait. Il mourut à 13 heures, ce 8 avril 1917, à l'ambulance 4/18 SB56, dans des râles, sans avoir repris ses esprits.

Baccu a toujours dit depuis qu'il avait beaucoup souffert.

On enterra Jean Soustre le soir même, au cimetière de Manonville, sur la route de Martincourt, avec de brèves prières, comme un homme qui serait mort de rien, d'un rhume, tant il était entier dans la caisse, de tout son corps.

Trois mois plus tard, dans la nuit du 2 au 3 juillet, qui était aussi une nuit de pleine lune, les Allemands arrosèrent de leurs gaz les hauteurs boisées de Seicheprey à sept kilomètres à l'ouest de Limey. La situation de ces hauteurs modestes les plaçait en face, et sous le tir direct, de la jolie butte de Montsec ; le mamelon se pare aujourd'hui d'un beau monument aux soldats américains qui eurent plus tard raison de ses défenses – il était alors bardé des plus formidables pièces de l'artillerie allemande.

Le 3e Bataillon du 26e Régiment d'Infanterie dormait ce soir-là d'un sommeil pareillement tranquille, et ses guetteurs contemplaient la petite vallée paisible aux sources du Rupt de Mad sous la belle lune de juillet, lorsque les obus chargés de la maudite ypérite éclatèrent de toutes parts. Le grand Alfred Bouyx, de la Brauge, un beau brun aux yeux gris-bleu, était allé aux feuillées sous les arbres, à la 10e Compagnie, sans emporter son masque à gaz – un outil tout de même encombrant pour satisfaire des besoins intimes... Cette imprudence lui fut fatale ! Saisi par le terrible poison, il courut vers l'abri, mais trop tard : ses bronches étaient cuites... Il eut le temps de souffrir le martyre pendant qu'on le transportait à l'ambulance de Minorville, à une douzaine de kilomètres en retrait, où il agonisa jusqu'à 6 heures du matin sous le grand soleil d'été. Il était brave garçon, Alfred – la classe 14, le même âge que Léa –, en plus d'une avenante stature ; il aurait fait un gendre splendide, et quatre ou cinq enfants racés...

XXVI

Malgré les « grandes » offensives du printemps 17 qui devaient, encore une fois, libérer le territoire dans un effort conjugué des alliés sur le front de l'Artois et de la Somme, le résultat se réduisait à un médiocre grignotage de terrain. Les deux puissances face à face depuis deux ans et demi se montraient décidément de forces égales, de fatigues équivalentes, et il n'y avait aucune raison prévisible que l'une prît le pas sur l'autre. De fait, elles pouvaient rester dix ans dans les tranchées, s'il ne s'était produit l'événement majeur et décisif de 1917 : l'entrée en guerre des États-Unis. Après palabres et négociations, caresses dans le sens du poil diplomatique, la chose fut officiellement conclue le 6 avril 1917, où une « résolution » de la Chambre et du Sénat américains proclamait l'état de guerre entre l'Allemagne et « le Gouvernement et le peuple des États-Unis ».

Il était temps, car la grogne montait, s'enflait de plus en plus ouvertement dans l'armée française mal nourrie, où l'on avait instauré le rationnement. Le jeune François Baubil, du 416e Régiment d'Infanterie de Carcassonne, sergent-fourrier qui écrivait presque chaque jour à ses parents, pourtant pas du tout forte tête et bien complaisant avec l'ordre social, avait écrit le 6 mars 17 dans une longue lettre pleine d'amertume : « Heureusement que la corde cassera un de ces jours et ce ne sera pas trop tôt car je commence à entrevoir que jamais cette affreuse guerre ne nous rapportera rien. Elle profitera seulement aux fabricants d'obus et aux fournisseurs de l'armée qui, eux, font belle moisson de notre sang et de notre or. » C'était montrer le bout de l'oreille de l'animal révolte... Un garçon poli, François, instruit, bachelier, au vocabulaire courtois – il disait à la page suivante: «Un beau jour tout le monde criera sur le même ton et alors peut-être que ce jour-là il y en aura qui "chieront dans leur pantalon", excusez, je vous prie, l'expression, mais je n'en trouve pas d'autre.» Le 7 avril, le pain est rationné; tout en se serrant la ceinture, et constatant que les permissions étaient supprimées, il en rajoutait encore une couche: «Il faut croire qu'avant peu ça va rompre d'un côté ou de l'autre, et que l'on pourra enfin voir cesser ce terrible cauchemar.»

On conçoit que la décision du «Gouvernement et du peuple des États-Unis» de venir casser du Boche sur place arrivait comme la marée en Carême – et justement deux jours avant Pâques qui tombait le 8 avril!... Le gouvernement de la France, et les chefs militaires qui commençaient à se faire des cheveux blancs devant le mauvais vouloir des troupes agitèrent aussitôt l'aide américaine comme un chiffon rouge devant un taureau afin de redonner du cœur aux ventres affamés! Mais le temps qu'on se congratule, que les Américains constituent une armée, s'exercent un peu, s'équipent, chaussent leurs bottes – Loup y es-tu? –, qu'ils traversent le vaste océan, l'eau coulait dans la Marne, la Lys, et tous ces fleuves charrieurs du sang de milliers de héros de l'inutile... Le général Pershing, commandant en chef, débarqua en avance de sorte à repérer le terrain et à parader, faire patienter, petit salut à La Fayette – «Nous voilà!» – tout bien «médiatisé», photographié à outrance. Le premier contingent arriva à la fin du mois de juin dans un grand déclenchement d'enthousiasme. Mieux valait un peu tard que jamais, certes! Le 14 juillet 17 prit des dimensions célébrantes jamais atteintes – avec ces Yankees défilant au pas dans Paris, on allait voir un peu de quel bois se chauffait le grand Quartier général des armées alliées! Le 14 juillet avait besoin de coups d'éclat: deux ans plus tôt on avait déterré Rouget de Lisle, ce coup-ci on exposait les Américains chantant *Tipperary*!...

En mai – fais ce qu'il te plaît – le général Pétain fut nommé commandant en chef des armées. On le voyait partout goûter des potages de popotes, épingler la croix de guerre, avec ses gros doigts, sur le sein de jolies infirmières en ayant l'air de ne penser qu'au succès de nos armes, et embrasser des petites filles d'Alsace qui lui tendaient un bouquet de fleurs. Cette simplicité du guerrier donnait au général en chef – qui avait atteint ses soixante et un ans et conservait beaucoup d'avenir en réserve – un aspect Cincinnatus sans charrue, ou Fanfan la Tulipe à la retraite, selon les références de chacun ; cela produisait le meilleur effet sur les civils…

Les photographies de magazines célébraient un autre héros, l'as des as, le capitaine Guynemer qui avait abattu plus de cinquante avions allemands en vol. On avait vu Guynemer sur son avion, à côté de son avion, saluant dans un champ le cadavre d'un pilote vaincu, mais aussi sur un perron avec son père, sa mère – très fière – et un frère chafouin, lorsqu'il disparut soudain dans les Flandres belges, au cours d'une reconnaissance, le 11 septembre 1917 – une date chargée pour l'aviation mondiale. Nous savons depuis qu'il s'est planté dans un champ, à Poëlcappel – un monument aux cigognes est érigé sur la place du village – mais on n'a jamais retrouvé la trace de ses os. Cela ajoute grandement au mystère qui l'entoure et enveloppe sa mort d'une sorte de pureté, d'un effet « grand oiseau blanc » comparable à celle de Saint-Exupéry.

Par ailleurs les Russes, qui n'arrêtaient pas de se disputer depuis le mois de mars pour savoir qui, maintenant, tiendrait la barbichette à l'autre, se fâchèrent en septembre à coups de complots éventés, lorsque le général Kornilov tenta de s'emparer du pouvoir pour lui seul comme un vulgaire Bonaparte en brumaire… Petrograd était aux cent coups ! Le Soviet, réuni précisément le 11 septembre pour célébrer les premiers six mois du régime démocratique dirigé par Kerenski, chef du gouvernement provisoire, restait bloqué à l'Institut Smolny. Journaux suspendus, arrestations en masse, interdiction de réunions célébraient ce jubilé de la liberté !… Kornilov rata son coup, mais le match était lancé – il aurait des vedettes et des arbitres de légende ! Par exemple, deux agitateurs, Vladimir Ilitch Oulianov qui venait de Suisse, et Davidovitch Bronstein qui venait d'Angleterre, tous deux théoriciens adeptes de la guerre civile, réussirent à imposer leur dictature, le 7 novembre (mais par une ruse du calendrier, les Russes se croyaient encore en octobre !)... Ces hommes, bientôt illustres, se faisaient appeler respectivement Lénine et Trotski ; ils obtinrent ce qui devait se révéler le plus grand succès d'estime depuis Mahomet !

Pendant cette deuxième révolution russe, l'abbé Jean Brunie s'éteignit à Vichy le 4 novembre, à l'hôpital civil où il était soigné par des sœurs dévouées. Le pauvre prêtre avait eu l'estomac trop noué par les atrocités quotidiennes dont il était le témoin, et auxquelles son sacerdoce ne l'avait pas préparé. La réalité des hommes mise à nue lui semblait si contraire à la doctrine chrétienne de l'amour généralisé !... Sa foi gentille, sucée à Crumière autrefois avec le lait de sa mère, en avait des failles de doute contre lesquelles il luttait de toute la force de ses prières. Le jeune fourrier François Baubil, au 416e, un catholique bon teint et pratiquant scrupuleux, ne parlait-il pas à ses parents le 2 novembre 17, dans une lettre, du « Dieu inclément qui préside à toutes les effusions de sang de la présente guerre » ?... Enfin Brunie avait quarante-huit ans, un âge où les contradictions peuvent être fatales – il mourut, dit sa fiche, de « sténose pylorique néophasique cachexie », ce qu'en termes chrétiens on nomme « cancer du pylore ». – Rodin mourut aussi en novembre, à Meudon. Les journaux en parlèrent beaucoup car il avait acquis une immense notoriété de sculpteur, bien qu'on ait dit par la suite – la rumeur ! – qu'il n'avait pas trop manié le ciseau lui-même dans sa vie... Il aurait eu de bons nègres, comme Chagall plus tard et nombre de célébrités... Auguste Rodin fit la page de couverture de *L'Illustration* (il n'y avait pas plus prestigieux à l'époque) – le 24 novembre, sur son lit de mort.

Mais la guerre continuait... pendant les travaux !

Au 300e Régiment d'Infanterie, régiment de réserve, il

en était dégringolé du monde depuis que Michel Manimont et Jean Rigaud étaient venus s'y joindre… En juillet et en août 1916, ils s'étaient appuyé le combat des Creutes, où tant de Corréziens avaient été tués ou blessés – rien que du 15 au 30 août le caporal Antoine Daulet d'Allassac, le caporal Antonin Rome de Larche, Pierre Lambert de Lubersac, Cyprien Doumiès d'Altillac, Eugène Rongier de Brivezac, Aubin Borseix de Bort ; on ne peut pas citer tout le monde ! Louis Guitard, de Neuville, blessé, Jean Counil, de Tulle, tué fin août, comme le sous-lieutenant Élie Lajoinie, de Varetz, et aussi Jean Champ, de Collonges, tombés au champ d'honneur. Les gars de la Corrèze étaient si nombreux qu'ils avaient baptisé les tranchées de noms rassurants : en 1re ligne il y avait la « Tranchée de Brive » et la « Tranchée de Tulle » pour vous servir ! En 2e ligne, la « Tranchée de la Corrèze », en 3e ligne c'était la « Tranchée de la Loire », déjà plus excentrée.

Fin novembre 16, ils étaient retournés dans la Somme, devant Barleux, où ils se relevaient avec le 126e et le 108e – on prend les mêmes et on recommence. Pour Noël ils y étaient toujours à Barleux, l'imprenable Barleux ; et c'est là que sont morts, entre le 24 et le 28 décembre, Pierre Lajoinie, de Malemort, Marcellin Laporte, de Favars, Jean Mournetaz, d'Espartignac… Pendant ce combat Michel Manimont fit des étincelles. À force de tuer et de danser avec la mort en esquivant les balles, il finissait par être saisi d'une sorte de rage froide qui le prenait dans l'action, une folie du jeu de roulette russe désespérée. Persuadé qu'il serait tué un jour ou l'autre, comme les copains, et de toute façon, où qu'il soit et quoi qu'il fasse, il se moquait du tiers comme du quart et ne songeait qu'à se venger par avance !… Vendre sa peau très cher était sa devise : pour lui et pour les copains morts dont le visage lui passait parfois par l'esprit au moment précis où il lançait l'attaque.

Car sa position de sous-officier lui ouvrait des perspectives de meurtre très agrandies, laissant le champ de bataille, au moment de l'exécution, partiellement à son initiative. C'était grisant : il se trouvait en situation d'entraîneur d'hommes, et il voulait servir de fer de lance, par orgueil. Une section, cent bonshommes aux ordres d'un sergent, ce n'est pas énorme, mais c'est suffisant pour faire pas mal de casse, à condition que le coup soit exécuté avec adresse. Voilà le hic, l'adresse, la capacité de saisir exactement l'occasion dans la seconde, ce qui fait aujourd'hui l'efficacité d'un capitaine de rugby... En même temps, le nombre relativement restreint permet une cohésion parfaite, une organisation à la voix... Et puis sa vaillance physique, sa force peu commune donnaient confiance aux gars, tandis qu'il éprouvait un tel plaisir féroce à tuer du Boche que son entrain devenait communicatif. Il jouissait à voir des types fuir devant sa baïonnette farouchement déterminée.

Pour sortir de la parallèle de départ, Manimont ne criait pas « En avant » comme tout le monde – puisqu'ils étaient tous du pays, de près ou de loin, pour ainsi dire « entre eux », il braillait : « *Aurò petiòt !* » (maintenant, les gars) et bondissait comme un tigre. Il avait inventé ça lorsqu'ils étaient aux Creutes, à la tranchée de Brive, par bravade – et avait entraîné ses gars à gueuler avec lui en fonçant sur l'ennemi. Ça leur foutait la trouille aux Teutons, du moins il avait remarqué qu'ils tournaient les talons plus vite. Au moment du contact il faisait crier en rafales : « *Tè, tè, tè, tè, tè, tè !* »... Comme à la chasse quand le sanglier détale, qu'il faut tirer : « *Tè tè tè !...* » Et puis « *Fo-sy ! Fos-y !* » (tape-le, tape-le)... Tous ces Corréziens, pour la plupart des champs et des landes, se galvanisaient comme un seul homme en criant ces mots de chez eux, ils fonçaient, terribles ! Les Boches se sauvaient... Et s'ils ne se sauvaient pas ils étaient cuits, paralysés par ces diables hurlants qui les embrochaient comme des saucisses, ou les capturaient s'ils avaient la présence d'esprit de jeter à temps leur fusil en criant : « Kamarad ! » Cela dans les combats au corps à corps...

Redoutable sergent Manimont !... Il s'enivrait de ces succès trompe-la-mort. Michel s'était taillé une vraie réputation dans tout le régiment – quand le capitaine disait: « Je compte sur toi, Manimont », on savait à qui il parlait, et que c'était de la confiance. Le commandant Aucouturier le tenait en grande estime, il le lui avait dit, personnellement – et même le lieutenant-colonel Moillard l'avait fait venir à son PC pour le féliciter... Michel était fier de ces approbations, c'est humain. Quelquefois Jean Rigaud qui s'occupait des comptes au PC du capitaine en remplacement de son sergent-chef fourrier parti en permission avait entendu des éloges sur lui qu'il s'était empressé de rapporter à l'intéressé ! Jean Meyssignac, le chef cuistot, faisait écho des on-dit à la roulante, selon la coutume... Manimont, les oreilles lui sifflaient – c'était flatteur. Et bien sûr il n'aurait pas supporté de déchoir aux yeux de tout le monde : ça le poussait aussi en avant, forcément...

Toujours est-il que ce Noël 1916, à Barleux, lors d'une attaque allemande où ça avait chauffé que le Diable, le sergent avait décroché le pompon avec une citation en règle – quelques semaines plus tard, bien entendu. Attention ! il n'était pas cité à l'ordre du Café du Commerce, ni à l'ordre bien commun du régiment ni même de la brigade, non : il était cité « à l'ordre de la Ve Armée » ! Carrément ! Général Fayolle !... Ce n'était pas de la gnognotte de félicitation qu'il recevait là, dans un garde-à-vous tétanisé, le 15 mars 1917 : « Sous-officier plein d'allant, s'est particulièrement distingué dans un combat récent par son courage, son sang-froid et son mépris du danger, sous un feu d'une violence inouïe a brillamment résisté à une forte ruée ennemie, puis avec un entrain et une crânerie peu communs a entraîné sa section à la contre-attaque et a chassé les Allemands de nos positions. » – Rompez !...

Cela étant, les chefs se montraient bien avisés de récompenser les bons soldats, fût-ce en paroles, car à l'époque ce n'était pas toujours la joie au bataillon... On sentait monter une aigreur, une tension même, parfois un mauvais vouloir qui n'annonçaient rien de bon dans la troupe. Il ne s'élevait pas encore une rumeur de mutinerie comme un peu plus tard au printemps, chez les sacrifiés du général Nivelle au Chemin des Dames, mais tout de même la docilité n'avait plus tout à fait le doigt sur la couture du pantalon. Par exemple au mois de février, toujours dans la Somme et au même bataillon, le caporal Joannès Saule avait été cassé de son grade. Motif: « A donné devant la compagnie rassemblée le plus déplorable exemple d'indiscipline en protestant de façon incorrecte à l'annonce d'une punition et en disant: *Vous pouvez me faire casser, je ne demande pas mieux.* » – De telles réactions chez ces morts à crédit nécessitaient que l'on montât en épingle les exploits personnels, de sorte à rétablir l'équilibre.

Au mois de mars le 300e se trouvait dans le Doubs, au secteur du bois de Carspach – ça y faisait vilain aussi. Les Boches attaquaient avec des lance-flammes. En juillet ils furent aux combats du Mont-sans-Nom, où Augustin Bizot fut blessé, de Collonges, et Jérôme Montmaur, de Lostange, Antonin Laroche de Sérilhac, le 31. Au Mont-sans-Nom, début août, le 300e était avec le 100e de Tulle où venait d'arriver le jeune frère de Michel, Jean Manimont, de la classe 18, qui avait été incorporé début mai.

Il y eut beaucoup de permissions. Le général Pétain, soucieux du bien-être des hommes tant qu'ils n'étaient pas sous les balles, avait donné des ordres pour la satisfaction du poilu. Par exemple, alors que le pain devenait de plus en plus mauvais dans les boulangeries de France, des grandes villes en particulier, suite à une pénurie de blé très prévisible, la qualité de la boule cuite par les boulangeries du front s'était améliorée dans des proportions étonnantes. Désormais, pour manger du bon pain il valait mieux être aux tranchées ! Du moins c'était un bruit qui courait dans la Presse française... Le général en chef s'était aussi occupé du vin auquel il attachait une importance au moins égale à celle du pain. Du reste il écrivit plus tard, alors qu'il était un maréchal de France chenu et vénéré, en 1934, une note en « Hommage au vin » ainsi rédigée:

« De tous les envois faits aux armées au cours de la guerre, le vin était assurément le plus attendu, le plus apprécié du soldat.

Pour se procurer du "pinard" le "poilu" bravait les périls,

défiait les obus, narguait les gendarmes. Le ravi
en vin prenait, à ses yeux, une importance presq
celle du ravitaillement en munitions.

Le vin a été pour les combattants le stimula
faisant des forces morales comme des forces physiques; ainsi a-t-il largement concouru, à sa manière, à la Victoire. » Mal Pétain.

Donc, sous ces auspices, Jean Rigaud retourna à Pouch voir comment se portait son institutrice... Jean Meyssignac, le cuisinier, revint effeuiller la Marguerite, en quelque sorte, à l'auberge devant l'église de Meyssac, et voir ses enfants... Manimont refit une apparition à Geneste. Le petit Pierrot allait sur ses trois ans – il était devenu intéressant: il trottait comme un petit Jésus – Ah! disait-on, toute l'énergie de son papa! –, il gazouillait joliment, prenant de l'intérêt à mille choses, ce qui emplissait son entourage de contentement...

Pendant sa permission, Michel ne sortait guère du Pescher que pour rendre visite à ses parents à Crumière. Il y avait eu trop de casse à Lagleygeolle, tous ces types tués, dans tous les villages. Et puis il n'avait pas envie de parler. Il était devenu un fauve, un tueur en série, et se sentait terriblement décalé dans la tranquillité de la famille... Il n'avait envie de parler de rien et surtout pas de ses exploits! Au contraire de son enfant qui le faisait vaguement sourire – il ne s'intéressait plus du tout aux choses de la vie. Le gamin, du reste, ne le connaissait pas, et demeurait intimidé par lui – il disait de son père *lo mossur*, « le monsieur »... Même son amour pour Louise s'était fané; trois ans c'est long, surtout des années pareilles... Assis dans la cuisine – il ne se forçait même plus à aller aux étables pour faire plaisir à son beau-père – il avait le sentiment profond, intime, qu'il serait tué et qu'il était inutile pour lui de s'impliquer dans la vie de ces gens, de ces étrangers. Même son fils, il valait mieux sans doute ne pas s'y attacher... Un futur orphelin de guerre, c'est ainsi qu'il le regardait aller et venir, courir avec le chien, donner aux poules de sa petite main dodue...

Louise, qui le voyait si distant, perdu dans ses pensées du front en sa présence, s'ingéniait à lui faire de bonnes choses à manger, à tâcher de le distraire. Elle se faisait la plus belle qu'elle pouvait – et elle était jolie femme. Elle avait acheté un chapeau, dont elle savait qu'il était à la mode – elle faisait tout haut des projets pour leur vie, puisque la guerre n'allait pas durer toujours. Ils étaient jeunes, ils retourneraient à Paris… Michel voyait ses efforts, ses déploiements de gentillesse, ses prévenances; il en était attristé. Un soir, dans la chambre, après avoir goûté la tendresse de Louise et s'être ému de son corps, il pleura… Il disait: «Je suis mort, Louise, tu comprends. Je suis mort, voilà la vérité. Je ne reviendrai pas.» Il sanglotait: «Tu es déjà veuve, comme les autres. Tu ne le sais pas, mais tu es veuve de guerre, Louise.» Et il répétait: «Je suis mort, je suis mort…» Elle était en larmes… Les permissions alors avaient de tristes soirs.

Le 300e passa la fin de septembre et la moitié d'octobre en grand repos dans la vallée de la Marne, au sud de Reims. Le 20 ils furent à Juvigny, le 21 à Ay de si grand et ancien renom pour son vin, pour aboutir à Cumières et à Hauvillers en face d'Épernay, sur l'autre rive.

L'automne déjà! La guerre était au même point, que l'on n'ose pas appeler «point mort» sauf à faire un jeu de mots bien sinistre… À part un repli stratégique des armées allemandes, en Artois et dans la Somme, qui avait évité une offensive au printemps, on en était grosso modo sur des bases anciennes de trois ans… Allait-on passer un quatrième hiver dans la boue et la neige, le froid et la faim? Les poilus allaient-ils continuer à se sacrifier sans rien dire? Ou les révoltes du Chemin des Dames allaient-elles reprendre sur un coup malheureux – aussi inepte que l'attaque holocauste dirigée par le général Nivelle? La «chair à canon» ne risquait-elle pas de frémir? – Il traînait une chanson secrète que personne n'osait chanter mais que beaucoup de gars avaient apprise «en loucedé» comme disaient les marioles; quand un petit groupe de copains bien soudés avait un coup dans le nez – du vin,

du vin de la Victoire ! – bien discrètement, à l'
oreilles galonnées, ils fredonnaient comme ça :

« Adieu la vie, adieu l'amour,
Adieu toutes les femmes… »

Alors ça prenait de l'ampleur, il y avait toujours un ou deux drilles qui savaient les paroles des couplets, et là c'était vraiment, vraiment démoralisant pour la troupe !

En fait c'était la parodie d'une chanson d'amour à succès d'avant 14, chantée dans tous les music-halls, du Concert Mayol à l'Eldorado et enregistrée sur disque, dont le refrain faisait :

« Bonsoir m'amour, bonsoir, ma fleur,
Bonsoir toute mon âme !
Ô toi qui tiens tout mon bonheur
Dans ton regard de femme !
De ta beauté, de ton amour,
Si ma route est fleurie,
Je veux te jurer, ma jolie,
De t'aimer toujours ! »

Le truc de charme imparable que tu chantes avec une petite moustache bien frisottée du bout au fer à friser, et hop, tu emballes !… La chansonnette était pour ainsi dire sur toutes les lèvres, et l'air itou. Donc un gars du Chemin des Dames, un gars ou deux, on ne sait pas, habitué sans doute à taquiner la muse de cabaret, crayon en main dans la cagna, transforma pénard les paroles ainsi :

« Adieu la vie, adieu l'amour,
Adieu toutes les femmes.
C'est bien fini, c'est pour toujours
De cette guerre infâme.
C'est à Craonne, sur le plateau
Qu'on doit laisser sa peau ;
Car nous sommes tous condamnés,
Nous sommes les sacrifiés. »

Vertudieu !... Ça changeait bougrement la donne ! Ça mettait le frisson dans le dos – « on doit laisser sa peau »... Cette nouvelle version, dite « de Craonne », avait fait des ravages en circulant sous... la capote. D'autant que les trois couplets n'y allaient pas de main morte, avec des vers comme ceux-ci :

« Mais c'est bien fini, on en a assez,
Personne ne veut plus marcher,
Et le cœur bien gros, comme dans un sanglot,
On dit adieu aux civ'lots... »

Et puis des trucs assombrissants :

« Doucement dans l'ombre, sous la pluie qui tombe,
Les petits chasseurs vont chercher leur tombe. »

Enfin le dernier couplet ne mâchait pas ses paroles, ni sa musique, la chansonnette devenait complètement subversive !

« C'est malheureux d'voir sur les Grands Boulevards
Tous ces gros qui font la foire ;
[...]
Tous les camarades sont enterrés là
Pour défendre ces messieurs-là. »

Et le dernier refrain alors ! Pas de sous-entendus, finies les plaintes : la menace directe et non déguisée. À mon avis cette dernière partie a été écrite par un second zigue carrément plus « maximaliste » que celui qui a commencé – ce qui me fait dire que ça sent la chanson écrite à deux, ou à trois copains. Le fait que personne n'ait jamais moufté, bien plus tard, pour revendiquer les paroles, tendrait à faire penser que les pauvres gars, en effet, y ont laissé leur peau. Sinon directement à Craonne, peut-être lors de la répression, ont-ils fait partie de ceux qu'on a collés au poteau d'exécution. En tout cas un bataillon vous chante ça spontanément au moment de monter à l'assaut et tous les types posent les fusils, les grenades, se croisent les bras et attendent – s'ils ne tirent pas sur leurs officiers !

« Ceux qui ont l'pognon, ceux-là r'viendront,
Car c'est pour eux qu'on crève ;
Mais c'est fini car les troufions
Vont tous se mettre en grève.
Ça s'ra votre tour, messieurs les gros,
De monter sur l'plateau ;
Car si vous voulez la guerre,
Payez-la de votre peau ! »

Mon papa savait la chanson de Craonne – au moins des bribes. Il l'avait entendue en tout cas – il y était lui, au Chemin des Dames, dans les crapouillots heureusement, à tripoter les obusiers sans monter « là-haut », sans quoi je n'aurais moi-même jamais eu de peau... Déjà d'avoir perdu ma première maman possible, et d'avoir passé au travers de cet enfer de feu et de fer, elles reviennent de loin mes gamètes ! Quand j'y pense, je suis un miraculé de 14-18... Mon papa chantait de temps en temps – terriblement faux, bien entendu, à croire qu'il n'avait pas du tout d'oreille :

« Adieu la vie, adieu l'amour,
Adieu toutes les faaa... mes ! »

Je trouvais ça joli quand même lorsqu'il chantait, juste deux ou trois vers. Il n'allait jamais plus loin... Il n'avait retenu que la question des femmes, qui l'a très intéressé toute sa vie... C'était la chanson de Craonne, j'avais cinq ans, je ne savais pas ! Elle résonnait comme ça en lui, comme un malheur enfin. Il riait, la bouche ouverte, et ses deux dents du haut qui lui restaient, les deux canines, lui faisaient comme un petit hoyau... C'était avant son dentier qu'il riait si fort, il était encore jeune, la soixantaine... Après, avec son râtelier rose, il riait moins librement, il avait peur de le perdre. Et puis un jour il n'a plus du tout chanté – tout passe. Les bribes de Craonne se sont effacées – les douleurs se sont estompées, je pense. Le Chemin des Dames – que j'imaginais sous la forme d'une voie privée, une jolie route parcourue par des dames en longues robes avec de jolis chapeaux fleuris et des ombrelles, ça ne collait pas du tout avec le côté terrible qu'il évoquait. Ou bien ai-je enregistré que les dames sont terriblement dangereuses, mortelles aux hommes, et qu'il faut s'en méfier ?... Le Chemin des Dames s'éloignait de lui avec le fracas des canons, vingt-cinq, trente ans passés, le bruit des armes ayant changé prenait la forme de quadrimoteurs bombardiers ; il lui restait encore « Adieu l'amour », pour de vrai, mais détaché de Craonne et de toutes les hostilités, une sentence pour homme âgé, « Adieu toutes les femmes », en effet – et ce repli solitaire sur soi que cette séparation entraîne, « C'est bien fini, c'est pour toujours » – pas encore « Adieu la vie », mais il était sur la voie...

Pour en revenir au 300e, et ces lascars là-bas, à Hautvillers et à Cumières, au sud des forêts appelées Montagne de Reims, en ce début d'automne inquiétant, les états-majors jugèrent utile de se mettre en quatre pour amuser les guerriers – *panem*, j'ai dit, c'était déjà fait, grâce à la sollicitude du bon général Pétain, restaient les *circenses*[1]. Le *Journal des Marches et Opérations* du régiment fait état, le 29 septembre 17, un samedi, d'une remise de décorations monstre : 203 croix de guerre distribuées. Mazette ! De quoi raviver l'orgueil d'un soldat sur vingt, à peu près... Après la remise, défilé triomphal pour montrer les médailles... Et le soir « soirée récréative à Cumières » en présence du colonel Petit, commandant la 134e Division d'Infanterie.

Le dimanche repos, messe et détente en ville – sauf pour les cuistots d'ailleurs, tout occupés à mitonner les gamelles, que le peuple combattant soit content. Les fourriers non plus n'étaient pas à la noce – il fallait appro-

1. De la formule de Juvénal, Satire X vers 81, *Panem et circenses*, « du pain et des jeux de cirque », ce que réclamaient les Romains de la décadence.

visionner, et du bon. Jean Meyssignac en transpirait aux fourneaux, avec des petits plats à part des grands pour le mess du capitaine, son dieu tutélaire, son égide, son protecteur !... Jean Rigaud lui aussi devait marner, veiller à tout – surtout que son chef était parti en permission, et qu'il le remplaçait, sergent-chef par intérim, avec toute la responsabilité auprès du commandant du bataillon !...

Le lundi 1er octobre, on organisa des jeux – pas de cirque, mais des compétitions vaguement olympiques : des courses, du saut, etc., avec l'attribution de récompenses aux vainqueurs. Ces jeunes hommes délicieusement entraînés à courir ne rêvaient que de se mesurer entre eux... De vraies saines distractions. Le lendemain, le 5e Bataillon allait continuer plus loin le long de la Marne à Pareuil, tandis qu'une compagnie du 1er Bataillon était désignée pour aller couper du bois de chauffage en forêt... Retour le samedi 6 octobre, à l'occasion d'une grande messe solennelle pour les morts de Champagne – et Dieu, en l'occurrence, en savait exactement le chiffre, y compris, bien sûr, ceux qui n'étaient connus que de Lui seul.

Le lundi « Théâtre aux armées » : d'abord un spectacle à Hauvillers, repris dans la soirée à Cumières. Les artistes venaient de Paris avec un programme varié de chanteurs, de fantaisistes, et d'acteurs de comédies à la mode – hommes et femmes, celles-ci toujours très applaudies... À cette occasion, il se passa une petite scène en coulisses. L'un des chanteurs, Périer, avait mis à son répertoire la jolie chanson amoureuse qui lui valait toujours un franc succès à l'Eldorado : *Bonsoir m'amour*. Le lieutenant-colonel Moillard, informé du programme, envoya une liaison au chanteur pour lui faire dire qu'il ne pouvait chanter ça.

– Mais pourquoi ? demanda l'artiste.

– Parce que le colonel ne le veut pas.

– J'aimerais connaître ses raisons. La chanson est excellente, le public l'adore, il reprend toujours le refrain en chœur.

Justement ! Oh précisément le colonel ne tenait pas du

tout, mais alors absolument pas à ce qu'un millier de poitrines, sait-on jamais ?, entonne les autres paroles au bon moment et qu'au lieu de «*Bonsoir m'amour, bonsoir ma fleur*», on entende monter «*Adieu la vie, adieu l'amour*» ! L'astucieux Moillard avait bien vu que c'était la «Chanson de Craonne» que l'innocent chanteur allait mettre sur les rails !... Il y eut palabre – Périer demanda à parler au colonel, le colonel lui expliqua, mais seulement d'une manière vague, que sa chansonnette avait une parodie dangereusement défaitiste, et qu'il lui fallait absolument la retirer de son répertoire... L'artiste obtempéra, assez contrarié tout de même ; il chanta à la place un autre succès :

«Si tu veux fair' mon bonheur
Marguerite, Marguerite,
Si tu veux fair' mon bonheur
Marguerite donn'-moi ton cœur !»

Il fut très applaudi, et tous les poilus présents dont la fiancée s'appelait Marguerite eurent un pincement au cœur...

Puis la routine reprit : dans la nuit du 15 au 16 octobre, le régiment alla relever pour huit jours le 133e Régiment d'Infanterie juste à la limite nord de Reims, à Bethény. Pour l'instant le secteur était calme – il y eut un peu de grabuge le 17, mais sans gravité – un seul blessé. Un petit incident fut à noter le 21 – le caporal Baptiste Michon de la classe 1903, à la 19e Compagnie, remit volontairement ses galons, ce qui est toujours une protestation radicale de mauvais aloi dans n'importe quelle armée.

Ce n'est certes pas à cause de la mauvaise humeur de Michon que le grand Quartier général décida, le 6 novembre, de dissoudre le 300e à la date du 17 novembre. L'état-major en avait terminé avec ce régiment de réserve, une restructuration était en cours – les régiments d'Infanterie coloniale avaient subi des pertes, il fallait les remplumer. La note du GQG disait : «Les gradés non rengagés, les soldats, les animaux et le matériel seront répartis dans les régiments des 2e et 3e Divisions Coloniales p combler les déficits.» Michel Manimont, gradé mais non rengagé, de même que Jean Rigaud, furent affectés ce 17 novembre 17, au 21e Régiment d'Infanterie coloniale – le soldat-cuisinier, et aubergiste de choc, leur compatriote Jean Meyssignac passa au 7e RIC.

Ça tombait bien – ils restaient dans le coin, en Champagne. Le 3e Bataillon, aux ordres du commandant Patoux, les accueillit – Manimont atterrit dans la compagnie du capitaine Bousquet, Rigaud dans une autre compagnie... Au 1er janvier le lieutenant-colonel Briand prit la tête du régiment, et la semaine suivante le capitaine Voizard le commandement du 3e Bataillon, en remplacement de Patoux. La routine des relèves et des repos avait repris – l'hiver aussi. Le 21e RIC restait dans les parages de Reims : Gourcourt, Rilly-la-Montagne, Ouche, La Pompelle, Puisieulx... La vie, peu de morts, les bombardements...

À propos de bombardements, on se doit de signaler ici les merveilleux progrès logistiques accomplis en très peu de temps par l'aviation allemande. Moins de deux ans après la triomphale invention de Dunkerque, les Allemands inaugurèrent les raids sur la capitale qui devaient revêtir tant d'éclat au cours des décennies suivantes. Dans la nuit du 30 au 31 janvier 1918, en milieu de semaine, des avions du type *Gotha*, bimoteurs rapides, vinrent lâcher des bombes sur Paris, causant une énorme surprise dans la population endormie !... On peut juger au résultat le grand pas franchi : 51 morts et 204 blessés – déjà la rentabilité de l'opération était assurée. Ce qui frappa encore davantage que l'agression sur des civils présumés innocents, ce furent les deux enfants tués par les bombes. Une petite fille de huit ans et demi, Marcelle Lapie, et son petit frère Julien, qui habitaient une commune de la banlieue nord de Paris – dans un rayon compris entre Aubervilliers et Saint-Ouen, peut-être Saint-Denis – furent tués dans leur petit lit... Leur maman, dans la chambre à côté, eut un bras arraché, mais elle survécut, tandis que le père, au front, se trouvait dans un convoi qui le ramenait en permission – à temps pour enterrer sa famille, à qui la municipalité tint à offrir des obsèques grandioses, c'est vrai…

On parla beaucoup en France de ces enfants, dont l'assassinat fit du tort à la réputation des Allemands dans l'opinion mondiale… Les bonnes âmes se montraient choquées – on ne savait pas alors que Marcelle et Julien Lapie n'étaient en somme que des prototypes, un peu comme les porte-drapeaux des enfants martyrs des guerres modernes. Il y en a tellement eu de milliers depuis, des centaines de milliers peut-être de par le monde, uniquement dans les bombardements aériens, qu'il n'est pas inutile de sortir un instant ces chérubins de l'oubli, les enfants Lapie, comme le bébé de Bailleul, la petite Marie-Louise, paix à leur souvenir. Après tout, une grande première en vaut une autre : on n'a pas oublié qu'Armstrong a été le premier à poser ses pieds sur la Lune !

XXVII

Si les Russes avaient commencé leur révolution un an plus tôt, les Allemands auraient gagné la guerre de 14-18 !... Il est vrai qu'avec des « si » on mettrait Berlin en bouteille, Saint-Pétersbourg et Paris, mais tout de même, il suffit pour supposer cette victoire allemande de refaire le calcul auquel le Kaiser et son état-major se livrèrent au début de l'année 1918. La pagaille engendrée par la révolution maximaliste de novembre aux mains des Gardes rouges – rouges du sang qu'ils faisaient ruisseler dans la joie de l'instinct humain retrouvé [1] – provoqua tout de suite une désorganisation totale du front russe. Les dictateurs, redoutablement sincères, qui conduisaient triomphalement la révolte pour leur plus grande gloire auprès de la postérité, Lénine et Trotski affichaient des opinions internationalistes ; ils croyaient arrêter les hostilités en portant la révolution au sein du prolétariat allemand, et avaient incité les troupes russes de la république provisoire et naissante à déserter. Ce qui est sympathique mais ne se reverra plus en régime communiste ! Il s'ensuivit une paix rapide entre la Russie et l'Allemagne, ou plutôt une capitulation conclue le 24 février 1918.

1. Le malentendu de toutes les révolutions sanglantes est que les idéologues qui les animent, mus très souvent par des sentiments généreux, pensent que les tueurs sous leurs ordres tuent pour « la cause » ; alors que les tueurs, d'où qu'ils viennent, tuent seulement pour leur propre plaisir, pour la jouissance égoïste et primitive que procure à l'homme l'acte de tuer ! La justification des crimes par « la cause » n'est qu'une hypocrisie de plus.

L'empereur allemand – lui-même en sursis, mais il l'ignorait – put donc rapatrier dare-dare les divisions occupées jusque-là sur l'immense front de l'Est, de Riga sur la mer Baltique jusqu'au Caucase. Le résultat ne se fit guère attendre : le général en chef Ludendorff déclencha à partir du 21 mars au matin ce qui devait être la grande offensive allemande de cette trop grande guerre, la dernière, et dans l'esprit de son ordonnateur, l'attaque décisive qui devait lui apporter la victoire. Pour ce faire, il massa à l'arrière de ses lignes, fort clandestinement – faisant marcher ses troupes la nuit, et les cachant le jour dans les forêts afin que l'aviation alliée ne les repère point –, des forces considérables, quasiment doublées. Il ne restait plus à Ludendorff qu'à faire massacrer de la bidoche allemande, à pousser des marées humaines sur nos lignes jusqu'à ce que ça casse – et que ça passe ! Ce que n'avait pas permis l'équilibre des forces plus ou moins égales, l'écrasante supériorité numérique allait le réaliser : ils passèrent, bel et bien !…

La première offensive, au mois de mars, porta au sud d'Arras sur le front de la Somme, de sorte à établir une percée entre Montdidier et Noyon. En quelques jours – c'était même la semaine sainte, Pâques tombant cette année-là le 31 mars ! – les Allemands commandés par le terrible général Huttier, venu de Riga, firent péter le front ; ils repassèrent gaillardement dans Péronne, Bapaume, et tous ces lieux si âprement défendus depuis trois ans, balayant Barleux, toujours Barleux !, Belloy, Berny-en-Santerre, Chaulnes, Roye, et au nord de la Somme, poussant les Britanniques à travers Hardecourt-aux-Bois, jusqu'à Albert. C'était reparti, comme en 14 !… Ils menaçaient Amiens, direction Paris !

Puis tout à coup ils se bloquèrent, leur avance enrayée et tous les chemins pris. Le général Fayolle, commandant un groupe d'armées, fit des pieds, des mains, et des mitrailleuses lourdes pour barrer la route et galvaniser ses soldats. Plusieurs divisions furent transportées en renfort par des camions automobiles – ces bienheureux camions qui avaient joué un rôle providentiel au moment de Verdun.

De plus Anglais et Français rivalisaient de bravoure en se relayant sur le champ de bataille, soutenant l'armée du général Gough dans le secteur de Noyon… De nouveau l'ennemi piétina sur la brèche qu'il avait ouverte.

Au mois d'avril, ce fut au tour du front des Flandres de casser, dans sa partie sud. Entre le 9 et le 17 avril, l'ennemi avala Armentières, et poussa le front jusque dans la plaine entre Bailleul et Meteren. Puis la prise du mont Kemmel en Belgique fit tomber Locre, assaillir le Mont-Noir, dont la sombre forêt de sapins fut détruite à ce moment-là par l'artillerie allemande, et raser le château construit par les Crayencour. Cependant l'avance n'atteignit pas Hazebrouck, ni au sud la ville de Béthune.

Ces avancées allemandes avaient remis sur les routes, et dans les trains, une nouvelle misérable vague de réfugiés fuyant le Nord et la Somme. Démunis, affamés, ces gens n'avaient jamais quitté leur coin de terre. Personne ne les attend. Par la route, ils emmènent leurs vaches, par le train le bruit des tampons de wagons les fait tressaillir comme s'ils étaient poursuivis par les coups de canon. Partout des familles déracinées, ballottées, séparées, des gens isolés, des orphelins emportés par l'ouragan rouge. Ils viennent de Bergues, d'Hazebrouck, de Bailleul, de Nieppe et de Neuf-Berquin, du bassin houiller, de Chocques, de Marles, de Bruay, des plaines de l'Artois et de Picardie, et leurs chiens suivent la migration en grande docilité. « Oh ! la désolation de cette femme qui, le tablier ramené sur son visage, sanglote, sanglote. Elle reste ainsi sans bouger, adossée à un tourniquet et on ne peut la calmer. Elle a perdu ses enfants durant le trajet. » – Ce sont des choses vues que les journaux rapportent : une femme de Dunkerque dit : « Mon mari est devenu fou en route. On l'a enfermé à Wormhoudt… »

Sauf que cette fois, la Croix-Rouge américaine est là pour aider. Elle a mis tout de suite ses gens et ses réserves qui sont immenses à la disposition des dépossédés. Des Américains, hommes et femmes, coupent le pain en tranches, distribuent les repas et le linge aux plus indigents – c'est un secours moral et matériel inestimable pour ces pauvres faméliques. Ces tristesses ambulantes se sentent rassurées, soutenues ; de plus ces Américains compatissants déclenchent une émulation contagieuse par leur dévouement, et dans les gares, agents et fonctionnaires, en d'autres temps moins patients, tendent la main aux pèlerins du malheur – les gendarmes, même les gendarmes aident les vieillards et les enfants à se hisser dans les voitures et à porter les baluchons invraisemblables dont ils sont encombrés.

La troisième offensive, dans l'Aisne, au mois de mai, creusa une troisième poche sur la Marne, jusqu'à Verneuil, Dormans, Château-Thierry et la forêt de Villers-Cotterêt. Là c'étaient Meaux et Paris à portée des fusils !... Pourtant ces marches en avant pleines de casse avaient usé les divisions de Hodendorff – avant de poursuivre, celui-ci se trouvait dans l'obligation de réparer ses outils et refaire le plein de chair à canon. Pendant ce temps, les troupes américaines, encore peu nombreuses sur le continent, arrivaient en masse et commençaient à se mêler aux bataillons des alliés. Cet apport créait, outre la force des armes – pas encore suffisamment aguerries –, un soutien psychologique important, pour ne pas dire décisif, dans la défensive. Alors que les Allemands usaient leurs réserves dans un effort prodigieux pour en finir – ce qu'ils avaient juré à leurs troupes, que c'était le dernier assaut – les Britanniques et les Français sentaient monter dans leurs rangs la sève d'Amérique – une sève qui promettait d'être inépuisable. « Tout ce que nous avons est à vous », avait déclaré le général Pershing au général Foch lors d'une entrevue au sommet le 28 mars. C'était rassurant... L'opération aurait-elle eu lieu un an plus tôt, cet appui américain n'existait pas – et ne voyant venir aucun renfort, c'était Napoléon à Waterloo !...

Une différence importante avec les premières campagnes de 1914, c'est que les armées utilisaient les tanks. Les Allemands s'en servirent à partir du 24 avril pour réduire les îlots de résistance que les premières vagues d'assaut avaient dépassés. Ils nettoyaient ainsi sans danger les nids de mitrailleuses attardés et les batteries qui n'avaient pas été déménagées à temps. La seconde différence consistait dans l'organisation de l'aviation, les engins étant déjà différenciés en avions de chasse et en avions de bombardement. Finies les initiatives personnelles, les capitaines courageux parcourant seuls le ciel belliqueux pour attaquer un avion de reconnaissance ennemi ! À présent les sorties se faisaient par escadrilles de vingt-deux ou vingt-quatre appareils évoluant ensemble et de conserve. Quant aux escadres de bombardement, elles comportaient trois escadrilles de huit appareils lourds à plusieurs moteurs. L'intelligence humaine ne s'est sûrement développée et nourrie que par la méchanceté ; les progrès techniques, on le sait bien, se sont établis par l'agression violente et la volonté farouche de mieux détruire son semblable – les années 1914-1918 en fournissent la preuve, éclatante et incontestable ! Comme aussi cette guerre a montré à quels degrés de sacrifice surhumain peuvent aller des hommes lorsqu'ils veulent tuer… Le contraire n'a jamais été démontré – Shakespeare a dit dans un sonnet : *Plenty and peace make cowards* (l'abondance et la paix font les lâches), elles ne stimulent en tout cas ni la créativité des ingénieurs ni le don de soi !…

À ce propos, une amusante péripétie de l'offensive de mars-avril 1918 fut le bombardement de Paris. Le samedi 23 mars, veille des Rameaux, à 7 heures du matin, une bombe tomba sur la capitale. Une autre bombe suivit un quart d'heure plus tard, puis une autre et une autre, toutes les quinze ou seize minutes avec une régularité stupéfiante. L'alerte, donnée vers 9 heures, avait d'abord précipité les Parisiens dans les caves, habitués qu'ils étaient depuis deux mois à se faire canarder du ciel. Pourtant les plus hardis, qui levaient les yeux vers l'azur – il faisait beau temps – pour y découvrir les ennemis volants lâchant un seul pruneau par quart d'heure, n'y voyaient rien… Des aviateurs, envoyés en l'air de toute urgence, ne découvrirent aucun avion allemand évoluant dans les cieux, cependant que le bombardement persistait avec une régularité de métronome… L'énigme était de taille, et occupait tous les cerveaux ! L'éminent professeur Kling, directeur du laboratoire municipal, examina le mystère à la lumière de sa raison, et les morceaux de bombes à la loupe. Il déclara enfin qu'il ne s'agissait pas de bombes proprement dites, lâchées au-dessus de Paris, mais d'obus lancés par un canon… Le canon devait forcément se trouver à cent vingt kilomètres au moins de la capitale !

La chose parut théoriquement impossible. M. Clemenceau, président du Conseil, se montra sceptique ; il demanda l'avis des artilleurs qui, d'abord, expliquèrent qu'un canon ne pouvait pas porter aussi loin. Toute la vie publique se trouvait bloquée, ce samedi-là, par ce bombardement insolite, et les élucubrations fusaient de toutes parts… Or, comme les obus continuaient à tomber avec une précision d'horloge, il fallut se rendre à l'évidence : un canon monstrueusement puissant tirait de très loin sur Paris ! Les hypothèses les plus curieuses circulèrent, qui alimentèrent les conversations des cafés : quel type de canon prodigieux pouvait être employé par les Boches ? On entendit même prétendre que l'engin se trouvait tout près, dans la banlieue nord, caché dans une forêt, et qu'il fonctionnait à l'air comprimé !…

Il se développa en quelques jours deux théories balistiques – comme on ne croyait pas que l'obus pût franchir la distance colossale de cent vingt kilomètres sur une seule poussée initiale, même en tenant compte du fait que sa trajectoire passait pour une bonne part dans la stratosphère où l'air raréfié n'opposait plus de résistance, des ingénieurs pré-inventèrent la fusée Ariane… Pour certains « l'obus canon » devait comporter deux sections ; parvenu à l'apogée de sa courbe, la section arrière explosait en se détachant, donnant à l'obus restant un supplément d'énergie. D'autres imaginaient que l'obus était doté d'une fusée à l'arrière qui s'allumait après le départ et augmentait sa vitesse dans la seconde partie du trajet. Les tenants de cette théorie citaient les fusées paragrêles utilisées dans l'agriculture, qui s'élevaient à environ mille mètres. Mais aucun débris matériel ne venait appuyer l'une ou l'autre de ces hypothèses.

En réalité, celle de l'éminent professeur Kling était la

Le 15 mars, le 1er Bataillon alla cantonner au Petit Monthaison sur la rive gauche de la Meuse, à un kilomètre au sud d'Ancemont. Il logeait là dans les dépendances du château édifié le long d'une boucle de la rivière. Une semaine de détente pendant laquelle les chefs de compagnie occupaient leurs hommes par des exercices sportifs censés leur dégourdir les membres après huit jours de quasi-immobilité dans la tranchée. À la tête de la 1re Compagnie, le lieutenant Georges Caresme, un garçon de Bordeaux jeune et instruit, était, comme le colonel Angeli, un adepte de la méthode de gymnastique du lieutenant de vaisseau Hébert, adaptée aux besoins variés de la guerre. Les exercices naturels de course et de saut, proposés à des gaillards au torse nu, passaient pour la meilleure formation du combattant moderne qu'ils rendaient plus alerte et vigoureux sur le terrain. Le lieutenant entraînait ses hommes à bondir les pectoraux à l'air comme des faunes, à enjamber des fossés, escalader des talus, franchir des haies, ou à disparaître lestement dans les arbres. Il privilégiait les mouvements utiles, leur faisant lancer la grenade le corps arqué en arrière pour prendre l'élan, puis projeté en avant dans une brusque détente, porter un camarade blessé, ramper sur un sol difficile – tomber même ! Surtout Caresme organisait un entraînement intensif à la baïonnette traitée en une escrime légère et efficace pour les « exercices au tampon ». Le lieutenant les conduisait pour cela au fond de Nivalette, ou sur la côte de Hairesse.

Son ordonnance Pierre Chastanet, trente-quatre ans, père de famille, ne participait pas toujours à ces folies rabelaisiennes du corps sain, ni aux longues marches formatrices dans lesquelles on lançait les camarades… Il logeait avec les officiers à l'intérieur du château du Petit Monthaison, et non dans les baraquements, afin de pouvoir répondre de suite aux besoins de son lieutenant dont, entre autres, il entretenait les effets… Au fil des années de vicissitude, les deux hommes étaient devenus amis. Caresme, fils unique d'une famille bourgeoise, célibataire, était un garçon lettré au visage fin, avec le front haut des romantiques ; il aimait beaucoup Pierre, de peu son aîné, paysan sans doute peu instruit mais très intelligent, vif, serviable, extrêmement débrouillard, qui se mettait en quatre pour lui rendre la vie plus agréable. Un regard rieur, une moustache bien lissée, et surtout une dentition fine et régulière qui donnait à son sourire un charme particulier faisaient de Pierre Chastanet un homme d'abord très avenant. Il fumait la pipe, une pipe de bruyère noire et luisante au long tuyau, qu'il gardait toujours sur lui, protégée par un étui de cuir.

Chastanet, né en 1882 dans la commune de Ligneyrac, s'était marié à Flomont après avoir résidé quelque temps à Lanteuil où il était employé dans une ferme. Son épouse, Léontine Cheyssial, était une très belle jeune femme, mince, au visage de madone surmonté d'une masse de cheveux bruns coiffés en couronne avec un chignon tout en haut du crâne. Il gardait sa photo dans son portefeuille, prise en compagnie de leur petit garçon, Maurice, âgé de deux ans au moment de son départ – la photographie avait d'ailleurs été réalisée spécialement pour l'envoyer au soldat dans l'une des premières lettres.

Pierre attendait une permission depuis plusieurs semaines pour aller voir sa jolie petite famille, lorsque le bataillon remonta en ligne le samedi 23 mars en fin d'après-midi. La troupe s'en fut traverser la Meuse à Dieue, et alla par le Grand Retentout, la Belle Hélène, et Sommedieue (qui veut dire « la source divine ») relever à la tranchée de la Ronde Fontaine. Le secteur était tranquille, la relève s'acheva sans incident. C'est à peine si le dimanche quelques obus tombèrent, épars, et dans l'ensemble inoffensifs.

Lorsque le lieutenant Caresme revint du PC du colonel, il avait appris des choses fâcheuses.

– Mauvaise nouvelle, mon cher Pierre ! annonça-t-il avec son accent bordelais, en pénétrant dans le gourbi.

L'ordonnance était en train de préparer un pot de thé à l'anglaise.

– Vois-tu, les permissions sont supprimées jusqu'à nouvel ordre. Les Boches ont attaqué jeudi dernier dans la Somme, ça chauffe dur, paraît-il, là-bas. Nos lignes seraient rompues, et l'ennemi gagne du terrain !

La Somme, ils connaissaient !... L'Artois aussi – très bien... En 1915, le régiment s'était battu à Roclincourt –

Caresme n'était alors que sous-lieutenant... Selon les informations reçues, expliqua-t-il, les armées franco-britanniques avaient amorcé une retraite vers Bapaume et Péronne devant la ruée allemande !

– Nous sommes propres, mon lieutenant ! commenta Pierre. Ils vont nous y renvoyer, pardi !

La casemate du poste de commandement de la compagnie était une pièce carrée, peu profonde, à laquelle on accédait, venant de la tranchée, par quelques marches aboutissant à une porte basse. L'intérieur était aménagé avec soin, et les officiers qui s'y succédaient s'ingéniaient à apporter chacun une amélioration. De chaque côté de la pièce une couchette en alcôve, isolée par de la toile de sac cousue et décorée, accueillait le sommeil du lieutenant et de son ordonnance. Une petite table faite de planches juxtaposées servait d'écritoire, de bureau, et de table à manger – trois caisses rembourrées sur le dessus formaient les sièges. Une quatrième caisse, plus large, placée à droite de la porte pour faciliter l'évacuation des odeurs, figurait le « coin cuisine », avec un réchaud à alcool solidifié pour remettre à la bonne température la tambouille qui arrivait froide ou tiédasse des roulantes.

Une étagère avait été bricolée pour y déposer les objets personnels ; Georges Caresme y disposait les trois livres de poèmes qui ne le quittaient jamais, et qu'il aimait à feuilleter au cours des nuits de veille, à la lueur d'une bougie dont Chastanet tenait provision, et qu'il renouvelait ponctuellement. Il y avait là un exemplaire des *Fleurs du mal*, un recueil d'Alfred de Musset où les *Nuits* tenait une place importante, et le *Jocelyn* de Lamartine. Ah ! lorsque le lieutenant déclamait des vers de sa voix chaude et vibrante – ce qu'il faisait volontiers, à la fois pour instruire son ordonnance, lui donner le sentiment du Beau, et par un goût naturel pour le théâtre – Chastanet buvait ses paroles en tirant doucement sur sa luxueuse pipe. Surtout des choses comme celles-ci, que Caresme disait de mémoire, sans le livre :

« Mon enfant, ma sœur,
Songe à la douceur
D'aller là-bas vivre ensemble !
Aimer à loisir
Aimer et mourir
Au pays qui te ressemble !... »

Pierre songeait à la Léontine, à Flomont, à la douceur des collines dans le soleil, avec la Brauge en face, Le Pescher en dessous, dans le bas-fond, et les infinis bleutés, là-bas, du « pays qui te ressemble ». Le lieutenant baissait la voix, presque en murmure :

« Là, tout n'est qu'ordre et beauté,
Luxe, calme et volupté... »

Pierre en avait des larmes aux yeux ; il lui tardait que sa permission vienne...

Le lundi 25 mars, le lieutenant rapporta la confirmation de l'avance allemande jusqu'aux berges de la Somme. À la fin de la matinée il s'entretenait avec la liaison et un caporal au sujet des postes de guetteurs pour la nuit prochaine. Pierre Chastanet réchauffait les fayots au lard en remuant dans la gamelle, quand un obus fit voler en éclats la porte basse et explosa sur le seuil du gourbi. Chastanet, le plus près de l'impact, fut tué sur le coup, les trois autres blessés – dont Caresme qui devait mourir sur le brancard en arrivant au poste de secours. Il prononça deux fois : « Maman »... et ne bougea plus.

On enterra Pierre le soir même, enveloppé dans sa couverture – sa pipe, demeurée intacte dans la poche de sa vareuse, fut restituée à la famille par les soins de l'Administration. Quelques années plus tard, lorsque Léontine vint assister à son exhumation avant le rapatriement du corps, elle eut la certitude qu'il s'agissait bien de son mari car elle le reconnut formellement à son incomparable dentition, si fine...

Le blocage de leurs principaux fronts d'attaque, au mois de mai, dû à la résistance obstinée des troupes alliées coordonnées par le général Foch, mettait les Allemands sur des charbons ardents. Plus le printemps avançait, plus des troupes fraîches débarquaient d'Amérique, et plus leurs chances de vaincre s'amenuisaient… À la fin mai, ils reportèrent leur ambition sur Reims, détruite mais toujours pas prise, dans une tentative désespérée de se frayer un chemin de ce côté. Ils lancèrent donc une attaque farouche le 27, au nord et à l'ouest, qui leur permit d'avancer brusquement contre des troupes coloniales françaises obligées dans un premier temps de céder du terrain. Partis ainsi de Berry-au-Bac sur les bords du canal de l'Aisne à la Marne, ils firent plier la ligne de front comme un volet qui se rabat pour atteindre le 31 la vallée de l'Ardre à Aubilly, suivant une ligne passant par Thillois et Champigny, frôlant au nord les portes de Reims. Restait à percer à l'est de la ville, de manière à lancer une pointe qui pénétrerait dans la Montagne de Reims et obligerait les défenseurs de la cité du sacre à se replier sous peine de se trouver prisonniers. Ce fut l'objet principal de l'offensive générale du 1er juin.

Or le lecteur se souvient assurément du fort de la Pompelle, à six kilomètres à l'est de Reims, dans le secteur de Sillery et Saint-Léonard – ce bastion planté dans la vallée de la Vesle dont le contrôle fut si âprement disputé après la première bataille de la Marne, en septembre 1914. Les Français l'occupaient toujours, malgré les attaques furieuses lancées contre lui depuis le 1er mars 18 quand l'ennemi l'avait enveloppé sans succès d'un cercle de feu… La garnison ne s'était pas laissé déloger, et l'ouvrage, bien que modeste, était devenu une cible comparable aux fameux forts de Verdun, avec un acharnement semblable de l'ennemi à faire sauter ce verrou. Le 1er juin, entre 1 h 30 et 3 heures du matin, le fort de la Pompelle fut de nouveau soumis à un bombardement d'une violence inouïe par les batteries de Nogent-l'Abbesse.

Le 21e Régiment d'Infanterie Coloniale commandé par

le colonel Le Boulanger, occupait ce jour-là les tranchées de 1re ligne. Vers 4 h 30 les Allemands attaquèrent en force, aidés d'une quinzaine de chars d'assaut, et dans un premier temps nos troupes furent refoulées. À 6 heures, l'ennemi atteint le sud du fort qu'il a dépassé. Alors les contre-attaques des 21e et 23e Régiments Coloniaux se font féroces pour dégager la garnison enfermée dans l'ouvrage que l'ennemi essaie de réduire à la grenade… Heureusement les tanks disloqués ou mis en panne par notre artillerie sont tous capturés sans pouvoir avancer, ni regagner leur ligne de départ.

Le 3e Bataillon du 21e Régiment d'Infanterie, ou bataillon Voizard, se bat sur la droite du fort avec une fougue extraordinaire, bien que les hommes soient obligés de conserver en permanence les masques à gaz, car le champ de bataille est balayé par l'ypérite. À la compagnie Bousquet, le sergent Manimont ne commande plus à des Corréziens – mais il a conservé sa rage et l'esprit quasi suicidaire dont il est possédé ! Pour l'heure – il est 10 heures ! – il entraîne sa section dans une contre-attaque d'une telle vigueur qu'elle fait lâcher prise à l'adversaire et permet de réoccuper un morceau de tranchée. À 11 heures une tranchée et un boyau sont encore aux mains des Boches, protégés par le seul tank demeurant actif. À 13 heures le boyau est enfin nettoyé, la tranchée reprise. L'échec allemand s'avère particulièrement cuisant – et en l'occurrence tout à fait décisif au regard de la situation : le fort de la Pompelle est conservé, l'offensive ennemie enrayée !

Michel Manimont aura encore mérité une citation, cette fois-ci à l'ordre de la Division : « Sous-officier d'une grande valeur et d'une énergie remarquable : le 1er juin a donné à ses hommes un magnifique exemple de courage en résistant bravement à un assaut de l'infanterie allemande. » Le lendemain de ce coup d'éclat, on racontait l'audace d'un cuistot du 23e RCI nommé Léon Boisiau ; voyant que sa cambuse allait être assaillie, le type qui avait lampé plusieurs rasades d'eau-de-vie était grimpé sur le toit de la roulante avec son fusil, et avait descendu trois porteurs de mitrailleuses sur le point de le mettre en joue.

La tension demeura grande toute la semaine; on s'attendait à ce que les Allemands reviennent à la charge... Mais le samedi 8, il se produisit quelque chose de merveilleux: une étoile nouvelle apparut tout à coup au milieu du ciel! En un endroit de la voûte céleste – sur la droite d'Altaïr, de la constellation de l'Aigle – où aucun astre de première grandeur ne se remarque, une grosse étoile blanche, éclatante et belle comme l'étoile du Berger elle-même, se mit à scintiller à l'Est une heure avant le jour. Le dimanche, l'armée entière était debout pour apercevoir la «Nova» – on murmura aussitôt chez les poilus que c'était l'étoile de la victoire. Un signe de Dieu! «La victoire de qui? raillèrent les incrédules. Des Boches ou de nous?...» Puis tout au long de la nouvelle semaine l'étoile merveilleuse perdit peu à peu de son éclat. Elle était toujours à la même place le dimanche 16, mais luisait plus modestement dans le firmament – une star sur le déclin!

Ce fut ce dimanche-là que Jean Rigaud de Pouch passa à un cheveu de la mort... Un éclat d'obus lui ouvrit le front au-dessus de l'arcade sourcilière tandis qu'il revenait du train divisionnaire où il avait participé aux distributions de vivres pour son bataillon. On le crut tué sur le coup – puis on l'examina, il respirait encore. Il fut évacué vers l'arrière et opéré. Il ne mourut pas – il était robuste – et s'en tira avec une trépanation qui lui laissa au front et au sourcil un enfoncement blafard.

Après ces exploits, les gradés survivants de la compagnie Bousquet, un jour de repos, posèrent pour une photo souvenir autour de leur capitaine. Un peu comme après les grands matches on tire le portrait de l'équipe gagnante. Quatre officiers et trois sergents sont alignés au premier rang, assis côte à côte de part et d'autre de Bousquet, chef au visage glabre et volontaire. Derrière eux, six caporaux se tiennent debout et il se dégage du groupe un sentiment de familiarité grave – seul un caporal esquisse un sourire, mais tous ont un air curieusement détendu, physiquement, on pourrait dire nonchalant, à commencer par le capitaine légèrement avachi sur le banc, les bras croisés sur la poitrine. Aucune raideur dans le maintien de ces gens qui se foutent des apparences…

Michel Manimont, le second au premier rang en partant de la gauche, jambes étendues devant lui, envoya la photographie reproduite en carte postale à Louise sans la moindre allusion aux dangers terribles auxquels cette équipe venait d'échapper.

« Le 30 juin 1918.
Ma toute chérie,
Je t'envoi cette petite carte qui te permetras de voire la plus part de mes collègues de ma Cie.
Le grade (illisible) mes tous reconnaissables…
c'est déjà pas trop mal vu le photographiste
qui n'était pas du métier.
Mille affectueux baisers
Ton Michel. »

XXVIII

Le brancardier Mathurin Teillard mourut le 1er août 1918 à Limoges, dans des circonstances assez étranges pour un poilu – mais il avait toujours été peu banal lui-même. Évacué du front au début du mois de janvier, on l'avait dirigé sur un hôpital de l'arrière parce qu'il ne tenait plus sur ses jambes. Le diagnostic fut établi de façon précise en ces termes : « paralysie générale » ; c'était alors l'expression convenue pour désigner la syphilis : Teillard avait la vérole. La maladie, contractée pendant son service militaire au régiment d'Afrique, était passée à l'état latent et s'était fait oublier. Or les fatigues des tranchées, les hasards d'une nourriture incertaine, et probablement le choc mental causé par l'horrible besogne accomplie sur les champs de bataille auprès des soldats déchiquetés mais encore vivants, avait réveillé la bête sournoise. Suivant son évolution ordinaire le mal avait progressé vers les zones centrales du cerveau, et Mathurin, devenu dément, avait dû être interné à l'asile de Nangeat à Limoges, dans la deuxième quinzaine d'avril. Il y partageait l'existence misérable des autres fous…

Le 1er août il s'échappa de l'asile ; poussé par un élan animal vers la liberté, il se mit à marcher droit devant lui dans les petites routes autour de Limoges, jusqu'à épuisement. Parvenu route d'Isle, il s'écroula au bord de la chaussée. Ce furent deux passants, un ouvrier agricole et une femme qui logeait à côté, qui le trouvèrent étendu dans son uniforme de la maison des fous, inerte – il était mort.

Dans ce même temps, beaucoup d'autres malheureux

agonisaient dans la rue ; à Saint-Pétersbourg, que l'on appelait toujours Petrograd, des passants hâves et vacillants, le pas lent, s'abattaient tout à coup pour ne plus se relever. Ils mouraient de faim, au bout du rouleau de leurs forces, tandis que des femmes squelettiques, ridées et jaunes, se traînaient ici et là, suivies d'une marmaille hurlante qui réclamait à manger. Des cohues décharnées se pressaient aux abords des gares, attendant les furtifs « hommes aux sacs » – des contrebandiers qui rapportaient clandestinement du pain des villages de la région de Pétersbourg et le distribuaient à prix d'or… C'étaient des cris de supplication ; des mains tendaient des billets graisseux vers ces maîtres du marché noir que l'on priait à genoux de vendre quelques bouchées de pain. Quelquefois les gardes rouges dispersaient la foule et s'emparaient à coups de feu du pain tant convoité. On voyait alors des affamés à bout de patience se jeter sous les roues d'un train en marche pour mettre fin à leurs souffrances…

C'était la guerre du pain – guerre ouverte entre les villes exsangues, sous-alimentées, et la campagne qui ne produisait plus et voulait garder pour sa propre subsistance le fruit de sa maigre récolte. Les villages meurtris s'armaient intensément avec des surplus de l'armée licenciée, fusils et mitrailleuses, afin de résister aux réquisitions. Le régime, destiné à rendre les gens heureux et libres, commençait là son rôle obstiné de pourvoyeur de cadavres qui allait connaître, dans la vieille Russie, des sommets inégalés malgré la concurrence mortuaire que lui feront d'autres pays tout aussi bien intentionnés. Le XXe siècle parvint à être celui que ni le noir XIVe ni le XVIe siècle furieusement théologien n'avaient réussi à devenir faute d'une « matière première » suffisante, le siècle des fastueux massacres idéologiques : des dizaines de millions de morts violentes au nom du bonheur collectif !

En tout cas le 15 juillet les Allemands avaient lancé une offensive sur tout le front des abords de Reims – c'était la dernière, l'ultime coup de collier qui devait tout renverser et balayer le terrain vers la victoire !… Ce sursaut venait trop tard : les soldats américains, et même des régiments polonais, épaulaient à présent nos lignes de résistance. Ces jeunes gens d'Amérique se battaient avec une vertu de néophytes qui galvanisait nos troupes usées par quatre ans d'attente ; il en arrivait des bataillons, toujours plus nombreux, sur le continent… Les Boches « ne passèrent pas » ! La contre-offensive démarra même victorieusement dès le 18 juillet. Un mouvement de repli allemand s'amorça alors, peu rapide certes, mais qui allait continuer tout l'été.

L'atmosphère était à l'optimisme au grand Quartier général des Alliés ; le 6 août le conseil des ministres réuni sous la présidence de Raymond Poincaré décidait d'offrir le bâton de maréchal au général Foch, commandant en chef. C'était bon signe – on honorait le futur vainqueur – ça faisait de l'espoir tangible. On considéra, à la tournure que prenaient les événements, que les Boches étaient cuits – la presse du mois d'août parla dès lors ouvertement de la « défaite allemande ». Seulement, l'ours avait décidé de vendre sa peau bien cher !…

De fait, la guerre de mouvement, abandonnée depuis quatre ans, avait repris. Fini les tranchées gluantes ! De nouveau il fallait suivre le train des horreurs ambulantes, en espérant qu'il continuerait dans le bon sens. Des offensives répétées tout l'été harcelaient les armées ennemies en recul depuis l'Yser jusqu'à la Meuse. En Argonne et dans la Woëvre, la pression des troupes américaines faisait vider les positions les mieux établies : la butte de Montsec, assaillie par les Yankees, fut nettoyée en une seule journée !… Ce qui changeait sur tous les fronts était aussi l'abondance des chars d'assaut – des engins que le premier promoteur, le général Estienne, refusait d'appeler des « tanks ». Les petits chars Renault, mis en service au mois de mai, s'avéraient extrêmement maniables, capables de se faufiler partout, de suivre des ravins ou de foncer dans les plaines pour aller détruire des batteries de mitrailleuses qu'ils ne craignaient pas du tout. Ils ne redoutaient que les gros obus – mais leur mobilité les rendait difficiles à cibler pour des grosses pièces.

À partir du 26 septembre, une attaque générale alliée

déclencha le recul décisif des Allemands. Accompagnant leur repli sur tous les fronts, le mauvais temps s'était lui aussi généralisé – il pleuvait des cordes. Ce temps de chien rendait le terrain lourd, comme on dit pour les courses ! Un temps à vouloir en finir une fois pour toutes, un temps à se suicider plutôt que de repiquer à l'abominable boue des tranchées. Non, pas un hiver de plus dans la gadoue ! Les poilus avaient trop souffert des trous pleins d'eau : la pluie les fouettait, ils fonçaient ! Si bien que le 5 octobre, l'Allemagne et l'Autriche faisaient demander au président des États-Unis les modalités d'un armistice, et l'ouverture de négociations de paix.

Brochant sur le tout, une terrible épidémie de grippe sévissait sur toute l'Europe occidentale – une épidémie d'une violence inconnue jusque-là, qui faisait des ravages dans les villes et les campagnes, s'attaquant indifféremment aux civils et aux guerriers ! On aurait pu croire à une « arme bactériologique » tellement les gens mouraient – par dizaines, par centaines ! Ce nouveau fléau s'ajoutait aux privations, aux restrictions alimentaires – un régime de cartes de rationnement avait été instauré dans toute la France – et l'aggravait. Par un premier réflexe de peur, les gens se calfeutraient dans leurs maisons, s'entassaient dans une pièce bien close, croyant ainsi pouvoir échapper au mal. Ces concentrations favorisaient la contagion, au contraire, en créant dans l'air vicié de vrais bouillons de culture… Bientôt on porta, à titre préventif, devant le nez et la bouche, des masques rudimentaires faits avec des carrés de gaze pliés sur douze ou seize épaisseurs, et attachés derrière la tête à l'aide de liens. Ces « masques de gaze » étaient arrosés de quelques gouttes d'une solution goménolée, ou d'huile phéniquée, produits censés faire barrage aux germes. On recommandait vivement la pulvérisation d'huile phéniquée sur les muqueuses du nez avant de se rendre dans un lieu public confiné : église, théâtre ou cinéma, et encore les chemins de fer, ou à Paris le Métropolitain.

Est-ce la grippe qui terrassa Jacques Rigot sur le front de la Marne ?… Le diagnostic n'est pas indiqué sur sa fiche. Ce qui apparaît, c'est qu'il fut «évacué pour maladie» le 20 septembre 1918, à l'hôpital de campagne n° 33 à Châlons-sur-Marne. Au moment de la dissolution du 300e Régiment d'Infanterie, en novembre 17, Rigot avait été affecté au 7e Régiment du Génie, sans doute à cause de ses quarante ans révolus. Son état semble s'être aggravé, car le 29 septembre il fut transporté à l'hôpital temporaire 26 à Roanne. Ces dates correspondent assez bien à l'évolution fatale de la terrible grippe, alors en période de ravages; le fait est qu'il mourut dans cet hôpital de Roanne le 6 octobre, soit seize jours après son évacuation du front...

Ce n'était pourtant pas la grippe que redoutait Jacques Rigot, mais bien la ferraille sous toutes ses formes lorsqu'il avait peur de retourner au front. La dernière fois qu'il était venu en permission, son départ avait donné lieu à une scène déchirante qui fut racontée ensuite pendant un demi-siècle par ceux qui y avaient assisté. Puis les témoins moururent à leur tour, un à un; le temps, de son aile flétrie, a semé l'oubli sur les drames domestiques de cette guerre trop antique. La dernière femme à raconter le départ du soldat était Julia Arfeuil qui vécut longtemps, et avait vu la scène de ses propres yeux, presque devant la boutique... Jacques Rigot avait une peine immense à s'arracher à sa petite famille. Sa femme et ses deux enfants l'avaient accompagné jusqu'au tilleul au milieu du bourg. Il pleurait de désespoir: «Je ne vous reverrai pas!», disait-il sur le ton d'un condamné qui marche à l'échafaud. Le temps passait en embrassades, il les serrait tour à tour sur son cœur... Les enfants sanglotaient, la mère aussi. Ils le pressaient un peu, lui disaient tendrement: «Va-t'en maintenant, tu vas rater ton train...» Lui faisait quelques pas, s'éloignait, puis il courait vers eux pour les embrasser encore: «*Tornaraï pas, tornaraï pas.*» (Je ne reviendrai pas.) Les voisins pleuraient aussi, à voir tant de détresse et d'émotion. – Julia, qui avait dix-huit ans, s'en souvenait de ces va-et-vient douloureux de Jacques Rigot qui ne parvenait pas à quitter les siens.

C'était de la prémonition. «Il le devinait», dira-t-on par

la suite lorsqu'on apprit la nouvelle de sa mort – du mot « divination ». « *Zo davinava, lo paure techon…* » Est-ce que ça existe la prémonition ? – On répète que oui depuis la plus haute Antiquité ; les Romains possédaient des poulets sacrés pour donner un petit coup de patte à leurs prévisions… La répétition n'est pas une preuve, m'objectera-t-on. Certes ! – Mais au fond qui suis-je moi, pour trancher ?… Est-ce que certains êtres à la sensibilité particulière, aiguisée par des circonstances infiniment fortes, tragiques, ne peuvent pas capter des ondes très fines ? Saisir des reflets de futur ?… L'impossibilité absolue de prévoir (pré-voir) un événement qui ne s'est pas encore produit repose sur une conception purement humaine du temps. Une conception plane, ou linéaire… Et si le temps, dans le concret de l'inconnu, ne s'écoulait pas de la manière dont nous éprouvons qu'il s'écoule ? Si notre perception était en fait fragmentaire, à plat, sur deux dimensions et pas trois, ou quatre – et qu'en réalité le présent, le passé, l'avenir soient des notions forgées par nous, à notre très faible mesure ? Et que certains sujets, sous certaines conditions, puissent capter des bribes de temps « élargi » ?

Qui je suis, moi, pour décider péremptoirement de ces choses, sous prétexte que je vis maintenant, avec les idées de maintenant ?… On a toujours dit que Pierre Rigaud avait eu une prémonition en demandant fermement que son corps – sa dépouille – fût ramené à la maison. On a toujours cru que Jacques Rigot avait vu clair dans l'avenir en refusant de s'en aller. Contes de bonne femme ? Bien sûr – mais qui n'est pas bonne femme en ces matières ? Montrez-moi le savant qui ose affirmer qu'il sait, que je voie un instant sa tête, et tâchez de deviner ce qui lui pend au nez ! – Les chevaux regimbent, se cabrent, hennissent dans la proximité de l'abattoir où on les mène – on ne leur a pourtant rien confié à l'oreille. Le cheval, le meilleur ami de l'homme qui l'abat, aurait-il des pouvoirs que nous ne pouvons partager ?…

Il est clair comme le jour que la condition essentielle de la condition humaine est de ne pas connaître l'avenir. Que l'homme n'est ce qu'il est que parce qu'il ne sait jamais, à aucun moment, ce qui se mijote pour lui au détour du chemin – sans quoi à quoi bon faire des projets, qui sont le sel de l'existence, cultiver son champ, bâtir des cathédrales, épouser la fille du facteur ? À quoi bon construire des bombes atomiques si on sait tout d'avance ? Il manque le suspense qui est la forme aiguë de l'espoir. L'accès de l'homme au temps « réel » est nécessairement verrouillé – et sans mot de passe – sinon il ne pourrait pas créer l'Internet !...

Or, qu'y aurait-il qui choquât le bon sens dans le fait que certains individus, dans des conditions limites, aient le pouvoir de pirater des ondes fugaces, des fuites de troisième dimension, des émanations ténues d'informations le concernant au premier chef ?... Cicéron ne dit-il pas que « quand la mort s'approche, l'âme est bien plus ouverte aux choses divines » ?... Hector expirant ne prédit-il pas la mort d'Achille devant la porte Scée ?

En tout cas Jacques Rigot était là, à l'angle du presbytère, qui embrassait son fils Auguste – celui qui sera plus tard notre cantonnier et qui curera les fossés lorsque nous reviendrons de l'école. Il embrassait sa fille en pleurs, serrait sa femme dans ses bras avec des visions de sa mort certaine. Et sa fille lui a dit, finalement, en tremblant : « Va-t'en, papa, tu vas manquer le train. » Alors il s'est arraché une dernière fois à l'affection des siens, et il a couru sur la route blanche avec ses lourds godillots pour rattraper le temps perdu – et son destin. Bien sûr il n'est pas mort par le glaive, ni par le bronze lourd de la javeline dans sa gorge planté, mais par la grippe, apparemment... Ça manque un peu de panache, mais un mort est un mort, n'est-ce pas ?

Mon père aussi a eu des prémonitions – au moins une et non des moindres ! C'était un jour où il était de corvée d'eau avec un autre type, je ne sais pas où, ni à quel moment – une région boisée, accidentée, qui d'après son récit pourrait se trouver du côté de La Harazée, ou un coin similaire. En tout cas ils étaient au fond d'un vallon obscur et solitaire, avec l'autre gars, où coulait une source fraîche sommairement aménagée pour recueillir l'eau. Ils devaient remplir un tonneau – probablement trente à quarante litres pour que ça reste transportable à dos d'homme – et avaient installé le trou de la bonde sous le filet d'eau de la source. Rien ne bougeait aux alentours, le ravin tranquille – un peu sinistre toutefois… Ils attendaient que le tonneau se remplisse lorsque tout à coup mon père fut saisi d'une peur inexplicable. Un frisson parcourut son corps, me disait-il, sans aucune raison apparente ! Il dit brusquement à son camarade de corvée : « Foutons le camp d'ici !… »

L'autre protesta, le tonneau n'était pas plein, il n'était pas d'accord ! Le type de petite taille, assez borné, service-service, consciencieux et râleur : « Non et non ! On attend qu'il soit plein !… » Mais mon père sentait la panique, un vrai besoin de se carapater. Sans un mot il s'empare du tonneau à moitié plein, remet la bonde, le lance sur son épaule et s'éloigne en courant pendant que le type vitupérait des protestations. Le râleur le suivait le long de la pente : « T'en va pas ! Reviens ! » – « Je t'emmerde ! », lui criait mon papa. Et de grimper le plus vite qu'il pouvait la pente raide en s'aidant d'une main des branchages du taillis. Mais son coéquipier, toujours braillant, le rattrape, s'agrippe à lui, fout le tonneau par terre. Mon père se retourne alors, et de toute sa force il lui envoie une baffe à assommer un bœuf, à toute volée dans la gueule, si bien que le bonhomme étourdi trébuche et s'étale… Sans perdre une seconde mon père ramasse le tonneau, le remet sur l'épaule et reprend son élan vers le sommet de la colline. L'autre derrière chialait : « Salaud ! Tu m'as frappé ! Je te dénoncerai ! Je vais le dire au sergent !… » Mon père gardait son souffle pour la course, sans s'occuper de ces jérémiades.

Ils avaient parcouru de la sorte une centaine de mètres quand tout à coup, derrière eux, un souffle bref suivi d'une explosion formidable – au fond du vallon, à l'endroit précis où se trouvait la source, le sol n'était plus qu'un énorme cratère creusé par une marmite des plus gros calibres ! « Si tu avais vu ça, mon vieux ! », s'exclamait mon papa. « Un trou comme toute la maison !... » J'écarquillais les yeux pour mieux imaginer l'énorme béance... Dans ces confidences d'égal à égal je devais me figurer au mieux les choses – j'étais de la graine de poilu... Bref tous les deux en avaient le souffle coupé de cet obus. Le petit compagnon devint tout pâle, « blanc comme un linge » – il se mit à trembler des mains et du menton, les yeux exorbités fixés sur l'énorme plaie fumante... « Alors ? disait mon papa. T'es content ? Tu voudrais y être, là-bas ? » Et l'autre de bégayer : « Oh merci, Jacques ! Tu as bien fait de me frapper. Je dirai rien, tu sais. Tu as bien fait... » Tout en gratitude à présent, voulant porter le tonneau lui-même, empressé – puisqu'il était en vie, par ce miracle de désobéissance !

Si ça ne s'appelle pas de la prémonition un truc pareil, qui vous sauve la vie, il faut l'appeler comment ? Un heureux hasard ? Allons, c'est ridicule !... Il est clair qu'il existe un lien entre les artilleurs allemands en train de calculer la trajectoire, d'affiner le pointage de leur canon pour détruire la source portée sur leur carte d'état-major, et la transe d'effroi salutaire éprouvée par mon papa. Quel lien ? – là réside le mystère... D'autant plus épais que tout le monde n'est pas également doué pour ce genre d'avertissement. L'égalité chère aux logiciens n'existe pas en la matière, non plus que la reproduction à volonté de l'expérience. Il y faut des nerfs à fleur de peau, sans doute, comme avait mon père – une vraie pile. Il y faut un zeste d'impondérable, des antennes de double vue – dont on ne sait pas où on les achète – des branchements d'inconscient trop subtils pour être reproduits en laboratoire. Il n'empêche... « Elle tourne ! », comme disait l'autre gars – le gars Lilé.

L'armistice se faisait attendre. Dans les conversations c'était comme s'il était là – on parlait déjà de faire payer à l'Allemagne les pots cassés – mais il n'arrivait jamais ! Et Dieu sait s'il y en avait des gros, des pots, des tours, des châteaux, des églises !… Il s'agissait, disait la presse, de brûler la ville d'Essen pour avoir été le cœur du militarisme prussien. Leur montrer, à eux, l'impression exacte, en faisant d'Essen « un océan de cendres »… On devait même condamner les chefs de l'armée, les maréchaux Hindenburg et Ludendorff à la peine de mort. Qu'ils voient l'effet ! L'empereur lui-même, le bien-haï, ce fauteur de troubles : « Douze balles en couronne au front de Guillaume II et de son héritier. »

Mais l'armistice jouait à cache-cache.

Pourtant la dépêche adressée le 5 octobre par le chancelier de l'empire, le prince de Bade, au président Wilson, se terminait ainsi : « Pour éviter que l'effusion de sang ne continue, le gouvernement allemand demande la conclusion immédiate d'un armistice général sur terre, sur mer et dans les airs. » C'était la première fois au monde, à part dans la guerre des vautours, que quelqu'un demandait un armistice dans les airs !… Il est du reste intéressant de noter, alors que les Belges, les Anglais, les Français, se battaient bec et ongles depuis quatre ans passés, que le chancelier s'adressait directement aux États-Unis pour avoir la paix ! On voit par là qui faisait la loi, et ceux qui causaient réellement la défaite. Déjà dans *L'Écho de Paris* du 3 juillet 18 avait paru un grand dessin d'Abel Faivre qui représentait Guillaume craintif courbant l'échine devant une grande femme armée d'un glaive – une fabuleuse allégorie de victoire, copiée sur la statue de New York, dotée de deux gigantesques ailes formées de deux drapeaux américains…

Cette journée du 5 octobre voyait d'ailleurs une retraite générale en Champagne ; la « malheureuse ville de Reims » était dégagée, le fort de Nogent-l'Abbesse, si meurtrier, tombait au pouvoir des Français dont les avant-postes atteignaient en certains points les bords de la Suippe, et talonnaient les arrière-gardes opposées.

Dès le 9 octobre, Cambrai était délivrée, on aurait pu arrêter les frais. Halte à la mort ! Les Allemands étaient en déroute entre la Somme et l'Oise, en Flandre aussi – nulle part ils n'avaient de quoi s'accrocher pour repartir à l'attaque… Seulement il fallait des palabres et des conditions : le 9 octobre le président des États-Unis avait fait savoir au prince de Bade que tant que les Allemands continuaient à couler les navires de passagers, et ensuite les canots de sauvetage, il n'y avait rien de fait ! Et tant qu'ils poursuivraient leur saccage systématique des villes avant de se retirer… Et puis il annonçait une couleur inédite – vraiment vicieuse quand on y réfléchit : l'une des conditions de paix était la « destruction ou la mise à l'impuissance de tout pouvoir arbitraire, où qu'il se trouve, qui peut séparément, secrètement et par sa seule volonté troubler la paix du monde ». Termes choisis pour dire : nous ne voulons pas traiter avec votre despote. Débarrassez-vous d'abord de votre empereur néfaste et nous verrons : condition préalable à la paix.

Qu'à cela ne tienne, se dit le Reichstag ! À Berlin, ils déboulonnèrent Guillaume II. Hop ! la République nous appelle ! Les Hohenzollern à la niche, père et fils ! L'ennui est que tous ces échanges prenaient un temps fou. Pendant ces allers et venues de dépêches, les soldats en prenaient plein le casque.

Mais pas forcément mécontents les troupiers de base. À présent nous croyons des choses parce que nous en avons vu d'autres, et que le vent a tourné à l'esprit fort… Mais la lutte armée fascine, toujours, il faut le savoir. Au lieu d'y aller d'une seule fesse, en attendant que les grossiums accordent leurs tambourins, que les « négociations aboutissent », les Français, excités par le gibier qui se défilait, ne se ménageaient pas. Au contraire, les diaboliques ! Au lieu de se préserver des « effusions de sang », ils s'en donnaient à cœur joie de la chasse à l'Allemand… Vengeance, sans doute, mais quatre années de chicore – et quelle tuerie ! – auraient dû les calmer, les gars. On s'attendrait à ce qu'ils crient « À d'autres ! » et « Vas-y toi, si tu veux, au casse-pipe ! ». Rien de tel ne les animait : comme on voit les chiens par les monts suivre le faon d'une biche qu'ils ont su débusquer de son gîte, la compagnie du capitaine Bousquet, le mercredi 9 octobre, s'acharnait au bord de la Suippe. Elle disputa au sanglier teuton (le faon c'était pour rire) le village de Bazancourt, repris le lundi par l'ennemi, lui non plus pas lassé, qui employa des gaz toxiques…

Le sergent Manimont n'était pas le dernier dans la contre-attaque : *Tètètè !*… Tel l'aigle de haut vol qui fonce vers la plaine, il fond sur le Boche, il se démène, il entraîne ses hommes que sa diablerie galvanise, rend fous de meurtre. La compagnie Bousquet rejette l'ennemi hors du village !… Pour dégriser leurs vainqueurs, les Allemands font pleuvoir quelque dix mille obus sur le secteur, dont la moitié à l'ypérite – ils avaient de vieux stocks, c'était le moment ou jamais d'en faire profiter les Français !

Le vendredi, après la relève, le bataillon Voizard en cantonnement à Carmontreuil dans la banlieue de Reims compte les pertes ; depuis le samedi précédent elles s'élèvent à 372 hommes et officiers, qui se répartissent en 231 blessés, 75 tués et 66 disparus. La carte de Michel et de ses « collègues » devait déjà être écornée ! Rien ne calmait le tir à l'effigie… Au contraire, à la veille des arrêts de jeu, les guerriers sentent venir la fermeture de la chasse, ils veulent profiter jusqu'au bout du droit primordial de tuer ! Des deux côtés… Sans quoi il y aurait très rarement des guerres.

En revanche le 17 octobre, les Allemands évacuèrent Lille sans qu'on leur forçât la jambe. La veille l'armée anglaise avait pénétré au nord de Courtrai. Les positions allemandes de Tourcoing et de Lille s'en trouvaient fragilisées. Aussi à 4 heures du matin, le jeudi, la Kommandantur (l'ancienne) fit annoncer à son de trompe que tous les habitants de la ville devaient se rassembler immédiatement et se diriger en masse à la rencontre des troupes britanniques qui venaient les libérer. C'était malin !… Pendant que la foule obéissante, et certainement soulagée, se précipitait au-devant des chars pour acclamer les libérateurs – enrayant joyeusement l'avance des Anglais – les autres s'enfuyaient par la porte de service. Je veux dire qu'ils se carapataient tranquillement, au pas cadencé pour ne pas faire désordre, du côté opposé, sans avoir à en découdre. Ils avaient l'ordre très strict de se comporter avec urbanité – le président Wilson avait dit : si vous cassez les villes, pas d'armistice !

En tout cas c'était plus intelligent que de faire parler la poudre – et très émouvant. On voit, sur une grande photographie prise dans un faubourg de Lille, un attroupement de jolies jeunes filles « du peuple », avec leurs jupons rapiécés, acclamer un petit détachement de *Tommies* souriants qu'elles ont chargés de bouquets de fleurs…

Le vendredi 18 une foule immense se rassembla sur la grand-place pour saluer les officiers anglais qui, à la direction des regards, doivent apparaître aux balcons de l'immeuble actuel de *La Voix du Nord*… Les jours suivants le président de la République, Raymond Poincaré, vint se promener en ville en compagnie de M. Delesalle, le maire de haute stature.

À côté de ces joies, de ces astucieux déménagements à la « Kommandantur de bois », certaines parties du front demeuraient terriblement belliqueuses. Les Allemands avaient édifié entre Sissonne et Château-Porcien, dans le sud des Ardennes, une ligne de repli fortifiée appelée la *Hunding Stellung*. L'infanterie allemande tenait cette ligne et se chargeait de la défense comme aux plus beaux jours. Était-il si impérieux, avec les forces ennemies en pleine déconfiture, compte tenu des pourparlers d'armistice qui allaient leur train, d'attaquer ce rempart au prix de vies humaines comme si le sort de nos armes en dépendait ? Les états-majors ne pouvaient-ils pas attendre quelques jours que s'apaisassent les fureurs avant de s'en prendre au bastion de la *Hunding Stellung* ? – On avait tant fait le pied de grue dans des conditions bien pires ; certes il pleuvait jusque-là, mais le temps justement s'était remis au beau. Où était l'urgence ? La toute nouvelle république de Berlin n'allait pas relancer une offensive à partir de cette fortification médiocre… Alors ? Vanité personnelle des chefs voulant profiter des tout derniers carats pour gagner des galons supplémentaires ? Les généraux d'armée guignaient-ils plus haut, le bâton du maréchalat dont la mode se répandait ? – On se demande. C'est sans réponse.

Ce qui est certain, c'est que la Xe Armée du général Mangin s'attaqua à la partie ouest de la ligne *Hunding* dans la journée du 19 octobre, entre Pouilly et les marais de Sissonne, tandis que la Ve Armée du général Guillaumat était chargée d'enfoncer sa partie orientale entre Sissonne et Château-Porcien, à dix kilomètres de Rethel. Le 21e Régiment d'Infanterie Coloniale se trouvait aux avant-postes, et dans le 21e le vaillant bataillon Voizard. Les compagnies des capitaines Bousquet et Kraft devaient constituer les premières vagues d'assaut – c'est par cette accumulation de coïncidences que Michel Manimont se préparait, ce samedi-là, à fournir son dernier combat de sergent.

À 4 h 30 les unités étaient en place, à mille deux cents mètres au sud-ouest du moulin d'Herpy, perché sur une butte naturelle de cinquante à soixante mètres de dénivellation le long du cours de l'Aisne, entre les villages de Herpy-l'Arlésienne et Gomont. À 5 heures le colonel Le Boulanger prit le commandement du bataillon qui devait conduire l'attaque. À 5 h 30 une reconnaissance montra que la ligne était solidement occupée par l'infanterie allemande – aussi une forte préparation d'artillerie eut lieu entre 9 h 30 et 9 h 50. De 9 h 50 à 10 heures, le tir fut ramené, selon les règles d'un art à présent bien établi, à trois cents mètres de nos lignes de départ, de sorte à pouvoir avancer en même temps que nos soldats et à les protéger d'un rideau de feu.

À 10 heures la première vague d'assaut se met en marche à distance. respectable de la ligne des obus et progresse au rythme de cinquante mètres par minute. Ah ! quel frisson ! À 11 h 50 la *Hunding Stellung* est abordée par les sections d'assaut – objectif le moulin d'Herpy sur la droite. Le bataillon Voizard s'élance dans l'ascension de la petite côte ; il parvient au bord du réseau de barbelés malgré le tir violent des mitrailleuses boches – elles défendent quoi ? L'honneur de Guillaume II détrôné ?... Les sections du capitaine Bousquet franchissent les fils de fer hachés par le bombardement... Et là commence le corps à corps ! La première compagnie allemande surprise

– ou feignant la surprise – se laisse capturer en entier. Des types intelligents sans doute, qui ne voulaient pas qu'on fêtât l'armistice sans eux !... Mais les autres gardiens se défendent pied à pied, à la baïonnette, comme en 14 ! Michel de nouveau est saisi par la fièvre du sang, il entraîne sa section, il crie – *Tètètètè* !... La section secouée lui emboîte le pas, elle suit le sergent le plus dur à cuire du bataillon ! Il est midi et quart, Michel fonce tout seul en avant dans la tranchée, il est le lion menaçant – mais dans l'exaltation il perd la mesure, il s'est enfoncé un peu trop avant sans sa garde, à quelques pas il se bat, la rage l'aveugle... Quelqu'un tire, il reçoit une balle à l'épaule, mais ce n'est rien : il continue à avancer. Il ira au bout avec son bras gauche qui pend – détail mesquin ! Il est trop farouche pour sentir la douleur cuisante, pour savoir que son bras ne répond plus. Avant que les types de sa suite puissent remonter à ses côtés il ne peut, d'une seule main, écarter une baïonnette qui s'enfonce dans sa cuisse, en haut, dans l'aine...

Là on le rattrape, il perd du sang, il se laisse emporter. Le sergent est blessé ! Le lion abattu !... On le hisse sur le bord en attendant les secours – Michel a mal à l'épaule, au ventre d'où sort un sang noir qui imbibe son pantalon bleu. Il ferme les yeux, dans une immense et soudaine lassitude il comprend qu'il s'est trompé. Il entend les gars qui défilent à côté de la tranchée, le bruit sourd de leurs godillots sur le caillebotis allemand, sur des planches qui résonnent, il entend le bruit rauque de leurs cris de guerre... Sous ses paupières closes viennent des arbres verts qui luisent en pleine lumière. Michel voit Louise sur le chemin pentu, à la Geneste, sous le soleil... Elle se tient droite devant la maison en haut ; elle sourit, agite une main dans l'air près de son visage. Son fils Pierrot apparaît sur le seuil derrière elle, et le regarde partir... Puis la lumière s'éteint doucement sur le chemin de la Geneste.

Il mourut en fin d'après-midi au poste de secours sans avoir repris connaissance, exsangue. On l'enterra le lendemain au cimetière de Gomont – que le copiste de la fiche militaire écrit « Gémont », comme un village de l'Argonne. Le capitaine Bousquet tint à ce qu'on rendît les honneurs à un soldat si intrépide, et à lui présenter les armes avec un groupe de compagnons, dans le petit cimetière au bord de l'Aisne. Quand les copains eurent recouvert son corps de terre ils se tinrent raides, dans un garde-à-vous impeccable. Le clairon lança dans les airs la longue sonnerie funèbre : Ta… ta-ta !… Ta-ta !… et dans les aigus cuivrés le salut suprême qui s'effiloche : Ta – taaaaa !…

Ainsi finit Michel Manimont, que le monument du village appelle Antoine, de son nom de baptême. Ce ne fut que deux mois et demi plus tard, pendant que la fête des vainqueurs battait son plein, que le maire du Pescher reçut la lettre fatidique – la dernière pour lui – ainsi rédigée avec toutes ses majuscules :

Ivry le 6 janvier 1919
Le Chef du Bureau des Renseignements
Et des effectifs du dépôt du 21e Régiment
D'Infanterie Coloniale à Monsieur le Maire
de la Commune du Pescher
Corrèze

J'ai l'honneur de vous prier de bien vouloir avec tous les ménagements nécessaires en la circonstance prévenir la famille au Pescher
De la Mort du Sergent Manimont Antonin née [sic] le 5 mars 1888 à Lagleygeolle (Corrèze)
Recrutement de Brive n° 1537.
Tombé au champ d'Honneur en octobre 1918
Inhumé au Cimetière de Gomont (Marne) [1]
Avis Ministériel n° B 24720 ° du 2 Janvier 1919
Je vous serais très obligé de présenter à la famille les condoléances de Monsieur le Ministre de la Guerre et de me faire connaître la date à laquelle votre mission aura été accomplie.

1. Gomont se trouve dans le département des Ardennes.

Veuillez agréer Monsieur le Maire l'assurance de mes sentiments les plus distingués
Le chef du Bureau des Renseignements
Signé
Dufour
Il y a urgence à accuser réception du présent avis
L'Avis Ministériel mentionne que le genre de mort est inconnu qune [sic] enquête est ouverte.

Vingt-trois jours après la mort de Michel, c'était l'armistice – les cloches partout en France sonnèrent à la volée, là où elles pendaient encore aux clochers. L'armistice, signé à 5h30 le 11 novembre 1918, souleva des farandoles dans les rues en fête, provoqua les rires et les *Madelon de la victoire*, une piètre ânerie chantée dans le mois au Casino de Paris par un artiste de l'âge de Manimont, et de Léon Rouchon, appelé Maurice Chevalier. Le communiqué disait :

« Au 52e mois d'une guerre sans précédent dans l'histoire, l'armée française, avec l'aide des alliés, a consommé la défaite de l'ennemi. Nos troupes, animées du plus pur esprit de sacrifice, donnant pendant quatre ans de combats ininterrompus l'exemple d'une sublime endurance, d'un héroïsme quotidien, ont rempli la tâche que leur avait confiée la Patrie. Tantôt supportant avec une énergie indomptable les assauts de l'ennemi, tantôt attaquant elles-mêmes et forçant la Victoire, elles ont après une offensive décisive de quatre mois, bousculé, battu, et jeté hors de France la puissante armée allemande qu'elles ont contrainte à demander la paix.

Toutes les conditions exigées pour la suspension des hostilités ayant été acceptées par l'ennemi, l'armistice est entré en vigueur aujourd'hui à 11 heures. »

À partir de cet instant, la grande roue du temps s'est mise en marche, la roue à poussière qui « recouvre le souvenir » tourna sans eux, les morts, leur sublime endurance et leur héroïsme quotidien… Le dessin le plus pathétique paru dans la presse en cette période-là fut un croquis au trait d'Abel Faivre publié le 2 novembre 1918, le jour des Morts. Au premier plan une tombe grossière, figurée par une croix de bois rudimentaire surmontée par un casque de poilu ; une femme en fichu et en châle noirs est penchée au bord de la tombe, sur laquelle elle vient de déposer un bouquet qui paraît de chrysanthèmes... À droite de cette évidente veuve qui tient un mouchoir devant sa bouche, une toute petite fille aux menottes jointes se tourne vers elle et demande soudain inquiète : « Papa sait-il que nous sommes vainqueurs ?... » En fond d'image une église au toit démoli, quelques débris d'arbres, et les ruines du village, au lointain.

Pour moi la représentation la plus cruelle de la réalité : les morts vainqueurs ! Au milieu du concert de congratulations, la bonne question tout à coup dans la bouche d'une enfant : « Papa sait-il ? » Et tous ces allongés partout, dont il ne reste qu'une poignée d'os, ou rien, savent-ils ?... « Les morts d'élite », disait un chroniqueur emporté à chaud par l'enthousiasme du temps, « ceux qui, selon une expression de notre belle langue française, sont morts "au lit d'honneur" ». Vous parlez d'un plumard ! Plus tard la belle langue française créera le « champ d'honneur », ce qui est mieux adapté aux boueuses circonstances... Le journaliste supposait les morts heureux, le délirant. Ils en remettaient une louche, les gens, par un vague sentiment de culpabilité, pour se pardonner à eux-mêmes d'être vivants. « Aujourd'hui la Victoire loyale les rembourse et les récompense en proclamant qu'elle est leur fille et en partageant avec eux son immortalité. » Discours aux asticots. On sait ce qu'en vaut l'aune de son immortalité. Allez-y voir, Ossuaire Barbot, Lorette, je vous ai dit : à main droite en entrant, après la tour... « Célébrons avec une sainte et reconnaissante allégresse la Fête des Morts Vainqueurs ! » Deux millions, mine de rien, de ces vainqueurs spéciaux, et deux millions de vaincus du même roseau – dont le temps à partir de cette minute, 11 h 01, allait ronger la mémoire. Morts pour rien ? – Oh ! pour le plaisir de vieillards décorés, fêtés à présent comme le bœuf gras d'un carnaval sinistre !... La guerre des Krupp et des usines Schneider les avait rendus illustres, les grands hommes, ils se pavanaient d'inaugurations en apothéoses. Ils finiront en mausolée, en guirlande de grand cordon... Seul parmi tous, le général Pétain reviendra se salir les mains jusqu'aux coudes dans le noir pétrin de la vacherie humaine. Il crée un équilibre, ce vieux bouc émissaire – il lui a suffi de vieillir...

C'était en gros le sentiment de mon papa, du moins tel qu'il me l'a transmis plus tard, au temps des châtaignes, qu'on s'était moqué d'eux en somme. Eux qui avaient terminé la guerre en hommes de ménage. Dès que le front avait bougé, les crapouillots ne furent plus d'aucun usage – on les occupa tout de suite, et le restant de l'année, à nettoyer les champs de bataille des tas de fer les plus ostensibles ; il y en avait partout des résidus ! Des morceaux de canons, des fusils, des tôles d'obus – et les fils de fer barbelés !... Des tanks aussi, de toutes marques, que l'on ne pouvait laisser dans les futurs champs à betteraves. Et les macabres découvertes, vous pensez !... Des traces de membres épars.

Il y avait les visites aussi, les premiers parents éplorés venant comme aux nouvelles contempler l'horizon qui avait vu disparaître leur fils, leur mari – saisir l'espace qu'avait embrassé son dernier regard. Ça donnera des petits socles, de fausses pierres tombales ici et là, au bord des champs, une cahute en verre, *in memoriam*... À Hardecourt, la « croix Cochin » du nom d'un capitaine descendu là en juillet 16 – par-ci par-là des stèles, sur le chemin de Neuville-Saint-Vaast un jeune lieutenant qui s'est fait faire la peau à la tête des Territoriaux, les Pépères... J'ai vu dans l'Aisne, sur le Chemin des Dames ou à côté, un monument personnel au bord d'un champ plat, vaste comme la mer. Le tumulus, assez semblable au monument de Lagleygeolle dans sa facture, porte une croix de guerre sculptée tout en haut avec les dates 1914-1918. L'inscription lapidaire tient toute la façade : « À la mémoire de notre fils bien-aimé, le s. lieutenant Louis Astoul, du 70e Sénégalais, tombé glorieusement dans ces parages à l'âge de vingt-quatre ans au cours de l'assaut du 16 avril 1917 et de ses camarades.» Oui, les camarades, comme à la pension. Il ne serait pas content, Louis, si ses parents n'avaient pas songé à ses camarades... Croisière d'Achéron, joyeuse bande !... On est des morts vainqueurs, mais en équipe, merde ! – Notre fils bien-aimé... J'imagine les parents Astoul qui ont commandé la pierre – vraiment maousse le caillou, pour que le vent bisant ne l'emporte pas sur la plaine. Qui sont venus l'installer au bord de ce putain de champ si vaste et si nu, désolé comme l'éternité, leur Louis bien-aimé, quand on y songe... Ils avaient peut-être des sous, peut-être pas trop mais qu'importe – l'essentiel, après leur mort à eux, que quelqu'un, même un passant égaré, ait une pensée pour lui, Louis. Elle sent le fils unique à plein nez cette pierre – elle sent l'amour de gens bien malheureux. Comme les parents de Georges Caresme, à Bordeaux – ils avaient voulu recueillir le fils de l'ordonnance, le petit Maurice. Ils avaient proposé d'adopter la mère aussi, ils étaient riches, et si vides alors ! – ils voulaient faire instruire l'enfant de Pierre Chastanet, lui donner une belle situation ; la Léontine était allée les voir avec le petit... Mais elle n'avait pas voulu quitter le pays, tant pis.

La pierre Astoul était une action de grâce ainsi, une nique désespérée à l'oubli – elle fait une petite tache de mémoire comme un grain de beauté métaphysique au bord de la route, et même si tout le monde s'en tape depuis longtemps de l'assaut du 16 avril 17 (il faisait un froid glacial, avec neige) ça reste un brin glorieux. Ça les rassurait, les deux vieux, qu'il était mort « glorieusement », mieux qu'un accident de bagnole ou que la tuberculose à vingt-quatre ans, ou qu'attendre la grippe espagnole... Peut-être le marbrier qui a taillé ce tumulus-là les a un peu arnaqués mais tant pis – sûrement même, la guerre il faut que ça profite ! Pour apporter un pareil fardeau au bord du champ, et le sceller sur des fondations solides, ça a dû coûter bonbon aux parents de Louis le bien-aimé ! Ils devaient avoir de l'oseille, comme aurait dit mon père... Oui, mais dans peu de temps ça fera une centaine d'années que la pierre aura tenu bon le souvenir du jeune gars. Ça fait baisser le coût annuel – elle peut durer encore tout un autre siècle, si… Si les hommes du coin n'ont pas besoin d'y bâtir une autoroute, ou un hangar, ou un terrain d'aviation – des besoins de vivants pas vainqueurs mais qui passent forcément avant ceux des morts. Sans compter que la pierre ainsi levée, posthistorique pourrait-on dire, englobait aussi les camarades. Ça fait pas lerche par tête de pipe, tout bien pesé, parce que les « camarades », Louis n'aurait pas pu les inviter tous à la maison, vu qu'entre le 16 et le 26 avril, ils furent 96 125 copains macchabées par la folie du bonhomme Nivelle qui les envoya à la mort par paquets.

« Adieu la vie, adieu l'amour,
Adieu toutes les femmes… »

Vous vous souvenez ? Mon papa le chantait :

« C'est à Craonne sur le plateau
Qu'on doit laisser sa peau… »

Faux, bien sûr ; il chantait atroce ! Terriblement *out of tune*… Mais il m'éduquait. Ce n'était pas pour la musique, les paroles surtout… Pour la tristesse… Je ne sais pas ce qu'il regrettait – sa jeunesse sans aucun doute.

Les avions venaient le soir, les nôtres, les quadrimoteurs anglais. Nous avions tout bien calfeutré, la fenêtre avec une vieille couverture, la porte parce qu'elle était vitrée, que pas un rai ne filtre. Comme s'ils s'en souciaient les aviateurs anglais de notre maisonnette au bord des forêts… Ils allaient bombarder Toulouse probablement, Decazeville peut-être – des endroits qui n'existaient pas encore pour moi. Le ronflement venait de loin, de vers Pouch, de Laubas, puis il s'enflait, faisait des crissements de ferraille lorsqu'ils étaient bas, juste au-dessus du toit, c'est la route… Et la radio disait des choses étranges dans ce temps-là : « Le petit chien de Barbara ne viendra pas souper », des trucs pour contes de fées, d'une voix grave, sans rire du tout : « Le violoniste tzigane jouera un menuet. Je répète : le violoniste… » C'était très marrant cette époque, avec Hitler, le méchant loup – et des Allemands en pagaille. La vie était pleine de Boches qui se mélangeaient avec ceux d'avant… Mais mon père était vivant – il s'en était tiré sans une égratignure, dis donc ! Sauf à l'estomac – il avait mal à l'estomac. Et il avait ses quatre dents intactes, longues derrière les lèvres. Elles se découvraient d'une belle couleur jaune lorsqu'il riait… À Paris, un dentiste lui avait arraché quatre dents à la fois, un jour, sans anesthésie. Un dentiste ancien combattant ; il lui avait dit en rigolant : « Tu as fait la guerre ? – Oui. – Eh bien alors tu vas tenir ! » C'était ça l'anesthésie : la guerre. Pour un gars qui avait connu la guerre, quatre chicots sortis de la même mâchoire à la grosse pince, à froid, gueule ouverte, c'étaient fleurettes à côté. Il avait fait la guerre, il n'avait qu'à bien s'accrocher aux bras du fauteuil ! C'est comme si on enlevait les dents à Jésus : « Vous avez été crucifié, Seigneur ? Alors aucun problème ! » – Je veux dire, mon père, je me rendais pas compte, je le croyais immortel…

L'armistice n'avait pas complètement arrêté la mort. Il y avait les types qui, ayant reçu un pruneau dans la matinée même du 11 novembre, n'étaient pas morts avant 11 heures ! Ils se découvraient des loisirs pour dévisser leur billard à l'aise… Et puis les blessés des jours précédents – ceux qui avaient respiré les derniers flacons d'ypérite, et qui claquaient en prenant leur temps dans un vaste hôpital aux odeurs de camphre et d'huile goménolée…

Parmi les gars de Lagleygeolle nous avions un curieux souffre-douleur en la personne de Baptiste Serre, de Laubas-Haut. Il avait été le tout premier blessé de l'équipe, le 21 août 1914 à Saint-Dié, par un éclat d'obus qui lui avait traversé le bras gauche, et un autre au genou. Il appartenait alors au 75e Régiment d'Infanterie ; une pareille blessure à une date aussi précoce lui évitait toute la déroute, la bataille de la Marne, et les premières tranchées précaires.

Mais il se remit si vite qu'on le ramena au front, assez pour en prendre cette fois plein la gueule, au bois de Jury dans le secteur de Verdun – ce n'est pas une métaphore, un éclat d'obus, encore, lui fracassa la mâchoire et lui fit une plaie au cou, le 13 mai 1915. Il se remit couci-couça, fut fait caporal en récompense en février 1916, transféré en 14e Division du Train le 3 mars et réformé à Romans le lendemain 4 mars. Pourtant, après les pertes de Verdun et la première offensive dans la Somme, l'armée révisa son jugement et le pauvre Baptiste fut reclassé en service actif le 19 juillet 1916. Après un an passé dans le Train, il fut embarqué avec le 15e Escadron le 1er octobre 1917 sur le front d'Italie…

Quelle guigne noire poursuivait ce garçon selon la loi du jamais-deux-sans-trois ?… On doit penser qu'il reçut là-bas un ultime mauvais coup – son dossier ne précise pas. Il se trouvait à l'hôpital militaire français de Sparanisse lorsqu'il mourut le jour de la Saint-Sylvestre, 31 décembre 1918 !…

Quant à notre sabotier, Pierre Souliet, que l'on a constamment appelé Eugène de son vivant, mobilisé le 3 août 1914 dans le service auxiliaire de la 48e Brigade à Brive – il était lui aussi au plus mal et nullement en état de profiter de l'armistice. Au service auxiliaire du 129e Régiment d'Infanterie depuis janvier 1917, il rendit son âme à Dieu le 28 janvier 1919 à l'hôpital mixte de Brive, à cause d'une « congestion pulmonaire aggravée par les fatigues de la guerre ».

C'est au milieu d'octobre 1921 que l'on commença à rapatrier au village le corps de quelques-uns des « vainqueurs »… L'armée profitait de la saison froide pour faire voyager avec le minimum d'odeur des wagons épouvantables pleins de cercueils en mauvaises planches disjointes par endroits, et qui parfois perdaient carrément leur couvercle. Ces bières soigneusement étiquetées contenaient les poilus rappelés au terroir par l'affection des leurs. Le voyage était subventionné par le gouvernement – rien à

craindre ; les familles désireuses n'avaient qu'à demander – à la condition évidente qu'il y eût un corps quelque part, nettement localisé, identifié par une tombe personnelle, ce qui était loin d'être le cas de tout le monde.

Les premiers à réagir, tenus de plus par leur serment du tramway, furent les parents de Rigaud du Poujol… Pierre avait désiré reposer au milieu des siens, il avait une tombe à Berny-en-Santerre : il représentait le candidat idéal au rapatriement. La chose était d'ailleurs d'autant plus pressante qu'il se produisait au Poujol un phénomène bien étrange… Lorsque Aussine de Fradasse avait rapporté la montre en argent, la Françoise l'avait placée pieusement, avec sa chaîne, dans une de ses coiffes qui était suspendue dans la chambre à une poutre du plafond. – Je le raconte tel que cela m'a été dit : cette montre faisait « tic-tac » dans la coiffe ! Pourtant personne ne la remontait, les aiguilles n'avançaient pas, elle faisait seulement « tic-tac » au plafond, on l'entendait nettement…

Or, le plus curieux, c'est que lorsqu'on descendait la

coiffe pour observer la montre de près, le tic-tac cessait! On rependait la coiffe à son clou, et aussitôt le bruit recommençait, discret mais présent: tic-tac, tic-tac... De façon très nette. On avait fait écouter la chose à des voisins de confiance, bien sûr. Tout le monde pouvait témoigner: on entendait la montre battre, comme un petit cœur... Cela dura cinq ans! Je le mentionne parce que c'est une histoire de famille, qui s'est transmise sur deux générations: du jour de la fin novembre 1921 où le cercueil de Pierre pénétra dans la maison natale, venant du front, on n'entendit plus le tic-tac fantôme. La montre se tut, définitivement... Aujourd'hui la maison a changé de place: l'ancienne demeure n'existe plus – mais la montre pend fidèlement, non pas dans la coiffe, mais au bout de sa chaîne contre le papier peint d'une des chambres de la maison neuve, sous le portrait du caporal disparu.

Ce fut le dimanche 27 novembre 1921 qu'on remit Pierre Rigaud en terre. Huit jours plus tard, le 4 décembre, *La Croix de Corrèze* fournissait un compte rendu circonstancié de la cérémonie: «Dimanche dernier j'assistais à Lagleygeolle à une cérémonie impressionnante. La paroisse faisait des obsèques solennelles à un de ses enfants ramené du front, le caporal Pierre Armand Rigaud. Le cortège se forma à la demeure mortuaire où reposaient depuis la veille les restes de ce brave; en tête marchaient les enfants des écoles et le groupe de la Jeunesse catholique, puis venaient la section de l'UNC, une délégation du Souvenir français et le conseil municipal. À l'église, toute pavoisée de faisceaux tricolores et de tentures mortuaires, M. le Curé, d'une voix émue, fit revivre la journée du 1er août 1914 et retraça brièvement la vie du caporal Rigaud. Au cimetière, M. Cheyssial, conseiller municipal, et M. Chartrier, président du Souvenir français, firent l'éloge de ce brave. Les drapeaux s'inclinèrent respectueusement devant le cercueil, et la foule se dissipa. À Lagleygeolle le culte des morts est encore en honneur et l'on sait bien faire les choses, surtout quand il s'agit de glorieux morts de la Grande Guerre. La population tout entière avait tenu à témoigner à la famille Rigaud, si estimée et si éprouvée, la part qu'elle prenait à son deuil. Qu'elle me permette de joindre mes plus sincères condoléances à celles de toute la population. »

C'est mon père qui a rédigé cet article obituaire non signé, qu'il avait personnalisé sans doute pour brouiller les pistes, en ayant l'air de l'attribuer au rédacteur du journal… Il n'y avait que lui pour tourner les choses ainsi – et tous les comptes rendus de *La Croix* sur Lagleygeolle sont de la même encre. D'abord il était le secrétaire de l'UNC, et puis je reconnais son style ; sa manière de châtier la phrase lorsqu'il écrivait quelque chose. Il parlait comme cinquante charretiers, mais dès qu'il prenait la plume c'étaient tout de suite des gâteries de prose balancée. La « demeure » mortuaire lui paraît plus soutenu que la « maison mortuaire », le terme exact. L'église avait des « faisceaux tricolores », pas des merdes de fanions quelconques, et « les drapeaux s'inclinèrent respectueusement » – on ne peut pas mieux dire… Pauvre papa, il mettait des mots comme des fleurs à sa boutonnière. Je le vois comme si j'y étais : il avait dû passer la moitié de la semaine à peaufiner son brouillon ! Au moins cinq ou six réécritures, repassées, relissées… Deux mois plus tard il recomposait une nécrologie « en termes choisis » (*une de ses expressions favorites*) à l'occasion de la venue de Jean Lavialle le 7 février 1922.

« Mardi la paroisse de Lagleygeolle tout entière se transportait à la rencontre de la dépouille du soldat Jean-Joseph Lavialle, ramenée du front. En tête du cortège marchaient les écoles, puis les associations de la Jeunesse catholique, de l'UNC, et du Souvenir français, chacune avec un drapeau ; le conseil municipal précédait le corbillard derrière lequel marchait une foule émue et recueillie.

« À l'église, décorée avec goût, M. le Curé retraça en quelques mots la vie de devoir et de courage du soldat Lavialle, sans oublier ses sentiments religieux puisés dans une famille foncièrement chrétienne. Au cimetière M. Berger, glorieux mutilé et secrétaire de la mairie, adressa au nom de l'UNC et de l'UNMR, en des termes choisis qui firent couler bien des larmes, un adieu vibrant d'émotion au camarade Lavialle. M. Labrunie, au nom du Souvenir français, parla également bien du soldat Lavialle. Belle manifestation religieuse et patriotique. Puisse la famille Lavialle trouver dans cette sympathie générale une compensation à sa douleur. »

Déjà la verve s'essouffle, les répétitions s'entassent – ce n'était pas commode de placer toutes les informations indispensables à des funérailles d'apparat. Pour « les glorieux restes du soldat Jean Soustre », le 12 mars 1922, il tourna plus court... On s'habitue à tout : l'assistance était seulement « imposante ». En tout cas mon père était un autre homme, différent de celui que j'ai connu – un homme qui allait encore à la messe, et même s'il faisait un peu semblant pour la cause du style, qui gardait les dehors d'un respect profond pour les « familles foncièrement chrétiennes ». Pas du tout l'énergumène vitupérant de la suite, cet antéchrist blasphématoire qui faisait de la peine à ma maman ! Il n'avait pas encore entendu parler des Soviets, ni des alouettes toutes rôties qui tombaient dans la gueule du prolétariat en Russie... Qu'après, de mon temps à moi, ses copains et lui souhaitaient ardemment que Staline vînt présider en personne la dictature française, tellement ce Russe était bon, et libéral !... Ah ! Joseph le Grand !... Que de joies il promettait de loin !... Et mon papa, qui n'avait pas trop cru pour son compte personnel à la vertu de la guerre, changea de foi sans beaucoup d'examen. À Paris, dans les usines, en 1930, tandis que les paysans de l'Oural mouraient de faim la gueule ouverte par centaines de milliers, il circulait un doux parfum de sornettes – d'une religion l'autre...

Au quatrième et dernier rapatrié de Lagleygeolle, Pierre Chastanet, le 20 août de la même année 1922, mon père fit bref : « Rien ne fut négligé pour rendre la cérémonie aussi solennelle que possible », dit *La Croix*... La cérémonie de l'ordonnance, dont il ne reste au monde des vivants que deux ou trois photos jaunies, et une pipe. Une jolie pipe qui ne s'est pas encore engloutie dans l'oubli définitif des objets vainqueurs ; elle tend une fragile passerelle de mémoire, de plus en plus mince à mesure que les années passent… « Tant que je vivrai, elle restera là », m'a dit la vieille dame qui me l'a montrée sur la toile cirée de sa cuisine. Oui, et après ?…

J'y pense : un paysan de Lagleygeolle n'achetait pas une pipe aussi luxueuse ! Une bruyère polie, luisante comme un morceau d'anthracite… Avec un fourreau de cuir – un fourreau non : un véritable écrin, à fermoir de cuivre… À tous les coups c'est Georges qui l'a offerte. Mais c'est bien sûr ! Le lieutenant Caresme sera revenu un jour de permission à Bordeaux avec ce riche cadeau pour son ordonnance Pierre, qui le choyait – il l'avait dit à ses parents, combien il avait de la chance avec un gars aussi gentil, habile et dévoué… Il s'était fendu de la plus belle pipe qu'il avait pu trouver au bord de la Gironde !… Voilà le fin mot ! La pipe de l'amitié, du rapprochement des classes… Et puis vient un obus, tout s'obscurcit… Et on n'en parle plus.

Fin, le 13 juillet 2003 à Antignac.

Annexes

Notes sur la langue locale

Les dialogues en langue locale limousine ne sont pas transcrits en orthographe française mais dans la graphie occitane standard :

Le groupe ch se prononce *ts* : *lo chamin* (*tsami*).

Le groupe nh rend le son *gn* (ñ) : *chastanha* (châtaigne).

Le groupe lh rend le son *lle* de « fille » : *la fèlha* (la feuille) – *Serilhac*.

La lettre o correspond au son français *ou* ou à l'anglais *oo* de *pool*. Exemple : *lo potz* (le puits) se dit « *lou pou* » (beaucoup de finales ne sont pas prononcées).

La lettre a correspond au son français *o* de *pot* : *un còp* (un coup, une fois) – *un tricòt* (un tricot).

Le groupe au se prononce en diphtongue :

soit comme dans le mot anglais *bow* ou *dough* : *ausel* (oiseau) – *aurelha* (oreille) – *la paur* (la peur).

soit comme dans le mot anglais *cow* : *la chauç* (la chaux) – *lo chaupre* (le charme, l'arbre).

Cependant, afin de respecter au plus près la prononciation locale de certains mots, j'ai parfois opté pour une graphie plus « phonétique » que les occitanistes lettrés voudront bien excuser – cela est fait dans l'intention de ne pas trop désorienter le lecteur bas-limousin non habitué à la lecture de la langue occitane mais qui la pratique encore. Exemple « le pain » s'écrit en occitan *lo pan* mais se prononce localement *lo pô* – j'ai choisi de faire une entorse à la graphie correcte et d'écrire phonétiquement *lo pò*. Le lettré rectifiera sans peine, et le locuteur retrouvera mieux ses marques.

Glossaire

Certains mots employés dans ce livre – parce qu'ils sont courants et relatifs à la vie paysanne – proviennent de la francisation de termes occitans locaux, qui ne sont pas nécessairement connus ailleurs que sur le territoire de notre commune. En effet des résidus de strates de langages très anciens – indo-européens parfois – sont demeurés en usage chez nous à cause de l'isolement séculaire de nos villages avant la création des routes au XIXe siècle.

En voici une liste commentée :

A

ABAQUER (verbe) : donner à manger aux cochons ; la *bacade* étant la pâtée de légumes cuits qu'on leur verse dans des auges.

AVAILLON (adj.) : crâneur, prétentieux : *faire l'availlon*, faire le fier, se vanter.

B

BALAIN (s.m.) : grand baluchon ou carré de toile noué aux quatre coins, à l'aide duquel on transportait du foin, de l'herbe, ou d'autres matières volumineuses. C'est l'équivalent du français *balle*.

BASTE (s.f.) : comporte de bois qui sert à transporter le raisin, à recueillir le vin quand on le transvase, etc. Cf. l'ancien français, *baste*, panier.

BANDELLE (s.f.) : bassine en fer munie d'une anse qui va au feu et sert à faire cuire, entre autres, la pâtée des cochons.

C

CALABORNE (s.f.) : le tronc creux d'un arbre, particulièrement d'un vieux châtaignier.

CANTOU (s.m.) : il s'agit de la vaste cheminée corrézienne sous le manteau de laquelle on s'assoit.

COURDIL (s.m.) : petite corde souple de 1,50 m à 2 m, munie d'un nœud coulant à un bout, qui sert à attacher le bétail.

COURGNIOLE (adj.) : glouton, pique-assiettes.

COUVIDER (verbe) : inviter quelqu'un à manger ou à boire avec insistance. *Il se fait couvider*, il se fait prier.

CROZE (s.f.) : vallée encaissée, abrupte, au fond de laquelle coule généralement un ruisselet. Un ravin.

E

EMPRUNT (s.m.) : une équipe de voisins bénévoles que l'on réunissait pour un travail momentané urgent ou pénible. On *faisait un emprunt* pour piocher la vigne, par exemple, à charge de rendre soi-même le service une autre fois dans l'année en participant à un *emprunt* chez quelqu'un d'autre.

ÉNANT (s.m.) : adresse manuelle, savoir-faire, bonne disposition. *Avoir de l'énant* : travailler vite et bien.

F

FARCIDURE ou FARCEDURE (s.f.) : il existe deux types de *farcidure* – la plus simple consiste en une boule de pâte à pain, levée, que l'on cuit dans du bouillon. Ce plat très ancien, en usage dans des populations n'ayant pas de four à cuire le pain, présente localement un côté très affectif, presque « identitaire ». On l'appelle aussi, selon les villages, une *mique*. Une seconde catégorie est la *farcidure* de pommes de terre râpées, mélangées à de la farine de sarrasin, également cuite dans le bouillon.

FRADASSINE (s.f.) : le plus souvent au pluriel ; ensemble de mauvaises plantes, ajoncs, ronces, etc., dont il faut débarrasser les sols.

FROUSTIR (verb.) : fouler le raisin dans la cuve.

G

GODE (s.m.) : mare où s'abreuvent les bestiaux.

GOGUE (s.f.) : un boudin noir. *Faire les gogues,* faire le boudin lorsqu'on tue le cochon.

GRILLOUS (s.m. ou pluriel) : les *grillous* sont à peu près des rillettes de porc.

J

JOUQUE (s.f.) : dans une grange, partie surélevée au-dessus de l'étable à vaches, où l'on entasse le foin de l'année.

JUILLE (s.f.) : courroie de cuir, large d'environ 3 cm, qui sert à lier au joug les bœufs ou les vaches attelés.

L

LANÇ (s.m.) : élan, mouvement, action subite – du verbe *lançar*, lancer, ou ruer.

LITE (s.f.) : la banquette particulière placée à chaque coin de la vaste cheminée (ou *cantou*) où l'on peut s'asseoir à deux. Généralement la *lite* est formée d'un caisson de bois, muni d'un couvercle, dans lequel on rangeait autrefois les jambons conservés dans la cendre.

M

MARANDER (verbe) : prendre le repas de midi (autrefois appelé *dîner* en français). Le repas lui-même : *apporter le marander dans les champs*.

N

NIORLE (s.f.) : bêtise, fadaise. *Conter des niorles*, raconter des blagues, ou des sottises, ou des « craques ».

P

PASCHADA (s.f.) : omelette – littéralement « pascale », car c'est au printemps que les poules, qui sont des oiseaux, recommençaient jadis à pondre.

PEÏROL (s.m.) : large chaudron de cuivre, de 1 m à 1,10 m de diamètre, qui servait autrefois à faire bouillir le linge.

PELAIN (s.m.) : la pelouse, la surface herbeuse d'un pré.

PIÈLE (s.f.) : un fût d'arbre jeune, droit et lisse, de 12 à 18 cm de diamètre à la base, pouvant servir de poteau, ou à être découpé en piquets. *Une pièle de châtaignier*.

Q

QUITE (adj. ou adv.) : « même le... », « jusqu'au ». *Le quite chien qui refuse de manger cette viande :* même le chien, jusqu'au chien qui refuse...

R

RISPE (s.f.) : la pelle à feu étroite au long manche de fer, utilisée pour prendre de la braise dans nos vastes cheminées.

ROUDAL (s.m., le plus souvent au pluriel) : les traces des roues de charrettes qui se sont enfoncées dans un chemin ; ce qui est proprement en français « les ornières ».

ROUMÉDIER (s.m.) : roncier, amas de branchages inextricables liés par des ronces.

T

TOUPINER (verbe) : cuisiner, s'occuper à préparer les repas. De *topin*, ou *toupin*, petite marmite à anse.

TRAMWAY : localement, on a toujours appelé *tramway* le petit train à voie étroite qui reliait plusieurs de nos cantons.

TRAVERS (s.m., le plus souvent pluriel) : vastes étendues inhabitées de terrains boisés ou de pacages en pente, flancs de collines malaisés d'accès.

TROC DE : locution péjorative évoquant une idée de grosseur et de grossièreté : *un troc de morceau de pain*, un énorme morceau de pain – *une troc de vache*, une grosse vache. S'emploie comme « espèce de » : *troc d'imbécile !*

EN TSIC EN TSAC ou TSIQUE EN TSAQUE : cahin-caha, tant bien que mal, avec des hauts et des bas, etc. *Ils y sont arrivés en tsic en tsac*, comme ils ont pu, avec bien des difficultés.

La commune est un territoire administratif formé de plusieurs hameaux ou lieux-dits. Le bourg est le village qui en occupe le centre ; on y trouve l'église, la mairie et l'école. C'est le bourg qui donne son nom à l'ensemble de la commune.

Plusieurs communes – généralement une dizaine – sont regroupées en un ensemble plus vaste appelé le canton, dont le chef-lieu, doté, en outre, d'une gendarmerie, est un gros village, ou une petite ville. C'est au chef-lieu du canton qu'ont lieu les foires, et où sont rassemblés la plupart des commerces.

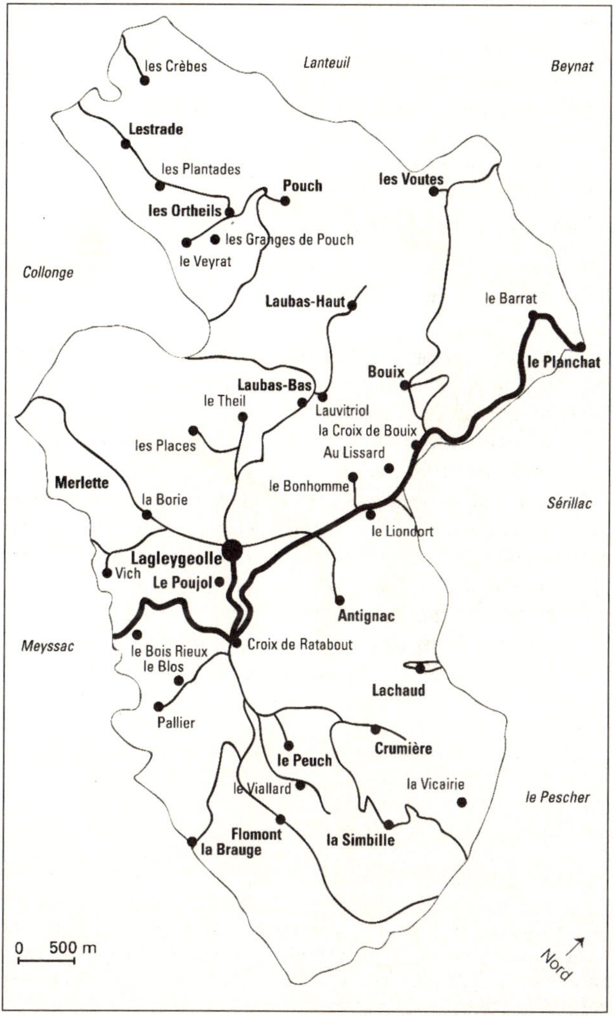

Commune de Lagleygeolle et ses hameaux

DU MÊME AUTEUR

Parler croquant
Stock, 1973
et « Stock-Plus », 1978

Je suis comme une truie qui doute
Seuil, 1976
et « Points Actuels », n° A 22

Anti-manuel de français à l'usage des classes du second degré et de quelques autres
en collaboration avec J.-P. Pagliano
Seuil, 1978
et « Points Actuels », n° A 30

La Puce à l'oreille
Anthologie des expressions populaires avec leur origine
Stock, 1978
Balland, 1985 et 1991, édition revue et complétée
et « Le Livre de poche », n° 5516

Le Diable sans porte
Seuil, 1981
et « Points Roman », n° R 85

La Goguette et la gloire
Le Pré aux clercs, 1984

À hurler le soir au fond des collèges
en collaboration avec Frédéric Pagès
Seuil, 1984
et « Points Actuels », n° A 69

Petit Louis, dit XIV
L'Enfance du Roi-Soleil
Seuil, 1985
et « Points », n° P 629

Le Chevalier à la charrette
en collaboration avec Monique Baile
Albin Michel, 1985

L'Ouilla

Seuil, 1987
et « Point-Virgule », n° 103

Rire d'hommes entre deux pluies

prix des libraires, 1990
Grasset, 1990

Le Bouquet des expressions imagées
Encyclopédie thématique des locutions figurées
de la langue française

en collaboration avec Sylvie Claval
Seuil, 1990

Marguerite devant les pourceaux

Grasset, 1991
et « Le Livre de poche », n° 9653

Mots d'amour

Seuil, 1993

Bal à Korsör
Sur les traces de Louis-Ferdinand Céline

Grasset, 1994
et « Le Livre de poche », n° 13952

Le Voyage de Karnatioul

Éd. du Laquet, 1997

Le Guide du français familier

Seuil, coll. « Les Dicos de Point-Virgule », 1998

Histoire de la chanson française
Des origines à 1860
volume 1 : Des origines à 1780
volume 2 : De 1780 à 1860

en collaboration avec Emmanuelle Bigot
Seuil, 1998

La Mort du français

Plon, 1999

Donadini

Séguier, 2001

Chansons sensuelles
Le petit format illustré et la chanson à texte
au tournant du siècle
Textuel, 2004

Le Plaisir des mots
Balland, 2004

RÉALISATION : PAO ÉDITIONS DU SEUIL
IMPRESSION : MAURY EUROLIVRES À MANCHECOURT
DÉPÔT LÉGAL : FÉVRIER 2005. N° 68017 (112016)
IMPRIMÉ EN FRANCE

Collection Points

DERNIERS TITRES PARUS

P1175. L'Ange du Bronx, *par Ed Dee*
P1176. La Maison du désir, *par France Huser*
P1177. Cytomégalovirus, *par Hervé Guibert*
P1178. Les Treize Pas, *par Mo Yan*
P1179. Le Pays de l'alcool, *par Mo Yan*
P1180. Le Principe de Frédelle, *par Agnès Desarthe*
P1181. Les Gauchers, *par Yves Pagès*
P1182. Rimbaud en Abyssinie, *par Alain Borer*
P1183. Tout est illuminé, *par Jonathan Safran Foer*
P1184. L'Enfant zigzag, *par David Grossman*
P1185. La Pierre de Rosette, *par Robert Solé et Dominique Valbelle*
P1186. Le Maître de Petersbourg, *par J.M. Coetzee*
P1187. Les Chiens de Riga, *par Henning Mankell*
P1188. Le Tueur, *par Eraldo Baldini*
P1189. Un silence de fer, *par Marcello Fois*
P1190. La Filière du jasmin, *par Denise Hamilton*
P1191. Déportée en Sibérie, *par Margarete Buber-Neumann*
P1192. Les Mystères de Buenos Aires, *par Manuel Puig*
P1193. La Mort de la phalène, *par Virginia Woolf*
P1194. Sionoco, *par Leon de Winter*
P1195. Poèmes et Chansons, *par Georges Brassens*
P1196. Innocente, *par Dominique Souton*
P1197. Taking Lives / Destins violés, *par Michael Pye*
P1198. Gang, *par Toby Litt*
P1199. Elle est partie, *par Catherine Guillebaud*
P1200. Le Luthier de Crémone, *par Herbert Le Porrier*
P1201. Le Temps des déracinés, *par Elie Wiesel*
P1202. Les Portes du sang, *par Michel del Castillo*
P1203. Featherstone, *par Kirsty Gunn*
P1204. Un vrai crime pour livres d'enfants, *par Chloe Hooper*
P1205. Les Vagabonds de la faim, *par Tom Kromer*
P1206. Mister Candid, *par Jules Hardy*
P1207. Déchaînée, *par Lauren Henderson*
P1208. Hypnose mode d'emploi, *par Gérard Miller*
P1209. Corse, *par Jean-Noël Pancrazi et Raymond Depardon*
P1210. Le Dernier Viking, *par Patrick Grainville*
P1211. Charles et Camille, *par Frédéric Vitoux*
P1212. Siloé, *par Paul Gadenne*
P1213. Bob Marley, *par Stephen Davies*
P1214. Ça ne peut plus durer, *par Joseph Connolly*
P1215. Tombe la pluie, *par Andrew Klavan*
P1216. Quatre Soldats, *par Hubert Mingarelli*
P1217. Les Cheveux de Bérénice, *par Denis Guedj*

P1218. Les Garçons d'en face, *par Michèle Gazier*
P1219. Talion, *par Christian de Montella*
P1220. Les Images, *par Alain Rémond*
P1221. La Reine du Sud, *par Arturo Perez-Reverte*
P1222. Vieille Menteuse, *par Anne Fine*
P1223. Danse, danse, danse, *par Haruki Murakami*
P1224. Le Vagabond de Holmby Park, *par Herbert Lieberman*
P1225. Des amis haut placés, *par Donna Leon*
P1226. Tableaux d'une ex., *par Jean-Luc Benoziglio*
P1227. La Compagnie, le grand roman de la CIA *par Robert Little*
P1228. Chair et sang, *par Jonathan Kellerman*
P1230. Darling Lilly, *par Michael Connelly*
P1231. Les Tortues de Zanzibar, *par Giles Foden*
P1232. Il a fait l'idiot à la chapelle !, *par Daniel Auteuil*
P1233. Lewis & Alice, *par Didier Decoin*
P1234. Dialogue avec mon jardinier, *par Henri Cueco*
P1235. L'Émeute, *par Shashi Tharoor*
P1236. Le Palais des Miroirs, *par Amitav Ghosh*
P1237. La Mémoire du corps, *par Shauna Singh Baldwin*
P1238. Middlesex, *par Jeffrey Eugenides*
P1239. Je suis mort hier, *par Alexandra Marinina*
P1240. Cendrillon, mon amour, *par Lawrence Block*
P1241. L'Inconnue de Baltimore, *par Laura Lippman*
P1242. Berlinale Blitz, *par Stéphanie Benson*
P1243. Abattoir 5, *par Kurt Vonnegut*
P1244. Catalogue des idées reçues sur la langue *par Marina Yaguello*
P1245. Tout se paye, *par Georges P. Pelacanos*
P1246. Autoportrait à l'ouvre-boîte, *par Philippe Ségur*
P1247. Tout s'avale, *par Hubert Michel*
P1248. Quand on aime son bourreau, *par Jim Lewis*
P1249. Tempête de glace, *par Rick Moody*
P1250. Dernières Nouvelles du bourbier, *par Alexandre Ikonnikov*
P1251. Le Rameau brisé, *par Jonathan Kellerman*
P1252. Passage à l'ennemie, *par Lydie Salvayre*
P1254. Le Goût de l'avenir, *par Jean-Claude Guillebaud*
P1255. L'Étoile d'Alger, *par Aziz Chouaki*
P1256. Cartel en tête, *par John McLaren*
P1257. Sans penser à mal, *par Barbara Seranella*
P1258. Tsili, *par Aharon Appelfeld*
P1259. Le Temps des prodiges, *par Aharon Appelfeld*
P1260. Ruines-de-Rome, *par Pierre Sengès*
P1261. La Beauté des loutres, *par Hubert Mingarelli*
P1262. La Fin de tout, *par Jay McInerney*
P1263. Jeanne et les siens, *par Michel Winock*
P1264. Les Chats mots, *par Anny Duperey*
P1265. Quand j'avais cinq ans, je m'ai tué, *par Howard Buten*

P1266. Vers l'âge d'homme, *par J.M. Coetzee*
P1267. L'Invention de Paris, *par Eric Hazan*
P1268. Chroniques de l'oiseau à ressort, *par Haruki Murakami*
P1269. En crabe, *par Günter Grass*
P1270. Mon père, ce harki, *par Dalila Kerchouche*
P1271. Lumière morte, *par Michael Connelly*
P1272. Détonations rapprochées, *par C.J. Box*
P1273. Lorsque la nature parlait aux Égyptiens
par Christian Desroches Noblecourt
P1274. Le Tribunal des Flagrants Délires, t. 1
par Pierre Desproges
P1275. Le Tribunal des Flagrants Délires, t. 2
par Pierre Desproges
P1276. Un amant naïf et sentimental, *par John le Carré*
P1277. Fragiles, *par Philippe Delerm et Martine Delerm*
P1278. La Chambre blanche, *par Christine Jordis*
P1279. Adieu la vie, adieu l'amour, *par Juan Marsé*
P1280. N'entre pas si vite dans cette nuit noire
par António Lobo Antunes
P1281. L'Évangile selon saint Loubard, *par Guy Gilbert*
P1282. La femme qui attendait, *par Andreï Makine*
P1283. Les Candidats, *parYun Sun Limet*
P1284. Petit Traité de désinvolture, *par Denis Grozdanovitch*
P1285. Personne, *par Linda Lê*
P1286. Sur la photo, *par Marie-Hélène Lafon*
P1287. Le Mal du pays, *par Patrick Roegiers*
P1288. Politique, *par Adam Thirlwell*
P1289. Érec et Énide, *par Manuel Vazquez Montalban*
P1290. La Dormeuse de Naples, *par Adrien Goetz*
P1291. Le croque-mort a la vie dure, *par Tim Cockey*
P1292. Pretty Boy, *par Lauren Henderson*
P1293. La Vie sexuelle en France, *par Janine Mossuz-Lavau*
P1294. Souvenirs obscurs d'un Juif polonais né en France
par Pierre Goldman
P1295. Dans l'alcool, *par Thierry Vimal*
P1296. Le Monument, *par Claude Duneton*
P1297. Mon nerf, *par Rachid Djaïdani*
P1298. Plutôt mourir, *par Marcello Fois*
P1299. Les pingouins n'ont jamais froid, *par Andreï Kourkov*
P1300. La Mitrailleuse d'argile, *par Viktor Pelevine*
P1301. Un été à Baden-Baden, *par Leonid Tsypkin*
P1302. Hasard des maux, *par Kate Jennings*
P1303. Le Temps des erreurs, *par Mohammed Choukri*
P1304. Boumkœur, *par Rachid Djaïdani*
P1305. Vodka-Cola, *par Irina Denejkina*
P1306. La Lionne blanche, *par Henning Mankell*
P1307. Le Styliste, *par Alexandra Marinina*
P1308. Pas d'erreur sur la personne, *par Ed Dee*